周汝昌序跋集

周伦玲 周月苓 编

中华书局

图书在版编目(CIP)数据

周汝昌序跋集/周伦玲,周月苓编. —北京:中华书局,2015.12
ISBN 978-7-101-10974-0

Ⅰ.周… Ⅱ.①周…②周… Ⅲ.序跋-作品集-中国-当代
Ⅳ.I267

中国版本图书馆 CIP 数据核字(2015)第 105558 号

书 名	周汝昌序跋集	
编 者	周伦玲　周月苓	
责任编辑	徐麟翔	
出版发行	中华书局	
	(北京市丰台区太平桥西里 38 号　100073)	
	http://www.zhbc.com.cn	
	E-mail:zhbc@zhbc.com.cn	
印 刷	北京瑞古冠中印刷厂	
版 次	2015 年 12 月北京第 1 版	
	2015 年 12 月北京第 1 次印刷	
规 格	开本/710×1000 毫米　1/16	
	印张 45¾　插页 8　字数 500 千字	
印 数	1-2500 册	
国际书号	ISBN 978-7-101-10974-0	
定 价	198.00 元	

花間集注翼

花間集注，華連圃撰，民國廿四年商務印書館鉛印本。

緒言

自後蜀趙崇祚輯花間十卷長短句始以專集行，晚唐五代名篇佳製賴以少存焉夫雕績水雖未必為極觀而此後作者千家固不遵源乎是穠華綺情蕩晰蘭心宛心詞導者所當資也至一千年下今人華連圃先生始為之註文章千古得失寸心調色鴻文翼翔囊括可謂盛已觀其搜採浩富強證精審尤能時別新恩以遂古人之志于自矣暝捷刀索而不可得者多所發明不徒以辭拆七寶為能事最稱善本尚乎吾師河頤葊李先生之序論卷編曰「夫五代詞人之作本不以隸事為工似而無需手筆註然又有不盡然者花間一集簡古精潤事長則約之使短意廣則淳之使深文太當時之脈絡習語風俗地域在其時固人人以熟而耳習之者千百年後時俗

《花间集注翼》绪言　一九四二年

北海孫退谷嘗云當世已斷無晉人真蹟得唐摹來臨已足

斯言誠諒蘭亭聚訟紛紜借云是即右軍真面

恐終為欺人之語對陽宪以想望夫子惟懷仁集聖教千八百

零三字為差慰人思耳宋人薄之謂為院體要非篤

心之論知仁觀迫則清河書畫舫所謂聖教言右軍猶有

堂奧之隔一語意尚迈似子曰君子不器盖想見右軍真

羊甞如神連體無不具用舆不周聖教別猶不免於器而己

馬自明人姶绝重之士大夫當一束交相於侈清末崇

恩謂聖教序唐搨己如星鳳宋拓未断本尚苗世間者

可以百十計未可以數百計此言六信奎甞就諸帖顕致中

所及搜集聖教未斷本一可得收藏姓氏而稱者尚累五六

十本知北宋聖教在人間者良不下百十之数也然而真

《珂罗版印集右军书圣教序》校记前言（首页）　一九四三年

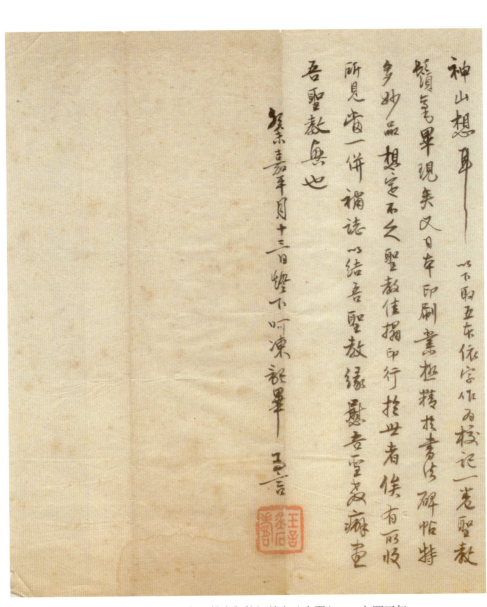

神山想畢　以下兩五東依字作田校記一卷聖教

顏氏畢竟現失又日本印刷業極精技書法碑帖特

多妙品想定石之聖教佳搨印行於世者俟有所收

所見當一併補誌以結吾聖教緣冀吾聖教勿再

吾聖教奥也

癸未嘉平月十三日燈下呵凍記畢　王壯言

《珂罗版印集右军书圣教序》校记前言（末页）　一九四三年

鈔校後記

古吾羨季師清河顧隨先生所著蘇辛詞說三卷，成言於甲申

季秋手錄竟，憶辛巳之冬，城西罷講，自翌歲二月以來乃復得

與先生以書翰往還。壬午二月廿二日來書云："大作清新有餘而沈

著稍差，此半係天性，半係工夫。宜取稼軒詞研讀之，不過辛集

瑕瑜雜糅，切宜分別觀之，不可不慎。吾復玉謂分別取觀固已然

初學又何以知善者為瑜，善者為瑕，意蓋欲求為選定之為目也三

月初一日來書告，辛集已選出廿首，本擬錄目寄去，以時、奈多風

沙中致患鍼眼，不能多作字，故遂不可能，至四月初一日書中乃寄來

稼軒詞最目錄二紙，並謂且將細為之說。蓋即分之詞目與其識

語，錄付莘園妻鈔而未說者也。詞目今昔之支更已見後記，此份即

與今不同者誠語中字句二豪西已又元來調目每調之下除錄注首

句外，盂附詞題，與注明原在稼軒長短句何卷之考數今已并刪。撰

其二，盡詞題有遍長者摘錄不便一也。稼軒詞版本孫歧如四集

十二卷之別，注明卷數，不盡資讀者用二耳。然先生末果即說後

《苏辛词说》钞校后记（首页）　一九四四年

感咽矣。又孩録本所録橡之荦围鈔本，時有讹誤，疑莫能明，隨
見隨鈔，每讀每記，恚為彙寄吾師，求与原稿校雠，批返後其經印
可者，皆為改正，二説各得百数十條。其間又間有夺字，本非鈔誤而先
生竟從吾意改定者，亦所在不少。固不讀说千慮之得，脱左一愚，殆
荒之言。聖人或采。盖既自幸吾於此詞说日緣更進一層，又顧
樂欲讀者知此録視峰鈔為可據，他日或两本並行尤不可致孛于
斯本之妄改也。至如吾伺人讀是说，有何會何解，是吾能如此諳
参了大愚，重嶧黄檗，向他隨聲便掌，自维涅魄上智真恕未能。
前曾發心為此二说寫一序，吾師亦既已昂之矣。證悟發明，即何敢
必小緒所感，以与後之讀者印契，容有微滴，惟所會尚淺，不能敢
輕易下笔，醖釀抽繹，尚有待焉。故雖不無欲言，屡有望於一序，
此不具贅。甲申九月十八日即卅三年十一月三日周玉言自記於古隋
豆子航之愦庵。

《苏辛词说》钞校后记（末页）　一九四四年

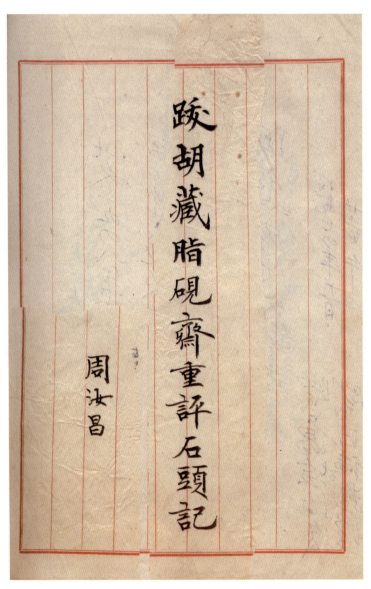

跋胡藏《脂砚斋重评石头记》（一） 一九四八年

（注：正文标题作"跋胡适藏《脂砚斋重评石头记》"）

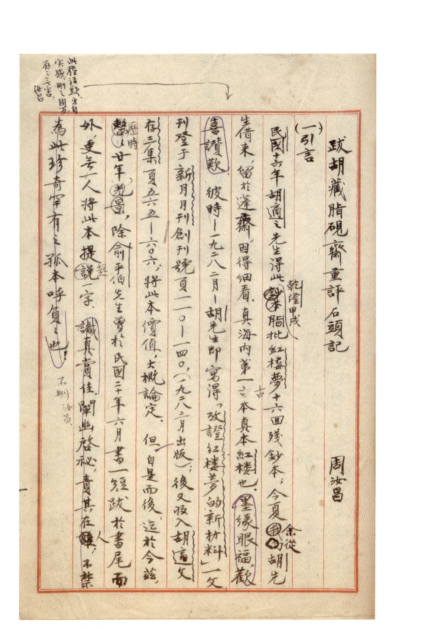

跋胡藏《脂砚斋重评石头记》（二）　一九四八年
（本图及下页图中蓝笔为胡适批改墨迹）

此千萬人心目中之紅樓，乃曹高鶚紅樓，非曹芹紅樓也。雪芹經二十

餘年之泛刷，依然只餘一朦朧影子游於讀者心目中，此安平非

呪之事也耶？世人當真遂妄畫其眉目，（圈）

文章純為風格問題，欲談風格，唯有統觀全文而後能究之，脂本

與俗本異文，不一而足，胡先生畧舉之若欲細列，恐非兩幅能容，且

二過嫌頊碎，吾姑就所例與天下讀者商量此風格問題：如廿七回末，

一　新本

……「一朝春盡紅顏老，花落人亡兩不知」正是一面低吟，一面哽咽，那邊哭

的自己傷心，卻不道這邊聽的早已痴倒了，

幸而得傳後

汪君加圈

肖其贊

我之意，只是要示范而法意之要，如校勘方之異文。

汪先生於此雜亂之紙上，批語，但晚間入標讀字例，可知真為賛成此文之意，無圈疑。

汪先生無批判語，但從正是此下皆加以圈，想樓贊成矣，且看：

此處劉胡之生石在亡此歟人，但護汪原放試讀其全部校讀記果非不致又成耶！？

跋胡藏《脂硯齋重評石頭記》（三）　一九四八年

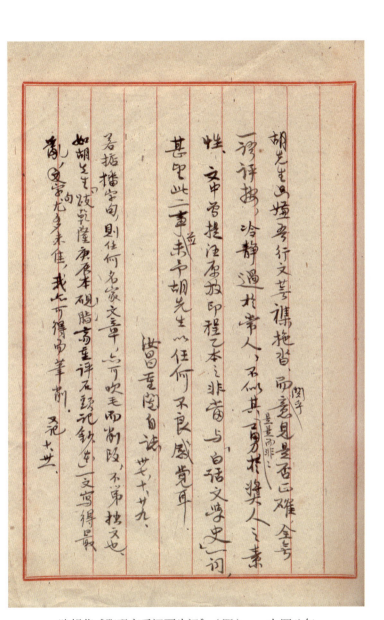

跋胡藏《脂砚斋重评石头记》（四）　一九四八年

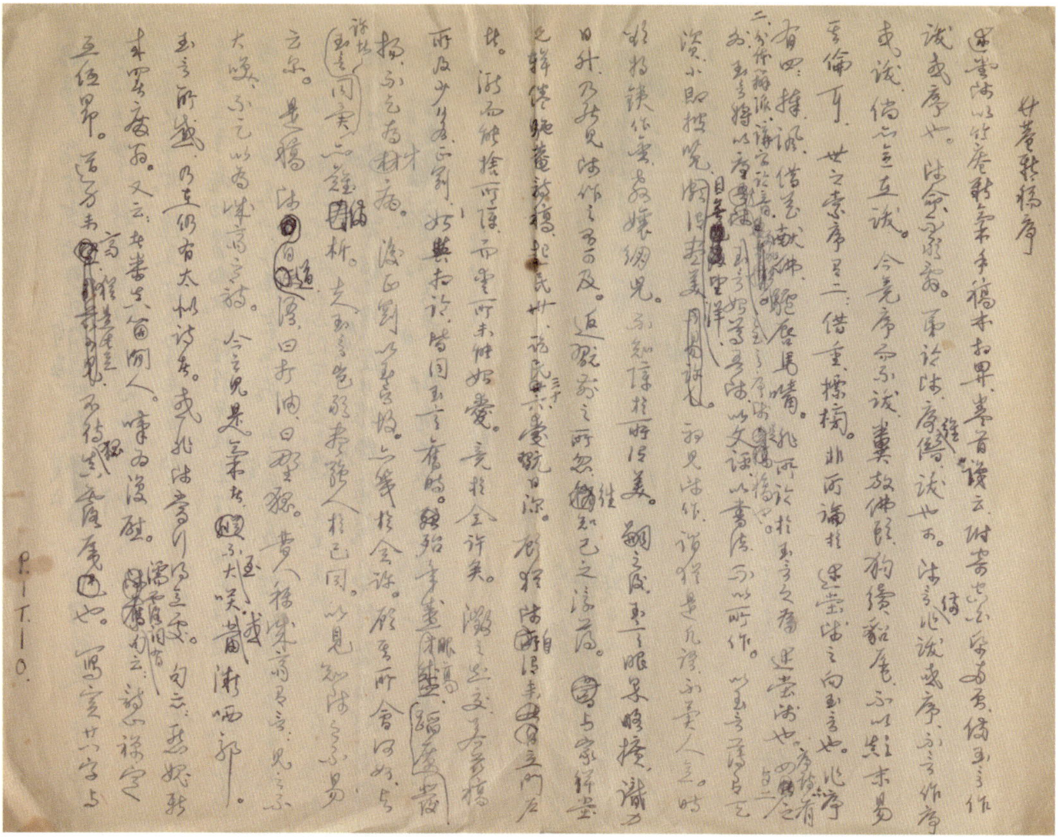

《竹庵新稿》序（首页） 一九五二年

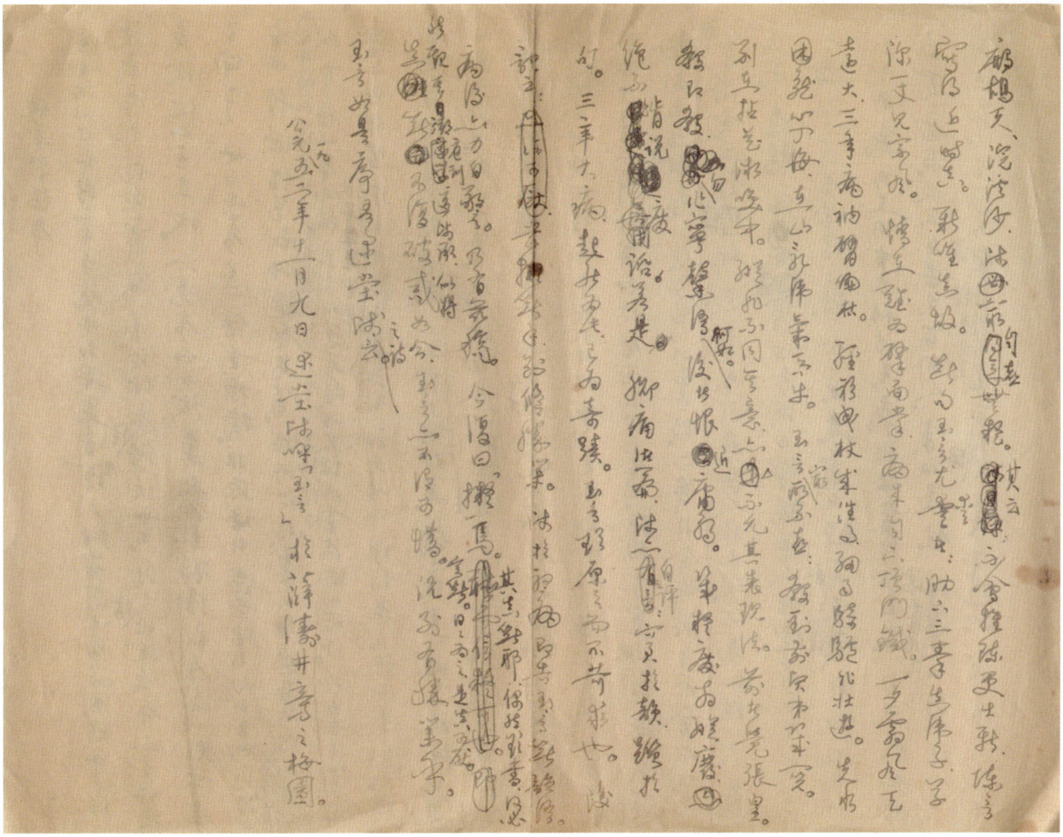

《竹庵新稿》序（末页）　一九五二年

皇甫碑新跋

周汝昌

古皇甫碑新拓本，雖紙墨未精，搨字寖刓，而筆畫精神依然可愛，且一波致畫，輒難著手。嘗思歐陽詢書其他碑銘，皆有歲月可稽，獨此皇甫碑，遂幸而放致啓後播測訟諍之場，人或不明，列於歐書之源流沿變，與由顏悟，是真不解稽之爭。

評訂西一答攷索者也。

唐說多謂皇甫碑信本少年書。

近群書皇甫碑惇下與東邦學者碑帖釋語亦皆沿此說，或僧歲年戊謂壯年，綬之非老筆而已。以字情揆之此說蓋非易理。思此皇甫用筆活體，精神面目妄不飛揚跳動，況化凌等作壬直而正者，畫筆至一或證此孫過庭就知平正乃追險絶既知險絶復歸平正通會之際人書俱老之說，則信本書此碑時豈非正當□書□乃追險絶之途圖而九成化度乃真晚年復歸平正書俱老矣即爐火純青三侯芳耶，是林快事之謂。『皇甫明之之碑，在信本中晶為妍潤，並立於隋曰，乃今少年所書，蓋是朱之流麗而神情之密通。』共暮年老筆奉勒於持者不同也）始以為此說三代表。余謂此謹誤也。雀事書卷百八十九歐陽本傳秋，『貞觀初官皇太子率更令，弘文館學士封渤海，揭貞觀三字僅冒下文官階諸字，年介降卒乃謂一事，不得遽謂本傳謂信本卒於貞觀初，唐隨煬據書斬方雄稱信本卒年八十餘，年十五年（公元六四一），攷貞觀十年信本尚健在書溪辛於貞觀初，唐隨煬據方雄稱信本卒年八十三，列弟歐庸令此方可證者也。依此推之，信本蓋生於

陳武帝永定元年（公元五五七），碑敘皇甫延卒于隋仁壽四年，碑敕令碑即立于誕辛之年，信本已四十八，而誕辛三年，偕令碑即立于誕辛之年，信本已四

皇甫碑新跋　一九四七年

目　录

诗魂史笔韵中华（代序）

梁归智

　　周玉言（汝昌）先生为他人撰作、编纂的各种著作写序，一共有多少篇？一归总，真吓人一跳：一百七十多篇！如今，周家子女把这些序归罗整理，编纂成集，希望我写几句话，以为书之"代序"。周先生为他人写了如此多的序，何况，这里面就有给我的书所写五篇，我自然义不容辞了。

　　倩名人为自己的著作写序，本是人之常情，但也有共知而默认的"潜规则"，即许多序并非真是那位名人所写，而是著作者自己代笔，完稿后送给名人"审阅"，即签名默认而堂皇行世。这样的"序"，当然是揄扬有加，由于是作者自己捉刀，于著作的佳胜优长之点，往往能说到点子上，但于不足之处，则一概阙如，至于由撰序而生发更深刻的思考和更远大的意义，那是根本谈不到了。对这样的序，自然也应有"理解的同情"。这些"序"本无阅读价值，目的只是"借光"和"宣传"，同时也体谅到"名人"的苦衷：如果拒绝写，岂非"架子大"而不近人情？但要真让名人阅读书稿后亲笔撰写，有几个名人真有那么大的本事？

　　但周玉言先生的这些序文，每一篇都是他自己写的——或者口授录音而由儿女记录下来的，因为他的双目到晚年已经接近完全失明，不能握笔写字。仅此一点，也就显示出周先生的卓荦出众不同凡响了。总揽全部序文，有一些是周先生承担的学术任务，或确实感到有话要说，如早期的《三国演义》前言、《唐宋传奇选》前言,以及《戚蓼生序本石头记》出版说明、影印《蒙古王府本石头记》序言等;但绝大多数,则是应人所请又推辞不掉的"人情"活儿。摘录几段序言以证所言不谬:

适主持编纂与出版的同仁们不以浅陋见遗,前来索序。自顾学殖荒落已久,安能当此重任。辞而不获,遂就所怀,粗陈端绪,聊备参采。

——《诗词曲赋名作鉴赏大辞典》序

至如本集所编,则多为精品,有时代之长,而无流俗之弊,可称胜选。因此,编者阎正同志是做了一件有益的事。承他前来索序,浅陋如余何堪当此重任。辞而不获,弄大斧于班门,抛劣砖而引玉,聊贡愚悃,尚希指其谬误为幸。

——《中国当代书法大观》序

刘瑞莲同志因为她研究李清照的专著即将付梓,前来索撰序言,辞而不获。自问于易安居士不曾多下功夫,所识甚浅,实不足以当此委嘱之重。其时复值年底诸务猬集,文债如山,思绪也很难集中于一题一义。不得已,姑以芜词,聊报雅命。

——《李清照新论》序言

辞而不获者,是实情而非套语。所以辞者,目坏已至不能见字,书稿且不能阅,何以成序? 此必辞之由也。其不获者,遂夫坚请,上门入座,言论滔滔,情词奋涌,使我不忍负其所望;加之一闻甲戌本之名,即生感情,倘若"峻拒",则非拒遂夫也,是拒甲戌本也——亦即拒雪芹脂砚之书也,是乌乎可? 有此一念,乃不揣孤陋,聊复贡愚。言念及此,亦惭亦幸,载勉载兴。

——《脂砚斋重评石头记甲戌校本》序

郑子庆山,将他历年研著积稿,勒成一编,前来问序于余。是间适逢我有海外之行，迁延时日，以迄于今。既归京旬，素砚未荒，爰汲碧泉，以偿红债，于是乃走笔而为斯文。文心未属，思绪徒繁，粗遣愚衷，以当芹献。

——《立松轩本石头记考辨》序

崔子自默要我为他的印蜕制序，此真奇事。盖若谓我能懂印，其谁信之？然而自默偏偏以序委诸不懂印之我，非奇事而何？事既奇，故序必不得其正。若是，则大可嗟叹了。所谓序之不得其正，即我这拙序是外行话，此则既可叹又可笑也。

——序《当代青年篆刻家精选集——崔自默》

为什么会有这么多的人要向周先生"索序"而且"坚请"，而使得他"辞而不获"呢？周先生平易近人乐于扶助后学的高风亮节固然是一个重要原因，但更根本的是他有能力，有见解，有才情，出口成章，把笔即成佳作，让索序者欢喜不置，如此口耳相传，而产生一种"效应"。我说一件自己亲历的事：二十世纪八十年代中后期，出版界兴起了出"鉴赏辞典"热，山西的北岳文艺出版社也跟风，搞了一本《诗词曲赋名作鉴赏大辞典》，一定要请周先生赐序，通过我而约稿。我问主持人，全国的古典文学名家多得很，诗词研究在周先生并非第一主业，他的眼睛又不好，何不请其他专门研究诗词曲的专家撰序？主持人说，他们看过上海辞书出版社出的《唐诗鉴赏辞典》中周先生所撰鉴赏篇目和《唐宋词鉴赏辞典》前面周先生所撰序，其水平特别是文笔超过了所有其他专家为各种辞典写的鉴赏篇目和序，所以周先生是不二人选。

一百七十多篇序，大体上和红学有关的占一小半，其他诗词、书法、小说、绘画、工艺等方面的占一半，后者还略多于前者。在为周先生所写的传记中，我曾说周先生不仅是一位红学家，更是一位"中华文化学家"，于此又得到一个佐证。周先生是红学的"痴人"，更是中华文化的通人，因而成为撰序的达人，写了如此多又如此好的序，说是"空前"（也可能"绝后"）的高人也不夸张吧？

这么多的序,自然是丰富的文史资料,但作为普通读者,面对这本书,是否也会发生"天狗吃月亮,无从下口"的困惑呢?我忝为"代序"作者,已经逐篇校阅过,这里就告诉大家一个"巧招儿",你只要读这本书里的四篇序,就可以尝鼎一脔而窥斑知豹,从整体上提纲挈领,把握周先生的理路思致、学术精神,以及其情愫气质和文采风流。

哪四篇?

《石头记探佚》序和《红楼鞭影》导读;《唐宋词鉴赏辞典》序言和《诗词曲赋名作鉴赏大辞典》序。

从写作时间上说,《石头记探佚》序撰于一九八一年七月二十四日,是有关红学之较早的一篇序文;从内容上说,正是在此序中,周先生第一次提出了红学应有"四大分支"的学术框架,而此一论点,实乃主导了自二十世纪八十年代起始,延续至今的红学之大趋势。不管你是否赞同,三十多年来的红学,其大端大势,就是按照这个学术框架演变发展的。

在红学上,研究曹雪芹的身世,是为了表出真正的作者、时代、背景;研究《石头记》版本,是为了恢复作品的文字,或者说"文本";而研究八十回以后的情节,则是为了显示原著整体精神面貌的基本轮廓和脉络。而研究脂砚斋,对三方面都有极大的必要性。

在关键意义上讲,只此四大支,够得上真正的红学。连一般性的考释注解红楼书中的语言、器用、风习、制度……等等的这支学问,都未必敢说能与上四大支并驾齐驱。

没有探佚,我们将永远被程高伪续所锢蔽而不自知,还以为他们干得好,做得对,有功,也不错……云云。没有探佚,我们将永远看不到曹雪芹这个伟大的头脑和心灵毕竟是什么样的,是被歪曲到何等不堪的地步的!这种奇冤是多么令人义愤填膺,痛心疾首!

红学,在世界上已经公认为是一门足以和甲骨学、敦煌学鼎立的"显学";它还要发扬光大。但我敢说,红学(不是一般小说学)最大的精华部分将是探佚学。对此,我深信不疑。

　　我认为,这是一件大事情,值得大书特书,在红学史上会发生深远影响。我从心里为此而喜悦。

　　这可谓红学的"隆中对",高瞻远瞩,预言了红学的未来,桩桩件件,都为后来的发展所证实。即以本书所序的各种著作为例:

　　《曹雪芹祖籍考论》《曹雪芹祖籍铁岭考》《曹雪芹祖籍论辑》《曹雪芹家世新证》《曹雪芹梦断西山》《曹雪芹南宋始祖发祥地武阳渡》《恭王府丛书》《江宁织造与曹家》等,岂非"研究曹雪芹的身世,是为了表出真正的作者、时代、背景",也就是四大分支的"曹学"?

　　影印《蒙古王府本石头记》、"在苏本"旧钞善本《石头记》《列藏本石头记管窥》《论石头记己卯本和庚辰本》《立松轩本石头记考辨》《脂砚斋重评石头记甲戌校本》《脂本汇校石头记》等,岂非"研究《石头记》版本,是为了恢复作品的文字,或者说'文本'",也就是四大分支的"版本学"?

　　《石头记探佚》《被迷失的世界——红楼梦佚话》《红楼梦佚貌本事》《刘心武揭秘〈红楼梦〉》等,自然是"研究八十回以后的情节,则是为了显示原著整体精神面貌的基本轮廓和脉络",也就是四大分支的"探佚学"了。

　　至于"研究脂砚斋"的所谓"脂学",虽然专书比较少见,但由于其"对三方面(曹学、版本、探佚)都有极大的必要性",对其研究其实融化在各种红学著作之中,在在皆是,人所共知。如《红楼梦里史侯家》就是一本家世背景、脂砚斋原型和佚稿真相等互相关联结合的研究专书。

　　不过,要特别注目的,是"在关键意义上讲,只此四大支,够得上真正的红学"这一句。我多次阐释过,不能对"关键意义"四个字掉以轻心,因为这是针对当时《红楼梦》接受、解读、评论的最普遍情况,也是这篇序文提出"四大支"才是"真正的红学"这一根本论点的现实针对性和学术意义所在。当撰写这篇序文之际,社会上,包括一般的读者和文学评论界乃至所谓"红学界",都是把一百二十回作为一个"整体"来阅读、接受和评论的,是不严格区分前八十回和后四十回"两种《红楼梦》"的,以这种"文本观"为基础,而生发各种思想和艺术的认识和评论。对曹学和版本等的研究只是少数考证派学者的"专业",与文本接受距离很远,可以说是基本割裂,如泛泛地谈一下后四十回"兰桂齐芳，贾家复振"的结局"不符合曹雪芹原意"，却把后四十回的"调包计"和"钗黛争婚，黛死钗嫁"当作《红楼梦》最精彩的思想和艺术高潮，含糊地当作曹雪芹的思想和艺术予以分析评价。

正是针对这个"接受红学"的基本现实，提出"只此四大支，够得上真正的红学"的学术认知，才具有了釜底抽薪的学术创新意义，即所谓"关键意义"。"关键"在何处？就在于只有深入"四大支"的分支研究，才能达到严格区分"两种《红楼梦》"的目的，才能一扫不严格区分曹著和高续的所有似是而非的"思想"和"艺术"之认知、评论的浅薄和谬误，也才能让家世和版本等考证研究和思想艺术的文本认知密切联系起来，而实现考证、义理、辞章三者不是各自为政而是相辅相成的真正的学术实践，从而让"两种《红楼梦》"各自的思想、文化、艺术、审美的研究走出瓶颈，获得真正的学术动力，开辟出红学的新天地。

但受习惯惰性影响而迟钝麻木的"红学界"，却缺少认知这种学术内在机理的基本素质和能力，而以简单化的形式逻辑批评周先生"不研究《红楼梦》本身"、"远离文本"，是用"红外线"排斥"红内学"，这些似是而非的"荒唐言"一直不绝于耳，也可谓贯穿三十多年的红学发展历程。不过，真应了一句"真理越辩越明"的老话，情势的发展是越来越多的读者明白了争论的真相和实质，周派红学的"四大支"学术框架，逐渐大行于天下。

其实证谬这种"形而上学"（孤立、绝对、片面）只拘泥于形式逻辑而不懂辩证逻辑思维方式的最好例证，就是周先生本人的红学实践，《红楼梦与中华文化》、《红楼艺术的魅力》二书，不就是研究《红楼梦》的"思想"和"艺术"最深入的学术著作吗？而其所以超越了那些所谓"评红"著作，就在于这两本"思想"、"艺术"研究著作是奠基于那"四大支"基础研究之上。这在本序文集所涉及的著作也看得一清二楚。《红楼梦艺术论》、《红楼艺境探奇》、《红楼梦艺术管探》、《红楼通析》、《红楼梦符号解读》、《〈红楼梦〉的精神分析与比较》、《红楼识小录》、《禅在红楼第几层》、《红学史稿》，不是涵盖了"思想"、"艺术"、"文化"等方方面面吗？周先生不是都做出了切中肯綮的评论吗？

《石头记探佚》序尽管仅仅两千字，但具有"开山"意义，《红楼鞭影》导读则可谓"深入展开"。这是一篇近三万字的长文，其实是周先生红学体系一次既概括又全面的表述,分小节论述,各节分别是:"红学"之立卷;当代红学之祖——"新红学";红学——新国学;历程与现实;中断与反正;文化回归;红学释义;红学发展的新分支;"探佚学"的独特意义;红学的目的何在;"找回曹雪芹";红学的"方法";文化小说;导读的献愚;红学文化新态势;剩义剩语;几点说明。

可以说,红学发展史上最关键的几次转折,各种红学争议表象后面的本质,红学之曾经的曲折、已有的突破和未来的走向,都被本真而透彻地揭示了出来。而所有这一切的核心,就是《石头记探佚》序中已经标示的红学四大支柱说,以及在此基础上再引申发展出的评断:红学是中华文学之学,是新国学。

"红学"经历了多年的艰难曲折的途程,在"曹学"、"版本学"、"脂学"、"探佚学"的分工合作之下,终于走上了这一条"咽喉要路"。

经过了种种曲折,直到近年,无论国内海外,都逐步地把"红学"由"一部小说"的浅层观念"回归"到中国文化的本质深层意义上来了。

那不只是"一部小说",而是与中华文化有千丝万缕难分难解的一座巨丽深邃的丰碑、殿堂,既伟大,又优美——代表着中国人的智慧心灵的崇高境界、文化精华。

讲《红楼梦》,一般读者的兴趣大都集中在人物角色上,而学者也爱写"人物论"。但一讲人物,立刻新老问题一齐出现。西方理论认识是:小说基本定义是"虚构品(fiction)",人物是"集中概括"、"典型化"的"形象塑造";而中土的小说基本源流则是"史之一支",是"本事"的"演义",皆以"真人真事"为本——即今之所谓原型与素材。所以,与曹雪芹同朝代的人看他的小说,皆言"备记风月繁华之盛,盖其先人为江宁织府","本事出曹使君家"——这就是后来所说的"自况"、"自拟"、"自叙"、"自传"说本义(它指"本事"是"自家",而异于写别姓他人);一点也没有与"演义"(即艺术的穿插拆借、渲染点缀……)发生"对立"、"排斥"关系。

　　要想懂得《红楼梦》,必须先懂雪芹的几个"关键词",如"通灵",如"作者痴",如"情种",如"情不情",皆是头等要义。而欲解此种词义,则不研中华文化思想精神,只是浮光掠影,乃至拉扯西方以为比附牵合,断乎无能济事,徒增混乱纠葛而已。关键之关键在于一个"通灵",而人皆"顺口溜"读之,习而不思其深厚的文化底蕴。

　　盖在雪芹意中,物类相感,"感而遂通",通则为灵。何以相感? 以其有情,情能感物,感之至诚则能通。此一作用,即谓之通灵。在雪芹看来,人的第一要义是情,其他皆属第二义。

　　研究雪芹的哲理玄思,也就必须从中华文化的根本大命脉上去"诊断",离了这个根本,只依靠外来移植的观念来图解《红楼梦》,恐怕只能是"事倍"而"功不半"——走样,变味,曹雪芹西服革履,林黛玉隆乳高跟,如此"处理"一番,才算是"跻入世界文学"而"随时代前进"了吗? 这是要"红学家"们思忖商量、前瞻返顾的。

笔者曾在许多文章和著作中阐释过周氏红学的这种体系框架,使之"精约"和"通俗",现在就再重复一遍:

红学应该分为基础研究和文本研究两部分,基础研究即四大分支:曹学、版本学、脂学、探佚学。之所以如此是由《红楼梦》的特殊情况所决定的。四个分支研究都环绕着一个总目标:严格区分曹雪芹原著和后四十回"两种《红楼梦》"。这是红学的第一个台阶,迈上了第一个台阶,才能继续上第二个台阶,即比较客观、准确、深入的文本研究,也就是对"两种《红楼梦》"的思想、哲学、艺术、审美、文化作出判断评析,进行思考鉴赏。而水到渠成,这样做的结果必然要导向第三个台阶,即必然引发对中华文化的深刻思索和本真理解,以及与西方文化的比较对比。《红楼梦》研究,红学,因此而成为"中华文化之学"和"新国学"。

中华文化源远流长,博大精深,能否用两三个字将其最独特最精美的要义予以表达? 在周先生看来,就是三个字:诗、史、情。周先生曾为拙著《红楼梦诗词韵语新赏》题诗:"诗中有史史含情,口角噙香气韵生。文采风流兼表里,一编新赏最分明。""诗中有史史含情"就是最精炼的表述。

这样,我们阅读《唐宋词鉴赏辞典》序言和《诗词曲赋名作鉴赏大辞典》序,也就是红学著作序的"一体两面",是从不同的文本,阐发中华文化的深邃和优美——这也代表了本书其他序文的宗旨和导向。

《唐宋词鉴赏辞典》序言:

　　永远不要忘记,我国诗词是中华民族的汉字文学的高级形式,它们的一切特点特色,都必须溯源于汉语文的极大的特点特色。忘记了这一要点,诗词的很多的艺术欣赏问题都将无法理解,也无从谈起。

　　汉语文有很多特点,首先就是它具有四声(姑不论及如再加深求,汉字语音还有更细的分声法,如四声又各有阴阳清浊之分)。四声(平、上、去、入)归纳成为平声(阴平、阳平)和仄声(上、去、入)两大声类,而这就是构成诗文学的最基本的音调声律的重要因子。

　　要讲词的欣赏,首先要从格律美的角度去领略赏会。离开这一点而侈谈词的艺术,很容易流为浮辞泛语。

　　众多词调的格律,千变万化,一字不能随意增减,不能错用四声平仄,因为它是歌唱文学,按谱制词,所以叫作"填词"。填好了立付乐手歌喉,寻声按拍。假使一字错填,音律有乖,那么立见"荒腔倒字"——倒字就是唱出来那字音听来是另外的字了。

《诗词曲赋名作鉴赏大辞典》序:

　　鉴赏不等同于理解(文义的通晓),它包括了理解,不理解焉能谈得到鉴赏? 但是鉴赏毕竟不能是"串讲文义"所能充数的一种文化精神活动。鉴赏又是多形态、多角度、多层次的,进行这种精神活动,需要很高级的文化素养和领悟智能。它涉及的事物和道理极繁富,极复杂。然而鉴赏的性质和目的都可以用一句话来代表:鉴赏是审美,是对美的寻取和参悟。

　　情是诗的主体和本质,韵是诗的振波和魔力,二者有体有用,相辅相成,而达于"不匮"的境界。

　　不匮是什么? 就是不尽,就是有馀,就是无限。

　　到得北宋时代,诗人梅尧臣又提出了"状难写之景,如在目前;含不尽之意,见于言外"这种更为明白的"诗则"。这与南宋《文心》中所说未必全然等同,但他们已然体会到在我们的诗境中有一个"不尽"者在。严沧浪则说是"言有尽而意无穷"。不尽或无穷,无论是意,是情,是韵,莫不胥然。

　　讲鉴赏韵文,第一要能感受这个不匮、不尽。

　　在语文背后,还有一个更根本的道理,即观察万物而首重神髓的问题,这才是吾华韵文的灵魂。这首先涉及人,因人而及物。一个人,出现在你面前,你先看他的什么? 一般人必曰:眉、眼、头、脚……但鉴赏家则先要看他的神。这神,或谓之"神理"、"神明"、"神锋"、"神采"……也是从晋人特别重视与标举起来。看人不是看他(她)的描眉画鬓,而是看那俗话说的"神气儿"。曹雪芹写宝玉,只一句要紧的话,说是"神采飘逸";写探春,要紧的两句只是"顾盼神飞"、"文采精华"。东坡居士在《念奴娇》中写公瑾与小乔,也只说是"雄姿英发",就是说他二人在年貌最好的生命阶段所显示出来的"神明特胜"。

　　神是生气永存的不朽表现,韵是素养超然的自然流露。二者合在一起,构成人的最高风范。这种对人的审美观念,推移到高级文学——韵文中去,就形成了我们的鉴赏者的头等重要的标准。

　　要讲鉴赏中国的诗词,非从一个综合整体——语文运用之美,传达手法之超,心灵体会之到,艺术造诣之高,这样一个综合美、整体感来认识不可。分开讲说,无非是为了方便而已。对我们自己的汉字语文的极大的特点特色认识不足,对它在诗词韵文学中所起的巨大作用估计不够,是鉴赏的一大损失。境界、神态、风采、韵致的来源,相当的一部分即是这个独特语文的声容意味和组织联结的效果,而这一点向来缺少充分的研究和介绍。

读懂了这四篇序,也就对本书中的一百七十多篇序,乃至周先生其人其学,全都能"解其中味"了。当然每篇序都有它具体的对象化著作,读者可以根据自己的具体需要和兴趣,去做个别赏读。无论是古代诗词《三李诗鉴赏辞典》、《花间集注翼》、《苏辛词说》、《宋百家词选》,还是现当代人的创作《张伯驹词集》、《晚听斋诗稿》、《险梦诗痕》,是古代小说散文《聊斋志异新注》、《中国古代短篇小说选》、《新评新校古典名著系列》、《历代百字美文萃珍》,是书法《珂罗版印集右军书圣教序》、《顾随先生临同州圣教序》、《姚奠中书艺》、《中国当代书法大观》、《当代楹联墨迹选》,是绘画篆刻《历代菩萨宝相白描图集》、《董可玉画册》、《一印一世界》,或者民俗地理医道《燕京乡土记》、《古镇稗史》、《医道合参中风论》等,周先生无不有精彩的点评和联想,而其中心、核心,则全离不开发掘阐扬中华文化独有的珍异、辉煌、神韵及其所蕴涵着的诗魂、史韵、痴情。《石头记探佚》序和《唐宋词鉴赏辞典》序言简练精约,《红楼鞭影》导读和《诗词曲赋名作鉴赏大辞典》序体系宏阔,而全是神完气足的美文,周先生常标榜的文采风流,也体现得十分充足生动,可观可赏。读者诸君,宝山在前,不要错过。

二〇一四年四月九日于大连怀汝轩

《三国演义》前言

《三国志演义》，一般都省称作《三国演义》，是罗贯中的不朽作品。

在封建时代，士大夫们最看不起像罗贯中这样的通俗文学家，骂他是"村学究"。因此有关他的生平纪载，十分难得。由一些极零星的资料，我们得推知以下几点：罗贯中，名本（另一说：名贯），字贯中，别号湖海散人；太原人（另外二说：东原〔似指山东东平〕人，钱塘〔今浙江杭州〕人）；生于元末，死于明初，大约跨公元一三三〇到一四〇〇年的一段时期；主要是元顺帝脱欢帖木尔和明太祖朱元璋两个人的统治年代。他的小说著作除《三国演义》外，相传还有《隋唐志传》、《残唐五代史演义》、《北宋三遂平妖传》等多种；在《水浒传》的撰作或编整工作上，他也是一个主要参与者。此外，他还擅长作词曲，风格"极为清新"，他作的杂剧现在所知有三种：《赵太祖龙虎风云会》、《三平章死哭蜚虎子》和《忠正孝子连环谏》。可见罗贯中的文学才能是多方面的。他的友人曾说他的性情"与人寡合"，后来则"不知所终"。可能是：晚年流落在偏鄙的地方，去作"湖海散人"、"传神稗史"，即专一致力于小说等文学创作事业了。他的落落寡合的脾气应该就是他不肯与一班统治阶级人物同流合污的表现。又在较晚的传说中，还提到他在元末参加过革命活动，和张士诚有过相当的关系。

"三国演义"在罗贯中以前,有长期形成的过程;在罗贯中以后,也还有加工的经过。在他之前,大约从唐末起——至少是到北宋时期,三国故事在民间已经十分盛行,当时的劳动人民在偶有一点闲暇的时候,就喜欢去听说话人(当时说书叫作"说话","话"就是故事的意思)说"三国"。又由于宋朝城市商品经济发达,市民阶级的文化生活要求很大,所以大都市里的说话门类很多,分工很细,就有叫作"讲史"的,专门演说历史故事;而"讲史"一门中又特别分出"说三分(三国)"的一个专科来;这就说明人民群众是如何喜爱这些三国故事了。到元朝的时候,已经有了半图半文的《全相三国志平话》的刊本,这是由口头讲说逐渐结晶为文字写本的痕迹。同时,元代剧曲特别盛兴,从保留下来的不一定完备的元人剧目来看,三国故事也是和水浒故事同为元代历史剧作家们所最常取材的对象。这中间,民间传述、说话的艺人、写剧演剧的文学家艺术家,都不断在创造、丰富这些故事。罗贯中的《三国》小说,就是在这样雄厚的基础上,同时又参考了历史家和文人的纪载,天才地写作而成的。明弘治甲寅年(一四九四)序刊的《三国志通俗演义》,大概是比较接近罗贯中原本的一个本子。

在这以后,到明代许多《三国》刊本已经流行了将近三百年的时候,清初人毛纶(字声山,江苏长洲〔今吴县〕人)毛宗岗(字序始)父子开始了修订《三国》的工作。这一工作大约完成于康熙十八年(一六七九)或稍前。毛氏父子在细节上进行了一些增、删、改动、修饰的加工工作,如鲁迅先生所指出:

> 凡所改定,就其序例可见,约举大端,则一曰改,如旧本第百五十九回《废献帝曹丕篡汉》本言曹后助兄斥献帝,毛本则云助汉而斥丕。二曰增,如第百六十七回《先主夜走白帝城》本不涉孙夫人,毛本则云"夫人在吴闻猇亭兵败,讹传先主死于军中,遂驱兵至江边,望西遥哭,投江而死"。三曰削,如第二百五回《孔明火烧木栅寨》本有孔明烧司马懿于上方谷时,欲并烧魏延。第二百三十四回《诸葛瞻大战邓艾》有艾贻书劝降,瞻览毕狐疑,其子尚诘责之,乃决死战,而毛本皆无有。其馀小节,则一者整顿回目,二者修正文辞,三者削除论赞,四者增删琐事,五者改换诗文而已。

其中改、增两例,据毛宗岗自己说明,都有所本;削去的则是"不知其诬,毋乃冤古人(诸葛亮父子)太甚,今皆削去,使读者不为齐东所误";旧本有词句不够妥帖和复沓的地方,许多征引的章奏和史官的论赞,成为累赘的,都或改或删,使全书更加紧凑和完整。所以这一次修订大体上是有益于原本的。从此,《三国志演义》的创作和加工,都已完备定形。毛本替代旧本流传到今天,又已经三百年左右。所以我们现在重印的本子,仍取毛本。

当然,《三国演义》的主要和真正作者还是罗贯中而不是毛宗岗,毛本虽然有些细碎的更动,实际上绝大部分还是保留了罗本的原文的。

全部《三国演义》,从东汉灵帝刘宏中平元年(一八四)一直叙到晋武帝司马炎太康元年(二八〇),写了差不多整整一个世纪的历史。从历史本身来看,这是一个由于土地剧烈兼并、地主剥削残酷,官家徭役繁兴,政治极端腐败,几十万农民起来反抗不幸失败之后,一群军阀割据争夺的混乱时代。两汉以来四百年间社会生产的积累、发展,社会生活的繁荣、文明,到此遭到长期的破坏、严重的摧残,人民蒙受的苦难至极深重,战乱残馀的百姓,饿得人吃人;士兵到无所劫掠时,也只以桑椹、蒲螺为食物。正如当时的诗人所写:"穷变巧于台榭兮,民露处而寝湿;清嘉谷于禽兽兮,下糠秕而无粒。弘宽裕于便辟兮,纠忠谏其骏急。""出门无所见,白骨蔽平原;路有饥妇人,抱子弃草间;顾闻号泣声,挥涕独不还。"前者对比地写出统治剥削集团的淫奢昏暴和人民的水深火热;后者则画出一幅人民在"各路诸侯"大规模杀戮破坏、饥馑流亡之下的惨绝人寰的图画。正因如此,人民对这样的时代最难忘记,千百年间,父老子孙们在递相传述;而且,每当再一次遇到一个动乱苦难的时期,人民就很容易地联想起以往的历史而温习它,"说书唱戏,讲今比古"这一话头代表着过去人们历来的共通认识。这样,对历史的沉痛记忆也就加深一层。在内政败坏、外族压迫的宋、元时代,"讲史"特别以"说三分"和"讲五代史"(五代,指唐、宋之间的另一混乱时期,九〇七——九五九,包括梁、唐、晋、汉、周五个朝代,内中唐、晋、汉都是外族人作皇帝)为两大主题,最为人民所注意,不是没有原因的。

人民群众不只是单纯地"温习"历史，目的在于吸取以往的经验教训，更在于通过它而表达自己的愤恨与愿望。因此，《三国演义》小说所以不同于所谓"正史"的陈寿《三国志》，首先在于它整个贯穿着极分明的爱憎。北宋时候就已有人记下了一段笔记，说："涂巷中小儿薄劣，其家所厌苦，辄与钱，令聚坐听说三国古话，至说三国事闻刘玄德败，顰蹙、有出涕者。闻曹操败，即喜唱快。以是知君子小人之泽，百世不斩。"可见人民早就有自己的爱憎看法。同时，在魏、蜀、吴三者之中，该把谁尊为"正统"，这一来源甚早的争辩问题，也在两宋时候士大夫中间讨论得特别热烈起来；到南宋，以蜀为"正统"的意见——以朱熹为代表——在时代条件下获得优胜，向人民群众"说三分"的爱憎观点取得一致，虽然二者的立场、动机、理由并不相同。群众都肯定刘备一方面，否定曹操一方面，是最清楚不过的了。

群众为什么肯定刘备一方面、否定曹操一方面呢？换句话说，群众的这种评价有没有历史科学上的价值呢？照理说，是应该有的；社会科学家评价历史人物，也不能不参考、分析人民群众千百年来所形成的看法。但这牵涉着广泛、复杂的问题，还有待于学术上的深刻研究和全面讨论。假如先专就小说所反映的内容而看，假如我们承认人民群众确有自己的看法，承认他们千百年来早已肯定刘备、否定曹操的话，那么，《三国演义》小说就恰恰反映了人民群众的这一看法。晋人陆机说："曹氏虽功济诸华，虐亦深矣！其民怨矣！"刘备则自己曾说："今指与吾为水火者，曹操也：操以急，吾以宽；操以暴，吾以仁；操以谲，吾以忠。"两人的对立和对比，是有由来的。小说四十一回写到刘备被曹操逼得弃樊城而走，新野、樊城、襄阳的十几万百姓，誓死抛家相随，一路上刘备的军士和他们相依为命，如同家人；到实不能相顾而分离的时候，民众哭声震动。这种动人的场面，绝非偶然，诚如晋历史家习凿齿所说："其所以结物情者，岂徒投醪抚寒、含蓼问疾而已哉！"这在曹操方面——为给父亲曹嵩个人报仇就"坑杀男女数十万口于泗水，水为不流"、把攻取的地方"皆屠之，鸡犬亦尽，墟邑无复行人"——是万万不能想象的。罗贯中在这里曾特别称道此是刘玄德"第一件好处"（弘治本）。又如诸葛亮号称"治国以礼，民无怨声；刑罚不滥，没（殁）有馀泣"。死后"百姓巷祭，戎夷野祀"；到唐末，孙樵记下一段话："武侯死五百载，迄今梁、汉之民，歌道遗烈,庙而祭者如在;其爱于民如此而久也!"金朝赵秉文在题涿郡先主庙时也说:"一时风云会(指刘备、诸葛的会合),千古事蘋藻;野农复何知,尚说官家好。"可见到唐、宋时期他们在南北人民之间的遗爱确实尚在。至于曹操死后,除了"七十二疑冢"和"分香卖履"等话柄常被提到外,似乎找不到什么"遗爱",相反地,在宋、元诗人的笔下,却久已变成"阿瞒"甚至"强虏"、"猾贼"、"老奸"了。以上都说明爱刘憎曹这一思想基础是如何深厚、来源是如何古老。在小说方面,宋朝的"三分"话本虽然看不到,但听众的态度分明,已见上文;元刊本《平话》,实际从桃园结义写起,到孔明一死就止,等于很明白地说:我们属意只在蜀汉一家。后来说唱《三国》的也无不提到曹操的得"天时"、孙权的得"地利",而刘备一无所有,只占"人和"。"人和"是什么呢?显然就是和人民较好的关系。一部《三国演义》,写了无数战争故事,而读者却可以感觉到一个贯穿在整个小说深处的基本思想,就是,人民希望在刘备、诸葛亮政权之下统一全国,使广大人民获得较好的生活,因而对于他们的成败,是抱着无限关切和惋惜的感情的。人民有自己的看法,人民一向是肯定刘备、否定曹操,希望刘备、诸葛亮成功的。《三国演义》则集中地具体地反映了人民的这一看法、这一愿望。这正是《三国演义》的人民性所在。

其次,我们祖先的英勇智慧、正义气节,是人民一向引为骄傲而乐于称道的。祖国历史上虽然历代都有不少杰出的人物,而三国时期更特别以人才辈出而称著。北宋时候,有人形成一种看法:说是西汉的人物多有"智谋"而无"风节",东汉的人物多有"风节"而无"智谋";只有三国时期的人物,才是既有"智谋"又有"风节"的。这个说法反映了人们对"智谋"和"风节"兼备的要求。才干再好,如果品节有亏,也只有被轻视或唾弃。《三国演义》用力刻画了诸葛、关、张等人的明智、英武,但更加倍地刻画了他们的忠贞、义气。弘治本的序说:"其最尚者:孔明之忠,昭如日星,古今仰之;而关、张之义,尤宜尚也。"也就是这种意思。同时这也说明:吴、魏两方面的人物,在小说家的笔下,显然远不如蜀汉人物的光芒万丈,可是凡有气谊品节的,依然给以相当的赞扬,并无例外。至于像吕布那样的人,尽管"三英战吕布"才能取胜,其勇武何尝下于一个关云长或张翼德,然而他究竟不为人民所取,正是他毫无品节可言的缘故。三国戏文故事又标榜"汉节",实际都是当时民族气节、爱国主义思想的反映。特别在像南宋、晚明那样的时期，专制统治者昏聩已极，彻底违反人民的利益和愿望，宠信奸佞，摒斥贤能，投降外族，招致亡国，给人民造成无上的灾难；当时，在外既少有像关、张那样的英武刚毅的大将，在内更难得像孔明那样的聪明正直的贤相；一二出色的人才，不是朝予夕夺，就是被谗枉死：这和刘备、孔明那样"一体君臣"始终不渝、死而后已地共同奋斗反抗敌人的精神，成为一个极端的对比。南宋爱国诗人陆游在"谒汉昭烈惠陵及诸葛公祠宇"的诗里写出"论高常近迂，才大本难用；九原不可作，再拜临风恸"的句子。可以说，诗人的叹慨和悲愤也就是当时全体人民和一切爱国人士的叹慨和悲愤。世界古典文学名著往往是作者为某些有关自己的国家、人民和生活本身的重大问题所激动而写出的。《三国演义》对历史上的诸葛、刘备、关、张诸人的备加赞扬，同时就是对当时现实政治的严厉批评。这部小说的人民性之所以特别深厚，也在于这一点上。

封建时代，统治者为了巩固地位，"愚民"是最主要的一种恶毒政策，表现为种种不同的积极、消极的方式。总之是不让广大人民获得任何正确知识。人民在重压喘息下，被统治阶级蔑视为生来就是"愚昧"的奴隶。然而人民是有求知愿望的，他们要明辨是非，关心自己的命运，因此，他们是特别热爱自己的历史的，想要知道祖国的悠远的经历。怎样去知道呢？读"十七史"、"廿一史"吗？万不可能——即使可能，那些"官书"、"正史"也不是写给他看的。在这里，像罗贯中这样属于人民自己的文学家，把整部的史书变为通俗小说，这一工作的意义为如何伟大，是不难看出的。《三国志通俗演义》出现以后，模仿它的历史小说风起云涌，到后来竟有了全二十四史的通俗演义；民间曲艺中，《三国》节目最多，以京剧为例，《三国》戏竟达数十出之多，假如在历史剧中以时代和专题为分类，那么没有比《三国》戏更多的了。从此，人民才较多地知道了祖国历史的梗概。这便丰富了人民的知识，结集并提高了人民的智慧，也激励培养了人民的良好品德。《三国演义》批评历史人物的力量是无比的，正如《小说小话》所说："有什伯千万于《春秋》之所谓'华衮'、'斧钺'者。"普通人民的异姓结拜，和具有革命性质的秘密组织，无不引"桃园结义"作为典范。明、清两代的农民起义战争中，据说革命阵营都曾以《三国演义》的战案作为范例来学习、运用。到这里，愚民政策已经冲破,封建统治开始动摇。"通俗演义"的伟大意义,就在于"普及"上。这是《三国》的极深厚极广泛的社会影响所以发生,同时也是《三国》的极深厚极广泛的人民性又一所在。弘治本的序在说明"正史""不通乎众人"以后,总论《三国》:"文不甚深,言不甚俗,事纪其实,亦庶几乎史。盖欲读诵者人人得而知之,若《诗》所谓'里巷歌谣'之义也。"已经是接触到这一重要意义了。

当然,在封建专制时代,特别是清朝,统治者的阴谋无孔不入,他们为了达到统治人民的目的,并不是没有过利用《三国》的一个方面。其所以想到利用它并且有可能利用它,也正因为《三国》本身是具备着极深厚广泛的人民基础的。

"通俗演义"本是针对"正史"而命名的;弘治本题作"晋平阳侯陈寿史传,后学罗本贯中编次",鲁迅先生也说:"凡首尾九十七年事实,皆排比陈寿《三国志》及裴松之注,间亦仍采平话,又加推演而作之。"可见罗贯中的《三国》小说一方面相当大量地依据了史书,另一方面在采平话和加推演两点上,渗入了群众和自己的艺术创造。这就发生了所谓"七实三虚"的问题。清代章学诚说《三国》小说:"七分实事,三分虚构,以致观者往往为所惑乱。"是这类意见的代表。"三虚"指什么呢? 由章氏和其他人所举的例子,如玉泉显圣、秉烛达旦、桃园结义、华容挡曹、祭泸水以面为人首、庞士元死在"落凤坡"、"既生瑜,何生亮"等等,以为这些都不见于正史,所以是"无稽"的,我们就可以知道,由此引申,凡是人物方面的性格刻画艺术概括、情节方面的丰富和真实,自然不能都一一"见于正史",因而便都是"虚构"了。但这也正是文学作品所以不同于历史纪录的分野。我国古代不止一个卓越的历史家曾在给人物作传记时加入了艺术概括的成分,世界文献中也不止一部纪录兼具历史意义和文学意义。但其目的究竟不在创造形象,只在纪载史迹。《三国演义》小说则创造了大批人物形象,历史人物的言语行动、思想性格,便都生动而有力地表现于纸上,活在读者的心中。我们所熟悉的关羽、张飞、周瑜、黄盖等等,都不是历史人物的"还原",而是被十分丰富了的典型概括。曹操处处表现着"宁使我负天下人,休使天下人负我"的性格;刘备则处处表现着"宁死，不为负义之事"的作风：在文学的倾向下构成了最鲜明的对照。"曹操"这个名字，在社会上几乎成为一切奸邪、诈伪、阴险、残暴者的绰号，一切坏人恶德的标识，就说明《三国》作者在人物的典型性方面的成就。这在历史书里是不可能达到的，也正因为不是字字句句都"见于正史"的。在情节的细致与丰富方面，以刘备到隆中求访诸葛亮为例，史书里只有"凡三往乃见"五个大字。可是到小说里面，"三顾草庐"是长达五六千字的精彩文字：在层层曲折、变化、富于戏剧性的情节中间，处处写到刘备的真诚、渴慕，张飞的不伏气、莽撞，关羽的稳重、服从。读者也如身临其境地看到了隆中的景物、隐士们的生活面貌。而这一切，都不是为故事而编故事：一切为了人物性格。假如和史书来比较，这一切自然都是"不见于正史"，也就又是"虚构"了。"虚构"在这样的意义上讲，便是艺术的概括。《三国演义》之所以为广大人民所喜爱，正是因为它不仅仅是"七分实事"而已。

明代高儒的《百川书志》给《三国志演义》下过一段评语：

> 据正史，采小说，证文辞，通好尚（表达群众的爱憎、愿望）；非俗非虚，易观易入；非史氏苍古之文，去瞽传诙谐之气；陈叙百年，该括万事。

这是相当公平而且中肯、周到的评价。在"百年"之久、"万事"之繁的素材里，如何简择，如何扬弃，如何写来井井有条，既不平衍，又不芜杂，绝不是一件简单容易的事情，更不因为"有所本"就成为简单容易，正好相反，这正是罗贯中了不起的一个方面。许多伟大、繁复的场面，他都处理得十分得体、妥帖，写得十分生动、精彩。罗贯中在继承、运用素材原文的文字上，也是值得注意的：我们读《三国》，和其他古典小说比起来，可能感觉文言气息浓重，和口语距离稍远，但假如和史书对照一下，就发现小说本于史书的地方，都经过一番通俗化的变动，很少生吞活剥的情形。这些叙事、对话的文字，经过罗贯中（和毛氏父子）的消化、镕铸，构成一个整体，成为一个明白、纯净、洗炼的完整风格。至于全部《三国演义》不过六七十万字，却写了"百年"之间的"万事"，写了无数人的思想、行动，这样一个比例，在世界文学作品中也是不多见的——这正是我国古典文学中富于现实主义精神的优越传统。

　　《三国演义》并不是没有缺点的。鲁迅先生早就说过："至于写人，亦颇有失，以致欲显刘备之长厚而似伪；状诸葛之多智而近妖。"弘治本序也有"其间亦未免一二过与不及，俯而就之，欲观者有所进益焉"的话。我们也看得到，《三国》里面有些迷信的成分，如一开卷就先述种种妖异灾祥；以后某人出师不利，每先风折帅旗，某人将死，多有预感恶兆；以及作法、祭星之类。我们自然不应该去相信这些——虽然阴阳五行、方术符谶等说法，汉代最为流行，古人确实如此相信、如此传说，无论从历史时代本身还是从作者的时代来看，都并非脱离历史的。此外，《三国演义》的作者不同情于起义的黄巾，把他们贬为"盗贼"。这是作者不能认识那一伟大农民革命的实质，主要是借它为小说中引出刘、关、张等人的引线的缘故。值得注意的是：即使如此，罗贯中也还是至多把黄巾"馀党"写为"劫掠良民"而已；在小说家的笔下，把几千口正看社戏的百姓围住，杀掉男子，劫走妇女，装载财物，悬挂人头于车下，口称杀"贼"得胜而回的，却不是"反贼"黄巾，而是"王臣"董卓。在这一点上，罗贯中尽管把黄巾称作"盗贼"，却更着重描写了统治阶级的凶残，反映了历史的真实；对革命的农民并没有什么更多的诽谤。

　　这类缺点，究竟是次要的、数量不大的。从全部来看，并没有因此破坏或损害主题思想。所以，《三国演义》始终不愧是所有历史小说里的最杰出的一部著作。

　　此次排印，以几个较好的毛本为根据、弘治罗本作参考，在文字、专名、引录诗文等方面都作了比较细致的校订。一般说来，文字只以毛本为据，除非极个别的地方为毛本改坏了改错了的，酌量采用弘治本更动一下，此外并不处处依从弘治本原文。例如诛董卓时，因董卓衣袍内穿着铠甲，刺不透，史书本作"卓衷甲不入"，弘治本作"里甲不入"（并有小注），而一般毛本作"裹甲不入"。这里"衷"、"里"、"裹"三个字在形、义上辗转变改的关系，是很微妙的。但"裹甲"既然自成文义，又比较好懂，所以虽然明以"里甲"为近是，"裹"字可能是以意妄改或转刻讹误，我们也就不再依弘治本改回。吕布派许汜等去见袁术，时术已称帝号，所以弘治罗贯中本许汜等称术为"明上"，这是根据《三国志·张邈传》裴注引《英雄记》，本是正确的。可是普通毛本却仍如称一般臣僚似地作"明公",显然于情理不合,所以从弘治本,仍作"明上"。其馀的例子很多,性质复杂,这里就不再一一列举。

为了帮助读者的理解,我们作了一些简要的注释。所注释的,主要是一些有关的历史故实,以及比较难懂的文言词句。至于官名、地名、典章制度之类,注起来非常繁琐,对于一般读者来说,也没有多大必要;还有些典故,看了上下文自可了解:这些一概不注。引录的诗文当中的典故和词句,除了和正文有密切关系的,一般的也都不注。注文力求简单扼要,避免专门性质的考证。

此外,还附印了一幅三国地图,帮助读者对小说中人物活动的空间范围获得一个概念。不过,三国的疆域本就错综复杂,州郡的侨置分合也变动频繁;本书又是一部通俗历史小说,并不是严格的历史纪载,其中地名错乱、虚拟、方向位置与实际不符的情形,也是偶尔有的:所以这个地图不可能十分详尽精确,只是画出一个大概的形势而已。

本书所附插图二十二幅,是从清雍正致远堂刻本《三国志》、光绪桐阴馆刻《三国画像》、同文本《三国演义》等书中选出的,和其他整理工作一样,一定还不够完善,有待逐步补充改进。

周汝昌

一九五五年六月于北京

（罗贯中著,人民文学出版社一九五五年版）

《范石湖集》前言

　　《范石湖集》，宋范成大撰。范氏所著诗文，早有全集刊本，共一百三十六卷。其中诗（包括辞赋）和词两部分，赖清人先后重刊、辑刻，尚有流传。馀者除几部单行的专著而外，大都亡佚，仅能从方志、笔记、石刻中搜辑少许零文碎语，借窥一斑而已。因此，他的散文虽然在当时声价很高、流布甚广，而我们今天却已不能多见了。

　　范成大，字致能，号石湖居士；平江府（今江苏苏州）人；生于宋钦宗靖康元年（一一二六）六月初四日，卒于宋光宗绍熙四年（一一九三）九月初五日，年六十八岁。

　　范氏并非豪门世宦。他的父亲范雩始由宣和六年（一一二四）进士官至秘书郎。成大少年连遭亲丧，孤贫自励，隐居山中十年不出。二十八九岁，始出应举，中绍兴二十四年（一一五四）进士。其后历任徽州司户参军、圣政所检讨官兼敕令所枢密院编修、秘书省正字、校书郎兼国史院编修、著作佐郎等职。乾道二年（一一六六），除吏部员外郎，为言官所阻，于是请祠归里。三年起知处州。五年，宰相陈俊卿以其才能优异，荐为礼部员外郎兼崇政殿说书、国史院编修，擢起居舍人兼侍讲，又兼实录院检讨。六年夏，以虞允文之荐，被命以起居郎借资政殿大学士，为祈请国信使，使金。归迁中书舍人，同修国史及实录院同修撰。七年（一一七一），孝宗将以张说为签书枢密院事,成大当制,径缴驳,遂自引退,仍请祠禄归苏州。八年冬,起知静江府(治所在今桂林)、广西经略安抚使。淳熙元年(一一七四),除敷文阁待制、四川制置使、知成都府。三年,以病乞归;十一月,入对,除权礼部尚书。五年正月,知贡举,寻兼直学士院;四月,以中大夫参知政事,权监修国史、日历。才两月,为言官以私憾论劾,即落职,归里。六年二月,起知明州(治所在今浙江宁波),兼沿海制置使。七年,改知建康府(治所在今南京),兼行宫留守。九年,以病力求放归,其时年已五十七岁。十五年(一一八八),起知福州,力辞。绍熙三年(一一九二),起知太平州(治所在今安徽当涂),虽勉赴,亦仅逾月即归。四年九月卒。谥文穆。

综观范氏一生,始由词翰,洊至宰执,屡遭谗嫉,不安其位,未有建树;但在为地方官时,则兴水利、恤贫民、除弊政、建良法,所至有声。同时人周必大称其"所至礼贤下士,仁民爱物,凡可兴利除害,不顾难易必为之;乐善不厌,于同僚旧交,喜道其所长,不欲闻人过;去思遗爱,所在歌舞之",核以实际,大致不是过饰之词。特别是他出使金国,不畏威胁,力争国权,致敌人亦为之起敬,大节凛然,尤为世人所重。

范成大降生之年,正是金人攻陷汴京、北宋即将灭亡的前夕。他四岁时,金兵渡江南侵,将临安(杭州)、平江(苏州)焚掠一空,其故乡大火五日不熄,居民死亡达五十万。此后,人民的灾难,国家的耻辱,愈益深重。十六岁时,"绍兴和议"订成,从此,南宋朝廷对金国极尽其屈辱无耻,对人民极尽其凶狠残酷之能事;政治上,一贯奸人得势,正义消沉。统治者一面以厚币资敌,图得苟安;一面则加紧压榨,醉歌梦舞。这些,就是他由少至长,身亲目击的时代环境,因此也就决定了他的诗歌创作的主要内容:爱国诗篇和爱民诗篇这两大方面。

提起爱国诗篇,人们自然先想到同时诗人陆游。其实南宋四大家——尤、杨、范、陆——之中,除尤袤诗集已佚,不能具论而外,杨、范两家的爱国诗也是不可忽视的,只不过由于他们的风格手法和陆游不同,表现得较为含蓄深婉,不像陆诗的豪迈劲直罢了。《石湖集》中的爱国诗,像《合江亭》、《题夫差庙》等作,慷慨沉痛,不可多得。但最令人注目的,当属卷十二全卷通为一组的纪行诗。这组诗,共七绝七十二首,是他乾道六年(一一七〇)使金时所作。他将一路上所见的中原广大沦陷地区的残破景象和金人落后、野蛮的统治情况,都生动地描绘下来;其中最使人感动的,像"茹痛含辛说乱华"的老车夫,叹息"曾见太平"的种梨老人,天街上"年年等驾回"的父老,迎迓扶拜、争看"汉官"的白头翁媪,这些被宋高宗、秦桧等出卖、遗弃,甚至遗忘了的苦难忠贞的人们,却在诗人的作品里受到了真挚的同情和关切,同时也获得了永远不朽的生命。还有像《李固渡》的"洪河万里界中州,倒卷银潢聒地流。列筏燔梁那可渡?向来天数亦人谋",《安肃军》的"从古铜门控朔方,南城烟火北城荒。台家抵死争溏滦,满眼秋芜衬夕阳"这类诗,有思想,有识见,有议论,有批评,有愤慨,有呼吁,鉴往追来,惩前毖后,感情深婉,回味无穷,不论从内容讲或从艺术讲,都可称为杰作。但历来很少有人加以称赏介绍;我们应该不为旧日评家的目光所限,而必须给以应得的评价。

石湖的爱民诗,是人们比较熟悉、常常提起的,但又多为他的六十首《四时田园杂兴》的盛名所掩,往往忽略了不少同等重要乃至更为重要的作品。像《乐神曲》、《缲丝行》、《田家留客行》、《催租行》、《后催租行》,几乎达到了唐代新乐府诗人王建以后人所不能攀登的高峰。他的一些竹枝词,在描摹风土民情之中,同样流露了他的爱民思想。例如写夔州一带背儿采茶的劳动妇女,"买盐沽酒"的水果贩,指出"东屯平田粳米软,不到贫人饭甑中",这和《劳畲耕》篇所反映的吴农不堪剥削,以致逃田弃屋、室无炊烟的惨象,以及"晶晶云子饭,生世不下咽(喉;平声);食者定游手,种者长流涎"的社会不平,都是极其形象的大胆揭露。作者还有许多深切同情贫民、小贩、卖歌者、卖卜者为生活而艰苦挣扎的诗篇,也是至为感人的。

这样说,并非有意低估他的《田园杂兴》。这个以六十首绝句构成一个整体的组诗,不但其规模为历来所未有,而且还在于他能够运用组诗的形式,描绘出当时农家的景物、岁时、风俗、劳动、困难、忧虑、灾难、煎熬、奋斗、各式各样的生活、各式各样的琐事,较全面而深刻地反映了当时的农村。可以说,范石湖是把新乐府、竹枝词二者的精神,巧妙地和田园诗结合在一起,改造并提高了传统的田园诗,而赋予它以新的内容、新的生命,因此对后来影响很大。从整个诗歌历史看,他也是能把最多的篇幅给予农民、把反映农村生活摆到创作主题中的重要地位的一位作家。所有这些事实,都是不容我们低估它们的价值的。

《石湖集》中还有另一类诗，即写行旅、山川、风物的，反映面非常广阔，又写得真切、细致、清新、多样；祖国的壮丽河山，人民的生活面貌，展卷如见，可以看作他的田园诗的延展和补充，也是值得我们重视的。

范成大的诗歌风格，前人亦曾有所指出，如"典雅标致"、"端庄婉雅"、"清新妩丽"、"奔逸"、"俊伟"、"温润"、"精致"、"秀淡"、"婉峭"等等不同的品目，虽各得其一端，而大率应以清新婉丽、温润精雅为其主要特色。他于前辈诗人，几乎无所不学：大抵于六朝鲍谢，唐代李杜、刘白、张王，中晚温李、皮陆，北宋欧梅、苏黄，皆下过深功；此外，韩愈、杜牧、王安石、陈与义等大家，也都对他有一定的影响。粗略说来，歌行古风，摄神太白；山川行旅，取径老杜；七律，极有樊川英爽俊逸之风；五律，时得武功细腻旖旎之格；乐府，力追王仲初逋峭之姿；绝句，颇擅刘梦得竹枝之调。因此，在宋诗中，最能脱略江西，饶有唐韵，卓然成为南宋一大名家。

石湖词，今传"知不足斋"、"彊村"本，寥寥一卷，早非全豹。例如其《丁酉重九》诗序所说："余于南北西三方，皆走万里，皆过重九，每作'水调'一阕，燕山首句云：'万里汉家使'；桂林云：'万里汉都护'；成都云：'万里桥边客'……。"今则只存"燕山九日作""万里汉家使，双节照中秋"一阕，可证散佚实多，已难论定。加之前贤月旦偶偏，后人因循不察，就给石湖词造成了不甚公平的评价。即如自从南宋周密《绝妙好词》选录了《眼儿媚》(萍乡道中乍晴，卧舆中困甚，小憩柳塘)等阕，后来选本多直承其旧，更不向集中别采瑶玖，以致有的评家竟以为石湖词格就只像《眼儿媚》所写的"春慵恰似春塘水，一片縠纹愁；溶溶泄泄，东风无力，欲皱还休"，读了使人浑身"懒洋洋"地没有一点气力。其实，品论古人是不可以这样以偏概全、以耳代目的。即以现存寥寥几十阕而言，已觉风姿时变，不主一格，而又颇有独到；如《水调歌头》之"细数十年事"、"万里汉家使"，豪宕激楚，完全是东坡、于湖的路数，假如杂入《稼轩集》中，后人应亦难辨；其《念奴娇》"吴波浮动"一首，尤有于湖旷放出尘之致。至《秦楼月》："香罗薄，带围宽尽无人觉；无人觉，东风日暮，一帘花落。　西园空锁秋千索，帘垂帘卷闲池阁；闲池阁，黄昏香火，画楼吹角。"又极与放翁神契。如《三登乐》(一碧鳞鳞)篇，绝似北宋柳永羁旅之作。至如《醉落魄》"雪晴风作,松梢片片轻鸥落。玉楼天半褰珠箔。一笛梅花,吹裂冻云幕。　去年小猎漓山脚,弓刀湿遍犹横槊。今年翻怕貂裘薄,寒似去年,人比去年觉",试看这岂是可用"吴侬软语"的风格来概括的?

但是在评议石湖词时,最为重要的,却还不能忘掉另一类作品,例如:

红锦障泥杏叶鞯,解鞍呼渡忆当年,马骄不肯上航船。　茅店竹篱开席市,绛裙青袂断姜田,临平风物故依然。

——《浣溪沙》

春涨一篙添水面,芳草鹅儿,绿满微风岸。画舫夷犹湾百转,横塘塔近依前远。　江国多寒农事晚,村北村南,谷雨才耕遍。秀麦连冈桑叶贱,看看尝面收新茧。

——《蝶恋花》

这种词,除苏、辛偶有类似之作外,在南北两宋集中实不多见;这又和他善写《田园杂兴》、《村田乐府》等诗篇是紧相关联的。因此我们可以说,石湖词是有生活、有内容、有艺术,而又风格多变的,其长处尤在不循南宋词家雕琢藻绘的途径,故其成就并不在同时诸家之下。

石湖作品,在思想上受释道两家的影响较多,常有消极情绪出现,更坏的是有时写些偈子式的诗,排比禅语,了无意致;他的农村诗,一般说是应该肯定的,但他的阶级感情和趣味,也使他时有美化农村之处。在艺术上,也有粗率、浮滑、浅露、诡怪的缺陷;又有时嗜奇骋博,好用僻典。这些都是不足取法的。但总的说来,他以现实主义的方法,着重反映了时代社会生活、民族矛盾和阶级矛盾,洋溢着同情和关怀贫苦人民的精神;在艺术上,取精用弘,多方学习,自树一格,这些都是使他不愧为南宋大家的地方。

(中华书局一九六二年版)

《唐宋传奇选》前言

　　这是一本唐代和宋代的"传奇"文学的选集。

　　"传奇"是什么样的作品呢？简单地说，这就是唐宋时期的短篇小说——我们说"短篇"，主要是相对于后来的长篇而言的。

　　短篇小说，为何却称之为"传奇"呢？应该首先把它得名的由来和连带有关的一些事情稍为介绍一下。

　　唐代中晚期之间，有一位作家，名叫裴铏，他作了一部小说集，取名就叫作《传奇》（此书已佚；著名的《昆仑奴》和《聂隐娘》，就是其中的两篇。本书共选收裴铏作品四篇，都是从宋人所辑的《太平广记》中录出的）。这是我们迄今所知的唐代第一个采用或创造这一词语的人。另一方面，这类小说作为一种新兴的文学体裁，在当时自然还没有一个适当的名目，而随着这种新体文学的日益发展，选取一个方便的专名的需要便也日益增加。由上面的迹象来推测，其情形可能是：大家逐渐就把裴铏为他自己拟定的书名借作统指这类小说作品的泛称——或者说，他的这个书名后来竟成为这个新兴文体的专称了。如果这种推测接近事实，那么"传奇"一名的比较正式的成立，当在中晚唐之间甚至更晚些，亦即在传奇文学已经非常盛行之后。

　　不过那时候称呼"传奇"，还往往含有贬意在内，如鲁迅先生所指出的："此类文字……时亦近于俳谐，故论者每訾其卑下，贬之曰'传奇'，以别于韩柳辈之高文。"我们可以联想到下面一个事例:北宋时候,范仲淹作了一篇《岳阳楼记》,当时尹师鲁读了,批评说:"传奇体耳!"(见《后山诗话》)这个例子同时似乎也可以说明,"传奇"作为上述意义的泛称,在唐末宋初之际可能就已相当流行了。元人陶宗仪在《辍耕录》一书中说:"唐有传奇,宋有戏曲诨词小说,金有院本杂剧……"则"传奇"这名目至晚在元代就已和其他文学体裁的名字并列,便也得到了例证。

随着时代的推移和文学的发展,"传奇"这个名目的含意还又时常发生变化。例如宋人以诸宫调为传奇;元人则以杂剧为传奇;明朝人又以戏曲之长者为传奇,以别于四折的北杂剧;清代乾隆间黄文旸遂正式分戏曲为杂剧、传奇二种。因此,我们应该知道,孤立使用"传奇"二字,有时会淆混不清,若说"唐传奇"、"明传奇",便显得明白,因为那已经是分指短篇小说和长出剧曲了。

但是以"传奇"来指小说作品的用法,却也不会从明传奇剧曲兴起之后便完全绝迹,实际上,在清代还是相当普遍的。而由于从清末开始的对于西洋小说文学的翻译介绍日益发展的结果,又使翻译家们给"传奇"加上了一个意义:他们借用我国这个古代名目来称呼欧洲的"罗曼斯"(romance)体裁的小说作品。

我们在阅读唐宋传奇的时候,把这些比较错综复杂的区别和联系大略地知道一下,是必要的。

上面说过了"传奇"的所以得名之故。但这里应该补充一点,就是,大家所以单单把裴铏的书名用为这种小说的专名,也因为这名字本身简明浅显地概括了这种小说的特色和特点:"传"写"奇"事。

原来传奇文学也不是从"天上掉下来的",它也自有它的来龙去脉。

唐代传奇是在六朝小说的基础上发展、演变、进化而来的。六朝小说又是什么样子的作品呢?鲁迅先生早已为我们拈出了一个同样概括简明的名目:"志怪"。志怪、传奇,正好是一双对仗工整的偶称。

这一双偶称揭示了两者的联系和区分。六朝小说的主要内容是"列异"、"搜神",正如鲁迅先生所说:"中国本信巫,秦汉以来,神仙之说盛行,汉末又大畅巫风,而鬼道愈炽;会小乘佛教入中土,渐见流传。凡此,皆张皇鬼神,称道灵异,故自晋讫隋,特多鬼神志怪之书。"唐代传奇的第一个特点就是,虽然"怪"、"奇"之间不无脉络可寻,而主要题材,已由鬼神之"怪"逐渐转向人事之"奇"——脱离了荒诞不经、因果报应,正面摹写人世,反映现实。

当然,说六朝小说以志怪为主,并非说彼时完全没有传写人事的作品,以《世说新语》为代表的许多小说就都是"或者掇拾旧闻,或者记述近事,虽不过丛残小语,而俱为人间言动,遂脱志怪之牢笼也"(鲁迅《中国小说史略》,前后同,不备注)。然而,那时裴启作了一部《语林》,本来颇为盛行,旋因记载当时名流谢安语,不实,为谢安所诋,而书遂废。由此一例可见,彼时的作者和读者,还都从"史"的性质来认识或要求这种摹写"人间言动"的丛残小语,换言之,那时候人们还没有意识到小说文学本身所应当具备的各种特性特点,也根本没有想到要创作小说文学作品。唐代传奇的第二个(但并不是次要的一个)特点就是,它不但摹写人间言动,而且加入艺术创造,有意识地从事小说文学创作了。

在我们的中古小说史上,这是一步重大演变。

这一点,前人是有能看到并说出的。宋人洪迈说:"唐人小说,不可不熟,小小情事,凄婉欲绝,洵有神遇而不自知者,与诗律可称一代之奇。"(《容斋随笔》)这还是说不清楚,而且有些玄虚;明人胡应麟说:"变异之谈,盛于六朝,然多是传录舛讹,未必尽幻设语;至唐人乃作意好奇,假小说以寄笔端。"(《少室山房笔丛》)就有些意思了。但是只有到鲁迅先生,才见得真,说得透,他说:

> 小说亦如诗,至唐代而一变。虽尚不离于搜奇记逸,然叙述宛转,文词华艳,与六朝之粗陈梗概者较,演进之迹甚明;而尤显者乃在是时则始有意为小说。

> 传奇者流,源盖出于志怪;然施之藻绘,扩其波澜,故所成就乃特异。其间虽亦或托讽喻以抒牢愁,谈祸福以寓惩劝,而大归则究在文采与意想,与昔之传鬼神、明因果而外无他意者,甚异其趣矣。

　　由此可以看出，我国古典小说到唐代传奇这里，无论是题材范围、思想内容，还是创作精神、艺术方法，都起了根本性的变化和进化，这就给小说文学奠定了良好的基础，也为小说文学开辟了广阔的前景。

　　传奇文学在文学史上的主要意义和价值，就在于此。

　　传奇文学的兴起，虽然有如上述，是文学品种的传统因素的一种逐步的积累和发展，但这种发展也另自有它的历史社会经济方面的基础。

　　唐代是我国中古时期的一个最为兴盛的王朝，从整个封建时代来讲，它的地位也正处于这种社会的繁荣上升时期。唐代开国的皇帝们，为了缓和阶级矛盾、巩固统治政权，对农民采取了比前代较为开明、让步的政策，同时拥有强大的武力，国防十分巩固，社会也较为安定，因此大大地恢复并发展了社会生产力。在农业生产提高的基础上，手工业、商业、运输业、金融业都空前发达，整个封建经济、特别是都市经济，出现了一种欣欣向荣的气象。这就使得唐代的一切文化和文学艺术都异常繁荣丰富。

　　由于上述经济原因，这时也就出现了一个掌握都市经济、以工商业者为主要成员的广大市民阶层。当时像长安、洛阳、扬州、成都等地，就都是典型的封建大都会，这些地方成为富商巨贾、中小商人、城市手工业者、其他职业者和一般市民的密集点。这些人，除了物质生活条件远比农民为高之外，对文化生活的需要自然也日趋增大。这种情势有力地推动了小说的迅速发展。也因为这些城市中的阶级矛盾和社会关系日趋复杂，其现实生活和社会意识便能为文学提供较多的新主题、新任务，而新兴的传奇小说却正因为形式较为自由、反映面较为宽广，恰好能够更好地符合适应这种形势要求。所以，它便在时代的条件下得以迅速发达起来。

　　此外，还有一些别的因素，也或多或少地帮助或刺激了传奇的成长。

　　第一，传奇在有些方面，显然是受到了民间讲唱文学的影响，吸收了它们的一些优点。唐代由于佛教的盛行，流行着一种以散文、韵文相结合，用来讲唱佛教经义的"变文"；这种变文为了通俗易懂，往往在演唱的前面加上讲说，篇末附以四字句的"偈颂"；而且，为了吸引听众、多募布施，在"僧讲"之外还有"俗讲"，而这种俗讲就广泛取材于民间故事而不再限于佛经了。

于是"变文"由宗教文学慢慢地转化为民间文学。当时的"变文",不管是佛经故事还是民间故事,都很富于想象力,具有艺术创造性。从传奇的内容和形式,我们都可以窥见它接受讲唱文学的某些长处而加以消纳融化的痕迹。

还有,如唐人段成式在《酉阳杂俎》中所记载的,当时城市里流行着的"杂戏"当中就有"市人小说",这种小说往往也成为传奇故事的题材来源,例如白行简的《李娃传》,就是根据市人小说"一枝花"而写成的。足见城市民间艺人也给文人作家以相当的影响。

第二,唐代的古文运动,和传奇也有一定的关系。古文运动是当时改进文体、文风的一种运动,所谓"古文",其实是由习用已久的骈体文改变为比较接近当时口语、句法,适宜于自由表达思想的一种散文。这种生动流利、能够更好地表现现实的自由散文体,无疑给传奇小说的创作提供了极有利的条件。古文运动兴于唐初,而以诗歌史上所谓"中唐"时代为达到了发展的高潮阶段。这一时期,正是传奇由兴起到全盛的时期。再看古文运动中的重要作家如韩愈、柳宗元,他们的个别作品如《毛颖传》《河间传》等,就是为一般评论家认为十分接近传奇体的古文。这些,都说明了两者之间的一定联系。

第三,唐代传奇作家多属当时新兴社会阶层出身的进士,他们的生活,较多地具有追求新奇、浪漫成风的特色,这就说明了他们所以特别适宜于传奇的创作(因之也影响到这种作品的内容和色彩上的发展倾向)。和这相关联的,就是唐代的进士科的取士制度和"行卷"、"温卷"的风气,在某种程度上也刺激了传奇文学的发展。唐代重视科举,应试的举子为了获得有文誉、有地位权力的人的赏识,增加中举的机会,便先期把自己的文章送给他们去看(第一次送,叫"行卷";以后再送,叫"温卷")。当时这种风气很盛,"公卿之门,卷轴填委"(彼时文章书籍,都是写成的纸卷子,卷成轴状)(见《摭言》),而这些"卷轴",据宋人赵彦卫记载,往往就是传奇作品。依赵彦卫的分析,举子们所以送这种作品,是由于"此等文备众体,可见史才、诗笔、议论"(见《云麓漫钞》)。这是有些道理的(传奇作品中间多插有诗句,在幅末往往出现一段议论,发挥见解,或进行说教)。不过,这最多只说明这一风气对传奇的盛行也起了刺激、促进的作用(这是并无疑问的),但不能认为这是传奇兴起的主要因素之一，因为，举子们所以能把传奇文章送给大人先生们以求赏识，只能是传奇文学本身的优点已经普遍为人欣赏、接受的结果，而不能是相反的情形。

大体说来，唐代传奇的兴起和发展可以分为三个阶段：诗歌史上的"初唐"时期（约公元六一八——七一二）为初期，开元、天宝以后（约七一三——八七三）为中期，"晚唐"时期（约八七四——九〇五）为末期。

初期的传奇，是由六朝"志怪"小说到唐代传奇的过渡时期。这时期的作品在主题上还没有完全脱离"怪"的范围，思想内容不高，艺术也不完美；但是篇幅已较为完整，描写已渐趋细致，情节已较多变化了。这一时期的作品现存的很少，迄今所知，还只有《古镜记》、《补江总白猿传》、《游仙窟》三篇而已。

开元、天宝以后，尤其是大历至大中、咸通间（七六六——八七三）是传奇最兴盛的时期。这个期间，在历史上正是"安史之乱"后，唐代政治情况是，阶级压迫加重，土地大量兼并，贫富日益悬殊，统治阶级内部矛盾也日益加深，封建的伦理道德，日趋动摇，总之是，种种矛盾都爆发了，许许多多的社会问题都显露了。这给传奇创作提供了最好的题材资料，而且这些问题也确实在传奇作品中获得了相当的反映。另一方面，还由于当时统治阶级的奢侈享乐、放纵荒淫，教坊妓院，成为兴旺的地方，这类地方却又正是很多复杂社会问题得到曲折反映的一种交叉、集中点，因此时有异事奇情，传闻远近。这些，也在一定程度上丰富了传奇创作的材料库。这一时期，名家辈出，佳作如林，是名副其实的传奇黄金时代。如《离魂记》、《柳毅传》、《霍小玉传》、《李娃传》、《莺莺传》、《南柯太守传》、《长恨传》等等脍炙人口的名篇，就都是这时期的作品。

唐代到晚期，战乱四起，社会极度不安，统治集团内而宦官专权、外而藩镇割据，朝廷和地方势力形成对立，全国陷于一片混乱之中；最后爆发了农民起义（起义虽被镇压下去，唐代的统治也就随之告终）。当时地方势力多蓄刺客，借以"自卫"，社会上兴起了"游侠"之风。于是英雄侠义的故事就到处传布着。至于人民，处在水深火热之中，对现实绝望了，许多人把希望寄托于起义斗争,但也有部分人、特别是中下层市民,却把希望寄托在具有"神出鬼没"的非常本领的侠客身上,以为靠他们就能行侠仗义、除暴安良,拯救被压迫、被欺凌者。这种幻想反映到传奇文学中去,就产生了若干多少带有神秘色彩的豪侠故事,因而成为这时期传奇作品的特色。如《红线》、《聂隐娘》、《昆仑奴》、《虬髯客》、《郭元振》,就都是这类作品中的较好者。

　　总起来,从量的方面来看,唐代传奇的收获不算少,除去已经亡佚的不说,现存者还有数百篇之多(绝大部分是赖《太平广记》的辑录而得以流传下来的)。其中本来是专集形式的就有四十多部,著名的如牛僧孺有《玄怪录》,李复言有《续玄怪录》,薛用弱有《集异记》,袁郊有《甘泽谣》,皇甫枚有《三水小牍》,裴铏有《传奇》,张读有《宣室志》,皇甫氏有《原化记》,皆是。其馀单篇的也尚有四十馀篇。专集的出现,对传奇的发展有一定推动作用,就中如牛僧孺,其人本身是名高位显的大官僚,就其专集说也是分量很大(共十卷,今存于《太平广记》的犹得三十一篇),其中不乏名作,而张读又是牛僧孺的外孙,他作《宣室志》可能是受其外祖的影响(参看《四库全书总目提要》)。这都是值得注意的现象,因为这在当时社会条件下不能不对传奇的发展起相当的作用。

　　唐代传奇所写的人物形象是各种各样的:有帝王妃嫔,有贵族官僚,有著名的诗人,有应试的举子,有艺人,有商贾,有豪侠义士,有纨绔子弟,有闺秀,有妓女……以至当时在都市杂居的"胡商",也一再出现过。仅由这一点,也不难窥见传奇小说所反映的社会面和现实生活的范围是如何广泛。

　　如从故事主题的分类来看,则恋爱和婚姻问题的比重颇大——而且这些作品写得也最为成功。这类题材所以获得较多的反映,说明了这在当时就是一个引人注意的、具有普遍意义的社会问题。作者们描写了青年男女,尤其是女性方面,为了争取婚姻自由、为了追求幸福而作的反对封建礼教的英勇斗争,也歌颂了这些斗争者的爱情上的坚贞诚挚。由于封建势力的压迫,现实生活中的恋爱事件遭到多方的阻挠和挫折,往往以悲剧告终,女性被虐害、被牺牲;因此作者们塑造了若干遭人玩弄、饱受迫害的妇女形象,对她们流露了深厚的同情——这也就对当时社会进行了一定程度的控诉;"父母之命"的包办式婚姻的不合理，也受到了某些批判。像《任氏传》、《离魂记》、《柳毅传》、《霍小玉传》、《李娃传》、《莺莺传》、《飞烟传》等，都是这类传奇中的名作。

另一类，是通过"梦幻"来写"人生经历"的故事，以《枕中记》和《南柯太守传》为其代表。两篇故事都是写封建知识分子的人生观和其思想矛盾的。情节同是梦想顺着"功名富贵"的道路往上爬，而最后发现这一切所谓"功名富贵"，都不过是"一场春梦"。这种思想是个复杂问题，需要较细致的分析批判。我们所以部分地肯定它们，是由于它们在客观上也暴露了封建时代政治的黑暗和统治阶级的内部矛盾，显示了这种集团中上层人物的必然没落的命运。同时对热中利禄之辈，也多少进行了一定的讽刺批判（它们的消极意义一面，后文试行说明）。

还有一些以当时历史事迹为素材、加工写成的故事，如《长恨传》和《东城老父传》即是。作者选取了某一具体事件，通过细节刻画，揭发了统治集团上层人物的奢纵荒淫的腐朽生活，暗示了他们的罪恶是引起战乱、祸国殃民的一种根源。

豪侠故事，如《红线》、《聂隐娘》、《昆仑奴》、《郭元振》等篇，虽然不能尽免于荒诞无稽，但这既然是当时现实社会风气影响下的产物，因此也曲折地表达了人民对统治阶级的反抗情绪，幻想正义可能会得到伸张的一种意愿，也自有其现实意义。

唐代封建阶级社会，最重"门阀"制度，当时严格规定，只许"本色配偶"，即本阶级人通婚；所谓"五大姓"的"高门"，是不和一般人发生亲戚关系的。传奇作者对这种封建制度表示了不满，如《霍小玉传》写李益，就是一例。李益之抛弃霍小玉，只是因为一为"宦族"（"五大姓"之一），一为娼门，"门第"是"不相当"的。而《李娃传》写荥阳生（也是"五大姓"之一）居然娶了妓女为妻，而且被封"夫人"（"被封"是当时作者借以光宠她的历史形式），似乎比上例中的消极抗议更为积极大胆了些。《阎丘子》篇，写"名家子"唾弃"寒贱者""大贾子"——因为他不是"士族"，这不但是对门阀制度的揭露，而且也反映了"高门"和新兴的工商业者阶层之间的阶级和社会矛盾。

另外的一种可贵的叛逆精神在《柳毅传》里也显示出来。作者所塑造的钱塘君,是作为正面人物来写成的,他具有刚强无畏、嫉恶如仇的性格特点,除了为龙女复仇,还曾一怒而使"尧遭洪水九年",而且"与天将失意,塞其五山",作者通过柳毅,称赞他那"跨九州、怀五岳,泄其愤怒"的行为是"刚决明直"。"天帝"和帝尧是天上和人间的最高统治主,而钱塘君只要看到不合理的事,就不计个人安危利害,坚决地向他们作斗争,他因此为上帝囚禁,遭受迫害,但"钱塘之人日日候焉",见得出统治主所不容的,正就是人民所喜爱的人。作者在龙女故事中加入这一特笔,应不是无意而为之的。

另一面,传奇作者也很善于揭露反面人物的丑恶。这在《谢小娥传》、《李娃传》、《昆仑奴》、《温京兆》等篇中可以得到例子,这些故事反映了大官僚荒淫霸横,强掠民女,贪污好货,暴虐杀人的种种罪行。都可说明这些作者的爱憎倾向,有其接近人民的看法的地方。

像《马待封》、《李薹》等篇,却从另一个角度来反映封建社会制度的腐朽性。它们写的是身怀绝艺的人,在那种社会里却完全无从发展其天才成就,命运十分悲惨。这类作品所采用的反映手法比较新颖,读来颇能启人深思。

又如一些过去不太为人注意的小篇,如《京都儒士》、《画琵琶》等,从不同角度来抒写破除鬼神迷信的思想,而写来又诙谐有趣,饶有讽刺意味,也是值得一提的。

传奇作品在艺术性方面有较高的成就。这些作者善于运用现实主义、浪漫主义或二者相结合的方法来进行创作,写出了这么多既有一定思想内容而又具有吸引力的故事。由于它摒弃了骈体的形式而采用新体散文,这就能够比较自由、生动、细致地进行描写,就修辞来说,也文采斐然,优美动人。在结构上,大都很谨严完整,而又富于波澜变化。这些古代小说作者也善于塑造人物形象,性格鲜明,有血有肉,栩栩如生,又能从细节上的勾勒来使人物生动、深刻起来。

例如《李娃传》,就写得很好,情节繁复而剪裁得当,脉络分明,读去既觉丰富多彩,而又清新明快。《柳毅传》写柳毅和洞庭君的会见,龙女的归来,龙宫的欢宴,都异常出色;写钱塘君飞去的那一段,只不过寥寥数十字,却效果极大,读来真有"惊心动魄"、"目炫神迷"的意味,这实在很不容易。《柳氏传》里写许俊，营救柳氏，从容不迫，有胆有识，成功地刻画出一种舍己为人的英雄气概。《霍小玉传》里，写霍小玉，有她柔婉多情的一面，可是又有她那刚强义烈的特点，是一位能爱也能恨的女子；黄衫客撮合、使她与李益得以重会那一段，写来既凄切，又激昂，感人甚深。馀如其他篇中的任氏、谢小娥、步飞烟、红线、红拂、虬髯客等人物，也都是写得很成功的例子。

同等身份的人物，由于出身和环境的差异，其性格就也有所不同，这一点，在传奇小说作者的笔下可以看得到。霍小玉、李娃，都是沦为妓女的人，但霍小玉是贵族出身，心中又有选择佳偶的愿望，所以写她便是"低鬟微笑"，要经过勉强才肯唱歌，表现了那种少女的腼腆羞涩；而李娃就不是这样了，她是名妓，经历既多，世故已深，所以当荥阳生之到来，她是从容"整妆易服而出"，且能摆布荥阳生于掌上，只是后来受了感动才改变了态度。两篇的作者把她们写得各自恰如其分。这是作者善于从生活中提炼概括，善于分析人物性格的说明。

运用旁面衬托、烘染手法来传神生色的特点，也常常可以在传奇作品中看到。例如《任氏传》写任氏美丽，没有一个字是直接正面描绘，整个是从旁衬托、暗示。《李娃传》写荥阳生和别人赛唱挽歌，先将对方的骄傲自信之深、大家对他的赞扬之高，用力一写，然后才显出荥阳生出场把他压倒的加倍出色。《李謩》篇写孤独生吹笛的绝艺也是如此，先用力写李謩的如何高出过人，然后却在孤独生面前甘拜下风。这就使故事情节更有意味，人物表现得更为饱满。

通过对话、运用口语，表达人物内心感情，也是传奇的特色之一。

传奇作品之所以能如前文所述，反映了一定的进步思想和社会意义，是因为这些作者大多是出身于中、小地主阶级的知识分子，属于当时的新兴社会阶层，他们自身和世家大族的大官僚地主统治集团有利害冲突，他们所接触的、感受的社会生活经历，也和那些最上层的统治人物不尽一样，对一些不合理的社会现象和问题，看到的较多，感受的较深，反应的较为敏锐，因此能以在小说中反映了若干有意义的内容。但是也正因为他们是中、小地主阶级出身的封建文人，便也自有其历史的、阶级的局限性，他们的思想意识上的落后的、消极的一面,就不能不在作品中同时表现出来。

《莺莺传》,是一篇久为历代读者重视的名作,这篇美丽的爱情故事,当然具有相当的意义和价值,但我们不能忽视,其中有严重的思想糟粕。这篇小说的作者,认为男子玩弄女性是"风流自赏",对张生的"始乱终弃"的罪恶行为,他不是抱着愤怒不平的看法,反而以为可以完全不负责任;张生负心薄幸,他却称赞他能"忍情"、"善补过",说什么"为之者不惑"!同时,他又丑诋莺莺,指她为"不妖其身,必妖于人"的"妖孽"。这是多么荒谬的"议论"!这说明了作者的那种以女子为玩物、极端自私自利的浓厚封建意识,是非常严重的。

《长恨传》也是一个复杂的问题。它一方面讽刺了当时的封建皇帝的荒淫无道,可是又流露出对这种"悲剧"的同情;如果说他的同情可能是由杨贵妃为统治者所牺牲而引起的,也许不无道理,但他又明白宣传所谓"惩尤物,窒乱阶"的荒谬观点,把唐代的腐朽堕落、战乱衰危的一切责任都推在一个女人的身上。这一点,和上述作者对莺莺的看法也有相通之处。只不过这里又多了为统治者辩解、维护封建王朝政权的一层用意,同样是严重的糟粕。

像《南柯太守传》这种故事,具有一定的历史社会意义,略如前述。但是这种故事本身所反映的"人生如梦"的消极虚无的思想就是极为浓重的。

假设说,从作者的主观动机来讲,这也许是针对当时统治阶级的那些不择手段、拼命往上爬、以便高高地压在人民头上的人而写的,用意是想劝他们"醒悟",少做一些坏事——因此具有些意义;可是,即使作者具有这种天真的动机,也是作用有限的,因为,它敌不过这种人生观在客观上所起的反面作用。第一,那些统治人物,是为其阶级本质所规定了的,只能剥削、压迫人民,根本不可能改变这种性质。第二,作者在这篇传奇中所宣扬的"人生如梦"的虚无思想,对于被压迫者来说也是有害的。

不论怎么讲,这都是非常有害的一种错误人生观。自然,统治阶级人物当他们因为内部矛盾而遇到挫折时,也会暂时发生这种想法看法;但更重要的是他们却会抓住这种"教训"来长期迷惑人民,利用它而达到巩固他们自己的统治的恶毒目的。从这一方面看,这是一种毒素,必须加以认识。

豪侠故事里有着与上述形式不同而实质略为相似的东西。它使人发生错觉，看不到社会制度黑暗的根本问题，而以为只是某些坏人坏事需要解决——而要解决，一些锄暴安良、行侠仗义的奇才剑客之流，就满足以胜任愉快的了。其实，这是不对的，它会引导人民发生幻想，把希望寄托在错误的目标上，客观上也非常有害。其次，把社会政治问题缩小为个别坏人问题，又把坏人坏事缩小为个人恩怨问题，狭隘的"报恩"思想很突出。这就是双重的迷惑。当然，我们并不是完全否定历史上的一切侠义之士，也不是说他们没有做过极难能可贵的舍己为人的义行之事（如果是那样，那就根本不必选录这类小说了），但是我们作为今天的读者，却应该看到上面那些问题。

此外，如宣扬"忠孝节义"封建道德的部分，在各篇中也不是极个别的情形。都是我们要分别清楚的。

宋代传奇当然是由唐代的优良传统继承而来的，也有一定的数量和成绩。不过宋代的政治、社会情况有和唐代不尽相同的地方，当时的作家们，并没有得到像上述唐代小说家所能得到的那种种历史社会条件，因此小说这个文学品种，就没有能在这些作家们当中获得更长足饱满的继续、发展和提高，而是转入到许多城市和民间"说话（说书）"的艺人那方面去了。这就使得宋代传奇作品，特别是和唐代作品的比并之下，显得并无多大出色动人之处，一般说，故事较为平实简率，思想较为迂腐，文笔也时有芜劣之失，读来不是多么引人入胜。然如《流红记》、《谭意哥传》、《梅妃传》、《李师师外传》等篇，或描写被禁于宫廷之内的妇女的生活和命运，或揭露帝王的荒淫放纵，或支持封建主义压力下的爱情而斥责玩弄女性者，也是既有一定意义而又写得相当不错的作品。这几篇，本书已加选录。

唐宋传奇作品，在我们小说史上的地位是很重要的，它起了承先启后的作用。从其影响看，尤为显著。元、明、清三朝的小说和戏曲，大量地向传奇故事汲取了题材原料，很多著名剧本，是在传奇小说所提供的人物、情节的基础上而加工创造的，有不少故事，在今天的舞台上仍然可以看到。即就文人的短篇小说本身而言，它也始终并未完全绝迹于文学史的各阶段中，而且到清代又有了较为杰出的新作品，如《聊斋志异》即其代表。若干脍炙人口

的情节甚至成为诗歌中常常用到的一种"典故"。这都说明了唐宋传奇文学
的一定的思想和艺术成就。

师言

一九六三年十一月

（张友鹤选注，人民文学出版社一九六四年版）

《中国古代短篇小说选》序

这部《中国古代短篇小说选》是极符合一般群众和青年学子的一个好选本。全书分上下两册,上册是自先秦到唐宋的作品,下册是自宋以后至清的作品。手此一编,可以窥见我国近代新文学兴起以前的短篇小说的风貌。

这部书还有一个重要用途,就是它可以作为学习鲁迅先生的《中国小说史略》的一个辅助读本。鲁迅当年撰作那部名著,本来已经是一种"要略",而且又为了精炼简明,一则缩为文言,再则省其举例。时至今日,读者或感困难了。这部选本,正好为《史略》虽然提到而又不及备引列的作品,一一作出"补录",给读者提供了很大的方便。

学习文学的,自古就常有"必读之书",例如《文选》的李善注,《文心雕龙》的黄注直到范注,是很好的例子。我常说,今天愿意学点古典文学的,最好的办法是先读鲁迅先生的《小说史略》。如今有了这部小说选,也略如《文选》之有善注,《雕龙》之有范注了。这真是一件值得欣慰的事。

我还打过一个比方——不一定恰切:一部文学史,也是一部"导游手册"。它的基本目的固然与"名著介绍"有所不同(史的目的是综揽、概括、寻出脉络规律,抉其得失利害,经验教训),但毕竟还是要对文学史上有代表性和影响巨大的作品做出"介绍"和评论鉴赏。好的文学史好像使人"鸟瞰"了主要风光名胜,但这并不等于你亲身游览,你还需要"躬蹈"其地才行。因此这部选本是为你亲身"游历"而安排的一个便利条件。

鲁迅先生说过一句要紧的话："唐人始有意为小说。"换言之，从唐代传奇起，才有了真正是后来所谓"小说文学"这种性质的作品，这是个人文学家的有意识的文艺创作了，与群众性的传说讲述有了区别。书本上册实以唐传奇为主要篇幅，标志了小说史上的一大关目。

古代小说，来自"街谈巷语"，可见是民间讲述故事，即群众性积累创造。很显然，那还不会有几十章、百多回的小说。后来有了"长篇"，才把以前的区别为"短篇"，这都是人造之名目。长篇云者，"成本大套"的，只能是"说书的"之所为，是宋代以来职业艺人的事情。下册的话本及仿话本，给我们展示了这一类型的、但还未发挥成为"章回小说"的那种"单回"作品。

以上两者是我国短篇小说的最主要的两大构成部分。我想这两者之间如有"纽带"的话，那应该是"传奇"这个内容性质。它们的不同，似乎是一则为文人之作，是"个体"的，而一则为职业艺人为主的即又带有某种程度的"群众积累"的性质（仿话本可以说是接近艺人的"个体"文士之类所为），所以它们大抵不标作者姓名。至于"文言"、"白话"之别（从今天的"语言眼光"来看），那是分明的，无待赘说。

附叙几句："传奇"一词，在早原指性质，并非文体之称。依鲁迅先生所引的材料，似乎是明代胡应麟的话最为重要。他说："一曰志怪：《搜神》、《述异》、《宣室》、《酉阳》之类是也。一曰传奇：《飞燕》、《太真》、《崔莺》、《霍玉》之类是也……"须知，文人最讲究语言文字，其行文叙事，指物设名，往往皆成对仗（连鲁迅先生的杂文设题也很多是精工的对仗语），所以应当明白，"传奇"本是与"志怪"并列的。粗略地说，是否可以这样认为：志怪是"鬼神灵异"之事，传奇是"人物事迹"之情；怪、奇相为对待，而着重在于一点，即"不经见"是。唯其新奇怪异，或可骇可愕，或可歌可泣……才值得讲述流传，也才动听警众。"志怪"、"传奇"本来的并列和对比性，是十分清楚的，也是学习文学史时应理会的。比如鲁迅先生讲到《世说》这一类作品时，虽然也指出了"俱为人间言动，遂脱志怪之牢笼"，但他并不另立"志人"一目。其中缘故，岂不可思。（《世说》一类，本是品赏"举止"、"吐属"的，本无多少情节可言，非真正小说。）

　　当然，这不是说志怪与传奇是永远"互相排斥"、"绝无交涉"的了。到《聊斋志异》这个例子，就很能说明问题。"志异"一名，本身就值得从小说史的角度去研究论证一番。这"志异"远远承接六朝流风馀韵，实质与专讲"鬼神灵异"的却不尽同，它文体上精神上又继承了唐代传奇，所以鲁迅先生说："……然描写委曲，叙次井然，用传奇法，而以志怪，变幻之状，如在目前；又或易调改弦，别叙畸人异行，出于幻域，顿如人间……"我们读这部选本，不单是"听故事"，以之"消闲解闷"，还可以学习、思索很多事情。

　　由于我们的中华民族特点、文化传统、历史背景……与西方殊异，其小说文学的技巧手法、风格气质，也自然与西洋小说不同。年轻的读者，从小就只熟悉现代小说和翻译小说的，抽一点时间读读我们自己的"祖宗"的这些创造，我看是有重大意义的，因为一个民族，必定有其独具的历史传统文化，没有了这个，民族将不复存在，作为中华民族的后代子孙，要了解这个宝贵的文化传统，是我们每一个人的神圣职责，我们是不能让它中断的。

　　小说文学作品，在它产生的当时，本是最通俗的文字语言了，而年深日久，已都变成了"古籍"，需要注释讲解甚至翻译了。本书的注释、今译以及各种有关工作，做得十分细致。编选的同志为了扩大读者的视野，在《小说史略》所援引论述的作品之外，还多选了一些补充篇目。所有这一切，都值得我们赞许和感谢。我愿读者以本书为入门的阶梯，逐步地了解我们中华民族的传统文化。

　　　　　　　　　　　　　　　　　　　　　　周汝昌
　　　　　　　　　　　　　　一九八〇年十月卅日忙中草讫

（顾之京、佟德真选编，花山文艺出版社一九八二年版）

《聊斋志异新注》序言

　　我的故乡是天津，天津这地方和小说（也可包括今之所谓"曲艺"）的关系似乎有点儿引人瞩目。从古至今，小说界的人才辈出，而且其所涉及范围及方面，堪称广阔丰盈，无论创作与研著，都有可观可述之美。比如连《老残游记》的产生，就也与天津密不可分，别的更不必在此处枚举了。我想，天津产生和扶植文艺人才，是这个地方的一个非常可贵的文化传统，一种别有意致的民风土俗。

　　但有一现象，不知其理何在——天津之地，长篇小说颇为富有，而短篇小说却不多觏。出现过一部《醉茶志怪》，可以稍偿此憾（此书近年津门又有排印本了）。至于研究短篇小说的，似乎更是稀逢。旧日有俗语："京油子，卫嘴子。"天津卫的人嘴头儿不笨，擅能"掉阉"（土音读如"摆画"），说笑话，讲故事，也很能绘影绘形，有声有色——那么何以短篇小说并不发达？难道是因为天津人有"能说不能行"的特色？这个尚待研究，好在原非本文的解答任务或讨论主题。我如今想说的则是：我们天津现在却有一部研究短篇小说的专著问世了——其名曰《聊斋志异新注》，我因此感到高兴。著者嘱为弁言，自然是乐为之序。

　　《聊斋志异》是《醉茶志怪》的"祖辈"先河。这部书，风行三百多年，总是"畅销书"，无待多加介绍。此书出在山东。俗语又云："山东出圣人。"他可不说"山东出'小说人'"。为什么？小说在旧日难登大雅之堂，绝不像今时今世，小说作者竟能成为头等名人，风头十足，所以山东人士不能像我这天津人，反以"小说"来标榜我乡的"地方色彩"。但人们都说作《金瓶梅》的"兰陵笑笑生"是山东人，那部书里写"炕桌"，炕到鲁东南就少见了，可知写的是北方景状。但《词话》里以"多"代"都"，却是地道的南方口音的铁证。如不是后人刊刻妄改之故，那么此"生"是否山东人？还有可疑之点。这也势难详及。如今还说《聊斋》，这可是真实的山东作家的大手笔。我给蒲松龄纪念馆题过一首七律，指出山东出了一位蒲松龄，河北出了一位曹雪芹，鲁冀两大小说家，辉映千古，实乃艺苑奇珍，亦为中华文化之光。——但《聊斋》和天津，到底难拉"关系"，心以为憾（因为"红学"与天津关系是太重要了）。如今好了，本书的问世，正好为这一文化因缘缔结了崭新的纽带。

谁都知道，小说者，源出于里巷之传述，好事者加之润色，著之篇章，那么它原是古人的"通俗读物"，不同于"四库"、"五车"，高文典册，何待讲解注释？像《聊斋》这样的书，据传那是在"豆棚瓜架雨如丝"的情景下，农乡父老，口讲指画，描摹人间事相；大抵不出日常琐务，非有山海之奇荒、星河之异境之可比；又何劳注家词费？殊不知，时有古今之隔，笔有文野之分，凡在中华文化土壤诞生的文学作者，没有（不可能是）丝毫不考究文字的，而这种考究又是十分之高级的文化表现。所谓考究"文字"，实际就包括着对中华汉字语文的掌握精通，创造运用，遣词铸句，选字协声，摛藻流馨，传神写照，在在都非一般的"书写活动"，而是极其高级的文化表现。尤其重要的是要想到：古代文人，学养至富至厚，腹中书册，可以惊人——他们不像今天的某些"作家"，凭一部"现代汉语词典"就能名列"小说家辞典"的。加之我们这个伟大的中华民族，其文化积累，已达七八千年（少说是如此）之久，历代无数大师巨匠的实践、继承、创造、发展，为后人储存的这一份语文宝库，具有无比丰富而神妙的表达功能和魅力；他们确实是在不断创造，但"创造"这个词语往往给人以错觉：以为就是空中筑起楼阁，天上掉下活龙——其实一点儿也不是那么简单浅薄的一回事，创造是酝酿、充盈、冶炼、熔铸，其"来"无不有"自"。更何况，中华的才人哲匠，最善于翰墨文辞，其考究精能的程度，超越世俗常人者不知几十百倍。因此，虽是"小说"，其说不小，内中常是蕴涵着大量的文化财富的菁华,运用着千品万目的美谈佳话与典籍史册的嘉言懿行。这么一来,则尽管还是"小说",那可也不是"张开口直说大白话",其间"埋伏"着多少的典故和"来历"。至于蒲柳泉,那运笔之妙,腹笥之丰,就不待烦言了。所以,《聊斋》虽然像是"闲聊"的口吻,可绝不是"纯出自造"、"羌无故实"。今日的读者,由于所接受的教育教材,接触的学识范围,都与昔时大大不同了,旧日凡是识字读书者的起码知识和基本读物,如五经四书,却已成为十分之陌生、深奥甚至是"神秘"的东西了。这就是说,想看看《聊斋》这样的"闲书",领略领略"鬼狐传"的意味,一般人是件难事了。因此,《聊斋》要有注释本,在今日来说,更不同于像我七十多岁的这一代人,其需要的程度,十倍迫切,此言当非张皇夸大。

《聊斋》有注,不自今日始。已出版的就有"选注本"、"会注本"。那么,为何又用再出这部"新注本"呢? 原因在于:旧注产生的年代,决定了它的注释对象与范围。如上文所言,譬如五经四书,士子必习必诵(连小注都须背诵如流才行呢),那么注者当然认为这些都"不在话下",假使注了,不但无功,翻显词费。而于今则恰好相反,倘若无注,则作者之文心匠意,故事之口角声容,都将不为读者尽数理解,遂尔造成很大的隔阂与损失。

我用注诗比喻这个道理:诗圣杜甫的名篇《丹青引》有云:"丹青不知老将至,富贵于我如浮云。"你查旧日流行最广的《杜诗镜诠》,此二句全然无注,而今日萧涤非先生的《杜甫诗选注》于此却注明了"……词句则是化用《论语》的'其为人也,发愤忘食,乐以忘忧,不知老之将至'、'不义而富且贵,于我如浮云'"。《镜诠》若连这个也注了,不但不讨好,还要遭讥笑;而萧注则正相反,不注将成为一大失误或漏洞了。此义耐人思索。

本书辑注者刘兴之,有鉴于此,引为恨事,于是立下决心,发一宏愿,要为《聊斋》作出更新的更全的注本。他为此下了极大的功夫,多年以来,辛勤披览搜录网罗,勒为一编,可说是蒲叟此一奇书的功臣,为今日读者的益友。

例如,《婴宁》篇中,写上元佳节的盛况,说是"游女如云"。如果你认为形容游女之多而比为"如云",是蒲叟自铸伟词,那就错了,应当知道"出其东门,游女如云;虽则如云,匪我思存",这出自《诗经》。《凤阳士人》篇中的"良人"一词,也是如此。馀可类推。

作注，是一门专科学问，在我中华，这个文化传统的表现是极其了不起的，经典不必说，即史子集名著，莫不有注，而且其用力之勤，质量之高，令人惊讶，叹服得时有"五体投地"之感！比如，《史记》《庄子》《淮南子》《世说新语》……古今人之注疏，可谓奇观，可谓至宝。说到文学，那么《文选》的李善、六臣注，是必读之书。再若千家注杜，百家注韩，施顾注苏……那简直是汪洋之书海，学识之太仓，无可比喻！所以我常呼唤：我们应该建立一门笺注学，从这个特殊的角度来看中华文化的高深广博。可惜无人响应——大约是其事至不易言，没有几个人敢说敢做吧？即如《聊斋》一书，在其作者落笔，那已是十分平易浅近的文体了，他很有"普及意识"，绝非有意追求艰深古奥之作，原不待注。但若细究起来，那问题可就多而且大了。我再举《娇娜》篇，文章开端，很快就读到——

　　一日，大雪崩腾，寂无行旅。

这两句，并不难懂，似不烦注释。可是再一想时，你就会自问：什么叫"崩腾"呀？为何用它来形容大雪？这就得找"注文"了。记得我早年就是如此。找了一个"评注"、"选本"，一查，"崩腾"根本无注，可谓"置于不论之地"。是认为不需注？还是注不出？——打个"马虎眼"，混过去就是？不免心生疑问。后读东坡诗，在卷二《凌虚台》篇中，就看见这样四句——

　　青山虽云远，似亦识公颜；崩腾赴幽赏，披豁露天悭。……

再一看古注，方知六朝大诗人谢灵运就写过"崩腾永嘉末，逼迫太元始"的句子。又读李白诗，也见有"想象晋末时，崩腾胡尘起"的话。我这才恍然有悟：原来这个形容词，经过大艺术家的驱使运掉，实包有纷乱、动荡、奔赴、汹涌……等等意义和情境。那么，我也才明白，蒲留仙说"大雪崩腾"，乃是极言雪大——纷纷扬扬，自天洒落，其势"汹涌"、"奔赴"而下！

所以，作注之事，实不易言，引经据典，纤细不遗，已是大难；而文学上对汉字语文这个奇特而美妙的人类文化奇迹的使用和多层次的发展创造，更是一件至为复杂的事情,注者的学力识力,于此见之。

我见兴之在这些方面,做得都见功夫,成就跨超了流行的注本,心中感到欣慰。天津人对《聊斋》作出新贡献,是值得大书一笔的。

兴之本名承舜,我与他生于同一乡里,早有世交,称之世讲。少年时都酷爱民族音乐,时相过从。记得有一年大年除夕,他忽来邀我到他府上作一次广东乐曲的合奏,家兄祜昌与舍侄大惠也乘兴同往。大惠抱着他心爱的笙,我提着一把南弦——那是全身紫檀木,黄杨轴,市上罕见这样名贵的良琴(那是用我自孩童时所积"压岁钱"银元买的)……如今回忆,恍如梦中,我那把南弦子(还有许多乐器)已不知被哪个人攘为己有了。想不到兴之能为文学贡力,而我又为他撰序,也是意想不到的缘分了。附书于此,盖"欢喜赞叹",常是一种非常复杂的感情,固非"干巴巴"的"官样文章"所能表其万一也。

周汝昌
己巳(一九八九)腊中呵冻写记于北京红庙

(刘兴之辑注,未出版)

《中国历代短篇小说选萃丛书》总序

　　本丛书的定名中，择取了"选萃"与"奇观"二词。这两个用语，已经显示了它的旨趣与规格。其实这也就是这套丛书的特色之所在。承委撰序，我姑且将个人的一些零碎的感想片段，缀述于此，聊为阅读赏析时的一点辅引之资。

　　人人都爱听故事，爱看小说。在中华的文化传统上，故事与小说，其实一也。因为"故事"一词的本义就是"昔时的事迹"，而小说者，本是民间讲述的历史故事。所以两者原是一回事。这是我们民族文化对小说的观念，认为它是史的一个支流，讲述的本是以往发生过的人物和事情，只不过它是老百姓的传述（包涵着咏叹与评议），与官家修撰的"正史"有所区分——故别称"野史"、"稗史"、"外史"、"异史"……等等。而"小说"之小，则又是相对于"治国安民"、"经邦济世"的"大事记"而言的。这种本质根源，若能有所理解，就不会硬拿西方的、现代的"小说"概念与"标准"来看待（和"要求"）我们自己祖先所写的小说了。（例如，外文的称呼小说的 novel 与 fiction，前者义为"新奇"，后者义为"虚构"，这就与中国的"野史"观念不是同一文化背景的产物了。）

　　当然，小说总比史书"有意思"——对一般文化水平的读者来说，史书总是"正襟危坐"、"道貌岸然"，总在"教训人"，而小说那就大有情趣有味道得多，令人喜读，引人入胜，而无枯寂沉闷之"恨"。按目下报刊文章常用语，那就叫"形象鲜明"、"性格突出"、"语言生动"……吧？这种套言套语说的只是具有了更多的"文学性"而已。

有学者指出：在中国古代，小说与历史二者"实亦难分"。举的例证是《燕丹子》与《史记·刺客列传》中的荆轲传。前者被列为小说类，后者自然是历史类的典范。但比较之下，简直难以列出什么"大不了"的"本质区别"，只不过是《燕丹子》里多了几句"乌白头"、"马生角"之类的"违反科学"的异象，因此认为这乃是"虚构"了呀，一虚构就是小说了呀，那理论又只不过如此而已①。说句不揣冒昧的话：从古至今，异事不可胜数，且其中有不少是科学（即迄今为止的最高认识限度）所不能解释的，很难都用"虚构"来一了百了。我举此例，无非是来说明，我们自己的小说，本源是史，这一点是十分清楚的。

还有，一般文章论述中对"虚构"一词用得往往是意义宽泛，含混不清，也给人以一种错觉或文学创作上的"副作用"。这是个很麻烦的问题，应从多层次去剖析区辨。譬如以"按《鉴》"编写为号召的《三国志演义》，可说是最有历史记载依据的小说了，可是清人也指责它是"七实三虚"。这虚，应当主要是指那些与史籍记载不相符合之处，或生编臆造的情节事迹，而不应包指一些人物口角、神情、心理的揣摹，一些细节的增饰——若那样认为，恐怕连太史公的不朽之名著也要被指为"虚构"了吧？《史记》的兼具文学性，并不因为它是包有"虚构的成分"之故。然而受西方理论影响甚深的论者，却误把"虚构"认为是文学的"本质"，误认为只能"缔造"才是小说；倘若忠于事实，就好像"伤害"了"文学的品味"，甚至是犯了"错误"似的。幸而，近年来纪实、报告、传记三类文学大兴日盛，人们的观念稍稍有些变化了，"虚构"价值并没有过去一个时期所想象的那么高不可议、神圣几欲凌驾一切了。这在我们中华来说，其实是一种文学的"返祖"现象，是耐人寻味而启人深思的。从这个角度来看，本丛书的作用将会显示得更鲜豁，即：应多看看我们自己的小说原来都是什么样子的，然后再与西方的"同步"（同历史年代）作品来比较，再来说短道长，那才会更为科学。

我国小说原来也没有西方观念中的"短篇"、"中篇"、"长篇"之分。只能说，古代都是"单篇"，那"长"、"短"也很不一定。公认的说法大约是宋代"说话（说书）"行业盛起来之后，才有了"长篇"，而这"长"特指"章回"体。为什么叫"回"？这应是军中用语,即战斗中的"一个回合"的意思。如果你看过那些武将"遭遇"相战,都说是二人"杀了多少回合","杀得难分难解"云云。这就可以明白:章回小说每回回末的套语必然要说一次"要知后事如何,且听下回分解"——这"分解"也就是"难分难解"的同一用语了,此乃显证。所以明人记载,说书是从宋仁宗时起,后有"得胜头回"之语,当即是"回"的起因(清代八角鼓单弦唱曲兴于军营闲暇"文娱",仿佛似是同理)。

那么,章回小说是很晚的事了,而且真正成形也是后来文人定稿的写作形态了。而单篇的"话本"与更早的"传奇"、"志怪",则并未因有了"章回体"而日趋衰落,相反,这仍然是中华小说的一条主脉——后来称之为"笔记小说"者,大抵指此而言,直贯到清代盛行的《聊斋志异》与其众多的仿作书。

"单篇"小说以唐代传奇体为主体,也才是略与现代的小说概念相合的文学作品。鲁迅先生指明:"唐人始有意为小说。"此语至为精辟。在唐文士作传奇以前,那些作者并不自知所撰是后世所谓的"小说",他们只是在纪人纪事,即作"史"。自唐人为始,这才有意自觉地写作"传奇",用今天的语式讲:"这才有意识地进行小说文学的创作。"

因此,本丛书的定名取"短篇"一词,仍是从俗之义;尚求真实,应曰"单篇"小说。

然后,可以再看这套书的分类编排体例,也自有特点。

第一就是它分为四大类,每类又各分文言、白话两项,二者仍以本项年代先后编次入选的作品。

这四大类是:言情、侠义、公案、怪异。我体会编者的用心,是综合传奇体、话本体、章回体三者从古以来的分类法而定此四类为最有代表意义的。大体堪称允当。

前三类都是"人间言动",即社会情状;后一类是不经见的异人异事与假托的鬼狐灵异的故事,有些非"人事",有些似非人事而实寓"人理"。

"言情"属于小说,几乎与"言志"属于诗词是一定的"范畴"了。这个"情",本来涵义丰厚,但是试看六朝人编《文选》,在赋体的分类中已经有了"情"类了——入选的是《洛神》、《神女》、《登徒子好色》等名篇了,可见陶渊明的《闲情赋》被道学先生评为"白璧微瑕",其误以"情"为男女间狭义之词,由来尚矣。鲁迅先生著《中国小说史略》，于第二十四篇（红楼梦专章）独标"清之人情小说"，而不用"言情"旧语，其故可思。盖曹雪芹虽自言"大旨谈情"，却又特标"悲欢离合，世态炎凉"八个字，也正可合参互证。所以我希望读者能在这一分类中，将眼光和识地放得稍宽阔些，而不为俗义所限。

再者，即使是"男女之间"，也要看我们如何（以什么样的目光和精神境界）去理会去识解，比如汉之卓文君，隋之红拂伎，俗眼腐评论之为"淫奔"，而李卓吾则以为能识才能择人，是为女流豪杰。一提"情"，就只想什么"哥哥妹妹"、"卿卿我我"、"鸳鸯蝴蝶"……那未免"水流就下"，不识中华汉语的这个情字的真谛到底何在了。

侠义与公案，貌似不同，实质却是一个：人心要辨是非善恶，人群需要正义真理。我们同情于善良弱小而被害无告者，愤恨凶恶霸横，歌颂廉明，讽刺昏聩。"大雪满天地，胡为仗剑游？——谁有不平事，同上酒家楼！"古来真有这等满腔热血、一身绝技的义侠之士，专门锄恶济良，抱打不平。这种豪客奇人，舍己抗暴，救困扶危，极受人们的崇敬爱慕。清官明察秋毫，判断昭雪无数的冤狱错案，他们不但要有智慧，更要有勇毅刚正之气，方能与权贵、恶霸、昏官、上司……种种压力阻力抗争，一出《十五贯》，是个典型。难道这不就是当得起"可骇可愕，可歌可泣"八个大字的吗？这就是人民最爱听——其实也就是最关心的人和事的写照。（然而一度有人硬说义侠与清官的故事都是统治阶级用来"麻醉"人民的东西，让人们发生错觉，以为只有义侠与清官是他们的救星，而忘了革命云云。倘如此逻辑而推论，势必得出一个"结论"：义侠之士与清正之官都是"妨害革命"的罪人，只有恶霸匪人与贪官黠吏才是"促进革命"的功臣了。这种理论，不知人民认可与否？）

本丛书在分类名称中，各系以"奇观"二字，我看也是可以的。第一，它有传统依据，即采自明人所编小说集《今古奇观》，而非自造杜撰。第二，它似乎有一点儿夸张色彩，但若想到我们曾有的"第一奇书"（《金瓶梅》）和"新大奇书"（《红楼梦》）等名目，便觉这个奇，是"有来历"的——是一种民族小说文化意识的表述方式，未可厚非。人总得有点儿情趣与风趣，道貌岸然并不是"小说王国"的神情特色，又何妨旧词新用？当然不一定就"化腐臭为神奇"，但还是有"换新耳目"之妙用吧。我是支持这个书名字的。

　　观本书体例,每类中兼收文、白两种文体而又分成两"栏",不相厕杂。这种编排法也自成特点。今日之读者,分看合看,可领悟我们的汉文汉语的历史发展与相互关联。"文言"、"白话"是个异常复杂的文化问题,二者的关系是千丝万缕的,并非像有人想象的那么泾渭分明,冰炭敌对。那样看我们中华的语文,是非科学的机械观点。漫说古代,即在今时,人们的"口语"、"白话"中,还含有很多的"文言成分",不过是不细思,不自觉罢了。广东"白话"里那"文言"可以吓倒一些小儒! 中华语文似乎"天生"地就具有"文言性"——你如不相信,请把广东人赞赏女郎之美丽的"靓",请柬上通用的"敬请光临"的"光临",讣告消息中的"遗体火化"的"遗体"……都请你说说这究属文? 还是属白? 如属文,你将如何把它们"译"成白? 这不是笑谈,这是科学的重大课题——我提这些"闲话",意在提醒读者,当你披阅本书时,从文、白两方的并举中,你会获得意想不到的文化、文艺、语言、历史、社会……诸多方面的学识与教益,不是"看小说等于消闲解闷"。

　　正因如此,我深感这套丛书的意义是多层面的。它的出版,将对教学、科研、阅览赏析、创作借鉴等不同领域均起到很重要的作用。它的涵盖广,遴选精,不但给人们提供了一个扩展眼界视野的方便机会,而且还能让读者获得一个中国本土小说的史的概貌,史的脉络。这将大大医治某些"言必称希腊"病症。中华文化之弘扬,虽然仪态万方,气象万千,然而舍历代小说而不观,哪儿再去寻找更便利更丰富更有意趣的"捷径"呢?

　　祝愿此书的"问世传奇",光行寰宇,光焰不磨。

周汝昌壬申六月初吉

于燕东眷玉轩

【注】

　　①其实清儒孙星衍已然指出:《史记》正文虽无此语,而《赞》中却也有"天雨粟,马生角"的对话,这又当如何解释呢?

　　(古风编,河北大学出版社一九九二年版)

《历代百字美文萃珍》序

　　这确实是一部"奇书"。说它奇,奇在何处? 第一,奇在"百字";第二,奇在"美"文;第三,奇在它选录的这种奇文竟达四百篇之多。还可以再列几奇,但我提出的这三奇,已是大观了。

　　晋代陶元亮首先标出了"奇文共欣赏"的名句,成为中国文艺审美学中的一个崭新的概念,影响实在大极了。文何以重奇? 只因"文似看山不喜平",山之美就在它的"不平",寻求"平之美"的人,绝不会跑到山那里去,"缘山求平"比"缘木求鱼"还更稀罕些。文之美亦在"不平",不平即其美之所至。因此,我一向认为:奇文与美文,其致一也。

　　我们中国人讲文,似很早(魏之曹丕)就标举一个"气"字,此气须"遒"——大致粗解为健举与紧凑,即不平不缓,不塌不蔫。打比方,某地方的人讲话时,通常多是"低眉顺眼"地绵绵絮絮地讲下去,无起落,无节奏,无警策,无停断,无转折,无休止,听得人简直要睡。那就是一个"平缓"之病,为文之大忌。而今日"文章",此病为"常发症"。由此可见,美文者,并非出于雕描粉饰的俗义之"美"。这是第一点。

　　那么,为何又来标榜一个"百字"呢? 语亦有之:"文不制繁。"下笔洋洋万言,"不能自休",这自古是为文之大忌,为文之可笑处。纵观文之史,越到后世越啰嗦冗赘,浮文涨墨,废话连篇。这种文是催眠良剂,读多了甚至会降低"智商"的。故意拉长篇幅,断乎成不了奇文美文,因为那必然是"不平"的反面教材。如今本书为了强调警醒这种文弊,特标"百字"一义,真可谓击中要害,一箭破的,非真知文者是提不出这个关目的。

那么,"一百零一字"的文就不会入选了吧? 这叫抬杠,或者缠夹。本书所选,尽有一百好几十字的,但一超过二百字就不收了。以"百字"为基本数,取其警策,是用不着胶柱而鼓瑟,食"今"而不化的。百字,好极了,精精神神的,干净俏丽的,磊落轩爽的——奇、美,皆于百字而得见之。这还不真是好极了吗?

有人说,现代世界,生活节奏愈来愈快了,时间更紧张了,没有足够的徐暇去读长文,所以短的更适合今世读者之要求。如此云云,自然也成章顺理,很觉不差。但从认识中华之文而言,那是枝义,与文的本体本质并无必然关系。

这一切,我们是在讲中华之文,这是大前提,不能忘记。汉语的"文章"这个名目,原是由"绘画加音乐"而组成的词。"文"本是"纹身"的意思,那就是一种图画。"章"是指乐曲的节拍段落。这种以艺术来指喻文学的文化观念,极为重要,也正是中华之文的最大特点特色!

如用今天的话来说,这种文首先具有"形象性"的美,而同时又具有"音乐性"的美,二者融汇,乃成美文。

这前一点,今日之人已经习闻,"形象鲜明"、"形象思维"等等语式,或可借用来,不必更多解说了;对于后一点,"文,还要有什么'音乐性'? 我没听说过!"就不那么容易"接受"了。

通常一个很大的错觉误解,总以为一讲韵律音节,那只是诗词的事情,"散文"里哪儿又出来这个? ——这就是完全不懂得中华之文的说话和态度了。

其实稍明汉字本身特点的,作一番思索,就不难悟知:汉字的极大特点是单音,重音字都由"四声"(古声比"四"还多)区分。这个巨大特点使得汉字文学本身就是"音乐文学"! 有"音乐耳"的人,一听人念,就觉其懂不懂、美不美了。旧时的学童,为什么都要能背诵文章? 古文为什么都能"琅琅上口"? 如不明此理,就会"奇怪煞",或者径批那是陈旧腐败的"陋习"了。

　　我在此讲说这些，是想提醒读者，在阅读本书时，多"分神"注意一下我们中华之文的特色，领会它的来由，它的优美，而不要把事情弄颠倒了。

　　有人会说：我又不写古文、"文言"文，我注意这些有何意义、作啥用场？

　　如果谁这样想法，我料他所写的那"非古文非文言"的"白话文"，也一定好不到哪儿去，未必能奇能美，更引不起"陶公们"的欣赏愿望。

　　"白话文"，好像是胡适先生的最得意的"创造"，他竭力反对一切"文言"。但我要问一句：既白"话"了，怎么还又是"文"呢?! 岂不两个字就自己打起架来？胡先生正因为只引进西方文化观念而用以对待祖国之事，所以并不晓得汉字"文章"的本质和特征都是什么样的，盲目反对传统的"文"的一切命脉和精魂，其流弊并不是每一个论胡之人所认识到的。好的"白话文"，实际上也断乎不是"写话"——随口胡扯瞎聊，照样变成"字"，就能叫作"文"了？一点也不是这么回事。然而"白""话"，还得是"文"才行。否则，那正是不理会中华文化的一种表现。

　　因此，我敢说一句：凡认真来读这本百字美文的人，认真思索中华之文的命脉与精魂的人，一定能大有收获，而十分有助于他去写他的"白话文"。

　　这，应该就是本书的贡献与价值吧。

周汝昌

癸酉三月将尽，写记于燕京

（时正召开八届全国政协大会中）

（顾之京、谢景林主编，天津古籍出版社一九九六年版）

《中国古典小说卷中诗词鉴赏》代序
——诗词韵语在小说中的意义

  诗词韵语,包括"四六文"式的骈句、联语等文体而言(因韵不单指韵脚,也指句中声律),常见于中国古代或近人所作古典风格的小说中,这是在西方小说中并不存在的一种特色。这些韵语之出现于以叙述为主体的小说作品中,其作用或意义何在? 是否累赘多馀,有"混杂"、"失调"之病? 在欣赏和研究中国小说时,是不容不细加思索领会的课题。

  对此课题如欲有所理解晓悟,只从"体裁"、"形式"的观念中去寻求答案是不行的。这必须从中国小说史的脉络和中国韵语本身的性质来索解,方能获得它的真正的意义(作用、价值)之所在。

  中国小说的本质是史的一个支流,故有"野史"、"稗史"、"外史"、"外传(史传)"等别称,即"正史"以外的史书之义。然从形式发展上讲,它除了本身是"叙述体"之外,还接受了佛门宣讲的巨大影响,即僧人自早是以讲说佛经故事为形式而宣扬教义的办法,而那是以叙说与韵语(偈颂)相间、交织而进行的,古称"转变"(今通称"变文"),"转"本义即是"唱经"的意思(也称"转读")。因此民间说书艺术就借鉴参采了变文的优点,也以叙说与韵语相间而组成之。后世统以"小说"为名的通俗文学,所以有"平话"与"词话"之两大派系,亦由于此:前者是纯叙述体为主,后者则叙、韵交织,亦即"说唱文学"的名目之所指了。

  平话,后来写作"评",流变为"说评书"的"评"。疑心古时"平"本含有不夹以转唱的意思。而"词话"的"词",实际也是广义的韵语的一种代词。

"说唱"形式所以盛行,是由于这能避免只说只唱的单一感,而起到变换、调剂、丰富的作用,给听众以更多的美学享受。这就是它最大的优点,亦即其独特的艺术价值。近世与现世小说,则因受了西方小说的观念与形态的影响,逐渐变为纯叙述体,完全抛弃了早先的传统民族特点。

"转"、"唱"部分,本来是为了"听"众而设计的,而不像后世是单为了"看"小说那样,因而它的内容(或"性质")也与后世不能全同,比如有的唱的部分乃是一种"重述",即以韵语再一次撮叙方才讲过的那段情节。但印刷术发达之后,"听"说唱必然逐步分出一大支是"看"说唱,于是那韵语部分内容与性质也就向适合"看"的方面发展起来。"重述"、"撮叙"日益减少了,诗词韵语的"本等"日益彰显了,即:抒情是它的本色,于是叙述部分过后,随即加上了抒情的部分——慨叹、赞美、讽刺、警戒、评议……便是很多小说中韵语部分的内容了。

这种抒情的"唱"的遗痕或变相,也可分为两类:一类如《三国演义》,其大多数诗句咏叹,"后人有诗叹曰……"等等,是采自前人的现成篇什。另一类则是出自小说作者本人的同一手笔。

除了咏叹性的诗篇韵语,还有人物出场时对他(她)的形貌风度等等总括题咏的,或战斗场面的写照的,都能使景象气氛精神倍出,给单纯叙述增添了神采。再如《西游记》,相间的韵语骈文特多,尤其是在一段精彩的故事("七十二难"之一难)结束后,师徒一行重新上路,于是夹以一篇,常常是远远望见一座山林,一个去处,景色如何,吉凶待晓……立刻将读者引入新的想象,将"取经"的路程进展,时空的推迁,美巧地显示于字里行间,取得了极大的艺术效果。这就绝非"白话"、"讲说"所能比拟,更难代替。

另一类就是作者代书中人物安排的"作品"了。这类尤以"佳人才子"派的唱和题咏等为特多。正如曹雪芹所说,当时流行的俗套小说,甚至本无故事情节可言可观,而只是为了先作了几首"艳诗"而后才编造小说的。这类除极少数高手而外,价值大抵是不大的。

这一类中,应该特别提出《石头记》,曹雪芹为人物代拟的那些诗、词、曲、谜语、酒令……不但文学价值高,每篇切合每人身份、性情、口吻,而且没有一篇不是有着超出字面意义的深层意思,又兼具为后文伏线的巧妙作用的。因此,这种诗词韵语就更是全书的一个有机组成部分,其性质不但与"说书人"的咏叹是绝不相同,而且与"佳人才子"书里的"淫诗艳赋"更是不可相提并论了。

还有一种非文人作品,如说书艺人的开篇时常念一首《西江月》或"四句提纲"(绝句诗)等形式,本来是"序引"、"总括"的意思,但后来也有很多小说每回回首或回中都有诗词,只是一种"引用"的点缀,往往世态人情、悲欢哀乐,无所不可,而与本回情节却无必要的联系了。这种,或出于艺人,或出于下层文士之手,文学水平不一定十分高明,但常常别具风格意味,反映当时政治明暗,社会情状,人际关系,道德风尚……虽然可省可删,不妨害正文的完整,但亦仍有其独特的地位,未可尽贬。

总起来看,诗词韵语与中国小说的渊源关系非常久远深切,是我们民族文艺的重要特色。它性质不一,内涵丰富,作用多般,具有美学价值,是西方小说所没有的宝贵成分。近现代的小说作者因为本身对民族文学体裁形式不熟悉了,对诗词韵语的写作甚至是不懂了,以致完全仿效西方纯叙述体而丢弃了自己的民族传统特点特色,这确实是一个值得研究讨论的重要问题。

一九九三年五月

(李保初等主编,华文出版社一九九三年版)

《新评新校古典名著系列》总序

　　山西古籍出版社有胆有识,邀集了几位倾心致力于古代小说的学人,共同编制了这一套崭新的评点本丛书,堪称创举与壮举,是一份可贵的贡献。同仁们得知我对这一事业深致赞喜之情,要我讲讲自己的感想,以资序引。于是不揣谫陋,承此重嘱,略叙所怀,兼表祝贺。如或刍荛可采,则不胜幸甚。

　　拙见以为,在我们中华文化史上,有一门至关重要的学术,存在了几千年,发生了巨大深远的作用,而至于今日,不但受到的重视是很不够——无人覃研综核,建立成一支专学,而且它本身也已不绝如缕,若存若亡了。若问此为何学? 我将答曰:是为中华之笺注学。笺注学在我们的文化上真是源远流长,因而也发展衍变出很多的派别。不同派别,有个共同的目的:帮助读者领会欣赏。简单地说,笺注学就是一种讲解学。

　　我以为,这是中华文化的一个极具特色的创造发明,体现着炎黄苗裔的慧性灵心,深情厚意——别的地方的文化中是否也有堪与我们中华笺注相媲美的形态与内涵? 我就深愧不知了。

　　比如经史子集,笺注的情况何若呢? 这似乎无待专家学者,只就作为中国国民的基本文化常识来说,也该知道百千之一二:《易经》有"系辞"、"说卦",《诗经》有郑笺朱注,《春秋》有"三传",《史记》有"正义"、"索隐",《老子》

有河上公、王弼,《淮南子》有"鸿烈解",杜工部诗有"千家注"……以至《世说新语》《文心雕龙》,莫不有其名注,简直已与正文成为不可分离的"必读"部分了;至于《文选》的"李善注"、"六臣注",那能"独立"而"无视"于注解就会读懂正文的人,大约是世上绝无了。所以我常说,我们早该有一部题为《中华笺注学通论》这样的专著问世了。可惜,至今尚属阙如吧?

经史子集,皆有传疏笺注,其至十三经之一的《尔雅》本身即是一部注释书,那么普通市民、乡间百姓们看的小说唱本,也有笺注本吗?

答曰有的——所谓"评点",正就是笺注学被及了俗文学而形成的一种鲜亮的新流派和新做法。

先说说形式的来由。形式其实也是文化的一种产物,并非无缘无故,无根无蒂的东西。中国的古书册,演化到后来,其形长而不方,"天头"的空白纸留得很宽;"天头"下面是版框,版框内是竖行的"栏"线,行与行之间也有相当的隔离;框下也不就是纸边,还有小空地。这种形式,取决于汉字文化的竖写规律①和读书学子要根据师授的讲解笔记于书上,记的位置或在天头上,或在行侧边,各就其位。再者,学人程度较高的,独立思考,在读书时每有体会心得,感触议论,便也利用书册版面的空位,记下那些"小型的"读书札记。过去真正的读书做学问的,莫不自下此种功夫。这样,便很自然地产生了"评点"的笺注流派来了②。

"评点"确乎原只是一种上述的"读书札记"。但札记是为了自记自留,并没有要给人看的意思;而"评点"在性质与用意上便畸重于为给人看给人解了,虽然这并不抹煞它原本具有的读书心得体会,感触议论的内涵,有时倒是加浓加重了那种质素,只不过它的讲说是兼有"读者对象"的了。

因此,我们传统的旧版小说,就有了眉批(即写在天头上的)、行侧批、双行小字夹注等形式,有的还加上回前回后的总批③。我想,这只能在咱们中国式的书册上出现这样的独特文化形态,在外洋的书上,似乎少见——也偶有很简短的"书边笔记",但实在没法(也不曾)形成一种非常发展的、盛行的、丰富多彩的"评点"格式与规范,风气与体裁。

所以我在此首先要请今日的、特别是年轻一代的读者了解这是怎么一回事,什么来由。然后,方可谈到"评点"本身的其他方面的事情或"问题"。

　　此际山西古籍出版社贡献于读者的第一批评点新本,共计六种:《三国演义》《水浒传》《西游记》《儒林外史》《封神演义》和《红楼梦》。这六部书,旧时所谓稗官野史,原来不登大雅之堂,甚至列为"禁书"。但从文学史上看,到这六部书出现之时,小说早已不再是说书艺人的事情,已经落入了文人创作的境域之内。明代文士的一大特点是不但思想活泼大胆,亦且文笔恣肆自由,打破了已往传统的束缚,各出新意,各有千秋。这些文人,水平很高,笔致超妙,大大不同于艺人的"话本"。自古道"惺惺惜惺惺",文人的心血灵智之结晶,自然引来了文人的赏爱与评赞。于是文人们出来评点文人小说名作了——那时的市民读者是还没有评点文人的小说的能力与条件的。

　　如今我们所得而详知并且常举的明末清初评点家,就是李卓吾(名贽)与金圣叹(名人瑞)。李、金二人的事迹,世已习知,不烦多赘,他们都是名副其实的"奇士",当时不为世人所解,身被恶名,而且皆不得寿终(一自杀,一腰斩)。但他们评点小说的影响可实在是大极了!这种影响不但被及于士林,也深入于市井民间,以至穷乡僻壤。李卓吾本身,在正统士大夫眼中是个可怕的"邪人",其论述悉属"异端"骇人之说,主要是个后世所谓的"思想问题",倡导"悖谬逆乱"。金圣叹则将重点标志在一个"才"字上,他将《离骚》《庄子》《史记》《杜诗》《水浒》《西厢》六部中华文学代表作品标称为"六才子书",各加评点,一经品题,耳目一新,立即风靡天下(连清代第一朝少年皇帝顺治都能背诵他的评本《西厢》)。从此以后,小说剧曲,倘编印不出评点本子来,简直就"不成气候",难以行世——评点本成了标准版本,规格款式,金批本就成了带有权威性的"定本"!

　　金圣叹的评点自然接受了李卓吾的影响教益,只是他既以"才子书"标目,当然他的文学欣赏成分就加重得多,他特别注重"文笔"的评论。而他那种满腔的热血激情,对读者的感染力十分强烈,真能"抓住"每一个看书之人。金君的那种极口赞美前代小说作者的"锦心绣口"的批语,真能使阅书人为之眉飞色舞,而他那种为书中人物的遭遇命运而发出的"普天下才子佳人、忠臣义士,齐来一哭"式的呼唤或"号召",也确能令看官读者们随之而泪下!

　　这样的评点，对于普及通俗文学，对于提高一般人的审美水平欣赏能力，所起的作用之巨大，在当时的社会环境中更是难以估量的。

　　这就是我想到的评点文化的意义与价值，要点与特色。我以为这是中华的独创，外洋未必"也有"④，值得我们自珍自重，十分宝惜这个传统。

　　评点还有一个特点：它是一种讲解、辅导、指引、提撕，所以也就有点儿像教师的"讲义"；但它异于"讲义"者又在于几点：一是很少用"填鸭式"硬灌法，而以启迪浚发为主；二是它很讲"平等"——不像自踞"台上"，务在"训人"的那种自高自尊的派头神气，而是平易近人，总是在读者的同一地位上，拉他们来一起共同欣赏讲论那些古人往事，悲欢离合，治乱兴衰，一一设身处地，共鸣同受。这种风格，大约也还是中华文化上的循循善诱、诲人不倦的崇伟精神吧？

　　有人说，评点者总不过是他个人之见，一己之言，它的影响既然巨大深远，那它如不正确，则是贻误读者，害人不浅；倘如此，又何以值得全盘肯定？应该看到它会流弊丛生。

　　这个意见是不错的。但是万事皆有利弊得失，哪有都是"一面"的"纯粹"的？当看谁为主次，以定取舍。比如还拿教师的"讲义"作比，难道教学的先生所讲所授，就不是他个人一己之见之言？不管教材多么文本"固定"，讲解发挥，也绝离不开个人的心得体会，否则的话，那"名教授"与"冬烘先生"之间不就该划等号了乎？

　　我为什么要说这么多？因为倘不如此，终将无以表达我对山西古籍出版社印行这套评点丛书赞喜的理由，那会被人误为也无非是"尊题"的文词，"顺口"的好话。

　　今日肯来恢复这种濒于断绝的评点传统，是值得赞扬的行动，这无疑会为弘扬我们中华优秀文化增添一簇美好的锦绣。况且，重要的一点更在于：今日能来从事这种评点工作的学人们，毕竟不会再是李卓吾、金圣叹的"复活"，他们具有前人不能有的新的优越条件，学识思想，又经过了数百年的洗礼更新，他们的评点成绩就会展现出过去所不能有的水平与光色。这也自然是我乐为之序的一个原因。

　　"评点"，已经成为一种文体的专名，它自有体段风规，不与众同。旧时也用"评批"、"批点"、"批评"、"点评"……小小变换的称呼。那"批评",不与今世的"挨了批评"同义,那"批"与"大批判"更无交涉,不可误会错觉。"点"原指"圈点"——也是我们独创的"文艺批评"的形式:赞赏的文句旁,加圈,次者加"点",最好的还加"双圈"、"密圈",坏的、败笔,则旁划黑杠子,可谓"态度鲜明",毫不含糊的。圈点,本来是读断句逗的符号标记。"点"又有贬义,因为"文不加点"的点则是点灭、抹掉、涂改了。但不管怎么解,我们的"评点",主要精神是欣赏赞美,发挥表彰,而不是相反。循是以推,这套名著丛书,为何要出评点新本,其主旨也就不言自明了。这套丛书之第一批恰好是六部书,我想不妨给它取上一个新名目,叫作"新六才子书"。真的,这确实是中华明清时期的六位大才子的伟著杰构,当之无愧。细心的读者还可以体会到:这六部书中还包涵着儒、道、释等文化思想与境界的交叉反映,成为大观,但此刻来不及细论了。而新评点本又不啻花妍而衬以叶美,马骏而副以鞍鲜,使之光采发越,意蕴昭腾,可以引人入胜,可以发人深省⑤——这宁非我们文化文艺工作史上的一大盛举!

由于这还是一次勇毅的试验,也许限于许多条件,做得还不能完全惬心满意,还会留有不足与未安之处,需要改进;但它的问世,闯开新路,丕振颓风,奠下基础,影响后来,这却是预卜"贞吉"的。亦序亦颂,载欣载兴!

周汝昌写讫于
甲戌七月下浣

【注】

①中华汉字竖行书写,盖从造字为始,即是如此安排:其上一字之末笔与下一字之首笔距离最近,竖写汉字,由上而下,联联贯贯,故书写最便,节时顺力。西洋字母之联缀书写时,虽为横向,而前字母落笔与后字母起笔距离最近最便,其理正同,皆合科学。苟不如此,必为反科学之书写法也。

②前人读书时所记于册上者,有辑成单行者,有连书籍正文合刊为"评本"者。清代纪昀即有《文心雕龙》《瀛奎律髓》以及义山诗、东坡诗等多种批点本印行于世,称为"纪评",是其著例。

③亦有只加回前回后总评者。此盖原书空位太少,加评不便,亦属原因之一端。

④西方小说研究方法，有所谓 close reading 者，我姑且译为"紧跟密读法"，即逐字逐句紧盯细究的办法，但未闻使用何种办法纪录其细读的心得体会。假使有之，料亦与中国评点之风格意趣不同。中国评点，随字随句即可出以一条或多条，其精神则近乎 close reading，或可比较而观之。但西方至今似仍无"评点派"之流行款式，恐怕也与洋书的横排密行窄边之版式不无关系。

⑤高明的批语真是一种享受，如我举的戚本《石头记》之回后批——"写宝钗、岫烟相叙一段，真有英雄失路之悲，真有知己相逢之乐。读至此，掩卷出户，见星月依稀，寒风微起，默立阶除良久。"(五十七回)请看，这种中华独有的"评点"，味道如何？好是不好？是文乎？是诗乎？是哲人情种之思乎？

（梁归智等评校，山西古籍出版社一九九五年版）

《中国古代文学词典》序言

　　北京第二外国语学院、北京外国语学院、北京外交学院和天津外国语学院的中国语言文学教研室的二十多位老师,在辛勤教学工作的同时,立下了壮志,要为我们中华民族的古代文学创撰一部网罗宏富的词典。他们不曾停留在志愿上,并且以很大的毅力使这一宏愿已然成为现实。我们古代文学无比丰富,凡稍具文化知识的,都会有一个基本印象,明白那是何等的一个令人惊叹的琳琅万品的大宝库。故而不难想象这一词典的编纂,要涉及多么繁复的质和多么巨大的量! 值此词典告成之日,我除了表示佩服他们的学识之外,更要表示佩服他们为祖国文化而不辞艰辛的勇毅精神。

　　我们需不需要有这样一部词典? 我想如此提问,人人都要说,这问得太多馀了。那么,为什么需要这种词典呢? 这第二问的答案可能也同样地多馀。关于词典,现今"时兴"的名词,有曰"工具书"者,其来源不知何自,我个人是不太喜欢用它的,因为采用这种名目的后果就是使人更把事情简单化,还多少给人以轻看它的意味感觉,客观上总是贬低了它所"代表"的那些书的真价值。我们先人们就不这样口角轻薄。比如三通、七略、提要、解题、册府、类函等等,就绝不引起人的轻视感,相反,让人想起的那是知识的宝山,学问之总汇。它们的用途和意义绝不是一个单一的"工具"。工具者何也? 据《辞海》或台湾省的《中文大辞典》皆云:

> 用以作工之器具,如木工之锯,铁工之锤;引申之,凡事物所赖以成
> 就者,皆谓之工具。世又引以讥被人利用者。

所以,工具本身是没有独立的"目的"和"存在的价值"的,它的生命全在于被
用。岂但一个不能用、不见用的锯或锤是废物,能用而见用的,本身也不成
其为一个"自我完足"(Self content)的东西。假若如此作比,则未免太贬损和
低估了自古以来的各种形态的类书的重要了。并且,反过来,古来学者也曾
有不少的是并不曾凭借什么"工具书"而"成就事物"的,那又将如何来与没
有锯的木工和没有锤的铁工作比? 逻辑上也不妥帖的。要讲"工具",那么
从幼儿园到大学研究生院的所有教科书及参考书,岂不都是"赖以成就事
物"的"工具",又何独词典之类? 这一切,就是我不喜欢"工具书"这种称呼
的理由。比如,当前的这部《中国古代文学词典》,以七大部分的内容,将我
们古代的文学遗产的重要内容皆囊括进来:作家、社团流派名称、著作、艺术
形象、文体、名篇、文赋名句和诗词曲名句——这实际是铁网珊瑚,真似海无
遗宝了。由此可见,这需要编纂者们掌握多么巨量的学问知识,并且要用最
简明得要、准确得体的文字,把这么繁富的内容表现为万千"词目"(或称曰
"词条"云),这是何等艰巨的一项工作! 工具、工具,那是太轻了一点吧。

　　显然,面对这么浩如烟海的古代文学遗产,编纂者们自然不是也不可能
都通过自己的研索而后形成"词目";他们要资借于古往今来的无数的研究
家。编纂者也是"拿来主义"者,他们必须从前人所作的成绩中淘澄、提炼。
很清楚,一部这样的词典,实际上就是一部截至目前为止的学术界研究成果
的提要性总结。求知者打开词典,左右逢源,了若指掌,如开宝藏(zàng 名
词),如对良师,这就是熔无数学者毕生勤奋探研而得献于一炉,因而编纂者
们自己就也属于这些有贡献的学人行列范围。对他们的辛劳,我们怎能不
表示深衷的感激!

　　然而在这里,同时也就可以明白:词典所列的词目解说,是无法超越现
有研究成果和学术水平的。这是一个严峻的客观事实。谁也不能把事情说
成了"不是这样子的"。在这里,这部词典就一方面反映出我国众多学者作
为一个整体的辉煌成绩,一方面也透露了这个"整体"的薄弱之点。很多问

题，是长期空白，无人过问。很多观点，是多少年前的旧说，其正确与否，不是没有值得继续深入研索，重新估量的馀地的。总的来说，多年来，创见新知，突破陈言的重大成绩，是不如理想的、应有的那么多的。陈陈相因、人云亦云、以讹传讹、似是而非、浮光掠影的现象，还不是个别的。词典只能在"继承"已有积极成果时，连这些也"收"下来。我们无法责备于这些编纂同志。寻其原因，也颇复杂。举其大者，一是我们从来对社会科学重视不够，总以为这不是什么"当务之急"，可由一些"书生"各自"单干"为之，不组织，不规划，不促进，不表彰，并且一段时期对学术研究轻率地以"运动"方法对待之，十分不利于研究工作的正常发展。一是对古代文学的"左"的虚无主义的态度和做法，对古代的作品和作家，不是真正遵循马克思主义所指教的那样放在特定的历史的环境中去作科学的分析评议，而是以"勇于批判"来表示自己的"革命"，以致许多理解和评价是非常肤浅片面的，浮夸不实的。还有就是把正确的古为今用的"用"字解释得更是极为狭隘庸俗，仿佛古代那些光焰万丈的文学大师们的呕心沥血之作，都无所谓本身价值与历史意义，只要它"不合"评议者当时认为的某一具体"目的"，就都成了"无用"的该丢弃奚落的东西。还有一些别的不正之学风。这就不能不影响我们对古代文学作更好的更科学的理解和阐释。——而只有科学地即实事求是地对待这些遗产，才能真正地谈到"用"字，才会真正对现今和子孙后代有益。关于这一方面的得失利害，编纂同志们是无能改变历史事实的。所以这部词典的词目的不完全令人满足，不是由于编纂者们的努力不够的缘故。并且，他们在现时的不断前进的学习钻研中，也尽其所能地作了比较权衡、予夺取舍。他们力所能及地纠正了那种态度和做法。这一点特别应当为之表出，编纂绝不是一个机械的"技术性"工作。

本书以《中国古代文学词典》命名比较科学。"古典文学"这个词语，我也是并不十分喜欢，因为这本来应当指一种写作上的文体和风格而言。比方今日诗人写一篇七律，讲究平仄调适，对仗精工，词藻典丽……这叫古典文学，并不与"古代人的文学"同其涵义。同样，如果你写一部小说，用的是章回体形式及语言，开头或有《西江月》，回末或有"正是"的结尾联……等等，那么说你作的是古典小说，而不是说你是"古代的"人和作品。但是不知何故，相沿不改，改了反而看成标新立异。因而，又不能不把古与今的关系弄得清楚些。古者过去，今者当前——这似乎简单易晓，何待多言；然而古之与今，本系相对之时间观念，古者当时之今，今者将来之古；无今何以曰古，无古安得有今？历史是不能截断的，一个民族的文化，更是不能截断的。古代人写作文学作品，并不是预先为了我们现在的"今"才着手从事的；我们现在的作家们，也很难说是有意识地为了一千年、两千年之后的将来之世界的"用处"而在那里驰神走笔。作为一个伟大的中华民族，其智慧、精神、心灵、情操，是表现在文学历史的长河的这个整体之中的。没有了这个，中华民族将不知安在。所以，我们的文学又绝不是一时之事物，从来是千秋之志业。它的不朽性，也就正在于此。古代文学，本身有它永存的内涵在，所谓"不废江河万古流"，大诗人早已言之，而轻薄为文哂未休的那些尔曹，已与草木同腐（这样说，是指总的态度，不必误解为不要对文学遗产进行选择）。然而，江河万古，前浪不停；日月常新，光景无驻，事物永远是向前推移的，是运动着的力量。这就发生新旧代嬗的永恒规律，文学正不例外。所谓"借鉴"，所谓"今用"，无非是在这一特定意义上来讲话，而绝不是说古代文学只是和"木工之锯，铁工之锤"一样性质，为了一个临时目的，临时拿来用。借鉴，必有得失取舍的这两面性含义，这原亦不烦多说。可是对借鉴到底理解正确与否，也并不是毫无疑问馀地的事情。举例说，毛泽东同志曾列举过，说有无借鉴，差别甚大，计有快慢之分，粗细之分……这些，人人尽已熟知了；但他还说过又有"文野之分"。什么是文野之分？正面对此加以阐发和评论的，似乎就不多遇了。这倒不知是什么缘故？那话的来源，可能就是出自《论语》的"质胜文则野，文胜质则史"。这说明一个重要的问题，即有的人一味强调"质"而忘记了徒"野"不"文"这个基本前提。如果已经根本不成其为文学了，一切还从何谈起？即此可见，毛泽东同志早年是非常重视这个"文"的，是不以野为"最革命"的。而如何能"文"？向我们祖先的文学成就去巡礼一番吧，看看那千百年间无数的大师巨匠用毕生心血来实践积累的美好崇高的范例去学习一下、思索一回吧——这就是借鉴了。懂得"文野之分"，自然不会有什么虚无主义的无知态度。这部词典，我看在医治那种虚无病的疗效上，也会是显著可观的。

　　大家都说工具书就是翻检"知识性"事实的一种工具。这自然也难说是错了。不过知识毕竟什么样子？就又成了第三个问题。一份入学考卷上的考题和答案，当然是知识了。就"古代文学"考卷而言，一提苏东坡，知道的填写上北宋人，眉山本贯，男性，名轼……成绩不错了呀。再能知道生于公元多少年，就更了不起。但是，如还说得上来他是个大胡子，人很风趣吗？——这些都是知识吗？当然也是。然而，一本"工具书"如果所给与"用者"的都是充其量不过如此的"知识性知识"，那后果也是堪忧的。何况这是文学词典呢。如今听说很多学校的师传弟受的课业，就限于上述之类，师生们都为此感到苦恼，不知道古代文学应当怎么教学才是，才能提高质量，获得实在的教益。我以为，像这部《词典》，自然不能解决上述一切教育问题。但是能读读它的"词条"，就比别的书丰富而生动得多了。它不干巴巴，却很多有情有味之处。你可以从中得到"知识性"以外的很多东西。到这时候，你对"工具书"和"知识性"这些老生常谈的名词，可能有了新的体会，并为此而欣幸无已。

　　假使能这样，我之"乐为之序"的乐，也就有其基础了。"乐为之序"者，是"古代文学"诗文集子序言中常见的词句。又往往用"是为序"来作结束——那我也就正好"借鉴"一下：是为序。

周汝昌

一九八三年八月

伏中挥汗草讫

　　（刘兰英等编，广西人民出版社一九八六年版）

《唐宋词鉴赏辞典》序言

近年来，中国出版界出现的诸般特色之一，是很多诗词鉴赏一类书籍相继印行。这是一个新兴的可喜的现象。它并非只是一种"风气"。由于历史的原因，向来极少这类著作问世，几乎形成了一个文化方面的空白；而读者却非常需要这些个人撰写的或集众家合编的赏析讲解的书物，来解决他们在欣赏唐宋名篇时所遇到的困难，提高他们的欣赏能力。本辞典的编纂，正是这一历史要求背景下的一部具有规模的鸿编巨制。

唐诗宋词，并列对举，各极其美，各臻其盛，是中外闻名的；而喜爱词的人，似乎比喜欢诗的人更为多夥，这包括写作和诵读来说，都是如此。原因何在，必非无故。广义的"诗"（今习称"诗歌"者是），包括了词；词之于诗，以体裁言，实为后起，并且被视为诗之旁支别流，因而有"诗馀"的别号。从这一角度来说，欣赏词的要点，应该在诗之鉴赏专著中早就有所总结和抉示了，因为二者有其共同质性。但词作为唐末宋初时代新兴的正式文学新体制，又有它自己的很多很大的特点特色。如今若要谈说如何欣赏词的纲要与关键时，我想理应针对上述的后一方面多加注意讨论才是。换言之，对如何欣赏诗（无论是广义的，还是狭义的）的事情，应当估计作为已有的基础知识（例如比兴、言志、以意逆志、诗无达诂……），而不必在此过多地重复赘说。

基于这一认识,我拟乘此撰序之便,将个人的一些愚见,贡献于本辞典的读者。

我想叙及的,约有以下几点:

第一,永远不要忘记,我国诗词是中华民族的汉字文学的高级形式,它们的一切特点特色,都必须溯源于汉语文的极大的特点特色。忘记了这一要点,诗词的很多的艺术欣赏问题都将无法理解,也无从谈起。

汉语文有很多特点,首先就是它具有四声(姑不论及如再加深求,汉字语音还有更细的分声法,如四声又各有阴阳清浊之分)。四声(平、上、去、入)归纳成为平声(阴平、阳平)和仄声(上、去、入)两大声类,而这就是构成诗文学的最基本的音调声律的重要因子。

汉语本身从来具有的这一"内在特质"四声平仄,经过了长期的文学大师们的运用实践,加上了六朝时代佛经翻译工作的盛行,由梵文的声韵之学的启示,使得汉文的声韵学有了长足的发展,于是诗人们开始自觉地、有意识地将诗的格律加以安排,逐步达到了一个高度的进展阶段——格律诗(五七言绝句、律句)的真正臻于完美,是齐梁以至隋唐之间的事情。这完全是一种学术和艺术的历史发展的结果,极为重要,把它看成人为的"形式主义",是一种反科学的错觉。

至唐末期,诗的音律美的发展既达到最高点,再要发展,若仍在五、七言句法以内去寻索新境地,已不可能,于是借助于音乐曲调艺术的繁荣,便生发开扩而产生出词这一新的诗文学体裁。我们历史上的无数语言音律艺术大师们,从此得到了一个崭新的天地,于中可以驰骋他们的才华智慧。这就可以理解,词乃是汉语文诗文学发展的最高形式。(元曲与宋词,其实都是"曲子词",不过宋以"词"为名,元以"曲"为名,本质原是一个;所不同者,元曲发展了衬字法,将原来宋词调中个别的平仄韵合押法普遍化,采用了联套法和代言体,因而趋向"散文化",铺叙成分加重,将宋之雅词体变为俗典体,俗语俚谚,大量运用;谐笑调谑,亦所包容,是其特色。但从汉语诗文学格律美的发展上讲,元曲并没有超越宋词的高度精度,或者说,曲对词并未有像词对诗那样的格律发展。)

明了了上述脉络,就会懂得要讲词的欣赏,首先要从格律美的角度去领略赏会。离开这一点而侈谈词的艺术，很容易流为浮辞泛语。

众多词调的格律，千变万化，一字不能随意增减，不能错用四声平仄，因为它是歌唱文学，按谱制词，所以叫作"填词"。填好了立付乐手歌喉，寻声按拍。假使一字错填，音律有乖，那么立见"荒腔倒字"——倒字就是唱出来那字音听来是另外的字了。比如"春红"唱出来却像是"蠢哄"，"兰音"唱出来却成了"滥饮"……这个问题今天唱京戏、鼓书、弹词……也仍然是一个重要问题，名艺人有学识的，就不让自己发生这种错误，因为那是闹笑话呢。

即此可见，格律的规定十分严格，词人作家第一就要精于审音辨字。这就决定了他每一句每一字的遣词选字的运筹，正是在这种精严的规定下见出了他的驾驭语文音律的真实功夫。

正因此故，"青山"、"碧峰"、"翠峦"、"黛岫"这些变换的词语才被词人们创组和选用。不懂这一道理，见了"落日"、"夕曛"、"晚照"、"斜阳"、"馀晖"，也会觉得奇怪，以为这不过是墨客骚人的"习气"，天生好"玩弄"文字。王国维曾批评词人喜用"代字"，对周美成写元宵节景，不直说月照房宇，却说"桂华流瓦"，颇有不取之辞，大约就是忘记了词人铸词选字之际要考虑许多艺术要求，而所谓"代字"原本是由字音、乐律的精微配合关系所产生的汉字文学艺术中的一大特色。

然后，还要懂得，由音定字，变化组联，又生无穷奇致妙趣。"青霄"、"碧落"，意味不同；"征雁"、"飞鸿"，神情自异。"落英"缤纷，并非等同于"断红"狼籍；"霜娥"幽独，绝不相似乎"桂魄"高寒。如此类推，专编可勒。汉字的涵义渊繁，联想丰富，使得我们的诗词极其变化多姿之能事。我们要讲欣赏，应该细心玩味其间的极为精微的分合同异。"含英咀华"与"咬文嚼字"，虽然造语雅俗有分，却是道着了赏会汉字文学的最为关键的精神命脉。

第二，要讲诗词欣赏，并且已然懂得了汉字文学的声律的关系之重要了，还须深明它的"组联法则"的很多独特之点。辛稼轩的词有一句说是："用之可以尊中国。"末三字怎么讲？相当多的人一定会认为，就是"尊敬中国"嘛，这又何待设问。他们不知道稼轩词人是说：像某某的这样的大才，你让他得到了真正的任用，他能使中国的国威大为提高，使别国对她倍增尊重！曹雪芹写警幻仙子时，说是她"深惭西子，实愧王嫱"。那么这是说这位仙姑生得远远不及西施、昭君美丽了？正相反，他说的是警幻之美，使得西施、昭君都要自惭弗及！苏东坡的诗说："十日春寒不出门，不知江柳已摇村。"是否那"江柳"竟然"动摇"了一座村庄？范石湖的诗说："药炉汤鼎煮孤灯。"难道是把灯放在药锅里煎煮？秦少游的词说："碧水惊秋，黄云凝暮。"怎么是"惊秋"？是"惊动"了秋天？是"震惊"于秋季？都不是的。这样的把"惊"字与"秋"字紧接的"组联法"，你用一般"语法"（特别是从西方语文的语法概念移植来的办法）来解释这种汉字的"诗的语言"，一定会大为吃惊，大感困惑。然而这对诗词欣赏，却是十分重要的事情。我们的诗家词客，讲究"炼字"。字怎么能炼？又如何去炼？炼的结果是什么？这些问题似乎是艺术范畴；殊不知不从汉语文的特点去理解体会，也就无从说个清白，甚至还会误当作是文人之"故习"、笔墨之"游戏"的小道而加以轻蔑，"批判"之辞也会随之而来了——如此，欣赏云云，也岂不全成了空话和妄言？因此，务宜认真玩索其中很多的语文艺术的高深道理。

至于现代语法上讲的词性分类法，诸如名词动词等等，名目甚多，而我们旧日诗家只讲"实字"、"虚字"之一大分别而已。这听起来自然很不科学，没有精密度。但也要思索，其故安在？为什么又认为连虚实也是可以转化的？比如，石湖诗云："目睅浮珠佩，声尘籁玉箫。""浮"是动词，一目了然，但"籁"应是"名词"吧？何以又与"浮"对？可知它在此实为动词性质。汉字运用的奇妙之趣，表现在诗词文学上，更是登峰造极，因而自然也是留心欣赏者的必应措意之一端。其实这无须多举奇句警字，只消拿李后主的"自是人生长恨水长东"来作例即可看得甚清：譬如若问"东"是什么词性词类？答案恐怕是状词或形容词等等。然而你看"水长东"的东，正如"吾欲东"、"吾道东"，到底该是什么词？深明汉字妙处，读欧阳词"飞絮濛濛，垂柳阑干尽日风"之句，方不致为"词性分析"所诒，以为"风"自然是名词。假使如此，便是"将活龙打作死蛇弄"了。又如语法家主张必须有个动词，方能成一句话。但是温飞卿的"鸡声茅店月，人迹板桥霜"一联名句，那动词又在何处？它成不成"句"？如果你细玩这十个字的"组联法"，于诗词之道，思过半矣。

第三，要讲欣赏，须看诗词人的"说话"的艺术。唐人诗句："圣主恩深汉文帝：怜君不遣到长沙。"不说皇帝之贬谪正人是该批评的，却说"圣"、"恩"

超过了汉文帝，没有像他贬谪贾谊，远斥于长沙卑湿之地。你看这是何等的"会讲话"的艺术本领！如果你认为，这是涉及政治的议论性的诗了，于抒情关系嫌远了，那么，李义山的《锦瑟》说："此情可待成追忆，只是当时已惘然。"他不说如今追忆，惘然之情，令人不可为怀；却说何待追忆，即在当时已是惘然不胜了。如此，不但惘然之情加一倍托出，而且宛转低回，馀味无尽。晏小山作《鹧鸪天》，写道：

> 醉拍青衫惜旧香，天将离恨恼疏狂。年年陌上生春草，日日楼中到夕阳。　　云渺渺，水茫茫，征人归路许多长。相思本是无凭语，莫向花笺费泪行。

此词写怀人念远，离恨无穷，年复一年，日复一日，而归信无凭，空对来书，流泪循诵——此本相思之极致也，而词人偏曰：来书纸上诉说相思，何能为据？莫如丢开，勿效抱柱之痴，枉费伤心之泪。话似豁达，实则加几倍写相思之挚，相忆之苦；其字字皆从千回百转后得来，方能令人回肠荡气，长吟击节！这就是"说话的艺术"。如果一味直言白讲"我如何如何相思呀"，岂但不能感人，抑且根本不成艺术了。

第四，要讲词的欣赏，不能不提到"境界"的艺术理论问题。"境界"一词，虽非王国维氏所创，但专用它来讲究词学的，自以他为代表。他认为，词有境界便佳，否则反是。后来他又以"意境"一词与之互用。其说认为，像宋祁的"红杏枝头春意闹"，着一"闹"字而境界全出矣，欧公的"绿杨楼外出秋千"，着一"出"字而境界全出矣。这乍看很像"炼字"之说了。细按时，"闹"写春花怒放的艳阳景色的气氛，"出"写秋千高现于绿柳朱楼、粉墙白壁之间，因春风而倍增骀宕的神情意态。究其实际，仍然是我们中华文学艺术美学观念中的那个"传神"的事情，并非别有异义。我们讲诗时，最尚者是神韵与高情远韵。神者何？精气不灭者是。韵者何？馀味不尽者是。有神，方有容光焕发，故曰"神采"。有韵，方有言外之味，故曰"韵味"。试思，神与绘画密切相关，韵本音乐声律之事。可知无论"写境"（如实写照）、"造境"（艺术虚构），都必须先有高度的文化素养造诣，否则安能有神韵之可言？由是而观,不难悟及:只标境界,并非最高之准则理想,盖境界本身自有高下雅俗美丑之分,怎能说只要一有境界,便成好词呢?龚自珍尝笑不学之俗流也要作诗,开口便说是"柳绿桃红三月天",以为俗不可耐,可使诗人笑倒!但是,难道能说那七言一句就没有境界吗?不能的,它还是自有它的境界。问题何在?就在于没有高情远韵,没有神采飘逸。可知这种道理,还须探本寻源,莫以"境界"为极则,也不要把诗词二者用鸿沟划断。比如东坡于同时代词人柳永,特赏其《八声甘州》,"渐霜风凄紧,关河冷落,残照当楼",以为"高处不减唐人"。这"高处"何指?不是说他柳耆卿只写出了那个"境界",而是说那词句极有神韵。境界有时是个"死"的境界,神韵却永远是活的。这个分别是不容忽视的分别。

第五,如上所云,已不难领悟,要讲词的欣赏,须稍稍懂得我们自己民族的文学艺术上的事情。如果只会用一些"形象的塑造"、"性格的刻画"、"语言的生动"等语词和概念去讲我们的词曲,良恐不免要弄成取粗遗精的后果。因此,我们文学历史上的一些掌故、佳话、用语、风尚,不能都当作"陈言往事"而一概弃之不顾,要深思其中的道理。杜甫称赞李白,只两句话"清新庾开府,俊逸鲍参军",还有人硬说这是"贬"词(真是以小人之心度君子之腹了)。这实是诗圣老杜拈出的一个最高标准,析言之,即声清、意新、神俊、气逸。这是从魏晋六朝开始,经无数诗人摸索而得的一项总结性的高度概括的理论表述。如果我们对这些一无所知,又怎能谈到欣赏二字呢?

大者如上述。细者如古人因一字一句之精彩,传为盛事佳话,警动朝野,到处歌吟,这种民族文化传统,不是不值得引以为自豪和珍重的。"山抹微云秦学士,露花倒影柳屯田。"人谓是"微词",我看这正说明了"脍炙人口"这一诗词艺术问题。

至于古人讲炼字,讲遣辞,讲过脉,讲摇曳,讲跌宕……种种手法章法,术语概念,也不能毫无所知而空谈欣赏。那样就是犯了一个错觉:以为千百年来无数艺术大师的创造积累的宝贵经验心得,都比不上我们自己目前的这么一点学识之所能达到的"高"度。

词从唐五代起,历北宋至南宋,由小令到中、长调慢句,其风格手法确有差异。大抵早期多呈大方自然、隽朗高秀一路,而后期趋向精严凝练、绮密深沉。论者只可举示差异,何必强人以爱憎。但既然风格手法不同,欣赏之集中注意点,自应随之而转移,岂宜胶柱而鼓瑟?所应指出的,倒是词至末流,渐乏生气,饾饤堆砌、藻绘涂饰者多,又极易流入尖新纤巧、轻薄侧艳一派,实为恶道。因此清末词家至有标举词要"重、拙、大"的主张(与轻、巧、琐为针对)。这种历史知识,也宜略明,因为它与欣赏的目光不是毫无关系的。

序言不是论文,深细讨论,非所应为;我只能将一些最简单易晓、不致多费言说的例子,提出来以供本书读者参考。这是因为一部辞典成于诸家众手,篇中或不能逐一地都涉及这些欣赏方面的问题,在此稍加申说,或可备综合与补充之用。

本辞典共收词一千五百一十八篇,撰文者共三百二十七家。这诚然是目前所能看到的一部最为丰富多彩的赏词巨著。像我们这样一个伟大而又有着特别悠久的文化历史的民族,对于自己的传统文学财富的价值绝不能是以一知半解为满足的,我们应当不断地研索,并且使得越来越多的人,特别是青年一代,都能对诗词的欣赏有所体会理解,这对于我们的"四化"这一宏伟事业中的精神文明建设,关系实非浅鲜。本书的问世,必然引起海内外爱词者的高度重视。谨以芜言,贡愚献颂。

周汝昌

一九八五、十二、十二,呵冻写讫

乙丑十一月初一,长至前十日

(上海辞书出版社一九八八年版)

《红楼梦辞典》序

    《红楼梦》(《石头记》)传抄问世之后,到乾隆末年便有"红学"专著出现,其中已经包括着对于个别词语、典故的寻绎与解释。清末文士杨掌生,自言多年留意疏记《红》书中所见典章、制度等条目,引据书册,以为笺注,积至二千馀条。旧日(亚东图书馆"新式标点"排印以前)坊间流行本《红楼梦》(又称《金玉缘》),卷端例有多项"附录",有一项叫作"音释",就是把《红》书中的新鲜冷僻的字眼,摘出而注音加释。这些"事例",表明了读《红》之人需要注解以为之助,而且早已有了"辞典"的滥觞和先河。本辞典正是从此一源流发展而来。

    以上举了三种往例。我觉得这个"三"也并非偶然之数。在我看来,《红楼梦》这部书的内涵和性质决定了以上三种注解的必然产生。试为分疏,以明斯义:

    曹雪芹一生穷愁著书,略与太史公所写的虞卿相似,可是他单单选取了野史小说作为表现形式,而当时小说的主要读者对象是"市井之人"(即鲁迅先生《中国小说史略》中所说的"细民"),雪芹在书的开头就明白无误地点出了这番意思。这就决定了《红》书的通俗性质。大量口语的运用,超越了以往的同类作品。而这些口语,向来是缺少"定字"的,因此脂砚斋常常赞赏雪芹为这些俗语审音选字的才能(如"冷风朔气"的"朔"字[①]),或者径行指明某字出于《谐音字笺》(如"征"字②)。这些,可说是全为"市井"、"细民"而设,并不是给学士鸿儒们看的。这一类词语,不妨说是构成《红楼梦》语言的主要"成分",自然是辞典选设词目的重点。

这一类,虽属日常习用惯闻之语,也因时代、地区、场合等条件的改变而需要注释。如"理论"一语,是"理会"、"留意(筹思、处置)"的意思,"不理论"就是"无心、无暇去管顾(人或事)"。这要注。"罢了"一词,如只注成"完"、"已"、"休"等字面义,则完全不能体现它在《红》书中的实际用法,其口吻神情,随文而异,含义丰富。如宝玉对某人某事"也只得罢了"是说他无可如何,只好放过去。若贾母见了某一事物(如食品、菜肴)而说"这个到罢了",那却是对它的很高的评价(实意是"也行了"、"也过得去了")。这些当然更需要注。再如"白"这个副词,一般只知道有"白说"、"白费",即徒然枉作之义,可是如果你拿这个意思去读曹雪芹的书,便不能到处通行——等到你看到本辞典对这个"白"字的解释,你当会暗自惊讶:原来它有这么多种不同的含义和用法!而这些,你在一般辞书中大约是找不齐的。

由于历史时代的推迁,以及社会条件(地区、民族、阶层、家族、职业等)各异,古代作家使用语言往往有他自己的特点和规律。例如曹雪芹指称某些人时多用"一起",而不常用"一伙"、"一群"。他写下的口语,如从语言学角度去看,已属近现代范围了,可是你在《红》书中找不见"现在",而总是用"这会子";找不见"行不行"、"可以"、"与否"等字样,而总是用"可使得"、"使不得"。你也绝不会找见目今文艺作品中大量使用的"不过",而总是用"但只是"……这些未必都能在辞典中获得显示,但是研究《红》书语言的人,却不能置而不论③。

嘲骂坏女人,如贾府中人问智能儿说"你师父那秃歪剌"如何如何,这里的"歪剌"乃"歪剌骨"之省略语。表示忽然、蓦然意思时,说作"忽喇巴儿"。这类词语,记得像《长安客话》这种书都有记载,是北京地方土语,来源甚早(疑心或与金元等时代少数民族语言有关)。这自然更需要注解。

还有一类词语,似乎辞典之中无收录的"合适地位",但又容易为读者(特别是译者)忽略和误解。如"我说呢",意思近乎"啊,原来如此",或"这就无怪乎了"。又如"可是说的"、"可不就这样罢了"、"可不是"、"可是呢",这些"可"或"可不",都不是今天用法中的转折词义。假如将"可不是"译成了"但非"之意,岂不是一个笑话。关于这一类,辞典如何处置为宜,我还拿不准,或许注一注也还不算多馀吧。

我想,在典章、器物、服饰等"名物"词条必须收录之外,上述这些词语应当受到特别的重视。

如上所云,既然《红楼梦》读者对象是市井小民(大约相当于今日所谓"一般群众"之意),可知此书虽是以叙写两府一园为主,其所涉之社会面却是十分之广阔。在这一意义上,才出现了"封建社会的百科全书"这种比拟措词。这意思倒是不差的,只不过前面须加"清代"二字方可。书中写到了各种社会生活,各个层次,各个角落,作者曹雪芹真好像一个"无所不在"的全能者,他从诸多的方面和角度,记载了那些人与人的关系和礼数、风俗、习尚、言谈、举止。这些,绝大部分随着时间消逝而不复存在了,连杨掌生那时候都已感到需要疏记了,何况在这"世变日亟"的百年之下的今天。这层道理最明显,最无待烦辞。应当为之补说几句的是,为什么单单《红楼梦》具有了这个"百科"的性质? 别的小说自然也有一些,但总比不过它,这道理安在? 其原因之一,就是这部"野史"的性质使它具有更多的"史"的意味和色彩,其间的形形色色,可谓之"历史万花筒",极其丰富绚丽。它的万象森罗,遂使《红楼梦辞典》必须具备另一特色:应当注解这些已经消亡和正在日益消亡的以及实存而形异或名存而实亡的历史事物。

《红》书开卷不久就写英莲去看"社火花灯"。社火是什么?"火"与"灯"连,既同属元宵之景,很容易混为一事。一个英译本就是如此理解的,而不知社火就是"过会的"(迎神赛会的"会"),亦称"社会",火即"伙"字,它是民间舞队、高跷、龙灯、旱船……种种不一。它们巡回表演,也"摆场子",有舞蹈,有音乐,也有歌唱(另一英译本将"社火"译成"哑剧",也不尽恰当)。这个,单看时若是不懂,倒也无关宏旨,"不伤大局",可是毕竟是"不求甚解"之风,而且妨害了译本的准确,总是一种损失。"祖母绿"是宝石名称,原是记音(有几种不同的记音法),与"奶奶"无关,而一种日译的某书竟把此词的"祖母"当作奶奶属于"上句"了,"绿"字分割使入下句。贾宝玉题咏潇湘馆,说是"秀玉初成实",这"实"是指"竹实"(也叫竹米,好像是竹子结的籽粒,传说凤凰以此为食），却被人当成了"果实"。元春卤簿仪仗中的"冠袍带履"，是四样礼服，但也有的竟把履认作"拖鞋"。诸如此类，也难悉数。辞典对此，都应该予以确解，庶无传讹沿误之弊。

这类历史名物，也构成了本辞典的一个重要部分。一个时期以来，有一种评论意见常常指出，《红楼梦》是文学作品，不是历史记录，两者不可混淆。这其实是多虑了，而且似乎不大明白我们中华文化史上还有自己的民族传统的特点更应首先留意，这就是我们的一部几千年文学史上"文"与"史"的那种丰富而微妙的联系关系。小说，今人（特别是只讲西方文艺理论的）目之为"文学作品"的，古人则目之为"野史"。我国古代小说原是史的一支，所以正统史家曾讥嘲《晋书》、《南史》、《北史》等都是"小说"，这在《史通》与《通释》都可看得十分清楚。与雪芹同时的学者章学诚则主张"六经皆史"，并评论《三国演义》的"七实三虚"……我们的古代小说作者，是在这个传统观念下执笔写作的。至于《红楼梦》，更是如此，它有意地隐去了"朝代纪年"，可是杨掌生却单单为它疏记二千馀条历史典实之类的注解。有心之士，对于这种种文学现象，当会引起深思而寻绎其中道理。辞典中的这一批历史名物词条，虽然已是散碎的罗列，但毕竟还能让人看到在其"背后"，隐隐约约，另有一条中华文史传统的线索。

美国的比较文学家兼"红学家"浦安迪（Andrew Plaks）教授，在撰文论述中国长篇章回小说时提出，传世的这些部名作，形式上好像是继承了自宋代以来的"说话（说书）"的传统，而其实却都是出自文人的手笔，两者是很不相同的。我认为这一见解很有眼光，而这个事实也是很重要的文学现象。不懂这一层道理，就会把一些问题搅乱[④]。但我想在此补充一点，就是曹雪芹这个"文人"，既有中国历代文人的共同特点，又有清代满洲八旗文人的更大特色。忽略了这后者，也会将《红楼梦》拉向"一般化"，抹煞它的许多特殊性质和风格。这种文人的文化素养加上特性特习，就使得《红楼梦》带上了极其深厚的中国文化传统的奇妙的色调和气质，风格和手法。假如不能理会中国汉字文学艺术传统和华夏文人对这种文化的造诣和修养之深之高，那就永远也无法真正谈得上理解与欣赏他们的作品。正因此故，就又发生了"第三方面"的需要注解的"词目"或"词条"。

　　《红楼梦》具备"三合一"的特色:体裁是小说,本质是悲剧,风格与手法是抒情诗。它是一位大诗人写的"小说体悲剧性抒情长诗"——还兼着"史诗"。总之,其间诗的成分非常深厚浓郁。我的意思,是说书里充满了诗的境界,不是单指那些诗词曲的作品形式和"诗社"等情节场面。中国的文人、诗人,对文字笔墨,那是考究到了极点,其灵心慧性,种种创造与运用,达到了令人惊奇叫绝的地步。于是,又需要给这些有关的事物考虑词条和注释。这是一项难度比上列两项更大得多的工作。但是缺少了这一方面,《红楼梦》将不再成其为《红楼梦》,辞典的职责也就"失其泰半"。

　　可是,我们中国的诗,最讲究"状难写之景如在目前,含不尽之意见于言外",甚至是"不着一字,尽得风流"的;而辞典却无法管顾"言外"和"无字处"。这样,剩下来的就是文学词语、历史典故、词章知识、戏曲情节、名人轶事、艺术美谈……等等方面的"词目"——仅仅这,其数量也还是可观的呢。问题又不在数量,而在于它们在《红》书中不同于"一般运用",它们的出现和安排与情节内容(特别是与后文)的联系都是极其巧妙精细的。辞典的职责势不能停留在解释"字面"意义上;然而若对那么多诗、词、曲、酒令、灯谜、对联、匾额……一一作出"红学讲解",又必将引起众说纷纭、莫衷一是的纠葛。辞典只能以实事求是的精神去掌握一定的分寸,作出初步的说明,以期可供参考。

　　粗略说来,一部《红楼梦》辞典基本上要包含上述几大方面的内容。还有书中全部人物的姓名和关系,红学史上的一些基础知识等,也是不能阙如的部分。本辞典的构成,大体如此。我看是可以的。这些词条,有的属于"红学"专门范围,有的与"红学"并无必要关系。但也有难分的,比如宝玉有一次与茗烟偷出家门,到北郊"水仙庵",入门便见塑像是"洛神"。这水仙、洛神,看似一般词语,而实际又暗指落水而亡的少女——首先是金钏,还包括或隐射其他女主角。这就是迹象上是一般名词,实质上是红学上的艺术象征与隐寓手法,进行注释时,只顾"一般性"是不行的。

　　这些复杂的关系,我想应当在此总说一下。

　　这部辞典的用意原是为一般读者而设,期于有助于他们在阅读小说时减少困难,是一个"初级"的小型简明辞书。它的水准定得不是很高。但一做起来之后，便觉到原先估计的"型号"太小了，这还是轻看了《红楼梦》的巨大涵容量。规模不得不随着工程而扩展一些。更重要的是，如我早就想到的，这个工程绝不只是一个简单的解一解"词义"的事情，只需"技术编排"就行了；这个工程必然要包含着学术的性质和"能量"。果然，等到做出来，就发现它有不太低微的学术价值。比如，本辞典的设计，选摘词目只限于两种大量印行的普及本，即本书所称的"旧行本"与"新校本"（请参阅《凡例》）。前者的底本是"程乙本"，即程、高等人改窜原书文字最多最厉害的本子；后者的底本是"庚辰本"，基本上可以代表一种接近曹雪芹原著面貌的本子。在两者相同的词目之外，就还有大量的两者不同的（指同处对应的）词目。这就等于给原著本和续改本摆出了一系列的文字比照，不但可供读者寻味其优劣短长，更可供研究者审察考辨。

同样，在原著与续书之间，曹雪芹与程伟元、高鹗等人各自对某些词语的用法习惯，在这部辞典中得到了对比显示。学术界至今还对原著八十回与续书四十回的作者是一是二的"问题"争议不停，以至于有的研究者想起用计算机来统计书中词语的办法，认为崭新的先进科技条件能够解决这个"未知数"，而其结论是：前八十回与后四十回同出一手，云云。但是，本辞典的运用者不消多费心力，只要检索一下"刚才"与"才刚"两个词条，看看编纂者所作的说明，就一清二楚了，这是科学数据，不是逞臆师心的"看法"。

再如辞书注解碰到了"麋鹿竹"这样的词目时，倘若说成了是那种竹子生得"像鹿角形状"，虽然是犯了硬性的知识性错误，毕竟还是关系不大；若是到了注释"有命无运"、"命运两济"时而不能正确解说，只把"命运"当作常谈而笼统对待，那就不可原谅，因为，在曹雪芹这位文学大师笔下，常常用假语村言来寄寓深意，"有命无运"四个字出现在英莲身上，她是"总领"全书人物的第一个"薄命司"中的不幸之女子。她有"命"，但无"运"，这是雪芹的一处极其重要的思想，假如"充其量"而言之，说他的一部小说就是为写这一意义，也无不可。这正是作者借迷信上的"子平学"的术语，来抒写"生不遇时"（语见脂批）之深刻含义。辞典能否尽其职责，也要在这种词目上去检验自己的得失，而在我看来，本辞典是能够注意到这些的，并且也初步尽到了责任。

　　我举这些,是为了说明一点:这部辞典不仅是提供知识,也还具有更广阔些的学术涵容,如何充分运用,是在读者。

　　本辞典成于一些中青年的学人之手,他(她)们一般是语文工作者,并不专研"红学"。做出这样的成绩,令人钦佩。自然,这毕竟是一种草创的初步的成绩,还承受着各种条件和水平的限制。因陋以就简之处,固已显然;不知而妄说之失,更恐难免。但一部《红楼梦辞典》的告成,到底是令人欣慰,值得庆幸的。我忝膺主编之职,实不胜任,深感惭惶。谨将个人的一些感想与浅见,粗叙于此,以当喤引。尚赖当世众多学者专家,指谬批瑕,匡其不逮,曷胜企幸。

　　至于编纂一部《红楼梦辞典》的意义,主纂者中国社会科学院语言研究所晁继周同志已经做出了很好的说明,我不必多赘。我觉得《红楼梦》这部书绝不只是"一部小说"的事情,它确实在我们中华文化史上具有集大成的高度代表性质,它有多方面的价值与意义,需要我们去深入探索开采,有人认为《红》书的价值是人为地抬得"太高"了,不以为然。我个人的看法是正相反。这部小型辞典,其实也是从不同角度探索开采的一种结果,其意义已经初步显示得有些眉目了,我们如能从更多的角度去做更多样的工作,其成果又当是何等的丰盈富厚?《红楼梦》绝不是"小说罢了",也绝不是人为地"抬"高了价值。因撰序言,不禁有所感触,附书于此。

周汝昌

一九八六年三月十五日

丙寅二月初六日　草讫

时料峭春寒,匆匆走笔,文不逮意,姑复存之

【注】

　　①口语俗谚中的某些字音,并非有音无字,可以随便乱写。本字冷僻,俗常往往以他字充代,例多不可胜举。此处所涉,是一位文学家如何"处置"这种困难的问题,而不指语文专家考定"本字"的那种治学之事。

　　②"徉",今通作"逛"。《谐音字笺》,其具名、作者、年代,请参看拙著《红楼梦新证》第

七章《史事稽年》。曹雪芹时代的一些字体，如"一淌"的"淌"，今用"趟"；"狠是"的"狠"，今用"很"，等等，为数不少。今日铅字排本皆已改用通行体，其迹遂不复可见。

③例如在一般文例中，"命"和"令"都属上对下的用语，但《红》书中写门子"不令"贾雨村（知府）发签，凤姐"不命"贾琏进入贾母居室，就与常例有异。说曹雪芹此处用字法"不通"，恐怕也是书生拘墟之见。脂批中出现"因命芹溪删去"等字样，遂有据此以断批者乃雪芹之"长辈"云云，其为泥古而昧今（雪芹、脂砚等人之"今"），亦可引以为戒。这些，在辞典中似难一一具列，因附说于此。

④从根本上研究就会知道，所谓"语体"文学，看似"白话"，其实也是经过了文人的"加工"（润色、修饰、变通运用……）以后的"成品"。"五四"时期提倡"白话文学"的某些人士，就是因为不懂得这一点而误以为"白话"就是"口语记录"，并且是与"文言"相对立、相排斥的。本文所说的第一大方面的词条，即"市井"的俗语等等，还是笼统而言，细究也还是一个复杂的语言学术问题。

（周汝昌、晁继周主编，广东人民出版社一九八七年版）

《诗词曲赋名作鉴赏大辞典》序

　　本辞典是中国韵文欣赏的一座纪里碑碣。在目前同类书籍中，它的涵盖面最宽，包括了诗、词、曲、赋——可称"韵文四科"；而它所跨越的历史时间也最长，从《诗经》《楚辞》一直辑录到清代诸家之作。名篇辐辏，众体纷纶，洵为大观。欲赏中华韵语之精萃，一囊总括，这项胜业，由山西文学界、出版界首倡，海内方家襄赞，终告勒成全帙。

　　当此之际，不无积悃可申，适主持编纂与出版的同仁们不以浅陋见遗，前来索序。自顾学殖荒落已久，安能当此重任。辞而不获，遂就所怀，粗陈端绪，聊备参采。我国历史上第一位鉴赏大师曹子桓有言："盖文章经国之大业，不朽之盛事。"况且这实在关系着吾华民族灵魂之美的重要一环，岂能无动于衷，而恝然置之乎。于是不揣管蠡之微，试言海天之大。

一

　　诗词曲赋代表了我国韵文的主体。对于韵文，应该建立两门专学：一是笺注学，一是鉴赏学。这两门学问，在我们中华文化古国来说，源之远，流之长，成就之高明，积累之富厚，我看全世界罕与伦比；可是时至今日，这两门专学并未建立，系统研究还是空白。这种现象，深可叹惜。辞典类书中，近年出现了"鉴赏"一门,纂辑方殷,销售甚畅。这又是一种现象。这两种文化现象,合在一起看,颇有意味堪寻。

鉴赏不等同于理解(文义的通晓),它包括了理解,不理解焉能谈得到鉴赏?但是鉴赏毕竟不能是"串讲文义"所能充数的一种文化精神活动。鉴赏又是多形态、多角度、多层次的,进行这种精神活动,需要很高级的文化素养和领悟智能。它涉及的事物和道理极繁富,极复杂。然而鉴赏的性质和目的都可以用一句话来代表:鉴赏是审美,是对美的寻取和参悟。

在西方,近来兴起一门专学,叫作"接受美学"。比如,有的学者锐意搜编《红楼梦》一书的所有历来的批注本,其目的就是从接受美学的角度而研究我们这部独特的小说。我则以为,对于韵文的接受美学,尤其应当下功夫研究,因为这些都是中华文化之灵魂。

我们的鉴赏学的源头那是太古老久远了。举孔子的"兴观群怨",不如举"诗无达诂",这句话就是我们的接受美学的"纲领"或"总则"。

诗既非今言故训所能尽达,那么我们必然要别寻能达之道。在种种研索、笺疏的基础上,就又发生鉴赏之学。鉴赏者的学力、智力、悟力、人生阅历、精神境界又各有不同,于是见仁见智、乐山乐水,又复各据一隅,自为取舍,这就是接受美学的意义,其间高下、明暗、是非、得失,万有不齐,而鉴赏者之感受、之阐发,往往超越作者之本来动机与用意,而所得所见,夐乎过之。这也就是接受美学不尽同于笺注学之所在。换言之,低级的鉴赏者,常常局促于扪叩之间;高级的鉴赏者,却能"补充"原作,恢弘原作。

玄谈清议,是发展鉴赏学的良好条件,魏晋六朝,自应斯风日畅。据古书记载,晋代谢安,一次子弟咸集,品论《毛诗》,让各举自己最欣赏的好句,谢玄就举"昔我往矣,杨柳依依;今我来思,雨雪霏霏",以为最是佳绝。谢安听了说道:哪里比得上"訏谟定命,远猷辰告",那多么富有雅人深致!你看,一个极赏《小雅·采薇》,一个盛赞《大雅·抑》;如让我们来辨析异同,那么不妨说是年长的注意深致,年小的却喜爱韵致。

我常想,这大约是真正的鉴赏学的佳例。我们见他二人眼光不同,差别很大,恐怕还有人暗吃一惊,大感意外。然后,我们又该问问自己,我到底"同情"谁?谢玄,还是谢安?这确实是鉴赏学上值得研讨的一个绝好的课题。

"旧时王谢",为什么被人称评为千古风流人物?不是因他官大名大,是由于他们的"乐托门风"(见《世说》)。乐托,即落拓,那意思是放浪脱俗,是具有大诗人、大艺术家的特质特性。他们评论前人,也大有鉴赏学问,所以王家人们一次品第汉朝文家,王子猷就说:"未若长卿(司马相如)慢世!"

还有一种情形,也很有趣,就是"咏絮才"的才媛谢道韫的故事:那次是下雪,谢安(道韫的叔父)说:"白雪纷纷何所似?"谢朗答云:"撒盐空中差可拟。"道韫听了摇头,说:"未若柳絮因风起。"谢安大为击赏。所以"咏絮才"原是"咏雪才"。谢安为什么这回赞美"柳絮才"了呢?这又是一个鉴赏学的问题。这些佳话,偶被笔宣,堂前燕子,所闻正不知尚有几多也。

即此零星散例而观,已可看出我们的鉴赏传统,风规不远。也可以看出,鉴赏的标准一个是深致,一个是韵致。捉住这两条准则,虽然不敢说鉴赏之能事已尽,却也骊珠在握了。

谢安拈出雅人深致,那例句让今人看了,很可能引起"批判",说它是大官僚的立场和口味,等等。事情不一定那么简单。比如我们大家一致崇敬的诗圣杜子美的篇什,有不少就是必须用谢安的那种理论和美学观去鉴赏的。那些诗,如果不是"许身稷契"的,写不出,不明其理的也读不得。谢安提出了"深致"这个鉴赏原理或者美学概念,倒是不容掉以轻心,拒之千里的,应该加以思索。

于此,却也不必"死"在那个"深"字上,要紧的还要看它后边的一个"致"字。

"致"是什么?如何训诂?我的杜撰是:"足够的素养、造诣所生的效果和魅力。"我们讲文学,就常见思致、情致、韵致、风致……这些词汇,参会而寻味之,"致"的真谛不难领略。

从鉴赏的角度来讲,就中以"韵致"一名尤为重要。因为我们此刻的主题对象是诗、词、曲、赋四体,此四体者,合称韵文(以别于散文、骈文),这个"韵"字,自然所关匪浅。

或以为韵文者,是指句尾押韵之文。押不押韵,自古就有"文"、"笔"之区分了。这自然有理,可又并不尽然。盖"韵律"与"韵部(韵脚)"不是一回事。佛经翻译文学中就出现了"不押韵的韵语",并且影响到了其他佛教说唱文学。在西方,韵文 verse 可押韵也可不押。这都说明"韵"的内涵比韵脚要丰富。然而我们中国的汉字文学又绝不可与西方的语文混为一谈,漫无审析。汉语文的单字是单元音独特系统,因此音区音律,天然构成了韵部,在我们的文学中作用极大,所以我们的韵文并不向"不必押韵"发展,只是不要忘了一个要点,即:除了句尾的韵脚要谐和一致,句中的单字或词语的组联法则,仍然另有它的韵律——这是区别于散文的最主要的要素。

"韵"是后起字,古代就是写作"均"的,而发音为"韵"。均,是一种"标准乐器"——可称之为"乐准",众乐器想调弦定调,都得以它为基准。由这个事实,便可以悟出一种道理来了,当众乐俱按"均"调好了,便发出了极有和谐之美的妙音。这种极美的和谐共振,又即产生一种悠然不尽的"和谐延续"。请认取:这就是在我们的韵文文学中特殊重要的"韵"的来龙去脉。

这种"韵",又构生了一种"唱叹之音"。所谓"朱弦疏越,一唱三叹"者是。此义无比之重要。

所谓"三叹",不是"三次叹气",说的是"和(去声)声",即俗话叫作"帮腔"者是。如今川剧还保存着这种古风遗制。有一位外国留学研究者认为"这种帮腔极美","被它迷住了"! 大约就是领略到了我们的"韵"的某一部分的至美。

时至齐梁,出现了刘彦和的《文心雕龙》这部奇迹式的巨著,他在这部书里,第一次清楚准确地提出了"情韵不匮"这个精湛的审美要求。这是一个极大的发现与发明。从此,中华声诗的"奥秘"揭示出来了,鉴赏的头条准则也明确起来了。

对我们来说,情是诗的主体和本质,韵是诗的振波和魔力,二者有体有用,相辅相成,而达于"不匮"的境界。

不匮是什么? 就是不尽,就是有馀,就是无限。

到得北宋时代,诗人梅尧臣又提出了"状难写之景,如在目前;含不尽之意,见于言外"这种更为明白的"诗则"。这与南宋《文心》中所说未必全然等同,但他们已然体会到在我们的诗境中有一个"不尽"者在。严沧浪则说是"言有尽而意无穷"。不尽或无穷,无论是意,是情,是韵,莫不胥然。

讲鉴赏韵文,第一要能感受这个不匮、不尽。

二

我认识的一位美籍学者,写过一篇论文,从"诗"这个字的原始形体来理解"诗"的原本的字义和由此而获得的种种推论,很有创见,予人以不少启牖。我自己早年也想过这类问题,我开始时是注意《石鼓》中"弓(引,控)弦以寺"的"寺",这个"寺"显然含有"持、侍、待"一类的意义,亦即是这些字的"母体"始文。于是我悟到:"诗者,持也"这条古训非常要紧,后人按儒家"思无邪"的教条,硬把这个"持"解成了"持人之性情"(使不放荡泛滥而归于"正"),显然是书生迂腐之论。"寺"本来就是"持"(从"寸",已经有一只"手"了,又加"提手",是后起的孳生字体),其字形构造是手持一种乐器("土",不是"之"字业的变形,是"鼓"字那个"土","ᚖ",是乐器或乐器的标志装饰部分)。先民的诗,是口唱的,而与此器乐相关联。"持",有"持续"一义,也有"相持不下"一义。这就是诗的本质中早已含有不尽、不匮的"因素"在,而且尤要者,使我们同时悟知:我们的诗,讲究"引而不发,跃如也"的精神意趣。请注意:"引而不发",正是《石鼓》那句"弓弦以寺"的绝好的注脚。

于是,我们必须知道,讲鉴赏,讲不匮、不尽,还有一个"引而不发"的民族诗学观的根源在。"含不尽之意,见于言外",正是"引而不发"的艺术效果与美学境界。

我们评论某一作品,遇见好的作家,高明的文笔,常常说它写人写境,音容笑貌,意态神情,无不"跃然纸上"。这"跃然"怎么讲? 你自然可以理解成"写活了,好像要从纸上跳出来"的意思。其实那"跃然"也就是"引而不发,跃如也"的"跃如"。从常理而讲,引的目的是发,引不过是发的准备和过程。但从诗理而言,艺术的意趣神韵,全在于引而不发——发了,大不过是"一箭中的",中的之后,也就没的可看——没有可以值得期待瞻望的了,所以意趣已尽,仅馀索然之境了。这就是诗忌尽,忌索然兴尽的道理。

比如,读李太白送孟襄阳绝句云:"故人西辞黄鹤楼,烟花三月下扬州。孤帆远影碧空尽,唯见长江天际流。"一字不言惜别,不言伤怀,而伤怀惜别之情悠悠无尽,随水长东。此盖深得跃如之妙,而能含不尽之意见于言外者。至如温飞卿小令写闺人念远盼归,写道是:"梳洗罢,独倚望江楼。过尽千帆皆不是,斜晖脉脉水悠悠,——肠断白蘋洲!"这首词精彩之至,笔致简而能曲,健而不粗,堪称高手。可是我少年时听先师顾羡季(随)先生讲论此词,说是飞卿极佳,坏就坏在末一句上,这是因为词调后面非有这个五字句不可,反致败阙;若原只写到"斜晖"一句即可止住,就好极了。这种鉴赏,包括"鉴赏的批评",使我受益无穷。如今回忆前情,更感到这就是"发"了的缺失。问题尤其在于"肠断"二字,将"跃如"的意趣变为索然了。又比如,李后主写"流水落花春去也,天上人间",深得有馀不匮之致;而"自是人生长恨水长东",虽然痛快淋漓,为人称赏,却实实在在地下了"流水落花"一等了。同理,"无言独上西楼,月如钩",就是好,就是高;一到"是离愁"云云,就意味减半了。所以顾先生对我说:古之名家,往往是起头好,结尾不逮;若在词人写中调、慢词,就是上片好,过片不逮。先生的这番话,中含至理,是鉴赏学的一支度人的金针。

　　以上,粗明第一义。

　　让我们再回到谢家的故事上去。谢玄为什么特赏"杨柳依依"、"雨雪霏霏"?虽然他的赏鉴被谢安暂时抑下去了,可是丝毫不等于说它的重要性减低了,一点儿也不是。相反,这四句诗成为千古名句,正由谢玄第一个拈出。晋贤在我们文艺史上所以极为重要,是因为他们具有新眼光、新理论。他们的"品藻",包括看人,看文,都与前一代不同了。以前论人,注重品德、志行、器局、才性等等,如今(晋)则特重神韵了。推人及文,以人拟文,是我们的鉴赏学上的一大特点。因此,赏文如赏人,也就特重神采风韵。杨柳的躯干如何,枝柯如何,这些具体的细节在神韵观的面前都得一律"靠后"了,而它与其他树大有不同者,端在风韵独绝。而三百篇时代的诗人,则早已"抓住"了这个特殊要点,并且用"依依"这个叠词来传达了它的那种个性鲜明的神韵。"霏霏"的道理,大致相通,无待逐一词费。令人惊讶的是谢玄的审美之眼,一下子看中了这四句,而以之涵盖风雅的高处。谢玄这一抉示,对后世影响无比巨大,可以说是我国鉴赏史上的最为关键的一大发明,也可说是一大创造。

说到这里,聪明之士马上会悟到"谢家雅集咏雪",为什么以道韫的"未若柳絮因风起"压倒谢朗的"空中撒盐差可拟"。试想,以撒盐拟雪,略无意味可云,而柳絮因风是何韵致! 所以我说,谢家的这两个故事,说尽了吾华诗歌审美的核心与魂魄。

谢玄之例,有两个问题要关心鉴赏的人思索:一个是中华民族怎样创造出像"依依"、"霏霏"这样的词语的语文问题,一个是这民族如何观察事物——"仰观宇宙之大,俯察品类之盛"——而把握其神髓(而不是皮相)的问题。

前一问题,我用自己的表达方式来说明,就是:这种语文本身不是别的,即是诗的语文。对此问题,有几多学者作出了何等的研究,愧无所知。我个人则以为这是鉴赏中国韵文的带有根本性的一个绝大的课题。比如,专家们应当替我们解说,"依依"在何种其他民族的语文中能找到相对应的、相近似的"译词"? 如果根本没有——需用一大堆话来勉强"释义",那是另一回事,不许相混——那又表明了什么缘由或学理? 杜子美说:"风吹客衣日杲杲,树搅离思(sì)花冥冥。"那"杲杲",还可以训为"明也";但要问:"冥冥"又是什么? 而且,这"杲杲"、"冥冥",毕竟是在传达了诗人的一种什么情愫? 暮雨的潇潇,炊烟的冉冉,秋风的瑟瑟,芳草的萋萋……你译成"外语"时都是怎么"解决"的? 倘能于此有所体会,则对晋人欣赏《诗经》佳句的道理,思过半矣。——当然,因晋人之例而先举了叠词,还有联绵词,同样重要:春寒是料峭,夏木曰扶疏,秋色为斓斑,朔风称凛冽……要问:这是不是"诗的民族"所创造的语言? 是不是奇迹? 把它看得等闲了? 君特未之思耳。

当然,在语文背后,还有一个更根本的道理,即观察万物而首重神髓的问题,这才是吾华韵文的灵魂。这首先涉及人,因人而及物。一个人,出现在你面前,你先看他的什么? 一般人必曰:眉、眼、头、脚……但鉴赏家则先要看他的神。这神,或谓之"神理"、"神明"、"神锋"、"神采"……也是从晋人特别重视与标举起来。看人不是看他(她)的描眉画鬓,而是看那俗话说的"神气儿"。曹雪芹写宝玉,只一句要紧的话,说是"神采飘逸";写探春,要紧的两句只是"顾盼神飞"、"文采精华"。东坡居士在《念奴娇》中写公瑾与小乔,也只说是"雄姿英发",就是说他二人在年貌最好的生命阶段所显示出来的"神明特胜"。

神是生气永存的不朽表现,韵是素养超然的自然流露。二者合在一起,构成人的最高风范。这种对人的审美观念,推移到高级文学——韵文中去,就形成了我们的鉴赏者的头等重要的标准。

至此,可以领会,那"依依",不是别的,正是杨柳之神,杨柳之韵。在诗人看来,柳之与人,其致一也。正因如此,后来便又发生了以禅论诗的重要理论。

三

以禅讲诗,代表者是宋贤严沧浪,此固人人尽晓。晚唐已有司空表圣提出"韵外之致,味外之旨",似已开其先河。但实际上这个源头还要追溯到那以前很长的时间上去——我的意思也还是六朝时代。试看初祖达摩圆觉来到东土,时当齐梁之际,便可消息。

借禅讲诗,以禅喻诗,只是一种方便法门,而不是认诗即禅。但禅是怎么一回事? 非但一般人不能理解,即学者亦很少内行,是以近人笺注《沧浪诗话》,大抵是说了许多不相干的俗义,愈讲愈离。然而倘若以其难讲而回避不读,那将是一种极不科学的态度,是掩耳盗铃式的"精神"。因为不知道禅与我国文学艺术的关系,而讲韵文的鉴赏,就好比讲中国文化而忘掉了老庄思想一样。

诗并不即是禅,但有其一点相通之处,故此可以借之为喻。讲中国文学艺术而涉及禅学的问题,与宗教信仰、与唯心主义等等哲学问题毫不相干,而只是一种东方文化中所独具的"传达"、"领会"的奇特方式。这种方式,无以名之——也许可以杜撰一个"超高级传达交流方式"。诗人(韵文作家)有了感受,要想将它传达于他人(读者),非常困难,用一般方法,结果必致"走样子",差之毫厘,失之千里,大非诗人原意。怎么办? 于是而有见于禅家的传达方式,用最直截了当的办法达到领会的效果。诗与禅的关系,主要在此。

原来,从根本上说,禅家和诗家是"对立"的:禅家也要传达的,却把语言授受视为一种障碍,妨害人去最直接地接触那所追求的对象本身,所以反对"语障",主张"不立言说"。在这点上道家初无二致,也是主张"得意忘言",视言辞为"糟粕"①。他们的共同认识是,把握那一事物之真,须是最亲切的直接感受(心得领悟),语言不但无法传达,而且制造隔阂,轮扁、庖丁的比喻,都是如此。诗家却离了语言就无所施为了,这是他们最大不同之点。但诗人的目的,却也有将他所感受的事物之真,设法传达于人的愿望,于是在传达真谛上他们有了共同之点,于是禅家的精神也就必然影响及于诗家。何况,像"依依"、"霏霏"的表现法,本来就具有遗貌取神的内核在,与禅理是相通的,这就是诗与禅能够结合讲论的主要原因。

禅家与道家各自有其个性,道家主虚静无为,禅家却是积极精进,特立独行,反对教条,毁弃像偶。"丈夫自有冲天志,不向如来行处行",这是何等的"独立自主"的骇俗惊世的精神意气!这种向上的精神意气,从何而来,六朝士大夫品论人物,已经有了这一审美概念。那用词便是"儁"——俊、骏,一也。比如高僧支道林(常与王右军论辩哲理,《兰亭序》其实就是因此而发的,余有专考),喜欢养马,人们评论他,说你一个修道之人,却来养马,这事"不韵"。他答曰:贫僧爱其神骏!这一则故事,异常重要,与文学艺术,也息息相关,最是需要涵泳体味。

魏晋人讲文学,提出了一个崭新的审美认识和鉴赏准则,其言曰"遒"。曹丕在《与吴质书》中说:"公幹有逸气,但未遒耳。"须知这个"遒",已与"神骏"大有关系,唐初人对王右军书法,特标曰"遒媚";《世说》中论人论文,则每言"遒举"、"遒上",这种重要的审美认识的发展,久被忽视或误释,你在一般辞书上连这个"词条"也是寻不见的②。但这却正是禅家精神的重要一环,所谓"透网金鳞"、"鸢飞鱼跃"的无限活力和志气。这与世俗误会的"虚无"、"消极"、"恬退"、"枯寂"等等适相违反③。这也就是老杜赞人曰"清新庾开府,俊逸鲍参军"的那个"俊"。如唐代的杜牧之、宋时的李清照,其笔下都有俊逸之气,正东坡所谓"英发"之致是矣。

禅家为了破除传达的障碍,反言障,反理障,反意障。这对韵语文学也是极有影响的美学问题。南宋四大家之一的杨诚斋,诗论甚伟,他就明白提出:作诗必先去辞,去意,然后方才有真诗在。这在世俗常理听来,皆属怪论。不知他正是为了破除一般的(非诗的)"推理性"、"逻辑性"、"认识性"等等之类的东西,这些东西即使在高手笔下也是能写得成功的,但毕竟是不得列于最上乘的诗句或韵语。

清代曹雪芹这位大诗人,借小说的形式也曾涉及诗的鉴赏这门学问与艺术,他让书中人表示最为重视王摩诘的五言律,并特举了"大漠孤烟直,长河落日圆"、"日落江湖白,潮来天地青"二例,对"直"、"圆"与"白"、"青"的诗法与诗境作了评论,就极是值得我们参会。试看这四个用字,中有何"意"? 中有何"理"? 又有什么"修辞技巧"藏在后面? 这些一般庸常之辈所讲求的,他都没有,可是诗境极高,魅力很大。道理安在? 我的解答:这就是以禅喻诗的理论之所以可信、可贵,因为王维正是破除了"意障"、"理障"以及"语言障"而直截了当地把握那种情景的神髓的高级手段。假使不谙此理,只向"炼字"、"遣辞"上去寻找奥妙,就永远不能超升到一个高层诗境去了。鉴赏之道,难处在此。

一般人对王维的诗,能看到讲到他的"佛家影响",却不能解释一个"佛门信士"怎么又会写出"风劲角弓鸣,将军猎渭城。草枯鹰眼疾,雪尽马蹄轻"来? 这,就又要记取我上文所举示的那个禅家并不同于一味"空寂"的寻常僧侣,而是极重神骏的"进取"之士。没有那种精神意度,如何能写出那种"昂昂若千里之驹"的俊句? 而且,一个"疾",一个"轻",也仍然是那个直抉神髓的手眼。

这个道理若粗得明了,那么到词论家王国维提出"隔"与"不隔"的真意旨,就不待烦言而自解。王国维未必是有意识地以禅讲词;发人深省的则是那"不隔"恰恰就是我所谓"最直截"的同一意义。王氏此论,暗合禅理,这现象极值得鉴赏理论家思索。

当然,王先生此论的基本精神是非常高明的,因为懂得词曲这个"范畴"也要涉及禅理的人是不多的。但王先生也有偏颇之处,即强调"不隔"以致连"代字"也明白反对。这是他看不到"代字"乃是吾国语文本身特点、音律文学的严格审美要求所产生的奇妙的文学现象。"落日"、"馀晖"、"残阳"、"斜曛"、"晚照"都是"代字"的"派生物",难道只许留它一个而禁废其馀? 须知那不但是音律要求的变换法则,也是意味境界多异的传达妙法。周美成

《解语花》写上元佳节，用了一个"桂华流瓦"，王先生也表反对，而不思"桂华"所引起的丰富的艺术联想及章法脉络的作用：没有"桂华"，下面"耿耿素娥"便失其精彩之大半，而再下文之"满路飘香麝"也就减却辉映过脉之美了。这句词，如改"月光流瓦"，"代字"是没有了，可是那神韵风采，又往哪里去找寻呢（因为王先生自己也承认此句境界极妙呀）？

由此说明，艺术之事未可只知其一，不知其二；但此处若以"不隔"之说而为禅理说诗之一助，则正宜温习，未可轻易视之。

鉴赏学者还有一个课题应尽先研讨，即司空表圣的《二十四诗品》。现有论著，大抵以为这是以道家思想解诗的范例。我则以为这二十四章"四言诗"中充满了禅家的质素与气息。

一般人把它划归道家，大约是看到它第一篇就说"超以象外，得其环中"，"环中"一词即出《庄子·齐物论》"枢始得其环中，以应无穷"。又见第二篇即标"冲淡"，等等，遂有此论。不知佛义初入中土，许多名词概念不见于本邦语文传统，势不得不求借于老庄之言。禅宗原是"华夏化"了的一支独特的佛门宗派，本来也吸取了道家的有用的精义，其辞偶合，原不足异。但终究不能认禅即道，那分别还是很大的。司空图的许多要紧的句子都是禅悦，而非道玄。试看他所举之品虽然多至二十有四，而其以景喻象、以境写神的许多句子，却有一个共同的特点，即生机流动，气韵高明，总是说其间有一种精神实在，非常鲜明，但又不容人"拿"来把握。所谓"采采流水，蓬蓬远春；窈窕深谷，时见美人。碧桃满树，风日水滨；……乘之愈往，识之愈真；如将不尽，与古为新"。他引的戴叔伦的话"诗家之景，如蓝田日暖，良玉生烟，可望而不可置于眉睫之前也"，他所谓"生气远出，不著死灰"，都最是要紧语、第一义。

唐人所达到的这种审美高度与鉴赏标准，直到宋人梅尧臣的"状难写之景，如在目前；含不尽之意，见于言外"，严沧浪的"言有尽而意无穷"，都在一步一步地更趋明白。

由此可知，中国古代诗人韵文家的感受与传达，是一个特色很强的精神活动，其所传达的，是神明，是神韵，是神采，不但写人，写景写境，也是如此。这种神，或飘逸，或遒举，即使在风格澄澹的王右丞、韦苏州，也照样内有遒举之神明在——这是司空图在《与李生论诗书》中说的。

明乎此,则中国韵文讲究神、韵、味、景、象、境,以至多层次的味外象外之传达与欣赏,皆可推知,那是想要表达什么道理了。

四

我在上文特意使用"传达"一词,而不用"描写"、"形容"、"修饰"、"刻画"这类现代流行词语,这需要略加解说。我认为,这是鉴赏中国韵文的一个最重要的问题。什么是传达? 比如,现代的"传达室"、"传达文件"为常见的语词,意思是"照样转递"。这种"传达",包括拍电报、电视传真,等等,都是"照样":照样是不许"走样"的。我们的诗,是一种高级的传达,又"照样",又不是"复印件",可以"变样","变样"是为了"更好地照样"。诗人咏士,主观上都是要照样传达的,但这里边的问题变得复杂起来:第一,诗人并不产生"摄影作品",他传达的是包含着他的感受的景境,甚至有时是他再创造了的景境,所以并不"照样"。第二,他与禅家又不同,禅家主张破除言障,不立文字,"不著一字,尽得风流"(司空图《诗品二十四则·含蓄》),因而有时只用手指,只用杖示。诗人则是命定的"文字行",离了语言,他就如同孙大圣无棒弄了。他也明知语文的能力极有限度,很难尽传他的感受与创造,可是他又只好勉为其难,在无奈何中觅取"办法"——这就是诗人的艺术本领,也就是鉴赏者的心目所注的目标。

王国维论词,提出写境与造境、有我之境与无我之境。其实,并没有这样的鸿沟天堑。"大漠孤烟直,长河落日圆",写乎? 造乎? 有我乎? 无我乎? 漠何以识其"大"? 河何以知其"长"? 烟何以辨其"孤"? 日何以审其"落"? 倘使无"我",谁所论耶? 王维说"漠漠水田飞白鹭,阴阴夏木啭黄鹂"也像是写无我之境了,可是鹭何来漠漠之怀,鹂安得阴阴之意? 这十四个字,还是诗人的感受与创造,而想要传达于我们的一种境界与神韵罢了。

但是,于此便发生了"文采"这一重要鉴赏问题。

一般说法,以为语文是文学的手段工具。这种认识至少在我国的情况来说,是一种很肤浅片面的认识。在我们这里,语文本身便是一种高级艺术品,一种审美对象,它具有"本体性"。或者批判家总要给考究铸词炼字的作者扣上一个"形式主义"的帽子,就是不大懂得我们的语言文字的极大的特点与特色,而误与别的语文相提并论了。况且,没有内容只有"形式"的作品本来也没有人真拿它当值得评量的东西。词要铸,字要炼,这是什么意思?这不是玩笑,这告诉人艺术家的"汗流浃背"的苦功夫才能得来的语文造诣,像打铁炼钢的工人和技师一样呢! 怎么要受你的轻视和"批判"?

在我们,离开内容而单纯"玩弄"文字的,不敢说绝无,但是很少。晋人提出一个"情生文,文生情"的多层次创作辩证认识,其实也还有一个"境生词,词生境"的同样的多层次创作实际。这是局外人所不能理会的,因为他不会吟诗填词,没有实践的心得。

人有神采,所以文也有文采,我们总是把艺术品和一个活生生的人来一样看待,一样要求:有血,有肉,有骨,有气……还有神采,有韵致。没有文采的诗词,也不会真是最好的作品。

文采不是雕绘、堆砌、涂饰的"外面加工"的意思,一点儿也不是。这是一种素养和造诣所焕发出来的光彩。

文采是不是等于字面华丽? 当然不是。陶渊明最不华丽,但他有他的文采,"孟夏草木长,绕屋树扶疏","平畴交远风,良苗亦怀新",这是他特有的文采。

摛文摅藻,比喻其笔下的纷纶葱茜的色彩和生机,虽人工,却堪匹天巧。刘彦和说"云霞雕色,有逾画工之妙;草木贲华,无待锦匠之奇",不喻其意者,以为他是纯重天然,而轻视人巧;其实正好相反,他是说:动植万品,"无识(没有意识、知觉、感情)之物",尚且"郁然有彩",何况人是"有心之器",岂不更应文采过之吗[④]?

曹子桓已然提出了一个"诗赋欲丽"的纲领。唐贤也说:"清词丽句必为邻。"连司空图那样"玄谈"的诗论家,竟然也列"绮丽"于二十四品之中。但"雕绘满眼",已为六朝之诟病;李太白直言不讳地宣称"自从建安来,绮丽不足珍"……这么一来,"绮丽"到底是好是坏? 就又成了鉴赏领域中的一则悬案。

其实这个老难题孔子早就有评论了,说是质若胜文,则野;文若胜质,则史,所以最好的是"文质彬彬"。这里没有"偏袒"。徒质则野,这个问题很少人正面提出讨论,不知何故? 煞是可异。圣人之言,也未必尽"圣",但无论如何可以证明儒门大师也毫无轻文之意。野是不文明、无文化的表现,高级艺术不会以此为理想标准。那么文与质的关系是不必词费的了。可是,我们的文之本身便具有美的本体性,这一点总未被儒家和道家承认。佛门则以"绮语"为戒(所以有的词人自标其作品为"语业〔孽〕");我看这倒是能从反面看出佛门却能真识语文之美,所以才需要"戒"它,眼光是高明的。我们常常为文采之美的巨大魅力所迷住,但是不敢公然"坦白",因为怕犯"形式主义"、"纯艺术主义"的错误。这样,真正能直言无讳地为我们赏析文采之美的文章也就难得一见,有之,也是蜻蜓点水,再不然,也要赶紧缀上一串周旋的门面话。这样,我们的韵文就剩了一些几句话可以"总结"的抽象概念,一点"道理"式的教条。其影响所被,自然是会使很多的"文字行"的人不知文采为何物,使艺术本领趋于枯萎和退化。

唐人所谓"自从建安来,绮丽不足珍"的见解,也从反面说明了一个重要的文学史的问题:先秦两汉,文人与文学,是另一类型;从曹氏父子出现,加上邺中七子这些才人,这才开始有了"文采风流"这种类型的文人与文学。这一点极为要紧。只看见"绮丽",与涂脂抹粉的外饰等量齐观,所失不小——也无法解释我们文学史的发展,特别是无法解释从六朝小赋到晚唐诗,到宋词元曲的向风流文采这个"方向"发展的脉络因由。

丽,不是"华丽"、"秾丽"、"艳丽"的俗义,是指高度艺术美的文学语言,它不一定即是穿红挂绿,插金戴银。评赏李后主的词,不是说他是"乱头粗服"的美人,是"丽质天成",不假修饰吗? 古人看美人,有一种"天生丽质"。这"丽"是什么? 我们又说"风和日丽",那太阳并不"漂亮"、"标致"。司空图在二十四品中竟也标出"绮丽"一品,你看他说些什么? ——

神存富贵,始轻黄金。浓尽必枯,浅者屡深。雾馀水畔,红杏在林。月明华屋,画桥碧阴。金樽酒满,伴客弹琴。取之自足,良殚美襟。

你不一定完全赞成他老先生的这种美学观,但既为鉴赏,你必须思索一下:唐代理论、实践家的心目中,绮丽的涵容原来是那样子的。

"雾馀水畔,红杏在林",前一句也与"丽"有关系? 殊费揣摩。后一句,使我们联想丛生。比如老杜写出了"林花着雨胭脂湿",写出了"晓看红湿处,花重锦官城",自然够个"丽"字了。温飞卿的词,"池上海棠梨,雨晴红满枝",更是丽意满纸。但一究其实,诗人词人毕竟使用了多少"华丽字面"、"粉饰功夫"? 太白赞不绝声的"解道澄江净如练,令人长忆谢玄晖",多么值得鉴赏者掂它的斤两! 但一究实际,令太白心服口服的谢玄晖,只是"馀霞散成绮,澄江净如练"十个字,也何尝描眉画鬓? 可这才真够得上"清词丽句必为邻"呢!

谢玄晖的名句,也"进入"了宋词人王安石的《桂枝香》里,他道是:"千里澄江似练,翠峰如簇。"他写那"天气初肃"的故国晚秋,却用一个"背西风,酒旗斜矗",这是何等的风神意味! 这写秋几乎与辛稼轩之写春有异曲同工之感——辛曰:"春已归来:看美人头上,袅袅春幡!"这就是文采,也就是境界,也就是神韵。所以要讲鉴赏中国的诗词,非从一个综合整体——语文运用之美,传达手法之超,心灵体会之到,艺术造诣之高,这样一个综合美、整体感来认识不可。分开讲说,无非是为了方便而已。对我们自己的汉字语文的极大的特点特色认识不足,对它在诗词韵文学中所起的巨大作用估计不够,是鉴赏的一大损失。境界、神态、风采、韵致的来源,相当的一部分即是这个独特语文的声容意味和组织联结的效果,而这一点向来缺少充分的研究和介绍[5]。

五

曲之与词,原本无别。对旋律歌谱而言,曰词(古曰"曲子词",即后世所谓"唱词儿"),其后成为文体专名,致有宋词元曲之分。大晏《浣溪沙》云"一曲新词酒一杯",并非二事可知。曲词本起民间,不免俚俗,有极下劣者,诗人文士,对它却也十分喜爱,填以新词,提高了规格,使之风雅化与严肃化,可谓之"认真对待",不再是谐谑凑趣、侑酒寻欢的"下等"的东西。晚唐时候,山西名诗人温飞卿,"能逐弦吹之音,为侧艳之词",那还是很受人讥讽卑视的。从黄山谷词集里还可以寻见那种市俗曲词，气味不高。所以词人有的将自己的作品特标为"乐府雅词"，不是无缘无故的"自高身价"、"脱离群众"。

这种升格运动，残唐五代时期已然完成。也许由于那时的政局动乱，多有末世离乱之思、亡国之恨的缘故，词曲里也就扩大了思想内容，受到了重视和评价，其间也有"诗教"的观念左右评坛，也有赏者的同情与叹惜。李后主与冯延巳，虽然风格大异，地位不同，却历来获得评者的青睐。

但是唱曲子填词，毕竟与作诗有同有异。专业内行讲究曲子的，自有其"当行本色"，是笑话那种"传统诗家"的。女词人李易安就笑话以诗充词的"外行"词人，"着腔子（曲调）唱好诗"是可笑的事。可知赏词之事又加复杂了许多。

宋朝的一则文坛佳话，说是晏殊得了"无可奈何花落去"一句，怎么也想不出好对句来，后来朋友给对上了，道是："何不曰似曾相识燕归来？"晏公大为击赏，十分得意，除了作成的《浣溪沙》名篇之外，还为这一联又作成了七律。于是评者遂谓此十四字入词绝妙，入诗便不相宜云。这种意见，顾随先生与人说词即不以为然。我也觉得，入诗未尝不可，未必不佳。但是前人的感觉何以发生？其中也定有缘故。至少，我们可以由此体会读者对诗词的"体性"有不同的认识，对它们的鉴赏要求有不同的标准。大概说来，诗在词面前总显得有些"道貌岸然"、"正襟危坐"，典重沉郁有馀，风流情致不逮；诗是"老古板儿"气质多，而词则有异，即使是抒写沉忧深恨的，读来也觉轻快得多，比较活泼，比较遒峭跌宕，没有沉闷的压力感，"诗教"气味更是不见了。敦礼教，厚风俗，明鉴戒，这些意思，不必在唱曲时念念不忘，可以"自由"地言志抒情了。词把诗人的思路大大地解放了一步，传达表现的本领和才华又获得了更多更新的发挥馀地。

曲之于词，仿佛再加一次"放松"以至"放纵"。它允许在音律的抑扬顿挫的"空隙"中楔进衬字，使笔致加倍活泼流动，因而表现能力也显得更为增强了。曲又打破一味雅词的观念，"胆敢"大量运用俗语成语，杂入于词藻典故之间，不但能使之相与协调，而且造成了异样新颖精彩的艺术境界。它比词，更多了一层情趣，特别是这个"趣"字的神理，在曲里发挥得达到了高度。

平仄韵的通押法则的恢弘,使它更加轻松愉快,流丽条鬯。这真是一个雅俗共赏、能博得广众喜爱而又不流于"风斯下矣"的新型文体与文格。

精严无比的词曲音律,对于那些倚声制曲家来说,一点儿也没曾形成"枷锁"、"桎梏",相反,这种音律的规定使他们对语文的运用更加因难见巧,自律生新。他们对文字的形、音、义以及它们的千变万化的艺术联系与连锁作用,都"吃"得透极了,运用达到了出神入化的地步。"嬉笑怒骂,皆成文章",也只有曲子才真能当得起这句话。

这就需要鉴赏者从更丰富的角度和层次来着眼和用心。自然,词曲的真佳处,当其成功而感人,仍然是万变不离一个"诗"(广义)的体性和风神韵致,鉴赏其他的方面,总不能忘记了这个根本课题。东坡说柳词高处不减唐人,正是此意。

六

赋的质性,与诗词曲原不同科。赋是铺叙⑥,诗是涵泳,甚异其趣。汉赋讲求浩瀚壮丽,罗列名物以为能,包举万象以为备,以致招来"类书"的讥评。但到曹丕,已经提出"诗赋欲丽",似乎他认为二者也有共通之点了。稍后陆士衡方才指明两者之大别是"诗缘情而绮靡,赋体物而浏亮",成为千古名言。赋到六朝,并未衰退,实有进展。只要看看曹丕论文,品次七子,以为王粲、徐幹可相俦匹,皆善辞赋,所举王作《初征》、《登楼》、《槐赋》、《征思》,徐作《玄猿》、《漏卮》、《圆扇》、《橘赋》,人各四例,皆赋也。这事态可思。再如《世说》中诸例亦耐人寻味,一是人问顾长康作《筝赋》,自视较嵇叔夜《琴赋》如何?顾以为胜嵇。二是庾仲初,作《杨柳赋》成,庾亮溢美,说是足与《两京》、《三都》相垺,以至"洛阳纸贵",谢太傅予以批贬,说怎能那么捧他,那实际是叠床架屋,事事摹仿,又跟不上前人耳。三是庾子嵩作《意赋》之问答十则,也大可注意。

至此,已经可以看到,那时期以赋观才,定人身价,仍是主要风尚。再则赋以"咏物"为题,遍及动植器皿,又进而将"物"的范围拓展到抽象的感情、精神活动方面,《意赋》既尔,江郎的《别赋》、《恨赋》更无须解说了。连陶渊明也作《闲情赋》，成为"谈柄"。其源头还是在建安那个"不足珍"的时期，应场有《正情赋》，实开其端。曹子建的《洛神赋》，尤为划时代、开纪元的名作，从此，赋才一步一步摆脱开"类书"、"罗列"的模式，而与抒情诗分源而汇流。这是一个极大的创造，极巨大的变革。六朝小赋，其文词意境之美，达到了后世复乎不可企及的高度。我喜欢举谢庄的《月赋》为例，清人许梿收入《六朝文絜》时，评语甚精。此赋很小，名为赋月，但主旨是"怨遥伤远，一篇关目"。许先生说："数语无一字说月，却无一字非月。清空澈骨，穆然可怀。""笔能赴情，文自情生，于文正不必苦炼，而冲淡之味，耐人咀嚼。""以二歌总结全局，与怨遥伤远相应。深情婉致，有味外味。"请看，这是"赋"吗？这是十足道地合乎二十四诗品的抒情诗啊！

　　许梿说"于文不必苦炼"，这话在他来说，未为不可，因为他造诣高深；对今人来说，却要分别而论。试看赋中诸句：

　　　陈王初丧应、刘，端忧多暇；绿苔生阁，芳尘凝榭……

他一开头便使用十八个字两句话，写尽了曹子建失掉两位知音文侣的感伤寂寞的心境。苔之绿，尘之芳，下字且不须多论，只看他一个"生阁"，一个"凝榭"，难道没有炼字的功夫，会写得出？至于菊而"散芳"，雁而"流哀"，这种高级艺术化了的语言，我们读时，更要问自己一声："若是叫我写，作为考卷，我写得出吗？"——

　　　若夫气霁地表，云敛天末；洞庭始波，木叶微脱。菊散芳于山椒，雁流哀于江濑……

　　　列宿掩缛，长河韬映；柔祗雪凝，圆灵水镜；连观（去声）霜缟，周除（庭除）冰净……

　　　若乃凉夜自凄，风篁成韵；亲懿莫从，羁孤递进。聆皋禽之夕闻，听朔管之秋引……

你读读那声韵之醉人，那词句之美妙，这是何等高级的艺术创造！于此而钝觉，于此而漠然，于此而更生"超越前人"的高论，以为这并无价值，不是就很难讨论鉴赏的事情了吗？

因谢庄写出"绿苔生阁，芳尘凝榭"，又使我联想到秦观的"碧水惊秋，黄云凝暮"的这种字法与句法。"惊秋"的"惊"，"凝暮"的"凝"，都怎么讲？（惊、凝二字不是实写，而是吾华特有的"造境"之笔。）怎么译成"忠实"的"白话"？你去解一解，试一试。这对鉴赏异常之重要。汉字的"词性"，是很难用西方语文"语法"概念来生搬硬套的。汉语文还有一个独特的"组联法"，每个字都具有神奇的魔术力量，不需任何"介词"、"连词"、"动词"，径与他字"挂钩"和"结合"。这两点常被忽视，置而不论，使鉴赏者失却很多灵智的契合。

唐代第一首（最早期的）五律名篇："云霞出海曙，梅柳渡江春。"动词在第三字。王维的"日落江湖白，潮来天地青"，你可以认为动词在第二字上。可是"大漠孤烟直，长河落日圆"，哪个字是"动"词？"渭北春天树，江东日暮云"，"乱山残雪夜，孤独异乡人"，哪个字是"动"词？曲家马致远的《天净沙》："枯藤老树昏鸦，小桥流水人家，古道西风瘦马……"句法也正在唐人的伯仲之间。这还不足为奇，最奇的是"鸡声茅店月，人迹板桥霜"这种句法与"语法"，索性连一个"形容词"也无有了，遑论动词？那么，我国词人如何运用我国语文的独特神奇的本领，岂能不构成鉴赏学中的一项主要项目呢？

评家常说诗人语妙，当然，最根本的还是灵台智府，体察体会之妙。譬如说一个美好动人的曲调歌音，词人说它"向来惊动画梁尘"，诗人说它"头白周郎吹笛罢，湖云不敢贴船飞"。你自然可以认为这是"修辞格"，是"比喻法"，毫不足奇；可是你也要想：譬喻不从体会而来，又来自哪里？要写一个声音，竟能体会它的艺术力量能把画梁上的栖尘惊动飞扬，竟使湖上的轻云高翔而不敢贴近奏乐抚笛的游船画舫，这是何等的心灵智慧才能够领略到而且说得出的？怎么可以事事习惯于用一个现成的名目和庸常的概念去对待文学艺术？

上举许梿先生因评《月赋》，说了两句话，他由谢庄这等高手而悟到"写神则生，写貌则死"。回到梅尧臣"状难写之景，如在目前"上来，就恍然于他这"如在目前",也就是那事物的神采韵致,这是难写的,然而竟能使读者如见其人,呼之欲出。我们的汉语文又是一种高级先进的语文,它最能"状难写之景",也最能"含不尽之意"。

七

这篇序文中引及古人不多,而司空表圣和温飞卿,都是山西的地灵人杰。这部鉴赏大辞典的编印,出在山西,也非偶然之事,使我倍觉欣喜。我因此才不揣浅陋,为之弁言。虽然都还是老生之常谈,但因各篇赏会的文字都是分散的,不大可能就这些问题为之评介,我在此总括地申说梗概,无非抛引之诚,扪叩之见,涓滴之微,亦溟澥所不弃,则不胜幸甚。

刘彦和之论《楚辞》,说是"故才高者菀其鸿裁,中巧者猎其艳辞,吟讽者衔其山川,童蒙者拾其香草"。你看这还不是我们的最古的"接受美学"的评论者吗?鸿裁诚不易言,但只要不仅仅满足于猎艳辞、拾香草,也就是鉴赏的高流了。我这拙序,只能就自己所能达到的限度粗陈所会,童蒙之讥,识愧而已。

末后,我还想提一下音律鉴赏的问题。这在从前,只要是"知识分子",起码知道四声平仄,也不会在使用时弄出大错。今天却成了一个极大的难题。报章杂志,各类文章报道,又很爱用个七字句作题目,形成风气;可是一读之下,一百例中大约幸运可遇一二合律的,其馀者都一点儿也不懂得自己语文中的这个关系韵文美(其实也包括散文美)的重要的道理,弄得颠三倒四,读起来真使具有"音乐耳"的人别扭万分。这现象十分严重,也莫知其所以致此之故。平仄都不通晓,而来讲韵文的鉴赏,这是个很大的文化异象,甚至可以说是一种可忧的异象。揆其原因,中青年语文教师不懂了,怎么让他教下一代?况且现行语文教育也根本无人重视这样的异象问题。谨在此呼吁,这并不是"无关宏旨"的"薄物细故",这反映了当代语文教学上的一个缺陷面,是要逐步匡救才行的。因此我深盼像本辞典这样的型巨而价重的鸿编,也能在这方面起到一些有益的作用。

戊辰中秋写记于北京东城之茂庭

【注】

①庄子认为,精微的道理,包括各种技艺的高级心得体会,并不是语文所能表达的,所以古人留在纸上的文字,实际上是一种糟粕——最粗最失精彩的部分。这与现今使用的"糟粕"(指文学中应该分析批判扬弃的有害成分)不可相混。

②关于"遒"的理解,可参看拙著《说遒媚》,载《美术史论丛》。

③禅家既然言行极其独特,难为世人理解,所以遭受的误会与歪曲最大。有一种假禅僧,专门以妄语惑人,其方式多是故弄玄虚,或编造诡辩式言词(如"打是不打,不打是打"之类无理取闹),或装出一副神秘的假面孔,低眉顺眼,双手合十,说些什么"弱水三千,只取一勺"、"有如三宝"等等胡言混话。高鹗伪补《红楼梦》中,即以此欺人,因为有的人不知禅为何事,竟对此大为称赏,说这是"曹雪芹最精彩的文笔",可知讨论这种事,是很困难的。

④《文心雕龙》的总宗旨是讲求为文之法,故末后有专篇标曰《总术》,其义可知。而论者往往误会了《原道》所说的"自然之道也"一句,以为那是主张文学要"纯任自然",不劳人巧作为,云云。不知这正与刘氏原意相悖。所谓"自然之道也",是强调指明宇宙万物无不自具文采,何况于人?所以作文要有足以与天工比美的人巧。他的原话十分明白,不宜错说。

⑤可参看拙著《诗词赏会》中多处涉及此义的文章。

⑥赋的另一义是徒诵而不歌,即没有音乐伴奏的诵诗方式。"歌"、"赋"相为对待而言。但于本文关系不切,故不必详及。

（北岳文艺出版社一九八九年版）

《诗词典故词典》序

　　这部《诗词典故词典》的梓行,使我在欣喜之馀,亦不免感慨系之。承庆生教授嘱撰弁言,因将所感粗记于此,以当芹献。

　　典故这项名目,对相当数量的人来说,是很讨厌,甚至是惹人反感的东西。从古以来,反对在诗词中用典,想把它"打倒"的人就不少。比如,主张"即目"、"脱口",那还可说是针对"雕绘"而发,而"羌无故实"的提法,确实使"反对派"在措词上也增添了"武器"。在词坛上,标榜"清空"、排斥"质实"的论家,在南宋已经很有名气了。往近处说,自从王静安先生出而提倡"不隔"之说,遂连"代字"(其实那是词人因音律、因艺术效果而考虑的词汇变换)也在排斥之列,而"代字"往往即由典故而生,或即变相的用典。所以他实际上就是反对用典。到"五四"时期,"白话文学"的倡导者更无待多讲,误以为典故是与白话无关的东西。于是典故在近代文论中的命运是不问可知的,为它说"好话"的,乃有稀如星凤之概。

　　庆生、令启二君撰此词典,主要目的是帮助青年一代爱好诗词者解决学习和欣赏上的困难,这决不能说成就是给典故"说好话",或者"提倡用典"。但是当我在此序言中要为典故稍稍"张目",想来也还不致成为题外之浮文涨墨。我要说一句:典故是反对不了的,也是打不倒的。

　　为什么这样讲呢? 理由并不复杂。有人要作反对典故的论文,而下笔写道:"典故者,挦扯经史字句,咀嚼前人牙慧;效獭之祭鱼,类盘之饤果。其掉书袋,在常人固已雾坠而云迷;即搜典坟,虽鸿儒亦难水落而石出。"他却没有料到自己每一句都用了典,而且连"不像用典"的"水落石出",也与东坡《赤壁赋》有些渊源。我们的"大白话"里,典故更是"如中原之有菽",俯拾即是。有一种半带开玩笑性的话,用典更多,"把他忙得个不亦乐乎",毫不客气地、也不怕失敬地用上了孔夫子的"典",难道你不允许? 要人家改说"把他忙得个不也很快乐吗",结果岂不比"不用典"更难懂?

日常俗话,尚且如此,何况诗词——那是我们民族文化中的最高级的最精微凝练的艺术表现!

想要反对和打倒典故的主张者,用意自是可嘉,只可惜太不了然于我们自己的文化传统的特点,我们自己的民族品德观念和审美心情,以及诗人词客的创作经验和艺术要求。

讨论这些事情,总不要忘记一个像是老生之常谈的大前提:我们这是何等的一个历史久、文化高的民族,我们的祖先留下的是何等的历史文化财富,并产生了多少奇才伟器、巨匠名贤,他们是有何等的过人的智慧,超众的才华! 因此,我们民族长期(几千几万年哪)培养成一种特别敬佩和追慕前贤往哲的社会心态,历史上的那些嘉言懿行、高风亮节,以至可歌可泣的事迹、回肠荡气的文采,现在都是我们的精神营养的源泉。我们乐于向那些美好的遗产汲取教益和享受,乐于学习和效法。这就是典故的发生和存在的根本原由。

我们的古代诗词是一种最精微凝练的高级文学成就,它要用最少的字数,来表达最丰富的内涵。这就使得他们创造出运用典故这一独特的艺术手法。把它理解成只是文人炫示"博洽"的一种习气,就只看到了最表面的现象。

自然,一切事情总要分别而论。即事即景,和咏物赋题就有性质上的区分。崔护乞浆,他写了"去年今日此门中,人面桃花相映红",就最好了,最美了,何必硬塞进"桃之夭夭,灼灼其华"去? 塞进去,一定会破坏那种极美的境界(其实我们的诗人极少是那般愚蠢行事的)。但如果题目是先定了"咏桃花",那就另当别论。自然你可以想到"桃红又是一年春",想到"桃花乱落如红雨",想到"两岸桃花夹古津"……而且可以借了前人的语汇来佐助自家的才思。"初日照高林","大江流日夜","池塘生春草","首夏犹清和",自然超妙,何必"典"来多事? 但"不知腐鼠成滋味,猜意鹓雏竟未休"这样的名句,玉谿诗人如不借重于庄子的妙想,他又怎么能够在仅仅十四字中就表达出那等沉痛的感愤情怀,并且能成为"诗"而予人以极大的审美享受呢? 雪芹令祖曹子清(寅),作诗赠与《长生殿》的作者洪昉思(昇),有两句写道是:"礼法世难容阮籍,穷愁天欲厚虞卿。"试看,这也是一联二典,把当时的剧作家的政治、社会背景,他的为人性行,他的生活处境、写作条件,以及诗人自己的感慨与同情,都一齐摄聚于毫端句下,而且是那等的顿挫沉雄,有情有味——如果不是用了《晋书》和《史记》上的两个典故,那将怎样才能够取得如此的艺术效果呢?

反对用典的理由是那些陈言往事时常冷僻而难查,隐晦而欠醒,是理解上的一种障碍。事实又是如何呢? 典故的晦僻,这问题原不发生于作诗填词者的当初彼日,而是发生于我们读者的后世今时。一般来说,大凡用典都是大家习知的,即今日所谓已具有普遍性的知识范围内的事情,而绝不是故意钻一个无人知晓的牛角尖来"刁难"读者,用以表示他自己的"博洽"、"淹贯"(那样的人不敢说绝无,但不在我们当论之列)。古代人的"必修课",譬如五经四书若干史(史的数目是随时代而递增的,唐人心目中的史,数量就不多),凡在读书人,势必熟悉,用了其中的典,怎么算是冷僻隐晦? 后人不读那么多书了,历史知识有限,文化语汇贫乏,见了当时并无难处的诗词,自己不懂了,却反过来埋怨过去的作家,难道这种反历史的思想方法,不是反科学的,反而认为是"进步的"文学理论——这也能说是"更科学的"吗?

唐代诗人白居易,大概应是不用典的代表吧,因为他主张"老妪都解"。不用举别的,单举他自己很得意的《长恨歌》头一句"汉皇重色思倾国"。请问:"倾国"是什么?"老妪"解否? 你反对? 还是赞成? 还是替白居易另出主意?

在词人中,南宋吴梦窗大约可算是"晦涩代表"了,众口一辞;他在写禹陵的词里用了"梅梁"这个"典",被认为难懂。经学者一查考,原来那是词人故乡的一段民间流行的传说故事,载在当地的《图经》和后代地志中,是最带普遍性的"知识"了。只有用这样的例子,才能"说服"那些反对吴梦窗、责骂他用典太冷僻的人。

如果有人以为我这所举之例还都太"早",那么我来举一个十分晚近的例:曹雪芹作《石头记》,是"通俗"文学了,他一上来,张口就是"女娲炼石补天",跟着一个"当日地陷东南",这是"典"不是? 我们要不要反对或打倒? 他书中写一群女孩子行酒令,诗句不出《千家诗》,文句不出《古文观止》——曹雪芹是早已"为读者考虑"了的。因为在当时,凡"识字"的读者,都能一听就"懂"的;但他绝不会料想到:时至今日,那些当时最有"普遍性"的常识,都成了"冷典"、"僻事",以致连史湘云的酒令谶语诗句"只恐夜深花睡去",以及此言与"崇光泛彩"、"红妆夜未眠"全是遥相呼应之妙,统统瞠目茫然,味同嚼蜡了。——难道我们也不"应该"责难曹雪芹:你写小说为何这等全无"群众观点"?

由此也就可见:一个用得贴切、精妙的典,不但使诗家词客传出了他的难言的心曲,而且能唤起我们读者的丰富的联想,灌溉着我们精神上的一种高级的情趣;作者的灵心慧性,不仅是给我们增加了文化知识,也浚发了我们的灵源智府。

因此,典故是打倒不了,也反对不成的。它的生命力是我们自己的民族高度文化历史所赋予的。

说到最根本,典故是涉及我们中华民族诗歌表现手法特点的一大课题,这需要从美学角度作多层面的研究,才能尽明其理致和奥秘。

我把这一点浅见说明,或者可以为庆生、令启二君的这部词典的价值意义稍作申张,略加表曝。至于其考核的精详,做法的特色,由其《凡例》,不难窥见一斑,我即不拟絮絮。他们经过了六年的惨淡经营,勤奋从事,这是一种"冷淡生活",有异于"车马盈门"的热闹行业。今日观成,诚非易易。我的感慨系之,也是一时言之难尽的。

周汝昌
戊辰盛暑挥汗写记

(彭庆生、曲令启编,山西书海出版社一九九〇年版)

《三李诗鉴赏辞典》序言

　　在我们中华的文学史上,数人齐名并称,其例举之不尽,这是什么道理?你可以说成是一种"传统",一种"风气",然而仔细想来,此一现象之"背后",也隐含这一种中华独特的文化意义。在西方,似乎没听见有过"三沙二但"之类的提法(沙是莎士比亚,但是但丁)。我们则不同于西方,"三曹"、"两司马"、"三张"、"二陆"……那是自古以来脍炙文坛,蜚声腾美,光焰不磨。何也何也?我自然不一定能够作出解释,但是觉得至少有一点比较明显:我们中华几千年的文化长河——这一条灿烂的天汉银河中,出现了数不清的大星巨耀,璧合而珠联,彩骏而辉俪,令人翘首云霄,时深景慕。源远流长,积累丰厚,相提并论者遂多。这恐怕是不能否认的一个原由。

　　"三曹"、"二陆"这种例子自有特点,因为它们是乔梓棠棣,一姓同时。说到我们此刻的本题"三李",性质却又各异。太白、长吉、玉谿生,三人的关系与那并不相同,而且时间上也不相连属,他们的风格更是绝不相同。那么,是什么把他们三个"拉"在一起的呢?

　　唐代诗史上不提"三王"、"三杜"。却标"三李",确实令人感到别有意味可寻。

　　太白与长吉、玉谿,时间上大约相去有百年之久;前一位是"大西北"的人,后二位是中州才士。他们真是秦楚自分,古今有别。假如只因都是姓李,就把他们三个拉在一起,那只能是一桩笑话,庄严璀璨的中华唐代诗史上,是不会出现这等笑话的。

那么,这里必然另有一条"纽带"将"三李"联在一处,标作同流。

这个纽带是什么? 要想鉴赏"三李"之诗,这当然是需要我们思索的头一个问题。

如依拙见而言,"三李"之并称,是因为他们是有唐一代诗人中最突出的"纯诗人型"的作手。

所谓"纯诗人型",自然是一个相对于"杂诗人型"而撰出来的名词,它怎么讲? 我们可以打个比方:例如李后主、纳兰容若,他们未必一生没写过一句诗、一篇散文,写出来的也未必就全不"及格",但是文学史上公认,他们这样的,是纯词人,他们纯以词见长,以词见称,而不是以诗以文。道理就是如此。大白、长吉、玉谿,必然也能文能赋,但没有人以文赋家见许。他们一非官僚,二非经师,三非学者……只单单是个诗人。在我们中华文化传统上,能做官僚经师学者的,也没有一点儿诗不会作的,但他们纵然作得好,也只能是"杂诗人型"的作者,难与"三李"这样的相比而论。

纯诗人型的作手,不是凭学问来作诗,凭"理论"来作诗,凭"主张"来作诗。他们凭的是诗人之眼、诗人之心、诗人之笔来写诗。他们凭的是才。

似乎"才"是个旧名词,即传统用语。在我们这里,不必说诗的领域,就连论史,也要讲才,比如刘知几,就讲才、学、识,而以才列于首位。才的事情,内容丰富得很,并非换用一下"天赋"、"天才"就算说明了的小问题。才的表现呈为千变万化的奇姿异彩,但只有它与纯诗人型的诗人结合时,方产生头流诗家作手。"三李"者,即是这一行列中的出类拔萃之人。

"三山半落青天外",他们像三座天外奇峰,在唐诗的莽莽群山中挺峙,光景特异,佼然不群。

我们传统上常用的词语,以才为领字的,有才情、才思、才华、才调、才气。如今就拿我们自己的民族审美概念术语来看"三李",他们在"才"的共同点之下,又各有特点个性。依我看来,太白是才气,长吉是才思,玉谿是才情加才调。其间当然互有"串联",但大体而观其表现,可以如此区别。

太白的才气,常常使人感到一种惊奇和震慑。他的这种才气是不可学也不必学的。没有那种极高的天赋，硬要强学，定会学成一副空架子滥调，浑身是毛病，令人不可向迩。赏他的诗，一种"气势"向你"扑"来，如万里之长川，千仞之瀑布，令你无可"阻挡"和"招架"。他的思想与艺术的力量，使你不能另有选择，只有"接受"。他的才气，就具有这样的神力。

欣赏太白诗的，感到他不是靠含蓄回复，而是靠一气倾泻来写其胸怀。他的惜别诗、怀古诗，都是如此。他简直"铺天盖地"、"一空万古"地向你倾注喷薄。他可以说"尽头语"，不留"有馀不尽之音"，却同样使你震荡五内、不能自已。过去常说他是仙才，我看应该也是神力。只是仙，可以超妙，却不一定有此夺人魄的神力。

初学者，常常喜欢他那最浅的一面，比如"千里江陵一日还"、"疑是银河落九天"之类，觉得流畅飞扬，以为上品。需更提醒一下：太白自有另一面，不容忽视。"浮云游子意，落日故人情"，可是只凭"气势"的人所能写得出的？潇洒不同于浮薄，深厚不一定凝滞。单线路、单层次的头脑和心灵，最容易只知其一不知其二。比如你若只看到他的"兰陵美酒郁金香，玉碗盛来琥珀光"，大概又认为这是"豪放"之笔，但当你再看下面是"但使主人能醉客，不知何处是他乡"，则太白这位流浪者借酒消愁，别有深怀的气度，才使你憬然而醒悟。他的笔不都是"放闸之水，燃信之炮"。"人烟寒橘柚，秋色老梧桐。谁念北楼上，临风怀谢公。"这，才是太白胸襟深处的声音，也是他高超的笔调——换言之，这才是太白的真本色。

从鉴赏这一特定的角度来讲，我以为"三李"之中以太白最不容易为一般初学者领会其真际，所以在此多说了几句。至于长吉与玉谿，我倒觉得比较"好办"——不是说他们"简单容易"，而是说他们特色鲜明，历来论析赏会的，也多能道着他们的"要害"，不难披卷而得。

太白的诗，不由苦思和"数易其稿"、"涂改殆不可辨识"而得，杜少陵说他"斗酒诗百篇"，"敏捷诗千首，飘零酒一杯"，可见其"挥毫落纸如云烟"的捷才了。长吉则虽非相反，却成对比。他是呕心沥血，拿精神性命来作诗的。他的短寿，和他的苦思冥索以觅奇句奇境，未必毫无关系。然而说也奇怪，虽然长吉作诗"锦囊"贮宝，与百篇千首的太白不同，可他的风格却全然来自太白。他不多写律绝，而特擅歌行，你看他那气势、格调，包括书生不得志的感慨，八荒万古的艺术想象力，无不与太白有千丝万缕的联系。但他的独立价值却是自辟鸿蒙、别有天地，与太白混淆不得。古今诗人，尽管体性不同，几乎少有不为他的奇情异彩所"震"住的。有的还要仿效几首。顺便一提:《红楼梦》作者曹雪芹本是一位诗人，诗有奇气，为朋辈所折服，就屡次称他是"诗追昌谷"。这是真正的"纯诗人"，真正的奇才。读他的诗，也不要忘记杜少陵称许太白的"清新俊逸"四个大字，特别是一个"俊"字。你读长吉的马诗，就应该体会得出。

太白、长吉，使你惊喜，使你起舞，使你悲感——但不大使你多生缠绵悱恻、低徊往复、荡气回肠的感受。这就要向玉谿生去寻找。对玉谿诗，无待更作多馀的讲解介绍。他的才情笔致，风调襟怀，无一不使人意降心折。他博得了古今学诗爱诗者的倾倒与爱慕，其影响所被，虽不敢与李杜相抗衡，但拿长吉作比，那是小邦与大国之别了。慕而效之者多，以至宋初有了"西昆体"名目，这是最好的例证。

玉谿诗不逞才、不使气，也不追求诙奇幽幻的想象之境。他凭的是人间清词丽句——这丽，不是涂饰华丽艳丽的俗义。他凭的是情深笔妙。一般多为他的"无题"七律诗所惊动、所陶醉，那当然是出色当行，千古绝唱，但因此也往往忽略他的诗才在古体与排律上的非同凡响的成就，可惜论者就远不如论"无题"律诗那样多见了。我还认为，玉谿的七言绝句，实在最好，笔之深婉，格之高洁，境之清华，语之韶秀，气之俊爽，韵之绵邈，他人或得有一节之资，断难如他那样，诚为天予众长，汇为一美。值得特别提明的是，这位真正的"纯诗人"，寻找他在诗史上的渊源脉络，如果编列"唐诗谱系"，应当把他列在诗圣杜子美的系下，而不是太白的支裔。这个史的现象可能是出乎一些人的想象之外的，倒是应当引起深思，是一个耐人寻味的文学奥秘。

鉴赏之学，原不等同于一般的文学史的叙列，辞典或百科全书的著录——那是知识性介绍为主，也不同于"文义串讲"、"白话翻译"。鉴赏者当然也要弄清作者作品的一切时地、背景、有关情况、文义典故等等之事，但鉴赏不是罗列重复这些，而且也不是近来鉴赏书物里相当流行的一种做法，即名为鉴赏之篇，却看不到鉴赏者的心得体会，特别是艺术的独到之阐发与揭示，往往只写下一些普通文字通用术语，诸如"塑造形象的鲜明生动"、"思想性与艺术性的高度统一"等等之类,以为即此可尽鉴赏之能事。其实,这是什么也没有说明,什么也没有领会,什么也没有给读者抉发启示。如果以此等来代替真正的鉴赏,以此来理解和认识"三李"的出群超众,那就无怪乎今天的诗坛上少见"三李"式的大诗人重新显现身手,为中华的诗国领域踵事增华了。

我开头说"三李"是真正的"纯诗人",当然是我杜撰的名目。其用意是要说明:在我中华历史上,凡读书人,自唐代以来,几乎无一个不能作诗的,但会写几句诗,并不等于就是诗人。因此,大多数实是"非诗人",或者最多是"杂诗人",他们虽然能诗,却够不上真正的诗人。他们并不是以诗人之心眼观物,以诗人之手笔抒怀,而往往是以学问而为诗,以典故文字而为诗,以主张、学说、理论而为诗,以交游应酬而为诗……这样的貌似诗人者,实非诗人。他们有时可以成为"害诗"者。所以我特别标明,像"三李",才是我们中华民族引为骄傲的纯诗人。对他们的鉴赏,是重要的。

《三李诗鉴赏辞典》的编纂出版,标志着我国鉴赏学的逐渐提高与普及的可贵的足迹。我是三李诗的爱好者,但缺乏深切的研究;今为辞典撰序,不过粗陈浅见,聊供参采,不当之处必多,尚赖方家惠予匡正,实为幸甚。

己巳中秋佳节
一九八九年之九月写讫于北京茂庭

（宋绪连、初旭主编,吉林文史出版社一九九二年版）

《中国古典小说名著资料丛刊》序

  庚辰岁之新春，津门南开大学中文系教授朱一玄先生嘱托出版社崔先生持手柬专程来舍，欲我为他的新书撰一序言，以为学术之交流，兼存文字之投契。受命之下，惭感百端，自揆不足以副所期，而环顾学林，朱老实我素来敬重的真学者与大方家，结此墨缘，与有殊荣，既蒙不弃，遂不敢辞。然早岁涉足小说，本非专业，所知至为浅薄；加以中年目坏，近年新著，皆不能读习，其为谫陋，无以复加矣。若是而为本书序引，何能表显本书之辉光，洞彻编研之甘苦？我之深惭，语出于衷。勉为短言，略志杂感，尚乞垂鉴。

  朱老以平生精力，自强不息，专研小说（此指中华传统意义上的"说部"书），目的何在？这当然不是"喜欢小说"可作答案的事情。欲答此问，先须解明，所谓"小说"，究为何物。

  四部四库，经、史、子、集，囊括了中华文化典籍，而"小说家"的著录属于史部（也称"乙部"）的一支。《汉志》著录《虞初》，号"黄车使者"，人皆尊为小说之祖——故陈寅恪先生题吴宓先生《红楼梦新论》即有"赤县黄车更有人"之句，用此典也。然则史者是记载从政者的功名勋业、名言嘉行(xíng)、治乱兴衰……皆大事也；而小说者，乃是相对其"大"而言，市井家庭、细事闲情、新闻异态……以至个人性情、时代风尚……咸在其间。此二者相对而观之，则虽系一巨一细，却又一"死"一"活"——历史社会一切情状，在"正史"中是不及也不屑写的。于是"小说"承担了此一职责。我称之为"活历史",缘由此义。

是以研究小说,并非消闲解闷之俗义,实乃研求历史文化的一大重要途径。

"史"是笔载,"小说"是口讲(本义),这也是一个分别——当然语与文的亲密关系又难分难解,互为"转化"。

六朝的《世说新语》,本名《世说新书》,它似乎是直采"说"字为书名的先例。

本书定名为《中国古典小说名著资料丛刊》,此点睛之笔;揽此一名,可知全美。这是一座名副其实的大宝库。

从我个人的"脾性"来说,对若干年来众所同用的两个名词我最不喜欢:一是"工具书",二是"资料编"。

我为何不喜这种名目?因为口角太伤轻薄,对不起做这种苦事的实学实干的学人,很不仁厚诚悃。

对所谓"工具书"之名目,我在《中国古代文学词典》(广西人民出版社一九八六年版)的序文中已经表示了"抗议",主编刘叶秋先生在其后记里也有同感之言,兹不赘述。如今单说这个"资料"一词。

我不懂此词的"定义"是什么说法,揣其语意,大约就是为做一件东西而准备下的材料,譬如做饭,要备齐米、面、菜、肉、油、盐……等等物事;盖房子,要置办砖、瓦、土、木、水泥、铁管……种种物事。此皆材料也。而资料者,现时专指研究工作所用的书册、论文、序跋、索引、百科与词典的有关条目等文字形态的材料而言。我之揣度未必十分妥帖,但"虽不中,也不远"吧?

假若如此,那就让人误会为"一堆杂物",做"资料工作"无非是"剪刀、浆糊",排比次序(现代了,当然可以加上复印、照相、电脑……)的"技术性"的事物罢了,无甚重大价值意义也。

是这样子吗?此即我反对这个名词的理由——它误导人的看法想法,轻视而菲薄之心理遂滋生于学术工作之间。

我要说:这是个很大的错觉,极不公道的位量定品。它害处很大,断乎不可漫忽"认同",置而不辩。

为朱老此书制序,必须由此说起,否则无以见他之足尊,识他之可重。

他将平生的精神力量,择定并投入了这个最繁重最艰苦的研究工作。

朱先生现今行年八十九岁,点检成就,真不愧著作等身四字。他的"资料"成果,是由惊人的学识和毅力换来的。我对他深致钦敬之情怀。

他须读遍万卷书,积学如海。他须有卓越的识力,因为"资料"并不是"拣在篮子里就是菜"。比如一书能有多种版本,要明彻彼此短长,选取最善者为据。比如"资料"有时也混入妄人的伪造盗名欺世,这又要具眼(也是巨眼)尊真斥假,取信学林。比如古人序跋,多存史迹源流、版本演变、作者身世、时贤评论……乃是治学的一把金钥匙,而正如鲁迅先生所叹息的,却因坊贾省减资工,大遭删弃;今日搜辑佚文,辄同空山觅宝。又比如近代论著,有良有莠,甚至剽窃前人之功,以充一己之见,种种狡谲,非罕逢之例,则又须通其先后之迹,表其创始之贤……诸如此类,局外人何尝知其甘苦于万一。而朱老则事事过人,般般出色。此所以为真学者,此所以为吾辈师。

朱老这部丛刊,收辑了《三国》、《水浒》、《西游》、《金瓶》、《聊斋》、《儒林》、《红楼》七大名著的极其丰富的资料,这是中华文化的特别重大而珍异的一座巨型宝库!我为之目眩神惊,我为之称奇赏绝。这种工作量与鉴赏力,使他的学术表现与成就足为后生来秀之砥砺,也可以使一些不学而有术的空头"学者",在此秦镜面前自滋愧汗。

小说资料工作者似以蒋瑞藻先生为伐林开山之功臣,学人辄于其中获益。然鲁迅先生于二十年代治中国小说史,也曾留下一部《小说旧闻钞》。这是今人深长思的史迹。时至今兹,我有幸见到朱先生的这种崭新的述作,堪称蹊径重开,杼轴自运,以视前贤,后来居上,而所嘉惠于学人者,更难计量矣。以此称庆,以此颂功——而序之为体,又可不拘其详略浅深矣。

诗曰:

朱老真人瑞,恂恂学者宗。
桓台习儒素,沽水校脂红。

耽稗珊瑚烂,知书金薤丛。

等身钦著作,君子斥颓风。

　　　　　　　　　　周汝昌庚辰清和之月书于红稗轩

（朱一玄编,南开大学出版社二〇〇一年版）

《花间集注翼》绪言

  自后蜀赵弘基辑《花间》十卷,长短句始以专集行,晚唐五代,名篇佳制赖以少存焉。夫桥轮积水,虽未必为极观,而此后作者千家,罔不道源乎是;秾华缛绣,蕙眄兰心,究心词学者所当宝也。至一千年下,今人华连圃先生始为之注。文章千古,得失寸心,润色鸿文,翼羽曩喆,可谓盛已!观其书,撷引繁富,辨证精审,尤能时引新思,以逆古人之志,于自来瞑搜力索而不可得者,多所发明,不徒以碎拆七宝为能事,最称善本,尚乎吾师河北顾羡季先生之序论是编曰:"夫五代词人之作,本不以隶事为功,似亦无需于笺注,然又有不尽然者。《花间》一集,简古精润,事长则约之使短,意广则渟之使深。及夫当时之服饰、习语、风俗、地域,在其时固人人口熟而耳习之者,千百年后,时移世改,诵读之下,辄觉格格不相入。今得华子此篇,遂使千载上古人心事昭然若揭,而所谓格格不相入者,亦一笔而廓清之,其嘉惠后学,岂浅鲜哉?"然该书以稿本初成,仓卒付印,间亦不无疏略参差处,长昼无聊,爰为检次,录为若干条,与华君商讨焉。凡因注者疏忽,确可指为谬误者,始敢正之,其馀稍涉疑惑,概以扪叩之辞出之,备参考而已。至于该书第以疏通大意为工,不事穷根柢、炫博雅,殆亦难言挂漏。今但摘段文零句之有资解释者,酌为增益,续貂画蛇之讥,所在难免。又如原书数义并通,众说兼采之处,兹亦略参己意,试为轩轾,盖鉴于愚者千虑,或有一得之幸,尤非敢自信曰是，以紫乱朱也。见知见仁，尚在读者。夫吾今者于《花间集注》，求之苛，即所以爱之深，后之以苛求是编者当又所以爱玉言，进言之，若皆所以爱《花间》，皆所以爱词者也。海内知音，盍垂顾焉！

　　　　民国卅一年中元后三日河北周玉言识于咸水沽藤阴斋西舍

（《花间集注》，华连圃撰，商务印书馆一九三五年铅印本）

《苏辛词说》钞校后记

　　右吾羡季师清河顾随先生所著《苏辛词说》三卷,玉言于甲申季秋手录竟。忆辛巳之冬,城西罢讲,自翌岁二月以来,乃复得与先生以书翰往还。壬午二月廿二日来书云:"大作清新有馀而沉着稍差,此半系天性,半系工夫;宜取稼轩词研读之。不过辛集瑕瑜杂糅,切宜分别观之,不可不慎。"吾复函谓分别取观固已,然初学又何以知若者为瑜,若者为瑕? 意盖欲求为选定篇目也。三月初八日来书告:辛集已选出廿首,本拟录目寄去,以时时奔走风沙中,致患针眼,不能多作字,故遂不可能。至四月初八日书中乃寄来稼轩词最目录二纸,并谓且将细为之说。盖即今之词目与其识语,录付莘园,委钞而未说者也。词目今昔之变更,已见后记;此外则与今不同者识语中字句一二处而已。又元来词目每调之下,除录注首句外,并附词题与注明原在《稼轩长短句》何卷之卷数,今已并删。揆其意,盖词题有过长者,摘录不便一也;稼轩词版本纷歧,如四集十二卷之别,注明卷数,不尽资读者用二耳。然先生未果即说。后吾数曾于去函中问及之,先生亦未尝有答。至癸未六月忽得一书,曰:"暑雨蒸湿,《稼轩词说》终于脱稿。日来精神疲敝,眠食俱不能佳,惟此一业既已告竣,不独可以自慰,亦可以远慰我巽父也。所恨生性阔疏,行文说理,细处仍恐不能到。若得巽父在此,时时加以挼迫,当更为精密。又字数三万左右,属稿时信手写去,蚓蛇纠纷;比来又加削改涂乙,殆不可辨认。自己下手誊真,既不可能,属之他人,亦殊难得其选。使巽父而在此也,亦必为我代劳,今则无可如何矣。三日来读东坡乐府,所得上较胜前;亦颇思选十数首说之,而强弩之末,尚不能穿鲁缟,况属弱弓,宁有远力乎?是以又不能不暂行搁置。转瞬开课,更无暇晷,恐动笔须待来年耳,如何如何!"盖自选目至说成,已历月十有七矣。癸未七月廿八日来书末云:"日昨又选得东坡居士词十二首,拟说,亦写一首矣;以身心交病,今日竟未能下笔,若搁置下去,恐又须明年见也。如何如何。"吾于是既私幸说辛之已成,又深恐说苏之顿置,乃重复怂恿撺掇吾师,谓:"《东坡词说》,但得继续,便请勉力为之,明夏更知有此兴会否?"八月初之来书已云:"十日以来,又说苏词,选得十首,又附四首;今日已说至第六首,字数逾六千矣。开课前或能完卷,亦未可知。"又云:"说苏较说辛为细密,文笔亦似更有可观。"凡既读此书者,当知此言之不虚矣。至八月中又奉书,即日历九月十二,说苏脱稿之日所书,乃曰:"迄昨说苏已告毕,昨夕复细改一过,又恨不得与巽甫共论之。新生子女,为父母者日日抚摩,不必以其俊美也。一笑!"后又云:"说辛手稿已自郑公处取还(按郑公即郑骞因百先生,有《辛稼轩先生年谱》、《稼轩词笺注》,甚精。前书云:《稼轩词说》昨被郑因百先生携去,以《说》中有数处拟与之商略,故令其先检阅一番耳),昨复为辅大校友携去,亟思令巽甫一见,但寄出尚无期耳。苏目另纸抄呈。"所谓苏目,即今《东坡词说》之目,并无差异。目末云:"前允为巽甫作楷,终不竟作。比写《东坡词说》,巽甫复索阅词目,因楷钞一过寄之。两债一还,未免取巧。又以日来伏案工作,为时稍多,腰背痛楚,腕臂无力,字画不佳,未免愧对。至于劣纸退笔,尚未肯分吾责耳。卅二年九月十三日驼庵苦水自记。"嗣后唯互寄词章,唱和甚勤,诚如先生所云:"计今秋得词廿馀首,大半都写寄矣。"吾亦但有日盼《词说》之早为寄到而已。九月抄来书云:"说辛词两卷已由城西旧雨滕君抄出,据云不久将寄津,巽甫倘能见之。"至腊月廿五日书来始告以《稼轩词说》早已有人录副寄往津门,未能以时通知,极致歉意,嘱吾往西北城角孟君铭武处取之。是年腊月廿七日说辛两卷乃真取至而得快读。盖自初录目见示,亦将满二载矣。又迟至甲申中秋,《东坡词说》亦入吾手焉。迤逦至重阳后悉数录竟,长为吾箧中珍秘。因念先生此说,实乃《人间词话》以后第一伟著。在吾之先，虽已有数公读过，然世之高人硕士知有此书者当不甚多。吾以一邨童子而竟得先乎诸高人硕士读其所不得读之书，其庆幸宜为何如？回溯其因缘经历，是乌可无记？因复记其颠末如此云。

先生于说辛自序中有所谓"年来函询面问之诸友"者，准如上云，吾甚幸吾当忝居此函询诸友中也。说苏前言中有云：旧在城西校中，一日上堂，取《永遇乐》"明月如霜"一首为学人拈举，敷衍发挥，听者动容。回忆尔时座中情形，历历在耳目间。孰谓三年之后，得有此《词说》；又孰谓三年之间，人事沧桑有如是者；而吾犹得暖衣饱食，净几明窗，手录此千古名著也耶？嗟嗟，佛氏有言：如梦幻泡影，如雾亦如电。系人感慨矣。又兹录本所据之莘园钞本，时有漏误，疑莫能明，随见随钞，每读每记，悉为汇寄吾师，求与原稿校雠；批还后，其经印可者，皆为改正。二说各得百数十条。其间又间有字句，本非钞误，而先生竟从吾意改定者，亦所在不少。固不须说千虑之得，脱在一愚；刍荛之言，圣人或采。盖既自幸吾于此《词说》因缘更进一层，又愿乐欲读者知此录视莘钞为可据，他日或两本并行，尤不可致疑于斯本之妄改也。至如吾个人读是说，有何会何解？是否能如临济参了大愚，重归黄檗，向他随声便掌？自维深愧上智，直恐未能。前曾发心为此二说写一序，吾师亦既已勖之矣。证悟发明，即何敢必？小纾所感，以与后之读者印契，容有微济。惟所会尚浅，不敢轻易下笔；酝酿抽缫，尚有待焉。故虽不无欲言，胥有望于一序，此不具赘。

　　　　　　　　　　甲申九月十八日即卅三年十一月三日
　　　　　　　　　　周玉言自记于古隋豆子航之悯庵

跋《丛碧词》(辛卯)

右项城张伯驹先生《丛碧词》,始丁卯,入辛卯,得词二百三十一章,编为一卷。按先生词先是凡经三付印:一、排印巾箱本,用朱墨,前有丙子三月大方一序,三十之后凡十年,存词七十二首;次、武进陶氏刊本,大册,厚宣纸,有朱碧黑墨三种,闰盦署检,董康题耑,夏枝巢郭蛰园戊寅弁骈序,即今存者是,所收词实止己卯,凡存百六十首,三年之内,篇幅稍拓,足踪所至,大略可窥;三、同板覆本,唯册差狭小,薄纸,黑墨,刊者所著董氏题素不惬先生意,至是乃易以傅藏园笔,馀并无异,兹印则其四也。余初获读先生词在戊子冬,今岁暮春,数造先生于其园,座间语余曰:吾词梓后,更历居诸,思欲稍辑后作而并刊,子其重为我定之。余惶谢,不获辞,遂效岳珂之狂言,乃先生弗以为河汉,真不啻稼轩之促膝矣。商既定,删旧存词十八阕,存晚作九十六篇,又宫徵字句间采私意斟酌出入者二十馀事,严取虚听,有如是者。余维自舞象之年,耽于是事,披寻饾饤,粗以有知,自唐已来,青莲之秦箫汉阙,暝鸟长亭,气象苍浑,而口吻衰飒,迹出伪托。响异元音者也,香山之江花似火,春水胜蓝,犹是声诗,未离故范。飞卿后起,宫词十四,精丽无方,而嗣响难为,莫绳厥武。花间一脉,虽曰翦叶裁花,雕琼镂玉,而辞归浮艳,情下采兰,貌合神乖,格卑韵促,末流所渐,余无取焉。及南唐父子出,小楼明月,残莺西风,膏泽无施,铅华洗净,以素灵之质,歌赤子之心,人间天上,逸调初闻,流水落花,前春永绝,则真词家百世之祖耳。然而北宋作者,两晏欧阳,克绍正中,非承二主;坡仙独秀,时有同声,顾世人以豪放失之;渡江则幼安以降,等诸自郐,清词号称极盛,凌轹前踪,浙中则般演才华,常州则钩稽文内,及其末弈,朱王况郑,烟候虽纯,步趋踸踔,一言以蔽,则巧拙从殊,人天日判而已,竹声新月之音,脂泪春红之格,复乎未闻也。吾今于词乃得先生,夫先生之词,何以独能凌北宋而跻南唐,殆天籁,非人力,在先生未始有意期之,期亦未必辄能至也,其格高,其境空,其骨重,其气长,其性和,其情深,其神清,其韵远,其语初视若不用力,徐而味之,匀灉精整,大露清光,未可以枝节片段离之,无论纤巧尖新语不屑一字,即藻缋垩墁,亦所不为,而然后其有近乎后主者,岂幸然哉!小令无论矣,中调长词,集中多夥,亦岂直不坠南宋坑堑,若和清真白石诸作,浑伦活脱,并原唱乃成两绝,其作法盖又不出北宋人下,使南唐当日曾有长阕,当不迈是,此无它,先生之为大调,犹然为小令也,气足以御意,情足以副辞,脱口旋成,挥手自得,作气始衰竭,罗掘乃喑嘶,先生未尝有也。论者每以《丛碧》方《饮水》,以吾所见,取径睎踪,不无沾匀,然纳兰真挚有馀,浑成未足,幽伤过盛,英爽犹希,以视先生,固不同,直未若耳,乌可一例目之。盖先生令则透迤于二主之间,慢实婆娑乎三变之次,有识者当不谓与清人同科也。嗟乎!唐宋至今,已历千祀,一体制文,不为不久,谱色既失,衰落势然,鲁缟弱弓,应无后劲,则纵括词史,此调当行,实以重光始,以先生殿,盖非偶然矣。立论如斯,揄扬骇俗,迹嫌阿好,意在至公,千年而下论定者,当有知言,余岂虑人之疑非疑是耶。至于先生之身世,世人知之谂,两序述之尤悉,言无溢实,文足称人,可谓无憾,余不复能赘一辞,辛卯正月天津敏庵周汝昌拜手书于燕园。

(自印本)

跋《丛碧词》（一九五三）

《丛碧词》于兹凡三制版，余尝论之。佳章具在，狂言奚玷，遂重言焉。嗟夫！文章之事，贵乎真知；仁智之判，习于所见。积毁不忧损其质，过誉讵能增其价。倘其不然，则誉之仅足形其丑，毁之适以激其光耳。是以来谤能惭，遭奖以信，惭信之际，良不易言，此则自受者而言之。若夫报誉致毁不称其文，饰辞过情别有所以；见判不切夫仁智，语同莫出乎真知，是则，于作者之业无关，唯评者之心自用，既非文事所可论。清河述堂先生之说词有言曰："冯正中、李后主于词高处只是写而不作，珠玉、六一间有作，而脍炙人口之什亦多是写。自此而下，大抵作多而写少，甚或只作而不写。"谅哉！其言顾亦岂直一曲词为然者哉！《丛碧词》之佳处有目斯见，无俟宣扬。然而，果何以佳？曰：吾亦只见其写而不作而已矣。其小令，不待言；其中调，能写而不作矣；其长调，亦能不作而写。是固非多人所能为，实亦非多人所肯为耳。间有作处，终能转作为写，不落作道，则人虽欲为而莫能为者矣。吾是以多。《丛碧词》或曰作写，恒言二文连举，奚以别乎？曰统言写作，犹谓撰述，固是一词，自当无别。今既析二，其言辨异其用，是故不同。不见乎？雅言言作画，言写山，言写水乎，而不言写画，不言作山作水乎？夫画可作，山若水莫得而作也。不见乎？雅言言作诗，言写景，言写情乎，而不言写诗，不言作景作情乎？夫诗可作，情与景莫得而作也。是以所得而作之者，画也，诗也,山水情景唯当写之而已矣。凡古文章,足以动人于千载下,莫不尔也。丛碧为词,时则清词之绪耳,独能写而不屑作,吾以是多之。至其天赋之厚重、深至、贞诚、挚切,尤异乎尖新、儇薄、傅粉、铄光之趣。夫是,又岂狂言所能誉毁者哉! 敏庵敬跋。

（自印本）

《丛碧词话》序

　　论者尝曰：唐人无诗话，诗话肇始宋人，自有诗话而诗亡矣。夫言不可以若是其几也。于宋而谓诗亡乎？吾知其人之不知诗审矣，使闻一主盛唐神韵之王渔洋之言曰："耳食纷纷说开宝，几人眼见宋元诗。"不其爽然而自失哉。且论词之语，亦肇始宋人，于宋而谓词亡乎？清代之词话与词作，乃蔚然并秀，于清而谓词亡乎？是知作之亡否，不系夫话之有无矣。虽然，宋若清人讲道学，论考据，争门户，标宗旨，皆自谓诗之话也，词之话也。话而至此，诗词未亡而话已亡矣，岂不可以覆瓿，不可以引睡欤。然则诗之话，词之话，果不可作乎？曰：何不可之有。必也不蹈乎宋若清人之讲道学，论考据，争门户，标宗旨之腐旧，而后可作矣。观夫丛碧先生词话，盖能免乎诸病者。而谈艺赏音，折衷众说，时得真解。其论毛泽民以《惜分飞》受赏东坡，而别举《玉楼春》曰：其佳制固不止《惜分飞》也，盖东坡适聆妓唱《惜分飞》词耳。必如是方得古人意，而不死于句下。其论梦窗《点绛唇》，而谓能是语者其惟二晏、淮海乎？其论学梦窗者必抑柳，然屯田不装七宝，仍是楼台；梦窗拆碎楼台，仍是七宝。后人既非楼台，亦非七宝，只就字面钉饾雕饰，自首至尾，使人不解，亦不知其自己解否耳。皆妙语如环，精义自见，不胜于纷纷门户、宗旨、奴主、抑扬者哉。其他胜谛未易一二举，多能屏去成见，为公平之言；见赏析之旨，新人耳目。至折东坡论后主曰：东坡此语殊不解事，为其为词，故造语取材，只有对宫娥耳。盖亦如东坡既遭谪逐，何不学屈原之事，而对朝云为"枝上柳绵"之句耶。不独令我解颐，虽坡仙复起，亦何以置辩。虽然，此非折坡也，要令学者于此有会，方可读古人词耳。然则《丛碧词话》是能知词者矣。先生来问余序，辞不获，爰书数语如此，不足以尽全书也。辛丑秋，寿康序。

（《词学》第一辑，华东师大出版社一九八一年版）

跋《无名词》

从碧词丈以其《无名集》见示，嘱为跋记，谊不容辞，受而读之。见手写细字粲比珠琲，则目病重光之所能也。行开八秩高龄不衰，复能有此，诚为异事。而余目大坏，已难尽卷，遑论运霜豪如垩斧哉。宁无叹愧！诵其自序，颇致意于名理，余欲为进一解，爰献词曰：名者，所以伴实也。有实，虽欲无名而名随之；无实，虽欲有名而名笑之，充而生其光也，至则有所归也。无名犹有名，盛则不易别也，虚则枉有借也，有名如无名。故好名之事有实，斯足以当之；无实而好之，虽好而可得耶？至于禅宗大师置其以道，废词矣。而时引艳句"频呼小玉原无事，只要檀郎认得声"，此非词耶？若丈之词既未尝以道为比，又不同于无实之求而题曰无名者，则谦㧑之心也。文人慧业，痴云不销；春池吹皱，古井不波。识兹缚茧，望彼脱蝉。断以不后复不为，则又悔忏之怀也。夫如是，则余何以跋赞之哉！

周玉言

乙卯年

（据手稿）

《竹庵新稿》序

　　述堂师以《竹庵新稿》手稿本相畀,卷首识云:"附寄空白纸两页,备玉言作跋或序也。"师命不敢辞。弟论师,序虽僭,跋也可。师言备作跋或序,不言作序或跋,倘亦意在跋,今竟序而不跋,粪放佛头,狗续貂尾,不以颠末易其伦耳。世之索序有二:借重、标榜。非所论于述堂师之向玉言也。作序有四:捧、讽、借花献佛、驴唇马嘴。非所论于玉言之为述堂师也。序诗亦有二:分体辨派,讲字论音。四与二之外,玉言将以序吾师,更加多焉。玉言序师是稿也,玉言始尊吾师,以文评、以书法,不以所作。以玉言薄有天资,小即披览,目无望洋,颇谓尽美。初见师作,谓犹是凡语,不异人意。时欲将铁作金,教娘绷儿,不知障于所谓美。嗣之后,玉言眼界略扩,识力日升,乃能见师作之不可及。返玩前之所忽,往知己之浮荡。与家缉堂兄辑倦驼庵诗稿,起民卅,讫民三十六,爱玩日深。顾犹师自谓未立门户者。渐而能舍所障,而爱所未能始爱,竟于全许矣。征之知交,若兹稿所及少若、正刚,始与相论,皆同玉言旧时。殆年盛眼高,发扬蹈厉,不足为才病。后正刚以玉言故,亦几于全许。顾其所会何如,去同异玉言许者,亦难备析。夫玉言岂欲敢强人于己同?以见知师之不易云尔。是稿师自道语,曰打油、曰野狐。昔人称诚斋有言:见之不大笑,不足以为诚斋之诗,今之见是稿者,不至大笑,或当微哂耶。玉言所感,乃在仍有太似诗者,或非师当行得意处。句云:"惭愧新来署废翁。"又云："者番真个闲人。"叹为复慰。濡露词有句云："诗心禅定互低昂。"道力未高，犹是此意，不待狐真露尾也。《写实廿八字》与《鹧鸪天》、《浣溪沙》，师最自喜无疑。其云："不会推陈更出新，陈言写得近时真。"新唯真故。断句玉言尤爱者："肋下三拳真虎子，草深一丈见宗风。""情在难为擘面掌，病来自下顶门针。""一夕霜风天远大，三年病衲臂偏枯。""轻衫曳杖成往事，细雨骑驴非壮游。""失水困龙心入海，在山乳虎气吞牛。"玉言最所不喜："杀到前贤第几关"、"别在拈花微笑中"，纵非不同其意，亦是不允其表现法。前者觉张皇。杀即杀，勿作宁馨语何如。后者恨近庸弱。几疑废翁纵废，绝不肯说废话若是。脚痛诸篇，师亦自评："窘于韵，蹶于句。"三年大病，起能为此，已为奇迹，玉言欲原之而不苟求也。后记云："兹拟断手，别修胜业。"师于初病即告玉言断韵语，病后亦力自警，乃有兹稿，今复曰"拟"焉，其真断耶？偶然欲书，何必定断。日日为之，是真可厌。然观其溯庭训、道师承，似将真断不复破惑如今，玉言亦不谓可惜，况别有胜业乎？玉言如是序吾述堂师之诗云。

　　公元一九五二年十一月九日述堂师呼"玉言"于薛涛井旁之梅园。

　　（据手稿。《竹庵新稿》，顾随作于一九五二年，未刊行，后收入《顾随全集》）

《词学新探》序言

　　正刚《词学新探》行将付梓，嘱为弁言，欣感之怀，百端交集。

　　回忆与正刚初相结识，时在一九四〇年。我因求学历程异常坎坷，三九年才得考入燕大，而入学实在四〇年秋，彼时正刚已是高班级，而年龄反不若马齿之长，仍以弟视之，亦即弟呼之，至今遂已垂垂四十载。

　　我与正刚之交，交在词。未名湖畔，若有我二人偕行形影，必各有新阕，而相与推敲之时也。前岁赠正刚律句，颔联云："明湖照绿当时鬓，宝箧怀丹别后心。"四十年交期，十四字约略尽之。

　　正刚治词，严于音，细于律，严处一声不能假借，细处只字辨于毫芒。每填一曲，往往于关键紧要字骈罗并列异文至四至五，必就吾以定取舍，我亦不辞，一言而抉其得失高下，正刚未尝不欣然服所断，抵掌商量，寸心甘苦，以为课馀之一乐事。

　　正刚严于音，细于律者如此，或以为过。余则不然。凡治一事，习一业，以精为可贵乎？以粗为能事乎？学词而不审音按律，岂复是词！艺术之事，必有规律；违其规律，即丧其体质。故曰律诗而不谐平仄，便非律诗。若是者何不另作"自由体"而仍以诗词名之？平仄格律（包括对仗骈俪），本源全由吾国汉语之具四声，不论四声，岂复有汉语，况在音乐文学乎？初学者昧于此理，或自假于"重内容"，而摒规律于"形式主义"之列，犹以为知所重轻。

重内容，盖谓不可徒具形式，而非谓可无形式；言规律，固以为必如此方能表其内容达于美善之境。何尝一言音律即等于"轻内容"乃至"废内容"？道理至明，本不复杂，特时时为强辞以夺其理耳。

吾与正刚之审音按律，亦非孤立于只字，拘墟于一音，必细察其上下、前后、左右之种种关系，然后乃尽得其宜。音律绝非呆法死律可以尽之，宽严奇正，盖处处有辩证法则在也。

前人讲东坡"大江东去"，误"遥想公瑾当年，小乔初嫁，了雄姿英发[①]"为"遥想公瑾当年，小乔初嫁了，雄姿英发"；又误"故国神游，多情应笑，我早生华发"为"故国神游，多情应笑我，早生华发"，翻曰"东坡不拘拘于格律"、"只要词佳，可以打破格律"云云。此诚笑谈。试思乐曲节奏，自有句读停顿，戏剧曲艺，莫不皆然，岂有可以任意将下句之字"唱入"上句，上句之字"歌归"下句之事？即今日之白话新曲，亦难有"不按句读"的"唱法"与"谱法"。此理又至明，本不复杂，而误解误说者尚如彼。则正刚此书，固有其不可没者矣。

我年十五岁，即自学为词，至今不能尽弃。"声音之道，感人深矣"，虽似陈言，岂无至理。因略举所感，以复于正刚。

一九七九年四月末、己未清和初吉

天津周汝昌漫语于北京东城

【注】

①"当年"，谓"正当年"、"年力正富"，非"昔年"义。"了"，全然，"了雄姿英发"，犹言"全然一派……气度气象"；"了"字此种正面用法，六朝唐宋之后，至明人尚偶一见之，后唯反面句如"了无意味"、"了不可辨"之类用之，正面句用法遂不为人知，将"了"字归于上句"初嫁"之下，正缘此故。试思"初嫁"，谓容光焕发时也，"初嫁了"是何语？只一寻思，便知东坡绝无如此造句造语法矣。

（孙正刚著，天津人民出版社一九八〇年版）

《宋百家词选》序

笃文同志已有《宋词》一书问世,读者咸有佳评。如今他又出此新著《宋百家词选》,与前书相辅相成,词人选词,别有会心,洵称美事。承他不弃,索写序文,辞而不获,于是出拙言以冠佳构,假绝唱而抒鄙怀。

我在将及成童之年,就被词迷住了。那时是纯出偶然,在一本明人的剧曲里读到它开场的一首《阮郎归》,不知为什么,只觉得它的音节别具一种美的魅力——这魅力简直把我引入像似"陶醉"般的境界中,从此一发而"不可收拾"。作为一名村童出身的少年学生,那时并不能轻易见到什么"词集",可是我真是如饥似渴地到处寻觅这种书籍了,后来一本《白香词谱》和一本《中华词选》,就成了最心爱的"宝书"……话要简断,我此刻想借这来说明的是:我一生最喜爱我们民族的韵文文学,韵文文学中最喜爱的是词,并且有一个较长阶段曾致力于对它的写作和研究,而追溯其最"原始"的根源,却是在于我先被它的音节美迷住了,因为那时还不能真正懂得那些词曲的文辞和意义的全部奥秘。

以上是我自己的"亲切感受",真实不虚,它说明了一个什么问题呢?我自然不想冒充能解答一切问题的"能人",只是觉得这其中必有道理。我想过的,至少有一点,这种非常独特的音节美来源于我们的汉字本身之内的一种质素。即使最简单地说,它具有四声,这就与别的语言迥然不同,这种四声在日常一般说话中已自有它特具的"组联"的规律。例如，"张王李赵"、"苏黄米蔡"、"欧虞褚薛（人）"、"王杨卢骆"……仅仅罗列四个姓氏，也是按四声顺序排次的，井然不紊。因为必须承认，这样才最"顺口"，最"悦耳"。这就是汉字语文的一个基本特点。我们的文化历史是悠久的，历代无数艺术大师运用这个独特的语文进行创造，把它的特点、规律摸得最清，用得最精，这才达到了一个可以令少年童子感到"陶醉"的音节美的艺术境地。这不是偶然的、某一个或几个"好事者"在"玩弄文字"的结果，也不是人为地谁下一道"命令"逼迫词人非如此这般不可的。

能体会这层道理，就可以更好地读词了，而不至于像有的人聪明自作，认为词律是"限制"、"束缚"或"妨碍"了他们的"创作才能"，要"突破"、"改革"这种枷锁云云。具有这种认识的同志，自以为写出来的是"词"，无奈没有一处合乎汉字文学的规律性和音节美，读上去只是令人感到说不出的别扭和难受，要说这有什么"美学享受"，我只有敬谢不敏而已了。

当然这要细心敏感，不可钝觉。记得马克思就提到过欣赏音乐也须先培养"音乐耳朵"才行（大意），这是深懂艺术的见解。"对牛弹琴"，其实说的也是这个道理。要有"耳音"（这包括形体上的"听官"和感觉上的"心耳"），耳音也靠天赋（因为有的天生好，有的天生差些），也靠培养增强。所以我愿笃文同志这本新著的读者能注意这一点。我们常听说的"熟读唐诗三百首，不会作诗也会吟"这一经验之谈、名言至理，其实说的主要也是读多了就读通了它的音节格律，并不是指词藻、典故之类。何况词比起诗来，更加具有音乐质素（它本来是篇篇可以被之管弦，是为唱而制词的）。读词、学词，而不知或不肯重视音律的事，我看那是一种取其粗而遗其精的外行的做法。

其次，要培养自己的语文修养。这不仅仅在于"语法"、"修辞"、"描写技巧"等等这些流行的文学课堂上常用的概念范围。还要特别注意，须让自己具有一种能够体察"汉字组联"的精微奥妙的各种现象，寻绎它的规律性的能力。比如，汉字有大量的义同、义近、义类、义似的"单字"，你要看词人如何、为何选此字而弃彼字的各种道理。"花"、"葩"义同，又都是平声，而且同韵，可是无人说"百葩齐放"。李后主的名句"林花谢了春红"，如果假设韵脚暂可不论，那你能否改成"林葩凋了春朱"？光是红，就还有丹、朱、绛、绯、茜……一串字,你选哪一个?为什么非如此不可?都是一个异常精致微妙的艺术体会。"红颜"、"朱颜"粗看似乎"略同",其实大异,你不能说"朱颜薄命"或"红颜常驻"。

与此有连而又特涉音律关系的,是另一种"换字法"。比如,如果你在咏梅词中见了"红萼"二字,不必认为"萼"就是指"植物学"上对萼的定义的那个部分,它其实是因为此处必须用入声,故而以"萼"代"花"。你看见大晏词"晚花红片落庭莎",不必认为晏先生院里真是种的"莎草",其实不过因为"草"是上声,不能在此协律押韵,所以才换用"莎"字罢了。这种例子多极了,难以尽列。由于"地"是仄声,所以有时必须考虑运用"川"、"原"、"沙"……这些字(平川、平沙,其实就是说平地而已)。因为"月"是入声,要在必须用平声的地方说月亮,势必要改用"玉盘"、"冰轮"、"银蟾"……如不明这都牵涉着音律关系,就会"简单从事",甚至"批判"词人只会"粉饰",搞"形式主义",或别的什么罪名,都可加上去的。

然而,艺术这个东西是奇怪的,说以"萼"代花、以"蟾"代月,原是由于音律而致,但是一旦改换了"萼"、"蟾"……马上比原来的用意"增"出了新的色彩和意味来。所以关系又不是单方面的。

由这里,已可看见炼字选词的异常复杂的内涵因素。王国维提出作词写景抒情,病在于"隔",凡好词都是"不隔"的。这道理,基本上应该说是对的,但事情也很难执一而论百。周邦彦写元宵佳节,有一句"桂华流瓦",批评意见说是这境界满好,可惜以"桂华"代替月,便觉"隔"了。不过,我曾想过,假如我们真个大笔一挥,替片玉词人改成一个"月光流瓦",那岂不完全是一个败笔?因为,如果作为读者而不能体察词人的艺术构思,看不到"桂"字引起的"广寒桂树"的美丽想象,看不到"华"字引起的"月华"境界联想(是非常绚丽的五彩光晕,亦即"彩云"),看不到"流"字引起的"月穆穆以金波"的妙语出典,那就会要求艺术家放弃一切艺术思维,而只说"大白话"。到那时,岂但"桂华"要不得,"流"也被斥为无理不通了:月光怎么会"流"呢?!

于此,我就又要提出一个拙论,也许是谬论:在某种意和程度上讲,我们中华民族的传统汉字韵文文学就是一种"联想文学"。何以言此?只因我们十分悠久和异常丰富奇丽的文化传统给艺术家们准备的"东西"太神奇绚丽了，几乎围绕着每一个字、词都有很多历史文化的丰富联想。你写月，有很多字、词可供选用，而由于选用时的条件、选用者的用意的各自不同，而生发出极不相同的艺术效果。同是月，你用了"桂"，唤起的是一种艺术联想；你用了"蟾"，唤起的是另一种艺术联想。这些，在高明的词人艺术家那里都是有其用意和匠心的，我们读词、学词的，应当首先细心体察领会，然后再形成自己的鉴赏和评议的见解，而不宜只论"字面"，不计其他。

我举此数点，聊供参考，为笃文同志精选细注的普及工作做一点辅佐赞襄。至于论诗多讲究"神韵"，论词多讲究"境界"（或"意境"），则所涉益深，非这篇小序所能胜任了。在此，我只补充一端：此所谓境界，是艺术境界，不尽同于实境（尽管它来源于实境）。温飞卿的名作"水晶帘里颇黎枕，暖香惹梦鸳鸯锦"，这完全是"造境"，它并不是真的在"写境"。所以它看来也好像是一种"反映（现实实境）"，而实在又不是。我们的民族艺术，很多是最善用"造境法"的，京剧舞台艺术便是著例。它的目的全不在于只想引起观众的一个"逼真感"，不是的。要唱京戏，又要布置一大套"写实布景道具"，就是在这一点上失路了。这一点，在诗词文学上讲，同样是一致的。这个说起来是要费大事的，我此刻只能说这么多了。

文学艺术靠形象，已成常识。但也要认识到，我们民族文艺不是停止在"形象"上（或者说"死于形象"）。只认形象，以为这是艺术的一切，艺术的极则，也将不能理解我们的民族文艺。北宋诗人石曼卿要咏梅，结果写出了"认桃无绿叶，辨杏有青枝"二句，这写得"贴切"、"中肯"，"扣题"扣得好极了，可是东坡善意地评讽他说："诗老（指石曼卿）不知梅格在，只言绿叶与青枝！"东坡认为石先生犯了一个大错误：咏梅而不知道写梅花的风格、品格，而只会说叶子绿、枝子青等等。请想，难道绿叶青枝、认桃辨杏，这还不够"形象"吗？可是艺术大师认为单单是这个，那是不行的！

道理安在？我愿学习欣赏我们民族文学艺术的青年同志们，也能同时留意我们自己的民族文艺理论，不宜只懂外来的（主要是从西方传入的）一些现成的理论概念。如此，方能较为充分地领略我国古典诗词艺术的特点特色。我这样说，并无轻看或拒绝西方理论的意思，只是说明一个事实：西方理论主要是从以西方为主的作品中提炼概括出来的，那些理论大师不管多么高明，但没有精通汉字文学特别是韵文的条件，他们无从体认汉字韵文文学的一切特质特色，因而无从将那些极端重要的艺术实践和美学观念纳入他们早已形成的理论中去。说到诗人要咏梅花，不仅仅是要写出梅花的形象，还要理解和表现梅花与桃、杏花不同的风度、风格，但是这种"理解和表现"云云，显然不是一个"植物学"的问题了，这所涉及的，实在还有诗人本身的事。"疏影横斜水清浅，暗香浮动月黄昏"，自然不是脱离开"形象"，然而又绝非"形象"所能尽其能事。说是写出了梅花的高情远韵，毋宁说是写出了诗人自己的高情远韵。否则，"神韵"也好，"意境"也好，也都无从索解，不可而得了。

我在上文回忆我少年时得到一部词谱和一部词选而获得的享受和受到的教益，这也使我承认：至今心中比较熟悉的名篇，仍然是那时候印下来的不可磨灭的"印记"，而不是来自"全集"或"总集"。选本的影响和作用是极其巨大的，我以为至今也没有人郑重估计过那一个被高人看不起的《千家诗》（以为那是"三家村"村塾"陋儒"的教科书）曾对我们历代普通人起过多大的"诗教"作用！一部好选本，其实也与一部名著无异。笃文同志此书一出，定卜风行迤迩，今得于卷端致我欢喜赞同之意，深感欣幸。所言难期尽当，尚希多加指正。

周汝昌

一九八二年六月

（周笃文选注，广东人民出版社一九八三年版）

《苏辛词说》小引

　　先师羡季先生平生著述极富,而东坡稼轩两《词说》具有很浓厚的独创特色与重要的代表意义。我是先生写作《词说》之前后尝预闻首尾并且首先得见稿本的二三门弟子中的一个,又曾承先生欣然首肯,许我为《词说》撰一序言。此愿久存怀抱,固然种种人事沧桑,未遑早就,但事关赏析之深微,义涉文章之精要,言说至难,落笔匪易,也是一个原因。今日回首前情,四十年往,先生墓门迢递,小生学殖荒芜,此刻敷楮搦管,不觉百端交集。其不能成文,盖已自知矣。

　　先生一身兼为诗人,词人,戏曲家,文家,书家,文艺鉴赏家,哲人,学者——尤其出色当行、为他人所难与伦比的,又是一位传道授业、最善于讲堂说"法"的"教授"艺术大师。凡是听过先生的讲课的,很少不是惊叹倾倒,欢喜服膺,而且永难忘掉的。我常想,能集如许诸家众长于一身的,在那许多同时先后的名家巨擘中,也不易多觏;倘由先生这样的讲授大师撰写艺林赏析的文章著作,大约可以说是世间最能予人以教益、启沃、享受、回味的宝贵"精神营养品"了——因为先生在世时,方便使用的录音、录相之机都还不似如今这样人人可有,以致先生的笑貌音容、咳唾珠玉、随风散尽,未能留下一丝痕迹,所以仍须就先生的遗文残简而求其绝人之风采、不朽之精神。循此义而言,《苏辛词说》就不妨看作先生的讲授艺术自家撰为文字的一种"正而生变"的表现形式,弥足珍贵。

先生一生致力最多的是长短句的研究与创作,"苦水词人"是大家对先生的衷心敬慕的称号;但先生自言:"我实是一个'杂家'。"旧的社会,使先生这样的人为了衣食生计而奔波不停,心力交瘁,他将自己的小书斋取名为"倦驼庵",也许可以使我们从中体会一些"境界"——那负重致远的千里明驼,加上了一个"倦"字为之形容,这是何等的"历史语言"啊!由于时代的原因,先生于无书不读之间,也颇曾留意佛学典籍与禅宗语录。凡是真正知道先生的,都不会承认他的思想中受有佛家的消极影响。正好相反,先生常举的,却是"透网金鳞",是"丈夫自有冲天志,不向如来行处行",其精神是奋斗不息、精进无止的。他阅读佛经禅录的结果,是从另一个方面丰富了他的文学体验,加深了他的艺术修养。他写《词说》,行文参用语录之体,自然与此不无关系。但采此文体,并非是为了"标新立异"或文人习气喜欢掉弄笔墨。今日读者对于这些事情,已然比较陌生得多了,便也需要稍稍解释一下了。

说采语录体而行文是否是为图一个"标新立异",自然是从晚近的眼光标准来讲话的。语录语录,原本就是指唐代的"不通于文"的僧徒直录其师辈的口语而言,正是当时最普通的俗语白话的记录。到得宋代,理学家们也喜采此体,盛行于时,于是"语录"竟也变成了一种"文体"之名了。为什么语录盛行呢?说它在讲学传道上具有其优越性,大概是不算大错吧。那么羡季先生讲说宋词而参采语录之体,其非无故,便已晓然。还应当看到,先生的《词说》,也并非就是一味模仿唐沙门、宋诸子,而是取其所长,更加创造——也就是一种大大艺术化了的"语录文体"。这些事物,今天的读者恐怕会感到十分新奇,甚至觉得"阴阳怪气",其妙莫名了。假如是这样,就会妨碍他很好地领会先生的苦心匠意,那将是一大损失和憾事。故此不惜辞费,先就此一义,略加申解。

然而,上述云云,又不可只当作一个"文体问题"来理会。这并非是一个单纯的形式体裁的事情。它的实质是一个如何表达思想感情、道理见解的艺术问题。盖禅宗——语录的艺术大师们的流派——是中原华夏之高僧大德将西土原始佛法大大加以民族化了的一门极其独特的学问,它对我们的文学艺术，产生了极其巨大深远的影响。不理解这一层关系，那中国文艺全史就是不好讲的了。写意画的兴起和发展，诗歌理论和创作中的神韵、境界的探索和捕捉，都和禅宗精神有千丝万缕的牵连。禅家论学，讲究破除一切形式的障碍阻阂，而"直指本源"。它的意思是必须最直捷了当地把握事物的最本质的精神，而不要为任何陈言俗见（传统的、久惯的、习以为然的"定了型"的观念见解）所缚所蔽。因此禅宗最反对烧香念佛、繁文缛节、形式表面，而极端强调对任何权威都不可迷信，不惜呵佛骂祖，打倒偶像（将木佛劈了作柴烧），反对缀脚跟、拾牙慧，具有空前的勇敢大胆、自具心眼、创造精进的新精神。不理解这个十分重要的一面，一听见说是禅宗属于"佛法"，便一古脑儿用一个什么标签了事，那也会对我们百世千年的民族文化精神的真面全貌造成理解上的许多失误。读先生的《词说》，更要细心体味他行文说理的独特的词语和方式，以及采用禅家"话头"、"公案"的深刻而热切的存心用意，才不至于像《水浒传》里的黑旋风李逵，听了罗真人的一席话言，全不晓得他"说些甚底"。那岂不有负先生的一片热情、满怀期望？

我国文艺传统上，对作家作品的品评赏析，本亦有我们自己的独特的方式，这又完全是中华民族的，而不应也不能是与西方的一模一样；加上禅家说法传道的尤为独特的方式，就成为了一种浚发灵源、溉沃智府的高超的艺术和学问。其最主要的精神是诱导启示，使学人能够自寻蹊径，独辟门庭，而最忌硬套死搬，灌食填鸭，人云亦云，照猫画虎。以是之故，先生的《词说》里是找不见什么时代、家世、生平、典故、训诂……这些"笺注性"的死知识的——这些都不难从工具书上查他一个梗概。先生所说的，全是以一位诗人的细心敏感，去做一位学者的知人论世，而在这样的相得益彰的基础上，极扼要地极精彩地抉示出了文学艺术的原由体性，评骘了名家巨匠的得失高低——而这一切，只为供与学人参考借镜，促其精思深会，而迥异乎"唯我最正确最高明"、"天下之美尽在于斯"的那种自居自炫和人莫予毒的心理态度。

先生的讲说之法，绝不陈米糟糠，油盐酱醋，流水开账，以为"美备"；也绝不同于较短量长，有意翻案，以耸动世人耳目为能事；他只是指头一月，颊上三毫,将那最要害、最吃紧的关节脉络,予以提撕,加之勾勒,使作者与讲者的精神意度、识解胸襟,都一一呈现于目前,跃然于纸上——一切都是活的。他不像那些钝汉,专门将活龙打作死蛇来弄。须知,凡属文学艺术,当其成功出色,无不是虎卧龙跳、鸢飞鱼跃样的具有生命的东西,而不善讲授的,却把作死东西来看待,只讲一串作者何年生、何年卒、何处人氏、何等官职,以至释字义、注故实、分段落、标重点……如此等等,总之是一大堆死的"知识"而已,究其实际,于学子的智府灵源,何所裨益? 又何怪他们手倦抛书,当堂昏睡乎? ——然而,正是习惯于那种引困的讲说之法的,总以为那才是天经地义,乍一见先生的《词说》,无论文体语调,还是方法方式,都会使他吃惊不小;"离经叛道"、"野狐参禅"、"左道旁门",以及其他疑辞贬语,也许就不免啧啧之言了。比如,有人看了《词说》,会诧异诘问:为何不见一句是讲思想性与艺术性? 他却不能懂得:先生字字句句,都在讲那真正的思想性和艺术性,只不过这一切都是中华民族的文艺概念、美学观点,并且也是中华的表现法讲说法,而非照搬舶来之界说与词句罢了。当然,讲我们中华民族的文艺特色,除却人们常用的思想性与艺术性而外,是否就没有了别的可讲,或者讲了别的就是"错误"的了? 这正是一个问题。读《词说》而引起认真严肃的思考的学人,定会想上一想,并试行研寻解答这些课题。对这一点我是深信而不疑的。

　　《词说》正文,篇篇珠玉,精义名言,络绎奔会,给读者以极大的启迪与享受。然而两篇《自序》,同样十分之重要,这都是先生数十年覃思渊索的结晶之作,最堪宝贵。就我个人的感觉,从行文的角度来说,《东坡词说》卷尾的《自序》笔致又与《说辛》卷端的《自序》不同。后者绵密有馀,而不无缓曲之患;前者则雄深雅健,老笔益见纷披矣,盖得力于汉魏六朝高文名手者为多。我还想试为拈出的是先生写到《东坡词说》之时,思致更为深沉,心情益觉严重,哲思多于感触,笔墨倍形超脱,已经是逐步地脱离了开始写《说辛》时的那一种心境和文境了。两部《词说》,本系姊妹为篇,同时相继,一气呵成,而其异同,有如是者。说辛精警,说苏深婉。精警则令人振奋而激动,深婉则令人叹喟而感怀。苏辛之不同科,于此亦可概见,而顾世之评者犹然"苏辛豪放",众口一词,混然不别,先生言之之切,亦已晓然。破俗说,纠误解,原非《词说》之主体，而举此一端，亦足见先生借禅家之宗旨，提倡自具心眼，自行体会，于学文之人为何等重要了。

凡了解历史、尊重历史的，都会承认，王静安的《人间词话》是一部词学理论史上的重要著作，而且影响深远，又不限于词之一门，实是涉及我国广义的诗学理论与文艺评论鉴赏的一部具有世界声誉的著作。先生之于王氏《词话》，研索甚深，获益匪鲜，也是可以看得出的事实。但先生的《词说》，其意义与价值，超过于静安之《词话》，我在四十年前初读《词说》时，即如此估量。估量是否得实，岂敢自定。以余所见，先生之《词说》，视静安之《词话》，其所包容触发，无论自高度、广度而言，抑或自深度、精度而论，皆超越远甚。先生之论词，自吾华汉文之形音义说起，而迄于高致之生焉。所谓高致，先生自谓可包神韵与境界而有之。窃尝与先生书札往还，商略斯事，以为神韵者何耶？盖人之精神不死者为神，人之意致无尽者为韵，故诗词文章，首须具有生命，而后济以修养——韵者即高度文化修养之表现于外者也，神者则其不可磨灭而蕴于内者也。至于境界者又何谓耶？盖凡时与空之交会，辄一境生焉，而人处其间，适逢其会，而有所感受，感而写之，是即所谓境界。先生尔时，深致赞许，以为能言人所未能言。及今视之，境界为客观之事，人之所感乃主观之事，境固有自性，不以人为转移，然文学艺术，并非单纯反映客观如镜面与相机也，以其人之所感，表于文字，而览者因其所感而又感焉，此或谓之共振共鸣，互为激越互为补充也。循是以言，其有感之人，品格气质，学识胸襟，必有浅有深，有高有下——由是而文艺作品之浅深高下分焉。徒言境界，则浅深高下皆境界也，有境界果即佳作乎？殊未可必。况静安自言：有写境，有造境。其所谓写境，略近乎今之曰"反映"云者。若夫造境，余常论温飞卿之《菩萨蛮》，率不同于实境之反映，而大抵词人以精美华贵之物象而自创之境也；境既可造，必其所造之境亦随造者心性之浅深高下而大有不同。是以太史公之论屈大夫也，椽笔大书："其志洁，故其称物芳。"然则楚骚之境界，盖因屈子之高致而始有矣。志洁、物芳，二者之间，具有辩证法的关系，是以读者又每即词中之物芳，而定知词人之志洁。此则先生所以标高致之意，可略识焉。盖高致者何？吾中华民族之高度才情、高度文化、高度修养之一种表现是也。先生举高致为对词人词作之第一而最后之要求，而不徒取境界一词,根由在此。昔者龚定庵戏拈"柳绿桃红三月天,太夫人移步出堂前"以为笑枋。夫此二句,岂果一毫境界亦无可言者乎,实又不可谓之绝无。然则其病安在? 曰:苦无高致耳。无高致,纵然字句极工,乃不得为诗为词,于此可见矣。东坡尝笑"认桃无绿叶,辨杏有青枝",而云:"诗老不知梅格在,谓言绿叶与青枝!"而"疏影横斜水清浅,暗香浮动月黄昏"之句,传为咏梅绝唱者,岂不亦即系乎高致之有无哉。是以先生论词之极则,而标以高致。即此而察,先生所会,已突过王氏。此外胜义,岂易尽举。至若先生之《词说》,商略旧问题固然已多,而提揭新课目,更为不少。即《词说》以窥先生之文学思想、艺术精神,可以勒为专著,咀其英华,漱其芳润,滋荣艺圃,沾溉文林,必有取之逢源、用之无匮之乐矣。

但四十年来,国内学人,知先生词说者尚少,其意义与价值毕竟如何,当然有待于公论。唯是四十年前之历史环境,与今大异,先生此作,又未能广泛流布,其一时不获知者,原不足异;今者行将付梓,固是深可庆幸之盛事。然而词坛宗匠,半已凋零,后起来哲,能否快读先生之《词说》而领其苦心,识其旨趣? 又觉不无思虑。实感如此,无须讳饰。但念江河万古之流,文章千秋之业,如先生之所说,与吾中华民族文化精神无有一合,虽我一人爱奉之,维护之,又有何济。如先生之所说,实与吾中华民族文化精神甚合甚切,则民族文化精神长存,即先生之《词说》亦必随之而不可没,而我又何虑乎?

回忆先师撰作《词说》之时,吾辈皆居平津沦陷区,亡国之痛,切肤割心,先生之词句有云:"南浦送君才几日? 东家窥玉已三年。嫌他新月似眉弯!"先生之诗句又曰:"秋风瑟瑟拂高枝,白袷单寒又一时;炒栗香中夕阳里,不知谁是李和儿?"(李和儿宋汴京炒栗驰名,金陷汴都,李流落燕山〔今北京也〕,尝流涕语宋之使金者:我东京李和儿是也。)爱国之丹心,隐耀于宫徵之间,此情谁复知者? 尔时吾辈书生,救亡无力,方自深惭,顾犹以研文论艺相为濡沫,盖以为中华民族文化精神不死,则吾中华民族岂得亡乎? 嗟嗟,此意之于《词说》,又谁复知者!

吾为先师《词说》作序,岂曰能之,践四十年前之旧约也。文已冗长,而于先生之精诣,曾无毫发之发挥,而可为学人之津渡者。抚膺自问,有负先生之所望,为愧何如！然迫于俗事,吾所欲言正多,而又不得不暂止于此。他日或有第二序,以报先生,兼以印证今昔识解进退,可也。

癸亥端午佳节　受业周汝昌谨述于北京东城

（原刊《读书》一九八三年第十二期）

《张伯驹词集》序

　　我少于伯驹先生者二十岁，彼此的身世、经历又绝无共同之点，而他不见弃，许为忘年交，原因固然并非一端，但倚声论曲，是其主要的友谊基础。《丛碧词》先有木刻本，后来增订排印，我曾撰跋，见于卷末，种种情事，今不重云。再后又有《春游词》《丛碧词话》，先生独以序言见嘱。那时是没有人肯给作序、跋的，我不自揆，一一应先生之命，但亦不敢径署真名，一次是署名"寿康"，一次是署名"李渔邨"，都是别号。再后，他多次将历年新得之长短句，或单阕，或众篇，或成册，陆续见贻，皆其手稿或手写本。这样叙来，可知我对先生的词，因缘不浅。今又重为其总集作序，岂谓忝居知者，实亦谊所不容辞，情所不能已。因略陈鄙见，以俟世之读先生词者。

　　词为何物？文之一体也，看不起的人贬为"小道"，正统士夫视为"侧艳"。为什么？盖其本名"曲子词"，用今天的话来说，即是为曲谱所"配"的"唱词儿"；按谱制辞，所以叫作"填词"。词曲一名，合言可以无别，析言方离而二之：曲是乐声，词则文字。至于元世，又以"曲"专指其一代之文体，其实一也。既知此义，可见词曲起源，本由民间俗唱，其词佳者固多，亦不免俚鄙粗秽。后来又有专业的乐工为之制词，浮藻有加，而俗套浸盛，品亦不崇。再后来，到了文士诗人的笔下，这些人尊前花畔，借它抒写情怀，寄托抱负，于是词才成为具有文采、品格、风调、境界的重要文学作品。我们今日所说的词，一般是指此而言。

骚人墨客将词的规格大大提高了，然而同时也就带来了他们的"习气"。他们喜欢"雅"，喜欢"藻饰"——这并非绝对的"坏"因素，但一旦失之太过，词就从人民大众的活的音乐文学变成了另一种雕文绘句的笔墨文学。它的缺陷，不一而足。词的末流，是专门玩弄字眼，尖新纤巧，轻薄无聊，炫卖小聪明、小才气，以能招引世俗人的耳目为能事。词至于此，品斯下矣，也就走上了歧路和末路。文家雅士的词，还有一个常见病症：饾饤堆垛，矫揉造作。盖按谱填词，难同任笔随心，自为格局；加以才力不副，遂尔砌词藻、堆典故，高者也只能打磨圆润，掩去琢痕。再不然，填塞学问语、议论语、无病呻吟语、盘空硬语、豪言壮语……以充篇幅。不知词者见之，以为词矣词矣，而难悟这都不是真正的词人之词。

我素重伯驹先生的词，原因也不是单一的。我从小酷嗜曲词，十三四岁自学写作，所见古今长短句，留心玩索，对学人之词、哲人之词、文家之词、杂流之词，其上品也只生敬仰心，而少爱惜情。顾独好词人之词。读书燕园时，居未名湖畔，先生之展春园，近在溪西，偶结词社，以会文流，我以少年后生，叨在末座。社中多七八十高年耆宿名家，声价矜重。但在我看来，唯有伯驹先生词，方是词人之词也。尔时年少，不谙世故，以所感如实语人。复能直言指其得失。先生乃若稼轩之奇岳珂，遂极相重，引以为知音。而众老先生闻之，颇讶狂言，不无讥议。但我自信论道论艺，对事而非对人，绝无扬张抑李之心，所见如彼，何须以他人之所议而易我心之所降乎。

然欲识先生之词，宜先识先生其人。词如其人，信而可征。我重先生，并不因为他是盛名的贵公子，富饶的收藏家，等等。一见之下，即觉其与世俗不同：无俗容，无俗礼，讷讷如不能言，一切皆出以自然真率。其人重情，以艺术为性命。优爽而无粗豪气，儒雅而无头巾气。当其以为可行，不顾世人非笑。不常见其手执卷册，而腹笥渊然，经史子集，皆有心得，然于词绝少掉书袋。即此数端，虽不足以尽其为人，也可略觇风度了。因此之故，他作词，绝不小巧尖新，浮艳藻绘；绝不逞才使气，叫嚣喧呼；绝不饾饤堆砌，造作矫揉。性情重而气质厚。品所以居上，非可假借者也，余以是重其人，爱其词。

　　伯驹先生的词,风致高而不俗、气味醇而不薄之外,更得一"整"字。何谓整? 本是人工填作也,而竟似天成;非无一二草率也,然终无败笔。此盖天赋与工力,至厚至深,故非扭捏堆垛、败阙百出者之所能望其万一。如以古人为比,则李后主、晏小山、柳三变、秦少游,以及清代之成容若,庶乎近之。这种比拟,是论人之气质,词之风调,而不涉乎其人的身份经历之异同。就中小晏一家,前人谓其虽为贵公子而有三痴焉,语绝可思。我以为如伯驹先生者,亦曾为公子,亦正有数痴,或不止三焉。有此数痴,方得为真词人,而所作方是真正词人之词。古往今来,倚声填句者岂止万千,而词人之词屈指可数。以是义而衡量先生之词,然后可以不必寻章而摘句矣。

　　我为《丛碧词》作跋,时年二十馀,翩翩绿鬓少年人也;及今重为此序,皤然揽镜不自识其谁何;而先生谢世,墓草离离,昔时言笑,皆成词林掌故,闻者已稀。灯下走笔,曷胜闻笛之感。而序之不能成文,无以发先生词之光耀,复何待云。文章赏析,事最精微,自陆士衡早有笔所难宣之叹,况不学如余,无能为役,故乃粗陈浅绪,以见交期;或所未知,或难笔逮,宁从阙略,较胜支离。先生若在,当一笑颔之。谨序。

甲子正月下浣
周汝昌拜书于北京东城脂雪轩

　　(张伯驹著,中华书局一九八五年版)

《夕秀词》序

　　我自十五岁知有长短句之体,酷爱之,自此锐意为倚声之学,了无师承,摭埴而已。少年意气,苦慕两宋词人,而以为如梦窗者,方谓惊才绝艳,芳躅车尘,断非常流可望者矣。于是窃讶后世无梦窗,而吾乡陋壤,并词人亦未能多觏,何有于梦窗哉。童子之心,以此为大恨事。及抗战胜利,余出幽室而重睹晴云,自郊坰而移巢闹市,以未达而立之龄,寄栖于津海关之卑位,乃得词友寇子。揽其文采,味其宫商,叹曰:津门非无词人,后世非无梦窗,吾特未之知耳。由是缔交,忽忽四十馀载,虽历劫罹忧,未尝不以楮墨相煦沫也。余性疏僻,凡为韵语,信笔随音,顷刻而就,即以一纸写寄吟俦,数日后即不复省记。而寇子恒于数十年后诵我旧句,一字不失,使我触焉以惊,恍然而如梦寐。寇子之不轻视拙作,由是可以知矣。今年秋,忽奉其平生所为词,裒成卷帙,贻札索为一序。余受而读之,不禁百端交集,万感中来。余何以序寇子,序又何足以为寇子重哉。嗟,嗟,是可愧也。余素不喜阿俗谀人,且自谓手低而眼高,当吾意者,非若士衡之所谓中原有菽也。独于寇子词,许为梦窗复出,千百年来不见此惊才绝艳矣,而今乃见之。且此才艳,实出我三津七十二沽间,岂非奇迹,岂非异数乎。然寇子者,默默少为人知,郁郁无以展其才抱者,以至于垂垂老矣,嗟,嗟,岂不又可诧可痛者哉。余为序文,素不喜摘句以概全,然独见寇子之句,直以蛾眉未有人妒为恨,则令人惊心而动魄，虽石破天惊，讵足为喻。余举此句，正以见寇子之词心才笔，志洁言馨，实过古之骚人，而当世谁复识此意者。是以余序寇子，而悲慨之怀，不能自已也。若其警策之文，谐美之调，在在皆然，虽累万牍，翻类琐琐，而益不足以见寇子之真际矣。余故不复以详陈罗列为事，有识者展其集，于周子之言，当不河汉，而深叹息焉。

戊辰冬至前夕，乡愚弟周汝昌谨书于燕市之东城，

时年七十又一

序毕而意有未尽，复题三首：

举世何人解梦窗，三津才艳压三江。
家风顾曲须凭信，心折莱公是我邦。

风调平生自不群，独于文采总推君。
而今一序真难称，仙乐人间几度闻。

扫地斯文彼一时，后来谁唱柳郎词。
令威莫化千年鹤，剧恐民言也不知。

弟周汝昌拜稿

（寇梦碧著，黄山书社二〇〇九年版）

《西海诗词集》序

陈子旨言,养疴湖滨,贻书于我,嘱为西海集制序。可见陈子不以我为不知诗之人,这是一种很高的估计。感于他的这番心意,岂能藏拙为辞,于是诊疑献颂。

我这个颂,并不是阿谀陈子一人之词,溷风雅于鄙俗之事。我颂的是中华民族的诗史,绵亘数千秋矣,至今犹有他这样的作手。此乃非常之大事,而必宜椽笔以称其胜概。而不学无文如我者,又何足以当此任?所以陈子委嘱之意重,不才惭怍之情深。嗟嗟此悃,如何可言。

中华的诗,先秦的我不太懂得。汉人诗,在我看来,也不够个当行出色。大约自曹氏父子出,诗与诗人才真正开始——有意识地为诗篇,做诗人。迨至六朝,蔚为诗国。清新俊逸,文采风流,妥帖排纂,顿挫沉郁,境界大开,而三曹庾鲍,皆已启厥枢机,蕴其质素。士衡之言:诗缘情而绮靡,赋体物以浏亮。从此,诗是诗人自写其心的这一条真理,也才越发昭著。

中国的事情,使得史家大有可为,而史家者,那浑身解数专门记叙别人,而不肯自叙自记之人也。中国的社会道德观念,使得人们不肯、不愿,也不敢自记自叙。于此,乃有诗人这一群特殊的感情动物,出而违俗骇人,竟来以诗句抒写他的自我。所以一部诗集,实质即是(只有这才是)那位诗人的自叙自传。这是中华文化的一个极巨大极重要的特点。

赋家是体物,宫室江河,皆其所体也,而不及于己。那么,诗人不是也有很多咏物和写景的篇章吗? 此又何说? 答曰:这与赋貌似无别,实则悬殊。论诗者之常言,景亦情——景即情,是也。我要说:在诗人来说,则物亦我——物即我,总是为写我,而并非是为了什么"反映客观"。

明了了以上数义,而后可以读陈子之诗、陈子之词之曲。

诗人最大的本领是什么? 我的体会是他能将美的写得更美——还能将丑的也写得很美! 一也。但他更奇的本领是能将他自己最深刻的痛苦感受变成非常美的东西,并且能使我们从中得到非常美的享受。

那么,如我所说,诗人的一切,都是为了写自己,那他不是世上最自私自利的人了吗? 请君听我一言:恰恰相反,真正的诗人,是悲天悯人的人,是佛家所说的大慈大悲的人。这种人,与世俗的自私自利者,真是"君向潇湘我向秦",一万世转生都是不会"相互转化"的。

我是为陈子作序,说了这些闲言碎语,与陈子何涉乎? 又答曰:君以闲文视之,可见不能知周子——亦复不能知陈子者也,可叹可惜。

陈子之身世、之为人,采泉先生已有骈语,波澜老成,毫发无恨,故不容更赞一辞。我与陈子相识恨晚,相交则楮墨宫徵之间,无片言及于尘俗鄙事。察其人,玩其文,与流俗绝异,心焉重之。至于诗句,偶与倡和,则近一二年之事,这时我于诗道荒废已久——我真正作诗填词,只是二三十岁那段时期,以后遂无意兼及,渐渐流为荒率滑泛信口随音之恶札。而陈子则不然,揽其所为,终卷无一语浮泛,皆精心聚血,性命以之,故字字轩昂,斤两特重。其间磊落英多之气,苍凉萧散之风,中人如酒醴。大抵其才堪惊四邻,而其境终适独座者。右军曾云:后之揽者,亦将有感于斯文。悲夫。

既为汉文字文学,必含茹汉文字功力至深极厚,而后达于一种高的音义情采的综合美。后之视今,不知还能出现像这样的汉文字文学否? 言念及此,益觉如西海集者,也恐怕就像少陵诗叟所说的"古嶂秦碑在,荒城鲁殿馀"了。

我序陈子,其绪万端;病目寒宵,百难尽一。如问我最爱陈子何篇,我将如实地答说:我最赏他的七律。倘若这是我的偏见与谬见,那也无妨。但陈子闻之,不会同意我这种眼光,我想是一定之理。可是,谁让他七律作得那么好呢! 欢喜赞叹,莫能宣喻。谨序如右。

戊辰十一月津门周汝昌
拜书于燕市

（陈朗著,自印本）

《晚听斋诗稿》序

　　羲元学友寄来了他历年所积吟草，谓将付梓，嘱我为序。受而读之，果然不能已于言，觉得要说的话虽是羲元所引发，亦异乎一时即兴之狂言，更非酬酢泛常之套语。试为羲元诗集引端抽绪，也可资同道者浚发交流，存思赏会，遂为之序。

　　我素日论中华之诗，喜欢采取庚青韵中的四个字来统帅，来品评。哪四个字？曰灵，曰情，曰生，曰声。以此四准而绳古今篇什，得其全备者，谓之上品；不及四而得二三者，可居次品。四者俱无，谓之非品，即不复列于品，已经不能以诗论了，又何品之可言。而我索之于羲元《晚听稿》，乃喜其四者备，而品次可以权衡矣。

　　何谓灵？天地间一种最可宝贵的气质，不知何名，吾中华则名之曰灵。大家都说人类之异于禽兽，在于有智能思，能感能言。此固然矣。但我中华有言：人为万物之灵。愚以为此灵者，高于智者甚多甚多。如以西文表之，智是 Intelligence，而中华之谓灵不止于此也。智者可成为思想家，穷究玄理，可以为科学家，声光化电，月异而日新；然而并不是灵。灵唯诗人艺家有之。灵，异于实物实事之理，非智所能统包，故有词语曰"空灵"。灵必秀发颖异，故恒言又每闻"灵"、"秀"二字相联。盖头脑心灵为二者分举，本不混同也。

晋代大画家实兼文学家顾虎头,三绝中"痴绝"居一。夫痴者,智之反也,然而虎头创一词曰"通灵"。他自谓他的画已然通灵了(见《晋书》)。而曹子雪芹承用之,谓自己原为一石,得娲炼而通灵了。故贾宝玉代表着中华人品的最高级境界——灵品。故贾宝玉即是吾中华之大诗人、大艺术家的最光彩夺目的仪型。唐少年王勃作《滕王阁序》,能道得"物华天宝,人杰地灵",隐然早有深契于心者矣。

我观羲元,其为人秉赋——"灵型"佳士也;其诗句间,皆有灵气氤氲往复,举凡尘俗鄙浊,格格不能混入笔端。何以如此? 则灵气之所为主宰也。

羲元有五绝一篇,自谓戏笔,其句云:"三十而不立,四十惑更多。五十人生始,六十奈情何!"我看了深为感动,以为并非戏笔,沉痛之言也。或以为此乃有意与孔圣唱对台戏,有意翻案文章耳。余曰:倘如此解,则俗极亦浅极。盖孔子乃哲人,他自述人生阅历,修养体会,亦非狂语惑人;而诗人与哲人之间,却有根本差异,而绝不同于有意反对之俗义也。羲元之笔,一针见血:年六十矣,而无奈于一情字何,是真千古诗人艺家的本质与天性。人以为贾宝玉于每一女儿皆滥用情,岂其然耶? 独不见他见了燕子就和燕子说话,水里见了鱼儿就和鱼儿说话乎? 其为花为木,对虫对鱼,莫非如此。必有如是博大之情,方能为千红一哭,而与万艳同悲也。何滥之云哉!

以此观其诗稿,乃晓其情至处,正与宝玉型——即灵型人物为一丘之貉。

情犹较易明者,无烦词费。又何谓之生? 昔五柳先生作赋,尝曰"木欣欣以向荣";作诗,尝曰"平畴交远风,良苗亦怀新",曰"孟夏草木长,绕屋树扶疏"。少陵叟律句则曰"欣欣物自私","花柳各无私"。凡类此者,皆是一片生机、生意、生趣——即天地之大美而物灵之至情也。大慈大悲,愿一切物各遂其生;仁人志士,亦总不能与此愿相违逆。情痴情种,揆其本怀最深处,仍不逾此,非有他也。是故既灵复情之诗人,莫不以写此深衷为主旨。国计民生,风和日丽,溪声月色,万紫千红……列举可以百端,而生之美是其一切之核心与神髓。为写生机,诗人以文藻,画家以丹青;形貌似别,其致一也。

画家以临摹之课为基本功,乃所以求古人之技与法,而专名其即事实践曰写生,涵义最深。吾家茂叔先生,不以诗画名世,而庭草不除,传为佳话,盖深识生机生趣之至理者。故南渡词人周密,独号"草窗",可谓家声未坠。

此生,诗艺中似奥隐而又鲜明。排比字句,枯寂板僵,有理致而无生机,循逻辑以宣训诫,种种索然之辞,遂去诗日远,全归死句。观羲元题画诸篇以相证,我自以持此拙论为不谬。质之高明,当有印可。

第四举声,又何义也?声者,声容气味,不可缺一。汉字文学,无拘诗文骈散,悉是音律撑拄其间。音节之美,悦心动性,声音之道,感人深矣,如是如是。吾华音韵之学,盛兴于六朝,大成于隋唐,故诗文之美,造乎巅峰。沿至明清,凡操笔之士,未有不谙平仄者。北语无入声,而通人亦不差池。家君为末科秀才,其业师亦燕南赵北之人也,然我少时留心以习察,家君之于平仄,包括入声,绝无一字失误。则当时教之此道,必有良法,而非一凭死记。大约此音乐之道,必亦与灵有其关联。近者汉字音律文学,日益就荒,报刊喜以七字为标题,仿诗句也,比比皆是,而百例中偶有一二合律,其馀皆参差乖舛,读之令人难堪。而邻邦犹不至此也。乃知即高等学府中先生学生,昧于声学,已非一日。中华诗词,寻其本质,皆乐府辞也;其戏曲歌唱,亦必按字行腔,决不可背之定律也。西洋语文,并无四声,故可随意制谱,抑扬亢坠,了不伤于词意,聆之无别。近世华人以西法以谱汉辞曲,于是紊乱败糜,民族文化一大厄也。诗家而不识四声平仄,而冀其所作声容气味,可以赏心悦意,讵可得乎?

是以羲元以此编见示,我即以鄙意私订之庚青韵四字准则以求之,然后喜而序之曰:"羲元之诗,是真诗人之诗,以其灵、情、生、声,一一具在矣。"

羲元何以名其斋曰"晚听"?自云,酷爱玉谿诗与雪芹书,故取"秋阴不散霜飞晚,留得枯荷听雨声"句中二字,以为之榜也。闻之大喜。我二人有同嗜者如此,又念"枯荷"之语,雪芹独引作"残荷",则又何也?或谓偶然记错了耳?我曰:"恐未必然。盖雪芹不喜那个枯字,有意地易而去之。何以不喜枯字?即以其与生违逆,不忍令黛玉口中出此无生之语也。"质之羲元,当复抚掌称快。而拙序亦可以无曳白之讥乎。

时在癸酉新秋,暑气未尽,信笔书之

周汝昌时年七五

(丁羲元著,广陵古籍刻印社一九九四年版)

《险梦诗痕》序

　　吾友寇子梦碧以长短句不朽于沽上,而五七言非所致力也。晚识寒碧,乃独苦抛心力于此,近日抄成《险梦诗痕》一卷,持示而索为序言。泂所谓虚声谬采,误以我为能知诗者,实滋愧焉。辞而不获,聊供常言,以当引玉。

　　窃以为中华之诗,曰才曰学曰格曰品曰胆,皆是也,而莫要于文采。少陵月旦,唯咏曹氏许之为文采风流,则此四字之斤两可知矣。然而何谓文采?非雕绘涂饰之工,绮丽香艳之句,即为文采。文采者,中华汉字语文最极独特之美者是也。常人不能赏音,异邦更难知味,故为至难亦至贵之文境也。然则如何克擅文采之美?盖尝思之,人之秉赋,有智有慧,智者推理思维之能力,慧者哲理思维之特长,具此能此长者可为科学家思想家,而未必即能为诗人。诗人者,智若慧而外,又有第三性,即吾中华命之曰灵性者是。此灵者,非智可代,亦非慧能尽,而迥异于聪明颖悟之俗义者也。唯具此灵性,而后始克成为诗人。今之常言,不知诗艺之事每以"思想感情"概其内涵者,不知诗之命脉不独在此,而更具精微神妙也。余观寒碧诗,具见其智、慧、灵,三者备而后文采出焉。其诗境磊落英多,豪宕奇逸,而其卷中有句云"恢宏荒远复缠绵",则不啻自道其所至也。大抵龚定盦箫剑之义,寒碧踵武,而奇险恣肆则远过之。曰豪,非粗野也;曰奇,非刁钻也;胸次豪情奇气,有者不乏其人,而未必即能于此文采中见。是以豪、奇不难有,难有仍在文采，非至慧至灵者不能也。卷中奇句甚多，无烦胪列。余尤赏其"一线黄流穿古梦，九州红雨乱斜阳"、"情销数点寒鸦外，笛听千山暮雨中"、"虚室徘徊无赖月，大宵驰骋可怜虫"及"风向残花闲作力，一湾野水寂无人"诸联，奇宕而不诡，清新以有味，见深致矣。寒碧方逾而立之年，诗已如此，异日更读其奇情壮采、俊逸老成之篇，当又有出我意外境界，而沽上诗坛有此才彦，为不寂寞矣。天下之能知诗者若中原之有菽，亦必有揽斯文而许余之非诬者。虽然，余序寒碧诗，实又未能尽其全美；举一反三，是亦序引之本义乎。

周汝昌

甲戌清和月于石梦轩

（原刊《中华诗词》一九九六年第三期）

《健行斋诗词》序

希泌学长先生以其诗词集见示,并以序言见委。受而读之,击节赏音,时有慨慷之想。余与先生同在全国政协者多历年所,每每邻席联镳,聆其玉屑清言,而未知其能诗也。余维先生为印泉公之哲嗣,而太炎先生之高足也,家学名师,兼富并美,则出其馀绪以为韵语,固当有过人者,岂凡响哉。先生履迹遍天下,周海宇,则又古之所谓读万卷书行万里路者,其有异于书室几案之间,花月闲情之际,尤所昭然可鉴。盖此即中华之诗心诗髓之所在矣。余最喜其前卷题咏滇缅诸作,山川风色,人杰地灵,史迹民情,无不具焉,而音调铿锵,复兼沉雄与轩爽之致。更加运化典籍,引喻故实,字字精洽,而渊厚之气为其主宰,无纤毫轻俗庸陋之习厕于笔端。此亦先生之品格在焉。余不学而爱诗,平生所至之地皆有忘年诗友倡和之乐,然不善于以文论诗,盖诗者,非口舌笔墨所能宣者也。夫序亦文而已,又何能以文而发明是集之擅场?不获已,爱以芜辞,略申所见,则亦大者识其大而浅者窥其浅而已,又不足为先生诗境增重而扬辉,览者当能鉴之。中国之诗,吾华汉字语文之特异音律文学也,古今读书人,未有不习诗亦即未有不知四声平仄之理者,倘无四声平仄,不唯尽失汉字之大美,即汉语亦不复存在,遑论汉诗?此理至显。然时至今世,几乎绝大多数人已不知平仄为何义,报章文苑,犹喜以七字句仿诗句为标题,而一审其音,百例中偶有一二合律者,其馀大抵平仄音声颠倒错乱者。余每兴叹,中国人于自己祖语祖文之茫昧一至于此,岂不令人惊异? 是可忧也,非细故末节也。然识者出而提撕警觉者亦不可逢——尤可异矣。余因序先生诗词集,牵连书此,谅不以题外枝言而斥之,幸甚幸甚。余目坏至不能书字,复值小恙,丛脞中以应雅嘱,实未尽所欲陈者,倘有机缘,以俟他日续言,未为不可。是为序。

戊寅中和节后沽上周汝昌拜撰

(李希泌著,北京图书馆出版社一九九八年版)

《桃蹊诗存》序言

作诗不难,作好诗难。序诗不难,序好诗则甚难。序诗者若说些才情、格调、性灵、神韵、境界,似序诗了,而实非诗之真序也。盖若无才情、格调、性灵、神韵、境界,连诗也不是,又何以序为?故既序诗,必其诗之才情、格调、性灵、神韵、境界,一一具备而无待再提到话下了,如是方是序诗,更是序好诗。然而这就难了。舍以上诸端,即自才调以至境韵,又何所序措一语乎?我今序稚松诗,正要看我如何以序好诗而不落昔人序诗之套言窠臼,且稚松兄之所以委我以序者,意亦在此。

唐贤序孟襄阳诗,叙其人而不多评其句,唯举一次孟公于聚会中写道"微云淡河汉,疏雨滴梧桐",而谓举座叹其清绝。然则论孟诗,有此"清绝"二字尽之矣,又何必絮絮而不见痛痒语乎。

复次,试看诗圣少陵杜老评李白之言又是什么?曰:"清新庾开府,俊逸鲍参军。"清新俊逸四字,是杜老为中华诗所定的最高标准,而"清"居首,适与"清绝"暗合。这就值得学诗论诗者深思而细玩了。

杜老四个字,与"清绝"同科,也不指造句选词。那是指什么?就是语文以外的"气"。中华讲文,自曹子桓《典论·论文》首标"以气为主",这用今日的白话语体来"翻译",是困难的(胡适之先生不会同意这样说法)。

气是什么？气质，气味，气象，气势，气魄，气概……这大约可以"综合"出一个"气"的灵魂来了吧。

气有清浊，第一辨。气有利钝，第二辨。气有健怯，第三辨。气有高下，第四辨。……

中华人讲究诗文"务虚"，而显得那么"不科学"、"不实际"，与西方文化不太一样。

吾以此观稚松诗，而序之亦以此义为先，有不同意者，自可各申所见。

我曾说过：稚松诗有奇气。此又何解？奇，不是张皇怪异、剑拔弩张的假相。奇本无奇，它与一般化、千篇一律有别，就奇在其中了。庄子云"畸于人而侔于天"，畸亦奇之引申义也。真诗人必先为畸士，而畸士命定必为俗子所哂，乃至毁谤。此则有如老子所言"下士闻道则大笑"。

嗟夫。吾以此序稚松之诗。若稚松不喜吾言，当另有说，并存可焉。

曹子桓之后代有雪芹，著书先以气之清浊定爱憎。而雪芹之至友题赠之句又言"爱君诗笔有奇气"。此皆与余之拙论悉属"偶合"耶？有人如此看事，有人不然。

因提雪芹，不免画蛇而添他写自己的形景："……果然竟有些呆气。……大雨淋得水鸡似的，却告诉人：下雨了，快避雨去吧！……他自己烫了，却问人疼不疼，你说可笑不可笑？时常没人在跟前，就自哭自笑的。看见燕子就和燕子说话，看见星星月亮，不是长吁短叹，就是咕咕哝哝。……"

请看，这不就是真诗人的写照吗？

稚松兄读至此，定然解颜而喜曰：何其似我哉。并縢以小句云：

朗润清华各少年，笑谈抵掌率人天。
而今赢得头如雪，市隐诗痴剧可怜。

周汝昌拜书
古历辛巳十一月二十九
西历二〇〇二开岁

（唐稚松著，作家出版社二〇〇五年版）

谈尽心的诗词

——《我是人间第一痴》代序

一

读尽心的诗词,赋《鹧鸪天》以赠:

> 曾是红楼梦里人,偶来重阅物华新。精魂每验前生印,俊语时翻古句陈。　称才女,赞佳文,江湖闺阁气纷纭。须眉浊物怜吾辈,那识通灵一性真!

西元一九九六年,廿四岁之女士,如何能体会、运化、创造中华汉文韵语的情怀境界一至于此? 良不可解。

最科学的解释是她带来了三生的经历与造诣。除此以外,我都不信是真理。

她好像颇受晏小山的感染,如"劝君紫陌怜芳草,任我青山对夕阳",是其例也。情深语痛,或且过之。

另句"我是多情天上客,人间随处种相思",此唯题以"赠宝玉(或雪芹)"方可,他人不足当此相亲莫逆之言。善哉善哉。

如今还有东方中华的"闺阁"吗?"你在幽闺自怜"——此情此境,早不可寻。尽心女士之清词丽句,亦绝非"才女"的旧义可以诠释,我皆不表同意。至于"江湖气",拙见尤可不必。尽心之唯一要事,是善保其灵性之本真,切忌俗陋杂气侵蚀改变。盖雪芹以为男人乃是浊物,不解女儿之心,今亦罕有解人。悲夫!

戊寅正月

二

　　三十而立,故三十而丽。立者何? 有以自处而无复倚傍也。能立而后始能丽。丽者何? 人有文藻,犹卉木之著花也。故曰:三十而丽。或曰:文与诗,字与辞,何以为花为藻? 君不见江郎之笔乎? 笔也而不能花哉。杜少陵曰"江山故宅空文藻",又曰"文采风流今尚存"。藻也采也,非丽乎? 诗文而非丽,天下岂复有真丽? 然而真丽者,又非涂脂抹粉之谓也。日丽风和,真丽也。夫日,何尝有借于粉饰乎? 月不言丽,而嫦娥则真丽人也。今尽心女士,诗人也,芳龄三十,而题所作曰丽,盖能识丽义者也。

　　我不喜"才女"一词,因为世上没有"才男"之称;好像"才"本应属男。女一能文,便赞"才女",此乃偏见,何以为嘉词? 依我拙意,尽心应称"奇女"。

　　有人说女儿作诗勿多闺阁气,要有"江湖气"……我不敢苟同,闺阁是女子本色——大英雄也不过是个本色人罢了,如何要女的作"江湖"须眉秽气?! 难解。

　　我以本色贺尽心。

壬午五月二十夜书

三

　　尽心是一个真正的诗人。这个真正的诗人,如果我不认识她,我想象不出她是什么样子,身材、面容、长相、风度,这个都不在我的谈论之中。假设我没见过她,我单凭她这诗、词表现出的结果解说一下。

　　唐诗，我也读过一点大家的作品，他们的风格是如此之不同、多样，你很难找见一个，说尽心就是学他，不！她有融会、贯通，但是要我说到底她是融会了哪几家，这个我可不能乱说。那应该是经过很多时间看了她的全部，我真找到她那个融会贯通的根源，我才能说，现在是非常简单粗糙的话。总的一个最突出的感受，她那个风格，你说一百句，大概还得归结到一句——近乎李商隐，玉谿生。这个风格应该用哪两句话可以概括呢？就是纯出自然，不雕琢不刻画。没有呕尽心血筑一座七宝楼台，不是这个路子！她用的那些词语好像已经成了她的一部分，张口、信笔拈来，恰合其味；她组织成的句子，用来表达她要说的那个境界、心情，恰到好处。

　　她的长处，比如说，那些个词语，一个一个地也觉得熟悉，没有一个是陌生的。我也会用，可是我组织不成她那样的句子。因为我没有那个心情、境界。这分别何在？我们的性别，我们的年龄，我们的人生阅历，我们的文化教养、造诣不同，你不能说我写的诗跟她一样，那怎么可能？

　　我读尽心的诗，我的感受就是：这是一个女诗人，这个诗人很真纯。她没有为了什么要作诗，作了诗给谁看，甚至看完了博得那个人的几句好评就高兴。我在她身上感觉不到。当然我也不是说她听了我称赞她的话，她反而不高兴，那也不是人情。但是，她没有向我有意地来钵授，博得我这么一点评语。我认为她不是。如果她要为那个作诗，她的诗就不会这样，那不真，那是作的。她这个长处恐怕别人不大容易能学得，这个是最宝贵的。

　　她总的风格：那真是一个诗人的语言，她有感受，又会表达，一切那么自然，而且有美的境界。这不是人力所为，她大概天生就是这么个人。

根据二〇〇八年四月十日录像整理

（尽心著，中国文化出版社二〇〇八年版）

《崇斋吟稿》序

　　鄙乡天津自明永乐建卫，此前，得古之所称"直沽"也。沽之得名者，多至七十二湾，人多知之，然沽之本意究何所指？仅见明李东阳之解答曰："沽者，入海之小水也。"曰小水，似为曲折之细流，故细小而众多方是沽之特点。然津门最古之沽曰大直沽，而形容大直沽之旧闻又谓：此沽汪洋无际……然则，细流如何能有汪洋之景状乎？

　　此疑久蓄胸中，思得一解。一日忽忆谚语有云："老龙头，修铁道，陈家沟子娘娘庙。"此娘娘庙即大直沽之古天后宫是也，乃悟沟字即沽字一音之转，而沽字又加月字即称湖字，似即三者本一，而后加演变之迹也。平常之沽皆为细流，至水涨时乃复大显汪洋之状，而沽实即湖与细流之间的小水特称也。

　　大直沽为天津卫最古村落，乃王崇斋先生现居住地。直沽古貌，泽国水乡，遍地长芦翠苇，居民多船户、雁户、盐户、冰户、商户等，而墨客才人自元、明之际方有记载痕迹；此盖因津沽实为燕南地带，属于汉献王之文化范围，故精术之士多于诗骚之才。查氏水西园，人才之所聚也，然多为南士，乾隆年间时有津门诗钞之刊刻行世。梅、崔名篇时显于世，故张问陶诗谓"十里鱼盐新泽国，二分明月小扬州"。

　　自是而后，才人渐显，余所交游而服膺者，当推寇梦碧（泰逢）为第一人。

梦碧之所师,以南宋吴梦窗、王碧山两家合一而运化成为新格调,梦碧一词即此意也;梦碧有得意弟子,即今《崇斋吟稿》之著者王崇斋先生。梦碧词兄早作古人,其高足崇斋年亦近七旬。余已九十三之衰残盲人,听儿子建临读其诗词,方知其风流文采,蕴才秀于内中,而外则端谨之儒家风范也。其诗以咏群花之绝句引篇,其长短句如《小重山》、《鹧鸪天》等小令则尤为风流文采,不易多逢者也。然崇斋之文笔词风虽受教于梦碧先生,师弟之间又不雷同,风骚各擅,合而不同,若能明乎此意,或可于吾华之诗词传流有所启悟,而不至流为拘墟死板之论。余即以此意序崇斋诗词,不知方家以为可否?

吾所愿言不止于此,而手不能书,思绪连篇,多则虑繁,简又粗浅,姑且以此报命,谅不深责哂笑之也。

小诗缀于文末:

二三与月论知交,湘水湘云不寂寥。
脱略骊黄超牝牡,始怜相马九方皋。

庚寅腊月初七周汝昌口述

(王焕墉著,百花文艺出版社二〇一二年版)

《海棠雅集》跋语

　　我们的海棠诗社,在壬辰年首次集会、发题、开社之后,获得的反响之迅速,质量之优美,大大超过预计估量;我得知以后,喜不能寐,觉得数十年来恭王府遗址名胜的种种经历,都在我心中回旋起伏,想为我们的壬辰小集写几句跋语,但又百绪纷呈,不知从何说起方能表我一片愚衷,因只作七律一篇,作为跋诗,想来亦无不可,诗曰:

　　　　葬花咏絮不同吟,隔代情缘异浅深。
　　　　深巷卧听红杏雨,通明奏乞绿章阴。
　　　　江郎彩笔篇篇秀,杜老波澜句句寻。
　　　　清史朱楼皆写实,迅翁千载定华林。

【注】
　　这首拙作是用曹雪芹西郊息废寺遗韵,用来书写我对壬辰首课成绩的喜出望外、赞不绝口! 篇末用的是鲁迅先生在《中国小说史略》里评论《石头记》(《红楼梦》)的一段话,他说:"悲凉之雾,遍被华林,然呼吸领会者,独宝玉而已……"
　　可证先生以为书中所称"大观园"实为真有,并非虚构,而"华林"二字可作代称;巧得很,恭王府园四周的土山上有几块石碑矗立其间,有一块只刻了两个大字曰"芳林",你看"芳林"、"华林"不是暗中巧合得那么有情有味吗? 乘此良机,不妨向社友们说一下我的下一个心愿，是要作一篇《三园论》的论文，来诉说恭王府遗址名胜的新内涵、新气象、新计划、新文化建设使命……对这个园子的认识、爱护和发展要提高，要有新的作为，此"三园"者即恭王府遗址万宁园、康熙大帝常驻之畅春园、圆明园。这三大园林乃是中华文化艺术的集大成，是数千年来良工巧匠所创造的无价珍宝宝库，这三园恢复起来，才能充分表现出我们民族的精神财富与智慧高峰。

在结束这篇拙跋时，我还要强调一点：我们这一次的开社活动办得真是特别出色，有社长马凯委员和孙旭光主任两位诗家现身说法，乃是一个最可贵最难得的有利条件。他们不仅给我们指路和扶持，而且在其百忙之中贡献出了非常高品格的诗篇。我拜读之后，欢喜赞叹，得未曾有。欣幸之馀便记下了这几句衷怀的心境，可惜辞不达意，或有不妥，请大家多予指正，谢谢！

壬辰四月廿六日雪芹华诞

周汝昌口述

（孙旭光编著，团结出版社二〇一二年版）

《珂罗版印集右军书圣教序》校记前言

北海孙退谷尝云，当世已断无晋人真迹，得唐摹米临已足，斯言诚谅，兰亭徒劳聚讼纷纭，借云是即右军真面恐终为欺人之语，对阳霭以想望夫子，惟怀仁集圣教千八百零三字为差慰人思耳。宋人薄之，诮为院体，要非笃心之论，知仁观过，则清河书画舫引书系，所谓圣教去右军犹有堂奥之隔一语意尚近似。子曰：君子不器。盖想见右军真笔，当如神运，体无不具，用无不周，圣教则犹不免于器而已焉。自明人始，绝重之，士大夫家蓄一本，交相矜侈；清末崇恩谓圣教序唐拓已如星凤，宋拓未断本尚留世间者可以百十计，未可以数百计，此言亦信。余尝就诸帖题跋中所及，搜集圣教未断本，可得收藏姓氏而称者尚累五六十本，知北宋圣教在人间者，良不下百十之数也。然而冥冥遇合纤芥皆因即翰墨微缘，亦罔非凤，契刻精槌，古拓值驾连城，措大寒酸，万难置念，不得已而求其次，则颇黎版碑帖尚矣。今于坊间与藏家所可见之圣教石印铜版者不计外，尽余所知凡有九种，计：

一罗原觉藏。私人印本。

一同上。商务印书馆印行本。

一周文清藏，铁保旧物。有正书局印行本。

一崇禹龄藏，项子京旧物。有正书局印行时称墨皇本。

一同上。文明书局印行本。

一又同上。私人印本。

一高野侯审定。中华书局印行本。

一崇禹龄藏，方环山旧物。无锡理工社印行，亦有墨皇二字。旧称南堂本。

一艺苑真赏社印行本。

以上除艺苑本外，皆余尝见尝收尝临写者，故可得而论其优劣，较其短长。如下：

罗藏私人印本无题签、无印刷处，所用加厚宣纸，每叶一面精印，墨乌纸白，字口清晰朗朗，如新发硎，而字画纤毫毕具，略无遗憾，焕若神明，得未曾有。所有圣教完整精妙，此为观止。

商务印本题为《北宋拓圣教序》，用双层宣纸，每页两面印，油墨浓重，时时不免侵字，故字口有未清处，因而精彩少逊，然亦已足惊人。此本三十六页，页五行，前后印鉴五枚，文曰"原觉"、"王镛之印"、"心钟鼎之文"、"如愿"、"恽卢获"，后有康长素、刘石庵、成亲王、方环山、韩逢禧、王良常、梁任公、庄蕴宽、唐大燮、罗叔言、王静安诸人跋语题记，备极推崇，书法亦咸臻妙品，叹为罕有。

周藏本题为周文清藏《北宋未断本圣教序》，用棉连纸，每叶一面印，特以纸墨古淡胜，大约愈古愈淡，愈淡愈佳，胜境无限，精绝处令人如对三代敦彝，冥然作天际真人之想。此本年代湮远，收藏不易，纸肉多有脱阙，完整明爽虽不逮前本，而骨肉之妙、神韵之佳，更无以复过，然初印者油墨乌亮，版底完好，最为可爱，七版以后则墨渐趋灰暗，版渐致破损，字渐有描绘，而首页五行卅八字版毁，以无原本可摄，乃就印本翻照，复制模糊，走改尤为瑕累，故以初印者为最可宝，亦最不易得矣。此本四十三页，页五行，前后印鉴廿一枚，可辨识者，惟"何绍基印"、"钱樾击赏"、"芝台珍赏"、"术樵珍赏"、"魏绍濂印"、"郑学士真赏"等数颗。前有狄平子题签，曰《北宋未断本圣教序》，后有董思翁、铁保、钱樾、何道州及弟绍业、绍京、董教增、郭尚先、吴俊、周寿昌、顾莼等人之跋记十一则，董氏至以为唐拓焉。

墨皇本经崇氏眉批边记题跋殆遍，视同至宝，珍逾性命，平心而论，确非凡品，原亦足珍袭秘藏，字画较肥满，如朕才谢珪璋之朕、京城法侣之京等字，牵丝拖线皆远为他本所不及，特一部字口已漫漶而墨地斑驳陆离，殊欠爽目，故清晰既不若罗本，神韵复不及周拓，先生在上，不能不屈居两庑矣。

三种印本中以私人印薄宣纸本为最能存真,有正印者亦以初版宣纸佳墨者为胜,然已多描制,最可笑者,如第三页边批,若非古本流传,何由与古人相见。句中古字擅加描写成鄙字,语意遂大变。又十三页眉记华亭沈氏家藏句下所绘"阿胜"一小横印,描成禹甶二字,更属无理取闹。馀若导羣生于十地之羣字末笔中分,与纠字"纟"边末笔皆印失,后心经,故知波罗蜜多之故字,底本不清,亦描成畸形,皆殊可厌,甚属无谓,此亦有正书局之大病,不独此帖然也,其后来用洋纸劣墨者,精彩更逊。

至文明印者,版恶墨灰,益无足论,此本六十页,页四行,前后印鉴凡四十一颗,文曰"墨楼"、"玉牒崇恩平生真赏"、"七佛同龛之室"二、"玉牒崇恩"、"语铃道人"、"香南精舍秘笈之印"、"杨绍和鉴定"、"吴荣光印"、"佰荣审定"、"树铭眼福"、"孙尔准印"、"青宫□保"、"武陵□□书屋收藏印记"、"幼甶欣赏"、"项墨林氏秘笈之印"、"存精寓赏"、"闽黔粤蜀使者"、"蝯叟眼福"、"古遗宝希世珍藏名山传其人"、"宜尔子孙"、"语铃□藏□印□□得者宝之□传□□"、"崇恩私印"、"仰之"、"墨林父"、"子京父印"、"玉牒崇恩平生玄赏"、"仰之珍玩"、"唐中冕印"、"臣树铭印"、"复密"、"语铃道人秘笈之印"、"怡王秀亭冰玉主人鉴赏书画印记"、"臣景端"、"东郡杨绍和观"、"玉牒崇恩字仰之别号禹甶鉴藏金石书画印"、"结翰墨缘订金石契识真赏佳永存珍秘"、"铭心绝品神物护持禹甶真赏得者宝之"、"廷雍眼福"、"金石仅存"。不可辨者一枚,有何蝯叟跋诗一章,崇氏边题十九则,跋廿一则,和跋诗四首,有正等印本已将崇跋第一则失去,何蝯叟题诗及和章字均缩小,神韵遂大减。

中华本印刷不精,墨色晦暗,字口清者则亦复精彩,如汤武武字挑钩最佳,惜移补达十字,详后校记中。精神又稍板滞,为美中不足。此本四十页,页五行,前有茸庵署检曰《集书圣教序末段本》,后有高学治跋一则,惟书肆于封皮题签作《唐拓集书圣教序末段本》,一似碑曾断于唐时者,可发一笑。又,即如董玄宰以周藏本为唐拓,固云当之无愧,然细审以上诸拓皆用宋罗纹纸如出一辙,知皆宋物,称唐拓者自属矜夸之辞耳。世间果尚有唐拓圣教存哉?

无锡印本原底亦堪称完璧,虽拓时较后而字特完好,第激瘦耳。如真教難仰難字,佳旁之四针眼,萬里山川与敛衽而朝萬国之萬字末笔小点,皇帝在春宫述三藏圣记,三字第二笔之牵丝,神甸八川,甸字田中之十叉,度一切苦厄舍利子，子字横末之拖笔，皆为他本所不及，最属难得，惜亦印刷不精，未能尽传原拓之神耳。此本题为《北宋初拓圣教序》，四十页，页五行，前后印鉴十三颗，文曰"香南居士秘笈铭心绝品"、"仰之"、"翁方铿"二、"苏斋墨缘"二、"伊秉绶印"、"述斋欣赏"、"曾在慈溪严筱舫处"、"吴荣光印"、"荷屋"，不可辨者二：前有崇禹畲、殷寿彭题签，崇氏、颜师仁、翁覃溪题三则，附伊秉绶志语一则，帖边有崇氏记八则，后有褐居士王芑孙、周厚辕、冯敏昌、宋湘、曾钊、伊墨卿、鲍俊、陈其锟、殷述斋、蔡振武、高人鉴、戴醇士、吴荷屋、崇仰之等跋识十七则，亦洋洋大观矣。

综论诸拓则各有精神面目，罗本隽朗挺利，周本腴润古浑，中华本圆凝，墨皇本方疏，南堂本韶秀。罗本如大家闺范，靓妆正坐、容彩鉴人；周本如仙姿国色，虽乱头粗服而不掩其妩媚天生；中华本如端庄淑质蒙没风尘；墨皇本如琵琶江口颓颣商船，年事行衰，风容掩映；有正印者但如美伶候坐，面目整好而韵致全无；南堂本则如小家碧玉，烟视媚行而气度羞涩。以按其拓之先后，则周本第一，罗本第二，墨皇本第三，中华本第四，南堂本第五。以品其拓之粗精，则周本第一，罗本第二，南堂本第三，墨皇本第四，中华本第五。固知当以周本为最，罗本为亚，其馀不堪与据鼎足也。罗本譬如《武》，尽美矣，未尽善也。周本譬如《韶》，尽美矣，亦尽善矣。

长沙周寿昌氏跋云：频年见圣教佳本如崇雨畲、冯展云、景剑泉所藏，皆北宋名拓，今取此本细审之，更上一层楼矣，为海内此帖之冠，何疑云信谓巨眼。然有正又有所谓《北宋拓圣教石印本》，后有刘铁云氏跋，略谓崇禹畲、吴荣光、黎瑶石辈藏圣教皆自以为天下第一，及见河南周文清公藏本，确胜于诸本之上，今得此本更高出周本一头，信为海内第一矣。惜无珂罗版印本，不足据以品慕刘氏一代精鉴，当无虚誉，徒令人作海上神山想耳。以下取五本依字作为校记，一卷圣教须毫毕现矣。又日本印刷业极精于书法碑帖，特多妙品，想定不久圣教佳拓印行于世者，俟有所收所见，当一并补志，以结吾圣教缘，慰吾圣教痴，尽吾圣教兴也。

癸未嘉平月十三日灯下呵冻记毕

玉言

欧书皇甫碑新跋

　　右《皇甫碑》新拓本：虽纸墨未精，损字浸剧，而笔画精神，依然可爱；每一披玩，辄难去手。尝思欧阳所书其他碑铭，皆有岁月可稽，独此《皇甫》，遂无所考，致启后人揣测讼辩之劳；久悬莫决，甚用耿耿！窃以《皇甫》一碑立石年月不明，则于欧书之源流沿变，无由窥悟；是真不能不稍稍参稽史册与前人评订而一为考索者也。

　　旧说多谓《皇甫》乃信本少年书。晚近辞书《皇甫碑》条下与东邦学者碑帖释语亦皆沿此说，或谓盛年，或谓壮年，总之，非老笔而已。以常情揆之，此说并非无理。良以《皇甫》用笔结体，精神面目，无不飞扬跳动，视《九成》、《化度》等作平直正中者，画然二致。证以孙过庭"既知平正，乃追险绝，既知险绝，复归平正。通会之际，人书俱老"之说，则信本书《皇甫》时岂非正当力追险绝之途，而《九成》、《化度》，乃真晚年复归平正，人书俱老，亦即炉火纯青之候者耶？《墨林快事》云："皇甫明公之碑，在信本中最为妍润。此立于隋日，乃公少年所书，宜其文采之流丽，而神情之邕适，与其暮年老笔奉勅矜持者不同也。"殆可为此说之代表。余谓此说误也。《旧唐书》卷一百八十九欧阳本传称："贞观初，官至太子率更令，弘文馆学士，封渤海县男。年八十馀，卒。"按"贞观初"三字仅冒天下文官阶诸字，年八十馀卒另为一事，不得连读，而遂谓信本即卒于贞观初；唐张怀瓘《书断》乃确称信本卒于贞观十五年(公元六四一),考贞观十一年信本尚健在,书《虞恭公碑》,则《书断》之可信矣。《书断》又谓卒年八十五,则与《新唐书》合,此无可疑者也。依此推之,信本盖生于陈武帝永定元年(公元五五七)。碑叙皇甫诞卒于隋仁寿四年,借令碑即立于诞卒之年,信本已四十八岁,已将五十许之人,而谓之少年或盛年壮年得乎? 况碑之非立于隋,有数证:碑内直称"隋文帝求衣待旦",使碑果立于隋,不得称文帝,亦不得加"隋"字,一也。碑明叙"世子民部尚书滑国公无逸……雕戈勒石,腾实飞声,树之康衢,永表芳烈!"考之《新唐书》诞子无逸拜民部尚书事最早亦在唐高祖之世,碑实其子当唐世追建者,二也。碑言"银青光禄大夫行太子左庶子黎阳县开国公于志宁制"。考之两《唐书》皆言志宁加左庶子事在贞观三年后,志宁不得预当隋世得唐官,三也。高祖武德元年,隋尚未亡,信本亦已六十二龄,年逾花甲;谓碑立于隋日,谓乃公少年所书,皆不可通也。

虽然,上所云云,仅是证碑之立于贞观三年以后,非信本少年书而已,尚非吾意。盖《墨林快事》其语虽乖,其意未谬。《化度》、《九成》皆书于贞观五六年,假如《皇甫》书于三年或四年,即与上举《书谱》之说无背。"少年"可以意读作"早年",即《皇甫》之书终为先于《化度》、《九成》也。审如是,吾之所谓欧书之源流沿变者,又将奚以窥悟耶? 若吾之意,乃在根本否认《皇甫》之早于《化度》、《九成》甚至《虞恭》耳。试取传世诸欧书比并而观,若《姚辩墓志》,若《化度塔铭》,若《九成醴泉》,皆笔势平直,结体方正,为一派。若《皇甫府君》,笔势跳宕,结体逋峭,为一派。二派昭然异致,迥不相侔。而《温虞恭公》乃介乎二派之间,结体始欲由方正以趋逋峭,而笔势尚未离平直而臻跳宕,俨然二派过渡时期之作也。使依旧说,《皇甫》为少作,岂其初为跳宕、逋峭,一变而为平直方正,晚年忽又稍稍返于跳宕、逋峭耶? 即以上云《皇甫》为贞观初作而言,则初时《姚志》平正,继而《皇甫》跳峭,旋而《化度》、《九成》复平正,终而《虞恭》又复欲脱平正而浸跳峭耶? 噫,吾人平居作字虽亦因环境精神而时有小异,若其与年日推迁,因工候褫变,通观终始,可窥大齐,必无如是其反而覆不经者矣。

清良常王澍力主《皇甫》乃高祖时书,其《虚舟题跋》举三证:一、史称无逸拜民部尚书累转益州大都督府长史,皆在高祖之世。此碑但称民部尚书,未称益州长史,则当是高祖时书。二、史称询以贞观初拜太子率更令弘文馆学士封渤海男,此碑但称银青光禄大夫,不书率更令渤海男,其为高祖时书无疑。三、高宗时褚书《圣教》"世"字缺笔,以"人"代"民",况太宗之世,岂有不讳之理? 而碑中"世"、"民"字无缺,定是高祖时书也。余按史传碑版于年月官阶,出入歧异之处,擢发难数。史传之缩叙年时与碑版之简省官阶,尤为常例。依史无逸两拜民部尚书,故虽历他职,可书此一官概之,盖碑旨在述父功,其子自可从略。王昶《金石萃编》云:"《新唐书》无逸传:高祖以无逸本隋勋旧,尊遇之,拜刑部尚书,封滑国公,历陕东道行台,民部尚书,迁御史大夫。时蜀新定,诏无逸持节巡抚。复被谮毁,得白,复拜民部尚书。是无逸两为民部尚书,计其时亦当在高祖、太宗之间也。"余考《新唐书》谓无逸被谮时,诏温彦博按之;按彦博自贞观四年始,以御史大夫为中书令,十年进为尚书右仆射,十一年薨。其按无逸事,当在此数年中,非高祖之世也。至无逸之"累转益州大都督府长史"距此即又有年,皆太宗之世,当贞观之末也。史言信本贞观初官至太子率更令弘文馆学士封渤海县男,依温公《通鉴》,信本为弘文馆学士在高祖武德九年,学士为正五品上阶,太子率更令乃从四品阶,则拜率更令在学士后,是贞观初年事,《化度》五年署"率更令",《九成》六年署"兼太子率更令渤海男"是也。银青光禄大夫为文散官从三品阶,视率更令又加一品矣,乃后来进阶无疑,何得反以银青当在率更之前耶? 顾氏《金石文字记》云:"杜氏《通典》:武德九年六月太宗居春宫总万机,下令曰依礼二名不偏讳,今具官号人名及公私文籍有世及民两字不连读者,并不须避讳。此碑中有世子及民部尚书字。"《房彦谦》、《昭人寺》二碑亦不避世字民字。王氏之说,咸无足取。至其疑并于志宁授左庶子事亦本当在高祖时而史误书者,勇于自信,削书适己,则尤过矣。

按史谓信本高祖即位累擢给事中,贞观初历太子率更令弘文馆学士封渤海男。今依诸碑考之,武德九年二月所建之《宗圣观记》,为信本撰并书,署"给事中骑都尉",给事中与学士同属五品上阶,亦即兼司弘文馆图书缮写雠校之事;骑都尉乃武勋官,从五品上阶,史不载,省也或失书也。贞观五年三月所树之《房彦谦碑》,署"太子中允(下泐四字)欧阳询书";同年十一月以后所书《化度寺塔铭》署"率更令";太子中允与率更令同属东宫官,亦同属正五品阶,则信本由中允迁率更令,史亦失书。六年五月后书《九成宫醴泉铭》署"兼太子率更令渤海男",依王昶,"兼"者以正五品给事中兼从四品率更令也。至十一年六月后书《虞恭公碑》始署"银青光禄大夫";而《皇甫》亦署银青光禄,是信本最高官阶亦最晚得者也。《新唐书》卷一百二虞世南传:"十二年致仕授银青光禄大夫,弘文馆学士如故。"则亦最晚始授此阶,可以参看。至此碑中于志宁列全衔作"银青光禄大夫行太子左庶子上柱国黎阳县开国公"。考之两《唐书》皆言太宗因诏三品以上近臣宴,志宁以四品不得预,特加散骑常侍行太子左庶子,累封黎阳县公。又云是时议立七庙云云。王昶云:"《礼乐志》载立七庙事在贞观九年高祖崩后,则志宁之加太子左庶子在三年以后,九年之前矣。"余检《通鉴》贞观七年中已称"左庶子于志宁";六年秋七月辛未,宴三品以上于丹霄殿,与《唐书》所叙正合。则加左庶子实在六年七月。《旧唐书》又云志宁"十四年兼太子詹事"。今碑仍左庶子未兼詹事,可证《皇甫》之书乃在贞观六年七月之后,十四年之前也。复次,《旧唐书·职官志》正第二品开国郡公下注云:"爵。武德令唯有公侯伯子男;贞观十一年加开国之称也。"据此是十一年之前无加开国二字者(但十一年以后尽有不加者,省也)。检诸碑文信然:如六年《九成》但言"巨鹿郡公魏徵"、"渤海男欧阳询";五年《房彦谦》但言"安平男李百药",至十一年十月《裴镜民》乃言"安平县开国子李百药"是也。今《皇甫》称"黎阳县开国公",则碑实十一年以后所立无疑。宋人《宝刻类编》、《金石录》,皆云《皇甫》"贞观中立";按贞观共有二十三年,取中,当十二三年左右,至多应不出十一至十四四年之间。前后合看,《皇甫》立碑之年月昭然若揭矣。裴镜民卒于隋开皇十六年,亦由其子在贞观十一年十月追立碑石,与皇甫二事如出一辙。文有云"季路结缨,志无苟免。□序衔须,义不生辱"。《皇甫》则云"衔须授命,结缨殉国"。辞义雷同,蛛丝马迹,不无可寻。颇疑二碑之出于一时先后,或者竟是皇甫无逸感于裴子之立碑扬亲而效其故事也。

碑名	书碑年月	信本年龄	备考
姚辩墓志铭	隋大业七年十月以后	五十五岁	碑言辩卒于大业七年十月。
宗圣观记	唐武德九年二月	七十岁	隶书附录。碑言二月十五日建。
房彦谦碑	唐贞观五年三月	七十五岁	隶书附录。碑言三月二日树。
化度寺塔铭	唐贞观五、六年间	七十五六岁	碑文言贞观五年十一月乃是建塔之日。书铭当更后。
醴泉铭	唐贞观六年五月以后或七年	七十六岁或七十七岁	史言六年三月戊辰上如九成宫；碑言"孟夏之月"。宫去京师三百馀里，是三月启程四月至宫也。碑起叙六年四月者乃追叙初得醴泉之时，非即立铭之日。《旧唐书》云：魏徵五月检侍中，《通鉴》则云在七年春月，碑言侍中。又云炎景流金，绝非四月之语。书铭至少当在六年六七月或竟是七年耳。
温彦博碑	唐贞观十一年六月以后	八十一岁	史言彦博十一年六月甲寅薨。
皇甫诞碑	唐贞观十二至十四年间	八十二至八十四岁	说见上。

吾人可于《九成》与《虞恭》中画意分界线：七十六岁以前所书率平直方正（若作《姚志》时，字体尚方扁，犹时有《黄庭》、《洛神》遗意；至《化度》始变狭长矣）。八十以后，乃渐变平正为遒宕，至《皇甫》而造极。耄耋高龄，不唯不衰，乃精力弥漫，晚出奇兵，更臻险色，吁足惊人矣！其所以为百代第一正书家，绝非无故。至是，然后知唐楷乃书法之极则，欧书乃唐楷之极品，而《皇甫》又欧书之极境也。亦至是，然后知吾之所谓欧书源流沿变必俟考订《皇甫》之年月始能窥悟者矣。翁覃溪曰："《虞恭公》则仍是《皇甫》之神理而稍加谨敛。"吾则曰："《虞恭公》则始有《皇甫》之神理而未甚恣放。"然乎不然乎？

前人于欧书中盛推《九成》，而尤推《化度》。至于《虞恭》、《皇甫》虽亦称之，终非热中。且学之者尤寥寥。吾尝推之，亦非无故。《化度》坏最早，存字无几，翻拓本之难得，已过于球璧。人每于遥远朦胧可望不可即之景物反觉其至美，而益致其海上仙山，心游神往之想焉，则《化度》之所尚也。翁氏推崇《化度》，比于猞猁菩提，至尊无上。而观其语则曰："此半幅残溺极矣！而一段真影中，古意郁然深厚，更自想象不尽。老杜云：神女峰娟妙。放翁云：今日忽悟始叹息，妙处原在烟雨中。"证以潘宁语："余观其素多墨少，恍若元晖立轴鸿蒙，烟云数点，别有无限古香。"如出一口，当知吾言不谬，及观英、法所藏《化度》唐敦煌残拓本，锋颖如新，真面毕现，不禁哑然。盖《化度》平直呆板，乃真信本入唐后最早之真书，以视《九成》，不如远甚。翁乃云"敛尽圭棱，独超尘壒之表，淳古淡泊，自当驾《醴泉》而上之，所谓逸品在神品之上也。"岂非全为翻摹残面所误，想象而称扬耶？《皇甫》虽溺，大部完好，是真信本最老境最高境；顾世以其易得而忽之，又以其笔为少年早年，不无轻视之意，何其颠倒是非不识好歹至此耶？

右军真书，世已无传，虎卧龙跳，空资相像。然而《皇甫》犹在，学者即以右军正书视之，无不可也。吾如是云云，非如前人习气，动则标榜正宗，而爱之欲其生，遂不惜竭力推崇，不虞其过夜。《皇甫》神情，无不与右军相合。信本一生力追内史，晚乃有得如此，吾人乃不可有眼而无珠。试看此碑，既变过去之平直方正后，乃无一笔平，一笔直，一处方，一处正。处处出人意表，而笔笔尽如人意。当吾人未看一字时，绝不知乃能有如此写法，及既看之后，乃觉此字又非如此写法不得。不禁情移心折，欢喜赞叹，得未曾有也。若其笔之不平不直，犹可以向背往来四字求，不难尽得其秘。唯其结体之无一处方，无一处正，则实实难及，拟之无方，即之弥远，乃至重字复出，亦各有奇姿妙态，无一雷同者。书法至是，叹观止矣。凡前人所称于右军之美，若笔势雄强，若姿仪跳卧，似欹反正之妙，无垂不缩之情，此碑皆尽之矣。谓为即等右军，非吾阿好而献谀也。王梦楼云："米元章尝赞渤海书，以为真到内史。今观《虞恭公》、《皇甫府君》二碑，其似内史处较《醴泉》尤为呼吸相通。"虽语焉不详，似颇得其意。康长素乃谓唐人截鸢续鹤，如排算子。何其不看信本此碑乎？史称公子欧阳通力追父书，尽得其法，时人并比至号大小欧阳，若取《道因碑》与《皇甫》并几对看，则不特面目寝伧，情神踧踖，复乎甚远；而千篇一律，了无变化，庶几不枉康氏算子之讥，乃世之重北碑者又谓兰台批法尚存六代遗型，当胜其父率更啊，何其专事颠黑倒白、压良为贱耶？

吾又尝遍观学欧书者，即如王良常、翁覃溪、诒晋亲王，无不终身寝馈信本,乃无一分皇甫法;不得皇甫法即谓不知欧书亦得。诒晋云:"信本碑极难学者,《皇甫君》以其笔势变恣异常,尽纵横跌宕之致。然以《化度》较之,非唯《皇甫》,即《九成》犹逊上乘矣。"观其上语,乃深知《皇甫》者;而下云云,又终为《化度》所误,与翁无殊。是其以《皇甫》难学,终亦未尝学之也。

求之古人,唯元鉴书博士柯丹邱似稍得《皇甫》之妙,此外遂无一人! 盖人非不知慕美而求真,及其终竟,仍成贵耳贱目,世事无不类此。言之亦足兴慨。为今日学书者计,当先取《九成》,尽其平正遒实茂厚畅达之气以为之基,次乃取《皇甫》,尽其起住往来向背欹让之妙,八法之能事尽矣。不由《九成》跻《皇甫》,即须慎防偏枯褊弱之病,不以《皇甫》化《九成》,恐遂难逃笨拙呆定之讥。又临《九成》,须微瘦于帖,写《皇甫》,宜稍丰于碑。以世传诸拓,《九成》多失之肥,而《皇甫》多失之干耳,《化度》虽不观不写可也。《虞恭》最难学,正以其介乎二者之间,难兼二美,易致两伤故也。然此亦仅为初学者言,若金石名家、翰墨高手,见当过我。顾如亦尚未以《皇甫》为欧书冠冕,不妨取而临之教过,必视先日大进,更有一番奇能妙境,突迈古人。此事端在有志者自为之。

浩然"春眠不觉晓",佳诗也。以收为《千家诗》第一篇,遂至家弦户诵,妇幼能言。而其后果,则变佳诗为滥调,世俗之读是者,恒信嘴念出,听去不唯不觉甚美,时乃觉其可笑。《皇甫》、《九成》,旧日上自孝廉习书大卷,下至村塾冬烘课童,无不取道由兹,于是木版石印,充斥于陋肆鄙坊之间,转绿回黄,蛇神牛鬼,全失本面。乃致有人一及《皇甫》、《九成》之名,即另有嗤之以鼻者。无乃类浩然之"春眠不觉晓"乎? 若此自缘无善讲诵者与善临习者使复为佳诗好帖,浩然、信本,不任其咎也。至若南海康氏晚出著书,专以推崇北魏抨击唐碑为事,其是非亦可得而言。当为专文论之,姑并志之纸末,以俟异日云。

（一九四七年作）

《中国书法美术史》代序

在昔卦契肇作，书画盖一其源，体同而用异，书简而画详，流派岐焉。绘以图形饰器，文用表谊纪言，其所以为饰，弗害其精，唯求厥美，艺术成焉。顾文若字者，标志符号，得勒而不刊，察而能识足矣。抑每在如后世之夸王羊、讲钟卫乎哉。然衣取蔽身，何庸锦绣，食期果腹，亦事燔炰，巢穴为崇宇雕墙，椎轮之高轩大辂，立事有精粗，作物异美恶，天道自尔，万理一齐，亦匪独人为之好事焉耳。殷人卜契，字别妍媸，则有工不工，已不画为初民率意涂写。至两周吉金，其书盖如星辰象纬，草木贲华，夺神工而觑天巧。揆其实情，凡所模铸，莫非善书者之所为矣。迨夫汉代，贞石浸多。降及晋时，简札日盛，扇风流习，所造自高。然当斯世，尚未有专以书家标榜者。递唐而宋，则书法立焉，书家名焉。元明接绪承流，而书艺乃成，写手盛已。夫语言文字，诸夷咸具，唯书法一道，为吾夏独专，其故殆亦耐人深长思。西人有以其中古僧侣之写经自诩为能书者，然金碧画墁，葩藻缀装，犹然画匠也，书云乎哉。画艺离色彩形状无所丽归，而书法无假丹青，不立图像，第以点画线条以传神而寄意，亦若音乐一事，舍声无外者，实艺术之极诣而人文之化工也。前任英国国立美术馆馆长柯腊可氏为当世欧洲绘画权威，识力精超，深造有素，而其言有曰："余不信欧人其终有一日能了解中国绘画中之书法成分，以余而言，于鉴别书法优劣，非不致力，而其结果，不过仅供中国友朋之一笑而已。"是其事有非浅人异学所易窥者矣,而自识者视之,觉其用笔结体,行气凝神,若对奇山佳水、名花美人、列曜运旋、风云舒卷、移晷忘倦,其乐有难得而言者,或复心摹手追、终其生而不自以为足者,抑又何耶。至如世变益新,人事腌剧,今而后欲耗精力竭时日于笔几案间,人知其不可也。书事既尽于是,书法具备于前,吾人倘有缅怀先艺,眷顾旧文,则书法史尚矣。夷考曩哲撰作,不为八法议评,即属缣素著录,书史之作,杳乎未觌。近时考研书道,东瀛为胜,捃摭爬梳,用力最劬。视国人之弃如敝屣,讥下雕虫者有间,而书史佳构,亦无闻焉。××先生之于是事业,羹墙寝馈,积岁穷年,一钵犹传,寸镫独照,出其馀力,作《中国书法美术史》一书。观其析章列目,溯委竟源,井然灿然,若大河之挟百川,一岳之临群阜,精实博大,何其伟软。新编既出,遗美具陈,生叔世者,慕琳琅而餐金薤,搜石墨而想云烟,有馀师焉。吾何憾乎。爰乐而为序如此云。

周汝昌按:此系四七或四八年吴允增兄转烦代张(东荪)先生之序其友人之中国书法史者。丙子冬追记。

(编者按:此当为一九四八年所作)

《顾随先生临同州圣教序》序

羡季师真书服膺信本，而自谓腕弱不足，以为欧法求其次，乃学登善，更习小欧，又致力唐人写经，会通肉笔之妙，初不囿于石刻，尽得晋唐用笔真脉。平生作书多行草，横逸飞动，而笔笔不苟，使转敷畅，盖作草如真之典型也，然于楷法珍重，不恒与人，唯每为汝昌书信短简巨篇诗文韵散，当其兴会则作意为正书，世不经见，汝昌宝爱远过行草，而知者希矣。庶卿老兄忽以此册见示师之早年书也，拜观敬志其后。师往矣，小生何仰，怆然不复成语。

乙卯五月汝昌目坏后书

（顾随临书，天津古籍书店一九九〇年版）

《恭王府画册》序言

　　北京是引人的,引人之处非止一端。武王伐纣、封黄帝之后于此,三千多年前的往事且不必说,单说作为都城,历辽、金、元、明、清至今,也就有了超过千年的历史了。千年之间,经营缔造,虽然天灾人祸,破坏重重,幸存的名胜古迹,还是可以蔚为大观,这就是由于规模意度,毕竟是"帝里神京",与众不同之故。这些古迹中,却有一处,名叫恭王府。——莫小觑了这个王府,如今也已经是世界闻名了。

　　北京名胜古迹自多,为它们出过多少画册(不是摄影集)?我并无印象。现在,却有一本恭王府画册送到你手边。仅仅这一点,也会引起你的好奇心。

　　恭王府坐落何处?又有甚可画之点呢?且听我略述大概。

　　北京原有一道皇城(它是紫禁城的更外一围,大概因为名字有"皇",为了反对"皇"权,辛亥革命后首先把它拆掉了,连"皇城根"地名也改成了"黄城根")。著名的天安门就是它的"遗门",在南,是为前门("前门"若作为专名,那是指内城的正阳门,勿作误解)。后门呢,就是地安门,更早叫作北安门,当地人也俗称"后门",这座门,解放后还存在了一个时期,是电车的拐弯处。出后门,直望见巍峨的钟鼓楼。在后门与鼓楼这段距离的略偏西边一点,就有一个大湖,明代人仿照南京之例,也呼作"玄武湖";但老百姓叫"海子"，后来则呼"什刹海"。"海"的西沿一带，俗称"河沿"或"西河沿"；明朝弘治年间大名人李东阳住在此处，就着俗称，略加"雅化"，称为"西涯"——这也就成了他的别署，这"西涯"二字向来是十分响亮的。从那时，这里就有"大第"和"豪客园池"。

李西涯最赏这一处胜景，平生为之题诗无数，对它的评价是"城中第一佳山水"，他迁走以后，每重经此地一次，便作诗一篇，自言对此西涯是梦寐难忘。

恭王府，就坐落在西涯。

我以为，这处王府至少具有四大特色，而两大特色由上述梗概已可推知：一、从历史渊源讲，这个大宅院的"前身"来历很是久远；二、从地理环境讲它所有的形胜条件，在全北京都首屈一指。——这已经明白易晓。那么，还有两大特色，又是什么呢？

这另外两大特色，一个是它这座建筑的规模意度，具有典型代表性，在全北京已找不到第二处了；一个是它本身的前府后园、三路庭院的整个布局，如果游历一下，将大有助于理解《红楼梦》这部巨丽非凡的小说的环境背景。

这样的一处好地方，是要亲身游历一番才好。可是，除了身居北京的人，这又谈何容易。——我要说，现在郝先生所绘编而成的这部《恭王府画册》，将使你得到一种"神游"的享受。

画家们今天对古代建筑发生强烈兴趣并以之作为专门题材的，共有多少？我是外行，说不上来；就目中所见，似乎不多。谁肯坐下来，用上半载的时光为一个恭王府绘出几十幅"组画"来？我看除了郝先生，也未必再有第二人了。仅就这一点来说，已觉十分可贵，何况为了画出古代建筑的美，他进行了长期探索并获有独创的艺术成果。据他自叙，他和古建筑结上不解之缘是由在故宫做美术工作而开始的。他试用各种形式和技法来画他所选定的这种特殊的对象。他也用水彩画试过，结果不理想，因为水彩画不能传写古代建筑的那种厚重的意态形神。画古建筑必须懂得厚重，这是多么好的体会啊！——莫又小看了这个字眼，作为一个中国艺术家，不能体会什么是厚重和轻浮，那后果是可以想象的。

　　我对艺术，说老实话，是个"民族主义者"。拿建筑来说，看外国的洋楼，总觉得它没有我们的民族形式那么美——简直是大不相同。郝先生的画法，是水粉画，他开端时可能也是学的西画法；可是他所绘的中国古建筑的画幅，又是已经民族化了的水粉画。他是有创新的，连用什么底色的纸来画，都做了很多试验，最后，决定用黑纸，运用这个纸的底色，取得了异常成功的效果。这也是水彩画家们所未曾有过而他作了"艺林伐山"的。

　　他的这一组画幅，曾展出过一部分，受到了观众的热情赞扬，两册留言簿都写满了，并建议早出画册。一位观众并专就恭王府的画幅留下了诗句。看来，他们确实被这个美好的地方、美好的绘画给迷住了。现在这本画集，可以说是满足了他们的希望和要求。

　　北京西郊外，以玉泉为代表的许多名泉，汇合起来迤迤逦逦，流向东南，由德胜门以西进了城，渟潴为潭泊，迂回环抱，造成了"西涯"名地，岸上垂杨，波间红藕，旧时有酒肆茶摊，游人极盛。恰巧原有一座大慈恩寺（应是恭王府地点的东邻）在此，所以无怪乎明清两代的诗人都把这里比作唐代长安的胜地曲江。我看，这个比方极好，毫不牵强夸大。此地如有有心人稍加运用，施以修整，恢复景物，将会是北京最美的一处旅游区。我将如李西涯一样，日日来游。到那时，恭王府也会是游人驻足的重点之一。郝先生的这册画集出版，可作为这一盛事的先驱看待。我的高兴是并不隐讳的，我还盼望他将来对"西涯"地带绘出更多的美好画册来。

周汝昌
一九八〇、十二、廿七
庚申十一月卅

（未出版）

《当代楹联墨迹选》序

　　事在人为。事情是人办成的，人应该办点事情。连云港市教师进修学院与市书法篆刻研究会的同志们，鉴于楹联这门艺术的遭受冷落，于是登高一呼——果然众山响应，加上他们不辞辛苦地努力工作，一部《当代楹联墨迹选》遂尔出现于人间。事在人为，人要做事，这不仅仅是楹联的问题，它可以令人作深长思。这是我高兴之馀的一点感想。

　　楹联由何而生？有什么价值意义？说来也是话长的。

　　楹联的所以能产生并存在，因素很多。这不只是由谁创始的问题。比如，记载说是蜀主孟昶曾于岁除之日写了桃符联语"新年纳馀庆，嘉节贺长春"，一般都引来作为楹联的初例；又比如《红楼梦》里提到探春屋里挂着颜真卿所书"烟霞闲骨格，泉石野生涯"一联，于是红学家就来考证，说颜的时代（七○九——七八五）还没有悬挂对联这种风习，可见那颜书"真迹"之实为赝鼎，等等。我要说的，不是这种个别事例的考辨①。我们首先应当看到，楹联这种特殊的艺术形式，既为我们中华民族所独有，它的产生一定和中华民族文化的某些特点特色紧密关联。认识了这一点，才是真正了解了它的根源。

　　我想，楹联体现着中华民族文化的特点特色，至少有两方面值得一说：

　　一则是，汉字汉语的特点，单音而具备四声（以四声这个通用词代表五声或更多的分类法），决定了我们汉字文艺中的一些重大的特色。没有这个根本原因，像"律诗"这样的民族诗歌形式是不可想象的事。"天对地，雨对风，大野对长空。……"旧时私塾学生也要学念这种"歌诀"；你细一想，这岂不正是可以说明我们语言文字天然具备四声对仗巧妙现象的一种通俗形式吗？对仗骈俪，可以说是随着民族语言"生与俱来"的；把这个重要点理解为只是某些文人"好事者"的"考究文辞"的一种"人工制作"，是很大的因果颠倒。汉语天然要求整齐、凝练、富有节奏美。老百姓日常说"俗话"，本然如此，"张王李赵"，并不是谁替他们调好了平仄和四声顺序。汉字汉语，必须如此如彼而排列组合就顺口悦耳，反之就觉别扭。"半斤八两"、"鸟语花香"，此处难以多举例证，细心的人去分析一下我们的俗谚、格言、警句、成语……自会发现其间莫不存在这层道理。——没有这一因素，楹联这种形式是不会产生的。

再则是，我们民族的思想方法从来有其独到之处，就是善于观察、理解和表达一个真理：事物具有两面性。六朝伟大文论家刘勰在《文心雕龙》中《丽〔俪〕辞》篇说过："造化赋形，支体必双；神理为用，事不孤立。夫心生文辞，运裁百虑，高下相须，自然成对。"然后他举了古书上"罪疑惟轻，功疑惟重"、"满招损，谦受益"以及《易经》上的许多"句句相衔"、"字字相俪"的例子。我不知道"雕龙"的专家们对此如何讲解，在我个人看来，刘彦和这位大师当时已然看到了骈俪的根源不仅仅是个文字问题，也在于哲学观点和思想方法：人的神理（神智）运裁百虑（各种思维活动）时，就看到"相须"、"成对"的这一条矛盾统一的客观真理。以"阴"、"阳"来概括宇宙万物的认识，几千年前就成立了，是最好的证明。讲我国的诗文，不懂得这一点，是不好办的，要理解楹联的一切，离开这层道理当然就更觉得可异了。

在以上两大方面的根源基础上，民族文艺的逐步发展演化，终于有了日臻完美的四六文和格律诗。有人单论现象，不明其他，斥之为"形式主义"，那恐怕只是自己缺乏科学的头脑和目光。律诗既臻完美，佳联日出，于是诗坛众口自然发生了传诵摘句（即摘联）的风气。这就促进了楹联成为一门独立的文艺表现类型。当它又和美妙的书法艺术结合起来时，就发出了异样光彩。人们大约不会想到，假使中华的山川风物之间一概没有了楹联，我们的生活会如何地黯然减色。

上文提到的孟昶的一例,已经说明了联对和新年节序的渊源关系。人民群众,万户千家,一朝之间,贴上了朱红春联!你可曾想过:如于岁朝从空中瞭望我们祖国大地,这是一幅何等巨丽瑰奇的景象?我要说,只有中华民族,才能创造出这般的艺术奇迹!这是绝对不容"弃之如敝屣"的!

《红楼梦》中贾政说过:"若〔偌〕大景致,若干亭榭,无字标题,任是花柳山水,也断难生色。"难道我们不更可以说:"倘无楹联点睛添毫,题品润色,任是祖国河山,神州日月,亦断不能生色。"

一副对联,作用很大,性质也各种各样,有赞美,有写照,有表态,有见情,有概括人间事态的名言至理,有鼓舞人心、激扬时代的豪情壮语。历史上,也有用对联抨击坏人败类、讽刺邪道歪风的。专家们还指出过,对联和革命也是有过关系,起过作用。

但是,不知可有人指出过:有些文章的题目,章回小说的回目和收尾,剧本念白词中的很多"结语",本身都是联对,这都不足为奇,最奇的是鲁迅先生有的文章,其标题的方式是上一篇和下一篇暗中属对,工致绝伦,字面音节,一丝不差,可谓匠心独运②。今天《北京晚报》的头版有一栏《古城纵横》,其标题照例是一副对联③,颇富意趣……

如此一说,楹联一事,在我们的民族生活中占有重要地位,它的生命力也从来旺盛,它对振兴中华、建设精神文明能起良好作用,并不是"雕虫小技"或"文字游戏"等轻蔑之辞所能贬低缩小的。

承编纂此集的同志们不弃,嘱我在参加撰写联对时不妨把感想也记一记,因不揣谫陋,略述所怀。对这部选集的问世,其意义影响,当随着时间而日益彰显之理,更非数语能尽,也就留待以后的机缘再申鄙见了。

周汝昌

一九八一年七月二十四日

辛酉六月中伏酷暑挥汗草于北京

【注】

①周策纵教授对这些问题有详细考论,见其《续梁启超"苦痛中的小玩艺儿"——兼论对联与集句》第三章《对联起源考略及其发展小史》,今不繁述。

②例如《南腔北调集》的"偶成"与"漫与","作文秘诀"与"捣鬼心传",都是绝妙的对联。

③尽管有时不够"工整",但在一个小型报纸来说已十分难能了。

(连云港市教师进修学院编,湖南美术出版社一九八二年版)

《中国当代书法大观》序

　　这部书法选集的编辑,不是出于一位书法家,却是出自一位画家之手,这事情本身就饶有意味。我常说,一个对于书法无所感受,不知爱赏的中国画家,实在是一个不可想象的人物。此语可供参考,不是随口乱道的。阎正同志经过多年辛勤搜集,付出了大量的精力和物力,编成了这部当代书法百家,其精神令人钦佩。

　　我们古代书法收藏爱好者,都曾想尽了方法,使书法精品与珍品得以保存流布。他们以惊人的智慧和技巧,创造出摹勒镌拓的一整套绝艺,成为一种专门的学问与艺术奇迹,其结晶品就是所谓汇帖。但要想曲传翰墨的精微超妙,困难甚大。汇帖在书法史上发生了巨大的作用,但由于摹勒不精和翻刻走失,也就产生了不小的流弊。如今有了照相制版术,可使原迹化身千亿,而又无纤毫之失真,堪称时下真迹一等。所以现有的新汇帖,质量应当超越往古,使观者能够赏心悦目。

　　古代汇帖所收有历代、断代、古代、当代之分。明清以来,汇刻当代书法的蔚为风气,一个时代,一个时期,尽管也是各有百花齐放之致,但用历史的目光去纵览综观,却又分明显示出时代时期的特点特色来。如今阎正同志编成的书法百家,正是为了显示上述的特点特色。这不但使爱好者、研究者得到了方便的标本,也为书法史提供了丰富的文献资料,其意义是多方面的,值得欢迎和感谢。

艺术的发展演变,永远与历史背景条件密切关联,这条件包括艺坛风尚与社会风气。当代书法的格局风调,从整个来观察,其用笔方法,其规模意度,都还是明清的遗风流韵,还未能摆脱它的影响。当然,也不无本身的特点,即时代时期的特征。其长处是纵横豪迈,蹈厉发扬,有奋发激昂之概,这是有目所能共赏的。如欲寻其美中之不足,那么或许可以看到一点,就是有时过于追求表面的气势,以致显得张皇造作,一旦过多地追求气概姿势,必然出现自我意识太强,缺少自然流露之趣,不甚措意于笔法与气质的高处了。青年一代不尽了然于胸的,更易过早地为时风所中,一味摹仿某些书风,不知刻苦致力于基本功夫,而自以为能。唐贤孙过庭早曾指出:不激不厉,而风规自远。又言自子敬而下,莫不鼓弩为势。时至于今,也还是值得我们深思而善取的良言嘉训。至如本集所编,则多为精品,有时代之长,而无流俗之弊,可称胜选。因此,编者阎正同志是做了一件有益的事。承他前来索序,浅陋如余何堪当此重任。辞而不获,弄大斧于班门,抛劣砖而引玉,聊贡愚悃,尚希指其谬误为幸。

甲子嘉平月坏目呵冻所书

周汝昌谨序于北京东城

(阎正编,文化艺术出版社一九八八年版)

《中国古今实用对联大全》序

　　中国文联出版公司李景峰同志将这部对联集持示于我,要我为它撰序。辞而不获,姑且记下我的一些感想,聊为芹曝之献。

　　对联是我们华夏民族的一种"独门"的文化现象和文学形式。所谓"独门",是说全世界就只我们特有,我们专擅。比如在西方,就不曾听说有对联这种名目的产生和存在。道理安在?这就是一个高深的文史哲综合性的大课题,而绝不是一桩细琐的"闲文",或偶然的"异象"。我的理解是,对称和谐之美,大约是我们这个宇宙中的诸般至美中的一大关目,而华夏民族最能感受它,表现它,赞颂它,运用它。这就使得我们的语文天然具有内在对称质素,并且从远古以来就朝着对称美这个特色的方向不断发展。单从文学艺术来说,发展到南北朝已然达到了一个极关重要的关键时期,汉语文本身的独特的形音义综合美,这时经过无数文学大师们发挥运用,造诣已到高峰,为隋唐的格律诗的新形式奠定了最好的基础。于是对联这个文学和美学的概念,也就充分得到"认定"。

　　由此可见,对联乃是我们这个伟大民族的美学观和语文特点的综合产物,是几千年文化史上的高级创造积累的特殊成就。不认识这一层意义,就会把它当作是一种文人墨客的装饰性"玩意儿",或者扣上"形式主义"的洋帽子。

　　对联该当是贴在门框、悬之抱柱的。这自然不错。但不要忘记,我们日常口语中也离不开"对对子"。你若不信，就想一想："神清气爽"、"兴高采烈"、"无精打采"、"垂头丧气"、"桃红柳绿"、"鸟语花香"、"有理的五八，无理的四十"、"八月十五云遮月，正月十五雪打灯"……这些罗列不尽的常言俗语，都是什么？那本身就是十分工整的对联。旧时学童，除了读书作文之外，最要紧的一门"必修课"是"对对子"，他们要念会"天对地，雨对风，大野对长空"这样的无数种优美悦耳的"对子歌"。从这里，你可以体会，我们的语文，"天生"的就是那么安排好了的"对联"，不但词义为对，音调也为对——平仄是要严格对仗的："天"是平声，"地"恰为仄，"雨"是仄声，"风"恰为平——依此类推。你看这是不是一种奇迹？

我常想，不管是谁，当他读宋贤张耒的词，读到"芳草有情，夕阳无语，雁横南浦，人倚西楼"，或是读唐贤王勃的序，读到"落霞与孤鹜齐飞，秋水共长天一色"时，如果他不能领略、欣赏这种极高度的文学对仗之美，那他必定是在智力和精神文化水平上的某方面存在着巨大的缺陷，而那实在是至堪叹惋的事情。扩而言之，假如我们的青年一代都不能领略欣赏这种至美，民族文化的前景就可忧了。

对联是由我们语文本身的极大特点、特色而产生的，并非"人为"地硬造而成。这在西方语文中是没有的。比如莎士比亚的名剧中，偶然只有运用"排句"（couplets）的例子，那还远远不是"对仗"。我记得英国著名汉学家谢迪克教授（Prof. Shadic 早年在我国燕京大学，后在美国康奈尔大学）告诉我说："在英文来说，用排句是为了取得一种特殊的艺术效果，用多了读来使人有'滑稽'之感。"这说明中西语文之异，文学美学观念之异，是多么巨大（因为我们有全部排句对仗的骈文体，如《文心雕龙》，乃是价值极高的文学理论名著）！常言说"敝帚自珍"，我们的对联文学，是值得自珍的，何况它还并不同于一把"敝帚"呢！

六朝以后，格律诗达到高度完美的音律定型阶段，这时对仗更加精工美妙，实为文学上的一种特异的奇观。于是，警策之句，精彩之笔，总是集中凝注在对句上。在律诗来说，即落在颔颈（或称颈腹）二联上。于是发生了摘句欣赏评品的风习。这就更加促进了对联的"独立"形成与繁荣兴盛。

由此又可想见，对联是一种"精粹"，一种"提炼"，一种"结晶"，或一种

"升华"。它有极大的概括能力,能以最简练的形式唤起人们最浓郁的美感,给人以最丰富的启迪,或使人深思、熟味,受到很大的教益。它又有雅俗共赏的优点,农村父老之喜爱对联,绝不下于高人雅士。

我们过年过节的春联,更是举世罕有伦比的最伟大、最瑰奇的"全民性文艺活动"。

我从幼年读联,祖父、父亲都喜欢把佳联摹勒在木板上,镌刻成"板联",悬在厅室,朴厚清雅之至。至今我仍能背诵那些给我智慧和审美培育的联文佳句。《红楼梦》第十七回写宝玉试才题对,第一副联是登上沁芳桥亭,"四顾一望,机上心来",于是说出"绕堤柳借三篙翠,隔岸花分一脉香"两句十四字。这一联,表面全切水景,实际又分隐"红"、"绿"二义,与"怡红快绿"暗暗相关(这又是为了遥遥映射黛玉和湘云二人的结局而设的)。对联的作用,由此亦可略窥一斑。等到北京在南菜园修建"大观园"时,主持者前来,非要我将书中未曾写到的多处景物的对联补齐不可,我也为他们完成了这件新奇的"撰联任务"——我是想借此说明,我对楹联,是有很深的渊源和感情的,这自然也就是我乐为此集提笔写序的真原由。

这部对联集标明为"实用对联",目的清楚明确。我们当然可以把它拿来欣赏,但更可以选择"对景"、"合题"的书写张贴,各得其所。我想,此中固然有编著者的苦心匠意,但也说明了我们民族传统对联在当前生活中仍然具有旺盛的生命力。如就内容而论,既有传旧之美,也有创新之意,值得表彰赞许。

对联和万事一样,有真有假,有高有次,有精有粗。这部对联集采辑甚富,大体上可称琳琅满目。我希望其中不要杂入一些平仄不谐、对仗不切、又无精义的"假联"、"次联"。倘能如此,则本集的内容之丰美,分类之详细,与实用性之突出,就价值倍增了。

周汝昌

丁卯中秋前

(梁石等编著,中国文联出版公司一九八八年版)

《王莲芬诗文选》序言

王莲芬同志，山东掖县人。出身于一个教育家的家庭，后依舅氏于东北，很早投身于革命事业。她是一位忠诚爱国的共产党员。她爱国的表现之一，即是热爱中华民族的文化传统，尤其喜爱诗词与书法艺术。

我与她初不相识，当然也不曾意识到在我国还存在着这一类型的女文艺家。一个革命工作者，但酷爱中华传统文学艺术中的"阳春白雪"，这在我是一度认为不可能的，这一错觉，倒不完全是我个人的无知妄断，历史原因之种种，确实给人们造成了或促成了那一错觉。自从认识了莲芬同志，我的错觉才开始消除了。

记得我们之相识，是由于一九八一年之夏，文化部组织了一个人数盛多的旅游休假团体，到承德的避暑山庄去度过几天带着浓厚的文艺气息而又别有风味的聚会和活动。那次有男女老少的文艺界名流，诸如梨园名角、歌坛女星、书苑老手……可谓一时之盛。陪随前往，热情照顾我们的文化部同志中，就有她在。当时她负责具体组织工作，我只感觉到她工作很有魄力，可以看出她有天才，但尚不知她对诗词深所爱好。有一天，当地主人为我们和承德文艺界人士安排了一次诗文书画会，会场设在山庄澄湖中心青莲岛的烟雨楼上。那是仿浙江嘉兴湖的烟雨楼而建的一处胜境。湖光山色，远挹近收，华灯映席，座客挥毫。此刻，即兴作字的唯一一位女士竟是莲芬同志。她书写的是当天游览山庄而作的《沁园春》——原来这位女同志还会写诗也能即席挥毫,引起与会者瞩目……这是十年以前的事了。她自己说,这是她第一次在这种场合即席吟咏,一切还很不成熟,只是胆子大而已。我却欣赏她这种勇气。次日清晨,她持来这首词要我修改,而每到忙完了一天的工作,便时常到我的屋中畅叙。——这就是我与莲芬同志相识的起始。

我记得很清楚,那些叙谈的主题,就是诗词,别的内容几乎不曾介入。

她告诉我:自幼酷爱我国古代的诗歌词曲,不但是欣赏,而且创作。她说:多少年来,耽吟成"病",敲句苦思,以致废事忘餐,连家人都埋怨她这种为诗而陷入"痴迷"的地步……她说到这些情景时,不是嘻笑自若、随便闲聊的,而是五内真诚、满怀积绪的一种倾诉,她的词气与面部表情所透露出的那种对诗的热情,当时即给我以很深的印象。

话要简断:从此,我们便熟悉起来。遇有音律或词藻上的问题,她也常常找我来商量解决。

那时,我同南北两大词家——张伯驹与夏承焘两位先生,都在北京。我与张、夏两家是词友之忘年交,唱和过从,留下不少京华吟坛佳话。莲芬同志后来与二叟也建立了交谊。这样,她的吟咏篇什,风格水平,自然与日俱增,因时益进。

在此必要一提的是,由于我们创建中国韵文学会筹备工作的机缘,使王莲芬同志与我们三位老者增加了交往与友谊。起初,在一九五七年,张伯驹和章士钊、叶恭绰三位先生曾致书周恩来总理,对古典诗歌的创作和研究提出了看法,希望成立这方面的研究组织,得到了周总理的关注和肯定。后因一些历史上的原因而此议未能实行。事隔二十馀载之后,当年倡导者章、叶先后谢世,张伯老又重倡此议,决心再次约集同志,筹组韵文学会,亲自草拟了倡议书。他为此事,多次与我计议。在我这次的承德之行回京后,由我重拟了倡议书,与张、夏两先生联名向文化部部长黄镇同志、中宣部副部长贺敬之同志写信申请,此信即是烦请莲芬同志转呈的。以后为了此事,她始终热情出力,终于在一九八四年秋于长沙成立了中国韵文学会——我国第一个古典诗歌研究组织。这时,张伯老已先在一九八二年去世,所以只有夏髯翁和我逢此盛会。如今当我执笔之际,则夏老也已作古数年了。回顾这段往事,感慨系之。中国韵文学会成立了,我们几个创业人也完成了"历史使命":从此,对这个学会的一切,无由获知。

如我上面指出的,莲芬同志是一位革命工作队伍中的女诗人,喜爱这种古典的优美民族文学形式,借以抒写革命热情,其一切都不会也不应与我们这些老知识分子一样。展其诗词集,就可以看到那些题材内容,都是崭新的、积极的、充满激情的。我以为,她的韵语的最大特点,端在于此。

我是留意过中华历史上出现的那些值得表彰的妇女诗人和词家的。我觉得这是我们中华文化史上的一宗独特的现象与收获,是值得重视与研究的一项极有意义的课题。从古来的班姑蔡女数起,以至后来的薛涛、李清照,她们联成一条"文化链",以文字织出了美丽的锦缎。这条链,这匹锦,也应该随着中华民族文化的生命力而永远延长下去。所以我觉得现在还有像王莲芬这样的女吟家,是十分之可贵的。

承她不弃,嘱为弁言,因志所感,贡此愚悃。我祝贺她的集子出版,并愿她不以此境而自满,则所成就,未可量也。

周汝昌

己巳冬至大节

（王莲芬著,文汇出版社二○一一年版）

《顾随临帖四种》引言

　　先师顾羡季先生手临名碑四种原迹，希世之宝卷，书髓之津梁，先生辞世既三十年，始得拜观，欢喜赞叹，得未曾有。

　　此所临碑四种，如以原石书写时代序之，当为《黄庭经》、《张黑女碑》、《善才寺文荡法师塔碑铭》、《道因法师碑》。然以先生之书学而次第其先后，则应以《善才》、《黑女》、《黄庭》、《道因》为序。盖先生之书法，途径所由，取则于初唐三杰，而力追右军。初则致力于欧阳信本，唯自言腕弱，不足以学欧，求其次而取褚登善，以褚得笔自欧，神明而变化之，宜为阶梯也。然欧本自隋入唐，欲识其法，又当措意于南北朝所遗小碑版。是以先生复习北魏石刻之佳者。而其后期，于唐人写经之外，更力摹小欧阳。是则汇美终归于信本。米元章评书，谓欧阳"真到内史"。是知能造右军真楷堂奥者，端推率更。隋唐人所见右军真楷书甚多，而后世不传。《黄庭》为小真书，世谓右军之笔。故先生又偶欲一试其法，而非素习也。

　　以余愚陋，妄窥先师笔法书学，粗叙如此。今按四种真笔，论其大齐，用笔以欧褚两大家为本，变而不离其宗，殆可晓悟。

　　至于所临《黄庭》，则复与虞法相通，不矜不伐，脩然意远，然先生之不朽，非在此耳。

　　先生之临褚，真能得其神致。尤奇者于临北魏小真书，亦能以褚法而会通之,迥异乎世之习"魏碑"者板硬粗陋之俗体,叹为仅见。

自五十年代始,先生忽复于小欧以求笔法三昧,于是体格一变,精彩倍出,观其笔笔精到,尽得古昔相传之真法,而绝无一点一画曾染明清人习气。卓然特立,中华书道之光,赖以不熄焉。

先生之书,难及者更有二端:一是书卷气,二是精彩足。书卷气者,秀而不飘,厚而不滞;精彩足者,笔笔到纸,绝无一画懈怠怯薄处,更遑论败笔荒墨。此种造诣,虽功力所至,亦有天资存乎其间。是以展卷之顷,书气精气,秀笔厚韵,扑面而生,如闻仙乐,如践神居。艺术之魅力,叹观止矣。

古无照相制版术,法书多赖刻石以传。书本柔翰之事,而以铁刃坚珉相仿佛,其得失之际,毋庸讳言。故学书贵多观名手肉笔。先生此四帖,沾溉来学,岂可量也。爰志所感,悲喜拜书。

　　　　　　辛未冬至及门弟子周汝昌于燕京东郊之寿玉轩

（顾随临书,天津古籍书店一九九二年版）

王学仲的文才

——《王学仲诗文评注》代序

世人皆赏学仲先生的丹青翰墨，我独以为他的文才实居首位。

他的文才，包括着诗、词、曲、赋诸多文体，这在当今尤其是可贵的罕例。

中华古《易》，早就指出，我们的文化是"三才主义"的文化。三才者，天之道，人之道，地之道；是知吾华先民对宇宙万物的认识是：天有其才，地有其才，而后人有其才。人之才，是为"天地之心"，参天地而为三。人为万物之灵，其灵何在？端推其才。是以中华文化，首推才人。若谓我中华文化之特征即是"才文化"，此语谅不为过。

科学家以为天地进化到两亿年前，植物方有开花的现象产生。如此，则花乃植物之才的最美的表现。那么，身为万物之灵的人，他所开的"花"又是什么呢？我看就是文学艺术的高级创造。而中华传统之论才，首举诗、书、画。

此三者之独为人重，是由于它们在群艺中品格最高，成就最难。能擅其一，已足名家传世，何况三乎！而王子学仲，以兼三闻名于海内外，所以我首先申明鄙意，王子是当代中华之才人。

诗文书画，先要秉赋天才，次要后天学力以为之辅养，然后可望有成。此二者，组成缔构，容或畸轻畸重，然而缺一不可。王子学仲艺业之有成，亦不例外；而观其手笔，尤觉才气过人，溢于纸表，每文驰骋于艺术原野时，有迭出绳墨之意度，譬如骅骝，岂甘羁缚？是其才大之微也明矣。

　　循此义而言,方知王子于诗书画三者之外,又能词赋。古人重赋,史家著录,必曰"文赋"若干卷,六朝犹如此;渐改题"诗文"若干者,已是唐宋以后之事矣。登高能赋,千金买赋,乃中华才人之传统与美谈。作赋者,首须洪才河泻,次须逸藻云翔,其气势与词采之美相兼,始有可观——而情思风度,即寓于二者之间,所以能动人脍炙,历久常新。近世赋道濒绝,而王子独能于举世不肯为、不能为之时而为之。此又何故? 余曰:无它,王子之才,横溢而不得尽展其所抱负,觉诗词曲皆落俗常,故于赋道一畅其才气耳。王子之诗,有时粗豪,可以惊四邻;而有时深婉,又足以适独座——是为尤难。其词曲,韶秀通灵,不啻晏小山、秦学士,而不屑于饾饤纤巧一派,亦其真才之所至,不落小家门径。

　　其诗文涵蕴丰富,不浮不薄,而亦不腐不陈,时时有新意流宕于字里行间,朱弦疏越,一唱三叹,于此见之。

　　王子才富体备,而余尤赏其赋。然今之人,万金买画者多,千金买赋者绝响久矣。王子倚赋以为生,必致举火称奇。于是吾乃悟,王子之作画应世也,如雪芹之"卖画钱来付酒家"者也;卖画之所以为作赋之资者也——是以王子之赋,其雪芹之《石头记》乎?

周汝昌

壬申十月初吉　写于京都之庙红轩

　　(王晓祥等评注,山东友谊出版社一九九八年版)

《顿立夫治印》序言

　　立夫先生自少年从事篆刻,今逾古稀,矻矻犹勤,工力之深厚可知。近以手拓印痕一册见示,并索弁言。余揽之尽卷,见其神明奕奕,气味端纯,不禁嗟赏久之。先生自叙平生一切环境及治印经历甚详,而以为种种条件原故,所为者能秀丽工整而不能粗犷豪放,言次似不无微歉于怀者在焉。余曰:艺道而至于秀丽工整,能事亦毕矣,况高龄而略无颓唐草率之迹可求,此其气质态度可贵孰甚。彼粗犷豪放世每争趋,文人寄意偶一为之,未为不可,若以为艺业悉当如彼,一味追求假样,其所使者皆客气也,滔滔者皆是;有肯以秀丽工整为晚世颓风之砥柱者,诚伟士也,而可以为憾乎?叹息而题其端。

　　　　　时庚申长至周汝昌呵冻书于北京东城脂雪轩

（据手稿。荣宝斋一九八五年版）

序《当代青年篆刻家精选集——崔自默》

　　崔子自默要我为他的印蜕制序,此真奇事。盖若谓我能懂印,其谁信之?然而自默偏偏以序委诸不懂印之我,非奇事而何?事既奇,故序必不得其正。若是,则大可嗟叹了。所谓序之不得其正,即我这拙序是外行话,此则既可叹又可笑也。

　　以我观崔子之治印,仿佛石涛之作画,觉得他有如此丘壑在于胸次,层出不穷,相形之下,我之胸次何其平庸,何其空乏,良可愧也。幸而我虽平庸空乏而尚知石涛或自默之甚异于常流,故终不妨以外行话而序此印蜕新集也。

　　拙见以为,印人印家,必先知书之外,亦须知画、知雕、知塑,亦须知文、知道,一言以蔽,必须知我中华文化之精髓命脉,而后可兴言印事。否则不能为印;即使镌而拓之,亦不得称印。何则?以有印形而无印精、印灵也。当世书画名家,犹不免此憾,况常人俗子,又何以赏论其是非高下哉?几如群盲,聚而扪扣,以太阳为灯为烛,洋洋乎以为得之矣,岂不悲乎?

　　崔子工书,自三代迄汉晋南北朝,无体不师,酿为芳润,而以为印之体貌精灵、胸襟气味,不落明清卑格俗套,而时出奇兵,神明特胜,使仲尼见之,必许以孺子可教,此义甚长,亦非数语可了。

　　至于我见崔子之印,生欢喜心,亦生悲怜感。印者,汉字之奇迹也,人类之至灵也；但近世有人以汉字为落后陈腐，必欲弃之以从洋文，以致今人书写汉字，已如蟹之爬沙，阅之可以伤心惨目。而令此等人士来赏印艺、来论印道，岂不北辙南辕，悬霄隔地，岂复可望片言一语之能交乎？

由是而言，自默持此印稿付梓，而独委序于我，又不足为奇事，我言过矣。我见其印，白文尤惬余怀——此非谓其朱文不佳，只是表明我自己于白文有其偏爱而已。崔子白文，腴润丰敷，古秀相兼，奇正百变，是其能师于古而不为古缚者。于是以证我谓崔子之胸襟气味，仿佛大涤石涛，谅非无缘无故罢。

是为外行之序。

周汝昌

戊寅七月

（崔自默著，河北教育出版社一九九九年版）

观音妙相颂

——《历代观音妙相白描图集》序言

　　佛门教义劝人破除一切色相——"五蕴皆空"之第一蕴就是色相之蕴。可是佛经中又明文教导说,为佛造像,是一大功德。这岂非自矛攻盾?要解此疑,去访高僧大德,我此刻不想充当解疑破惑者。我想说的,只是为什么要画观音这个意味深长的课题。

　　佛经已明文讲有绘、塑佛像之法了,我把石刻、铜铸也归入塑的大类中。而本书所绘的,实又包括了从塑像勾勒而成画像的这一大部分。这可说是甚符佛旨。

　　绘塑佛像,是否即为宣扬佛教?有的是,有的不是。有的是者,如僧众辛苦募化,立寺瞻容,目的明显。有的不是者,绘家塑者,本人不都是僧侣居士、佛门信徒。然则他们为了什么而喜欢为佛图形造像、写照传神,而且能达到如此神妙的极高境界?除了受请、谋生这一因素而外,他们本身还受佛的伟大人格所感染,因为照佛家理念,凡人皆具佛性,否则就一切无从说起了。

　　佛的伟大人格是什么?即人人皆知的八个大字:大慈大悲,救苦救难。佛旨是普度众生,禅门看不上"自了汉",皆是此义。但是,在我中华,这八个大字并不常给释迦牟尼如来佛享有,而是专指观世音菩萨。

　　这一点非常重要——也需要思索解说。

　　从我们一般在家的世俗之人来说,对如来佛是尊敬崇仰,礼拜赞颂,可是却"尊而不亲"。他庄严崇伟,"高不可攀",不在我们"群"中,是以不敢近不觉亲；事到观世音菩萨，就大大不同了。

她就在我们"当中"或"身边"，十分可尊可敬，可又十二分可爱可亲。这个亲是慈母之亲。这种感觉，在中华，在东方，可说强烈之至，普遍之极！你在千百众神之中，也绝找不见这样的一种亲情。

观世音菩萨的特别伟大，端在于此。

观世音，她是何如人？真有她的存在吗？

第一，这位菩萨在古印度时本是男性，我们中华的观音不同，是女菩萨，这已无可"争议"，也再不可"改变"。所以观音是用"她"字来指称的。

她在民间只称"观音"，是从唐代避太宗李世民的名讳，省去了"世"字，唐初碑刻文存，早已如此。

观音与如来的"分别"何在呢？只说一点：如来的慈悲度人，是"虚"义，即从智慧、觉悟上教人破除"一切苦厄"、"烦恼、颠倒、梦想"，是个精神的事情。观音则是加上了"实"的成分，即她的特点是"闻声赴难"——你在苦难中，一诵她的名号求救，她立即现灵，助你脱离急难灾难。此乃今之所谓"实际行动"，不只"精神解脱"了。

这一大特点，方是她赢得了最广大民众敬爱、亲切信奉的根由。

那么，果真有这么一位大慈大悲、救苦救难的女佛吗？

我答是有的。

我的回答不像有不少人可以举出亲历的实例灵迹为证，而是另有我的理论为据——

观音菩萨之存在，证据就是古今千载以来无数亿万人众，世世代代，无分老幼，不拘贫富，家家户户，都信奉供养这位慈悲之佛，这样无量无边之巨大的信奉力，聚焦于一处，则此处即有此一菩萨，包括她的相貌、心田、人格、灵性。且不说古印度众佛中本有此名此义，纵使本无，由于东土中华的信仰力量之所聚，就会凝结而显现出这样一位大慈大悲的伟大而亲爱的"慈母佛"。

精神的力量（心愿、理想）会化为"实体"，这种存在就是那一种巨大力量的体现，这是无有疑问的事理。

至于闻声赴难，解救厄苦，是一般民众所以敬爱她的原由，不难理解；但人们往往忘了另外一面：人间民众，从来苦难多端，所以特望她来救助是"消极"的一面而已——民众自己也具有那种大慈大悲、救苦救难的胸怀意愿，所以才更能与观音菩萨心亲意契，才更获得了精神的欣慰与幸福，这是一种非常伟大的"满足"。

因此，绘塑观音，就自然也是同理同质的一种满足与欣慰，或者说是享受。

绘塑者是如此，瞻赏绘塑者也是如此。

观音妙相之美，是中华文化之美，东方艺境之美——这是别处所寻觅不可得的大美！

庄严、美妙、慈祥、悲悯、博大、亲切，还有一定会普救众生苦厄的信心的神情仪范。

可是她又每幅不同，示现各异。这一层，就又须理会中华艺术的极大特色，极大擅场。

艺术家们大抵知道两大要点：一是面容神态，二是全体姿式。但他们最易忽略（甚至忘记、不懂）的是绘塑艺术中的"衣纹学"。

衣纹学是中华画学中之一个极关重要之学，似乎缺乏专家予以着重的研究阐发。顾恺之、吴道子、李公麟、陈洪绶哪个不是"衣纹学大师"？"吴带曹衣"这句话，意义何在？难得见到有关的著述为我们讲解启示。我与秉山常常谈及此事，以为深憾。

如今秉山的这一观音画像巨编，使我生无限感想，也生无量欢喜。因为，我在此所说的几层涵意，在他画笔中已然都传达和"说明"了。

从来画佛者甚众，今亦犹然。但画佛菩萨须有佛气，令人一看即生敬心爱心、慈怀悲志。而假若画成的只是一个披佛衣的"美女"，粉白脂红，柳眉杏眼……那能叫"观音"吗？你若呼她，她也不会"随声"赴你之"难"吧？

所以我的体会，观音菩萨的妙相，就是中华民族之心的心相，即此一伟大民族的慈悲精神的真实显相，故非虚妄，画者瞻者，皆有这等心这等像，是为可颂。

己卯正月廿八日

【附注】

这篇《观音妙相颂》,纯属我个人作为一个世俗人(在家人,非出家修行人)的感受和领悟的粗略抒写,这与佛门教义的真谛是相差很远的,不可混为一谈。此点请读者鉴谅,并予指正。

(孙秉山编绘,北京工艺美术出版社二〇〇〇年版)

《历代菩萨宝相白描图集》卷前小记

　　中国古代绘画"人物"门类中，有"圣贤"、"仕女"等不同分科。历代还有"功臣"像。书圣王右军在《十七帖》中就有想到成都去看汉代宫阙所绘圣贤诸像的夙愿。可见那是一大盛景胜业，是大师名迹之所荟萃。至佛教传入中土之后，佛像绘画艺术很快成为又一专科，蔚为大观。

　　寺院、石窟，除了塑像，也有壁画。塑是立体，画是平面。无论是塑是画，都是民间的艺家圣手的杰作，无价之宝。后世文人会"几笔写意"（《红楼梦》中惜春姑娘的话）的，看不起民间艺家，贬为"工匠"——太自视特高、观人过矮了！

　　秉山初学雕塑，后攻绘画，他的白描佛像，正是塑与画的艺术巧妙结合。

　　这话怎讲？

　　秉山的画佛画菩萨，形式是"白描"，似乎只是一个"平面"上的事情，实则除了一些残损的难以辨认出线条的壁画外，都是他由原雕塑的实体而"翻译"成平面画艺的。这是他佛画的一大特色——当然也是一大创造。

　　中国人物（包括佛菩萨）画，不是"泼墨"（如山水），不是"堆色"（如油画），而是线勾。所以我论中国画时独创了一个新名词，叫作"衣纹学"——一切人物都是靠衣纹来表现其丰韵和境界的。

　　但"纹"是什么？杜少陵《冬至》诗云"刺绣五纹添弱线"是也。

在雕塑原件上，本无所谓"线"，只有起伏、凸凹、折摺、掩映；而变成"白描"，却是艺家画手的"翻译"成果。此一奇也！可惜常人视为等闲，不知领悟其间妙处。

秉山的线勾功力，实非一般人皆能企及。

秉山的第一册《历代观音妙相白描图集》问世后获得了极大的成功，从出版的角度用语来说，成了"畅销"品种；从我们来说，是艺术获得了赏音。佛门的看法又会不同，可能说是菩萨的"法力"所致，非画家之能也。

菩萨是如来佛的大弟子和"助手"。他们为传道度人而十分活跃于东土，所以不止是跏趺静坐，而是仪态万方——这就使艺家有了用武之地。

我和秉山皆非宗教信徒，论画佛不是从真正佛义上出发，只是从艺术上略述理解和感受（我为秉山第一册观音妙相作序，有释家内行看了以为不太满足，就是没分清这一点）。但秉山为何选中了佛菩萨作为虔诚创作的目标？这也值得探究——但那就超出序言以外了，应另行讨论。从自己的一点感受而言，我只觉中华艺术中这一大门类所表现出来的大美至美，无与伦比，独一无二，给我们极大的享受。这是否另有"偏爱"？我自幼初入寺庙一见塑像，即徘徊不能离去，自己也不知这是何缘故，如何解释？我以为，如果不能领受这种大美至美，其灵智情怀，恐怕要做艺术家就不大合宜了吧？

几点拙意，书此供您一思，或可为瞻仰欣赏菩萨宝相之一助乎？倘如此，幸甚幸甚。

周汝昌

己卯十一月初八夜书

一九九九年十二月十六日

此序一气呵成，一笔未停，一字未改

（孙秉山编绘，北京工艺美术出版社二〇〇〇年版）

绣出观音不倩针

——《蜡绘佛像艺术》代序

我这儿的"绣"字，是个借用法——不用针的刺绣大约是现时还没发明的吧？绣是借用，是比喻，本名应该叫"染"。但"染"很无意味，一点儿不引发我的美感。你想，染店里的大染缸，如何能与绣房中的金针彩线的"气质"、"境界"相提并论呢？

中华是世上最有名的衣冠古国，其衣装服饰之美，天上难寻，人间无比。据我们的古文化史，是"始制文字，乃服衣裳"，此两者标志着中华民族最了不起的独特文化文明创造。据传是黄帝之妃嫘祖氏最先运用蚕丝创出细绢的绩、纺、编、织的工艺技术。但丝不外白黄色，后世之棉也还是白色居一不二。这种织物制衣穿用，久而必厌其单调。除了"殷尚白"，后世竟至以"白"为"凶礼"之服了！何况中华人的艺术审美天才要求特别强烈高超，于是在衣饰上又创出了绘、绣、染、锦、镶等种种妙法，将那"素"（白色的丝织品，如绢、练、缟皆是也）装扮得满目琳琅、百般花色——你如不信，可以看看京剧的"戏衣"（叫"行头"）就心悦诚服了。

孔子说"绘事后素"，先有白绢，然后才往上画——严格说来，绘是用色，画是线勾，二者有别，古代也有"画衣"，不知那怎么浆洗？因此，染就必然是一条重要的"加工途径"。

但染也有各种不同工艺技法，如今只说"蜡染"，尤其是孙、俞两位艺家独出心裁、另辟蹊径的新蜡染（我给它取一雅名，题曰"蜜绣"）。

蜡染工艺，专家研考，秦汉已然有之，如今可见的就有一九五九年在新疆发现的东汉棉布蓝白色蜡染实物,可见中国此艺起源之早。大约西南少数民族自古特擅其事。

既然如此,那孙、俞师生二人的新"蜜绣",又有什么新意义呢?

凭我这门外汉来看来讲,我对蜡染的印象是它以图案装饰纹为"大宗",这种花色纹理的缺点是单一感甚为浓重,因而总觉不够丰富生动。而不生动,就是"板",就是"死"。死板的表现,在艺术上就难跻上品了。

如今孙、俞两位敝友的新蜡染,特点特色非止一端,而如果仿孔仲尼的"一言以蔽之",就是一个"活"字!

他们与我一样,不满足于已有的图案装饰画式的旧蜡染,而把国画正宗、线勾人物画的景象、技法、境界、气息……一一结合到这门工艺上,于是一下子就将一种民间工艺提升到高层绘画艺术的品格上去了,这是一个非常重要的创造,一个突破,一个伐山开路。

观赏他们的新蜡染艺术,你会感到在笔墨绢素之外,又出现了一种新的美,一种别处没有的艺境,令人兴起了新的寻求的愿望。

旧蜡染很少能有谢赫六法的"气韵生动"——而这却是一切艺术的命脉。如今他们的新作中却首先显示出这条命脉的光、气、韵与真、善、美。

它是一种活的美。

这儿选的图像,不是花鸟仕女,是菩萨观音。这儿是一片大慈大悲的善之真美。

我喻之为"蜜绣",因为古人诗词中将蜡烛称为"蜜炬",可见"蜜"比"蜡"更觉新雅。至于"绣",那可以意会,无庸拘泥"死"的"定义"、"界说"。

这种"绣染",不是将一块白布染成大红大绿这样的粗办法,它细得很,所以比之为绣。它的"工艺流程"很复杂费事,工序有八道之多,但我们不遑细讲。我只拟以四个字来表达,就是:去、留、隔、透。

去留隔透,亦即一阴一阳之谓道的妙理——此又中华艺术之总规律与大主脉是也。

己卯夏五月小暑后

(孙秉山、俞满红绘著,北京工艺美术出版社二○○三年版)

《儿童工艺丛书》序

　　孩子们都有一颗灵心，但需要浚发。他（她）们也都有一双巧手，但需要训练，经过良好的浚发和训练，就会创造出美好的事物——也就培养出善良的心田。

　　这种浚发、训练最好的办法就是让孩子们学一点儿"手工艺"。

　　谁来为我们做这件好事呢？现在有一位好阿姨，名叫俞满红，她为小朋友们设计编写了这套小小的儿童工艺丛书，令人可喜得很。

　　丛书虽小，意义却大。

　　意义何在呢，简略说来，它是民间工艺的，也是民族文化的。

　　你看，她选的工艺用料以纸、泥、石为主。这是中国民间富有的，随手可取，不费财力。然而它又是中华文化的——这话却怎么讲呢？

　　你想，石、泥、铜铁、纸，正是我们中华伟大文化发展的四大代表阶段，而现在这小丛书就已包括了四中之三！这是多么意味深长啊！

　　不仅如此，她以独具的灵心慧性，特运匠心——不单单是教给孩子们如何习学工艺制作，而且将另一重点同时"布置"在整部书中——随时随地"见缝插针"，即将相关的知识、故事、意义、趣味……融会贯穿在字里行间。这样，孩子们获得的就绝不仅仅是一些"技术"了：内涵要十倍丰富，而且使得全部丛书都"活"起来了。

　　小丛书意义不小，理由就在这里。

　　儿童手工艺，并不完全等同于玩具，却实相关连。前几日，《生活时报》上一篇文章，大题目是《儿童玩具，别毁了孩子!》，家长们读此，岂不触目惊心？这套小丛书的编写出版，正可让我们作一番对照对比，细索其中的重要道理。我的小序，也许不算"多话"吧？

　　正如她的名字一样，编著者的热心也是"满红"的，我们都应该感谢她的这番为儿童贡献美好事物的真心诚意。

己卯端午佳节

　　（俞满红著，未出版）

《石头记微刻》序

透过审美对象，可以窥见中华民族的灵心慧性。透过对于石头的审美，更可以窥见这个伟大民族灵魂中的艺术本质。

中国的文学艺术，与石头有不可割离的关系。中国的一个最古老的神话，就是女娲氏炼石补天。从这一神话传说中，已然分明显示一个极其重要的文化观照与思悟的高度才能，至少有几点非常清楚了：

1. 石头是最宝贵的物质，它的最高功能是连天也靠它补好的；

2. 石头的质素极美：由天穹的青碧空明，反映了中华先民的"石质观"，只有石才是堪以与天穹比美的或等同的材料；

3. 女娲用以补天的巨石，不仅仅是空明青碧这一种"底色"，还具备了绚丽的五彩。这是说明：先民的审美概念中，石之用，石之质，石之色，都是宇宙万物中的上品。

对于石的审美与观赏，从这里就已开始了。

中国古代最伟大的思想家如老子与孔子，都是高级的石头审美者。《老子》说："不欲碌碌如玉，珞珞如石。"虽曰"不欲"，实已深明碌碌珞珞之美了。孔子能识玉之"孚尹"，曰"焕若瑟若"，即玉采的晶莹鲜洁之美。玉即石之至美者，玉、石并举，自古为然。远在距今三千数百年前的商代，"石工"即为六工之一，设有专官；随后的周代因之不改，并分为"玉人"、"磬人"。石也是八音之一，《书经·益稷》所说"击石拊石，百兽率舞"，那是古人早知石含美音，更不止外貌色彩了。

所谓"观赏"，似乎限于目享一端，其实"赏"还要包括"听"、"触"（俗称"手感"）等等丰富的审美内容。

如仅从"视"的单一角度来说，也可分为色彩美、纹理美、型态美等分类及结合审美标准。纹理型态美中，细类也非止一门，如有的专力追寻"形似"某一物相，以为天地造物之奇，确有不可思议的魅力。但另一门类则更为高层级次，即超越形似的无以名状的自然奇态美。北宋的诗文书画大艺术家米芾（一〇五一———一一〇七），见一奇石，便具礼服，向石下拜，呼之为"石兄"——这段佳话，便属于超形似的审美级次与范畴。这种造物之奇美，远远超出了人的艺术想象创造能力之所至，因此令人耳目为之惊喜振奋，引起内心更高层的审美发现与享受。

中华民族对于石类的观察、思悟，极其深细。不但对它们的质地、形貌的研究达到高度的水准，而且还能体会出不同石类的不同"德性"。比如《礼记》早就记有"君子比德于玉"的哲理认识，并能将"玉德"分为六项。这就是说，视觉的观赏，在中华文化的层次上来讲，属于艺术范畴，至于心灵的启悟与契合，则属于更高级次，两者是交相作用，相辅相成的。如此，方才构成"观"与"赏"的全部精神涵蕴。

不应忘记：中国最伟大的一部长篇小说即取名《石头记》，作者想象，女娲所炼的石头，竟然具有了灵性，即像人一样有了知觉、感情、智慧、思想，它变成了一块美玉，又变成了一个人，经历了人间的悲欢离合，因而将那经历写成一部小说。作者写那玉石是"鲜明莹洁"，"耀若明霞，莹润如酥"，"五色花纹缠护"。这就是说：中国一位最伟大的作家对石头的认识，是从形貌观赏一直引向它与"万物之灵"的人之间的关系上去。这里面就正是包含了中华民族的"石文化"的典范观念，有很高宇宙观、人生观的多层哲理涵义。

因此，在透过"观赏石"的审美过程中，中华民族的特异天才的精神境界，也能展示其奇丽与精彻，高华与超妙。这是人类高度发展了的灵性的一种最好的审美选择与认定，值得我们共同深入理解与研求。

中华文化历史上，有一个传统的保存与传播经典文献的方式，即有名的石经的镌立之大典。汉隶书石经,魏三体石经,久称绝品。古石经初建,列碑如林,观摹者车马填塞,盛况载在史册。延至后世,清代还曾重刻十三经金文立于国子监,也因校勘文字引起争论,盖石经一建,即成定本,儒师士子,皆须遵奉者也。这是古代在印刷术发明及流行以前的智慧创举,勒之贞珉,永垂万世。

此一创举,佛门释氏,也即随而效行,是以又有石刻藏经的浩瀚工种。而石经之建,又同时引发了各门艺术的辅助与辉映:诸如书法、镌艺、图纹装潢、摹拓技工……连类荟萃而发展。这是中华文化艺术史上的一个重大的篇章,影响所被,至深且巨。

但是,经典以外的文献,除个人的碑版墓铭之属,有全文镌刻的浩大工程吗? 似乎未之前闻。

如今却出现了一个奇迹,即曹雪芹《石头记》八十回巨著的全部真文付之勒石,成为史部稗官文献的一部崭新的"红楼石经"。

红楼石经,已是奇迹奇名,而尤有意义者,镌艺家彭祖述先生以为:《红楼梦》本名《石头记》,此记本又镌于石上,方有"石头记"之美称,如今他是立意要全部《石头记》复原到石上,以符雪芹的锦心绣口,以慰普天下读者的审美怡情。于是他矢志发奋,行万里路,历种种辛苦艰险,遍求嘉石良珉,得八十枚上品,以六载之苦志精工,将石头一记微雕石上,其字如蝇头,其笔若蛛丝,复于四周缘饰,镂为图像,各符芹书本回所写之情景。开匣入目,琳琅璀璨,叹为观止。

余素重《石头记》一书,友人曰:《石头记》在我中华,实具经典性,当配十三经而称之为"十四经"。余深契其慧心奇想,以为极是。然则,彭先生以其绝技,成此绝品,乃古石经之继美无疑也。

彭先生不第艺高,且具卓识:服膺鲁迅大师之言,所采版本独取戚序古钞本,而不取坊间伪篡之讹文劣续,余尤敬其胆识,于此,略为表彰,请鉴愚衷,不胜幸甚。

纵览群石,众美聚而百感生,爰为简语,以叙其梗概,复赓以诗句曰:

文归石上彩云红,百万微雕夏复冬。

也似十年辛苦尽，古今奇志辟鸿蒙。

庚辰芳春佳日周汝昌序于脂雪轩

时年八十有二

（彭祖述著，长春出版社二〇〇三年版）

佛像艺术展引言

"妙相庄严",这四个字是中华文献中特指佛像艺术的专用词语。我们在本次展会上可以充分欣赏领会妙相庄严的精神境界。

佛像绘画,由古天竺(印度)传入中土,佛门最早请来的实物就是经、像二者。经是教义的载体,以供诵习解悟,而像是佛、菩萨的仪容貌相,以供瞻拜礼敬,可以引起赞叹之情怀,激发信仰之诚悃。这是就宗门以内的教旨而言。但佛像一经传入华夏,就很快成为艺家师匠的一大绘塑的重要对象与题材。发展到南北朝时代,中国第一流的绘画大师们,都擅长画佛,大江南北,名都巨邑,无数的琳宫梵宇古刹精蓝,其中名师壁画成为寺中珍宝,四方来观,车马拥塞,其盛况今人难以想见——亦即其艺术魅力之超常警众,实可以惊动万民了。

由此,佛画艺术遂成为道俗(宗门修道者与一般世俗人)共赏同珍的高级特种品类。

唐太宗撰文,形容佛像是"金容"、"丽相",此即妙相庄严的注脚。但高超的佛画,不止威仪璀璨,而且神态庄严——佛是自身修持臻于大自在的精神境地,而又是以大慈大悲之心来普度众生为目的。是故高级的佛画艺品,不独相好,尤在神超——看了令人生清净心,生慈善念,发皈依愿。对一般世人来说,也可以净化尘烦俗虑,提高精神的境界和智慧的层级。

本展的画家孙秉山正是在这一认识体悟上，以其深厚的丹青功底技法，创造出他自成一家的超逸清新的佛画流派。

孙秉山佛画的成就，在于他创作态度的细处纤毫不苟，而整体庄严具足。他得力于精心临摹古西域（今新疆）石窟壁画与中原名刹古匠人壁画两种风格的精湛的技法与神采，而又加上他自己的熔铸而成的崭新的意境之美，是以迥异于一些只画外形"程式"而毫无内蕴的"神纸式"的常品。

因此，孙秉山的佛画艺术是值得重视与研究的。本次展出的，是他的部分新作，表现出他的非凡的造诣。

皇族珠宝艺术有限公司主办

《红楼梦——太虚幻境图》序

  自雪芹《红楼梦》书稿初成,其为书作批者已表示,又拟请名画家为绘《葬花》图。至乾隆末程高刊本流布,于是画者继出,《红楼》画幅遂盛行于世。然所绘者皆是单人独景,如葬花、扑蝶之类,习见不鲜,大同小异而已。我常提醒画家朋友:应当摆脱此种窠臼,要创多人巨景,盛会华林,方能表示出《红楼》伟著的大局面规模,气象境界。然而应者无多,盖识见与技能,皆不足以承担之故。今者津沽工笔画名家杨学书先生,独超众手,自辟新图,绘成巨幅《太虚幻境图》,可谓前所未有,意味深长。此画即行精印出版,堪为当世画坛平添异彩。《红楼》爱好者见此创作,生面别开,一新眼界,也定当称赏,以为快事。

  我非画家,不应多谈画艺的精微道理与绘者的品格造诣;我只见杨先生的画笔工秀,画境离尘,布置精奇,功力深厚,斑斑在目。这已不是凡手所能臻至的境地了,而尤为难得的,则是他的画境之超逸、笔致的缥缈,画出了一片"幻境"的仙风道气。

  《太虚幻境图》出于何典? 出在雪芹小说第五回。"太虚"何义? 其实本与"太空"无别,即"最极广廓的空间",亦即"天"的代称。诗圣杜少陵,咏云有句云"溶溶满太虚",最为良例。"幻境"何义? 即"情境"的变词,古本《石头记》有诗云:"阴阳交结变无伦,幻境生时即是真。""总是幻情无了处,银灯挑尽泪漫漫（mán）"。是以在雪芹独特的铸词法中，幻即是真，幻即是情。所以"太虚幻境"喻意是"天地间最博大的真情"——但他总是以"荒唐言"面貌而巧寓实言的。

《太平广记》载西岳华（huà）山的女神名曰"太虚……圣母"，也称"西王母"，天下"得道"之女子皆归于她的教化之下。这又正是雪芹运用古神话民俗的文化传统而加以变化的证据："警幻仙姑"也是管领天下女子的女神——不过不再是"得道"之义，而是可悲命运的不幸者。

这一大"群"不幸之女，载在"簿册"各有"判词"。其中有十二"正钗"为首。

如今杨先生所绘，正是以此十二正钗为画幅中重要人物。而围绕此意此情，他又为之创造出前人未能表现的仙境、梦境、情境、文化艺境的综合境界。

我为此画作序，窃以为只要指出这一要义真谛，其他种种，即可联带参悟而自明了，故不复繁言多叙。

壬午立秋佳节

沽上周汝昌写记

（杨学书绘，天津人民美术出版社二〇〇二年版）

《湖北省图书馆百年馆庆
名家书画集》序言

　　闻悉湖北省图书馆即届建馆百年纪念盛典，兴怀及此，感幸实多。盖吾中华文化溯其原始，自古有河出图、洛出书之说，而以图书名馆者，取义端在于斯也。

　　吾国文籍之富，至周代而富极，即孔圣所谓郁郁哉，吾从周者是矣。自而后，文献浩劫，屈指难数，至明末绛云一炬，抗战时期涵芬毁于敌火，凡我炎黄子孙，莫不引为民族精髓之大痛！而今日湖北一馆，在省级中创建最早，藏书之富不啻琅嬛二酉，实鄂渚文献之宝库也。嗜学之士，得而汲取，左右逢源，宝山之入，收获必丰，谓有此文化渊薮而无所人才成就，吾不信也。为建馆庆典书画集征序于余，以年衰目损，略书数语，以申庆贺之忱，而斯馆之足重，岂待拙文而后明哉。是为序。

甲申秋月

八十七盲者周汝昌

（蒋昌忠主编，北京图书馆出版社二〇〇四年版）

《董可玉画册》序

平生为画家题咏《红楼》画幅,计其数量也很可观,单就为女画家而言,还能记忆的就有五家之多。而董可玉女士即是其中颇为出众、我为之题画最多的丹青能手。

以我平生所见,建国以来,画《红楼》的绝大多数是"四扇屏"的风格意度,比如,四幅画是按四季来分配:黛玉葬花,是春;湘云卧裀,是夏;妙玉听诗,是秋;宝琴折梅,是冬;如此等等,小异大同。近年流行挂历,自然幅数增至十二,但其仍不脱"几扇屏"的思路格调,是显而易见、无庸讳言的——仍为老模式所牢笼,也就缺乏新意新境,总觉得墨守者多,创意者少,而敢于多走几步、创一新格者难逢罕遇。

唯有董可玉女士,与众不同。

上世纪八十年代之初,我从无量大人胡同移居八大人胡同(明代原为"把台大人胡同","八大人"乃讹称。后又改为"南竹竿巷",实无义理可言),某日,董可玉来访于此新寓,说明来意后,知她喜欢工笔人物画,有志欲绘红楼仕女,要我指点支持。言次,她表示要画就不再走"四扇屏"老路,打算创一项大工程:画百幅大红楼人物谱。

我听了,很高兴,当下就说:你若有这志气勇气和毅力,我就给你题咏这百幅大创作。

　　话一出口，驷不及舌——没想到她居然实践了自己的志愿，前来索题，于是，我也就不能收口食言，一下子应承下来，而且是百幅之多，一口气题完！

　　以上种种经历、情景，犹在目前。更难忘记者：当她举办画展开幕式时，恰好正是书法家协会召开全国代表大会的日期，我为了支持她，竟然自动放弃了参加书法大会，令董可玉感动得当场落泪。

　　此后，她的这项艺术创作得以参加不止一次的全国红楼梦学术研讨大会，最重要的一次是一九八六年在黑龙江召开的国际红学大会上。这一百幅力作给人们留下了深刻的印象。

　　事隔二十馀年，董可玉并未与我继续联系。前日她忽又来临——这已是我的朝阳门外的又一处寓所了。相见之下，方知她的画作即将付印问世及巡回展览，特来索序，我虽无复当年精气神，并且目力早已不能写作，但回忆前情，仍然一片真诚，满口答应。

　　走笔至此，不禁想起当年她每隔数日必来南竹竿巷，手持画稿，让我提出修改意见。谈画之后，她又必然去到我老伴那屋另作她们之间的长谈。而如今我写此序之时，老伴已去世四年矣，并且就连那所难忘的旧居——据专家鉴定是一所明代四合院建筑的遗迹，游廊抱柱，花木清阴，一切都荡然无存了，而董可玉的画册却能终于出版问世，所以我此拙序一方面为她致贺，一方面也记叙了自己平生为红楼梦艺术而付出的微诚努力。

　　今天，我重新审视她的画和我的字，都与早年当场的观感不尽相同了。她的画用心用力，堪称精品——须知，百幅巨大工程，又是绢本，绘制一百零八位性格、面貌皆不相同的女儿，还要加上百般的楼台花木，种种背景、道具，要用工笔丹青一一表现，一笔不能走失，还要精彩动人，其难可知；而我的字也还幸存若干目未大损之前的风采韵致，今日幸而得以全部保存，也就觉得有它本身的意义和价值了。

　　　　　　　　　　丙戌十月冬至节前周汝昌书于燕京东皋铸梦楼

（董可玉绘，未出版）

《魏始平公造像记集联》序言

　　傅子明飞,单名杰字,津沽人也。岁在癸亥,相识于邑中师范大学,时君方负笈中文系。已知其性与书亲,而笔姿独秀。窃许卜异日必以书法名世。今乃果证吾前许无欺。

　　君子名杰,盖书杰也。拙见谓中华书道,生民之灵慧,而民族之心光也。今日虚有此名。魏晋南北朝之真笔法,已不复可逢于执笔作字者之痕迹中矣,而犹名之曰书法,书法。书脉濒绝,信手涂鸦者皆以书家称。每览拙墨恶札,未尝不悲绪盈于吾衷,而私冀容有豪杰之士出而一醒渴目、一润枯怀也。壬午端节后忽得傅子尺素,发自济南,云将有集北碑字自书联七十副付梓,而愿有所序之。于是欣然命笔,以赞其所造。盖傅子之书,已复魏晋南北朝之际绝脉,而能重振而大显之者也。

　　《始平公造像》,魏石名刻也。不善学者,悉成死笔,僵野粗陋不可向迩。而傅子则化僵为活,生机满纸。且原石仅百馀字,乃能集为七十馀联,洵异才也,智慧灵秀兼有之矣。

　　观其用笔,使转纵横,尽得秦篆以下而始兴之侧锋新势,而脱尽中锋旧胎。盖古人作字必骏利而又沉着,飞动而又凝重,丰腴而异于臃肿,厚实而非同板僵。气韵充溢于毫端,收放萦回于腕下。尊古而自有性情,生新而断无怪异。兼此数能而臻于一贯者,吾久欲一见似者而未得。今者傅子书简颁来，乃有跫然之喜。甚愿足下从此而深造力追，为酬夙怀，其为延古脉濒绝，诚大幸也。

吾华书业，本非言辞所能表宣，粗述浅简，以应雅命。轮扁之喻，致慨于庄生；语冰之悲，宁忘于虞礼。世有知者，何忧下士。余之所言，一本至诚。固无意阿谀于故交，岂有心争名鄙陋乎！是为序。

壬午夏至大节提笔疾书于燕京东皋之梦砚轩

八十五盲叟　周汝昌

（傅杰著，齐鲁书社二〇〇五年版）

《姚奠中书艺》序

中华古圣贤，其实都是大艺术家。古画表现羲娲，手各执规与矩，可见他(她)是伟大建筑制作大师也。周公多材(俗多误作"才")多艺，列为上圣。孔仲尼，初为乐师，故其闻《韶》而"三月不知肉味"。又曰"君子和而不同"，此亦乐理之借喻，盖"和"字古篆作"龢"，其左乃乐器，是本义。观乎孔门弟子三千，而唯身通六艺者七十二人号称贤人。是则艺者，自古与学、与道并列齐重，而艺、学、道三者又非如冰炭之不相容、云泥之势难接，似分而实通也。孔门六艺，重在一个通字，学人于此，可不悟乎？于此而能悟，则与中华学术文化之精义思过半矣。

我们素来最重者曰通儒、曰通才。通才者，能精于义理、考据、词章，不如此，仅为偏才而难成大器。例如司马光著书，题曰《资治通鉴》；章学诚著书，题以《文史通义》；又如《通典》、《通考》、《通志》以及《史通通释》、《风俗通》、《六书通》……举之难罄。又如"七略"、"三通"，艺曰精通，文尚清通……中华学文之重通，其例不可殚举。是以姚奠中先生身为鸿儒，而通于艺者亦造上乘，不问可知。是集所收，足见彩豹之一斑、丹凤之片羽，非等闲可望其项背。

于此，我欲再赘一言：中华的文化学术，总括而言之，贵在于通；分而区察之，则学贵在识，艺贵在通，道贵在悟：三者备，是为中华人所独标之"灵性",其品味凌驾于智与慧之上,而不可以言词形迹表现(如定义,如界说等等)。然太史公所云"通古今之变,究天人之际"者,盖所究即天人之间感而遂通之理也。两句虽分,所重仍在一个通字。唐人孙过庭论书"俯贯八分,旁通二篆",贯亦通,所微异者只在贯通者为纵向,旁通者为横向。所谓触类旁通,涵义至周矣。

姚先生于学具识,于道能悟,于艺亦精亦通。凡我当今与将来的莘莘学子,都可以从这一册艺术表现中领会造诣高深的前辈而生敬心,又由敬心而思希风跻古之信念,则薪火递传,光焰永永。

今日之人,会将"艺"与"器"混为一谈,实则二者或偶有关联,本义却有区别。老氏云"朴散为器"有离道日远之虑,儒门亦倡言"君子不器"。故知"器"者正与"通"为相背反也。"器"是西方文化的特长专擅,至今中国若干论者动辄叹息中国只会综合,不会分析云云。他们似乎未见一部《本草纲目》的分析是如何之精辟绝伦,亦不知中国先哲的"通"与"道"是警惕"器"的弊端,遗患无穷。而中华之艺,正非西方之"器"的同义语也。技之与艺,有分有合,然中华之所谓"技",并非今日习言"科技"之技也;科技者精密准确之必定工序也,中土之技艺与此非一;公孙大娘之舞,能令"天地为之久低昂",此非精密准确等等之事也。我们赞叹良匠绝艺的"神乎技矣"、"所好者道也,进乎技矣"等等文意,正是说明艺乃道之一端,而非器之附庸。见姚先生此集之艺,可以晓悟游艺于道之情怀,异乎逐器以失源,方是具眼。先生之弟子等为是来问序于我,自揆幼而失学,老而荒落,目又濒盲,难以贡愚,亦无嘉言奥义可为讨论之资,爰以短札,聊申浅陋之诚,大雅不弃,尚希进而教之。

丙戌暮春三月三十日灯下草讫　沽上周汝昌

(姚奠中著,荣宝斋出版社二〇〇六年版)

题《一印一世界》

张公者先生的这本新书,体例和内容都堪称创新二字之真义,我喜欢这样的创新。创新者并非"喜新厌旧",在我意中恰好相反,所谓"新"者皆自"旧"生,非由"旧"生之"新"乃无根之木、无源之水。新而没有根源,则此"新"根本不能成立,即假新而非新也。

再看书名题曰《一印一世界》,这就更好了,不妨让我引《红楼梦》里边的诗句:

> 山水横拖千里外,楼台高起五云中。
> 园修日月光辉里,景夺文章造化功。

这"文章造化"四字由四姑娘惜春既题作匾额又融入诗句,可谓恰到好处。我如今把文章造化与《一印一世界》联系在一起,不管张先生的本意如何,我却自以为是不无道理的。因为,曹雪芹借惜春之笔而特意标出这个"文章造化",与张先生的自题书名,说的都是我们中华文学艺术的根本理论与实践的最高总结。换个方式说,在我们中华人看来,每位大艺术家都与宇宙大自然的创作者等同,即所谓"造化主"者是也。我们常说每一篇好作品都有它自己的"境界",这"境界"是什么? 本来是佛经中的用语,指的是学佛之人修到的造诣等级,有高深的层次等级分别。而如今张先生不用境界一词,不说"一印一境界"而大书"一印一世界",我觉得这可更好了,我以为这表明了张先生对制印艺术的非比一般的认识体会。我不知道应该再用什么样的"白话"来翻译张先生这个题名的语义,但我却能体会到张先生制印的造诣比境界更为广大、高超得多了。所以,我很喜欢这个书名,若是引申开来,我们应该做到"一首诗一世界""一篇文章一世界"乃至"一部书一世界",才是中华艺术的理想准则。

我自愧于制印之道一无所知,我只能看到张先生的篆刻不雕不巧、浑浑厚厚,有一种大自然原始的鸿蒙之气,这正是"一个世界"的艺术表现吧。

戊子八月初三日周汝昌题于铸梦轩

(张公者著,中华书局二○○九年版)

《一梦印千红》序言

　　我与尹望启先生在京华之地萍水相逢,知他喜欢篆刻,治印有工;我所认识的刻印的朋友为数不少,但尹先生引起我的注意,却是他从一般的篆刻创出了一条崭新路向,是我前所未曾想象得到的:他能用美好的阴阳线条刻出《红楼梦》人物的群像,大小方圆,格式不一,蔚为大观,各有特色。这么一来,我首次大开眼界,觉得治印本是中华艺术上的一种最为独特的形式与功夫,而数千年来以文字为主要内容,图像之类偶见,但为数极少;如今,尹先生作出一项如此巨大规模的艺术景观,把篆刻与"红楼"首次骨肉相联地融为一体,确实是一个创造,我闻知他将要把自己的心血功夫选印成册,问世传奇,十分高兴,虽然年迈目损,仍然努力为之书写几句作为序言,表我一点心意,想他不会嫌弃我这短短的几句常言,一笑而纳之。

　　　　　　　　　　时在庚寅端午节后夏至大节之日,草草写讫

　　　　　　　　　　　　　　　　　　周汝昌

（尹望启编著,中国邮史出版社二〇一三年版）

《许政扬文存》代序

　　面对着这一束零落的劫馀残简，要为它的著者政扬兄写一篇怀念和介绍他的文字，是我此刻的现实，可心里总觉得这不是现实，是一件难以置信的"幻境"。理一理他的这么一些遗著，满怀凄惜。几番捉笔，欷歔而止。然而我毕竟是不能不写的，不写，又何以慰故人于泉下呢。

　　政扬和我是在燕京大学认识的。起先，并不相熟，我们的"不同点"很大很多。可是说也奇怪，我们以后发现，我们的"共同点"更多，更重要。那是一九四七年秋天了，我经历了抗战时期华北沦陷的痛苦岁月之后，重新回到了燕大时，才遇到他的；我本是"三九学号"（即一九三九年考取的"级"次，那已然因经历了很多的小学、中学年代的失学所耽误），所以生理年龄和"心理年龄"都比他大。他是浙江海宁人，我是河北天津人，可说是"典型的"南士和北人，彼此又都颇以"落落寡合"自负；偏偏我读的系比他"洋气"，是西语系，他是中文系，又是"隔行"。因此，我们在中文系的课堂上相值（我的选修课全部是中文系的），彼此"望望然"，不交一语。不过，"望望然"是用眼睛注意的，彼此又都暗暗地留下了印象。我们的另一个"共同点"是都穿长衫，都显得比"洋学生"们有些儒雅文秀之风度。他留着长背头，增加了少年丰采。在他当时看我，恐怕是个北方的"伧父"罢？……话要简短，我们这样两个"不好接近"的人，后来却成了最要好的名副其实的同窗（住一间宿舍）和学侣。

政扬和我的友谊学谊的真正开始是我们二人同时考取了燕大中文系研究院，记得那是第一届，录取的又只有我们两个。我们的志愿是以研究民族古典文学为事业，可是又都喜欢外语，并且政扬比我多懂得一种——法语。他比我更喜静(我实际是颇喜动、颇爱玩、无所不好的)，因此读书治学比我要沉潜得多。住在一间屋，窗外即是未名湖，那湖光塔影，是世界闻名的，两个"自觉有些抱负"的青年，每日品书谈艺，考字征文，愈谈愈觉投契处多，不合处少。那实在是求学时代最值得追忆的令人神往的日子，人生如有清欢至乐，我想这种欢与乐才是真的，因为它像苦茗一样有回味。

我那时已经对红学做些功夫，偶然也向政扬提及。我告诉他，在南开中学时就"创造"了 Redology 这个英文新字；我说："曹雪芹还懂法文呢！那'温都里纳'就是佳例，你替我想想，法语原字是什么？"他只思索了一下，马上翻开了字典，指给我一个 Vitrine，讲给我听，两人十分高兴。我并据以写入《红楼梦新证》。虽然后来有法文专家为此撰写专文指出了"温都里纳"应该是 aventrine 的译音，比我们的旧说更准确了，但是追本溯源，注意解决这种有趣味的问题的先驱者，还得算是政扬，他的贡献并不因为当时一下子说不准而减色。

这不过是个小例。我们二人相处的结果，是商定了一条共同治学的主题道路，即：文学既是以语言文字为工具的，不先把其中的语言文字弄得十分之清楚，必然发生许多误解误说，而现实当中的这种现象是相当严重的，其例举不胜举，我们决意从考订唐宋两代词语的确切意义下手——这必然也就涉及了当时的政治、经济、文化、社会、生活……一切事物的历史具体内容实际，由此进而了解作品的真正的时代背景、社会条件和作者心境，然后再进行内容和艺术的赏析品评；要将"三者"融为"一体"，冶于一炉，写出新型的学术论文著作来。

我们不是说说算了的，是实行者：政扬的论文以宋元话本剧曲为主，我以唐宋诗词为主，分头并进。我们都为"开端"做了一些工作——尽管那距自己的设想、理想还远得很，但我们已经安排要继续共同走这条路。

我们研究院的学业还未完成，我先被成都的华西大学电邀前往做外文系教师去了。我离校离京时，唯有政扬送行，帮我搬行囊（为此伤了手指头）。临分手，我望着他说："咱们成都见。"

我那句话的意思是：我们还要在另外的地方再度相聚，一同沿着既定的治学方向走下去。

到了成都华西坝，我就用信札和政扬订了计划，合撰《水浒》详简二注。详注规模很大，是供研究者用的，简注则是为一般读者。为了试验，先从简注的形式作起，同时却也给详注做好了搜集资料的基础工作，简注不过是从中提炼而出的"微型示例"罢了。合作的方法是，一方由政扬提供例证资料，一方我也攒聚个人所得，两方会齐，去其重复，略臻齐备了，由我选例，并写出简注的初稿，准备由政扬再加披阅，最后定稿。

这个工作很快就做完了头两回，共得一一八条。我曾将此事写信告知于顾随先生，他听了大喜，回信说：两回已有这么多条，壮哉！真勇士也！——可惜，工作也就到此中断了，原因是学校都开展思想改造的大运动，紧接着高等院校大调整，我们这研著工作根本无法进行，只好束之高阁。——其实，我已与华西大学的文学院院长说好了，要邀请政扬到中文系任教，也因调整之后华西大学被取消了，一切当然也就成了"画饼"。本集所编收的，就是我们合作的那一点痕迹。那既然是我一手所为，当然很不成熟，又未经政扬核订，疏失难免，为了存真，都不复修饰，以见我二人一时的规模意度就是了。我们所以要做这件事，是有感于当时的某些空疏宽泛、不切真际的那种以"简明"自诩的作注释，其间时时似是而非，甚至讹谬触目皆是。我们想做点扎扎实实的事，妄欲于那种学风文风有所匡济。

我们曾发过一个宏愿，即为所关至要的《东京梦华录》作一部详密切实的笺注本，因为这可以将北宋的文学家们的很多活动贯串在里面，而不仅仅是一部历史地理城市社会的纪录而已。已有注本，太不理想了。这个工作政扬其实做了大量的准备工作，他阅遍了宋元两代的载籍，做出了数以万计的卡片资料。但是我们没有来得及着手，政扬便过早地离开了我们。如今编入的这篇《清明上河图画的是哪座桥》是留下的唯一的一点痕迹。——这也是我们交换意见、商量既定，由政扬画了草图，我据以手绘绌图，写出了考订的文字。

这些旧梦前尘，不仅仅是我们文契的感情上的难忘之事，也是学问事业、志愿心情上的极为怅憾的损失和创伤。

政扬的精勤与博洽，常常使我惊讶，他的细密和敏锐，更使我对之有愧。后来我作范石湖、杨诚斋两注，凡遇疑难，无法解决，去求助于他，真是"如响斯应"。他对宋代的一切是那样的"如数家珍"，令人心折。大的，不必举，最似细琐而难考的事，去问他，他也竟能对答如流。例如我注石湖诗，注到算命先生是否像小贩吆喝叫卖一样，也自家出声招徕顾主？难住了。而这是无人可以请教的。一问政扬，他竟能列出证据，证明石湖所写不虚，南宋江左卖卜之情况确实如此。我当时真是佩服得五体投地。举此一端，他不难知矣。

政扬到了南开大学任教，身体逐步坏了下去。我们的通信是不会久断的，因为这是我们交流思想感情的唯一方式了，从来札中可以看出他扶病而书是十分吃力的。这些信札偶有残馀，今天看来，都是很可珍惜的手迹。它们保存了我们当时的一些侧影。（至于我写给政扬的，也与一般书信不同，常常引起他的兴奋与感叹——并且时有绝句小词杂于其间。由于"文革"，那是片纸不存了。）

一九六三年，我一到津门，其时任何老亲旧友都顾不及拜访，唯政扬处必欲一往。那是夜晚了，他在卧息，我紧挨病榻而坐，执手相看，我真不知话从何处说起，除了安慰他，劝他安心调养，竟无多少"像样子"的内容。当时和事后，总是怅然之怀，耿耿不舒。然而，未料那一次草草晤语，便是我们的最后一面了。

"文化大革命"完全毁了政扬的心血（最主要的是他多年精力之所聚——惊人数量的网罗宋元一切图籍的资料卡片功夫），也毁了政扬的精神生命和生理生命。这是一个很大的损失。这种损失，"大"到什么程度？我不必做出什么"科学估量"。我只想说，像政扬这样的学人，在我们这一代说来，乃是难得多见的极其宝贵的人才，一旦充分发挥了他的作用，在我们的学术史上将会焕发出异样重要的光彩。可是，他却过早地离去。在他之后，我还没有看到同一学域中又有足以与之媲美的青年学人出现。我相信将来一定会有的，不过那须是多少年以后的事，又有谁能"卜"而知之呢？

为政扬的遗集(只残馀了这么令人看了难过的一点)作序,理应多谈他的学术。但是我荒废太久,愧对已逝的政扬,已经是没有多大资格来谈了。因此我只借径于漫述二人的襟期交契,希望能从中略见其为人,我所以报故人者,就是这样子。呜呼,良可愧也。

政扬,姓许氏,海宁硖石人,生于一九二五年,卒于一九六六年。他曾见语:选编《六朝文絜》的许槤先生,就是他的上世。自幼年喜诗,受慈母吟咏之教。有女二。其为人严正不苟,论学观人,无稍宽假,又有真才实学,远胜常流,故亦易遭嫉毁,以直性狭中,多所不堪之书生,驾柴车于崎岖难行之世路,谣诼交侵,病魔来袭,旋为"四人帮"迫害以死。

周汝昌

壬戌清和月,一九八二年五月杪

写记于北京东城

(许政扬著,中华书局一九八四年版)

《燕京乡土记》序

明人刘、于二公的《帝京景物略》，真是一部奇书，每一循诵，辄为击节叫绝。——然而高兴之馀，却又总带有几分怅惘之感，因为在我寡陋的印象中，似乎数百年间，竟无一人一书堪称继武，在他们之后，拖下了这么大的一片空白。这难道不让人沉思而慨然吗？多年以来，此种感慨日积日深，不想今日要为云乡兄的《燕京乡土记》作序，我心喜幸，岂易宣喻哉！

乡土记有甚可读？有何价值？我不想在此佳构前面回答这种八股题，作此死文章。汉人作赋，先讲"三都"、"两京"；三国诗人，也有帝京之篇。看来古人所以重视"皇州"、"帝里"，不一定只是为它是"天子脚下"。不论什么时代，一国的首都总有巨大的代表性。燕都的代表性，远的可以上溯到周武王分封，近的，也可以从辽金说起——这"近"，也就有七八百年呢！这期间，人民亿众，歌哭于斯，作息于斯，繁衍于斯，生死于斯，要包涵着多么广阔深厚的生活经验、文化内容，恐怕不是"计算机"所能轻易显示出答案来的。我们中华民族，就在这样的土壤上，创造积累出一种极其独特而美妙的文化；这一文化的表现形式，不只是存在于像有些人盯住的"缥缃卷轴"之间，却是更丰富更迷人地存在于"乡土"之际。这一点，往往为人忽略。忽略的原因，我认为是它太神奇而又太平凡了，于是人们如鱼在水，日处其中，习而与之化；于是只见其"平凡"而忘其神奇，而平凡的东西还值得留心与作记吗？这也许就是刘、于二公之所以可贵。我常常这样思忖。

"乡土"到底是什么？稍稍长言，或者可以说成乡风土俗。乡风土俗，岂不"土"气乎？仰慕"洋"风的，自然避席而走。但因沾了"帝京"的光，或许就还能垂顾一眼，也是说不定的。其实，"帝京"的实体，也仍然是一个人民聚落的"大型"物罢了。一个小小聚落的"乡土"，却也是很值得为之作"记"的呢！

我打一个比方。譬如这"庙"之一物，今天一提起它，想的大约只是一个"迷信象征"。事实上并不是这么简单的"认识论"所能理解说明的。如果他乍一听庙和"社会"密切相关，会惊骇诧异或嘲骂其"荒谬"、"错误"。因为他不知道中华民族的文化历史，我们的"老祖宗"们，凡是聚落之点，必先有一"社"（也许设在一株古树之下），群众有事——祭祀的，岁时的，庆吊的，娱乐的，商议的，宣传的……都以此"社"为"会"众之所。从这里生发出"一系列"的文化活动形式。后来的庙，就是"社"的变相遗型（众庙之一的"原始体"叫土地祠，就是"社"了）。庙的作用，远不只是"烧香磕头"一类。应当想到：建筑、雕塑、壁画种种艺术，都从此地生长发展。唱一台戏，名曰"敬神"，其实"娱人"（"心到神知，上供人吃"的俗谚，深通此理了），而戏台总是在庙前头的。所谓"庙会"，其实是"农贸市场"和"节日文艺演出"的结合体！所以鲁迅先生早就指出，这是中国农村人民一年一度唯一的一种自创娱乐形式，把它当作"迷信"反掉了，则农民们连这么一点快乐也就没有了！——讲"乡土"，其中必有与"庙"相关的事情，这是我敢"保证"的。这些事，难道不值得我们思索一下吗？

我们常说"人民的生活"这句话。其内涵自然有科学表述，今不多及；然而假使人民的生活当中不包括我们刚才叙说的那一重要方面，那么这个民族（伟大的民族啊！）还有什么"意味"可言呢？这个民族有他自己的文化历史，有他自己的乡风土俗，这如不是一个民族的一种标志，那什么还是呢？

历史的时间长河是望不到尽头的，时代要前进，科技要发展，文明要进化，社会要变迁……但不管怎么进展变化，中华民族的根本质体与精神是不会变"土"为"洋"的。以此之故，后人一定要了解先人的"乡土"，知道他们是怎样生活、为什么如此生活的深刻道理，才能够增长智慧，更为爱惜自己民族的极其宝贵的文化财富,对于"古今中外"的关系,才能够认识得更正确,取舍得更精当,而不致迷乱失路,不知所归。

如此看来,为燕京之乡土作记,所系实非细小。以"茶馀酒后,谈助可资"的眼光来对待它,岂不浅乎视之了?

开头我提《帝京景物略》,此书确实不凡。但它是以"景物"为主眼,除"春场"等个别条目,记"乡土"的实在不够丰富。如今云乡兄这部新书,大大弥补了前人的阙略、长期的空白,使得我们不再兴惘然之慨叹,其于后来,实为厚惠,不独像我这样的一个人的受贶良多而已也。

云乡兄的文笔亦佳,使刘、于二公见之,或亦当把臂入林。这也是不可不表的。

我草此序,极为匆促,不及兼作题咏,今引前年题他的《鲁迅与北京风土》的一首七律于此,也算"义类"相关吧:

> 至日云鸿喜不遐,春明风物系吾家。
> 轮痕履印坊南北,酒影书魂笔整斜。
> 霏屑却愁琼易尽,揸芬良愧墨难加。
> 揩摩病眼寒灯永,惆怅东京总梦华。

诗题是《壬戌长至节芸芗兄远惠其新著赋句报之》。
是为序。

周汝昌
一九八四、六、十三,北京东城

(邓云乡著,上海文化出版社一九八六年版)

《负暄琐话》骥尾篇

　　自一九七三年目坏以后，读书二字与我缘分殆尽，耳闻有很多好书出来了，自叹福薄，徒有过屠兴嚼之感而已。中行先生的《负暄琐话》送来了，我却破例而借双重放大镜的神力拜诵起来。所因何故？世上的事未必自己全说得清，横竖其中定有道理存焉。读时，感想很多，也颇有记之纸笔的念头；杂事纷繁，百端楔入，这些感想十忘七八。这自然也不值得可惜。可是如今这本书要重版了，我的那点儿记之纸笔的念头又重新泛起。于是决意在《琐话》卷末说几句琐话之琐话。

　　我自少时不知用功，无书时叫苦抱怨没书读；有书了却又不肯读，大抵翻翻而已。这就是造成自己不学无术的基本原由。但是喜好杂览，"尤好乙部书"。而"乙部"中的正史又不肯认真读，因为嫌它们太道貌岸然，我喜欢读的则是官书以外的"野史"。为什么？自然又是不必自己说清理由，但至少有一点是清楚的，即野史亲切得多，有味得多。野史所记的，又大抵是史官翰林们所不屑、不肯、不敢记的，所以爱读。你想，一个只读这种"闲书"的人，怎么能从不学之境得到超升呢？然而我至今亦不甚悔，还是认为野史价值最大，有心之士给我们留点儿野史太宝贵了，只恨他们人数还太少，笔又太懒，览之易尽。

　　我的这种愚见，自知未必合乎时宜，合乎高级理论。有一个事例，很是耐人寻味。一九八〇年参加国际红会，我写了一篇三万言的论文，考索《红楼梦》八十回后佚去与增出假尾巴是有政治背景的，也是与纂修《四库全书》的事情有关联的。台湾专家潘重规先生对我说："昨天下午刚到，匆匆吃了一点晚饭，略浣风尘，就在一堆论文中先取尊作拜读——一口气直读到午夜，这才就寝。您引的那些材料，我其实也都见过看过，只是没能悟及这层道理……"言下十分赞许这种研究的方法与结论。后来，国内某学刊登出了一篇批评拙文的鸿文，说我对高鹗是"罗织"，这是"左"的思想！而所引来作说的依据，全部是随笔、杂记之类，没有一则是"正经资料"。天哪！清代官书正史竟会记录下关于《红楼梦》的真情内幕，让我有可引之资，岂非"海内奇谈"？！那篇大文的撰者是某地方社会科学界的主要人员，竟然公开谈出他对野史笔记乙部书的估价态度，这是最"当代"、最典型的一个代表事例。我因此疑问：辛亥革命推翻了帝制，五四运动冲击了旧思想，"野史小说"类身价算是提上去了；笔记杂著类的"野史"的真价值真意义，谁是撑腰杆、发宣言的人士？深愧寡陋，我就举不出来了。

眼下，报告文学、传记文学、"纪实"文学，盛极一时。像《琐话》这种文学，想来不一定能蒙相提并论，但也就沾点边儿沾点儿光了吧。因为《琐话》的主要内容是记人，大大小小，三十多位。从章太炎起，一直记到"刘舅爷"，庆珍，韩世昌。这期间自然是中行先生一人笔下所至，虽然大有选择，毕竟又带着"偶然性"，从哪一角度说也绝不"系统"、"全面"；然而那一时代时期所生的人，人物，人才，又分明勾勒出一个小小的侧影来。这个时代时期是不凡的，从那以后，相较而观，又出了多少堪与俦匹的人，人物，人才？学者如是，艺术家也如是。自己不长进，一定要骂倒祖宗才算为自己增光。前人的成就与不可及处，我们远远跟不上，要实事求是地承认，不是讲科学态度吗？他们有"局限"，难道我们没有吗？他们有可笑之处，我们更多些吧？

我们这个民族天生就是一种怪脾气：重人主义。太史公一部书开辟鸿蒙，创立了"传记文学"，无比重要。史是什么？是事——其实更是人，因为事也是人的事，人做的事。归根结底是人。雁过留声，人过留传。目今莫诧异"传记"与类似性的文学兴旺；这看起来与海外风气有关，实际是太史公所显示的那个中华民族的"脾气"。本书内列有"胡博士"一文，胡先生最重传记,现今台湾有《传记文学》专门期刊,那还是来自他的倡导。人,中国人,有一点儿"历史癖",算不得一种罪状或必须改造的恶性,也不必将此"癖"让与胡博士独擅其美。

然而,就是怎样记人的问题。

怎样记人传人? 答曰:应该用诗。

本书文体是散文,但其体裁之深处却隐着浓郁的诗。中行先生的"小引"一节,开卷就体现了此一要义。

诗,不仅仅是五言七言,平平仄仄。它有独特的质素和性能。文境之高处未有不是诗者。这于史能"结合"吗? 太公史早已回答了这个问题。后来的劣史,为什么总跟不上马迁? 就是因为笔下无诗。这件事说起来更麻烦,实非此处所当赘论。如今只能表明,中行先生说《琐话》是当作史和诗来写的,中有深意,读者幸勿一眼看见史,另眼迷却诗,那所失恐怕更大,未可知矣也。

书内记下了北京的点点滴滴,充满其间的是文化内涵,而不是什么"闲情逸致"、"思古幽情"。这种文化之至美,由于时代的变迁,人为的原故,已然和还在一步步地消亡。年青一代,话及此义,瞠目茫然,莫说领略,根本不能听懂这都是说的什么。这是堪忧的。一个伟大民族创造的这种美,如果没有了,这个民族将是什么样子? 我是想象不出的。

中行先生是深爱民族文化的人,他自己的素养很高,你从他的文笔看得出,像他论砚一样那是外有柔美,内有刚德。其用笔,看上去没什么"花梢",而实际绝非平铺板叙,那笔一点儿也不是漫然苟下的,没有功夫的办不到。他的文,不像老年人,生气流动,精光内蕴,不同于枯寂沉闷的一般死笔呆文字。读他的文字,像一颗橄榄,入口清淡,回味则甘馨邈然有馀。这里面也不时含有一点苦味。

年青人来了解、理解、体会、体贴年老的人,其事实难。中行先生的话,都不是漫然无谓的,看似平常,却是得来匪易。他的一些语重心长的话,使我受到感动,而不免暗想:张老那文字深处的一种味苦的心和一种热情积极的精神意旨,不知读者当中果有几分之几的人真能领略? 想到此处,我确实不能撒谎,说自己不曾有感伤之情。

"小引"重要,"尾声"也不次要。他提出的"选境论",值得艺术理论研究专家们写一部大书来探讨它,何其伟哉!一册不太大的"笔记野史闲书",含有如此重要的美学哲理问题,不见此书,谁其信之?

我写了这么多话,对书中六十多篇文章的具体内容却一字未及,真可谓"闲话多说"了。我还有很多要说的,但此刻事情使我不能再多写下去。我还想与中行先生和出版社同志约好:等不久三次重印时,留点空地,我将再续"骥尾篇"。

敬赋七律一首,以为此文结末:

> 甘苦相交橄榄芳,负暄促膝味偏长。
> 传神手擅三毫颊,掩泪心藏一瓣香①。
> 笔洁诵诗还读史,格高芰荇只存稂。
> 好书自展风前页,忽睹微名喜附骧②。

周汝昌
戊辰中秋佳节拜书于茂庭

【注】

①中行先生自题此书绝句云:"阿谁会得西来意,烛冷香销掩泪时。"又本书第十七则记先师顾季羡先师,览之怆然,此句之兼义也。

②初得此书,方展阅,好风微拂,为开一页,视之,适有贱名在焉,不禁欣愧交加矣。

(张中行著,黑龙江人民出版社一九八九年版)

《李清照新论》序言

 刘瑞莲同志因为她研究李清照的专著即将付梓,前来索撰序言,辞而不获。自问于易安居士不曾多下功夫,所识甚浅,实不足以当此委嘱之重。其时复值年底诸务猬集,文债如山,思绪也很难集中于一题一义。不得已,姑以芜词,聊报雅命。

 这部书,是论述李易安的一种评传性质的著作,亦即有别于一般选注读本的那种介绍。所以尽管李易安是以词名家的,我却首先想到她的"全人"的问题。换句话说,我觉得我们于千载之下来看李易安,是不能仅仅从"词人"这一个角度来着眼的。我的感觉是,她是一位女豪杰女英雄,而不是"才女"一词所能包括。

 让我举一个例来打比方。

 比如,宋代知名的女词人之中,还有一个朱淑贞,她的《断肠》名句,也是感人甚深的,并且早就与易安齐名并举。但无论如何,总不会使我认为她具有英杰的气质与风调。这样,就看出李易安虽然同是女流,却与寻常一般的女性有些不同之处。我以为她的这个特点,反映到她的词曲诗文中去,才显示出那种令人瞩目的特色。一般女性的特征,特别是中国古代的妇女,似乎是以柔弱婉顺为主。因此具有卓荦英多之气质的女性,就格外可贵。

 我说的卓荦英多之气,绝不等同于粗豪野鄙的"男气",也不指男性的

"生理特征"——如果是那样的女性,我是不会觉得她很美的。反过来说,男子就一定具有卓荦英多之气吗?可不见得。猥猥琐琐、庸庸碌碌,满脑是名利酒肉和更低级的东西,恐怕倒是为数正多呢!自然,这类人有时也会附庸风雅,冒充作家。那是另一回事。从诗词史上看,我感受特别深的是曹子建、鲍照、王勃、杜牧之、范石湖……诸位大手笔,他们都特有英气拂人眉宇。这都是男子。别的优长之处虽多而英气不足的,那就多的是了。由此可见,女子而具有英气,那又当是多少倍的可珍可贵呢?

古往今来,崇重女性人才的,莫过于曹雪芹。我的感觉非常强烈的一点,是他笔下传写的女流中,具有此种气质的女子,特受雪芹的赏识与敬重,其例难以枚举,就中凤姐、湘云、探春、尤三姐、晴雯等,尤为特立独出。秦可卿托梦于凤姐,说了一句非常要紧的话,代表着雪芹的独特的妇女观与女性人格审美概念——"婶子你是脂粉队里的英雄!"我要说,这是读懂《石头记》的一把钥匙。

这和理解李易安,有什么交涉?如不理解这一面,则李易安之所以为李易安者,将"失其泰半"矣。

既然如此,即又可知,研究李易安,不仅仅是一个诗词文学史上的课题,实际是中华民族文化史上的一个重大的课题。此义甚长,我在这篇序言里,不能也不容"全面系统"地论述:一是体例所限,二是牵涉甚广,非数语可尽。所以只能说到这里为止。

易安居士将她的词集取名为"漱玉",由此也可以窥见她的为人与志节。盖"漱玉"者,自当是从"枕流漱石"这一典故而来,却特易"石"为"玉"。这说明了她的高洁之心怀,美好的情性。中华文化自远古以来最重琼玉,用高级的审美观来体察玉的特殊美点:既极温润,又最坚致,既有文采,又有灵性(古人分别玉之与石,玉为灵,石则顽,此其大异也)。具此四德,所以玉是易安的理想,也是自励。漱玉之人,安肯与污秽粪土为伍乎?可惜后世考古只认青铜彩陶之类,久不识玉在中国文化史上的重大意义与作用了,也无人加以认真研究,几为绝学,"漱玉"之名,自然等闲视之了。

我与瑞莲同志并不曾就此一义作过任何交谈或商讨。我只是陈述一己之见、中怀藏之已久的一种认识。迨我看到她的稿子,见那第一章题目就是

"盐絮家风",既感到大为高兴,再看还有"生当作人杰"与"此花不与群花比"两章,我于是欣然自信:大约我们之间的看法(至少是在这一点上),是不至于"大相径庭"的了。

"盐絮家风"这个题目谈得极好!我十分欣赏。为什么?这个题目恰好说明了,最晚到晋朝王谢二族,已经出现了这种卓荦英多的诗人型的女性了,谢道韫正是那个时代的一个绝好的代表人物!

倘若曹雪芹当日不是要传写他亲见亲闻的闺情,而是立意拟写古来的女子的话,那么我敢说:谢道韫、李清照,都会收入他那"薄命司"里去。

像易安居士这样的扫眉才子,自幼在"盐絮家风"的培养中得到了中华民族的高级文化素养的宝贵条件,她需要的不是物质享用,而是高层次的文化生活。这是我们的民族文化史上的一个特别有意味的篇章。这种类型的东方式的高级文化女性,除了曹雪芹用"小说"的形式"开辟鸿蒙"地首树"义"帜之外,恕我孤陋,不知可有哪部文化史著作里曾有专门论述?连雪芹的那等高层次哲理思维的伟大著作,也还被世俗之眼当作只是什么"爱情悲剧"来看待呢!所以讨论李易安的事,在我看来,实在涵义至为深厚,至为发人深省。

瑞莲同志以一位女学者来研究李易安这位女英豪,这也是极有意味的佳话。我与几位女士说过:"曹雪芹为他书中的女子,一生呕心沥血;而后世的女子,可为什么不该为雪芹多做点儿工作?"我又说:"雪芹在书中的'女儿天国'中写下一副对联,道是:'幽微灵秀地;无可奈何天。'脂砚斋当下即批云:'女儿之心,女儿之境。'可知脂砚(拙见此人是一位女性)最能理解《石头记》的笔法与用意。须眉浊物来研究女性,是不能透辟中肯的。"我借此意,来说明瑞莲同志这部著作的特点与特殊意义,倒也不为生拉硬扯吧。

瑞莲同志爱好古典文学,多年来,执教人民大学,课馀一力专研李清照这位女文化高人的生平、时代、创作……她的功力甚为深厚,而今删繁就简,表述为六章三篇之数。读者于此,足窥易安的一生与文学的足迹,洵为近年来难得的一部佳构。

李易安的悲剧,感人至深,但它的中心究竟是在何处?读了瑞莲同志这本书的人,都不能自已地要思索这个问题。她的这部书,将大大有助于我们探讨中华文化史上很多令人赞叹、令人嗟惜、令人痛心、令人感奋的巨大课题。

这样的书,需要学术上与文艺上的双重功力,缺一不可。我以为撰者在这方面融会得也很见匠心。愿她继此之后,更有新著,多作贡献,嘉惠士林与青年学子。

与瑞莲同志相识,还是一九五二年在成都四川大学的事,那时我们只有三十多岁。如今同在北京多年了,不想又因翰墨之缘而留此痕迹,这自然是在川大时所不能逆料的。成都自古文风很盛,我在那里所遇所识的女学者、女诗人就比别处为多。因撰此序,我也衷心祝愿天公抖擞,不拘一格,多降英才——远者如道韫、易安,近者如瑞莲同志,则区区贡愚之意,也就得到欣慰了。

周汝昌
戊辰冬月寒宵走笔

（刘瑞莲著,山西人民出版社一九九〇年版）

《延芬室集》(竹影书屋藏本)题识

将军抚远重西陲,万岁高墙命若丝。

想见弄孙方五月,锡名心事几人知。

胤禵,清圣祖之十四子,意中之嗣位也。以之为抚远大将军,镇西宁,所以干练之、荣宠之。胤禛得志后,被命还京,始知事不可为矣,锢于景山者九年。蕖仙生雍正十三年,乾隆登极之岁也,既生四五月,而乃祖获赦。名为忠者,盖示意于弘历耳。

天潢一例痼风骚,烟火人间气尽销。

自住侯门接禅麈,不须野迹混渔樵。

八旗逸士类型颇不同,蕖仙多与慎邸等人往还,犹是上层人士。

泪洒曹君见有情,主奴身世事堪惊。

留题忽遇和邦额,正论何人议啸亭。

蕖仙吊雪芹三诗,真切沉痛,卷内题词有和邦额,极可珍。和著《夜谭随录》，昭梿怪异之。不知和氏亦内务府籍，正与雪芹同。余欲为和作简考，迄不暇及，爰见于此焉。

> 北沟佟峪接烟霞，一脉芹溪此寄家。
> 当日苦求竹林志，今朝多喜不争差。

吾论雪芹西山旧居即在北沟村，村在退谷南口外，卧佛寺旁也。明清之际竹极盛处，而乾隆时文献苦少，今得蒪仙诗记此者最夥，无假外求矣。

> 故楮微昏二百年，落花依约手轻翻。
> 记得坡仙最佳句，纷纷忍触不胜怜。

纸已黄脆至不忍手触，因忆东坡"海棠"名句可移借也。当年见甲戌《石头记》原本时，正复类此。

庶卿同门学长前辈老兄惠示延芬室诗写本，叹为难觏。承索题，率以小句应命。灯下昏目至不能成字，想不笑恶札耳。

小弟汝昌书

（爱新觉罗·永忠著，史树青藏，上海古籍出版社一九九〇年版）

《马凯餐厅菜谱》序

　　中华民族的文化，具有极大的特色，其表现在衣、食、住、行这人生四大主题上，尤为鲜明瑰丽。比如拿"衣"这一项来说，自从民族文化之祖轩辕氏"始制衣裳"（见《千字文》这部民间通俗经典），我中华便一直是"衣冠之国"，其时中原大国之人，眼中所见尚未开化的异邦人，呼为"被发左衽"，那与中华的锦绣珠玑、文章黼黻，真是悬殊大异。衣者，本不过是蔽体御寒之计而已，照道理说，又何必繁文缛节、垂带纫珠乎？然而，这正是文明与文化的一种突出的特征与特色。

　　衣既如此，食乃可知。盖食为民之天，一日无食则饥，十日无食则殆，饮食得宜则健壮，营养不良则羸弱——此种常识，似属"乏味"之谈，而其中至"味"，正可参也。

　　从中华文化之祖（另一祖，可能更早得多吧）神农氏尝百草，知稼穑，中华之食始异于禽兽之吞噬。而烹饪之道，亦由是而生。烹饪者何？后世谓之"熟食"者是。此乃人类一大进化，文明文化一大发展。自有熟食，人之智力乃十倍百倍而升高焉。则熟食之重要可知矣。

　　然而烹饪之文化一生，即不复止于熟食这一最简单、最基本的理解与实践上，而是迅速地提高进化——这才产生了中华的饮食之专学与专业。

　　俗语之中，把这门大学问叫做"做饭"、"做菜"（或用"烧"字）。家庭妇女,这本来是专业专长,只因古来妇女名业不外传(不公开化),于是乃有烹饪师。千百年来,经验积累,创造发明,各出手眼,各得妙悟——于是乃有"食谱"之作。

旧时富豪之辈,恣口腹之欲,专门"讲吃"。今之腐败分子,也还是流行"吃喝风"。但我愿食谱之作,是为了人民的健康生长,为了智慧的开发培育——一句话,是为了中华文化,显示和阐扬它的光辉灿烂,而绝不是为了提倡大吃大喝。

中华文化有一极大特点:其人生观的基本一条就是"不为良相,则为良医"。此八个大字中含有重要的文化思想与教育理想。其目标是为民的。良相为民造福,良医为民解苦,其心一也。这是入世的,积极的,不自私自利的中华文化的核心或灵魂。这是不可以忽视或忘掉的。而古之譬喻,说到良相,则以厨师相比:"盐梅"、"鼎辅"等词语,皆从此而生。盐梅代表酸咸众味,鼎则正即烹调的锅了。你看,做宰相治国,其理与烹调而生佳味相提并论!这个古老的文化思想,你可想过没有?

从中,大可体会当厨师、作食谱的深刻意义了。

本书编者特级烹饪技师郭锡桐为湘菜著名厨师,得湘菜名厨师于和生、喻竹庭、王近仁等真传,又在多年实践中有所创新,使湘菜系品种增多,质量更精。尤可贵者为不自珍秘,本之为广大群众服务之精神,编为《马凯餐厅菜谱》,详细介绍湘菜具体做法。兼及投料及操作规程,皆准确精审。成稿后又经饮食业专家凌恩岳先生校订,故可保证必精确实用。我于烹调虽属门外汉,亦愿就己之一时所感,粗陈涯略。至于其他专业知识技术,则当有行家为之宣释,我则不宜冒充里手。倘如此,则不胜幸甚。

周汝昌

写讫于庚午榴月

(郭锡桐编著,北京出版社一九九一年版)

《不今不古集》序

　　我为本书写序,并非由于李乔同志和我是"关系户";我与他素昧平生,曾无来往——那我为什么写序呢?因为人的社会生活,"私交"固然重要,"公交"却更令人广阔,令人高尚。我所谓"公交",就是"关系户"以外的学术道义之交。人若缺乏这一"交",也许比"六亲不认"、"上炕认得老婆孩子,下炕认得一双鞋"还要自私自利。那么,我与本书作者的"公交"又是什么呢?我们的精神世界里有一些共同点,虽然未必谈得上"英雄所见略同",倒也时有莫逆于心、相视而笑的契合。这样,我之作序,自然就有其"理论依据"了。

　　本书是个文集,体裁是随笔、杂记、短论、小品,有感而发,有为而作,可以笼统而称之为"杂文"。"杂文"的作者,必然是一位"杂家"。我一向钦佩杂家,自己也胡乱写些小文,散见于京、津、沪三地报刊,内容和文体都"杂"得够瞧——这说明我是一个想做杂家而力有未逮之人。杂家是我的一种"理想境界",因此愿为本书写序,就没有乱插嘴的嫌疑了。

　　杂家在"专家"面前,也许会有"自愧弗如"以至"自惭形秽"之感吧?在一般人眼里,在社会地位上,杂家似乎低人一等。我倒不这样势利眼看人。我以为,杂家的学问更大,价值更高,把自己培养成一个杂家比做专家更难。专家往往不见其真专,杂家实在也并不真杂。杂家似杂,其实最专——他有一个总目标,很专,"杂"不过是他的手段或"方式"罢了。杂家人才更难出,成就更难到。伟大的鲁迅是个大杂家，伟大的曹雪芹也是个大杂家。"杂学旁收"，最难，最可宝贵，它也是中华高层文化人士、知识分子的一大特点。要悟不到这一点，就会眼睛只朝上看专家，而更不明白专家的真基石都是由非常非常杂的材料铺垫而成的。

光杂，那会是破烂摊，低级"展览"。真杂家可不然。他的最大的本领不光能杂，还更能感，更能思。他对宇宙万物，社会人生，古今之变，存亡之机，灵智之间，天人之际，都能察能悟，得出自己的理解与见解，蕴结成一种智慧，贡献给群众，请大家来同啼同笑，公褒公贬。从这个角度和层次看，我要说："杂家了不起！专家算老几？"

以上是我为什么给本书写序的主要因由。

杂家杂文，与万事万物一样，有高有下，有真有假。以凑热闹为"治学态度"，以欺世盗名为"看家本领"的，各行各业，到处都有，幸免二字，是天真的书呆子想法。拿我切身体验来说，我极尊敬"老北京"，可是，逐渐发现他们之中也混有专爱胡编乱造、骗人惑世、哗众取宠之辈，比如涉及清代史事和人物轶闻时，其可笑可怜之谈，可以让稍有知识的人喷饭。这些"东西"，却骗取了不少人的欣赏和"坚信"。所以归根结底，仍然是一个文化教养的水平问题。真的和好的（正派的）杂文家，起的是泥沙俱下的混流中的中流砥柱的作用，这才是最可佩服的文化建设工作。

李乔同志收入本集的文章共八十篇，我看过后忍不住称赞说："够杂，够杂，够得上一个'杂'字！"这说明他留心学问的涵盖面很广，而这又确非容易之事。当然，也随即可以看出，他并非为杂而杂——"显示渊博"。比如他设的很多有趣的题目之中有一个是《掉书袋·常谈式·书卷气》，就令我刮目相视。他时常引古，也不是为古而古，大抵文心深处还牵引着一个今字。像《王维讥讽陶渊明》这种设题，恐怕是一般人难于言及的。尝鼎一脔，其味可知。一句话，这不同于到处可见的"常谈"、"套语"，这是有特色的可读可赏之文。

不带特色的文章，没人爱看；特色皆无，文章二字又从何谈起？但特色又是什么？它从何而生？现在报刊上常在标题里用上个"别具一格"的话头（并不够通顺），就"解释"了特色吗？一点也没说明"问题"。文章特色之所由生，是根源于作者对事物的观察、感受、思索、见解，都能摆脱世俗的习惯与成见、浅薄与荒谬，而说出崭新的道理来，动人心目，发人深省。而杂家的杂文，比别的人的文章，更"靠"这个才产生，才养得住，才活得"像样子"。

谈"世风"，很难一色都是赞扬，免不了有些看法与感触。就说"讽世"吧，也绝不是为了给谁"抹黑"，倒是比漠不关心的"无所谓"者的心肠热切百倍有馀呢！它为的是咱们大家更好一些，更体面一点儿。

作者对北京的风土民情，也是满腔的热诚和恳悃。千年的智慧辛勤，积累缔造，才成为这座古都的一切好东西，不能坐视它殰于一代。比如拿旗人作一例证，我自己多少年来就一直怀有一些不成熟的想法：大家常常说到满人的汉化，却很少有人注意揭示汉人的满化，而这后者，至少在三四百年来的中华文化史上是一个巨大而重要的课题①。没有满族的清朝的经营建设，我们今天不会是这个样子的。满汉两方的互化（时髦的讲法大约是"互相渗透"），产生出一种非常独特的不同于以往的文化境界和形态来，比如像《红楼梦》，就是典型的代表。我本人是民国七年生人，连"前清"的模样都没赶上过，早年读过一些辛亥革命成功之后新出的杂书，都是笑骂、挖苦旗人，没有一句说好话的。说也奇怪，我这个不懂清史不学无术的人，却一点儿也没受这些书的影响；相反，不知因为什么（十分奇怪），我总对满洲八旗的优良传统（我所能悟及的点点滴滴），抱有好感，怀有敬意。但我不敢昌言畅论。我自己悟到：这怕是辛亥时期把反对专制和腐败的革命本质错误地说成了"排满"的缘故，以致我想了解和接近满洲八旗人家的后代，也极困难（他们顾虑很深隐，从不愿谈家世）。我深感由此造成的文化研究的损失，是不可估量、无法补救的。但是想看一点儿关于这方面的书刊，也少得可怜之极。我最近读张中行先生的《负暄续话》，见有一篇是写一位旗家妇女《汪大娘》的文章，大为惊叹，还因此而作了一首五律纪事。我写这些是为了说明，本书竟然也有两篇专谈旗人的作品：《从〈正红旗下〉看晚清旗人的阿Q心理》和《用辩证眼光看八旗子弟》。这使我眼明心喜，愈加证明，李乔同志确乎无愧于杂家，不禁为之兴起。

他的这两篇短论，恰好说明了他具有忠实于历史学术、忠实于真理的诚实态度。他指出：不应以清末民初之旗人心态代表旗人的全部历史，应当有所分别。我以为这是作者的一个可贵的品德,承认人对事物的认识是有过程的。好的杂文家,其实应是个历史学家,他得有学力、思力、洞察力、审断力即识力,这些缺一不可。

在有些重大问题上,作者不但有自己的看法,也更有敢于昌言的精神。比方"中庸"这个老课题,不知已有多少爱国救国的仁人志士都批它骂它;但李乔说:且慢,这还是一种凡事适中为度的真理,他不苟同于矫枉必须过正的主张和口号,他为此不但引了亚里士多德,还引了列宁、斯大林来印证孔子的大道理。我深感不同凡响,因为,引一下希腊的"先哲",不足为奇;引列、斯的都是为了把孔丘批倒批臭的人,哪里会用他们来支持孔老二?李乔指出,矫枉过正的意见,大抵出于一时愤激之情。我也觉得,如真的以此为圭臬来指导一切行为,则其后果并不美妙。你也过正,我也过正,大家都以过正为彻底革命,则革命的真正目的是很难"中的",其流弊有不忍言、不便言、不敢言者。历史完全说明了这一点。由是而观,李乔的杂文短论,不是一般的随笔杂记,他往往是经过深切思索而后抒发的非常郑重的意见。所以,他的文章杂而不琐,短而有味。

李乔同志具有"朴学"精神,其文字风格平实质朴,说服人靠的是摆事实、讲道理,而不是掉笔花或炫耀一点什么。有了这种品质,则其文集定能予人以教益,从而为国民文化素质的提高有所贡献。

是为序。

周汝昌
庚午腊月二十立春大节
写讫于京东红庙之庙红轩

【注】

①汉人也满化,拿我的体会来作例:我一读金启琮先生的书,见他所叙满族的许多风俗、语言、称谓……都很亲切,因为我这个与满族八旗毫无交涉的家庭中生长起来的人,竟有令人惊讶的发现——和金先生说的差不多或完全一样。

【附记】

此序于立春节日赶写初定,随后又曾略加增补。交付之时,已届腊尾二十八日,水仙兰花暗送幽馨,友人则赠来黄杨刘海蟾剪纸、挂钱,一片春满乾坤气息矣。

(李乔著,北京出版社一九九一年版)

《张伯驹和潘素》序

　　《张伯驹和潘素》一稿,已经杀青,承作者前来索序,不禁欣慨相兼,百端交集。若论为兹传撰序,我并非堪任之人,但先生生前交契,俱叹凋零,当日拈韵倡酬、接席言笑者,今唯我在,义不容辞,因粗纪前尘,申我衷曲,岂敢曰序,亦聊寄所怀而已。

　　自太史公创纪传,于是中华之史,不独纪事,转重传人。传人者何? 传其品,传其节,传其才德,传其神采,使其人跃跃然于纸上,令后世如目接耳亲,而不胜其追慕慨念之情,是以其人虽往,犹凛凛生气,在我左右。是所以同为不朽之胜业,而三才之中心亦于焉斯在。然欲传其人如伯驹先生者,其事实非易易。盖事可纪,言可采,岁月可罗列,而丰采神情,音容意度,则至难为力。以上之理,犹易晓喻。至于所传之人,评价如何,其历史位置如何? 则更难片言居要,数语得中。此在作传与作序,皆是至难之事。

　　我获交于伯驹先生,一在词学,一在红学,两者交逢,不期然而有会心不远之欢,投契日深,相知遂久。其时,我在抗战胜利后重返燕园续业,先生居于展春园,相去数步。展春者,因收藏展子虔《游春图》而取名,其地实为康熙时果亲王胤礼之故园,先生得其东半(其西半为当时名人吴氏所有),景物无多,有小楼二处,回廊相接,外楼袁大公子居之,其时年迈,犹攻德文书籍,恂恂如也。内楼为大客厅,有前厦,厦前莲池,厅后植芭蕉。我从燕园循野径,过小溪,入园门,有一大过堂,穿之而达客厅。入厅则巨案数条,目中琴棋卷轴,名砚佳印之属,此外无一尘俗事物。我每日下午课馀,常闲步而造园,入厅后,自寻座,宾主往往不交一言,亦无俗礼揖让之烦。我由此深知,先生为人,坦荡超逸,潇洒天真,世所罕见。他见了名人贵人,是如此;见了青衿学子,草野村氓,亦是如此。在他眼中心中,并无尊卑贫富之分,只有高下雅俗之别。这种人品性情,我只在书册中似乎依稀仿佛知之,如明末清初张宗子(岱),大略相似。我深重其为人,过于他的其他方面。

我与先生相交,始自一次展览会——先生将自藏的珍贵书画精品,在燕大中文系楼上举办了一个小型展览。其时我正致力于研求曹雪芹的家世背景,闻得此展品中竟有《楝亭图》,大喜!立时趋而就观——只见大玻璃柜展出了巨轴的一小段。墙上则悬有饮水词人纳兰性德的小照,彩色立幅,诧为异品。见其四围绫边上,名家题咏已无隙地。这当中首先是藏主张先生的《贺新郎》,词句中涉及了红学旧说贾宝玉即纳兰一义。我于是一时乘兴,步韵连和了两三首,每句下都有细注,句句是讲曹家的史迹实事。张先生看了,见我年少(我比他小二十岁),以为文笔不差。他因此将刊本《丛碧词》送我一部。我拜读了,在音律上提出了七十多条拙见,先生一一从善如流。这样的事,在古人中也是难得有之的,我益发钦服他的雅量。但我们的交契犹不在一端。随后,我为词集撰有跋文一则,其中提出,如以词人之词而论(有别于诗人之词、文人之词、学人之词、杂流之词),则中国词史当以李后主为首,而以先生为殿——在他之后,恐怕不易再产生这种真正的词人之词了。由于我是从学术、文艺上从公论断,并无丝毫阿谀献颂之心,这使他非常感动。从此,引我以为知音。他以后凡作词,没有一篇不是写与我看,听我意见的。记得一次同游大觉寺,他年已衰迈了,坐在玉兰花下,袖出一词稿让我看,两眼全神贯注地望着我——看我读词时的"面部表情"!这种情景,我自然是很难忘记的。

如前所叙,我们友谊的一开头就包含着红学的因素在内。由于我的缘故,张先生对这个课题的兴趣也日益加深起来。事实上,他对我的研究历程是起过作用的。举例而言,我与陶心如(洙)先生结识,是由于张先生的中介,而我们三个是在胡适之先生考证红楼版本之后,廿馀年无人过问的情势下,把甲戌本、庚辰本的重要重新提起,并促使庚辰本出世,得为燕大图书善本室所妥藏——这又一直引向了日后古钞影印与研究的崭新时期与步调。今日的很多研红之人,花上几个钱,便也手此一编,方便无比地发表文章,却不知早年我们那种缔造艰难的经历。有一年的新正"人日"(初七),张先生兴致勃勃地来到东城无量大人胡同敝寓,探怀摸出一件宝物给我鉴赏——就是举世闻名的脂砚斋藏砚那件罕有的文物异品。又有一年的重阳节,他来信特将"三六桥本"《石头记》珍本的消息与情况写示于我,因此还各赋《风入松》新词叠韵唱和……这些往事,历历在目。由此可知张先生对红学研究进展屡有贡献,只是世人知者不多罢了。

这还都是展春园时期的旧事。那时天天见面,我到先生之厅,视同家人,有时名贵书画舒卷之事,也要我动手帮忙。但满案珍宝,没有主人的话,我严守自己的戒条:不妄动一指头。这是因为当时张先生仍然被视为"凋人",我去走动,就要避嫌。记得很清楚:《楝亭图》四大轴,有一回摆在大案上为日甚久。我原非不想一见之人,且渴望已久,但终未触动,也未启请一观——我至今真正目睹的,仍然是数十年前在燕大中文系所见的那一小段!再如,家父自津抵京,曾暂借寓于斯园,居室案上陈有柳如是女史的黄玉凤砚,紫檀匣上镂有钱牧斋的篆书铭记。主人并不害怕我们"顺手牵羊",我们临辞也不请主人检核器物(因有男仆每日入室收拾,假使丢了东西,岂不皂白难分……),我们宾主双方,就是这样相互信任,超脱世态,全以坦荡相待。

这种值得追怀的日子,当然是会发生变化的。我离开了燕园入蜀,先生专邀一社,请众多名家赋词惜别。别后时寄新句见怀,情见于辞。及返京,先生亦已迁居城内后海南沿。因为路远,见面就不频数了。再后来,我目坏,行动需人,于是造访先生的机会,愈见稀少。所馀者,词翰诗笺,鳞鸿传字,种种情事,始终如旧,也难悉记。

不知过了多久,先生遭到了一生中最为艰困的时期,他从吉林回京暂避时,也来见访,当时已非复昔年光景。因户口不在北京,口粮自成问题,因而有时在小寓留饭,粗馔劣茶,先生亦不嫌弃,仍尽主客之欢。我因无力相济,只能将所积粮票,邮寄先生,聊当濡沫。对此,他也还要笔札相谢。那时读了他的信,真是心中感到难过得很。但又想,如先生之为人,对国家对人民是无愧于怀的,浮云蔽日,终有清明之期,尔时快阁眺晴,联吟赋句,先生必定一如既往,霁月光风,曾何滓秽太清之可云哉。

先生酷爱中华艺术,举凡书画词章、歌弦筝柱,无不诣习。因有同好,共语易投。先生工余派须生,我亦尝为之操琴,高唱"卧龙岗散淡之人"。音容宛在,而斯人不作,后之来者,又何能尽挹其清芬乎。今幸有任凤霞女士,不辞心力之苦,多年以来,经营访察,成此良传,则先生风规不泯,足以告慰于当世与卒者,岂非至幸。

我识先生晚,不足以知其万一,草草为文,莫能委曲,粗陋之笔,有馀愧焉。然而中华文化所孕育之高流名士,应存典型,昭示于寰宇,故我序之,又非徒念私谊,而所怀者多且远矣。

周汝昌

辛未中元前挥汗写记于庙红轩

（任凤霞、迟秀才著,吉林人民出版社一九九一年版）

《医道合参中风论》序

张贵发医师所著《医道合参中风论》，是近年少见的一篇医学重要论文，不但在医疗理论实践上有其重要性，即在中华文化史上，也有深远意义。我于医学虽是门外，但从文化角度上来思考玩味，感想却也不止一端。如今即就所感粗陈鄙意，从一个侧面来发挥胜义，以代弁言，想来或不致为方家所哂笑。

我以为张医师最大的贡献是确立还精补脑的科学道理，阐释了精与脑的密切关系。还精补脑之说虽然是古之所有，而确认之，阐释之，使之定位于科学原理之上，则是一个十分宝贵的创举，亦即其价值之所在。

我不谙医学，却不妨以一个普通"识字者"的身份来为之助喜助威。比如，中华汉语中，向有"精神"、"精彩"、"精英"、"精华"等词语，这就表明我们先民早已懂得，精是生命之根本，精充方能发生神、采、英、华。人类的一切文学艺术，都是这个生命之本所生长开放出的英华，即花朵，花朵乃植物之精的最高表现，故而最美。那么，动物之精的表现是什么呢？就是神采。于是，你就不难晓悟"精灵"这个词语，表述的正是动物的最高进化形态——人的精之神采了！

禽、兽、虫、鱼，都莫不各具其特有的神采。而为"万物之灵"的人，他的高级神采就叫"精灵"。

我国诗圣杜子美有句云："交期余潦倒,材力尔'精灵'。"这就是说,人的才能智力,达其高度,即为精灵。惟其精充,方能发而为灵秀之导。古人又把"精灵"二字错指鬼神,实在就是表明:人之精灵最高发展又能不朽不灭,是即鬼神之本义,而非妖异怪物之谓也。

《易》标"三才"之道,人为万物之"灵",曰才曰灵,其源何自? 答曰:一脑而已。是以脑为宇宙天地、万物进化发展之最高阶段,乃宇宙精气之结晶,其价值功能,无所限度。保脑养脑治脑健脑,为人类文明的最极根本。我因此认为,张医师的这篇论文,其意义不仅局限于医学层次,实具有更为高远的宇宙开发的价值。因为,防治脑病是这门理论的一个步骤,还是消极的阶段;由此再进,即是积极的脑之开发的研究与实验了。这是何等重大的业绩!

张医师的另一贡献是纠正了一个西方医学家普遍的错觉和误解:以为我们古文化不懂得脑,不懂重视脑,没有脑的学问。这其实是太错了。我中华先民,十分懂得脑的一切,只不过所用汉语文的独特表达方式,不与西方相同罢了。我的理解是:只指头颅内涵的生理物质部分,则名之曰"脑";若广指它的功能活动,则名之为"心"。此心,非西医概念中的"供血跳动器官",而是脑的一切"本领"的范围。古篆字的"思",正是上为脑像,下连心络,𢢫。囟,音"信",被释为"囟门",其实即先民造字时用以像脑之意度也。故一切智力感情之字,皆从"心"(或"忄"),而不从"肉"(即"月"),盖"肉"者只指肢体部位,而不指功能也。所以"心之官以思"的古语,完全科学精当!

中医的"肾",与此同理,不指腰间"泌尿器官",而指藏精之府。是以病理之所谓"心肾不交"者,实即指明脑与精的关系失去协调,精不养脑,而诸病生焉。这就充分证明了"还精补脑"的理论是高级的科学认识。而如局限于西医的概念,则一切莫名其妙了。

《老子》云:"虚其心,实其腹。弱其志,强其骨。"我的理解这说的就是肾与脑的关系:其所谓"心"、"志",皆指脑的功用而言;其所谓"腹",并非指肚腹(肠胃等等),盖道家绝不主张"腹满",此腹即指精府而言。至于"骨",无待繁词自明,盖精充则骨坚髓实,此易晓之理。"心"贵"虚"贵"弱",非谓废脑不用,罢虑停思,而是切忌杂念、妄想、嗜欲、名利之意也。

"还精补脑"原是道家养生之学的一种精义,而非医家之事。张医师的创造性论述,正在于融道于医,以医运道,合参共济,而收奇功。这对人类智慧的发展,将是一个特大的贡献。

中华之医,源出于巫,古字作毉。巫者,在古为沟通人天之际的关系或"交往"。而"灵"者,也是巫的事情。由此也可证知:中华古医术,是很懂得脑的神奇功能效用的。从中华医学出发,深入研究脑的一切奥秘,必将导致创立一门崭新的新学科——也许可以称之为"𢂷学"吧!

我撰拙序,即以此义来期望张医师,他一向深思好学,前途远大,企予望之!

周汝昌

壬申清明

(原刊《天津日报》一九九二年六月十七日)

《人与十二属相》序

去年吴裕成同志的《十二生肖与中国文化》在津出版。如今又有本书相继问世,堪称珠联璧合。我见闻寡陋,觉得像他这样的论著,是不易多觏的好书,也是一种"奇书"。承他将这部新著的概貌见示,嘱为小序,我并不迟疑,当下欣然应命。

但应了之后,却也感到序不易为,因为他已将十二生肖的一切讲得如此周详亲切,将个中意味阐发得殆无馀蕴了,则我这作序者又能有什么高论新意为之补充助喜呢? 所以此序之不易为,非我虚词套语。

打开吴著的读者,不为他学识之渊博而惊奇的,大概为数不多。以我本人为例,我就曾想:十二生肖有甚稀奇,有多少话可讲? 写篇"文章",足以尽之矣。我的这种想法,其实都是常犯的"浅薄病"。要医治此病,应多读些像吴裕成的此等佳构的书——除此法而外,恐怕是别无良药可求了。

所谓渊博,白话就是又深又广。渊博不是炫耀"阔气",不是暴发户,也不是摆摊子,"开中药铺"。它是能够在一切有关材料、知识、线索中寻索,悟出它们繁复万状的相互联系与影响、意义与价值。渊博的对立面浅薄则不然,它只看到一小点,表面的,孤立的,便自以为"天下之美尽在于是矣"! 从这个"尽在于是",实际上应该译成"尽在于己(我)",才更合其本意。

从这一方面来说,我以为即使对十二生肖不感兴趣的人,也不妨读一下吴著。时下的新词语,有"多层面"、"全方位"、"广视角"等等之类,这大约也就是渊博本义的"时髦化"吧?

十二生肖是古老的中华文化的本土产物,吴著表示不以"外来说"为然,我们所见略同。十二生肖的组成,也很耐人寻味。比如,其中"六畜"俱全,鸡犬豕、牛马羊,分到了酉戌亥、丑午未。我总觉得这显然是古老中华农业立国的一个反映。这似乎合情合理——可是,剩下的还有六位,又怎么讲?那又"反映"了什么呢?

剩下的六位,很奇特,试看那名次:鼠、虎、兔、龙、蛇、猴!这就奇了。不禁发问:这算怎么回事? 谁也不"挨"谁呀! 要解答这一问,就不是"六畜境界"所能胜任的了。我喜欢胡乱揣想,我曾以为:龙能兴云致雨,还是与农耕大有关系。这听起来又满有道理。但有了龙就太"够"了,还要蛇做啥用?蛇这东西,从古不受先民欢迎,无数成语典故都表明它可怕、可憎、可杀……它对农耕又有何益? 老鼠专损粮食,也是个"反面人物",又为何将它排在"首席"? ……

我自问,我自愧不能回答。因为十二生肖中有龙,我又想到:大家都说它只是个"神话动物",实际上没有。可它同"六畜"排在一起,何也? 除了龙,十一位都"非神话动物"呀! 难道先民的"思想方法"那么不合现代逻辑?

于是,我又想:龟、龙、麟、凤,古称"四灵",最为先民所重所喜;龙既入了十二位,怎么龟、麟、凤却没这资格?

我统统答不上来。

人人尽知,典册记载,古圣孔子,临终前"西狩获麟",曾加悲叹。那么,非常讲实际、不谈神怪的孔圣,会是看见了一个"神话动物"吗? 我怀疑。伟大的八百载周朝,初兴时有"凤鸣岐山"之瑞兆。黄帝亡逝时,是于鼎湖骑龙而升天,有人攀其龙髯而随之……龙是有胡子的。有人说龙是古人将鳄鱼神化了,那谁见过带胡子的鳄鱼? 猿啼马嘶,狮吼虎啸,而龙独曰"吟"。可见远古之人连龙的叫声都是分别清楚,与众不同的。我看龙、麟、凤,也都是实有的,并非编造、想象之言。

那么,为什么十二生肖中没有龟、麟、凤三个? 我曾戏为之解:麟本牛种(古史屡载某农家牛产麟),有牛了,足以代之。鸡本凤属——大公鸡真有凤姿,而江西泰和鸡更像美凤,故号"白凤"。有鸡了,也可概凤而不再单出。只还有龟,它在"四灵"中独独是"实有"而且"现存"的,为何它反而不入生肖?

我也撰文戏为解释过:巳本属龟,只因后世市俗中以"龟"为骂人的丑语,有了忌讳,所以避之;又因"龟蛇"自古相"通"(互变有例),故而唐宋以后将蛇替代了龟的地位,不得已也。

这儿还有一个"旁证":古文化中标记"四方(位)"的四神,乃是左(东)青龙,右(西)白虎,上(北)玄武,下(南)朱雀。玄武即龟,朱雀即凤(铜雀台,铜凤台也)。请看,龙虎皆在生肖,不必再讲,而凤有鸡代——独龟又"成为问题",则又何也?这也是龟本生肖之一、后被取代的道理吧?

这些,都是我个人的"时发奇想",与学问无关。裕成见了,一定大为哂笑。但他的书写得太详备了,不留"馀蕴",我作序为难,这才想起我早先的一些戏言,聊供本书读者之谈助。

天干(幹)地支(枝),是中华文化中天文地理之学的一个"浓缩符码",十二支来自天文历法,又标志了后土(大地)的方位、本质、性能、作用……本身也与阴阳五行密切配置。在"子平学"中,十二支尤为重要。十二生肖的奥秘(丰富的涵义),完全值得根究理解。《易》讲天、地、人"三才"之道。现代国学大师钱穆认为,中华文化对人类的最大贡献是"天人合一"的哲理认识,十二支是天人合一论的一个部分、一支科学,而生肖又是具有中华文化极大特色的一种代称法则。生肖,属相,似乎主要归结到人的生年上来了,这也正是"三才"之道的一个很好的说明。

肖,肖像也。相,表象也。像、象相关而有微妙的区别。取象以表义,借相以明理。这与中华文化的传统是一致的。

属鸡的不一定就会"打鸣",属牛的不一定就有"拗性",属虎的也不一定非把属兔的"吃"了不可。十二位都是吉祥的。

十二位中,唯申属猴。此事更妙。我也有奇想:人不能再"属人",故申原为"人"位,而以猴代之——大约古先民也明白人是猿变的。我此论有何为证?请看,正月初七,名为"人日",人居第七位,而申正是夏历七月建申的那个申,所以它也属人。

　　十二生肖的广为运用,从汉代到南北朝大约已到"高潮",例如蜀之谯周,就用"典午"的隐语来暗示司马(昭)氏,北齐庾信名作《哀江南赋》中用"典午",又以指"司马"官职——则午之为马,可谓妇孺皆知,早已如此。我有幸属马,看来大有典故来历,岂杜撰可比哉!

　　好了,我总算为裕成的奇书写成了一篇序。读者如感失望,则请你翻过,一看吴著的正文,你便会由失望转入得味了。

周汝昌

癸酉十月一日

(吴裕成著,天津大学出版社一九九三年版)

《天津咸水沽李氏族谱》序

　　吾华史学，重事尤重人，重人尤重其家世渊源，人才隆替，事业盛衰，盖从不以个人为孤立人，族姓为游离族也，中含深意至理，以故自古甚重谱牒之学。余生于津沽，沽中有旧姓数家，李氏其一也。考其迁沽之始，则明永乐初，始祖李海公以御林军身份随成祖北上者，落户于津东南之高庄子。

　　传八世，至康熙××年，其讳应节者，始分一支迁至咸水沽。至余姨表弟金枢，是为此支之第九世孙。其家与寒舍相去不远，皆在沽之西端。金枢之祖仙湖公者，与祖父印章公（讳铜，行八）同娶于沽中徐氏（旧称僚婿，俗称连襟），故两家实为老亲旧友，过往亲切。

　　一九××年×月，余于通信中询问金枢家世，乃启金枢以重觅家谱之心意。历经劫难，竟未尽失，觅得副本，金枢喜甚，乃与其侄德贤重加修订，哀然成帙，因来索序，以志桑梓亲戚之旧缘。

　　余惟我沽地处海涯，古为豆子䴚，草莽之薮区也，其农耕垦发，当在宋元之间，其初人烟稀薄，以军户渔民为众。故李氏居沽，实为旧族大宗。

　　余家之来沽，未明其始，大约为清初康熙间招致江浙农家习植稻者北来开种，闻乃极贫苦之民耳，又不足与李氏比矣。虽然此乡风物优美，人情敦厚，古风尚存，余甚爱之。幼少时，习闻李家大坟，芳春胜日，踏青出郊，则识之于心。

　　金枢家宅在小南门内,天塍苇蒲,余常过而乐之,后与金枢又时时游于林间溪畔,遂为密友。一九三九年津沽水灾,金枢旧宅遂变为废墟。余每过其地而暗伤往事焉。

　　今余为李谱作序,年已七十有五,回思旧迹前尘,恍如隔世,而沽中之陵谷变迁甚巨,重到已不能辨识为何处矣。幸犹能执笔略叙吾沽旧族之梗概,喜李氏尚有修谱作史之人,不禁悲喜交集。

　　余序虽甚简略,然后之览者,亦得稍有考,聊胜于茫然尽迷昔事者,或不无小助。至于李氏世次原委,金枢当自有述,兹不多云。盖序者,引其端而抽其绪,且因李氏一族而稍及其姻谊,固其宜也。

　　　　　　　　　　　　戚谊周汝昌谨书于北京
　　　　　　　　　　　　时在癸酉重阳节后二日

　　（《津南文史资料选辑》一九九三年第九集）

《古今佳句咏天津》序

　　朱其华、王学仲、寒碧、张仲、刘永泽诸先生编纂《古今佳句咏天津》一书,既杀青,委我以作序的重任。我为里人,虽未学无文,而情系桑梓,谊不容辞。因条梳断想,摭拾旧闻,略记所知,为本编喤引,并就正于父老乡亲,方家大雅。

　　按我乡称天津,始于明初永乐二年(一四〇四)。然元朝延祐三年(一三一六),已经在此建置海津镇。可见"天津"一名似新而实古。海津何也?即今通称海河之同义语,不过措辞之际微加文饰,这是中华文化的一种独异的高雅的特色。再细按下去,则又可悟"津"字的来历与内涵,都非常丰富,并非偶然拣取的一个美好的字眼。据《国语》记载:"昔周武王伐殷,岁在鹑火,月在天驷,日在析木之津。"我们先民的高级文化思想,天、地、人是合一的,故《易》标"三才"之义,而以为天象与地理上下相应,天上之十二星次,下应地表之十二分野,而析木之津为燕土之所应。这就是为什么今之北京,在辽代却名为"析津府"的缘故。天津地望,从早即是燕之边域,所谓"析津之尾",即此义也。再按"天津"一词,本亦星名,如屈大夫《离骚》已有"朝发轫于天津兮,夕余至乎西极"之句。古注以为,天津九星,在东极箕斗之间,一名天汉。即后世称之以银河者原由于是。谢庄《月赋》云"于时斜汉左界,北陆南躔,白露暧空,素月流天",左谓东方。是以隋炀帝大业元年(六〇五)迁都洛阳时,因河流贯于都城,遂建桥,名曰天津桥。亦取"主四渎津梁,所以度神通四方"之义(见《晋书·天文志》)。这其实也就是明成祖将海津镇改名"天津"的原因——加上他是"天子",渡此水而北上燕京,故名之为天津也。

那么,我们今天的人,应该记清一句话:"天津"从隋朝起,已经用在人间的地名上,实际就是"地上银河"的意思。

如今的这条地上银河,即古名"直沽",后称"海河"者是矣。

因此我说,要想明白天津这一地名的原委,至少应须了解上述的那些历史文化内容和进程。而离开了河,天津也就不复存在了。在过去,文学之士,一提起津沽,总是给它一个"海滨斥卤之地"的称号,斥卤者,谓盐碱不毛(不长庄稼)的意思。但《元史》也已记载,至大二年(一三〇九),已在直沽沿海令汉军五千人屯种了,规模广至十万顷!缘是,一般讲述天津史的,又都以为元代才是天津开发的起端。换言之,这个陋乡僻壤,在中华大地上是个最晚的"后辈",比起那些几千年的古都巨邑,简直是太"寒伧"了。

然而,近年来忽然在津沽域内出土了青铜古器,证明了在这一方土地上,最晚周代已有先民生活繁衍了。这稍稍改换了向来的"津沽历史观感"。我作《咸水沽即古豆子䴚新考》(见《天津市南郊区文史资料》一九九二辑),证明津南确系南北朝北齐以来"草莽英雄"出没活动的一处巨大的"水寨"(略如《水浒》的梁山泊),而反抗推翻隋炀帝的叛军,却正是从大业七年的豆子䴚的"绿林好汉"带头肇启的。这地区,大约到唐太宗贞观之治的年代就逐渐平静下来,地势也日益淤浅,鱼盐之利大兴。宋置戍砦御辽,"泥姑口"为经营水战之地,见《名胜志》。金承宋制,名为"直沽寨","砦"、"寨"一也。再说隋炀帝,虽然是"天津人"带头起义反对他的,可是他开创南北大运河的壮举,却实在也为直沽日后的繁荣创造了无与伦比的条件。

军戍、晒盐、捕鱼、打雁、屯种,是津沽之人的主要生业,人文的发展自然难与别处相比。自明建卫,直到清初,这儿还是个只有总兵镇守的"武地"。雍正三年(一七二五)始置天津州,才有了"地方父母官"——行政官吏。九年升府。这期间,由北京宛平县移户于津门的查氏,建有水西庄,南来北往的文士名流,聚于查庄,在天津的人文事业上形成了一个阔步迈进的标志。

在此以前,题咏天津的诗句,是行旅过客为主,也是零散的。自查氏年代起,局面起了巨大的变化。

我读仁和杭堇浦(世骏)《道古堂全集》,至卷十三《汪西颢津门杂事诗序》,不禁深有感触,思绪梦如,莫能自已。

杭堇浦是一大家,学富而才高,文笔典重而遒举,而又汪洋渊厚,词源不穷,独于此序,却着语无多,显得相当的单寒索莫。我曾反复思绎,以求其原因,而未能即有圆满的答案。

汪西颢,名沆,钱塘人,寓居水西,助修津门地志。他的杂事诗,是多首的组诗。如果把明代大臣李东阳作《天津八景》那种性质体裁的律诗除开不算,那么津门组诗也许真是以汪君为榜首了。这组诗与其序文,当然便有了代表性。

杭序开头即言:"直沽七十二水,发源于狐奴,酾渠潴野,环注数县。其南,与河通波,北滨大海,茭苇蠃蟹之利,甲于几甸。以形胜计,亦一大都会也。"这是雍、乾时代一位浙江学人墨客对天津自然环境的总评价。然后他才剖析此方人文不盛的因素:一、没有深岩大谷足寄瞻眺之情。二、访其风俗,则土著贵耳贱目。三、做地方官的,又是"志怵体侈,薄雕虫而不屑为"。四、及至有些人士"宾朋既萃",则又"舟车刺促",仅可相与"推襟送抱",而"不暇以搜采为能事"——职是数端,杭先生下了结论:"故津自新邑于此,雅道之坛坫,仍蓁狉而未有所辟。"

请看:他讲话很不客气,在他眼中,天津直到那时,诗文雅艺,还处在"原始野蛮"状态中! 今日吾乡之人看了这段话,不管你同意不同意,毕竟值得"反思"一番了吧?

杭先生说话是否有些过火?此刻不必断断以争,原不妨存资旁观借照。人文事业之盛衰荣落,除了自然条件,还须物质发皇,民丰物阜,又须主其政者关切倡导,并且得有有心之士肯为搜采。据杭序所言,汪西颢只因有了"贤令君"(当时县官)给以资助,又有查氏提供文史典籍的书库,他才能成就此业。

汪氏是作诗,不是采诗,作诗也是"盖以诗传事,非以事为诗也",极是极是。如今我序朱先生者,乃非自作,而是编纂——而此却正即杭公所谓之

"搜采"工作了。

于此，我们或可悟一要义：人文创作的兴荣与否，是一回事，即使兴旺繁荣了，有无关心搜采之人，还是一大环节。

由是而言，朱先生及诸同人，不惮繁剧，于举邑不肯为此冷淡生涯之际，独肯力任斯事，使天津之诗得以炳当前而烛后叶，这是何等的仁人志士之所为，岂非超越前贤之高行与胜业哉。

三百年了，天津的变化，已经是多么巨大，这是弱笔拙文所力难赅括于数语之间的。天津的"地运"与国运是如此的息息相关，理一理近现代史，不难有所憬悟。英法及八国进侵之变后，拆城垣，辟租界，更是变化中的重大关纽。津门种种，谁为生动具体的写照？非诗篇又何以为之咏叹颂讽？朱先生是编，精选古今诗笔有涉津沽者，富至八百有奇。为家乡文化事业立功立德，孰有愈于此者？是以拙序不避谰谀，稍稍疏其条理，发其旨趣。年辈较长者，览是书恍如话旧重童；齿发较稚者，循本编而得以窥文史途径，亦可于乡邦掌故借资多闻，于中华汉语文加深造诣。作为炎黄子孙、津沽来秀，倘对这一方面全无涉猎与修养，不也是一桩极大的缺憾之事？这其实也是一部宝贵的"教材"，各界人士如能创造性地运用，当有更大的收益。

天津的"獉狉"，虽然成为历史谈资，但影响积重，仍然暗暗地为有些人执以为词，有"瞧不起"的口角流露。这不足奇怪，因为中华的文化史太悠久了——天津从延祐三年到此刻，才不过六七百年呢！但我也希望他们能转变一个角度看事情：四十年代，我在燕京大学时，有一美国研究生从我学古汉语、佛教史，译《高僧传》，取汉名林阿释（本名 Arhter Link），我们成为好友，他对中国文史，无限钦崇，也好玩爱：每当我说"外国人"时，他必接过话去，加上"修饰"、"解说"云：野蛮人！逗得人大笑。他说：笑什么？美国历史只有二百年，与你们比，不是野蛮人是什么?!

"才不过六七百年呢"的观念，如果在林阿释君看来，那真是太了不起了！

况且，朱先生的这部书，也实在可以给"獉狉论"作一个极好的验证"数据"。

本编采诗，自唐及清迄于当代，约三百二十家之作八百首，不可谓不富。

就我个人印象所及而推断之，如果遍征有清一代及民国各种诗集，以及诸县方志，则总量犹当倍蓰。当然，古今政治地理区划是变迁的，情况也很复杂。如蓟门渔阳的诗古来甚多，但当时不隶属于今之天津域内，只盘山一题，从皇帝、宗室、大臣到八旗高士、隐逸，其诗之多实可惊人，若都阑入，则比例失调，抑且不符历史实际。馀若武清、静海、宝坻、宁河等地，则与津沽关系更为亲密，骨肉相连，风貌一体，尤不可遗珠于沧海。故纂编之际，良非易举。

　　天津正在突飞猛进，新局面会给我们带来编诗的新条件，文献的发掘会更丰盛。我愿朱先生继续搜采的功夫，不久再编出续集或新集，则此序亦可"覆瓿"，岂不快哉。

　　　　　　　　　　　　　　癸酉末伏述于析津之东皋　时年七十有五

（原刊《天津日报》一九九四年一月三日）

《峰峰志》序言

　　放眼中华大地,禹迹九州,山河壮丽,诞育先民——河即黄河,山则非太行莫属。太行之山,界耸于冀、晋、豫三省之间,挺秀矗奇,钟灵毓奥,绵延千里,直入医巫闾,实天下之伟观,神州之巨脉。而太行山者,民间又称之为女娲山,女娲何人?亦即中华民族之伟大母亲。神话流传:娲皇氏炼五色石以补苍天,其石又即取之于太行。这样叙来,已可见中华民族人文地理,与黄河太行的关系是何等的密不可分了。

　　太行以八陉名震古今,其第四陉即在古慈(磁)州。而此陉东麓,则峰峰矿区在焉。

　　矿,如今都念作"旷"了,其实这是个误读。矿古体字本作"卝",其音如汞 gǒng。父老传说,清末时期西方科技初入中国,开矿取煤,是改良派新政措施之一项,唐山初设"开滦矿务局",南皮名臣张之洞前往视察,见其题匾五个大字,遂扬声而读曰"开滦'旷'务局"!于是大家以为张大人是有学问之人,不会读"半边字(者)",群然附和——从此人人念"旷",至今难改了。

　　矿,是强国富民必不可少的重要资源,研究我国矿业史,恐怕不能离开冀、晋的最早开发。上文我叙及娲皇的"炼五色石"(出于《淮南子》,汉代著作),我的解说就是我们祖先早已知道"开矿"的道理——那五色石正表明不同质色的古矿藏。"女娲山"下的峰峰矿区,大约是我国最古老的"女娲石矿区"吧？（女娲山，又名王母山。这王母亦即"老祖母"之义，与瑶池的"西王母"无涉。）

此区之内的古迹中，还有一处"鬼侯镇"，这是殷代纣王封九侯于此的遗踪。所谓"鬼"者，实即"九"字的讹音——古"九"字音略如"苟"；"轨"字本从"九"得音，而今人正读"轨"、"鬼"同音，其理可悟。这个古地名，也就充分证明此区的历史之悠久了。

那么，如此名区，若欲了解其古史今情，人文地利，一切景况，又将如何方可得大纲细目呢？我以为，要揽全胜，莫善于读读这本《峰峰志》。

地志，是我们中华文化中的一项重要的智慧的创造。它是史的一个组成部分。中华良史的高层观念，来自"天人合一"的哲学宏观上智——《易经·说卦》里已然表述了天之道、地之道、人之道是为"三才"的命题。后世的"天时、地利、人和"也与此同源同义。我国的史学，包括了天文、地文（通称"地理"）、人文。所以历代修史，无不修志。这种宝贵的文献，使我们得以明了自己民族国土的一切外相内涵，诚所谓"通古今之变，究天人之际"，如果有时力大略浏览一些史籍与地志，便知古人那话是一点也不夸张的。

国家深知此义，所以要求全国各地，大自省区，小至村镇，皆要修志。这是一项极关重要的文化建设措施。其意义之巨大，无以为喻。《峰峰志》之修，正是这项英明措施的良好成果。

史与志是互为经纬的关系，一个地方的总志与分志又是宏观微观的关系，它们都是分合倚辅、相联互补的血肉组构。此部志，是邯郸总志的一个重要的分志；自我寡陋而言，一部分志做到了如此纲举目张、深细周备的地步，叹为初见。作出这样的佳志，需要几个条件：丰富的知识，细致的调研，高度的重视（认识它的意义），负责的态度，认真的精神——此数者缺一不可。但我还要指出一点：没有足够的良好的语文水平，那也是会事倍而功半，内妍而外媸的。因为修志本身即是一种大文化的总结概括性工作，而语文则是地区人士的文化修养的一个最显豁的标志。这方面的表现，也是本志的一个很大的优点。

我读此志，获得了很多知识教益，也发生了不少感想。假使我们的山河都邑，乃至聚落村乡，都能撰出这样质量的大小巨细的地志，则其价值功能，绝不下于已佚的《永乐大典》与现存的《四库全书》。我国历代旧地志,迭经水火,多已亡佚不存,而美国国会图书馆则以富藏中国地志而闻名寰宇。这已令人感慨万分了,然更令人叹惜的是:至今公私两方俱尚无人关怀这一畸形文化现象而大力探求如何交流补阙的办法或拟议。虽说新志是一大功绩,但新的绝非"天上掉下",而是从"旧"母体中孕育诞生的,离开"旧",如何又有"新"之可言?这本是宇宙天地间的大道理总规律,可是人们昧于此义而总爱偏执其一个片面。古人早已识及的"通古今之变,究天人之际",今人反而多不能懂了——就在修志一事上来寻味这个道理,不是也确实发人深省吗?

修志的主持主撰者侯廷臻同志要我来为《峰峰志》弁言,我愧无真知,聊贡空词,表我钦佩之意,勖勉之心。是为序。

乙亥初冬　七十七岁半目人周汝昌
书于燕台北畔

(峰峰矿区地方志编纂委员会编,新华出版社一九九六年版)

《诗文艺术琐论》序

冼星、国卿二位写了一本《诗文艺术琐论》,清样寄来嘱我作序,读后让我想起了中国文学鉴赏大师刘彦和。他有八句话,道尽了我们后生万言难表的道理。他说:"四时代序,阴阳惨舒,物色之动,心亦摇焉。""若夫珪璋挺其惠心,英华秀其清气,物色相召,人谁获安?""一叶且成迎意,虫声有足引心……"这就明白提出,人们的文学活动,是一种心不获安的事情,而心之不安,乃固有"物"相召,而这一"召",却又发出了"迎"、"引"的大作用之故。

现今"文论"正富,我看若讲要言不烦,还得推我们的刘大师。

我由此感悟:古今作者,其所以搦管为文,是由于有了召、迎、引而写其"不安"之心的。而其写作之成品,留下来就成为一种"物色",它们又来"召"、"迎"、"引"我们,使吾人"心谁获安"——于是这又发生了文学鉴赏评品的又一层次的文学活动。所以,感人的诗文就是感人的物色之"同类"——或其"化身"。

不仅如此,好的文学鉴赏文章,又成了可以"召"、"迎"、"引"我们"心"的又一种"物色",也来一起向我们招手。

至此,已经有了三个层次了——也许让专家分析起来,还有更多更细的层次。不必再去求教,只这三层次来思索一番,就已经让人有"惊奇"之感了。人,为什么这样"多事",为什么如此地"心"不"获安"?

　　冼星、国卿二位之新著，若依拙论，乃是属于"第三层次"的"活动成果"了——但是，这册书现在又要成为很多读者的又一层"物色"。它正在向你"召"、"迎"、"引"，你也正在进入一种"人谁获安"的境界。

　　让我在两位著者的卷首写几句话——我实感惭愧，我惭愧什么？惭愧没法和刘大师相比。你看人家那"几句话"是多么精彩而深至，而我在此说了这么几十倍的"几句话"，又是多么浮浅罗嗦、少味乏韵。

　　我不禁深叹，前修往哲，实不可及。我一提笔，便生惭愧之意，最根本的原因端在于此。

　　本书的鉴赏对象，尤其是古代作家的那些名篇，无一不是我平生最为倾倒崇拜的好文章，每读及，都"心有戚戚焉"。书中其他文章，各有色彩，读来也饶具趣味。

　　我要说的，实际还有很多话，但不应赘述了，还是请你"进入""正文"方为要事。

周汝昌
丙子八月初吉于北京红庙寓所

　　（张冼星、初国卿著，辽宁人民出版社一九九六年版）

《名家倩影》序

　　《名家倩影》这个题名大有意味，也惹人喜欢。这儿有两个字最具吸引力：一个是"名"，一个是"倩"。就凭此二字，这本书虽不敢说"不胫而走"，也必然会"有翼则飞"了。

　　"名"者何也？闻名，著名，驰名，享名，擅名……中华古语之外，还流行着一个新话，叫"知名度"。大概是从外文翻译而来的吧？

　　夫既曰"度"，当有科学数据，比如气温、体温、地球经纬、药物浓淡……都讲"度"，清晰严谨，一点儿不能乱来。至于"知名"之"度"，那是怎么衡量用什么标准的？恕我孤陋，尚所未详。因对这门"科学"很外行，就还只会引老话了——"名下无虚士"，说来令人鼓舞。倘若又会联带想到"盛名之下，其实难副"呢，那自然"姑置勿论"可也。

　　王景山先生"巨眼识英豪"，一下子认定了这四十一位被他称为名家的，经心用意，认真仔细地逐一为之写出了"传神写照"的妙文。

　　我敢说，您若打开书，每读一篇，就会立刻得到一个"倩影"——不用印证照片，那影真是"踽踽欲动"（东坡语），"呼之欲出"了。

　　王先生的笔，如此之神，您信不信？

　　中华文艺传统理论名言，绘事以画人最难（"人物"列画艺分科第一位）。作文以写人最难。写人，如今千篇一律定必要说成什么"塑造人物形象"了。

这大概也是洋话译华语的。"塑"的是个呆定的不会动弹的"形"罢了——它就是不说传的是"神",就是不说"气韵生动",似乎有意与顾恺之与谢赫"对着干"。(晋大师顾虎头首先提出了"传神写照"的独判命题;六朝画艺理论大家首次提出了"六法",而"气韵"居首,形貌只列于后面第三了!)

知此,方识王先生此书为何一下子能显诸位的"倩影",正因他不是"塑"一个呆板的"形象"。

这些幅"影",真是"动"的,胜于相片。为何能"动"? 因为他文中有"生"(生气,生机,生命……)。

至于"倩"呢? 就更有得可讲。

"倩"者何也?

《尔雅》古训,说是"美好也";《说文》则更妙:"男子之美称,若草木之葱茜也。"

有人会问:此书所写,皆男子乎? 答曰:这也无拘,君不见《诗经》云"巧笑倩兮",是"口辅之美也",正是男女皆宜,有何不可?

有人又问:书内所收,高龄可达八十二岁,难道耄耋老翁,也还"倩"得起来吗?

古人有荀奉倩、东方曼倩、萧长倩……都"倩"到老,美到老,如何能以年纪为之定限?

再者,王先生"取中"了这四十馀位"美人",也未必"以貌取人"——他看人看事有他的角度——"相赏于牝牡骊黄之外",这个中华文化高层审美的大道理,难道可以忘掉,尽搬外洋的"审美意识特征"吗?

质疑者无言而退。

王先生著书,自有其用意宗旨、机缘遇合,因他已有自述,即不多及;如今只说他的文才与手笔——

我与他素昧平生,初无任何联系;忽一日,他来访谈,要我粗叙拙意,兼及"自我介绍"。我就"即席""信口",说了一篇头绪梦如的"杂话"——我以为他未必听得清,解得确,不过是应命之下"姑妄言之",没有顾得"后果"如何的考虑。

谁知他写我的文章刊出送来了,一读之下,非常吃惊——惊的是他来时一不携录音机，二不见笔记本（此二者是采访时常见的"武器"），可是他竟凭一个"言从耳入"就写出了这么一篇详细周全、忠实生动的"倩影"，不禁大为称奇——也就是"吃惊"的同义语也。我写信表示了我的这一点感受，认为他是一把好手——也感叹他大才小用了。

我们是这样相识的——他以序言见委，因缘也就在此。

对于此书的评价、意义……这一方面，我不拟多谈，因为王先生把我的"倩影"写照传神，如此溢"美"，我再夸赞他的书，岂不有"不便"之处？为了避嫌，只言说几点零杂的感想，聊用塞责，既不够"序"的品位，但还是要仿效先贤的笔法而说一句"乐为之序"！

周汝昌

丁丑嘉平月书于得玉轩

（王景山著，华文出版社一九九八年版）

《小楼梦回》序言

　　培章是我的老同窗学侣,最好的朋友。说同窗,不是俗常泛词,是名实相符的实情,因为我们确是同窗共砚,那时是住在燕京大学的"四楼"——四楼是从西校门内"贝公楼"之东北、未名湖而数的第四宿舍楼,朱甍画栋,玉砌雕栏,两层民族风格的楼房。时间是从一九四七年之秋到一九四九年之冬。

　　但我们之相识结交却早在一九四〇年。

　　那真是说来话长——为本书作序,似不应过于繁絮,但也不能一字不提。简略而叙,我在小学到中学的年级班次要比培章较高数年,战乱频仍的时代,使我直到一九三九年才考入燕京大学,当年无法入学,次年即一九四〇年之秋,我方步入美丽的燕园。因我是天津人,很快认识了天津的几位同自新学书院而考入的新同学,而其中使我印象最深的一位就是培章。他人才出众,仪范超群,谈吐脱俗,识见朗彻,实乃同侪中的不凡之器,一望而可知的。

　　我们是隔系的学子,但十分相投,很快成为好友。

　　谁知,刚刚到了第二年(一九四一)的第一学期之末,日军发起"珍珠港事变"的同一时刻,包围、封锁、解散了燕京大学。

　　我们这一辈青年,都是当时困于沦陷区(平津大都会)的爱国好学之人,其所以选中了燕京大学,就是把它当作"避秦"的桃源(因是美国教育家创办的第一流高等学府)。

这样,我们星散于四方,不得联系。好容易盼到了抗战胜利——这中间已是六年的光阴逝去了。

在沦陷痛苦"匿居"(避敌伪汉奸组织搜索知识青年)之中,常发梦想:有朝一日,抗战得胜,培章会在大后方建树功勋,回到天津,重得握手相聚,叙旧谈新,扬眉吐气……

信不信由你,这一梦想竟变成神话和实际——他真的回到了津门,身份是收复天津的盟军(即美军,那时,美军飞机从大沽口、塘沽港而入境,国民党军是后来才接管的)所同来的联络官(Liaison Officer)。

我们像在梦境中重晤,其情怀真是一言难尽。

美军撤后,联络官的职务已经完成之后,培章遂将八年以来的最大心事——卫国之后复学,以遂平生在学业方面的夙愿,提到了第一位而力谋实现。

这恰好也是我的大愿。于是我们一同赴京,返校,继续六年以前中断的攻读生活——我们愉快地成了名符其实的同窗!

香山、颐和园,京郊西山一带,是我们共同快游与畅谈的胜境,都留下了我们的足迹与形影(照片)。

但是,历史的轨迹不停地前进,一九四九年冬,他离京赴港。从此,我与他又断了学谊因缘。

培章怎么样了? 我后来时常向可能提供线索的人去求问,可是皆无确讯。

……

现在,培章的堂妹培贤女士,竟为她的亡兄写出了一部小说形式的文学作品。这很出我意外。

虽然我双目损坏,已难尽读其全部,但也是十分欣赏感叹她的心意与文才。她要我为此撰一小序,我想,数十年前的同辈已然凋零殆尽,大陆上知道培章的人恐已不多,我是他的老友,义不容辞,遂将旧事遗痕粗记于此,以代序言兼以纪念我们的友情。我感到这一作品可以反映那个时代的一个侧影,令人为之感叹:中华人才的诞生、成长、曲折、挫折……以致不能尽展其才器抱负、爱国为民的壮志仁怀,是我们民族的一种损失。培章的一生,有幸有不幸,是由主观与客观两方面历史条件所造成的。从这部小说中,令我们增添珍惜人才的无限惋惜与珍重的心情,其价值就在于此。

戊寅秋深　周汝昌草于京郊

（周培贤著,北京燕山出版社一九九九年版）

《京华风情》序言

　　只有拿起这本书的人，才会看我这篇序。拿起这本书，所因何故？是想看或爱看此书的图画。这个前提，大致不会很错（个别例外，当然也不排除，但不在拙序之论内）。如今我倒要先问一句：您为什么想看或爱看？能说清理由吗？

　　专家学者总有一大套"理论"来回答我，但我这儿又是和一般爱看画的人对话，所以只说我们的大白话——洋八股免劳多费。

　　您也许说："我对这个很感兴趣。"回答不及格，因为：一、什么问题也没说出来，是空话泛词。二、语言仍然是"学生腔"、"知识分子调"。中国老百姓不这么说活——至于什么"艺术的感染"、什么"生命的交流"等等，那就更不对味了。

　　也许有的就以反问为妙答了："依你说，倒是为了什么呢？"

　　我说：这是因为您有灵性。

　　灵性？——灵性是什么玄妙的东西吧？与看画何干？

　　告诉您，画者、看者、序者，都得先有这个灵性，否则什么也没有。

　　灵性的"通俗出典"在《红楼梦》里，说是娲皇炼五色石（多么美的物华天宝）以补天，所炼之石，便"灵性已通"。

　　通了灵性的（石也好，人也好），就有了知觉、感受、性情、审美、悲欢、哀乐……他眼见众生万物，种种情景，感从中来，画从手出——这才有了"画画儿的"——今则美其名曰"画家"，还有什么"绘画艺术家"，等等。

画画儿的没有这个灵性，他的画儿能让你爱看吗？——反过来说，您若没有这份灵性，就居然会拿起这本书来吗？

赵华川先生我不认识，从未谋面，素昧平生；从他的画里，看到了他的灵性。

一位贤者又说：灵性到底太古雅，请译为白话如何？我于是"被迫"答曰：灵性者，童心，玩心也（好玩乐的性情），赤子之心也，多情善感之心灵也。

看看赵先生的画儿，全可以用我下的"定义"来解释，来理会。

童心赤子之心，使他喜画儿童妇女。为何这么说？因为人的童心总是在人生社会、世路职分、衣食奔波、遭谗受嫉中被那些混账人给消磨掉了，所以最难保持，而女儿童幼，相对来说，则所有的灵性是比"须眉浊物"要丰富而美丽的，是以画者在他们身上特别摄取到灵光情影，"人"的最美好的最可贵的精神气味，姿致丰采。

现下文艺为业的人士有句时兴的口号，叫作"深入生活"。这生活到底指什么？似乎很朦胧。比如有人说"吃喝拉撒睡"也是生活，但只会那五桩事绝成不了作家艺家。依我想来，人生有一大部分活动只能说是"生存"，生活应该与之别。中华百姓的"生活"极重年时节令。几千年来积累创造了过年过节的文化生活的民族形式，那真可爱极了，我在童幼时对此印象太深了，简直是"没齿难忘"。那是人创造的仙境——这方是文化，方是生活，而不单是"生存"。

我记得宋贤已经有诗人慨叹："今人不好（hào）事，佳节弃如土。"我年龄越大些，这种慨叹也越深些。但"今人"似乎民族的灵性让异文化给毁坏了，对佳节十分冷漠钝觉了。除了一个所谓"春节"，诸如元宵灯，二月二，三月三，四月八，五月端午，六月六看谷秀，七月七女儿节，八月十五中秋月……直到古人极重的"冬至大如年"，这些节令大多忘光了，剩下的大约是"吃个粽子"、"买块月饼（洋式了）"，其他一无所有，实际似有如无了。怎么不是"弃如土"？说得一点儿不错。

那些人创的仙境，还能复现吗？难了！太难了。我一直想再重温幸福的童年时节的一切情景，不想今日竟看到赵先生的这册画稿，大喜过望——
正是我脑中心中目中梦中的那些境界。

　　赵先生的画意，是燕（yān）山的本色风貌，水深土厚，神京郊外的质朴而
又亲切和厚的气息，扑人面宇。那些儿童，神态绝妙；那些少女，天真俊秀，
而无一丝轻薄妖冶的痕迹。生长在他方的人，大约是不易体会得到的吧。

　　我作此序，时值冬至大节，楼窗望望——怅然有怀，而不知何所思存。
坐下来，再从头细看此册的画手艺心，不禁重复我的心里话：人，中华人，要
有点儿灵性，这事不为不重要。

　　看完这本书，不但得到精神的享受，也悟及一层道理：节令的世界，也就
是艺术的天地（不是"吃吃喝喝"的事），而只有年丰物阜，国泰民安，百姓人
家才有了过年过节的真心真趣，他们创造出百般的民族艺术，无不妙绝人
寰！推而论，民族节令的不讲，意味着民族艺术的衰落。

　　画家笔致圆熟骏利，不板不滞，而且神情活现——却又不沾染漫画气
味，其功力至为深厚，让我佩服。

周汝昌庚辰冬至大节
二〇〇〇、十二、二十一

　　（赵华川等绘，北京燕山出版社二〇一一年版）

《北京土话》引起的话

一册新书,使我喜慰而又感慨。

这册书题名叫作《北京土话》。也许有人一见这"土"字,就皱眉了,先有三分看不起的"心态"。如有此种思想感情,恐怕需要诊疗才好,那确实是"病"了。我们讲具有中国特色的社会主义,这特色是什么? 我们又讲弘扬中华文化,这文化是什么? 在海峡彼岸,有千万人的心头牵系着"故土"之情怀,梦寐以求地渴望一亲此"土"。一掬故乡之土,对寰宇瀛洲的无数侨胞来说,比同掬量的珠宝金银要贵重百倍千倍。这个"土"难道是可以用皱眉来对待的吗?

此册书是谁著作的? 是一位台胞,名叫常锡桢。我与常先生素昧平生,却由一位燕园老校友的介绍,方知此人此书的大略。我的喜慰与感慨,正是由于我看到了久居台北市的常先生,以其多年的辛勤积累,写成了这本"土话"。

这件事本身就启人深思。迨到阅看书之内容,更是惹动我的满怀思绪。

著者常先生身在台湾,为什么要写北京的"土话"? 据我想,在那儿该是写写"洋话"才更有出版机缘吧? 他如何偏来谈什么土话,谁会感兴趣呢? ——我的这种自以为是的"推理逻辑",完全错了。

常先生"出身"于香山慈幼院,是个被慈善事业家培养的穷人家的孩子。

　　你听说过香山慈幼院吗？当年南开中学就曾安排过,在"社会视察"课中,就有到北京参观此院的一项教育活动。此院是慈善事业家、教育家熊希龄先生一力创办的,专门收养教育孤苦无告的幼儿。这些孩子,一个个长大了,很多是早已成为可贵的人才与知名人士了,多有贡献。他或她们,始终对"慈幼"怀着无比深厚的感情,因为"慈幼"就是他们的重生父母。最近,熊先生的骨灰已由来自海内外的一大群当年的孤儿苦女亲手捧到北京,归葬于香山故址了——这是多么感人泪下的事迹啊!

　　知道了这一层历史的因缘脉络,才会明白:常先生要写北京土话,这其中包涵着多么巨大的怀亲念土、热爱中华文化的崇高感情。

　　我评价此书,第一点可贵,端在于此。

　　这册书很"独特",它既非文学,比如回忆录之类;又非学究论文,比如什么语言学之类。而且也不同于字典词典。他只是从记忆中,把北京人民生活实际中大家每天都说的"家常话"搜罗记录下来,加以分类和十分简洁的词义解释,如此而已。照"理"说,这该平平板板,庸庸常常,无甚可观了吧?可大不然!我打开此书,不但立时被它吸住,大感亲切,而且时时奇趣横生,使我这读者自"啼"自"笑",为之眉飞色舞起来。

　　我心想,这真了不起,太有趣了!这是一面反映炎黄子孙的智慧、哲理、幽默、赞美、讽刺、评议……的文化宝镜。

　　这些"土话",是北方人民在几千年极其丰富的社会生活中历尽悲欢离合、苦辣酸甜的一种情思的表现、智慧的结晶。

　　从来人们公认,以为英国人的语言中所显示的幽默特色是别人所不能及的。我看中国北京人的幽默更见擅场。

　　"幽默"是什么?并不同于诙谐滑稽"开开玩笑",它实质是一种人生观、生活态度,包含着社会体验中的品味与解说。豁达、仁厚、宽容、善意批评……的性格,也正是北京土话中所表现出来的一大特征。

　　本书内容极为丰富,可说是三教九流,五行八作,无所不包,应有尽有。从它的涵盖面之广,可以看出著者善能留心日常生活、社会关系中的一切语言的精彩点;从它的释义之透辟,又能看出著者对这些语言的深切领会体味。他著语不多,却讲解得十分生动精练。这看似容易,却实在最难。因此我很佩服他的功力和思力。

　　由于此书内容太丰富，又几乎每一条目都大有意趣，所以此刻我若想在这短文中举示"最好的"例子，那我是敬谢不敏，无此才能的。如不苟责，则不妨随手拈取一二，以尝鼎脔之味：

　　在形容"人物"的这门类中，开头就有"幺蛾儿"、"老八板儿"、"地拉排子"、"窝头脑袋"……看了不禁开怀大笑！

　　"幺蛾儿"（按：也写作幺鹅），原是骨牌名（天津人叫"推牌九"）的三十二张的民间传统文娱玩具，旧日闺中喜玩，极富数理与诗意的色彩情趣，即《红楼梦》鸳鸯三宣牙牌令的牌。不过现在很多人只知道"进口文化"桥牌了吧）。"幺蛾"这张牌一端是个红幺点，一端是个绿三点，而"三"总是斜溜着镌刻的，因此这张牌的"样子"最拐孤！常先生释义说："……排列极不平衡，因此常被用来形容离经背道的人。以异常手段哗众取宠或争夺非分的利益，则叫'出幺蛾儿'。"他释"老八板儿"则曰："守旧礼而又顽固的人。"（按《老八板儿》是旧日最通俗最"熟"得生"厌"的乐曲名，头一句就是"工工四尺上"，戏台上也常用，学吹拉的更是拿它"开蒙"。）他释"窝头脑袋"，则说"讥人长相庸俗，没有出息"。他释"地拉排子"，则曰："体形矮胖的人。"（排，音上声 pǎi。）看了都令人哈哈大笑，忍俊不禁！

　　最有趣的如"喇嘛啦"这句话，如今可有谁懂？常先生注明，这原是一句歇后语："和尚穿靴子——喇嘛啦！"用来指说"醉了"的意思。原来，北京有很多藏族僧人，专名叫作喇嘛，与汉族佛僧服装绝异，汉僧和尚穿布鞋，而藏僧穿皮制靴子；和尚若穿了靴子，就与喇嘛混了——用此来形容醉人的喝糊涂了，"乱来"了！

　　看到这些，真真令人称妙叫绝！

　　这册书是个研究历史文化、民俗人情的宝库。目下北京人口极多，但土著世居者的比例日见缩小，大多数人口中说的仅仅是一种程式化的官话，而已非真正的老北京味的民间话了——这种官话平淡乏味，我常称之为"学生腔"——像小学生在语文课学"作文"的那样的语腔文调。我觉得老北京话的味道消失得这么快，这么厉害，是令人遗憾的事。因此种种，我益发感到常先生此书的异常宝贵。

北京人之宜阅此书，那是无庸赘言的事；但我倒是觉得天津人更应浏览，因为我发现书中所列，至少有十之八九是也能在津话中听到的妙语，其亲切感是仿佛一样的。

现在文津出版社所印，乃是著者重新增订的一个大陆新版本，内容大大丰富了一步。

（常锡桢编著，文津出版社一九九二年版）

《古史考》序言

　　吴锐先生的《古史考》若干卷行将付梓，要我为这部新书写几句话，以代序引。我自揆哪有这样资格，实不敢僭越承当。而吴先生致意殷殷之下，辞而不获，遂贡拙言，聊供切磋之资。

　　辩论古史，自然想到顾颉刚先生的《古史辨》。自我个人的感觉而言，今日理解《古史辨》，已不应拘认于"疑古"一点上，盖"疑古"的目的是要摒伪，伪去而后真来；不必斥之为"虚无主义"——"古史皆伪"或"古本无史"。"疑古"是疑伪，疑伪的精神加上科学性的研考，就能显示出古史的真相究竟何似。不是"史"本身须疑，而是要严斥慎防编造伪史、歪曲真史的一切货色和行为、手段。（就在当今，我亲历深感的事，就还有人公然发表伪文，欺蔽世人。可以作例。）是故"疑"者无罪，求真是可师的。宜参"活句"，庶几不致"将活龙打作死蛇弄"。因为，"史"之本体性自在，焉有什么"真"、"伪"之可言，是史的作者们的心田和笔墨有真、伪之分，而这个大"分"是须辨明的。

　　顾颉刚先生的史学与史观史论如何，是一回事。《古史辨》作为一种学术思潮是另一回事。思潮是时代之所萌所滋，并时常加上外来的文化影响。这不是某一个人的事情。如果以古证古，不是孟子早就说出"尽信书，不如无书"了吗？孟子有"疑古"之思，大约彼世已有"伪史"之流行了。

　　但也不要忘记：一个伟大的民族有其感受、思维、创作的"个性"特点，这是不能呆看的,比如中华古史多数染上了神话色彩。这不必列入"疑"的范围,中华民族喜爱"诗化"的境界,古史的神话化其实是"诗化"——以诗之美、善而"润色"史的真,共同完成了"真、善、美"的民族精神高层世界。如果将这也批为"不科学"、"宣扬迷信",那就南辕北辙、牛头马嘴了。

同理,一个伟大民族的学术史,也自有其"个性"。

孔子是乐师出身,他说"君子和而不同",是以音乐来比喻,说的是大家"合奏"一曲,总的美是个"和",但绝非弹琴的与吹笙的与击钟的……一百人都是按那一张死乐谱来演奏的,那已不复是"乐"了!

学术之理,何莫不然。

中华学术要繁荣,不要凋敝枯萎——伟大的民族不允许那么"发展",也不会是那么一个轨迹。

繁荣需要协力合作,薪传师承是"纵"的,切磋交流是"横"的,只要有学存在,必然是这样进行的。不这样,就是消灭学术。消灭了民族学术,也就消灭了这个民族的精神、智慧、灵魂。

学术是圣洁的,因此才是崇高的。

学术不容许污染,不容许为个人之私所利用。她应是民族精神气节的展示与发皇。中华民族的社会人文科学的事业成果,永远是人类的珍品宝藏。

吴先生的这个《古史考》工作,值得学术界为之瞩目,为之动心。

清人龚定庵之诗大家最喜传诵的还是"九州生气恃风雷,万马齐喑究可哀"。齐喑的窘境,是由于有以致之者;而齐喑的悲局是"人才"的艰稀。向"天公"呼吁,自然是诗人的口吻,谁也不会当真;那么,谁斫伤了九州生气而使得天公也不再"抖擞"了呢? 这个问题值得史学家社科家思索。

吴先生这部书,汇辑了丰富的史料,这"史"也转眼成"古"。顾颉刚先生的"辨",不知是否也还有用武之地?

若有向我启问者:中华的学术传统之"个性"什么样? 我将举一个早已为人遗忘的例子借作说明:晋代夏侯湛为汉武帝时的东方曼倩画像作赞序,其中有云:"……弛张而不为邪,进退而不离群。若乃远心旷度,赡智宏材,倜傥博物,触类多能;……自三坟五典、八索九丘,阴阳图纬之学,百家众流之论；乃研精而究其理，不习而尽其功……夫其明济开豁，包含弘大，陵铄卿相，嘲哂豪将；笼罩靡前，跆藉贵势；……雄节迈伦，高气盖世：可谓拔乎其萃，游方之外者也。"

今日之人，温诵此文，应有所感——这不一定是赞美东方先生一人，实乃指明一种中华学者的造诣和境界。两千年下，群贤莫不以此为努力的标的。这是读《古史考》时也应念及的重要一面。

笔者深慕此义，而多年来求之于域中海外，尚未多逢——逢者历者却大多反是而为之者：不学有术，"专业"是打击别人，芟夷异己，"塑造"自身，欲纳学人于其一姓之家，窃名谋利。若称此类为"史"为"学"，岂不痛哉。悲夫！

目下我们的学术环境气氛一片大好形势，令人振奋，这是"九州生气"的新的"风雷"——这风雷是鼓动阳和，化为万物，而不是毁灭生机。正因如此，回顾一下吴先生的工作成绩，不是温故，更是知新——一把钥匙。

谨将一些杂感略记于此，本不成序，姑以"绪"字代之。谬陋之处，敬希教正。

周汝昌癸未之春

（吴锐编，海南出版社二〇〇三年版）

《画坛名家》诗序

——题王景山先生新著

高山仰止景行止,花苑书坛各擅场(cháng)。

五岳峰峦分峻秀,四时花草聚芬芳。

丹青自古评三品,翰墨从来慕二王。

铁网珊瑚珍重意,知君不为利名忙。

八十七盲者周汝昌　甲申闰月

(王景山著,中国和平出版社二〇〇五年版)

题《北红拂记》*

　　楝亭先生，人英也，兼工诗、词、曲，而后世真能赏音者寥寥也。然先生自谓所作曲为上乘，词次之，诗又次之，虽谦挹之辞，固可见其自负者何若哉。如与洪昉思并观，孰为甲乙，正难定也。先生之续琵琶，既幸未遭燹劫，而北红拂存亡何在，迄不可知。今文彬先生无意中忽见此本完好如初，鲜有人一顾，冷落芸橱，欣慨交加，急报余知，余闻而大喜望外，为浮一大白。又蒙携示复印本，三生有幸矣。其发现迷佚数百年之珍编，厥功至伟，感而谢其高谊，因书数语于卷端，以志奇缘，赞其大有贡献于文苑红坛，固难掩拙陋，而不敢辞也。至于品论剧曲，文彬已有专文，容异日有暇再为奉以芜词。力疾匆匆，谅不多哂。

乙酉仲春　八十八盲士　周汝昌书

【注】

　　*《北红拂记》为胡文彬先生二〇〇五年发现于中国艺术研究院资料馆。

《古镇稗史》序言

中华古历岁在甲申八月初八日（即二〇〇四·九·廿一），我参加故乡为我所建《红楼梦》学术馆的开馆典礼时，《古镇稗史》作者刘国华先生首先递与我一册新书，题名的古镇，正是我之出生地天津海河咸水沽。没有料到，竟有有识之士为我故乡撰写出第一部历史纪实作品来。我心所感，千言万语，亦难尽表。深谢刘先生的这一份珍贵的乡情献礼。此书问世，受到市、区党政各界人士的关切和支援，竟于短期之内又出新版，可见其本身价值，是有目共见的。世上一切事，开创最难，伐山辟径，斩棘披荆，多方采辑遗贤轶史，自古作史之功，既艰辛，又可贵。值此新版即将付梓，勉作小引，以表鄙怀。只因目坏太甚，已难多写了，尚祈多谅。

我沽原属河间府静海县，自清雍正间始划归天津（新设）府，乃古"八镇"之一大重镇，其地风土之美，与西郊杨柳青齐名，而水陆物产营运之盛，盖又过之。自一九一三年海河"裁弯取直"，遂渐趋衰落。而北齐至隋代之古豆航遗迹仍有可寻，实炀帝大业年间民众起义之首要阵营也。近世则可称之为当代红学发祥地，故乡所建新馆，可为标记。然我平生总以村童自呼，与家兄祜昌继胡适先生研红于二十六年之后，学者许为"重建"此学，而并非单纯之继承沿袭也。然则称之为一"发祥地"，又不虚夸矣。但在此区，文化教育自昔不振，我与家兄于中华民族文化之领受，终叹浅薄，故成就不伟。诚望故乡科教育才,多则地灵人杰,古镇重光,而刘先生之稗史必将日显其辉煌矣。

乙酉仲春周汝昌拜书

（刘国华著,中国文学出版社二○○五年版）

《天津市津南区志》序言

　　海河右岸，是我嘉区。何云"右岸"？盖海河自三岔沽曲折东南流，入于渤海，自卫城而循河向海，则河之东南一侧，正为右方——此与我国地理传统以左称东、以右指西者小异，应加区辨。且此"右岸"也，市区已有"河西"之名，不相混同，凡此俱非难晓。但难晓却在"海河"，河何以谓之"海"？取义安在？这似乎从来不曾成为一个问题。一般理解，以为海河者，因是入海之水也，别无奥义。然而，即以渤海而言，其周岸诸区，入海之水岂止单流而独注，又何以此河乃以海为名？故知"海河"本义，原不在此。海河古名直沽，应可上溯唐季。自从宋与辽分，"杨六郎"（本名延朗，后人避帝讳改称延昭）把守三关口（高阳关、瓦桥关、益津关，皆今河北省境内），而海口以西实以直沽为界（亦如扬子之为"天堑"），而大宋军民遂名之"界河"。"界"古音如"盖"（gài），今南音犹然未改。中国语言音韵学早知 j、g 二母通转之规律——例如"轨"从"九"，"概"从"既"，"窖"从"告"……皆是。然后则 g、h 二母又复通转，例如"洪"之从"共"，"浩"字从"告"，"河"字从"可"（歌之古字）……以及"红"之于"工"，"槐"之于"鬼"，例不胜举，皆是 g、h 二者之通转。于是"界河"历久声转为"海河"。以上为简言。如再细研，也可悟知：历史知识昭示吾人，自古黄河屡经改道，以至北趋而夺直沽以入渤海，至北宋庆历时，直沽还曾成为黄河北道尾闾的最末（东端）的一小段河身。缘是之故,此方人民又称之为"改河"——而"改"、"界"古实同音。这样推考,可悟海河一名,其历史变化应为:直沽——改河——界河——海河。这就说明我们今日习以为常言的"海河"一名,其内容涵蕴丰富,至少包含了三层要义:黄河水利、交通、文化,宋、辽民族政治、军事,海洋资源、漕运——这三大方面的巨大历史地理课题,其内涵与影响,远非通常口言"海河"之人所能想象与思维。

懂得了海河,方能进而谈她的右岸。右岸即是东南岸,则时至"杨六郎时代",我区之人还是大宋之民,而非契丹之属。如此,又可明了:界河右岸,泥姑(沽)、三女等古砦(戍守之所)皆列在此岸之边,犹如雁阵成行,形势紧要。——而到金之"直沽寨",则在大直沽地方,是为"左岸"了。疆域分明,一丝不差。此地村民父老,下象棋画个棋盘(古曰棋枰),中间总是要写上"两国交兵　黄河为界",犹存宋时遗俗。这又说明了一个现象:我们"右岸"口语称"海下","左岸"却不同称。早期的诸"沽",左岸为多,而右岸沽少航多,分别痕迹也甚显明。以上这一切是了解本区特点、特色的首要课题,所关至重。

讲明了以上各点,用意何在? 就是为了表出这部区志编委会诸位的一项特大贡献——考明证实了北宋的三女砦确在本区界河右岸的双港(对此编委会秘书长、地方志办公室主任李忠诚先生撰有专文论证,翔实可靠)。这是一大考证奇迹!

提起三女砦,它之进入我的知识范围那是很早的,当时觉得这种名称(后又改"三河"……等等)有点儿离奇,甚至疑心史册记载未必皆实,至少怕有讹误之字样。——也认为:尽管极愿把它考察清楚确实,而多半是徒存此愿,已无可能了。还有第三种想法:那也许是别处的砦铺,与本地无关……谁能料想,此次仰仗编委会的虔心与"神力",竟然真把这个三女、三河古砦寻到了——它已湮没了千年之久,无人能指,无处可以请教,也根本无人过问! 我以此例,有力地说明了这一区志的出色成就,令人无限惊喜,不胜钦佩。

乡语常言,父老熟知:我们这是退海之地。其实本区不但是退海地,也是河滩地。古渤海大得多,几乎河北省都是"退"出来的,麻姑亲见"东海扬尘"以及碧海生桑的神话传说,并非神话,而是"古史"——这神话使我少小时就发生美妙的遐思远想。当然,大禹的神力,疏导九河,由我们这块地方入海,也同样是我神驰意耸的另一段伟大无伦的古史故事——这两段古史造就了我们这块宝地,真是非同小可,岂容不思不考,漠然无动于衷,漫然以为等闲乎? 正是原由于此,斯土方能具有它本身的珍贵性,方能在数千年来此方人民的辛劳努力下,变成了以往与当今的美好富饶之区,渔米帆樯之境。

我出生在咸水沽西头的春晖里,小时候的印象,我这所生之地真美:往南是纵横交织的溪流河汊,菜圃禾畦,往北就是远近闻名的周家同和码头,在海河"裁弯取直"之前,这是个重要的吞吐地,东北的粮谷、大木料,堆满了岸边空地。母亲常说当初老海河官船、民舶与进境的洋船(叫"火轮船")在河上往来的盛况,令我神往。这儿大部分住家皆是船户和"脚行"(装卸工)。寒舍也是"养船的"出身(后来成了"草洼子地主"、没见过什么叫"粮租")。到了腊尾迎年之时,满村的庭园里立起了"天灯"或"鳌鱼"(大红布看风旗的艺术化),还保存着千年的民风土俗——历史的鲜明而美丽的独特画面。

咸水沽在民国时期曾是天津县所在地(地图上也曾标出,只是县署未及自市内迁置),而今为区政府之重镇——这儿在早先反而没有砦铺之设立吗? 对此,我愧未能知,但据我所见的一幅乾隆时彩绘水道详图(由京至杭,似为南巡所呈样图,连济南的七十二泉一个不遗)而观察,天津府城以下,唯有"酉咸水沽"("醎"为"咸"之异体字,误分为两个字)标绘显著,有一墩铺形如小台,有垛口墙,上插军旗——是乃清代遗制之留痕,十分宝贵,疑至少也是明代的旧址。在同和码头,往东数步,地势稍高之处,老辈尚知旧呼"城儿上"。这大约就是古墩铺戍点的俗称吧? 记之以备参考。

沽上另一古迹即是东大桥(与西大桥遥映),它建于关帝庙(明嘉靖初年,其时沽属河间府静海县)以东,老海河弯处,忽出一很宽的岔河,向南伸衍分流,将镇街(即海大道)分划为桥东、桥西两半,桥即飞架于岔河之口,巍巍凌空拱起,简直不逊于《清明上河图》上的"虹桥"。立于桥上,俯视水深数丈,北望大河对岸也在几丈的低差之下,摆渡过处,只见一条小径隐约于茂密的绿树青芦之间，深远无际。岔河岸旁，扣卧着小船，腊底新正，桐油新涂，贴着大红福字，在冬日晴晖下放射着光彩……这种境界，就是本区的一大历史特点特色，是应当载入史志的桑梓风光，怎能忘却。

沧海生桑，九河汇注，皆非虚语，但哺育本区的母亲河——海河，却还有她的一道真源，即白河。自北京至通州六十里，本名大通河，后改通惠河。自通州至直沽，三百六十里，名白河，亦名潞河——海河只是白河的尾闾下梢。其源出宣府塞卫龙门所（卫、所，皆明代戍守建置）之滴水崖，流入密云县北境之石塘岭，又汇一支流，入通州境，东南流至武清，至直沽入海。白河一名白遂河，潞河又称沽水（以上分见《大明一统志》、《漕船志》、《读史方舆纪要》）。但除此之外，还不能忘记：京城西北昔时号称"万泉"，随地涌出，汇而由德胜门右入京城，经三海，为金水御河，东南出城入通惠河，而始汇为潞河沽水。由是我区之民须知：我们祖上自古饮用甜泉甘露，实乃天下之上品，神州之精液，万万不可轻视（发源之泉名古书记载详明，今不繁引）。就是这段母亲河，在宋时为边防界河，而至元代则要接纳由南北运的漕粮三百六十万石，小者亦二千馀石的承载量，当时由海口北上直抵城内（今之什刹海），就是晚至清代，也还航道终于通州，由张家湾登陆换载。

再看《元史》，盐场制度，曾设于百陵港、三汊沽（似即小直沽三岔口）、大直沽三处置司（管理）煎办（其后始增宝坻、芦台等场，名为"越支"）。白陵港今为何地？与我区的丰财、厚财二场（明制所称）有无关系？这都是我们祖先渔盐之利的重要史迹。

我叙了这些，因为自少年时期即喜搜集乡邦文献（曾录成册，包括外文书籍，惜已散佚），觉得本区之人皆应识史念本，加以离开故里数十年之久，知旧而昧新，建国以后的崭新建设，日新月异，越迈往古，令人振奋，而我却知之甚少，撰序之际，偏于史而略于今，此并非无因而使然，情亦可原，阅者鉴而谅之。在我执笔为文之际，面对着巨册区志的辉煌成果，真是又惊又喜，载欣载兴！我所未知的故里一带的新貌嘉猷，灿若列眉，备呈于纸上卷间，百科咸具，万象星罗，而且条理之细密，研析之精详，远远超出了一个区志的标准要求。在此基础上，故乡还要不断地群策群力，移山换水，将本来就是一片锦绣的沃土膏原，改造得更加美好富丽。

　　区志的诸位编修者,六载辛劳,厥功至伟至巨,拙序实不足以表其千百
之一分毫,谨申敬意,亦志愧怀。

周汝昌
写记于一九九八年戊寅

（天津社会科学院出版社一九九九年版）

《天津区县年鉴》序言

天津市地方志办公室领导下的诸位"志人"（方志工作者）在即将完成"本题"大业之时，贾其馀勇，又编纂了年鉴和年鉴知识崭新的书稿。天津市地方志编修委员会副主任兼市地方志办公室主任郭凤岐先生嘱我为此撰一序引之文。我对方志纯属门外，本难胜此重委；但素来怀着一片对故里方志工作者的敬意，以及对我家乡的深切感情，又难以辞谢委嘱之重。因此勉以一些随想小记式的文字，向他们"缴卷"，只为聊报雅命，实不足以当序文的本义。

地方志是中华文化的一大特色文献，简称地志，更习用的词语是"方志"。"地志"尚不难懂，而"方志"又何情耶？仅这一个字，若细讲起来，内涵意义，文化源流，那也就够一篇大论文的篇幅了；如今只用一个通俗的方式来说明一下"方"与"地"的关系。

中华古训：天圆地方。今之稍有常识者就会讥笑我们先民的"不科学"：地球地球嘛，球如何会"方"？太可笑了！

且慢笑自己老祖宗的"不科学"。我想问一句：你在"球"上定一个地点的位置，最"科学"的表述法就是东经西经、北纬南纬，各为多少度，然后这个地点就确定而无可移了。试问：科学家地理学家所用的"东西南北"之词语之观念，还不正是一个"方"吗？离开这四个"方"，你又如何指示或说明任何一个大地上的"点"呢？这就叫"天圆地方"，一点不错。我们汉文华语中，还有"职方"，有"方物"，有"方言"，有"省方问俗"……你能离得了"方"而言地吗？

地志方志，其实是以地为"纲"（区划）而记载天时、地利（形胜、物产）、人文——此谓之"三才"，即中华哲思"天人合一"的智慧认识，乃中华文化的一大思想精神。

是故，地方志表面似乎只是一种"地"的"数据"书，实则正是文化经纬——史册是"纵"的，即经；方志是"横"的，即纬——然又不是机械的，而是有机交织的。所以史与志是不容分离割裂的关系。

至于地方年鉴，就也是史、志相综合的一个重要的形态。

然若从编纂工序的角度而看事情，则年鉴又是一种"长编"的性质。比如宋贤司马温公的不朽巨制《资治通鉴》，就是先将一切可得可用的史料文献纂排为"长编"，然后剪裁洗伐，"浓缩"和"精炼"（熔铸）成为"定本"的。

据郭先生告知：《宋史·艺文志》中已然出现了"年鉴"的称目。我意这与司马公的《通鉴》长编似乎颇有关系。《通鉴》的长编巨卷，我在北京图书馆（今国家图书馆）善本珍藏部得见其一段，朱墨灿然，笔削斑斓，真令人惊叹那种工程的浩大与艰巨，是太可敬可佩了。——因此我也就想到如今方志地鉴工作是何等辛苦，又须具备何等的学力与识力。

在我想来，津门修志，有三大"不易"：一是凭借不多，二是情况复杂，三是变化巨大。然而却作出了不同凡响的成绩，在全国地志工作中名列前茅，也为学林瞩目。

简而言之，凭借不多是说旧志太少，此因津沽一地在宋为砦，在元为镇，在明为卫，皆军武职守，直到清代雍正间，始辟为府县，设地方行政官。明正德年间纂修了《天津三卫志》，天津方有修志之创举；明万历年间又纂修了第二部《天津三卫志》，但这两部志书现已佚失。今存天津最早的志书是清康熙年间纂修的《天津卫志》。志的历史太短了。津门本是一处"渡口"，发展成为水陆交通之重地口岸，设府时所归并的县境涉及天津、静海、青县、沧州、南皮、盐山、庆云一州六县之地；近来更包括了古之重镇蓟州。故谓情况复杂之至。变化巨大者，只要举"八国联军"变故之后的开辟"租界"一事，也就无待繁词可明。——在此"三不易"中创修新志,其难可知。

然而津门新志,业绩辉煌。

据我获悉,现已出版了新编志书和地情资料书近三百种,字数超过一点五亿。蔚为大观。

再从质量上看天津所出各书多为精品,有几十种分获全国和省市高奖。《天津通志·照片志》是迄今新编志书中唯一的一部新创品种,《志苑珍宝》亦以全国仅此一部而堪称精品而兼绝。

天津对新方志的编修提出了一系列崭新的理论,特别是关于精品意识、创新精神、学术观念等的标准,都令人赞同和服膺。以天津为组织者的史志理论交流,走到了海峡对岸,走到了大洋彼岸。大陆学者同台湾方志界人士举行的两次学术会议,把方志事业和促进两岸历史文化交流紧密联系在一起。

郭凤岐先生曾云:"年鉴是准方志。"地方志乃"地方百科全书",年鉴大体亦然。只不过两者所记事物时间长短,内容繁简,著述层次高低不同罢了。这些论断,可谓得其奥要。

郭先生对年鉴的考论,使我知道了以下的事实:古代历书,恰是每年一刊的年鉴式样。在《宋史·艺文志》中,则明确记载有了《年鉴》之谓。

其次,近代中国年鉴的先声,是清同治三年(一八六四)上海海关总税务司创办的《海关中外贸易年刊》。一九一三年上海神州编译社出版了《世界年鉴》。此外,有些省、市、县还出版了地方年鉴。

改革开放以来,年鉴事业得到迅速的发展。据有关方面统计,截至一九九七年,全国出版年鉴已达一千三百馀种。

目前天津正在编纂《天津区县年鉴》,作为省级综合的区县年鉴,这又是一个创举。

天津修志、编鉴,其起步之初,便注意培训人才,此举实为上策。为此编出了《地方志基础知识选编》一书,不仅使本市人员受益匪浅,在全国也被誉为最好的方志理论专著之一。如今在编纂年鉴之时,又编成了《地方年鉴基础知识选编》,此书一出,于今日之编鉴,于明朝之续志,必当大有裨益。

天津在修志中是强者,在编鉴中亦定有相应的优异表现。

今者本书即将付梓，忝为序者，略贡贺词，兼资方家评议，并请教正。

周汝昌

古历庚辰端阳佳节记于燕京

（天津古籍出版社二〇〇一年版）

《书趣·文趣·理趣——学人书话》序

李乔先生为本书索制弁言时告诫我说：书之为贰册，分上下，上为学人书话，下为史家议案。文之与史，抗礼分庭，而实又老街坊，旧邻居——甚至同居大杂院，成一门户。

这就是中华文化的一大特色，一大传统。

其实，在我华夏，从来文史相兼并通，未尝分居各爨，只不过后来洋学堂才分割成什么语文系与历史系——还把哲思从文史中硬割出来，另立一个哲学院系。这种思维模式或方法是外来的，非自家的"敝帚"，其理最显。李先生将文史紧排密联，意味深长，恰见卓识。

有人问：学人书话，又分书趣、文趣、理趣；史家议案，又分公案、旧案、疑案——你能帮我总结一下，抓一个核心要害吗？

我答：这有何难，"总括"一个字很好写——左撇右捺，即"人"是也。

盖书趣、文趣、理趣，皆"人趣"；公案、旧案、疑案，皆"人案"也——没有这个"人"，就什么都没有了。

我特别欣赏李先生拈出的那个"趣"字。趣与味联，汉语得神——盖知味方能得趣。趣非俗义，趣者，"走向"也，亦即"感之所之"也。

一句话，一篇文，乃至一个人，倘若"乏味"，则不如无此话此文此人——那太"没趣"了！

有中外古今之名言，曰"人为万物之灵"，曰"人是感情的动物"。前者有人疑为透着玄虚，不知"灵"的科学定义是什么。也有人不同意后者，因为根据测验，动物亦有思想感情，姑彼语以感情划为人与物的界限，实为不科学。

若问我这个"非科学家"，人与动物之分应以何为分界？我则答曰：看有无灵性——这方是真正的区别所在。

又问：什么是"灵性"？此问者想是没看过《红楼梦》。雪芹不是早就说了吗："谁知此石自经（娲皇）锻炼之后，灵性已通。"这话还不明白吗？

动物不能文，没有书，不记史——故什么"趣"、"案"都谈不到。反过来一思：人以何为贵？还待再赘言乎？

我序此书，论其价值意义，就推端此义为首。

这是一部近年来"人"的灵性的痕迹的记录。未必"系统"、"全面"，却很真切。读读此书，有助于灵性之浚发开通。

又有老生常谈一句，书是"精神食粮"，意谓这与五谷杂粮、鱼肉蔬果……之为"物质食粮"相为对待，云云。这真的正确吗？

又是一种"分居各爨"的思想方法。

所谓精神，其实也是物质的一部分或一种"形态"。物质发展进化到极高级，就发生了精神现象和功能（力量）。人吃粮肉菜肴，不仅仅是那"物质"，更有精神同时参与营养——不过常人不能体认就是了。同理而反过来，读书也绝不只是"精神进餐"，而是同时发生物质（生理）作用，对大脑、心脏、神经、脉络恰恰起着微妙而复杂重要的作用！

我为本书作序，首先揭示此一要义。

读一本书，内容不同，需求不同，故或重"文"或重"理"；文化水平又不同，故读同一书之人，所见或深或浅，或丰或啬。"文"是中华最重之事，时至今日，很多"文章"已不知"行文"为何事，只是一味"堆话"而已。故倡"文趣"，非末节也。

读书又不是为了看谁"知识广"、"智商高"，而是要看他的真知灼见。有的鸿儒硕学，"无书不读"，如数家珍，但无自家的识见，也看不出学术体系的创立，那叫"摆摊儿"。学人所贵，并不在一个炫博。世人往往买椟而还珠，是可叹矣。

史家议案，审辨断决，在是非颠倒、幽显错乱中力寻其实际，所为何来？曰：无他，只为了一个"真"字。世上最难分，也最可悲的就是伪胜于真，假常混真，久久真尽而伪存。事若至此，人之灵又几何哉？

是故，本书的深意，当在求真知，识真际，破伪妄，纠诬诳，正文风。民族之真魂，中华之大道，不外乎此。

周汝昌

庚辰七月初一夜书

（李乔主编，同心出版社二〇〇一年版）

《百年风华——南开中学校园文学 百年巡礼》序赞

身列南开中学门墙,常怀有幸于三生;心仪母校同学风采,展卷无端而百感。

如若问南开风采何自而来?这一提问,凡属南开学子都应有所思索,有所领悟,有所回答。在我想来,这个风采的真根源正是我们南开中学的校歌——校父严范孙先生、老校长张伯苓先生的教示:渤海之滨,白河之津,巍巍我南开精神!

须知我们南开中学的同门校友们,其风采都是南开精神的体现和展示。倘若再向深层溯源探本,那么就可以这样解析缘由——原来这校歌中已然表明的就是渤海是其"精",白河为之"神"。

盖世界万类与人群者,凡其生命之所蓄积而能量之流通即其"精"是也。是以渤海所渟蓄广大,遥自远古"沧桑"时代即已开始;而九河下梢,神禹所经,百脉朝宗,又即其"神"之显现。合而言之,曰精曰神,蓄而汪洋,导而流注,以滋以养,以培以育——民族之英彦,国家之栋梁,莫不秉其精神,诞生于此,发展由兹——歌曰"巍巍",岂张皇之词、增饰之义哉!

渤海,古曰渤澥,澥、海同音,又入俗语皆以"海"代"澥"。至于白河,源自神州天府燕都之西北郊,其地实坤灵之精华,厚载之膏润,素负"万泉"之美誉。此万泉之聚,入京城而出东皋,流为通汇(惠)河,东注为潞河——始又称白河,而即海河之上游也。

綜览我南开中学津渝两校先后同门校友之风采,表现于百科群业之中者,成就所趋不同,而成就皆跻乎卓越而各有建树,同为我中华复兴大业多所贡献。此则又渤海白河、大江嘉陵、巍巍精神之灵体胜迹,昭显无疑于耳目,感奋有加于情怀,岂不令人无限思量。民族光幸,国家大计,必以人才教育为之首,而南开精神焕为风采者,此理不难参悟,何其盛哉。是以幸三生而兴百感,岂我一人之所独乎。年九十而志千里,愿与诸校友共勉而不息焉。

赞曰:

渤海冠冕,白河裳带。
冠冕精神,裳带风采。
是培是育,以传以代。
南开英彦,荏苒百载。
渤澥沧溟,白河九派。
是精是神,即风即采。
不骄不溢,无荒无怠。
立国兴邦,柱石所赖。
郁郁中华,绵绵津逮。
和谐九州,南开永在。

南开中学三七级校友周汝昌拜撰

丁亥四月

(李溥编辑,中国文史出版社二〇〇四年版)

《南开永驻我心——天津南开中学百年华诞校友纪念文集》序言

欣值母校天津南开中学建校百年纪念大典之际,执笔抒怀作为这部校友文集的代序,感绪百端,真不知如何以成篇,方能尽我欲言。

这部文集,只是百年校庆纪念项目成绩之一端,却具有很突出的特色,或者可以说是代表性。

"渤海之滨,白河之津,巍巍我南开精神。"这座学校的出现,不仅仅是津沽一带的文化教育之殿堂,就是从近百年全中国教育史上纵览宏观,她也是首屈一指的光辉形象。她培育的人才业绩,她引发的影响作用,都不是容易做出充分估量的。她有带头、示范的品格地位。

百年大庆,不知谁是健在的第一届毕业生,最老的校友?我自己,行年八十五龄,比母校"年轻"了十五岁。我四哥祜昌,长于我者六龄,也是南开校友。他入学时,南开中学成立已经八年的光景了,但从今日来说,还是属于早期老校友之列。他是六年读完初、高中的成绩优秀者。

为什么我为文集作序却先提到家兄的事?这是因为:我未入南开时已然在"接受"着南开教育精神,家兄把这种无形的熏陶教化"间接"地带给了我。他从那个不同凡响的中学给我带来了新的精神营养:一些童话名著,如《木偶奇遇记》、《爱丽丝漫游奇境记》、《爱的教育》;如冰心、夏丏尊、茅盾等诸多新知佳作;还有中华书局编印的《小朋友》周刊(是书,不是报),其时水平和内容俱臻上乘,包括校刊,上面刊有祜兄的文章……对我的影响至深且巨。这一切,给我童年生活所带来的欣喜和丰富,非数语可以传述。

家兄是六年读完的真"毕"了业的学生,我则是一九三五年秋从天津河北觉民初中考入南开高中的。我比不上家兄享受的是"完整"的南开教育,但也有一面好处:我比他多了"比较衡量"的条件和能力。两个中学的"校风"是太不一样了。这不一样,我感受至深至切,对我的影响也至重至巨。

觉民初中是个朴实而又扎实的好中学,小代数、平面几何、三角学三门课统统采用英文版外国课本;英文分为作文、语法、翻译等分门专课。国文(那时不叫"中文")是文白并重,教师自选、校印名篇为教材……但是校风是"读死书",与世"不通风",课外读物少。

一入南开,两个天地。那时的南中,真了不起,简直是个小学府。学生的知识来源、思想天地、生活实践,都那么不同于"高级小学"式的中学校。首先是生气勃勃,活跃非常。校门外书店即有两个,摆满新书、杂志、画刊。学生床头多有小书架,读物甚富。课程特设"社会视察"一门,到工厂、慈善机关、社会组织等等去观察了解。

我要说:这太不平凡了!我不知道天下有几个中学能像这样的有规模气派、品位水平?我多次在拙文中称赞母校是个"小学府",大大超越了众多一般水平的中等学校,这不是个人的"感情用事"、"夜郎自大"吧?

回忆个人对学问萌生兴趣,应自高中时期为起点,因为初中时还是诗词迷(自己悟知四声平仄格律,摸索写作浅易而天真的篇什)。就在南开高中时,我已经爱上了《词学季刊》,对夏承焘、龙榆生等诸位词学名师,十分敬慕,而且有了"治学"的初级活动,表现为两三个方面(写散文诗词不在此数):如研词调音律,注出唇、喉……等五声,写成论文,登在校刊《南开高中》。孟志荪先生教诗词,是自编的《诗经》教材,很多新意。可见当时师资水平。另一领域是中英互译,我为学好英文,细读《牛津字典》C.O.D.与P.O.D.(即"简明"与"袖珍")两种,并开始试译冰心的小说,也把林语堂的英文文章译成中文。我和名副其实的"同窗契友"(同屋、同班、同喜文艺……)容鼎昌(今以笔名"黄裳"为世所知),不时在那期刊上发表各类文字——散文、随笔、译文、论著、诗词。而且也是在这个时期,与黄裳每晚大谈《红楼梦》,

对红学研究,已有了苗头。

——我为文集作序,不言"文"事,却絮絮于这些"琐碎"作什么？要知道,这才是这部文集之所以产生的背景和思想源流。这才是决定南开校友的文化水平的真"教师"——亦即"巍巍我南开精神"。

我以为,指出这一要点,然后再看文集,就恍然于它的意义价值,不禁击节以赏,不禁感慨系之。

我以为,这对天津市中等教育发展的重大事业,能起到良好的促进作用,不可简单地看作是一本"文"而已。这部文集的性质功能,应予更多更高的重视。

至于校友作者们的文笔和内涵,有目皆能品评议论,拙序措意,初不在此,故不多所赘及。

校友李溥先生为编辑这部文集,付出了极大的心血精力,网罗之富、遴选之精,令人敬佩。他的一篇《编者的话》,尤其可贵,请读者尽先浏览,加上目录的展示,不难看到南开作为一个中等学校百年来树人的功绩是何等巨大,而这些人才在青少年时期的文化表现又是何等的不同凡响。这一切,都不只是母校的光荣史迹、津沽的宝贵文献,也是全国教育界可以从中获得启示与借鉴的轨迹。为本文集而辛苦工作的李溥校友,应当受到我们的感谢。

是为序。

校友周汝昌谨记

【注】

我应为三七届毕业生,但因日军侵华,母校遭劫,一九三六年我方在高中一年级,遂被迫失学。以后的学历曲折坎坷更多更大,因属题外,故不枝蔓。

（李溥编辑,南开中学二〇〇四年）

《顾随致周汝昌书》序

　　面对这一册苦水先生之书信集,思绪万千。要把我所要说的话大略梳整一下,那也得一部专著,此时此刻,写此短序,焉能尽其万一,而且我提起笔来也不知该从哪一点、哪一面谈起为是。一句话,我的回忆和感想内容既繁复又零乱。

　　我从一九四一年之年底冒昧写信给先生,因不知地址只好把信寄到辅仁大学,没想到次年之春便接到了先生的复函,从此以后直到先生谢世,除去政治运动和先生患病等特殊缘故之外,我和先生的通信未尝停断。每接先生一封赐函,皆如获珍宝。经过"浩劫",许多名流大儒的手札,如涵芬楼主人张元济,如中西贯通文史大师钱锺书诸位先生的赐函手迹皆遭散佚,唯独苦水先生的这一批珍札奇迹般的保全下来,此中似有天意,非偶然也。我所谓天意,大略如佛家所言,冥冥之中自有因缘,似不可解而实以历史条件之所安排也。连我自己也不敢相信这是事实。古人尝云:求师难,寻徒也不易。先生把平生一大部分时间心血花费在了给我写这样的信札,可以说明先生门墙桃李遍天下,确更无第二人能得到先生这般的赐予,这是第一层。

　　接着我就又想,先生写给我的这些珍札,说是为了我个人,自然不差,然而这批珍贵文献的真正价值却远远超越了我们师生二人之间的种种情缘和文学艺术,乃至中华大文化的多个方面的相互启发讨论,这一点,如果是我个人有意的夸大，那自然是我的言过其实，但我总认为早晚会有具眼有识之士会认可我的那种估量。今天的读者也许很难想象这批书札往还的时候的真情实况，我们师生二人所处的国境、家境、物境、心境都是什么样的？那恐怕也同后人读"二十四史"那样陌生而新奇，甚至不敢置信了。

一九四二年年底，我给先生寄去一信致以问候，不久先生就写赐五首绝句来，其末一首云：

> 抱得朱弦未肯弹，一天霜月满阑干。
>
> 怜君独向寒窗底，却注虫鱼至夜阑。

至今每一读诵，还是万感中来。

我得到羡季师赋五绝句相赠，感慰难名，亦用五章报之，其中二首云：

> 一回书至百回看，冉冉风烟岁已寒。
>
> 除却赠诗才几字，若行读不到衰残。

> 谋生最好是吟诗(师句)，诗里真心几个知。
>
> 旷代更无郑笺手，飞卿终古枉填词。(时方作温庭筠《菩萨蛮》注)

我"注虫鱼"的深夜是什么照明的工具？就是一盏小油灯，古云"一灯如豆"，真实不虚，那点微弱的灯光只有黄豆大小，而我伏身在一张炕桌上，写那细如蝇头的小字。有一回，父亲见我还未休息，进屋来见我那种情景，只说了一句话："你这么写，不就把眼弄坏了吗？"说完感叹而去。回想起来，我那时不是不知爱惜目力，而是无从爱惜目力——以致今日我的双目坏到如此地步而为先生的遗札写这样拙陋的序言，除了我的文化水平之外，我的眼睛也与我的心灵一样，说是万感中来，自问这种言辞与一般常见的陈言套语是没有上述时代经历的人能够容易体会的。

先生书札中所涉诸般学问丰富精彩不可胜言，本应随我管见，略加讲疏，惜乎衰残年迈，目不见字，手不成书，谨能以此数行芜词表我微惘，心所难安，复何待言，幸方家读者谅而恕之。

小诗云：

先生书札与谁亲，惭愧村童得保珍。

岂独三生私有幸，中华文化待传人。

戊子夏至后受业周汝昌拜撰

（赵林涛、顾之京整理校注，河北教育出版社二〇一〇年版）

《天津查氏水西庄研究文录》序言

刘尚恒先生新著问世,是津沽文化史上的一桩重要里程标志。水西庄出现的所在地,在宋元时还只称为"直沽",而水西庄出现之年代,那已是清代的雍正朝时期,听起来为时已然较晚了。

但文化问题是个十分复杂的研究课程,表面来看,天津卫建置于明之永乐年间,而直到清康熙朝,"天津卫"之名实仍然照旧,一直只是总镇军官管辖,雍正创设天津府,始有地方行政官衙,而民间之称"卫",还是牢不可"破"。

这似乎决定了天津的文化水平与品格的"大局"。这样看事,就怪不得到乾隆时,张问陶对天津的认识还是"十里鱼盐新泽国,二分明月小扬州"了。从中华文化大格局来观照,这地方虽有滨海斥卤之名,而它又是汉代河间献王的文化领域的边沿,并不可与荒蛮之地等同而观。由此而论,查氏在津门建造水西庄,表面似与雍正撤卫建府相关,却不可如此按泾渭划分。古今之变是虽变而暗中自有脉络相连的。

我曾有云:雍正设府促进了水西庄的出现,倒不如说水西庄文化促进了雍正设府的行政措施。

我对水西庄深感兴趣,而又一知半解,久以为憾,故盼望能有一部专著研介这一文化名胜重地,为津沽之文化建设发展提供新的"基因"与"营养"。

如今刘先生此书问世,私愿得遂,欣慰非常。著者研撰历程,令人感叹;而成就,又令人佩服。我能与此书结一点翰墨之缘,诚为幸事,所惜年迈衰残,只能以芜词塞责,愧甚愧甚。

缀一小诗,诗曰:

直沽分大小,曲水界西东。

台看千帆过,荷围一树红。

名流北上聚,珍木海运通。

好词真绝妙,文史荟庄中。

庄本富野趣,金碧非所崇。

后乃翠华幸,兹园变行宫。

如此亦大好,人间天上同。

文化贵特色,水西当称雄。

新书研述备,岂止启愚蒙。

俚句即拙序,方家笑相容。

周汝昌写记于戊子三月九旬初度之期

(刘尚恒著,天津社会科学院出版社二〇〇八年版)

寸草怀思

——《天涯桃李报春晖》序

我们历来传颂的古人诗篇名句有云："谁言寸草心，报得三春晖。"这本是写天涯游子在异乡作客，道是"凉风起天末，君子意如何？鸿雁几时到，江湖秋水多……"（诗圣杜少陵之句）。这时作客于异乡者，便会找出御寒之衣，加之于身上——此衣何来？乃一针一线皆出慈母之手。因而五衷感动，无可为喻，才说出我自己好比一株小草，而慈母真乃三春之日照，抚育了我这小草的生长以至健康独立，成为艳阳美景中之一个小小的成员。但是，我这小草的能力如此微薄，又如何能够报答慈母的那种春恩浩荡呢？

我现在要说游子感念慈母之恩思，在我们这群校友的心上来为母校庆祝校庆的时候，正有同样的激动心情，欲写诗文来略表心怀。我的这种比喻恰当与否，如有疑者前来问我，我就敬答说：你给母校庆祝校庆，请问你为何要用"母校"二字？你若对此别无异议，那么，作为一位校友怀念母校之恩，岂不也正是天涯游子因凉风天末而加衣，就想起慈母的恩情了吗？

天津市实验中学是我高中毕业的母校，我毕业于一九三九年。那时，还没有实验中学这个名称，母校名称变化之多，连我也记不清说不全。一所中学校的名称之如此变化，有力地说明了在八十五年的岁月之间，我们的历史的发展、变迁、曲折、起落、修整、奋进……是多么的一言难尽，而实验中学这一最新的名称，若是我说的不错的话，应该是十一届三中全会拨乱反正、改革开放之历史转折时，换来了这个崭新的实验中学之美名；无待多言，这一更名本身就表明了这正是国家教育方针上的一个重要的改革。屈指算来，这一崭新的历史阶段也就有了三十年之久，这三十年加上了以往的五十五年，才构成了一个完整的实验中学的美好概念。这个历史内涵，应有一部专著好好地写出八十五年的伟大变化，而非我这小文拙序所能道其万一了。

提起"实验"二字，我个人的感觉是：它是在把一项新的试行的中学教育政策方针的实施，来做一番试验、考验、检验，来证明这个新的改革教育方针是否正确、完美。假设我这感觉是大致不错的话，那么实验了三十年之后，成绩毕竟如何？就应该有了较为明确的记录、分析、总结等等，来给"实验"二字作一次阶段性的评估，来为努力前进提升到更高更好的中学教育境界中去，如果评估表明目前的方针政策、办学精神都是对的，那么我们就有资格润色学校的名称，以免使人感觉到实验中学者有些不够成熟的错误感觉。最近，有机会和张校长面谈，我就提起了我的这种想法，并且戏言：我有时想起母校目前这个校名便生奇想——我们中华汉字在文化表现上每每可以见到巧妙而风趣地运用谐音的好文章；既如此，我也想模仿一下，我们的实验中学何不就可以书写为"时彦"中学？若有人问"时彦"何意？敬答：时彦中学者是一所给国家培养时代英才的中等学校。在座的校友们听了我这话都笑起来，我心里明白，大家高兴是因为我之所言是戏语，但也表明了事实，并非全出虚构，也非妄自尊大——你若不信就请看看本书所收的这些文章，它们从多个不同角度、层次反映了我们母校给国家提供了"时彦"的历史事实，所以，虽为戏言，也含真意。

近些年来，一些关心教育的刊物也常来访，问我在教育方面有些什么看法。我对他们的不耻下问自己感觉惭愧，因为我条件所限，与当前现时之接触便会发生距离隔膜，说不出具体的细节和实际事例。我只能说，我曾经是全国政协五、六、七、八四届委员，每次开大会我都发言，在二十年中并无一次离开呼吁关切改进教育、特别重视人才的培育这个利国兴邦的根本大计。我的这种拙见和"老生之常谈"在某些时候是"不合时宜"的，同组委员们听后，往往"掩口而笑"（事实上当然不便真的掩口，心里却是不言而喻的），小组的主持者顾虑我这种发言占去了时间，甚至写条子递给我，让我发言"简单一些"，我心中的滋味除了惭愧，也还是想到有些人毕竟不知什么才是办好一切事情的根本之策。教育人才并非什么"老生之常谈",也绝不能时刻把它认为"非当务之急"、次要事项。我此刻面对这部为母校祝寿的新书纲目,不免想起了这些前尘往事,总以为我这样再重复说上一说,应该不会是多馀而无益的事情吧。

愿母校在庆祝八十五年华诞之时,对自己的教育事业的成就自豪自信并不断改革前进,培育出更多的时彦来。

诗曰:

天涯桃李竞芳菲,回首艰难国步危。
今日英才逢盛世,故园相聚报春晖。

戊子国庆三九级校友周汝昌敬撰

(自印本)

《海下风情》(二卷)序言

　　本书题为《海下风情》,不用说内容,只单看书的名字就让人满心喜悦,此名有何好处? 请听我讲解几句,我们中华大国有山有水,山的别名异称很多,水的异名也是为数不少,如:海、河、江、湖、溪、津、沽等等,而在称呼这些水名时往往要加上地区的形容词。就拿"海"来说吧,常见的就有"海上"一词,大家习知的就有海上仙山、"海上方"、《海上花》等等;再如江河就有"江上"、"江下"、"河上"、"河下";至于我们天津地区呢,说到海时却不用"海上"一词,而说到沽时却又偏偏说成是"沽上",在说津字时呢,不但没有"津上"也没有"津下",只有一个"津门",可是说到海的时候又有了一个"海下"的新名词,这些实例可以让我们悟到汉字的组联规律丰富多彩、变化无端,无端之中却又暗含规律。至于我的故乡这一带又为何要用上一个"下"字呢? 我想至少有两层原由:一是从我们中国整个地势来说,从来就是南下、北上、西上、东下,例如,唐诗云"骑鹤下扬州","一江春水向东流"等;旧日小说有《乾隆皇帝下江南》;到京城来赶考的举子则说成是"负笈北上"等等。二是"天津卫",从明代永乐年直到清代康熙朝数百年间一字未改过,我小时候听亲友嘴里几乎离不开"明儿个上去吗?"这指的是从我们家乡往西走到今天的市里去,叫"上";而从市里回家则反而说成是"我过两天就下去,有什么要捎的交给我就行……";还要知道,尽管天津卫到了雍正年间已经撤销了,但是百姓人民的口中仍然是照样说"上卫呀?"、"下去呀?"等等,还是一字未改,我们海下人对这个"下"字怀有一种特殊的故乡之亲切之感。我如今一见《海下风情》这个书名,不必多说,一种喜悦的心情油然而生,所以要我给这本新书作序,我毫不思索就由这两个字说起,这就是最自然而又最简明的文章了。

讲清了"海下",还得说一说"风情"者又是何也。照我这孤陋寡闻的人想来,也像讲"海下"那样至少有两层含意:一是"民风土俗"的"风",若是依照我们中华文化的古意来说,风俗一词又可分两层含意:上而所教化者叫作"风";下而所实行者叫作"俗",所以旧日报刊还常用"风化"二字;今日此词似乎不再习用了,但人们口中说的"风气",就是某一特定时期流行的思想、做法就叫风气,仍然包含着上教下行的遗存意味。二是我们中华文学理论上,"风"是极关重要的一个专用词。例如我们最古老的诗歌结集《诗经》里分了《风》、《雅》、《颂》三大部分,《风》就居此三大分类之首;其次可以举出六朝时期的伟大著作《文心雕龙》,它开卷不久的重要一篇就题为《风骨》,我们的文学艺术作品从来就要讲究"风"和"骨"的艺术结合,因为我们总是把作品也当成一个有生命的人来看待,他有骨、有肉、有性、有情,也就有风度、风格、风致、风采等等。风是一个空灵的方面,同时又有一个骨格、骨气的品位问题,这大约就是:"风"是感情内涵居多,而"骨"则是品格、道德、质素等思想艺术方面的内容。这样一讲,你就会体味到"风情"二字又是一种崭新的文艺标准上的美好的结合,如果对这一点基本上有了理解,那么你再看看本书所包含的这些作品的内容、质素就会恍然而悟:原来我们这一方人民群众的思想感情就都由这些佳作而体现得活泼、生动、鲜亮而美丽了。

我今年的眼睛更不行了,拿起笔连笔尖都看不见了,自己写是不太可能,而口述起来也很困难,勉为此序,实感未尽所怀,于心歉然,姑且以此短言略表我的喜悦之情吧,末附小诗二首,其句云:

　　海下风情几个知,来寻如画亦如诗。
　　沽中父老留思忆,柳下新苗碧满畦。

旧史新谈总可珍,汉家文化重传薪。

海门东望潮音寺,永乐丰碑嘉靖珉。

　　　　　　　　　　　　周汝昌　己丑重阳节

（天津市津南区海河历史故事编纂办公室二○○九年）

顾随先生诞辰百年感言

——《顾随年谱》代序

　　顷悉,北京师范大学、河北大学、北师大校友会,辅仁大学校友会联合举行顾随先生诞辰百周年的纪念盛会。既闻此讯,欣慨百端,悲喜交集。我有幸从先生受业,所获教益、奖励、爱护、关切、期望、种种恩情,没齿难忘。值此盛会前夕,感怀万千;谨献短言,略抒深悃。

　　先生姓顾氏,讳随,字羡季,河北清河人。生于一八九七年二月十三日,平生尽瘁于教育事业,为京、津、河北多座高等院校之名教授,传道授业,异于常师,凡曾置身于先生讲座中者,无不神观飞越,灵智开通,臻于高层境界,如坐春风,如聆仙乐——盖先生实乃一位特异高超的教学艺术家。教学并非一种通常的职业或工作,不仅需要学术道德,而且兼通教学的特殊方式,而此方式,实质是一门艺术。先生的讲授,能使聆者凝神动容,屏息忘世,随先生之声容笑貌而忽悲忽喜,忽思忽悟,难以言语状其出神入化之奇趣与高致。

　　是以先生弟子满天下,而欲传先生之精神丰采之佳文却总难多见。此殆如孟子所云:"非不为也,是不能也。"兴言及此,曷胜叹慨。

　　然而事须循外以探内,由表以及里,先生何以成为近代罕逢的特异教学艺术大师? 端由先生本人一身兼多面才能资质:约而言之,是诗人,是词人,是剧作家,是文学理论家,是文学评论家,是大书法家,是京剧艺术的特级鉴赏、表现、评论专家……他老集如此众多特长于一身,神而明之,大而化之,真所谓高士通人,无所不能,无所不精——然后而缔造成为一位难以俗常"名目"来称呼的大师!

先师早期以创作为主,诗、词、曲、剧、小说,曾有多种成就,不以学者面貌示人。至后期则所蓄极厚,乃始发而著述,多为长篇论文,论诗,论翻译(先生本科是英文系,不止精于汉文),论文体,论小说,论书法——无不精绝。每论一事一义,皆有独到的心得,超俗的创见,令人心折,令人拜服,令人灵智豁通而升高,得大惊奇,为之欢喜赞叹不已!

先生往矣!然神明心血,遗在人间。此次盛会,并有丰富的展品,多展先生手迹,美不胜收,实是中华优秀文化之无价瑰宝!

我辈后生,应如何继承先生一心培育人才的事业?如何光大先生的学术文章?所望时贤来哲有以思索而实践之。

(闵军撰,中华书局二〇〇六年版)

《刘鹗年谱长编》代序

——奉题铁云先生年谱全编

稗史出乙部，虞初百可数。

汉志虽具存，黄车半委土。

唐宋皆零篇，明清续绝缕。

脂粉筑红楼，英雄聚水浒。

意气何风发，悲欢已凄楚。

元人善作剧，关王汤洪伍。

花落水流红，倾倒王实甫。

桥亭沁方溪，崇拜曹芹圃。

后来更谁何，叹慨膺常抚。

丹徒刘铁云，天生异灵腑。

老残游四方，为民问疾苦。

大道本无名，大师本无属。

所究际天人，所通变今古。

先生生咸同，阅世光宣止。

光绪三十四，奇葩绽文府。

《游记》作自序，石破天可补。

屈、庄、史、杜、王，以泪带笔楮。

红楼归结穴，警幻携手语。

梦里赏茗茶，千红泪如雨。

脂砚尚未传，先生已先悟。

此为大智慧，慈悲同佛祖。

当时几个知，讶笑惊迂腐。

至今历百年，卓识谁敢忤。

齐暗悲万马，麟凤降何许。

洪都百炼生，守缺古斋主。

我作此歌时，新秋尚馀暑。

眼前佳节至，笙歌乐三五。

宝婺晴孤洁，银蟾气吞吐。

乾坤接素彩，东坡又起舞。

二〇一〇年八月三十日

　　德隆兄见示，他正为其先德曾大父铁云先生撰作年谱长编，欲我为制一短序，以结因缘。我常谓，清季异才我所崇拜者唯有二家，前者曹公子雪芹，后为刘大师铁云先生，此二人者皆属前无古人，后无来者之圣贤。龚定庵有诗云："万人丛中一握手，令我衣袖三年香。"这是说他极为佩服常州派学者宋翔凤先生，如今我愿借来以表我对曹、刘两大奇士之衷心膜拜。然自觉为年谱长编制序者，学力、精力已然难以如愿，不知可否以此俚句代序，望以酌量。当此之际，我本有万千言语，于此发我狂言拙见，但如今既不能遂我心愿，只得以俟异日再为补作，并望德隆兄多谅，而不以为罪。

庚寅中秋佳节之上午周汝昌拜书于燕京之东皋

（未出版）

《刘勰及其〈文心雕龙〉评介》跋

点睛墨采壁云升

顾随先生遗稿《刘勰及其〈文心雕龙〉评介》作于一九五六年三月,去今已是二十三年了。文章接近讲稿性质,对象是青年学子。所以,写得平易通俗,要言不烦,深入浅出,这一点无俟多赘。可以看出,先生在这种文稿中自然也要略涉一些有关的基本知识,但那是为了便于说明要说的问题,并不是目的本身。对可由其他办法获得的知识性材料的罗列、灌输,"照本宣科",并不是(从来也不曾是)先生的用意所在,他更为注意的总是如何帮助学生提高见解的水平。我想,凡善于培育人才的老师,都是这样不肯忽略这种启发、诱导的精神的。

举当前的例子来说,《文心雕龙》是一部非常重要的中国(古典)文学创作理论的名著,内容所涉,十分繁富,项目之多夥,问题之复杂,探讨起来,极不容易。那么,要在如此简短的一篇讲稿中向一般同学来评介它,应当把重点放在什么地方呢?我们可以看到:顾先生着重指出的,首先是刘勰撰作此书的用意和目的,这就是,我国文学发展演变到六朝的后半期,由于时代背景的种种关系,文风已是日趋凋敝,积习所至,举世从风,罕能自拔,这就需要有识之士针对时弊,登高而呼,振聩发聋,拨乱反正。刘勰的《文心雕龙》

正是这一时代文坛情状的反响和产物。认识到这一点，则其他一切有关的现象和问题，就都较易解释解决了。

顾先生在讲这一点时，也指出了刘勰的严肃的探研、撰述的态度，敢于批评的精神和善于思考分析的能力。这是我们研读《文心雕龙》时所最应着眼的要义。

然而，顾先生进而指明，刘勰又是有破有立，"旗帜"鲜明的：他标举文章当以"自然"为宗，这似乎可以说是"总纲"，然而又针对"诡"、"杂"、"诞"、"回"、"芜"、"淫"六点时弊而提出"深"、"清"、"信"、"直"、"约"、"丽"六项标准。而根本问题，又在于文学作者本人的品质的砥砺和提高，所以在此"六义"之上，又追溯到"四教"——这一切认识，在刘勰的时代，是"不合时宜"的，所谓"未为时流所重"者，恐怕还是史家的一种委婉之笔，在事实上有些"时流"一定是"迎头痛击"，至少也是"大加讪谤"的。刘勰为了使他的著作发挥作用，不得不向沈约面前去"自售"，而书中之"抬出了《五经》和圣人的金字招牌"，在他这个人微言轻的"虔诚的佛教徒"来说，又岂是一个"明显的矛盾"所能解释？——所以顾先生一箭中鹄地指出：这里刘勰实在有其苦心，我们是不能单从表面现象来论事的。

顾先生为文的精义，首先是诱导学子在治学时要透过现象认清事情的实质，在此已略可窥见一斑。

文中在首次提到刘勰的"自然"这一文学理论时，立即指出，这和"自然界"、"自然主义"的那些"自然"毫不相干，不可误认。先生的分析审辨之精，也在此一例中表现得十分鲜明突出，因为，据我见过的关于评论《文心》的论文中，确实有过那样的或类似的见解，当时就感觉这是徒滋误解、增加混乱的，现在得读此文，才知道先生在很多年前早已抉出指明了，实在深有感触。

不过，顾先生当时把刘勰的"自然"只看作是"指的文体之简洁和语言之朴素而言"的，这是否已然十分全面？似乎还可以进行探讨商量。刘勰说：

> 故两仪（天地）既生矣。惟人参之，性灵所钟，是谓三才；为五行之秀，实天地之心。心生而言立，言立而文明，自然之道也。傍及万品，动植皆文：龙凤以藻绘呈瑞，虎豹以炳蔚凝姿；云霞雕色，有逾画工之妙；

草木贲华,无待锦匠之奇:夫岂外饰? 盖自然耳。

他在这段话里,解说了"自然"之义,大致意思是说:天地万物,以人为独具"性灵"(或"心")——就是我们今天所谓的"思想感情",有"性灵"的人,就会有语言文字——也就会有文学作品发生。这是"两仪"之间万物发展的必然结果,有人类就会有文学,这就是他说的"自然之道也",意即文学活动并非是由于谁的生造强为,而是思想感情的"自然"产物(至于"性灵"与客观世界的关系,他在《物色》等篇有所接触)。这是第一点。然后他又拿动植生物甚至自然界景色来比喻,说龙凤虎豹、草木云霞,都会生出文采来,比人工巧匠都要美妙,而这并非是由"外饰"所成的,是"自然"而具备的——意思着重在:真正的文采,不是从外部"拉"来加以涂饰妆扮而可得成的,而是"自然"的表现,也是一种必然的结果。换言之,有了某种实质,一定会表现为某种文采。这意思等于后来常说的"笃实生辉":有一分实际,就发一分光彩,比如精金美玉,发出极美的光彩,那不是"外铄"的,是由其美质"内发"的;单靠打磨表面,只能发生一种"浮光"或"贼光"(假古董,伪珠玉,表面的"外铄"之浮光,俗话叫作"贼光"),而浮光贼光,是并不真美,不搪眼,不耐欣赏玩味的。这是第二点。

第一点,是刘勰对文学的"尊题",为之辩护,强调它的存在的"理由"和"权利",不是什么该当摒斥的可有可无的东西,反对那些由于只看到文风浮靡就根本非难、怀疑文学价值的道学观点。第二点,就是刘勰借"四教"来说明的道理,文学家如不努力敦品励行、充实提高自己的"实质",而只图外饰,就不会有什么真正好作品。作家自己有真实货色,就可能有好文采——这才是"自然之理"了。

我觉得,理解刘勰的"自然"论,至少应从这两点上去研究体认。至于"文采",刘勰倒正是十分重视,而不是轻视。这由上面引录的那段话已可看得非常清楚,无待多述。他对文学,绝不摒弃文采(即所谓"丽"),只是主张不可失之于"淫"(那就是过分,一味追求辞藻的华美,就是流于"外饰")就是了。

从这一方面说,我与顾先生对"自然"的理解略有出入(至于刘氏所说的

"道",同样也还需要进行细微的分析评论,方能得其本旨。限于篇幅,就不多赘了)。顾先生当年循循善诱,最不赞成学生"随人脚跟"、"亦步亦趋"、"师云亦云",无所发明,无所前进;最喜欢青年学生能提出不同见解,常常引用禅宗的话头"见过于师,方可承受"来鼓励学人。相互启发、切磋,是顾先生引以为最大快乐的事情。这一种高尚的治学、为人的精神,给我的印象至极深刻,使我永难忘记。我现在为顾先生草此跋文,还是遵循先生在世时的教导精神,才记下了这些粗浅意见。

我还要特别指出,先生此文结束处所提出的问题——即刘勰所运用的这种文体的价值意义以及他对这一文体的造诣成就,是一个极有见地的问题,先生要我们"不可以轻轻放过",语重心长,深可感动。可惜先生只是"提出了一个问题",而没有对它作出阐释,展开议论,这真是一件憾事。从文章结构讲,先生此文收束得也比较仓猝,读到结尾部分,不免令人有"强弩之末"的感觉,心中感到不能满足,我想,这一定是由于当时事忙、体弱,或其他干扰,被迫草草住笔的。对此,我只想提醒一点:如果有青年学人想深入体会先生提出的这一问题,那么不妨试取鲁迅先生运用骈散行文的那些"文言"的文章,细细读过,看看鲁迅先生为何喜欢采用这种文体,以及他已然达到了何等高超美妙的造诣境地,就可以"思过半矣"。

顾先生是我最爱最钦慕的老师,平生撰述极富,可惜多遭事故,半归零落,每一念及,无限痛惜。这篇讲稿,远不足以代表先生一生对文学理论的精深的造诣;现在学报为了纪念先生,先把它予以发表,其意义并不在这篇讲稿的本身。我和先生有数十年的深厚交谊,不揣谫陋,以此短跋来略表个人的怀念之情,本来想竭其驽钝,好好撰写,可是百务丛脞,力疾从事,种种简率,深衷愧仄,实难笔宣。敬请学报编委、读者同志们多加原谅,并予指正。

周汝昌

一九七九年二月

己未立春

【附记】

此篇小文乃是一九七九年应《河北大学学报》之约,为先师顾羡季(随)先生遗稿《刘勰及其〈文心雕龙〉评介》所作之跋文;今者,先生之论将作为专著正式出版,又欲将拙跋权作代序同时刊出。细思时隔三十馀年之久,尔时方值改革开放之伊始,学术界对于古典文学之经典著作如何评价、定位尚在讨论研究过程之中,而我个人又正忙于为一九八〇年之国际《红楼梦》研讨会准备长篇论文,所以,不但长期以来对《文心雕龙》的研究早已中断,而且当时之思路正在集中于红学方面,难以立刻回归素所用心的主题。以是种种,此跋仓促成文,本无留存之价值,然又别无选择之馀地,只好惭颜而应命,仅在篇首冠以新题七字"点睛墨采壁云升",以表我个人对刘彦和与苦水先后两位大师的崇敬之诚,私衷欣幸而愧亦谁知。

回忆一九四一年于燕园方得拜识苦水先师,仅能亲聆先生讲授三四堂课,其第一讲即涉及中华诗词之核心问题——"神韵"一词毕竟应作何解,并举《老子》、《周易》等经典之文以引发学生辈之思路、灵感,印象深刻,永难忘怀。及至一九五三年春在成都四川大学与先生通讯时,我又曾旧话重提,有云"神者,不灭之谓也;韵者,无尽之谓也",原函所论尚繁,如今只能回忆此两句而已。先生见之即赐函,欣慰之情见于言表,然又云:此解为前人所未能道;然此时尚不宜公开讨论……(大意如此)。此后,先生曾多次努力设法欲调我到先生身边工作,口虽不言,两心相契,知先生多年所怀一段大愿,愿我师生二人能就此方面合作一部重要论著,为中华文论美学作一开路奠基之试验,而终未如愿。闻孙正刚学兄曾言:先生对此十分伤感,而又无人可言……而我对《文心雕龙》研究之残稿也散落殆尽,仅存《隐秀》、《风骨》等二三篇发表问世,知者已不甚多。言念及此,不胜怅惘之至,附记于此,异日或有知者可备参考。

庚寅端午佳节　受业周汝昌敬志(时年九十有三)

(本文未采用)

《记者过眼录》代序

——奉题王景山新著

耕耘绅士历图程,劳苦艰辛忆半生。

四十万言来不易,五千年史学初成。

马迁列传人为本,凤阁抢才榜最荣。

一片孤怀非为己,俚歌题罢意难平。

庚寅八月十四日

周汝昌口述

（王景山著,中国文史出版社二〇一一年版）

《脂砚斋石头记》甲戌录副本序

　　吾家盛日西院春帆、雨臣、紫登、月波诸兄，书中之珍、琏也，书画、诗文、马狗、琴阮、服食、铺陈，罔不造精诣，极其寝馈，《红楼》不待言矣。惜旧话已莫可得而记之。老母尝语余：吾以光绪丁酉来归为周氏妇，时方二十。不数年，汝舅氏李大公荫青自北羊码头来探，知吾自幼嗜读，馈贻而外，别携《红楼》一部出示，云绣馀破闷可也。转眼吾今七十一矣，书亦几归散佚，然我家旧事自吾身经目睹者而言，若众女儿之年节宴集爽秋园之花木、笙箫，先人创业之勤，子弟败家之痛，以至有望早夭之珠哥、精干齐家之凤嫂、懵懂尴尬之赦伯、声色纨袴之子侄，下逮村妪葭戚、清客豪奴，何其皆一一相似之极耶！且又有《红楼》中未备者矣。余深感于母言，退而与君度十四兄共称先人旧事。昔日王父印章公之风致实同楝亭，今吾父幼章公谨严方正，又正书中之贾存周也。若绍泉三兄之巧虑精营、紫登八兄之豪才大度，书中所无矣。至于蓉、蔷一行人，其劣恶又加百倍，言之腹痛相与，咨嗟慕惜，竟日不能已已。去冬以考雪芹生卒年，交于绩溪胡适之先生，今夏携其《脂砚斋甲戌重评石头记》十六回本以归，出示度君，一见叹为奇宝，判曰：此实雪芹自批原本也，去底稿止一间二百年，世人不识耳！余服其明，因为长跋寄适之先生。君度亦发心移录，以为此海内孤本副。时君度方不得于世，归隐窗下，一几萧然，汗随管而同挥，墨间朱以俱下，不逾月工竣，人间遂有此第二本，夫是何胜业耶？雪芹之书真面久为伧父窜掩，其上世兴衰之迹，世人亦未尽详；而雪芹之痛慨血泪，亦复即是余等之痛慨血泪，呜呼！自有《红楼》以来，知雪芹者未有若余兄弟者也，盖能深知作者之痴、辛酸之泪，已不止赏文，而论笔更岂直醉馀饱卧、避世去愁乎哉？余等方议集胡、徐、戚、程诸本，汇校写定，以传雪芹之真，十年辛苦，庶几不负，则此一录，仅胜业之发轫而已。余喜为叙其端末，并记岁月云。

戊子中伏末日雁齻弟汝昌序于咸水沽藤阴斋西舍南窗下

《脂砚斋石头记》甲戌本跋

卅七年六月自适之先生借得，与祜昌兄同看两月，并为录副。

周汝昌谨识　卅七、十、廿四

跋胡适藏《脂砚斋重评石头记》

(一)引 言

　　民国十六年胡适之先生得此乾隆甲戌脂批《红楼梦》十六回残钞本；今夏余从胡先生借来，留于蓬斋，因得细看。真海内第一古本真本《红楼》也。墨缘眼福，欢喜赞叹①。彼时——一九二八二月——胡先生即写得《考证红楼梦的新材料》一文，刊登于《新月月刊》创刊号页一一〇——一四〇（一九二八三月出版）；后又收入《胡适文存三集》页五六五——六〇六；将此本价值，大概论定。但自是而后，迄于今兹，历时廿年，除俞平伯先生曾于民国二十年六月书一短跋于书尾而外，更无一人将此本提起一字。识真赏佳，阐幽启秘，责其在人；不禁为此珍奇罕有之孤本呼负负也②！

　　民国二十二年，胡先生因③又获见脂评八十回全本（徐星署先生藏），因复作《跋乾隆庚辰本脂砚斋重评石头记钞本》一文，收于《胡适论学近著》第一集页四〇三——四一五（民国廿四年商务版）。此皆《红楼》版本史考证史上之大事也。十六回残本视八十回全本，言之聆之④似俱⑤不免相形而失色！然此甲戌残本之可宝⑥并不因庚辰全本之出而略减其价。反之，正以庚辰本复出，弥觉甲戌本之吉光片羽，人间更无不徒与球璧同珍也⑦。

　　庚辰本余虽未见，但如胡适先生指出：甲戌本之凡例及七言律诗已无；

第一回中写顽石时之四百二十馀字,亦无,与戚本(指有正印行戚蓼生序八十回本)全同,是庚辰本实与戚本为相近。庚辰本去甲戌本才五年,面貌即已大改,故胡先生谓甲戌本为最近于雪芹稿本者;吾亦谓此为人间绝无仅有之最古最真⑧本也。且正文与脂批,俱以出场数回为最重要,脂批之分量,亦以首三数回为最多;甲戌本虽残缺不完,但既存一至八回,可资考订之重要正文与评语俱在,其与他本之异同,亦以此数回为最大。使甲戌本现存之十六回与庚辰本中之面貌文字评注,一般无二,吾人自可弃十六回残本如敝屣而取八十回全本。今经胡先生校看,固知其大不然。吾谓正因庚辰本之出,反觉此本之更可宝贵云云,职是故耳。

(二)脂批即雪芹原批

胡先生不独眼光犀利,亦且判断确凿。早在第一文中已云:"我因此疑心这些原有的评注之中,至少有一部分是作者自己作的。"于第二文中则进而更下结论:脂砚即爱吃胭脂的石头是也。故又云:"此本使我们知道脂砚即是雪芹,又使我们因此证明原底本有作者自加的评语。"今余既见脂本,深信胡先生所见不差。不宁唯是,余并亦深信所有脂批,即雪芹原批;其中或有他人的⑨后来窜增,但为数极少,如徐本丁亥畸笏批仅二十馀条是。且除注明年月确与雪芹卒年不相及者外,皆无由定其非雪芹而为另一人也⑩。盖过去之看法想法,与余之看法想法不同,余愿郑重提出此点,使读此本者注意:

过去初未尝想到脂批为雪芹原本自加者;其视诸批语不过如世俗评本,皆为后人读者所为而已。但因嗣后发现评语中有追忆旧事者,故始断言诸评中必有作者之近亲或作者本人所为。其思路是从无中寻有。

如今余认为脂批作者根本即雪芹本人而非他。除非另有确证外,吾人无法断定某一或某数批非雪芹原批而为另一人所加者。其思路是从有中寻无。

唯其根本看法不同,故获得之认识亦全异。吾如是云云,肯定不疑,或不免病吾武断,余将举数证于后:

甲，旧本明题为《脂砚斋重评石头记》，故评者即脂砚而不能为他人，如张三评得一部《红楼梦》后，决不能题作"李四评本石头记"是也。今既因庚辰本而知脂砚亦即雪芹之化名，则脂本即雪芹自评本明矣。

乙，吾统阅诸评，口气笔调，完全一致，决非出诸数人之手。如脂本之批为数人所合作，雪芹必不能据为己有而题为"脂砚斋重评"；若谓脂批中有他人之批相杂，亦不合理，盖他人若费了一番心思笔墨，自有心得，早已如"护花主人"、"大某山民"等题名问世矣；焉有无声无臭，甘附于脂砚斋本之内乎？唯既曰"重评"；甲戌本第一回亦云"至脂砚斋甲戌抄阅再评"；庚辰本每册首页又皆有"脂砚斋凡四阅评过"之字样，则评语非雪芹一次所作，历年皆有加入甚明。此本卷二页二背面一眉批云：

> 余批重出。余阅此书，偶有所得，即笔录之；非从首至尾阅读过，复从首加批者，故偶有复处。且诸公之批，自是诸公眼界；脂砚之批，亦有砚斋取乐处。后每一阅，亦必有一语半言，重加批评于侧，故又有前后照应之说等批。

可知其批乃随手增累而成，本非有系统有计划为之者也。然正以此可证，此批为一手而历年所为，决非数人之事。此一手者谁，即开首之"余"，即当中之"脂斋"，亦即雪芹也。此尚有何可疑？

丙，雪芹为绘画世家：祖，叔祖，伯父，自己，皆善画。书中虽不明叙宝玉绘画事，但第廿六回薛蟠向其索寿礼，宝玉答云："惟有写一张字，或画一张画，这算是我的。"诚雪芹夫子[①]自道矣。今观脂批中极喜以画法论文章。如：

一、卷一页七眉批云："事则实事，然亦叙得有间架，有曲折……以至……云龙雾雨，雨山对峙，烘云托月，背面传（傅）粉，千皴万染诸奇……"

二、卷二总评云："故借用冷字一人，略出其大半，使阅者心中已有一荣府，隐隐在心；然后用黛玉、宝钗等两三次皴染，则耀然于心中眼中矣。此即画家三染法也。"

三、卷四页三背面夹行批云："横云断岭法——是板定大章法。"

四、卷四页十背面夹行批云:"闲语中补出许多前文,此画家之云罩峰尖法也。"

五、卷八页二眉批:"一路用淡三色烘染。"

余亦不消多举,即此足见一斑。若谓此诚偶然,批者亦适能画耳,其谁信之乎!

丁,书中人名,地名,往往为小谜,旧日评家多有射中者,余亦曾猜"十里街"为"势力街","仁清巷"为"人情巷","葫芦庙"为"大家葫芦提的妙","吴新登"为"无星戥","封肃"为"风俗","大如州"为"大都如此之州"。今俱因得脂本而证实。但许多谜语依然不能猜测,而脂本每遇此等处必有评注,如:

一、青埂峰——批云:"妙!自谓落坠'情根'(雪芹口中有南音,吾另有文论之)。"

二、绛珠——批云:"细思绛珠二字,岂非'血泪'乎?"参看凡例后七律诗,腹联:"谩言红袖啼痕重,更有情痴抱恨长。"上句指绛珠,指黛玉;下句指石头,指自己也。结云:"字字看来皆是血,十年辛苦不寻常!"则明道出血泪二字矣。又有一批云:"一字化一泪,一泪化一血珠!"皆一意也。

三、赤瑕宫——批云:"按瑕字本注:玉,小赤也;又玉有病也,以此命名恰极!"今本皆改作"赤霞"矣⑫。

四、贾氏四春——据批,方知姊妹四人之名联成一语,盖"原(元)应(迎)叹(探)息(惜)!"也。

又如十四回送秦氏殡之十二家王公乃隐十二属肖。试问此等隐意,不因作者自注,他人能射中乎?若曰能,何以脂批以后,评本纷纷,竟无一人道出耶?其为作书人自批自注,断无可疑也。

戊,与忆旧大事无关,看似闲文处,批者每出以极痛之笔,如:

一、卷三叙王夫人屋内:"炕上横陈一张炕桌,桌上磊着书籍",旁批云:"伤心笔,堕泪笔!"

二、卷二十五,叙宝玉倒于王夫人怀内,王夫人摩抚之;批云:"余几失声哭出!"

三、同卷宝玉病初脱险,贾母、王夫人如得珍宝,批云:"昊天罔极之恩,如何报得!"

此明明雪芹语也。他人评小说,能如此痛切腑肠耶?且见一小炕桌,桌上有书,此有何奇,乃亦值得伤心坠泪?明明雪芹忆其旧时母亲屋中情景之语耳!不然者,此等批即毫无意义,或且费解不通矣。

己,有批语用意难明者,如:

卷六叙王夫人指示打点刘姥姥语:"他们今儿既来了,瞧瞧我们,是他们的好意思,也不可简慢了他!"眉批云:"王夫人数语,令余几□哭出!"

试问此语又何谓耶?岂此批书人别有伤心怀抱耶!及观旁夹行批云:"穷亲戚来看是好意思,余又自《石头记》中看了,叹叹!"又本回标题诗云:"朝叩富儿门,富儿犹未足。"再参以敦诚之寄怀雪芹句:"劝君莫叩富儿门,残杯冷炙有德色。"三者合看,则雪芹心事明矣。余度雪芹贫后,曾如甄士隐之依亲,曾如刘姥姥之求借,盖深感于身世兴衰,人情冷暖者,余于拙著《红楼家世》中亦将论及之。此种批如非雪芹自加,应作何解,明眼人试下一转语!

庚,雪芹自己亦有逗漏处,如:

一、卷十三秦氏梦中云:"三春去后诸芳尽,各自须寻各自门",旁批云:"此句令批书人哭死!"

二、卷五宝玉入梦,批云:"此梦文情同佳,然必用秦氏引梦,又用秦氏出梦,竟不知立意何属,惟批书人知之。"试问,此所谓"批书人"谁耶?岂非明明揭告吾人,批书人即作书人,二者实一而二,而又二而一者也?

除旧日胡先生所举各例,确为作者自注口气而外,复有以上七证,读者已可见吾谓脂批即雪芹批,非信口开河。至如书中间有三五条朱批,不但朱色有异,字迹与抄手亦全违,则后人所加,本非吾所论于脂本之脂批耳。

俞氏短跋⑬,大意有三:一、举三证以明此本为过录本,非脂砚原本。二、申明秦可卿淫丧事得此本益成定论,按此事在俞氏书中为专章,故俞氏唯对此点特加注意。按胡先生文中已以专节详论之,即不必再加勾勒。三、疑朱批非一人手,其说曰:

又凡朱笔所录是否出于一人之手,抑有后人附益,亦属难定。其中有许多极关紧要的评,却也有全没相干的,翻览可见。例如"可卿淫丧天香楼"得此书益成定论矣。然十三回(页三)于宝玉闻秦氏之死,有夹评曰"宝玉早已看定可继家务事者可卿也今闻死了大失所望急火攻心焉得不有此血为玉一叹"此不但违反上述之观点,且与全书之说宝玉亦属乖谬,岂亦脂斋手笔乎? 是不可解者。(文字标点依旧)

于此,余觉俞先生不免犯数误:一、依俞氏意,凡脂斋所批,即该无不极重要,故必如说秦氏淫丧者方为"极关紧要",方可定为脂批;如说家务者即"全没相干",即疑非脂斋手笔。如此成见,岂非先戴了有色眼镜而后分辨脂批与非脂批乎?

二、何谓"极关紧要"? 何谓"全没相干"? 二者定义如何? 分野如何? 须知雪芹作批,并非预为后人考证而设,决不能只写吾人所谓"极关紧要"之批;且"全没相干",自俞先生视之而然者,自他人视之即未必尽然,即依俞先生所举一例而言,余以为正有相干。雪芹于自家百年显赫之巨族,竟因子弟不肖,遽归衰落,极致痛慨! 其竭力描写凤姐探春之持家,隐恨男子之无人。凤姐有才而无识,贪利而喜功,是以卒败,雪芹亦深惜之。唯秦氏所见,远出全家男女之上,真凤姐之后劲也。故虽惜其行,亦钦其才,特于本回大写之。故本回煞尾云:"不知凤姐如何处治,且听下回分解。正是:'金紫万千谁治国? 裙钗一二可齐家!'"此正雪芹之真感慨处,而本回之主旨也。雪芹每在批家道世运衰败时,语皆格外沉痛! 吾人现在急欲破除曲解误会,以求正确了解雪芹本意,脂批最能助吾人达此目的。虽片言只词,无不流露雪芹之心事,之态度。此不重要,更有何事重要耶? 俞先生纯凭主观见解以衡量脂批之重轻,误二也。

三、余嫌俞先生不免为雪芹瞒过:以为一提家务即与宝玉相乖谬,揆俞先生意,此处脂批非提"太虚幻境",不为相合矣! 实则未免胶柱,书中不写宝玉关心家务,是题面,批中逗露,是题底,正不必相犯。即以书中正文而言,如雪芹果真不关心家务,为何又有许多写家务之文字出现? 第七回叙宝玉见秦钟"只问秦钟家务等事",依俞先生,岂非书中正文亦已"乖谬"矣乎? 卷六写凤姐:"刚问些闲话时,就有家下许多媳妇管事的来回话。"脂批云:

"不落空家务事。"观此则家务一事,在雪芹,在宝玉,非无关紧要也,何以该批即为"乖谬"耶?

以上云云,非与贤者为难,特借以说明脂批之真面目与真价值,读者以为如仍以俞先生之看法看脂批,自难免不犯错误;而去真了解脂本,尚有间耳⑭。

评中有表面口气不似雪芹者,但读者又不可即因此下定论,谓此非雪芹语也,而以之驳余上说。须知批语正如正文,亦时时故设疑阵,变换宾主,使读者信疑参半,此雪芹之故技也,如:

一、卷廿五叙马道婆向贾母说话,批云:"一段无伦无理,信口开河的浑话,却句句都是耳闻目睹者,并非杜撰而有,作者与余实实径(经)过。"

二、卷八叙众人赞宝玉斗方,批云:"余亦受过此骗;今阅至此,赧然一笑!此时有三十年前向余作此语之人在侧,观其形已皓手驼腰矣!乃使彼亦细听此数语,彼则潜然泣下,余亦为之败兴。"

看其故意闪闪烁烁,似一似二,然明眼人试自问:此非雪芹而为谁耶?雪芹每于批中口称"玉兄"、"石头",自问自答,所谓"脂斋取乐处"也,尤举不胜举。脱有人于此而诘余:雪芹何为而不直截痛快而处处弄此玄虚?余将回诘:雪芹何为而不仿《林肯自传》用第一身自叙,而偏偏作弄许多"石头"、"脂砚"、"空空道人"、"情僧"、"宝玉"、"孔梅溪"、"吴玉峰"种种烟幕耶?卷一页八有一眉批,雪芹自道最明,今引之以为此节殿:

> 若云雪芹披阅增删,然后开卷至此,这一篇楔子又系谁撰?足见作者之笔,狡猾之至!后文如此处者不少。这正是画家烟云模糊处;观者万不可被作者瞒弊(蔽)了去,方是巨眼。

雪芹虽谆谆嘱咐,然被瞒者比比而是。考红专家俞先生亦且不免,则"巨眼"又谈何容易哉⑮!

（三）高鹗实未见此本

胡先生因高鹗为《红楼》保存悲剧下场，故云："我们不但佩服，还应该感谢他。"（见《红楼梦考证》）俞先生亦谓高鹗"功多而罪少"、"光荣的失败了"（见《红楼梦辨》上卷"后四十回的批评"）。高君捣鬼达百数十年，以斌珠而乱玉，狗尾而续貂！非唯无罪，反致美评，此固自另一观点而定论；然亦高君之幸运也。余独深恶而痛绝之。其故有二：文字恶劣，思想俗丑，与《红楼后梦》《续梦》等书，实仅五十步百步之差；而至今国内流行本中依然占正席三分之一。蒙虎皮，附骥尾；可恶一也。曹氏原文，高氏大加窜改，真伪莫辨，粮莠不分，而亚东二次排印新本明知其"程乙本"改去"程甲本"前八十回中一万五千五百三十七字之多，大非雪芹之旧，转而取是而舍旧本，何耶？汪原放氏罗列多例，以见程乙本之倾向纯白话焉，言外似有褒义，然不思白话好歹，为一问题，真本文白，是另一问题。雪芹作书于乾隆初年，只是自抒怀抱，应无预计务入后世"白话文学史"之心，其行文本多文白相标杂。假如余将《红楼梦》全部改译成更纯粹更道地的白话，汪君即又舍程乙本而取吾新改本，排印以行世耶？高鹗眼下无筋，皮下无血，恬不知耻，擅窜旧文，点金成铁，全无文德，不可恕二也。吾今读脂本，始知雪芹真笔之风格焉。今天下读《红楼》者何止千万人，然此千万人心目中之《红楼》，实乃"高鹗《红楼》"，非雪芹《红楼》也。雪芹幸而得传，复经二十馀年之洗刷，依然只馀一朦胧影子，游荡于读者心目中，此宁非奇慨之事也耶？世人逐妄舍真，贵耳贱目，事事皆然，固不独于此也[⑮]。

文章纯为风格问题。欲谈风格，唯有统观全文而后始能言之。脂本与俗本异文，不一而足；胡先生曾略举之。若欲细列，恐非篇幅能容，且亦过嫌琐碎。吾姑就一最短之旧例与天下读者商量此风格问题：如汪原放[⑰]君所举二十七回末：

一、新本

"……一朝春尽红颜老，花落人亡两不知！"正是一面低吟，一面哽咽，那边哭的自己伤心，却不道这边听的早已痴倒了。

汪先生于此虽无个别评语，但既同举入标读示例，可知其为赞成此文无疑。汪先生无批判语，但从"正是"以下，皆加以圈，想极赞成矣。且看⑱：

二、旧本

"……花落人亡两不知！"宝玉听了，不觉痴倒。

吾不知他人谓何，唯自觉旧本真文，简净而有力，说"痴倒"，真能使人于句下痴倒！看新文，只觉其软软的，全非宝玉心中所感之味道，而只见高鹗在局外扭捏可厌而已！舍旧而取新，真所谓"味在酸咸之外"了⑲！此正如观画，明知左为摹本，右为真本，而又以摹本颜色尘红俗绿⑳，较为新鲜，遂弃原画而收摹本；谓之知赏，得乎？

然㉑高鹗虽嗜《红楼》甚深，其人实实不甚高明，吾度其所用者，为世俗转钞，"置庙市中"出售之本，而真本脂批《红楼》，彼实未见，故任意胡改，笑话百出。吾何故云然耶㉒？请看以下数例：

一、戚本（即脂本之别录本）七十七回云："……是谁调唆宝玉要柳家的五儿丫头来着？幸而那丫头短命死了！……"而高本第一百九回竟又有"五儿承错爱"一段文字。俞先生曾注意及此，以为其故可能为（1）高未见此本，（2）高删之以避矛盾。余以为（1）是也。高如自删其本，天下尚有他本流行，彼岂敢遂以一手掩尽天下耳目耶㉓？

二、如上举"赤瑕宫"，如高氏曾见朱批，必不疑"瑕"为误。大概高氏只知孙绰《天台赋》"赤城霞起而建标"的句子；而不知司马相如《上林赋》尚有"赤瑕驳荦"之句（《史记索隐》注赤瑕："张揖曰：赤玉也。"），值矣！

三、第三回回目脂本作"金陵城起复贾雨村；荣国府收养林黛玉"。收养二字旁批云："二字触目，凄凉之至。"高氏如见此批，必不作"接外孙贾母惜孤女"也。

四、第四回云："至李守中承继以来，便说女儿无才便有德。"有旁批云："有字改的好。"今本皆作"女子无才便是德"。雪芹故意以"有"字对上文的"无"字，高氏因见与成语不符，便奋笔而改回了。此皆高氏"详加校阅，改订无讹"（见程乙本引言）之功德也！

诸如此类,实难具引。吾云高鹗未见真本,似非妄说也。

(四)《红楼梦》之本来形式㉔

此书首有全书旨意,旨意后为第一回引子及一七言律诗。胡先生尝引于第一文中,每回前多有总评,有标题诗;回后亦有总批;每回结煞多无"且听下回分解"的俗套,而每有类似下场诗与关目之二句七言对。但回前亦有但题"诗曰"而无诗者。细审皆非钞手删去,盖原稿所缺者也。如十三、十四、十五等回前,皆单标"诗云"或"诗曰"二字,下空白纸,非漏写明矣。今且举二例,以尝一脔:

第二回前:"诗云:一局输赢㉕料不真,香销茶尽尚逡巡。欲知目下兴衰兆,须问旁观冷眼人。"

旁有脂批云:"只此一诗便妙极!此等才情自是雪芹平生所长。余自谓评书非关评诗也。"

第七回前:"题曰:十二花容色最新,不知谁是惜花人。相逢若问名何氏,家住江南姓本秦。"

此种诗之好歹且不论,其价值乃在与回目参合映带,直标本回主旨,即雪芹所云"评书非关评诗"之意。如上第一诗关合冷子兴演说荣国府也;第二诗关合送宫花与会秦钟也。最可注意者,在第一回之前,"满纸荒唐言,一把辛酸泪。都云作者痴,谁解其中味?"一诗之下批云"此是第一首标题诗",上又眉批云:"然后开卷至此,这一篇楔子,又系谁撰?"方知不独"此开卷第一回也……"一段非正文,即自开卷至此诗亦非第一回正文,乃是一楔子,加于回前,至此方是标题诗。荒唐言与辛酸泪即又关合顽石与甄士隐之事,不见此脂本,皆始终囫囵吞枣,莫名其妙耳。

回目之文,所关至要,盖作者本意,由此可窥。此本之回目,与今本大异者:如第五回作:"开生面、梦演红楼梦。立新场、情传幻境情。"作者凡遇写鬼神虚幻处,不过隐笔暗喻,故必明点或明批梦幻等字;此回写法特殊,故又特标"开生面"、"立新场"。第二十七回《葬花词》上眉批云:"开生面,立新场,是书多多矣。惟此回处生更新。"雪芹之本意如见。至今本改为"贾宝玉神游太虚境,警幻仙曲演《红楼梦》"无论平仄失黏㉕,即单将"警幻仙"抬出于回目之中,使与书中真人物居同等地位,已属荒谬之极! 盖此犹绣像绘图之画渺渺真人、茫茫大士为"破僧乱道"之同样伎俩与见地也。

最值得讨论者厥维第八回回目:

高本:"贾宝玉奇缘识金锁　薛宝钗巧合认通灵"

戚本:"拦酒兴李奶姆讨厌　掷茶杯贾公子生嗔"

俞先生之批评谓:第八回共叙三事(1)钗、玉互看锁玉;(2)宝、黛共饮于薛姨处;(3)宝玉归去摔杯。高目只说了(1)项,"虽然扼要",未免偏而不全。戚目包举(2)(3),却遗"最重要"之(1)项。又说高目文字稳妥漂亮,戚目用"贾公子",不合全书体例,不伦不类云云。但吾人且看:

脂本:"薛宝钗小恙梨香院　贾宝玉大醉绛芸轩"

不独文辞风雅,对仗工饬,且无偏漏之病:梨香院一句,包括互看金锁宝玉;绛芸轩一句,包括饮酒及醉归二事。可谓遗憾毫无。

再看标题诗:"题曰:古鼎新烹凤髓香,那堪翠斝贮琼浆;莫言绮谷无风韵,试看金娃对玉郎。"足见作者本回主旨只在写宝、钗、黛之会饮事。金玉一节,用"金娃玉郎"轻轻一带,在有意无意之间,不似高伧所改之目,了无馀韵,且二句只说得一件事,一心只为其后四十回钗、玉成亲而设,何其无聊、可恶之至耶!

第七回回目:

今本:"送宫花贾琏戏熙凤　宴宁府宝玉会秦钟"

脂本:"送宫花周瑞叹英莲　谈肆业秦钟结宝玉"

"送宫花"之下,紧接"贾琏",全成截搭。正文中平儿舀水之下一批云:

> 妙文奇想! 阿凤之为人,岂有不着意风月二字之理哉! 若真以明笔写之,不但唐突阿凤声价,亦且无妙文可赏;若不写之,又万万不可,故只用"柳藏鹦鹉语方知"之法,略一皴染;不独文字有隐微,亦且不至污渎阿凤之英风俊骨,所谓此书无一不妙!

可知雪芹本意且不欲明写此事,顾肯自相矛盾,而明白标举于回目中耶? 英莲自拐卖后,尚未一写,此回正笔以表之,方是本意。脂批亦尝明言此回是"宝菱二人正文"。故上引本回标题诗第二句曰"不知谁是惜花人",谓薛呆之于香菱也。高氏不明此意,必欲将琏、凤事搜入回目,不独一口道破,大嚼乃无馀味;亦且主题全失。伧父之见,皆类此也。

（五）异文之可贵⑳

以上所论,虽题目不同,但亦不外乎异文二字。以下将专举正文中大不同处,以明脂本之实实胜于高本。俞先生昔论高戚二本之比较,曾举数条异文,以为"荒谬"而不及高本者,实皆脂本原文也。今兹都不必重提,另取数例,专求醒目,且避觇缕也⑳。

一、贾雨村对月吟诗:"未卜三生愿,频添一段愁。闷来时敛额,行去几回头。自顾风前影,谁堪月下俦!蟾光如有意,先上玉人楼。"

今本"头"作"眸";"楼"反作"头",不通之至⑳!雨村对月遐思,故谓月光如知人意者,先照上玉人——娇杏——所居之屋上;因与甄家隔壁也,是望衡宇而相思之语,若"月光上了玉人的脑袋",尚复成何语耶?亚东新本与《金玉缘》本则"楼"已改"头";但原来之"头"依旧,并不作"眸",于是复头字韵,岂非高鹗窜改之痕迹乎?

二、甄士隐注解《好了歌》:"昨日黄土陇头送白骨,今宵红灯帐底卧鸳鸯。"

今本"送"作"堆",或作"埋","灯"皆作"绡",此二句对比,皆言一时之事。"送白骨"即送葬,改作"埋"尚可通,作"堆",则千百年之陈事,何有于"昨日"、"今宵"耶?"红绡"乃因《芙蓉诔》中有"红绡帐里"、"黄土陇中"之对文而擅改者,其实"红灯"暗示婚嫁喜事,另有所指,本不必与晴雯诔牵合为一也。

三、黛玉看荣府摆设:"一边是金蜼彝;一边是玻璃盉。"

今本俱作"鏨金彝"、"玻璃盒",盒或作"盆",此诚天大之笑话也!《周礼·春官》云:"稞,用虎彝、蜼彝。"脂批云:"蜼音垒,周器也。""盉"字旁批云:"盉,音海,盛酒之大器也。"今俗呼大碗曰"海碗",即此字。"鏨金彝",自然不像话！而一玻璃"盆"子或"盒子"摆在"紫檀雕螭"大案上，成何景象？螭，抄本作"雌"，意必有误成"金雌彝"者，故高鹗又"订误"而删去"雌"字，变成"金彝"，因不成语，又无字可楔，乃胡乱加一"鉴"字于上，宗周吉金，遂一变而为首饰楼中之名色花样矣！至于盒字，则或系手民之误，吾尚不愿深文周纳，全以加诸高氏之身也。

四、同上："临窗大炕上猩红洋罽，正面设着大红金钱蟒靠背，石青金钱蟒引枕，秋香色金钱蟒大条褥。"

今本"罽"作"毯"，"金钱蟒"皆作"金线蟒"；而第一"蟒"字直连下"引枕"字，以至石青色之引枕变为大红色，而靠背则不翼而飞矣！按靠背、引枕、条褥，三者为一套，书中数叙，皆三物并举，不能单遗靠背，"蟒"即"蟒缎"之简称。金钱则谓蟒身之织纹若列钱然，是旧名色。金线蟒，未闻也。

五、黛玉看凤姐："项上带着金盘螭璎珞圈，裙边系着豆绿宫绦，双衡比目玫瑰佩；身上穿着……"

今本"圈"字紧接"身"字，于是腰中美丽之绦佩，皆不可见矣。

六、薛蟠哄出宝玉，说："他不知那里寻了来的这么粗这么长的鲜藕；这么大的西瓜，这么长的一尾新鲜的鲟鱼，这么大的一个暹罗国进贡的灵柏香熏的暹猪，你说他这四样礼可难得不难得？那鱼猪不过贵而难的，这藕和瓜，亏他怎么种出来的！"

今本第二个"这么长"直接第二个"这么大"，当中"的一尾新鲜的鲟鱼"八大字皆无有；于是只馀三物，而下文言"四样礼"，又言"鱼猪"，乃使人如对丈二和尚，摸不着头脑矣！亚东新本在"暹猪"下加一"鱼"字，盖即故弭此缺者，然实不成话！且持与原文相比，盖使人哑然不置也！

七、刘姥姥看凤姐屋中"炕上大红毡条"。

今本莫不作"条毡"。"毡条"是北方中等人家家家屋中所有（除非贫者只铺苇席）之物。"条毡"根本无是物亦无是语！昔时读至此辄疑有误。但又见各本俱然，闷不能明。今检脂本，正作"毡条"，真本之可宝也。

八、刘姥姥两次说："拔一根寒毛，比咱们的腰还粗呢！"

今本"粗"皆作"壮"。粗细一词，在北方有数不同之意义：一为指物表面平滑与否。二指器物制作精致与否。三指人教育程度之深浅，职业之高下。

四指器物之直径之大小。刘姥姥之语,孩提可懂,若云"腰壮",唯堪喷饭!改书者岂并此"粗"字亦不能解耶?果尔,上文又粗又长之藕,为何不改为又"壮"又长之藕耶?岂高鹗解此为"粗糙之藕"乎?此真天下之奇谈也!

以上八例略见漏误与谬改之处。其他零碎异文,所在多有。如宝玉之丫鬟有袭人媚人,媚人今不见。袭人本名"珍珠",与琥珀同类;今作"蕊珠",大非,不思紫鹃本名"鹦哥",与鸳鸯亦正同类。此皆老夫人丫鬟之命名,十分合体,"蕊珠"成何语耶?绮霞,脂本作"绮霰";已有"彩霞",断无重用"霞"字之理,"霰"是也。今本之"秋纹",脂本无之,但作"紫绡"。此"绡"字后文又有作"绢"处,殆讹写也。于是高鹗疑其误,将"鹃"易"绢",一时宝玉之紫绡,忽而变成黛玉之紫鹃矣!乃又不得不将整段口气完全改动,吾因而大悟何以现在《梅花调》唱手至"紫鹃"之鹃字,必读为去声,盖亦由此"绢"字之误而来也。"侍书",作"待书",屡见皆然,必非钞误。北静王本名"水溶",今本概作"世荣",则尤不可解者。

全句改动,口气全非者更多,定难遍举,姑以一例概之:

第二十五回:"红玉正自出神,忽见袭人招手叫他,只得走来;袭人道:你到林姑娘那里去把他们的喷壶借来使使——我们的还没有收拾了来呢。"

今本:"……只得走上前来。袭人笑道:咱们的喷壶坏了,你到林姑娘那边借用一用。"

读者试自判此二例孰优孰劣?吾亦不愿以酸咸强人同也。

(六)脂本之钞手

俞跋云:"然此书价值亦有可商榷者:非脂评原本乃由后人过录有三证焉。自第六回以后,往往于抄写时将墨笔先留一段空白,预备填入朱批,证一;误字甚夥,触处可见,证二;有文字虽不误而抄错了位置的,如第二十八回(页三)宝玉滴下泪来无夹评,却于黛玉滴下泪来有夹评曰'玉兄泪非容易有的',此误至明,证三。"余按谓系过录本,不误。唯所举三证,即不尽然。第一证甚是。第二证之误字,即不能全委之钞手。第三证则完全误看误说矣。今引所关原文如下:

……谁知我是白操了这个心，弄的我有冤无处诉！说着不觉滴下泪来。林黛玉耳内听了这话，眼内见了这形景，心内不觉灰了大半；也不觉滴下泪来，低头不语。

第二"滴下泪来"旁批云："玉兄泪非容易有的。"俞先生以为此批当然应在第一个"滴下泪来"之旁方合。余以为此批位置不误也。此批正批黛玉而非批宝玉者也。盖意谓宝玉之泪不易有，故黛玉往次未尝见其因怄气拌嘴而滴泪，今番竟尔滴下泪来，故五内震动，故亦随之泪下。上文云"眼内见了这形景"，又云"心内不觉灰了大半"皆谓此也。此批正为说明黛玉何以心灰泪下之故而设。若移在第一个"滴下泪来"之旁，试问此语尚有何意味？余所见与俞先生有若是之不相同者，孰是而孰非？胡先生明达，必有以教我矣⑩。

吾通观全部，钞手非一通人，乃二个或三个程度极浅之学生或钞胥也。字画虽劣，但书法不苟，虽有误字，但正以其非通人，故必无自作聪明擅加臆改之处。其批语位置，亦极可靠。偶有误写，入目可知；但重要之字皆不错误，极能存真。俞先生嫌其"误字甚夥，触处可见"，余则喜其误不碍真，多存原面，为现存诸古本中最可恃之佳本也。

误字之非尽由抄写粗疏，极为明显：如批中两用"坏急"字；"急"自系"极"字之误，上下两见，皆作"急"，而他处"妙极"之"极"即不误，明系所本原底如此也。又如"毕真"、"毕肖"皆用"毕"不用"逼"；应用"底"、"的"等处，皆以"嫡"字代之，此又明明原批字法，非钞手之误也。正文之中，如"里"、"裡"杂见，"燎"、"姥"互代；"倒"皆作"到"；"谓"皆作"为"；"站"皆作"跕"；皆可见决非钞手之误；吾人因此不独不应责此钞手，且应嘉其因误录误，不自擅改，盖最能尊重原底本者也。

又此本虽非原脂稿本（一看即知，此何待证），但其所据之底本，则极可能为雪芹原稿。如"蜼"书作"雖"，此书家法帖中习气也。"逛"书作"徎"，则"彳"、"辵"通用（"辵"实即"彳"之后起字），又非通金石文字学者不知⑪。此断非一幼稚钞胥之书法。其为一本原稿，可以断言。又如"诗云子曰"误作"诸之子曰"，则又可见原稿之字体，必作小行楷，稍一过草，钞胥即不能识如

"诗"之去"诸"也②。至于全部正楷,无一笔草率;朱批无一处张冠李戴,错乱位置,皆恰如其地。故知此本虽不必为"精校本",实可谓为一部"精钞本"矣。

书中间有点去原字,另以墨笔涂写者,以其墨色笔迹考之,多即同治丙寅作墨批之"左绵痴道人"也。但此人甚不高明,彼盖尝持俗本对看,遇不同者,每按俗本校改,而改去之字皆原文而非误者也。如:

一、"偶因一着错　便为人上人"

此处"着错"二字便点去,改作"回顾"。不知原有脂批云:"妙极!盖女儿原不应私顾外人之谓。""更妙!可知守礼俟命者,终为饿殍,其调侃寓意不小。"可见雪芹"一着错"乃谓娇杏反因失礼而得福,正极贬讥之语,如云"一回顾",则有何褒贬调侃可言哉!此高鹗因不明作者本意而臆改也。今人久为高鹗所骗,积非成是,乍一睹此,必有仍以高文为顺溜,原文为别扭者矣!

二、"参他生情狡猾,擅纂礼仪,且沽清正之名而暗结虎狼之属。"

此段将"纂"点去改为"改","且"字改为"外","而"字点去不用,"属"字改为"势",遂与俗本相同。但此种断非钞误可比,原钞为真本甚明也。

三、"无奈他外祖母致意务去。"

"务"字就本字涂为"教"字。

四、"天然一段(段)风骚。"

"骚"点去改为"韵";又以朱笔改回。

五、"自己满眼抹泪的说。"

"满"涂改为"流",今本作"淌"。

六、"昨日黄土陇头送白骨。"

"送"点去改"堆"。

七、"怎禁得秋流到冬尽春流到夏。"

"尽"字点去,胡先生朱注云:"徐(按,当即指庚辰八十回本)有尽字。"若按曲律此句正文当为"秋流冬尽春流夏",其馀皆衬字也,若点去"尽"字,不成句法矣③。

依上所举,吾谓此本钞手至为可靠,读者或可无疑乎?

(七)馀　话

如上云，此本之可宝有三：存真面(形式)，存真文(异文)，存真意(脂批)是也。如吾人不能识真而赏佳，漫忽而读脂批，岂唯觉其"全没相干"、"无关紧要"而已，且直嫌其"贫嘴贱舌"，甚且言语颠倒，意义混沌，殊觉莫名其妙，尚远不如读俗评本之为得味。然若知其为雪芹原批时，则豁然贯通，觉脂批与书文真乃水乳交融，气息沆瀣，有自赞处，有自注处，有感慨处，有取乐处，有忆旧痛哭处，有借话自娱处……总之无非作者推心与读者相见处也。

作者构文之匠心苦意，作者对书中人之态度——如宝钗、袭人、凤姐、秦氏、贾政、朝廷事等——过去多有深求而穿凿之处，得此无不洞如观火，真有左右逢源之乐。胡先生作《考证红楼梦的新材料》，论列虽精，但主意乃专着眼于可资考证之材料上，对此本本身之价值，未加详说，要亦不便自夸自耀之意耳，至民国二十年乃属俞先生评阅题记，亦以良马属伯乐之意。俞先生因有一跋焉，然该跋褒少而贬多，不免窃为胡先生扫兴！吾因是而深致感慨，觉识真赏佳之匪易也。若吾今兹之跋，原意欲为此本张目而舒气，写毕自检，仍恐不足副其百一。其故有三：匆匆行文，笔不逮意，一也。可资论讨之材料过丰，一时难以盖举其美，二也。如谓仅此一题，可写专书，亦非夸言。且吾既举一例后，随时即可发现更恰切更有力者，又不能一一删改，三也。则此一跋，仍是草草月旦，详尽自难做到，精确更愧未能，异日有闲，或能重写乎？吾已发心集众古本校勘写定，以复雪芹之旧，胡先生亦已允予赞助，唯徐藏庚辰本，今不知其流传所在。海内高明有知者，其肯惠然相告或相假耶？事无大小，端赖因缘，既此一愿之遂否，亦殊不敢必，吾亦唯有祈祷翘企而已耳。

卅七年七月二十二日记于咸水沽

胡先生只嫌吾行文芜杂拖沓，而阅乎意见是否正确，全无一语评按，冷静过于常人，不似其是是而非非勇于奖人之素性。文中曾提汪原放印程乙本之非当与"白话文学史"一词，甚望此二事并未予胡先生以任何不良感觉耳。

汝昌重阅自志　卅七，十，廿九

　　若掂掇字句,则任何名家文章,亦可吹毛而削改,不第拙文也。如胡先生《跋乾隆庚辰本脂砚斋重评石头记钞本》一文写得最乱,字句尤多未佳,我亦可得而笔削。

又记　十,卅一

　　此文一九四八年十月胡适阅过付回,有其批改,吾多不能同意。此是一大公案。此文虽谬陋,然亦历史文献矣。

时一九七四年十一月廿三日午汝昌偶检得复阅,因志数语

【注】

　　①胡适圈去"墨缘眼福,欢喜赞叹"八字。著者于眉上批曰:"此种话头,出自实感,删之固可,存之无害。"

　　②胡适圈去"识真赏佳,阐幽启秘,责其在人;不禁为此珍奇罕有之孤本呼负负也!"。著者批"不删"。

　　③胡适圈去"因"字。

　　④胡适圈去"言之聆之"。

　　⑤胡适圈去"俱"字。

　　⑥胡适圈去"之可宝"。

　　⑦胡适圈去"吉光片羽,人间更无不徒与球璧同珍也",添"可宝"二字。著者批曰:"语气煞不住。"

　　⑧胡适圈去"最真"二字。

　　⑨胡适添加"的"字。

　　⑩胡适自下括住,于页眉写道:"此下似太繁,似可删。"著者反批曰:"证明脂批即雪芹原批,实最重要,本之不究,末无由悉。喻人使信,在乎理足,繁不为碍,其不然耶?"

　　⑪胡适圈掉"夫子"二字,著者旁批一"?"。

　　⑫胡适于此条眉上批曰:"此条可存,可移入'异文可贵'一大段。"著者批曰:"何以独此条可存?"又批曰:"独以此条可存,真所谓偏好矣。"

　　⑬此段眉上胡适批曰:"评俞跋一大段可全删。"著者批曰:"俞氏看法,可代表一般人,破之即破一般人看法,非仅与俞氏为难也。"

⑭胡适在此眉上批曰:"删到此。"

⑮胡适圈去此段。著者批曰:"此可删。"

⑯胡适自"其故有二"至此打双十又划去。著者于眉上批曰:"此段溢题,删之亦得,然其意见则极正确。胡先生当年以程乙本付东亚重排行世,在提倡红楼上是一大错误,谅胡先生主删此段,必因其溢题,而非嫌其言之直悫耳。"

⑰胡适加"原放"二字。

⑱胡适自"汪先生无批判语"圈去,并批曰:"汪君加圈皆带赞成之意,只是表示应注意之处,如校勘出之异文。"著者则反批曰:"此处则胡先生不应如此欺人,袒护汪原放,试读其全部校读记果非不赞成耶?!"

⑲胡适圈去"舍旧而取新,真所谓'味在酸咸之外'了!"。

⑳胡适圈去"尘红俗绿"。

㉑胡适于眉上批曰:"不可轻用然字!"著者批为:"是。"并又批曰:"高氏续书,是爱之极之意,四十回书,极力寻踪作者原意,尊重雪芹。无由知者错读则有之,若明文人已死高必不使其复生。"

㉒胡适加"故"字。

㉓胡适于眉上批曰:"有何不敢,他竟以一手掩尽天下耳目至一百五十年之久!"著者于后批曰:"胡先生此处仍指续书伪记意与吾不尽相同。"

㉔胡适于此章眉上批曰:"可删。"著者反批曰:"为何?"

㉕雪芹原书作"赢"。

㉖胡适改"黏"为"拈"。著者于眉上批一"?"。

㉗胡适于此章眉上批曰:"'赤瑕'一条可移入此章。"著者批曰:"如赤瑕条可移入,何者又不可移入? 此诚令人最不好懂者也。"

㉘胡适自"俞先生"句圈去。著者反批曰:"保留。"

㉙胡适圈去"不通之至"四字。著者先批一"?",后又批曰:"'先上玉人头'本为不通。"

㉚胡适圈去"余所见与俞先生有若是之不相同者,孰是而孰非? 胡先生明达,必有以教我矣"。

㉛胡适圈去"又非通金石文字学者不知"。

㉜胡适圈去"如'诗'之去'诸'也",加一","。著者于眉上批一"?"。

㉝胡适圈去"按曲律此句正文当为'秋流冬尽春流夏',其馀皆衬字也,若点去'尽'字,不成句法矣"。著者在此眉上批曰:"此一处吾不愿删,声明保留。"

《红楼真梦传奇》跋

　　石印《红楼真梦传奇》尝数于故书肆值之，今庶卿（按，即史树青）老兄出示原写本，颇觉意外。吾知栋亭著《续琵琶》，即缘蠛庐先生，今见其倚声制曲精审不苟。吾国语文，四声为一大特点规律，日常恒言尚须上去分明而后能令人知是何语，矧歌喉之间乎？是以按字行腔，虽民间曲艺，按之亦如契合一定不易之理，非人事之矫揉也；而欧美无所谓四声。一字一言，配以宫商，可以任意抑扬亢坠，悉无所碍于言义，此固理各有宜，不应一概而论。然今之习西洋乐理者不知四声为何事，以欧美旋律而裂中国歌曲，遂使聆者茫然，亦一病矣。似应于旧来配曲法则稍事究心焉。若子厂之文词脚色，虽借径于《红楼》，而移形换步转绿回黄，全异雪芹之意趣，是则乾嘉续《梦》之流风犹然未泯于一缕，岂不异哉！

　　　　　　　　一九七一年九月，雨窗偶记，天津周汝昌之恶札也

（郭则沄著，史树青藏）

《戚蓼生序本石头记》出版说明

　　我国清代伟大作家曹雪芹所写的小说名著《红楼梦》，本名《石头记》。原书当时即未能全部传世，只有八十回为人传钞珍视。后经程伟元、高鹗二人配以续书四十回，活字印行，正式改名《红楼梦》。从此，印本盛行，钞本逐渐稀少。今天幸存的几种乾隆时期或略晚的旧钞本，已成为研究《红楼梦》的宝贵文物。我社现在影印出版的这部戚蓼生序本，便是其中的一种。

　　戚蓼生序本《石头记》，一般简称戚本，因有正书局曾以石印发行，又称有正本。有正书局据以印行的底本已遭火毁，此次影印，即以有正石印本为底本。石印本又有"大字本"、"小字本"之别，今所据为大字本。

　　戚本的原本是清乾隆时人戚蓼生的收藏本。约在清末光绪年间，俞明震得到了一部戚本。俞得本是否即为戚蓼生原物，虽不敢遽定，但从各种情况判断，应是乾隆旧钞。俞得本后归狄葆贤，狄付石印，即有正本。

　　戚蓼生，字晓塘（堂），又字彦功，念功，浙江德清人，乾隆三十四年（一七六九）进士，在京任刑部主事、郎中至四十七年（一七八二），始出守江西南康府。官做到福建按察使，五十七年（一七九二）卒于任。

　　戚本存八十回正文，附有双行夹批，回前回后批，唯无眉批。这些批语大部分是乾隆时期流行的《脂砚斋重评石头记》系统的诸本所共有的。所以戚本实际上也就是一种脂砚斋重评本。但书中已将"脂砚斋"字样删净。其迹象似曾经一人重加整理。至其人与作者为何等关系，何以如此整理，尚待研讨。

戚本八十回，分装二十册，每册四回。又目录及中缝，均标明书名、卷数、回数，每十回为一卷，共分八卷。这些都尚存乾隆时代《红楼梦》原本的旧式。

戚本的八十回中，除第七十八回《芙蓉诔》后缺回末收尾一小段外，并无残短痕迹。如其他脂本中所缺的第六十四、六十七回，以及第二十二回的结尾等处，戚本俱已补齐。第十七、十八回已经分断。再有，正文的文字，比之曾为程伟元、高鹗续刊百二十回本时所窜改的，大都相同于或接近于脂本原文；比之其他脂本，则又不时出现个别的细碎的异文。这些似乎也都是曾经重加整修的迹象。

戚本在诸脂本中，为后人所发现并付印，是最早的一部。但石印之后，当时的所谓"红学权威"们，丝毫不知其价值。唯有鲁迅先生早自一九二〇年创撰《中国小说史略》时，第一个予以重视。《中国小说史略》第二十四篇论述《红楼梦》专章中，对八十回原书共有九处引文，全数采用的戚本文字（个别脱漏处据他本校补）。鲁迅先生在当时还只能见到戚本这一种"脂本"，而他已经在《红楼梦》版本问题上给我们指明了大致的方向。有正石印本早已难得，我社现在重为影印，以供研读者参考需用。

戚本在现存众多不同"系统"的旧钞本中代表整理得比较清楚整齐便于阅读的一种流传本，正文、回目、批语，时有特点，值得研究。但是由于经过了这种整理，文字不免有改动失真之处。有正书局在影印时，也对个别字迹有所描改。这些可以说是戚本的缺点。

有正书局将此本题以"国初钞本原本红楼梦"的名目，今天看来，很不妥恰。据目击者说，有正石印初版事在民国元年，若然，则其筹备工作开始或在清末光、宣年代，故尚有"国初"之语。今影印时不再保留此种旧题，改题《戚蓼生序本石头记》。

有正初印本，通称"大字本"，所存原本行状，每叶单面九行，行二十字。稍后，有正又印行了一种小字本，改装十二册，每面十五行，行三十字。此小字本即系用大字本剪贴缩印。

八十回中，大字本的前四十回有狄葆贤所加的眉批，与原本无涉。今影印时为存原貌，未予删削。至于小字本的后四十回也增加了后人的眉批，价值不大，今所据既系大字本，亦即不再加印此等后人批语。

我们据以影印的以及核对过的几部大字石印戚本，其中第十三回后的一则总评，与第十五回后的一则总评复出，文字、字形、句圈，一切雷同。经检勘小字本、南京图书馆藏钞本、清蒙古王府本等，此一则批语，原只系第十五回所有，批语内容与正文关合，尤为明证。其第十三回后之一页，确系有正书局装订时致误。因将此页抽去，以免无谓重复，徒滋混乱。

我们的影印工作，因限于水平，恐怕不免缺失错误之处，希望读者予以指出，以便再版改正。

人民文学出版社编辑部

一九七三年九月

（人民文学出版社一九七三年版）

《脂砚斋重评石头记》（庚辰本）出版说明

    《红楼梦》是反映我国十八世纪封建社会的政治历史小说，在我国古典小说中是写得最好的一部。作者曹雪芹是我国文学史上的一位伟大的作家，也可以说是中国封建社会行将发生重大变化时期的一位启蒙思想家。研究这部文学名著及其作者的思想，需要有接近作者原笔的版本。为此，我社已将《戚蓼生序本石头记》影印出版。现在并将这部《脂砚斋重评石头记》重为印制，以供研阅之用。

    此本是一个过录本，八册，存七十八回。每册卷首标明"脂砚斋凡四阅评过"，又自第五册起，兼有"庚辰秋月定本"或"庚辰秋定本"字样。因此曾有庚辰本这一简称。

    庚辰是乾隆二十五年（一七六〇），其时作者曹雪芹尚在。脂砚斋屡次为他整理书稿，并加评注，到庚辰年至少已历四次（己卯本中即有"己卯冬月定本"、"脂砚斋凡四阅评过"字样）。其初评事在何年，不可确考；再评则为甲戌（乾隆十九年，一七五四）。此本原题"脂砚斋重评石头记"，这一题名或即甲戌年再评时写定，而为年月较后的评阅本所沿用。

    本书第二册中，在通行本分为第十七、十八两回文字的，此本尚未分断，相连为一个长回的形式；第十九回正文之前亦并无回目（己卯本情况大致相同）。第二十二回末，至惜春谜语止，以下文缺；书眉记云："此后破失，俟再补。"又有另叶写明："暂记宝钗制谜云：朝罢谁携两袖烟……"、"此回未成而芹逝矣，叹叹。丁亥夏畸笏叟"等文字。又第七十五回前，有单叶记云："乾隆二十一年五月初七日对清。缺中秋诗，俟雪芹。"这些痕迹，说明此本所依据的底本，可能是接近作者与整理评注者自存本的一个钞本。今天已经发现的脂评钞本，或者残缺过甚；或者年代略晚，文字未必全出作者（如戚本）。从兼具比较完整的面貌和比较可信的文字两方面来衡量，此本优点是突出的。

过录诸本的正文、评语，往往不免有配补、汇钞等情况。本书第一册中未见一条朱批，所有朱批，全集中在第二、三两册。依据这类情况，或疑此钞所据，并非纯出一本。

过录本也多有辗转钞误以及夺漏文字等缺点。再者，旧钞本还常常遭到后来读者任意点窜原钞，既不同于原写手改正笔误，也不同于校读者另以精本校正文字。这些问题在本书中时时有之，希望读者详加审辨。

此本的钞写并非全出一手，钞手水平不逮他本；第八册钞写质量尤差，讹文脱字，触目皆是。这是本书的另一缺点。

这部《脂砚斋重评石头记》，一九五五年曾由文学古籍刊行社缩印发行。我社现据北京大学图书馆所藏原书重新影印，分为两种版本：一种照原大原式印制，线装八册一函，一种缩印平装，分钉四册。文学古籍刊行社旧印本中，对评语的朱、墨套色，有十几处失误，并有因修版而发生的其他错误多处。又原书第六十八回"教我要打要骂的才"至"得钱再娶"之间缺失一叶，旧印本未有说明或处理；原书所缺的第六十四、六十七两回，旧印本曾采己卯本中相应的两回配补制版，但此两回文字亦非己卯本中原有，而系后人据程本系统的文本配钞增入，实不足据。现在另以清蒙古王府本的第六十四、六十七两回的全文，以及第六十八回的一段文字，分别配入原缺之处。此王府本属于脂评钞本系统，钞写文字亦间有讹脱。

我社这次印制,疏失错误,仍恐难免,恳盼读者指正。

人民文学出版社编辑部

一九七四年一月

（人民文学出版社一九七五年版）

《红学史稿》序

赤县黄车良史才，几人环览上层台。
运椽时喜千钧往，扛鼎遥怜独力来。
岂慕虫鱼求孔壁，忍燔精气续秦灰。
神州自昔多材彦，总为春风展卷开。

这是我旧年和一位朋友纵谈之后自己写下的抒怀律句。那次谈话的主题就包括红学史。记得在多次与远地高校老师同志们会面座谈中，话题往往落到红学的事情上，向我提出的问题之一就是："红学研究今后应多注意哪些方面？"对此我总是回答：深盼同志们多下功夫的，一是对《红楼梦》的艺术成就的探讨，一是红学史的系统研究，如能作出成绩，最为嘉惠学人。我这样做"宣传工作"，也发生了一点作用。例如一位朋友对这两个课题都深感兴趣，而最后选择了对红楼艺术的探讨，并且已然写出专著，即将问世。这真是可喜的事。但是红学史呢，就我所知，大抵知难而止，因为这个担子确实斤两很重，不敢轻言负荷。我自己就是这样的，也曾不止一次表示"有志于此"，然而由于各式各样的原因，只作了一些片片断断的提端引绪的尝试，终于没有正面落笔。直到去年得蒙友人介绍，才知道河北师范大学的韩进廉同志，已经写了一部红学史。多年夙愿，可谓得偿，见他一力担当,给我们拿出了自有红学以来的第一部红学史,其欣喜之怀,可想而知。承他前来索撰小序,我其时虽未获拜读成稿,就高兴地答应下来,想起旧年的那首七律,似可移赠迸廉同志,此刻录在这里,也算是"以当喤引"吧。

红学为什么要写史?理由多得很。如今只说,中国文学史上有了《红楼梦》这部小说,这部小说有了红学,这是人类精神文化活动上的一个非常独特的事例,对它的价值、意义的认识,现在也还不过是处于开始阶段,将会随着时间的前进而一步步地愈益显示得更为清楚和深刻。全世界必然要不断地探索更能真正地了解中华民族的各种途径,在此一探索过程中将会发现,如果对红楼和红学不加了解,那就是不想真正了解这个伟大的民族。对这一点,我深信不疑,全世界如果还不太知道,将来终归会知道。《红楼梦》作品本身和千万读者的红学,反映着在别处找不到或者不能这么方便地找得到的中华民族的心灵和她所创造的文化财富,而且那一反映的真实度和生动度都是如此之高,以至在世界文学上也是不多见的。世界人民迟早都将发现这个独特的宝库,并为此发现而无限惊喜。

我们的另一具有极高价值的文化财富是治史的优良传统。研究一下《史记》、《汉书》、《资治通鉴》……就能体会到,我国史家的史学、史识、史德,是并不因其为封建社会产物而黯淡无光的。治史之难,难在学问,更难在具眼,难在有品。聚集材料,就事论事,都不叫史。只会就事论事,那是形而上学。史要能寻其全体脉络、筋节,识其一切因果、联系,疏其重大道理、规律,这才是温故知新的真意。即对一人、一事、一物,其所处的历史地位,所起的历史作用,对当时的贡献和影响,对将来的启迪和戒鉴,其功过,得失,利病,成败,要能显幽烛隐,敢于表彰评议,都是作史的职责。因此,有识的同时必然要伴随着有德。这是很难的。我们自古以来最重良史,董狐马迁,名垂万古,为人民敬重怀念,岂是偶然之故。

治文学史,视一般治史,自然又有同有异,但我想,其为难治,无乎不同,或且过之,也未可知。红学内容异常繁富,所涉关系极其复杂,必须先把它们基本弄清,然后才谈得上分析评论,总结概括。一般说,史是"死人"的事情,但红学史实在涉及活着的人,更为困难。这个工作,无怪乎历来无人起步。如今进廉同志独力为红学史奠基创业,实不愧为仁人志士。你可以不同意他的某章某节、个别见解,但你却不能不钦服他的辛勤勇毅而脚踏实地的治学精神,何况他有很多精辟的识见,是言人所不能言的。

我那首诗,"幸而言中",好像预知我有幸要为这部红学史写序似的。"神州自昔多材彦,总为春风展卷开"。材彦自多,第一部出来的红学史,不一定十全十美,但它可以引出第二、第三,以至第多少部来——给它们以启发,给它们提供线索,开辟道路,灌输营养。这同样是它的功劳,甚至是更重要的功劳。将近六十年前,鲁迅先生为重印《中国小说史略》而说过几句话:

> ……此种要略,早成陈言,惟缘别无新书,遂使尚有读者,……大器晚成,瓦缶以久,虽延年命,亦悲荒凉,校讫黯然,诚望杰构于来哲也。

试看这是怎样的一种崇高的精神啊!鲁迅的那部著作,是中国人作的第一部中国小说史,迄今已阅比半个世纪还多的岁月,仍然是实际上的唯一的一部中国小说史(因为后来者大抵只在先生的艺林伐山的伟大基础上向前微步挪动,纵有小小生发、扩展,亦难言任何重大前进和突破),自己却抱着那般胸襟襟度,岂不令我们后生愧汗?事业从来是大家做、大家享的,有志之士,功成不居,欢迎同志们竞赛,争新斗艳,各显其能,此方能成其为大,这就要向鲁迅先生学习,他著成了一部中国小说史,不是为了个人的眼前的什么,是为了促进来哲的杰构。有了先生那种心胸,就不会因为自己一点成就沾沾自喜。历史上也有过总是以为"天下之美尽在于己"的,也有过口里虽不明说而实抱着禁脔不许他人染指心理的,更不须多论。进廉同志虽然作出这个成绩,却不自满,稿已数易,还在请教通人、不断改进中,这正是他虚怀若谷的一种证明。

当然,作史毕竟与一般治学又有异同,一般治学可以只谈自己研究成果,叙而不议;作史则必然要有断制,有褒贬,自己看清了看准了的,就要进行评论,这又必须是当仁不让、见义勇为的。这完全是科学的事,而不是个人爱恶的事。这和谦虚的治学态度并不是互相排斥的。我同样愿意看到进廉同志在这一方面也有不平庸的表现。

　　我为这部红学史表示深衷祝贺。

周汝昌

己未寒夜呵冻草讫

　　（韩进廉著,河北人民出版社一九八一年版）

《石头记探佚》序

　　此刻正是六月中伏，今年北京酷热异常，据说吴牛喘月，我非吴牛，可真觉得月亮也不给人以清虚广寒之意了。这时候让我做什么，当然叫苦连天。然而不知怎么的，要给《石头记探佚》写篇序文，却捉笔欣然，乐于从事。

　　研究《红楼梦》而不去"打开书"，研究作品的"本身"，却搞什么并不"存在"的"探佚"！这有何道理可言？价值安在？有人，我猜想，就会这样质难的。舍本逐末，节外生枝，还有什么词句名堂，也会加上来。

　　《探佚》的作者，曾否遭到不以为然的批评讽刺，我不得而知。假如有之，我倒愿意替他说几句话——以下是我假想的答辩辞。

　　要问探佚的道理何在，请循其本，当先问红学的意义何在。

　　"红学"是什么？它并不是用一般小说学去研究一般小说的一般学问，一点也不是。它是以《红楼梦》这部特殊小说为具体对象而具体分析它的具体情况、解答具体问题的特殊学问。如果以为可以把红学与一般小说学等同混淆起来，那只说明自己没有把事情弄清楚。

　　红学因何产生？只因《红楼梦》这部空前未有的小说，其作者、背景、文字、思想、一切，无不遭到了罕闻的奇冤，其真相原貌蒙受了莫大的篡乱，读者们受到了彻底的欺蔽。红学的产生和任务，就是来破除假象，显示真形。用鲁迅先生的话来说："扫荡烟埃"、"斥伪返本"。不了解此一层要义，自然不会懂得红学的重要性,不能体会这种工作的艰巨性。

在红学上,研究曹雪芹的身世,是为了表出真正的作者、时代、背景;研究《石头记》版本,是为了恢复作品的文字,或者说"文本";而研究八十回以后的情节,则是为了显示原著整体精神面貌的基本轮廓和脉络。而研究脂砚斋,对三方面都有极大的必要性。

在关键意义上讲,只此四大支,够得上真正的红学。连一般性的考释注解红楼书中的语言、器用、风习、制度……等等的这支学问,都未必敢说能与上四大支并驾齐驱。

如果允许在序文中讲到序者己身的话,那我不妨一提:我个人的红学工作历程,已有四十年的光景,四大支工作都做,自己的估量,四者中最难最重要的还是探佚这一大支。一个耐人寻味的事例:当拙著《新证》出增订版时,第一部奉与杨霁云先生请正,他是鲁迅先生当年研究小说时为之提供红楼资料的老专家,读了增订本后说:"你对'史事稽年'一章自然贡献很大,但我最感兴趣的部分却是你推考八十回后的那些文章。"这是可以给人作深长思的——不是说我作得如何,而是说这种工作在有识者看来才是最有创造性、最有深刻意义的工作。

没有探佚,我们将永远被程高伪续所锢蔽而不自知,还以为他们干得好,做得对,有功,也不错……云云。没有探佚,我们将永远看不到曹雪芹这个伟大的头脑和心灵毕竟是什么样的,是被歪曲到何等不堪的地步的!这种奇冤是多么令人义愤填膺,痛心疾首!

红学,在世界上已经公认为是一门足以和甲骨学、敦煌学鼎立的"显学";它还要发扬光大。但我敢说,红学(不是一般小说学)最大的精华部分将是探佚学。对此,我深信不疑。

我平时与青年"红友"们说得最多的恐怕要算探佚。不识面的通讯友,遍于天下,他们有的专门写信谆谆告语:"您得把八十回后的工作完成,否则您数十年的工作就等于白做了!"他们的这种有力的语言心意,说明他们对此事的感受是多强烈,他们多么有见识,岂能不为之深深感动?通讯友中也有专门的探佚人才,他们各有极好的见解。最近时期又"认识"(还是通讯)了梁归智同志。当时他是山西大学中文系研究班上的卓异之才,他把探佚的成果给我看，使我十分高兴。他是数十年来我所得知的第一个专门集中而系统地做探佚工作的青年学人，而且成绩斐然。

我认为，这是一件大事情，值得大书特书，在红学史上会发生深远影响。我从心里为此而喜悦。

这篇序文的目的不是由"我"来"评议"《探佚》的具体成果的是非正误，得失利害，等等，等等。只有至狂至妄之人才拿自以为是的成见作"砝码"去称量人家的见解，凡与己见合的就"对了"，不合的都是要骂的，而且天下的最正确的红学见解都是他一个提出来的。曹雪芹生前已经那样不幸，我们怎忍让他死后还看到红学被坏学风搅扰，以增加他那命运乖舛之奇致呢？《探佚》的作者的学风文风，非常醇正，这本身也就是学者的一种素养和表现。他的推考方法是正派路子，探佚不是猜谜，不是专门在个别字句上穿凿附会，孤立地作些"解释"，以之作为"根据"。他做的不是这种形而上学的东西。他又能在继承已有的研究成果上，知所取舍，有所发明，有所前进。他的个别论述，有时似略感过于简短，还应加细，以取信取服于读者，但其佳处是要言不烦，简而得要；废文赘句，空套浮辞，不入笔端。

为学贵有识。梁归智同志的许多优长之点的根本是有识。有识，他才能认定这个题目而全面研讨。

这是他着手红学的第一个成绩。在他来说，必不以此自满，今后定会有更多的更大的贡献。这也是我的私颂。

这篇短序，挥汗走笔，一气呵成，略无停顿。虽不能佳，也只好以之塞责了，它只是替《探佚》说明：这不是什么"本"上之"末"，"节"外之"枝"，正是根干。

一九八一、七、廿四
辛酉中伏

（梁归智著，山西人民出版社一九八三年版）

《红楼识小录》序言

　　我与云乡同志相识不算早,识荆之后,才发现他有多方面的才艺,并皆造诣高深。一九八〇年春末,行将远游,出席国际红学研讨会议之时,蒙他特赋新词,为壮行色,这也许是我们一起谈"红"的开始。这是一首《水龙吟》,其词云:

　　　　世间艳说红楼,于今又入瀛寰志。衣冠异国,新朋旧雨,一堂多士。脂砚平章,楝亭器度,白头谈艺。念秋云黄叶,孤村流水,繁华记,蓬窗底。

　　　　欲识情为何物:问茫茫,古今谁会?画蔷钗断,扫花歌冷,并成旖旎。岂独长沙,还怜屈子,离忧而已。爱西昆格调,郑笺共析,掬天涯泪。

　　不但才华文采,即其书法,也很见功夫,一幅入手,不禁使我击节而赏。

　　从那以后,他每诣京华,必来见访,相与谈"红"。而在我的数不清的各种"类型"的谈"红"朋友之中,他是别具风格、独树一帜的一位。

　　现在云乡同志的《红楼识小录》即将付梓,前来索序。我虽未学无文,却不避谂痴之诮,欣然为之走笔。翰墨因缘,大约就是这个意趣吧。

　　红学是一门极难的学问:难度之大,在于难点之多;而众多难点的解决,端赖"杂学"。这是因为《红楼梦》的主人公宝玉,原本就是一位"杂学旁收"的特殊人物。杂学的本义是"四书八股"以外的学问;所谓"正经"、"不正经",也就是差不多的语意——那是很轻蔑的语气呢! 说也奇怪,至今还有以正统科班出身自居的人,看不起杂学,这些大学问者不愿承认它是学问。正因为"正经"是大学问者之所事所为,剩下来的杂学,当然只是小焉者了——《红楼识小录》之命名,取义其在于斯乎? 这只是我的揣测,云乡同志的本意却不一定是这样。但是他的"不贤识小"的谦语,也确曾是令我忍俊不禁的。

　　杂学其实很难,也很可宝贵,我是不敢存有一丝一毫小看它的意思的。杂学又不仅仅指"博览群(杂)书",它不只是"本土"上、"书面"上的事。更重要的是得见闻多、阅历多——今天叫作"生活"者多。《红楼梦》的作者曹雪芹,批者脂砚,乃至书中人物凤哥儿,都是明白讲究"经过见过"的。《红楼梦》理无别解地原就是一部"经过见过"的书。这么一来,一般读者,特别是今天年青一代的人,要读《红楼梦》,想理解二百几十年前的那一切人、事、物、相……其时时陷于茫然莫知所云之苦,就是可想而知的事了。莫知所云的结果,必然是莫解其味——但是曹雪芹最关注的却是"谁解其中味"。这问题就不"小"了呀。

　　我一直盼望,有仁人志士不避"繁琐"之名,不辞"不贤"之号,肯出来为一般读者讲讲这部小说里面的那些事物。据说西方有一种别致的博物馆,专门贮藏百样千般的古代生活的细琐用品。我国的博物馆,大抵只收"重器",人民日常生活中的一切物件,有的尽管极为有趣,却不见保存,大都将历史物品毁掉,令无孑遗,以便后代子孙去做千难万难(也会千差万错)的"考证"功夫。由此想来,如云乡同志肯来讲讲这些内容,实在是功德无量的事,其"小"乎哉!

　　作为一个《红楼梦》的读者,我对书中许多事物是根本不懂或似懂非懂的——懂错了而自以为懂了,比根本不懂还可怕。云乡同志的这种书,我是欢迎的,而且还觉得内容不妨多涉及一些,多告诉我们一些历史知识。这其实也不能不是红学之所在必究的重要部分。我举一个例:南方人没见过北方的二人抬的小轿,见书中写及宝玉坐轿,便断言雪芹写的都是南方的习俗。又认为手炉、脚炉也只南方才有,等等。而我这个北方人却都见过的、用过的。最近看与《红楼梦》同时而作的《歧路灯》,其写乾隆时开封人就坐二人小轿,乃益信雪芹所写原是北京的风俗——至少是以北京为主,其真正写南方的,委实是有限得很。像这样的问题,就必须向云乡同志来请教一下,才敢对自己的见解放心——我读他的书,就是抱着这种恭恭敬敬、小学生求知的心情的,岂敢向人家冒充内行里手哉。

再过一些年,连云乡同志这样富有历史杂学的人也无有了,我们的青年读者们,将不会批判它因"小"失大,而会深深感谢这种"小"书的作者为他们所做的工作。难道不是这样的吗?

周汝昌

壬戌三月初一日

(邓云乡著,山西人民出版社一九八四年版)

《〈红楼梦〉刘履芬批语辑录》序

　　卫民同志编录整理了一部《〈红楼梦〉刘履芬批语辑录》,行将付梓,前来索序,我对他的这一工作是感兴趣的,因而欣然承应了。但我现在能写的,实在还不够一篇序的规格,不过是一些杂感随想,聊以塞贤者之责而已。这首先就是很觉惭愧的。

　　凡属文艺作品,都是为给人看的,所以一部书,它的真正"构成"要包括读者这个"因素"在内。小说不同于高文典册,是专供一般人(鲁迅所谓"细民")的一种"文娱"品种,因而"读者"这个构成因素的成分更大,不是为了给读者看而写小说的,大约是个神话人物罢。如此,作品与读者之间,"先天"地早有命脉渠道相通了。谁也没法读的小说,只能是个怪物和废物。然而,说也奇怪,那个命脉渠道又不是天生地、绝无例外地十分平坦畅通,它有时候并不那么直捷,那么"康庄"。到这种时候,必然令读者大兴"作者已逝,圣叹云亡"之叹——此语见于《戚序本石头记》的一条总评之中。

　　我以为这个问题实在重要得很,不是可以置而不论的。

　　圣叹何人?乃足与作者并联座席乎?今天的人会觉得这有点比拟不伦了,太高抬了他,因而是"错误"的。就是因为不懂得历史,总以为清代读者看《水浒》可以不必有人"讲授"、"辅导",或者清代读者也只该有那么几篇"文艺评论"文章——像《水浒传的思想性和艺术成就》等等,不就好了吗?

这可全乱了——但事实上有些人就是这么想的,并且这么指教人的。

金圣叹是不是完全高明?这实在是别一问题。此处要讲的问题却是,他当时享有很高的声誉,大受读者欢迎。他盛赞"作者"的"锦心绣口",随字随句,为施耐庵的心思手笔作出分析讲解,发明胜义,致其赏会,淋漓尽致,令读者随着他的讲析而眉飞色舞,而激昂感慨……所以作者是"说书人",批者是"讲书人",二者同列。在早年,没有读《水浒》、《西厢》(他批了"六才子书",但以此二者最"普及")而不受金圣叹的感染启牖的人。读者喜欢他,感谢他,把他和作者相提并论,并非谁一个人的"意旨"。这就说明,在作者与读者之间,是需要有"批书人"——讲者的。

原来自然应有的相通的渠道,有曲折隐复梗阻,批书人虽然不一定是另辟丛蚕,开山伐道,但确实修桥补路,烛隐指迷,对"旅游"者提供了极大的便利。自然,他说的不一定字字正确,句句真理,也会有毛病的,正如学校里课堂上讲授的师长,谁也无法要求他们必须达到全部正确,并且谁也不想因此之故就该干脆废除"师道"。那么,在早是没有多少人来为"群众读小说"费脑筋、下气力的读书人的。出了个金圣叹,便要对他苛责?我们首先应当体会,这种人在历史上倒是非常宝贵的。

当然,提金圣叹,是指他有代表性,批《水浒》的不只一家,而且在自己文集笔记中写了"水浒论文"的,想必也有。但是我说的不包括那些,因为,最要紧的区别在于,"论文"是单发、另见的,并且大抵是笼统的吧。至于批书,则其体其趣,迥然各异,不但文体是新鲜的,形式也是独特的。它是随着书文,同时而向读者"讲座"的,实在妙得很。

我常常想:但不知世界文学史上,有没有一个国家民族,也曾创造出这么一个"群众性"、"普及性"极高的文艺理论、评论的独特形式?读书的人,在书边上作记号、写意见,大概是普天之下共通现象,但那当另论,性质不同,莫相拉扯。假如欧美西方,还没有"圣叹批注六才子",那咱们难道不该自己认识自己的文化创造是多么可珍可异吗?

以上两点,拙见如此。但由于种种原因,它们遭到了忽视、轻视,甚至敌视。我想,也许是都"可以理解"的吧。不过百家争鸣、百花齐放的美好的中华文化园林中,那种不正常的情况不会成为"法定"、"正宗"的。对于我们这一十分独特而珍贵的"民族小说美学"的概念,是应当树立起来的时候了。

我是拿《水浒》作引绪的,文应切题,必须回到《红楼梦》上来。说到《红楼》,让我把一些往事重提:

乾隆十九年(一七五四),脂砚斋"抄阅再评"《石头记》,自此为始,《石头记》以抄本形式流传的时期,都是带批的,没有"白文本"。这情形经过了三十多年,到乾隆五十六年(一七九一),程伟元、高鹗二人经营印成了一部拼入伪续四十回的"全璧"本,这个第一次印本形式的《红楼梦》,就将脂批删净了,其借口是"工本浩繁",暂不刊印批语。其实,他们不敢连脂批印出来,是怕读者一见脂砚的话,伪续立即马脚尽露了。但他们这种"声明",正表明当时的小说读者早已习惯于批语随正文而俱呈其妙的这种独特而有趣的民族文艺形式。他们是非常需要一个"金圣叹"的,而高鹗耍了一个笔花,说《红楼》文笔之妙,"阅者当自得之"!

二百多年过去了。到今天,读者的水平理应高出乾隆时候百倍了,但人们却能"自得"《红楼》之妙吗? 怕也未必。所以嘉庆年间翻刻的程高本,已出现批语。不过那批语无论其量其质,都太不成气候,故而昙花一现,无人再去理睬。直到道光时期,这才又出来一部雪香王希廉批本——即"护花主人评本"是也。

由于王评本是第一部带有颇具规模的评语的精印本,所以影响势力极大——从道光直到我本人年轻时候,王评本实际上是唯一的《红楼梦》版本。不难想见,这么长的时间,有多少读者就是靠王评作为"辅导"去读这部小说的(刘履芬也正有取于他的一些见解)。

王评并非唯一之评本,为什么独它势力如此之巨大呢? 正如程高之伪续,并非唯一之续本,为什么独它得以大行其道呢? 没有别的,只是由于它们获得了随正本而一同刊印的条件,不过如此而已。至于没有获得这种幸运的条件的批本,实际上多得很。我最乐道而又最抱憾的,就是阳湖派大散文家恽敬(子居)用五色笔精批《红楼》的故事了! 据记载说,子居平生论文,只服气太史公一人,而独对雪芹的小说用了如此不同寻常的办法来抒发他的意见,这是何等令人惊喜交加的事! 可是,这种宝贵的批本,竟然散佚了。每一念及,又是无限叹惋! 这种难以补偿的憾事,又每每使我兴起"常思似者"之想。

这个"似者",未必能得,终不见有。然而,卫民同志辑成的这部刘氏履芬的评语,总算是很难得的文人诗家的批红异品了。

如上所述,大略可知历来批书,粗分二种,一如金圣叹,一如恽子居。前者本来就是专为作者读者之间架桥的,今天的话也可说是"面向读者"。后者则主要是文家自己志感抒怀,赏文析义,未必是想对人讲话的。此二者当然有时也有骑驿可通,并非绝无瓜葛。不过我想指出的是到了清代,知识界的文思手笔,已不与明末相同了(金圣叹基本是明末流风),即使刘履芬有意向读者讲话,也不会是金批的意度风格了。其次,刘氏的主要兴趣并不在于论析文笔,可能与恽批也不会同科。我们不应强拉硬比。如果刘批与前人皆不尽同,也许正是他的一个特色,也未可知。正因如此,我才觉得让世人有机会见一见刘批,还是不无用处的。

刘履芬,我只曾知其名字,不详其为人,似乎有一定文名,可又不是很大。经过卫民同志的研究介绍,我才得知他的涯略,是一位很可敬重的人士。他的批,看来不想详论文笔,也不甚著意于索隐流派的微言大义,他的兴趣感慨最集中的是世态人情。他以为《红楼》是作者"现身说法"、"借他人酒杯,浇自己块垒",而他自己也正是如此——借雪芹酒杯,浇履芬块垒。他生平抑郁沉沦,一肚皮牢骚不平,触事辄发。人极正直,而笔却很风趣,一点也不是道貌岸然的理学家的面目声口。他随处是在"调侃世人不浅"(脂砚斋语)。从这样一部大书来看,他批语条数有限,着墨不多,没有"细批"、"求备"之意,也不是"做文章";是一种信笔志感,排遣胸臆的性质。唯其如此,却真实地反映了《红楼梦》对当时这一中下层知识分子、这一类型的文人的影响和作用。对研究红学的人来说,也是不可不知的一个重要侧面。

刘氏的批,我看有两个缺点,一是到底不免受"隐秀金瓶梅"说的影响,过于喜欢追索男女风月之隐,津津而道之。一是既知高鹗是续书人——他引了张船山的诗,却又仍把一百二十回当作整体而浑沦不辨地作为论析的根据(也许他得知高鹗之事是在批书以后,引诗是最后录入的)。尽管如此,他的锐利的目光,精到的见解,光焰不掩,给人以很深的印象。他对雪芹的手笔高度赞赏。他在伪续本的影响下,做了一些错的封建标准的议论,可是仍能不尽为封建世俗之见所囿所蔽，时时流露出自己的心光，烛照了世人的情伪，作者的用意。他极赏识尤三姐。他对贾雨村能论及"正邪两赋"，深表赞佩，以为不必以人而废言。他能一眼看出，"有命无运，累及爹娘"是一书的总领，而不只指英莲一人。识力高绝——我看到此等处，实觉快甚，因为我自己也这样想，但不能昌言立论，有愧于刘氏多矣。

卫民同志留意文献，发现了这一项沉埋的资料，作了辑录编整，书目文献出版社作为"文献评考丛书"之一，肯于印行，都是有功于红学与小说美学的，"乐为之序"，义在于此。

刘履芬的命运不佳，他大概想不到给《红楼梦》写下了一些评批，却得以"问世传宗"，可谓不幸之幸。然而圣叹、脂砚，挨了很多骂，现在认识他们的价值的人才逐渐多起来，刘批应时而出，固亦时代为之。我们感谢党的英明政策，"双百"的精神耀发了它的无比的灿烂辉煌。

写于一九八二年暑中

（王卫民辑，书目文献出版社一九八七年版）

《被迷失的世界——红楼梦佚话》序

　　梁归智同志撰有《石头记探佚》一书,我曾应嘱为之作序。如今他的新著《红楼梦佚话》又将问世,再承索序,我是一如前番欣然命笔。这原因是否我和他有什么"关系"之故? 我们之间的"关系"是有的,那就是学术的道义的感召。

　　一九八四年好像大事特多——我指的自然是红学上的大事。依我拙见,有三件事尤为引人注目①。这三件事就是:《石头记探佚》的行世,《红楼梦》电视剧剧本的完成和开拍,《红楼梦新补》的出版。这三件事的作者们,不约而同地做了一项目标一致的重要工作:在现有条件下,尽一切可能,来试行恢复曹雪芹《石头记》原著的本意与真面。从整个红学史来看,这真是了不起的事情,划时代的事情,它的影响将无比深远巨大。从这三件事的出现,使我清楚明显地感觉到:时代是前进了,真理必将战胜荒谬虚妄。现在《佚话》的问世乃是上述事件的继续朝前走的足音,怎不令人欣然而愿为之一言弁首呢!

　　《探佚》纯是个人一家的学术性论著,《佚话》则是通俗性综合评述介绍诸家探佚的成绩,补充了作者自己先前的见解和论证,提高了理论上的阐发,更加系统地向一般读者解说探佚的意义和内容。即此不难想见,《佚话》的作用恐怕会超出《探佚》,更适合亿万群众的需要。

我为《探佚》写序时,对它的作者并无了解。后来才知道,他本来的专业与文学无关,与《红楼梦》更是天南海北。不想他改了行,而且不知怎的,一下子"认上"了为《红楼梦》探佚的这个很难为人所知、也不易于世取悦的困难工作。每一念此,总是思绪万千,心潮起伏。照我看来,当他一旦认识到这项工作的重要,一旦看清了真理的大方向,他是勇敢而且执着的。而他,却是一个名实相副的青年。这使我感到鼓舞,感到红学前程万里,不是没有"奔头"。

不必讳言,无庸粉饰:我也料到探佚这门学问一旦正式面世,是会碰上阻力,遭到反对的,这种阻力和反对来自何方? 种种不一。目前相当数量的同志还在给骗他的人努力辩护——说是程高伪续后四十回好,不能触犯,这百廿回"就是""真"《红楼梦》,而研究探佚是无中生有,是无事生非,是无理取闹,是"更拙劣的构思"。这些人愿意永远信奉程高本,评价它是"非常伟大"。

"不,"——探佚者说,"完全是弄颠倒了。"颠倒了的东西必须正过来。历史岁月等待了二百年了,现在难道还不是已经到了正过来的时代? 还要等到何时? 因此,有识者,诸如《探佚》、《佚话》的作者,《红楼梦》电视剧的主持与编写者,《新补》的撰者,都一齐奔向了我上述的那一真理大方向:《探佚》以论文为形式,电视以演映为形式,《新补》以另续为形式,分头并进地联成了一支前所未闻的"探险队"。难道这都是"饱食终日,无所用心"的一群人的巧合之举吗?

有心之士,于此能不憬然而深长思?

天真的读者或许要问:探佚是探索《红楼梦》原著八十回后已遭毁灭的那后半部书的内容概况,以便总揽曹雪芹的思想、艺术的伟大整体,这道理是可以懂得了,但是八十回后的书既是不复存在的,那"佚"又何从而能"探"呢? 依据到底是什么?

若问依据,我要回答:最主要的是前八十回中所包含的伏线。

"伏线"一词,有人用过吗? 有的,除了明清两代的小说评赏批注专家们以外,鲁迅先生就用过。他在什么时候用过的? 就是评议《红楼梦》各种续书时,他提到了程高伪续以外另有早期异本两种②,根据已知情况,他作了一个简要的结语：

> 二书所补，或俱未契于作者本怀，然长夜无晨，则与前书（按即指雪
> 芹前八十回）之伏线亦不背。

请注意：先生此处已为我们提示了明确无误的好的续书的根本标准，这就是，一、必须契合于雪芹本怀，二、必须与雪芹原书前面的伏线不相违逆。这是最极正确、最极重要的两条标准。

两条标准，分而言之是二，合而观之即一。分而言之是："本怀"即整体宗旨精神、感情思想，"伏线"即具体人物情节事迹。合而言之当然就是必须符合雪芹本来的书文中的各个人物的经历和结局，并且由此写出通部书的思想状态和精神境界。若没有具体的前者的表叙，自然也就无从谈到什么抽象的后者的传写。由此可见，这"伏线"一事，关系是何等重大。由此也就可见，伏线的全面考察是了解雪芹原著的关键，是评价续补工作的基准，而全面考察雪芹所设下的伏线，也就构成了一门于红学极其重要的专学。由此更可见，探佚学不是张三李四"异想天开"的玄思幻觉，它是产生于原著机体内部的客观实在，所以探佚学是一门科学。

对于以上种种事实和道理，甘心于永远在程高伪续所设下的牢笼之内转圈圈的，是不理解也不想去理解的。除了这样的以程高伪续为至宝异珍的人，一般读者的不一定立刻理解和接受，却丝毫不足为异，因为他们过去无从了解这么多复杂的历史情状。但是现在，却实在到了让群众大家一齐明了真伪是非、妍媸高下的时候了。本书的问世，正是符合了这一个十分重要的文化要求。读者手此一编，可以知道他们已经看到的《红楼梦》小说与雪芹原书是有多么大的差别——其情节是何等的违逆原书的伏线，其精神是何等背反雪芹的本怀！

时代真的前进了，读者群众再也不想继续去做伪续的蒙蔽者了。不消说，还想竭力维护伪续的人，会发现"局势"已是开始变化了，那老一套的"红论"是快要被时代抛在后面、要进博物馆了。这自然使程高崇奉者（即假红楼的醉心者）大不以为然，甚且十分"恼火"——可是，这又有什么办法呢？

我为《石头记探佚》写序,是酷暑挥汗中;如今为《红楼梦佚话》写序,则是严寒呵冻而走笔。草草为文,词不逮意。频催腊鼓,爆竹声声,新春确实是万象更新的新季节,愿《佚话》成为"红学新春"中的一幅春幡彩胜,迎风招展。

周汝昌

甲子腊月二十六日灯下写讫于脂雪轩

【序后附语】

竭力设法维护程高伪续本的红研者,到了想不出更有力的良计之时,便也要向鲁迅先生处寻求理论根据。比如,他们会引先生的话:"后四十回虽数量仅初本之半,而大故迭起,破败死亡相继,与所谓'食尽鸟飞独存白地'者颇符。"——会扬声振响地说:你瞧,鲁迅明明是说"颇符"的,是肯定后四十回的,怎么是否定?如此等等,振振有词。须应指出:这种摘文字之表面而不究其实际精神意旨的论证方法,还停留在引语录、搬教条的那种历史水平上。比如鲁迅的"红学观点"中,有两点在当时(即二十年代他草创《中国小说史略》时期)就是罕有的真知灼见。一个是极重雪芹原文,一个是极重原书伏线。先生引《石头记》一概引戚本。这是何故?今天是否有人出来"批判"先生,说戚本并不最好,鲁迅"没有版本知识"?别忘了,戚本正是先生那时所得而见的唯一一个雪芹原本(此特指未遭程高篡改而言),别的红学家一点儿不知贵重它,先生第一个以它为当引之本!到底看鲁迅的见解识力应如何去看?岂不可思?同样道理,先生说"颇符"是在毫无探佚学的环境条件下(有人据脂批做了探佚工作的开端,却不知那是探佚,而误以为探佚得的情节是属于"另一种续书"的——这样的历史怎能置而不论?),来评述续书的某些迹象的,而程高为了骗取读者相信那真是"雪芹全本",自然要"照顾"那些最明显的伏线的表面迹象,否则立刻就会露马脚的——先生一方面指出了某些貌似的"颇符",但又随即指出它的"殊不类"与"绝异"。绝异者,正是鲁迅认为曹、高之间巨大悬殊的本质差别,是不能混为"一体"的——我们学习鲁迅,是把他的某一字句孤立起来生搬硬套,还是深领其整体意旨、主要精神？这个问题，是个治学上的根本问题。引鲁迅也好，引其他某"权威"也好，都不能忘掉了时代的条件，事情的实际，只去刻舟求剑，胶柱鼓瑟——那将愈求愈鼓，愈无所济。还是重读先生的一处重要的话吧——

> 《石头记》结局，虽早隐现于宝玉幻梦中，而八十回仅露"悲音"，殊难必其究竟。

我愿读者着眼：你看先生是如何地关注着八十回后的一切悲音结局而务欲"必（动词）其究竟"的！程高伪续是想以一种鱼目混珠的假悲音来赢取读者的错觉，那是一种完全不契雪芹本怀的"颇符"，而鲁迅先生却是要"必其究竟"——两者何尝是一回事情，焉能相提并论？因之，先生并没有由于那种"颇符"而肯定程高伪续本，这难道还不清楚吗？即此正可说明，探佚学的建立，才真是先生早就指明的"必其究竟"之遗志的继承和实践。

【注】

①一些大事，除本文所举三件外，诸如曹雪芹在北京城的故居是在崇文门外蒜市口这一档案史料的正式发表，曹雪芹诞生地点南京织造府西园遗址的发现，我和另二位同志到苏联列宁格勒去考察《石头记》旧钞本并商定中苏双方联合影印出版，等等，皆甚重要。在此不妨一提，以为"八四年红学重要年"的一处记录。

②鲁迅先生当时所说的两种异本，都被当成了他人的续书。其实一个就是脂砚斋在批语中透露的雪芹原书八十回后的若干情节，一个是"旧时真本"——毕竟是续书还是原书后半的残文或变相的传述编整本，尚不敢确断。（凡本文所引鲁迅语，皆出于《中国小说史略》一书，未及旁涉。）

（梁归智著，北岳文艺出版社一九八七年版）

《红楼梦艺术论》序

　　面前摆着两册书,书名完全一样:《红楼梦艺术论》。一册是新近收见的,山东齐鲁书社所出;一册是早就有的,江西人民出版社印行。两册书的性质却全然不同:前者是众家论文的一个选集,后者是启明同志个人的一种专著。我面对着这同名而异实的两本书,心头深有所感^①。

　　启明同志的专著,初版于一九八〇年五月。算了一算,那时我正在威斯康辛大学的首届国际《红楼梦》研讨会议上。齐鲁的选集,是在山东大学召开的第二届全国《红楼梦》学术会的成果,而这次会,我也参加了,它是我第一次得以出席的国内红研会。国内外两次会议的生动情景,犹然历历在目,而到济南之行,适逢启明兄也自北京转途启程,我和他是同车而往的。

　　相聚于历下名城那一回,该是一九八一年的大好秋明之日,但我的记忆一下子又回到了更早的十年前的一天。

　　那是一九七二年,启明同志见访于小斋,是我们相识的开始。那小斋还是东城无量大人胡同的一处陋室,而他则住在南池子普度寺(后来我们二人都"乔迁"了,那都成了陆放翁所谓的"旧巢痕"了)。于是我们初次识面,就谈起普度寺即是吗哈噶喇庙——亦即曹家早年旗主多尔衮的"九王爷府",清初的"实际政治中心",是吴梅村"百僚车马会南城"的名句咏过的呢。

　　我们的话题就是这样地"看中"了《红楼梦》。后来,他问我,依我所见,今后"红研"应向何方多下功夫，多作探讨？我即答云：一是红学史，但此事极其复杂，牵涉太多，尔时还有许多"不便"之处。二是《红》书的艺术，这是个亟待开发的"荒原"——一片最美好的景境，却弄得几乎变成"沙碛"了。这是一个极大的遗憾——一个更大的愚昧和损失。必须要有有心人，或者有志之士，下决心把这个工作任务担当起来，打破荒芜的局面。

我虽然并无词源出泉涌，舌妙见莲华之才，倒也说得启明兄颇为动容。这番情景，至今也还是历久如新。

我为什么向他说那些话？当然不是无谓而发的。

那时候，是处在一个"又要讲艺术，又不许讲艺术"的奇怪的逻辑世界里的。我记得看过毛主席的《在延安文艺座谈会上的讲话》的标准英译本，只见那里面是把"思想性"译为 Political nature 而把"艺术性"译为 artistic quality 的。我这个笨人才恍然大悟，原来这两个性，一个是"属性"，一个是"质量"，词义概念上是两种不同的"范畴"，所以，它们是不会具有"相斥"关系的。《讲话》说得清楚，政治标准第一，艺术标准第二，因为假如思想内容很坏，则艺术质量愈高，其毒害性愈大。可见这也只是从另一方面说明了艺术力量的巨大，必须十分重视。只有庸人、糊涂鬼才从此得出"结论"说：所以坏内容作品的艺术，虽然极高，也是不许研究的！

这样一种简单之道理，原不待"智者"而后明，但在当时，这也不敢昌言畅论，"要去研究坏作品的艺术"！？那准是牛鬼蛇神，和反革命沾边儿了——这也罢了，更奇怪的是，用了第一标准，大家公评共认的伟大作品《红楼梦》，也只能反复不休地去重复一个"叛逆性"、"反封建"的思想性，只有这样才是重视内容标准。当时是大家彼此，不如此便不够"红"的。而难得看见我们心里渴望的艺术研论和赏析，如或有之，也是那人所共知共用的几句老生之常谈，抽象概念，死句教条，等于什么也没说明，什么也没解决。换言之，岂但内容坏的作品的艺术不能研究，就是内容最伟大的作品的艺术也不能研究；谁要多说了几句，那就有棍帽光临，说你是"纯艺术主义"呀，"艺术至上论者"呀，等等。尽管这种逻辑如此荒唐，但那时的做法就是拿最骇人听闻的形而上学来充作马克思主义的。曹雪芹的名句"假作真时真亦假"，这种慨叹，真是"由来尚矣"。

　　话要简断。我想表明的是启明同志之所以要研论红楼艺术，那种因是很早，所感是很深的。他的这部专著，该是这个课题领域中的第一个成果。垦荒开路的背景条件，是读这本书时所不能忽视或忘掉的头一宗事情。

　　《红楼梦》在清代就曾被标为"大奇书"。"奇"的标准和理解可能今昔不同，但此书之奇，久而益显，却无愧奇书之名，有关它的一切，都是不一般，不寻常的。它的奇特的内涵意义不易研讨，发生了红学，人已尽知了，但是它那奇特的艺术特色，就"容易"研讨了吗？正不见得——我看也许更难。

　　艺术是人的精神活动中最为复杂也最为奇妙的一种过程和表述方式。它有民族的特征特点，中华民族更有自己几千年的文化历史背景的培育和积累。又有作者自己的时代身世的条件和"这一个"的与众各殊的头脑和心灵，才华和风度。更何况像曹雪芹的《红楼梦》这样的"奇书"？讲它的艺术，是费劲儿的事，并不"好玩儿"。然而，一个时期，特别是我和启明同志初会的那阵子，却有人把这件事体看得太轻易——也就是把自己估计得太高明。由此出了一些毛病，造成了一种风气。这就是我常和见访谈红的同志们说的"十六字真言"——这是我的一句戏语，指的是当时流行的"评红"文章中"点缀性"的"艺术分析"部分，那总离不了那么几条标签，我把它们概括归拢，说成是"性格突出，形象鲜明，语言生动，结构谨严"四个"方面"。那些论者以为，只要这样一列，就已尽红楼艺术之能事了——我倒总是纳闷：难道能事是这样子就"尽"了的吗？假如曹雪芹不过如此而已，那他"及格"、"成绩优良"，可以"毕业"就是了——伟大又在哪里？

　　所以，应当不怕困难阻碍，努力冲出那种人为的"艺术"小笼子，认真地从实际出发研究一下曹雪芹的生花妙笔都是怎么运用施展的，把它的警策和神采，超妙和精深，都抉示出来，使世界读者得以逐步地了解我们中华民族的文化特征、艺术特色、美学特点。用"万金油"式的几条标签来贴一贴就了事的想法和做法，实际上是对我们自己的民族的骄傲的一种亵渎。

　　再说，我们把批判继承也说了一万遍不止，然而我们对于《红楼梦》这部奇书又毕竟应当继承它的什么呢？"叛逆性"、"反封建"吗？不是说一点儿也不可以继承那种精神，但终究怕不是我们此时此世的目标，因为历史已经推移了二三百年，时代社会大相悬远了。如此看来，我们最要继承的，应当正是曹雪芹这位大师的艺术。不少的评论家都说过，直到今日，再也没出第二个雪芹——那指的不正是就文艺创作中的艺术光彩和魅力问题而发生叹惜的吗？

以上就是我们晤谈时我向他"灌输"过的谬论。今天复述于此，作为我写序言的主要内容，虽然事过境迁，我看也还是可以的吧。

至于启明兄，他自有识别或批判取舍的能力，对拙见之不当处当然加之扬弃。可是我们的谈会，到底对他从事红楼艺术研究工作起了一点作用。我每一念此，辄为欣幸。

他是个有实干精神的人。他不声不响——有一天忽然寄给我一本书：原来他的专著已经"问世传奇"了！这让我惊喜交加。今日又得以片言附骥，亦有荣焉，故尔"欣然濡笔，弁言卷端"。

与启明兄初识之时，我眼还凑合可用；等到他寄来新书，我的这双"视官"已然发生了重大事故，经过了可观的周章，仅得不盲。几次打开他的书，欣喜之外，却又添上了一层怅憾之怀——读起来已然太吃力了。虽然如此，还是尽可能地翻阅了我特别感兴趣的章节。我注意到，他那时可资借重、借鉴的成果还很有限，而他却将结构、情节、人物、语言等方面的问题的论析引向深细，提出了很多值得瞩目的艺术和美学问题——民族的艺术和雪芹的艺术上很多独特的问题，大大突破了前一阶段的那种"荒芜"的局面。这样，就做了艺林伐山的工作，也就给后乎此书的许多的红楼艺术方面的论著引领了新的路径。我觉得此书出后所起的作用不是微不足道的。

到了一九八一年秋天，上述的那次历下红会，第一次把讨论艺术定为大会的最主要的内容——这才得以编印了齐鲁版的《红楼梦艺术论》。这都带有里程碑的性质。回顾一下历史，哪能不欣慨交并呢？

启明同志在书中有一节设了一个一字题目——"皴"。单看这个别致的"设题法"，已经情趣跃然，煞是有味。再读正文，果然不差，他对这个民族画法术语比喻理解得好，讲得也透："就是说，在不同的条件或具体环境中使人物的性格的某一侧面，以不同的具体形式复现，而这种复现，不是重复，是加深、加厚、加重。"多好啊！我不禁击节以赏，这才是从一方面真的触及了雪芹的艺术，而不同于"十六字真言"那种空词泛语、概念标签。

其实,讲艺术而不通晓诸多领域的学识,是讲不出什么道理的。本书在第七部分之二,设了一篇"以情悟道",殊觉新鲜,也所关重要——看时,又果然是真的领会了雪芹的精神意旨,笔法文心。我也特别赞赏他的见解和文字。

在讲结构艺术特色时,他那么早就提出了"多线并行"的这个重要理解和理论。这不但是艺术见解的事情,也是思想方法的事情。只要想一想:直到最近,还有研者在争论《红楼梦》的"主题主线"到底是什么,就可以体会启明同志在这样的问题上的卓见是如何可贵了。

作序,不能像是一篇"新书提要"、"订购介绍",我不再罗列它的优美之点了。我倒想特别提出一点:如问作者此书毕竟最"吃紧处"是什么? 我说,他首先具有"艺术眼"。

这是个大问题。是讲艺术的最根本的大前提。不具此眼的古人叫他做"俗子",今人也许称之曰"美盲"。陆放翁慨叹"庸医司性命,俗子议文章",说的就是美盲问题——多少美不可言的古迹、建筑、园林、胜景,被一些"庸医"司掌着它们的"性命",被俗子指挥它们的存亡。这是一个严重的社会文化问题,而不是一桩无关"世道"的小事情。启明同志在全书第八部分讲了后四十回伪续的"艺术"——这实在妙极了! 我也不想多所列举,只从"小处着眼":他用了一个极妙的艺术方法,从雪芹艺术的反面来抉示出一场"艺术斗争"的生动场面——他举了伪续的第八十九回中的极小的一处例子:宝玉到潇湘馆去看林黛玉,紫鹃接待的一个小小的场景,然后他对之作了一整页的分析评论——使得高鹗之辈当场丢乖现丑! 我读了简直拍手称快,浮一大白——并且使我记起了一九七二年他对我说过的戏语:"我们铁岭(启明兄原籍是铁岭人)出了高鹗这样的同乡,真是丢铁岭人的脸!"这话,足见具有"艺术眼"的人是怎样的无法忍受那续书中糟蹋艺术的恶劣"文笔"了!

然而,像他特别举示的这种例子,有的人却对之毫无"敏感",他们觉得这种琐屑无伤"大体",和原著"相差有限",甚至还"满好,满像"。每逢有此,我实在觉得无话可讲,就翻到本书的这一章,重读一过,笑一回,啼一回,又觉笑啼都不对劲儿,我的心境是无以名之地不是滋味——又庆幸有此书在,天下后世,自有公论——后世且不必远言,当前的天下士,岂可轻量哉。于是又满心高兴起来。

作序的和作书的见解不可能也不必要"完全一致",特别在红学问题上更是如此。拿本书说,十之九的意见都"所见略同",这自然是令我更加愿意写序的原由。但是若有不同之见,也并不值得大惊小怪。比如,书中第四部分之一的论证,从方法见解到某些词语概念以及对古人文字的理解上,我都有蓄疑之点。我认为,研论这类问题,一定要从曹雪芹的实际出发,坚持实事求是的科学精神、治学态度,而不可从概念出发,并且认定曹雪芹的创作方法(时代、民族的条件决定着它)非和高尔基一模一样不可。鲁迅先生就不这样认为。元春省亲的举例,对有关脂批的原意的领会②,对"实录"这个吾国传统词语的正确理解,都还有商榷之馀地——在我的感觉上,这一节不是启明同志自己的研究所见,而是漫不经心地随从了某些通行的说法,遂尔造成了某些误解和错觉。其实,启明兄倒是可以举出非常之多的例子,来说明那样独特的情景是不可能用进行"大量"体验从中"提炼"而得的方法的。民族的文学史,有它自己的传统规律,包括创作经验、方法、理论,西方理论家对此是陌生的。不必多说别的,单是我们的古代小说本来是一种"野史"这种含义和观念,就决定着它的性质及一切(比如素材与艺术之间的关系……);而西方的小说并没有这种历史传统观念。

"实录"二字本书中很喜欢用它来说明问题,但此词出自何事何义③?连雪芹自己也在书的开端处用它来宣示自家的写作"纲领",又是为何? 就都缺少了一层自己认真考察研析的功夫,就使得这一节书文带上了"常谈"的色彩,而缺乏独到之见了。但是从全书来看,这是个别的现象。

本书是启明同志的"红艺"论述事业的开端发轫,而不是圆满功成的结业。我诚盼他能再给我寄来第二本新书——也像上回一样,忽然一天收到了! 那我该多么高兴! 如不嫌弃谬陋,当再片言弁首。

作序有两忌:一是文不对题,二是言不由衷。此序颇拙,实在惭颜。但"文不对题"或恐难免④,幸而自信尚无"言不由衷"——假使有此,便是学术犯罪,也是对"被序者"的很不恭敬了。不知启明兄以为然否?

周汝昌草于北京东城

一九八四年五月二十一日

【注】

①与本书同名的出版物,海内外还有所闻所见,但既非拙序所欲涉笔的范围以内的东西,无庸词费。

②脂砚斋说的"借省亲事写南巡,出脱心中多少忆昔感今"一段批语,是指赵嬷嬷向凤姐谈讲起"二三十年"前她亲自经历的南巡盛况的感叹。质言之,脂砚指明:雪芹为了写省亲,却借赵嬷嬷、凤姐之对话而回顾了当年的南巡,抒发了无限忆昔感今的叹慨。而不是说,省亲是南巡的"艺术虚相或再现"。两者是并不等同的。这则批语常被错解,有些研者已经逐渐见及论及。

③实录,指记载的真实性,见《汉书·司马迁传赞》:"其文直,其事核,不虚美,不隐恶,故谓之实录。"就是指良史的忠实于史的真实。因此事迹的真实,文笔的真实,艺术的真实,是可以统一的。从文学角度讲,谁也不认为太史公是"自然主义"。我曾经说过一句话"精剪细裁的生活实录",即用此义。精剪细裁云云,就指今日常言之"艺术加工"者是。至于"实录"一语,见于唐宋以来文字中者,为例至夥,意义咸同,并无误解。鲁迅说曹雪芹敢于如实描写,就是说他的创作精神是求真实,亦即古所谓实录。至于"写实主义"、"自然主义"、"现实主义"这些词语的含义和用法,在"五四"时期,大家的运用实例可以充分证明:那时和今天(人们习常所理解所称说的)并不一样,也是有其历史情况的。关于这,《抖擞》学报有过一篇论文,罗举论析得十分详细,此处不及多述了。这个问题在"评红"文章中也构成了一种紊乱,原因是不明前一代人(包括茅盾)的历史,也很麻烦。

④拙序是为了作者的修订再版本而作。但我并无修订稿可以核证,仍据初版而作说立论,故可能发生文不对题的毛病,读者不以辞害义,也就是了。

【附记】

这篇序文作于一九八四年。古人有云:"转头陈迹。"原不必存,或应重撰才是。但从另一角度来看,有些事情,年小一些的读者未必尽明原委了,再过些年,更是如此。与其让后来者费大气力去"考证"历史真实情况(很难考得精确),倒不如多存一点陈言旧迹,那还是颇有用处的。因此不加删改,保持原貌,以便参考核案。

文中因说到应当继承《红楼梦》的哪些方面的问题时,提及了"叛逆性"、"反封建"这一理解认识。拙序当时顺笔行文,为了简爽方便,故而那样措语,也含有姑从流行之说法的意思在内。如今看来,或许不无弊端,因为那会使读者发生错觉:以为我也是如此以观红楼的。但应注意,那样看事命题,将会把这部伟大的小说"简单化"起来。事实上,用那种单一的概念去看《红楼梦》,是不妥的。这是一个异常复杂的中华民族文化上的大课题,还有待深入细致的探讨体认。但是这似乎已经越出为"艺术论"作序的圈子了,实在不好在此枝蔓,读者谅诸。

当然,说到根本上去,把一部作品分成了"思想"和"艺术"两半去剖视评量,原本也只是一种"方便法门"而已。依我拙见,这种分论法貌似"科学分析",实际并不真正科学。文学作品是一个大整体,艺术者,乃是一种表达之道,而表达(表现)之道也是对事物(表达对象)的一种认识的产物。换言之,它似具有本体性而又不是孤立而"四无倚傍"的。比如,曹雪芹对社会人生宇宙万物的认识,若都极其浅薄谬陋,那他的艺术却会异常的高超精彩?——我认为这是根本不可能的,只是一种神话而已。从这个理解来看问题,那么启明兄所拈举的那种令人喷饭的"高鹗艺术",其根本问题并不是他"才气"不够(高氏的词章之学还是有其水平的呢),绝对地不是。我不必"说尽"了,聪明之士应能"思过半矣"。艺术的事,正是一个人的头脑心灵、天赋学养的高级复合反映与呈显。我们论雪芹艺术,绝不是为了"继承"点儿所谓"描写技巧"和"修辞手法"之类。拙序原缺此义,今略补数行,亦难尽申鄙意。

世界上,有万千种"艺术论",各种名目、流派、主义、思潮……等等不一,而且日新月异,我都很外行,当然愿意看到各式各样的"红楼艺术论",但首先最愿看到的,仍然是中华民族式的红楼艺术论——如果它不够洋气,有点土味,莫怪别人,那是祖先给留下来的民族之味,缺少了它,是要亡族的。借鉴始终是借鉴,不是归化。例子可以仍举"皴"法作为说明。洋艺术论中未必有此一义,那么我们也能知道一些世界的西方的理论名词术语观念概念,来帮助阐释中国艺术,那是很好的,但这绝不能是让中国艺术"归化"于西方文化。说曹雪芹也是照洋理论写书的,那并不光彩(何论光荣)。若讲光彩,应当首先让洋论家知晓中华艺术所有的这个"皴"法,使之吃一大惊——这才是文化工作者应该具有的"基本心态"。

自从一九七二年到今天,已将二十年光景了,红楼艺术的研究领域中共有几何进境与新获,我亦愧无所知。为启明兄的"旧"著写此"序补",虽然感到欣喜,也还是连带着一些感触。对此,我并不讳言。我以为,红学的基本功没有真正进展,艺术论不会"单独""冒进"出成果来。大家多做点真学问,下点硬功夫,还是当务之急。花拳绣腿,展览陈列,毕竟只可看"热闹儿"。红楼艺术是个极重大的民族文化课题,不要亵渎了她。

庚午新春中和节

周汝昌

（段启明著,江西人民出版社一九八〇年版、北京师范学院出版社一九九〇年版）

《读红楼梦随笔》影印本绪言

巴蜀书社将一部题名《读红楼梦随笔》的钞本书付之影印,知道我与此书曾有一段因缘,故此前来索撰序文。续结文字因缘,自然是我所乐为的。所惜我对此书缺乏真正的考察研究,此刻所叙,无非是一些有关的随想杂感,如对读者尚有些许用处,那则是意外之幸了。

旧年上海影印过一册小书,叫作《阅红楼梦随笔》,那是乾隆末年浙江海宁人周春所撰。这次影印的,是清末佚名氏的著作。两者名称只差一字,须当审辨,勿误为一。但是这后者毕竟著者何人,书名到底是否即为《读红楼梦随笔》,说来却又颇有迷离扑朔之妙。我这绪言,就由这一点叙起。

可是,要叙清此点,又须从上文所说的那"一段因缘"说起。那还是一九五二年的事:前一年的秋天,我受成都华西大学之聘,前往该校文学院做外语教学工作,至五二年五一节,到达了成都。定居不久,就有一位热心的老先生告诉我说,四川省图书馆藏有"红学"书籍,可往一观。我那时才三十岁刚过,不知懒散为何物,自然是闻风而动。到馆之后,即蒙出示了一部写本书,记得像是一函八册,题名就是《读红楼梦随笔》。因是写钞,属善本,只能在馆内披览,了解梗概。彼时拙著《红楼梦新证》已付上海排字,所以仅得摘录了当时我最注意的一二处,寥寥数语,追补到拙著中去。只因这一缘故,研红界方知世有此书,红学史上对它的著录,也自此为始①。

　　我叙明了这个经过，为的是接言那一"迷离扑朔"的故事。正因为拙著引录了此书，它多少是对我留有印象的了。一九五四年，我奉中央特调，离开了锦里，回到北京。五十年代北京的旧书摊、店，是令人难忘的一种"文化盛况"，我在工馀，就喜欢逛旧书店。一日，拿起一部上海铅印的署名为洪秋蕃撰著的《红楼梦抉隐》来，虽然早先对它并无一面之缘，但当时一见之下，只阅看了一小会儿，便有"似曾相识"之感，分明不是初会。心中很觉奇怪。旋以精神它注，便把此事丢过一旁了。等到一九五九年，我的住处"乔迁"得离东安市场更近了，几乎每天傍晚我都可以去享受浏览旧书的乐事。一天，忽又见一部八成新的《红楼梦抉隐》，印制十分精良可喜，当然就又打开重新翻看——这一回，由于看得加细了，很快悟到：这部"抉隐"不知何故竟与川中的那部"随笔"十分相似！

　　我这个"发现"不会是自己的"看朱成碧"、"张冠李戴"，因为自信头脑还不糊涂。但既无法立时查对核证，就没有资格提出"科学论断"来。此事遂尔存之心中，"以俟异日"。

　　红学领域中的事，小的无计其数，大的也不知凡几，像考察"抉隐"与"随笔"的关系这样的公案，实在提不到话下，年深日久，变故多端，也就把它淡忘了。不想，巴蜀书社要影印《随笔》的盛举，又把此条提到我的面前。现蒙书社将《随笔》的前四十回的复印本带给了我，我手边虽无《抉隐》其书，但还记得一粟编的《古典文学研究资料汇编·红楼梦卷》中曾节录过它的卷首部分，于是检书而观，两曹对案，果然立即水落而石出：原来，洪氏"抉隐"，就与佚名氏"随笔"是一种书，只就我所得而对核的这一部分而言，除"抉隐"的第一则为"随笔"所无之外，其下诸则，连次序都一致，略无参商，唯一异处不过个别字句之间的小小差别而已②。我这才敢在这里下一个初步的论断："抉隐"、"随笔"是一物而"化身"为二相的。三十多年来的一桩疑案，今日得发其覆，倒也是一件快事。

　　那么，无名氏的书，怎样变成洪著的呢？这当然需要深细查考——原不是我撰此绪言的任务与目的。此刻我只能指出一些可能：例如，洪书的开头多出来的一则，内中有云"……因再取《红楼梦》全传潜玩之，审乎所见不谬，遂随笔而记之。嗣以一行作吏，此事遂废，束之高阁者三十年。罢官后，为小儿昌言迎养粤西之苍梧、富川等县署,课孙暇,一无事事,爱将前所笔记增足而手录之,……"。此段文字若非伪撰,则可以解释为:"随笔"是旧稿,"抉隐"是"三十年"后的增订定本。假使不是这样,那就可能是洪氏因得佚名旧本而攘为己有,其书前有上海排印时的"癸丑孟冬月海上漱石生"的序文,称言是"武林洪秋蕃先生"以毕生精力撰成此书,他为之序而刊行云云,则漱石生也可能是案中人,曾施狡狯。要想继续考察事情的真相,以上线索或可资以追究。无论如何——即使原是洪氏一手所为,如今《抉隐》早成绝版之物,影印《随笔》也有其必要;何况我看字句之间,《随笔》尚时有较胜于《抉隐》之处呢!

以上将"公案"交代明白,下面好略谈我个人对本书的一些看法。

要谈对于《随笔》的看法,不能不知晓吾国俗文学史、红学史、文学批评史等方面的事情。不然的话,很容易数典忘祖,专门以西方的近代现代的一些流行的文艺理论(是在与中国很不同的民族文化传统、历史背景的特定条件下产生的,受那些条件制约的理论)中的术语和概念来硬套我们古代的作品。那样的话,将对自己历史上的许多文学现象感到困惑不解,因而采取鲁莽灭裂的态度,断言什么是不会有的,错误的。比如,中国小说本称"野史",野史者何? 对官书"正史"而言,意谓虽为草野小民,不配作官修史,那也要作些自家的记载,这就是"野史"之义,也叫作"私志"。当时的作者与读者,都有意无意地为这一传统观念所影响,因此明清两代的长篇传奇、章回小说,大半具有"时事性",比如明代的权珰魏忠贤一倒台,立即有写他的事迹的小说出现(而且不只一部)。清代康熙年间的"东海学士"徐乾学,是一个权门要人,他一死,就有《东海传奇》小说出来。大家熟知的《桃花扇》,其写作去南明之亡才多久? 这是明写而不讳真姓名的;至于那些如曹雪芹所说的"历来野史,或讪谤君相,或贬人妻女,奸淫凶恶,不可胜数",这都是当时的实在情况,是仇家影射、借以损人泄恨的。不知道或忘记了这样一种历史情况,就不会明白为什么从乾隆三十年前后为始的、最早的红学见解都是将注意力集中于考索"本事"上[③]。这等重要的文学史现象,是不容置而不论的。"考本事"这个情况开始改变,在何时,又因何故呢? 说来十分简单,可一向无人肯去思考,这就是:从乾隆五十六年上,程、高二人将伪续的后四十回刊布流传起,这个冒称"全本"的程印本,把曹雪芹原著的内容宗旨、精神命脉，整个"改造"得变成一部钗婚黛死为唯一"主题主线"的"爱情悲剧"，自此，不但一般读者受其蒙蔽，就是很高明的知识分子中的评论者，也很难逃脱其牢笼，日益将注意力转移到"钗黛斗争"这个"焦点"上去了！

粗略说来，清代的"红学"流派就是以"三大"支为代表："本事"派源远流长，可惜最后流为"索隐"一派，入了歧途。再一支我称之为"性理"派（如把《红楼梦》解释为"演《周易》"，"演《大学》、《中庸》"，"演丹道"，等等），因为这一派的见解真正是"不得人心"，所以时至今日已经无复"传人"了。再一派就是"钗黛"派了。这一派流传到清末，转益兴盛，因争钗黛，各护一方，以致"挥老拳"的笑话，就出在这个时期，而本书《读红楼梦随笔》可称得起是这一流派中的高级代表作。

要了解此书的精神，还得懂得我国与"史"相关的另一个传统，即以《春秋》为代表的"褒贬"之法，所谓"史笔"者是。本书作者开头就说：

> 《红楼梦》是天下传奇第一书……妙处殆不可枚举，而且讥讽得诗人之厚，褒贬有史笔之严……

一个清代熟悉经史的评《红楼梦》者，一旦成为"钗黛斗争派"而又看出曹雪芹在传写人物时确实显示出某种程度的史传文学传统特色时，很自然地就会陷入一个偏颇甚至极端中去：一方面对曹雪芹的超妙的手笔佩服得五体投地，一方面越读越细，愈求愈深，于是觉得雪芹的一部书是专门在言褒贬，字字句句都在巧妙地扬黛抑钗。这样，一步步地走上一个死胡同：犯上了穿凿罗织、深文周纳的病症，而难于自拔。这里的原因，实际是还要复杂得多的，包括着历史的、社会的、教育的、遭遇的种种因素在内，使得这样看待《红楼梦》的自以为必如此方得雪芹三昧，否则都是浅薄眼光。但是他没有想到，曹雪芹的精神世界比世俗人的理解要广阔崇高得多，他本来不是像程高伪续书的结局那样看待钗黛关系，也没有痛贬某个女子的深心曲笔。在曹雪芹原著中，她们都是隶属于"薄命司"的可痛可悼的不幸女儿，所谓"千红一窟（哭），万艳同杯（悲）"的伟大胸怀心地，是"钗黛斗争派"所无法理解与接受的。鲁迅先生所指出的，雪芹之写人，打破了传统写法——不是好人一切皆好,坏人一切皆坏的那种机械的模式了,这一层道理也是《随笔》的作者所难于明白的。因此他把袭人说得心如蛇蝎,行同鬼蜮,其奸坏阴险,无以复加,深恶痛绝,杀而后快。然而雪芹本意,既写女儿群,岂无龃龉矛盾,甚至"醋妒",如怡红院中诸大丫环之对待小红,即是一例,但没有谁因此即将晴雯、麝月、秋纹等人都定为"反面人物"。用"红脸"、"白脸"、各自为营、水火冰炭的模式眼去看雪芹笔下的这一群少女,就必然把《红楼梦》的真正伟大的精神、意趣、境界,都"小化"了,"俗化"了。与此相关联的就是本书作者也特别喜欢对书中男女关系去做种种钩深索隐的推求,总觉得雪芹的兴趣是在搞什么"隐秀的《金瓶梅》"。这是清代文人对《红楼梦》一书的最最常见的大的俗化。其总根由是精神世界达不到雪芹那样的崇高度。

我这样评议本书,岂不是说它并无影印流布的价值了吗?不是的。一切事物,必须先把它推到历史所规定的位置上去看它,把特定的历史环境条件作为前提,从而品评月旦,才不致信口雌黄,莫知真际。在那个时代,本书的见解,有很大的代表性,作者的细心敏感,超越常人,对雪芹的文笔之美,文心之细,有很好的体会,因而颇有独到之见,而且文字雅饬,表述之板,委曲精能,时时引人入胜。他在一开卷,就标出了《红楼梦》的十二大特色,说是:

立意新,布局巧,词藻美,头绪清,起结奇,穿插妙,描摹肖,铺序工,见事真,言情挚,命名切,用笔周。

这其中虽然还包括着他当时不能识辨原著与伪续的区分而造成的某些错觉,大体上是看到了曹雪芹这位大师的多方面的擅场之处,认为看了《红楼梦》,别的小说都粗俗不耐一观了。他读书用心极细,连人物命名,也推究至精,他的解释有不少是与脂砚斋的批语所揭示的原意暗合的。再如他评论宝玉黛玉同看《会真记》,黛玉因宝玉用曲中言词相戏而恼怒,说出"欺负"二字,他就指出,此二字实亦出自曲文的《拷艳》一折中,黛玉的受于剧本的影响感染,不自觉地脱口而出,并且动了脾气。又如对宝玉误踢袭人,以致吐血的真正原因并不是踢重了。虽不敢说即得雪芹本意,但使人不能不佩服他的思致的靡密、体察的入微，至少也能启发人的意趣。这样，他在逐回的赏析中，就给我们习惯于粗心读书的人提供了相当可观的思索之资、借镜之助。由于他所处的时代还没有失掉我们的文史相关的那种传统理论观念，所以他对《红楼梦》的总的看法也是饶有意味的，比如他说：

> 行文有将后意摄于题前者，而传奇小说无是法，不图《红楼》能创之：书未入正传，宝玉尚未知名，而其言已先见于笔端，曰：今风尘碌碌，一事无成，念及当日所有女子，一一细考较去，悟其行止见识，皆出我之上，我堂堂须眉诚不如彼裙钗。又曰：我之负罪固多，然闺阁中历历有人，万不可因我之不肖，自护己短，一并使其泯灭，云云。此皆宝玉之言也。未见其人，先闻其语，奇幻无匹。
>
> 《红楼》一书，上不及于朝，下不及于野，所叙者一家言，夫以家庭琐碎之事，而使他人秉笔编述，究不若身历其境者言之亲切有味也，故《红楼》一书必归之石头自有传记，庶几事假亦真，可作信史读。

这种见解，在懂得我国文史关系这个特殊传统的人看来，是事理之当然，无可非议，而在只受过西方文学理论教育的人看来，就会大惊小怪，说长道短，以为作者是"混淆"了文学与历史了，不懂得文艺的特性了，云云。读一读《随笔》这样的"本土理论"，对了解祖国历史文化是大有帮助的。再如他又说：

> 太虚幻境对联云：假作真时真亦假，无为有处有还无。此非幻境对联，乃《红楼》告白也。如宁荣两府，人以为假，不知真有其人；金陵甄家，人以为真，不知系属假借……此种笔墨，惟《红楼》有之，读者领会此意，以读《红楼》，应不致目迷五色。

这种直截了当的认识，表述得也简切透辟，其实是一矢中的的话，因为"真"、"假"的问题，正关系着雪芹独自创造的一个崭新的艺术手法。

总的说来，清代的"红学"，种种不一，其中却有两大支影响最大，一是对

"本事"的索隐,一是对"笔法"的索隐④。蔡元培、王梦阮诸家的著作,是前一派的代表,本书则是后一派的代表。它们是时代的产物,不能不受历史条件的限制。我们阅读这种书,只要明白了来龙去脉,知所取舍,不独在启发意趣方面有所裨益,就是对增长文史知识,深入理解祖国的文化传统背景,也是有其意义的。所以我赞成付诸影印,以扩展读者界的眼界和"思域"。

今年是建国三十五周年大庆之年,回顾"红学"的历程,内容十分丰富,即单以影印资料参考书籍一事而言,自五三年《新证》出版而引起的热潮,还记忆如新。中间自然不无曲折,但时至今日,百废俱兴,本书的影印自然是令人欣喜的。四川一地,据已知线索,红学书物尚多,我愿巴蜀书社为这一方面的工作,不断做出新的贡献,大家都会感谢你们的。

一九八四年八月卅日写讫于北京东城

【注】

①是后一粟编《红楼梦书录》时,曾以本书情况见询,但我已无法作出更好的介绍,所以该书中也只能作出一条简单的条目,而无内容提要。

②这种差别大抵很细琐,可说无关弘旨,只有个别的出入略大些,但也不是重要的所在。如"穿插之妙"一则,全文甚长,末作"……如无缝天衣,蝉曳残声过别枝,有此文境",而洪书则作"……无缝天衣,组织之工,可与《三国演义》并驾"。较为可异。

③如明义《题红楼梦》诗序,周春《阅红楼梦随笔》,舒批《随园诗话》,吴云《红楼梦传奇》序,等等,皆属于此种,十分清楚。

④"索隐"一词,来源甚古,如《史记》最有名的三大注家,其一即为"索隐",本无不佳之义,但到了红学界,"索隐派"成了一个为人讥笑的标签了,其实《红楼梦》是明言将"真事隐去"的,有隐安能不容人索?第五回写贾宝玉在太虚幻境听曲至"因此也不察其原委,问其来历……",便批云:"妙,设言世人亦应如此法看《红楼梦》一书,更不必追其隐。"可见原是有隐可追的。"索隐"一名,并无"不光彩"可言,但辨其所索何旨,索以何方而已。

(〔清〕佚名氏撰,巴蜀书社一九八四年版)

十年辛苦不寻常*

——《红楼梦新补》代序

今天召开这个盛会,我因适有出国之行,不能亲来参加,是我极抱憾的事情!不得已,只好以此文来代替发言。请出版社和作者原谅。

我知道有这部书将要出版,是今年夏天的事,张成德同志来信要我写一个封面题签,才知此五字书名。其他一概无所了解。后来在报纸上看到了本书的征订广告,那广告拟得非常好,我于是大为高兴,一直盼望它早日印成,先睹为快。

现在书真出来了,我要表示最热烈的祝贺!作者张之同志的十载辛勤,岂待多表,出版社肯于承担此书的印行,堪称有胆有识,是做了一件极有意义的工作。祝贺之同时,也要表示对他们的佩服和敬意!

我现在要说的,还不是此书补续得如何,它的得失短长,某些情节构思的商量讨论,等等具体问题。我还不想多谈这些。我首先想说的是,此书的问世,是我国文化史上的一件大事!它的意义恐怕不是三朝五夕就能为一般人所能估量得到的。

曹雪芹的小说,至八十回而再无一字遗存,随即出现了一种拼配上续书四十回的伪称的"全书"。这件事并非一般的事故或事件。曹雪芹的抱恨而死,与此直接相关。从乾隆晚期炮制出伪全本,直到如今,二百年来,人们第一次可以拿到一部另从第八十一回续起的新书来。程伟元、高鹗等人所设下的一个绝妙的思想牢笼,蒙蔽着读者;它又像一道坚固的大堤,阻挡着人们的视线,使他们无法得见雪芹的真面,连想象也是不可能的! 这道大堤一直为人所歌颂,所赞扬。此堤巍然峙立于我们的文化、思想、艺术史的领土上,凛然不可动摇。然而,到底时代是不断前进的,前进到能容许有一部斗胆向它挑战的"新补"出来了! 但言及此,我即十分激动!

"新补"目前只好比是一个极细小的小孔,这小孔,第一次从"程高大堤"上打开了一个突破口,通过了一小点涓涓细流。可是这细流,迟早有一天能导致大堤开始动摇,最后归于坍溃!

为《红楼梦》作新补是早就被人宣告了"此路不通"的。张之同志的尝试,自然是一个对此宣告的抗议和革命。然而其事诚为至难,又是不虚的。评论"新补",似乎至少应该看到此一至难包括着很多层次。比如作者应具备以下几个大方面的特殊才能:一是深通探佚学。尽管这门专学也有人出面反对,但一切真有价值的新生事物有哪一件不是在反对声中成长起来的呢? 看来张之同志对这门学问下了大功夫,否则他是无法写成"新补"的。因此也可以说"新补"实际上是探佚学的一种形式,一种体现。反对探佚的和"续书不可能论"者,在此书面前,就会暗自思忖一番,不管对"新补"挑出多少毛病、错误来,也不能不稍稍改变眼光和念头了。其次需要在探佚学基础上的艺术构思的才能,这包括对雪芹原书的宗旨和笔法的潜心玩索,苦学苦练,而且要能善于领悟其精神意度,从而自生机杼。再其次是必须具备很高的语文水平、表现能力,然而又不许"随心所欲",却要力求摹拟雪芹笔墨的特殊才能。本书摹拟得到底像不像? 答案可以不同(我以为"新补"不全像雪芹笔致,而是熔铸了其他的古代小说的格调)。但读者应当看到作者的努力"舍己从芹"的甘苦。最后的也是最重要的,还要有非常美好和崇高的心灵境界、精神天地。否则任凭优点多么多,也还是不成其为《红楼梦》的续补书的。

本书作者对这些方面都表现出了深厚的功力,其研练追求,应该说是到了废寝忘食的地步,否则是不能有今日的成绩的。"十年辛苦不寻常",可以移赠。

他的文字造诣极好,目中实所罕见。这不但是指文词的铸造运用,还要看笔调气质气味。韵味的水平也很高,这是一眼可以看出的。

　　评"新补"，有二比：一是与雪芹原书相比，二是与程高伪续相比。与雪芹为比，可能是比上不足。但与程高为比，那就大是比下有馀了！其思想与文笔，与程高之恶俗庸劣相比，何啻霄壤之分！我不禁击节而赏。这里有一个根本区别。究其原因，程高续书，实为反对雪芹；而"新补"则是为了维护爱惜雪芹而作。这就太不同了。"新补"中还有一个重要特色，就是诗的境界。这在雪芹原书中十分明显，而在程高本中是绝对寻不到的。例如写宝玉即将搬出大观园的前夕，不能成寐，独自走向院中，与花鸟树石"告别"那一段，就是证明。这是最为难能可贵的一种成就，值得特别珍视。

　　附带说一句："新补"在安排与原书前半部的呼应中，巧妙地评议了雪芹所设置的那些韵语的格律韵脚等问题，也都极有见地，看得出作者是非常精通此道的内行，一般作者是不懂的。

　　书出以后，出版社和作者会从不同渠道（绝不限于这个座谈会）听到各种各样意见。或毁或誉，都是表示关切的，相信作者自会虚心听纳，审慎取舍。估计也会有很严厉甚至十分苛刻的批评出现。这是意中之事，但那也是有益的。至于个别的情况，另有出发点的评论也会有的。比方说，目前"程高大堤"并未崩塌，维护它的力量还很雄厚。维护它的同志们，可能有许多看法，说：你们瞧，总嫌人家程高续得不行，现在又如何？不是也未见得好在哪里吗？更何况这部"新补"实有重要缺点和问题……于是可以对"新补"提出很多条批评。这是估计必有的形势。如果是纯属学术见解上的仁智之分，那是天经地义，大家讨论，只有好处而无坏处。只要不是从偏见出发而对"新补"进行吹求挑剔，以达到维护"程高大堤"的目的，那就都要欢迎。

　　我此刻的批评意见，只就抽看翻阅的一小部分而言，觉得"新补"有些地方的思想境界还可以再提高些。比如写宝玉宝钗婚后之夜，原应有异样出人意想的笔墨，可是现在只就"淡极始知花更艳"这一句上作了一小节的文章，也无精彩可言。这就使我感到很大的不满足。文字是极好的（虽然还并不全像雪芹），也有败笔和可以推敲的地方。例如"历书"这个名称是不可能出现在雪芹笔下的，只能是"时宪书"！"瞧"字用得太多，实则它和"看"字的用法和意味是有区分的，不能处处替代。"事体"这个词儿用得也多，也不合雪芹原书用词习惯。作者驾驭情节和文笔的能力很强，有大笔，有细笔，能总括，能分疏，能放能收，一般文词十分锤炼考究。可是例如写贾芸红玉探庵救凤姐，这种难写的事，写得相当成功，令人叹佩之际，却见到写凤姐后来"力瞪三角，缓皱两颊"八个字。这实不成语。我诧异作者那么好的文字怎么又出现这样的不可想象的字句？百思不能得其原故。难道全书中杂有别人的改笔？或是有了错字？有的章回笔力不副，也须改写。韵文极好，可是回目及书文对仗字句又时时平仄失调，如"天齐庙熙凤求神签"，没有末尾连三平的理。只有"讨神签"才最合音调。馀可类推。这类小疵病，是不属于可以争辩的范围的，也是不难点检润色的。

我想说的不止这些，但行色匆匆，实在难以尽写了。盼望以后有机会再贡愚见。

从五十年代起，就颇有热情的同志们鼓励我，要我另续《红楼梦》的后半部。说起来十分感愧，由于种种原因，我未能做到，辜负了他们的不寻常的心意。如今张之同志的"新补"已出，我的祝贺不是一个简单的高兴的事情，而是对作者深为感谢的激动心情。这是很难尽述的。"新补"作者的谦虚朴实的风格，令人起敬，我祝愿他在这个基础上继续行进。出版社应当支持他将来还出新版，修订改写得更好！

周汝昌

一九八四年十二月

【追记】

二十年前，张之先生的《红楼梦新补》初版问世，曾为之撰一拙序。今日《新补》又出新版，仍存旧序，也是历史不可掩没，除了翰墨因缘之外，在红学发展的轨迹上，仍有其价值意义。

《新补》是一部勇敢的创作，作者敢于在举世赞扬高鹗伪续的声势之下，独出手眼，打破了二百多年的牢笼，让人得以摆脱伪续的影响，进入一个迥然不同的续补的新境界，即是十分难能可贵的功绩，值得大书一笔，昭示来兹。至于张先生所续，是否符合原著的"伏线"——如鲁迅先生最重视的一个续书的原则标尺，那是第二层评论的事情，应当付诸学界文界公论，而非我区区个人之所应妄言。

据我所知,张之先生有两个不平凡的"第一":一即第一个从原著八十回后创作新续(以往皆是从一百二十回后续加);第二是第一个退出了红学会,不再参与某些人的作为。

回顾既往,《新补》已出了不同地区的版本,而且还编成了以《新补》为内容的连环画册,影响不是很小了。如今再出新版,还是值得欢迎的一部力作。

在我印象中,张先生是一位学者,规规矩矩,与曹雪芹的性情风趣、文笔诗风,都不可能浑然一致,这是人人能见,不可勉强的客观事实,无须回避。我们读他的《新补》,应从这个前提之下做出实事求是的评价,而不应超越客观实际的条件空谈高论。为《红楼》作续补,是困难的工作。

雪芹的文采风流,锦心绣口,后人难以企及;我的旧序,所言未必尽当,然而也应算是一种力求公允的求是之言。如有未妥,还希批评,是幸。

周汝昌

甲申夏日

【注】

＊本文系周汝昌先生为一九八四年十二月十五日在北京举行的"《红楼梦新补》座谈会"所撰写的书面发言。先后为山西人民出版社及台北礼记出版社出版的《红楼梦新补》的代序。二〇〇五年五月由海燕出版社再版,周汝昌先生则作了追记。

(张之著,山西人民出版社一九八四年版)

《列藏本石头记管窥》序

　　胡文彬同志新近撰成《列藏本石头记管窥》一部书稿，特来问序于余。敷纸捉笔，不禁思绪丛杂。为什么呢？"说来话长"——这似乎是一句套语了，但是凡事一涉《红楼梦》，那确实并非一言可了。在我头脑里，红学的内容、内情、历程、曲折……无往而不是复杂而微妙的一种"境界"。本书是一本研究《石头记》旧钞本的著述，好像这只是少数人的"版本"、"校勘"的事情，与众无关，可是单只这一"行业"的来龙去脉，说起来也就话长，而且一说起，我的感想也触绪纷来了。

　　由于历史的原因，中华古籍在本土失落已久的，却往往在他邦异域有之。说什么"礼失而求诸野"，岂不令人好生惭愧！远的不必说了，近邻东瀛，最富中国图籍，通俗文学的书更是他们锐意搜集的目标，可那里就没有一部《石头记》的旧钞本；他们的红学家得到了一部程印本《红楼梦》已经视为异宝了。这可见旧钞《石头记》是多么难逢，是何等名贵。谁也没有想到，在苏联的列宁格勒，却发现了一部。事情往往不可以常理而推，有如是者。

　　这件事的根源，如果像《永乐大典》那样，是清末"列强"的"联军"们焚掠北京时而流往国外的，那就丝毫没有什么可异之足云了，然而专家们说：它是道光年间由俄国教士携往彼国的。这就真是奇上加奇，大出想象之外。

　　在清朝的时候，中俄两方在文化上发生了交流的关系，并不是很晚的事情，比如曹雪芹在他的妙文中就提到了俄罗斯的雀金泥（今作呢）。我读雪芹同时代人的文集，里面就有提及俄国头一个派遣留学人员到北京学习中国文化的记载，那是很被当作一件事来讲的。但是我想那时候未必有人注意到戏本、小说这类不为人重的"闲书"。然而有一位同志对我说过：有人听他一位文艺界前辈说：老托尔斯泰写《复活》等大部头小说时受过曹雪芹的某种影响。这话不知是否"查有实据"，但也足以使人发生"遐想"，觉得这倒是满有意味的一则"世界文坛佳话"——等到我听说真有《石头记》早曾传入俄国，自然叹为奇绝。清初以来，欧西各国教士来华者也"更仆难数"，哪个国家又有人把《石头记》钞本带去呢？

现时举世皆已知有此本的存在了，并且也有海峡彼岸的学者亲往苏联访阅，作了概况介绍，引起海内外学术文艺界人士的极大兴趣。一九八〇年在威斯康辛大学召开的首届国际《红楼梦》研讨会议上，潘重规先生的论文主题就是这部列藏本，那是对他以前介绍和研究此本的报道与见解加订补修正的文章。但在大陆方面，一直没有多少关于此一课题的论著，这实在是对某些评论者所谓的红学研究得不但"差不多了"而且"太多了"这类错觉的一个讽刺。红学领域中的荒原丛莽，异境神居，还那么丰富广阔，自己不去也不倡导人去开发探采，却站在前人走熟了的小径上超然物外地嘲笑那些斩棘披荆、开山伐道的创路人，这已经是近年来红学界的一种怪现状（有的报刊，大约是因为戴着屈光眼镜，或者由于对世界学术状况的无知，专门喜欢发表这类妙文，当然也是为这种怪现状起了推波助澜的先锋作用）。胡文彬同志似乎头脑有异于此，他清醒地把客观情况观察估量得远比那些评论者接近实际，所以他不但是脚踏实地向前行走，而且晓得红学上的真正的成绩和空白。他走了些冷僻的新路径。这些新路径所通往的，倒也不一定就是什么洞天福地、绝景奇观，却可能是探勘新矿藏、新能源的有待开发之地。我以为他的这本书，就是这样的一个好例证。

"认识事物要有一个过程"——这是大家常说的话了，但是我们的认识也并不就等于我们的实际。既然认识需要过程，自然愈是丰富复杂、愈是深刻伟大的事物，认识起来愈需要过程；但像曹雪芹的《石头记》，就有些人把对它的认识看得那么简单轻易，讲起话来就像他本人不需要认识过程似的，把他个人当前的一点"认识"当作最高最终真理的砝码，拿来到处去挑剔，去"训教"。比方，他会以一个"官员"的神态口吻，来批斥说红学界出了什么"问题"了，他会指责人：你们为什么各种"外圈子"的事都去研究，单单只不研究"红楼梦作品本身"！如此等等。我每遇这种高文，倒不禁请教之忱油然而生：同志，你说的那"作品本身"，究不知何指？是指百二十回程印本吗？还是指的有别于那个托名续补、冒称"全本"的雪芹原著呢？这两个"本身"的关系和异同都是怎样的？有多大的差别区分？这差别区分是文字的，还是思想内涵的？……这一大串的问号，你在诘问批斥别人时自己清楚不清楚？如连这些还并不清楚，说明你的"认识"还很需要"过程"呢，又有什么资格来教训别人？如果已然清楚，那事情就更奇了。我先想问你是如何清楚的？难道不正是由于有那么极少数的几个傻瓜在那里辛苦万状地作出了"版本考证"的结果吗？对原著、篡改、伪续、冒称，这么重大的问题进行了艰难困苦的工作，这倒不是"作品本身"的研究？那么所谓"本身"究竟是个什么概念和内容呢？假如你说的"研究作品本身"只是指从文艺角度去作思想分析、艺术分析的话，那就更加令人诧异了：你的科学的思想分析和艺术分析和据此而来的评论意见，又是根据什么样子的文字版本而立论的呢？涉及这个根本问题，难道不是仍然需要回到那些"不研究作品本身"的"考证派"们身上去吗？我所以说：常识并不就等于实际。这样常识性的简单的逻辑，在我们这一行里还在扯个不清呢——还要大言什么更高明的研究"方法"和"境界"，岂不实在令人吃惊？！

　　文彬同志在红学方面做了不少工作，他是不是一个"考证派"？他自己喜不喜欢这个"称号"？似乎都可以"进行研究"，再作定论。在我个人看来，他的这本著作却是一本"版本考证"书，这诚然是"有什么法子呢"！

　　提起版本考证，好像这只该是图书馆"善本室"、有办法的大藏书家们的事，和一般人关系不大。未料想一部通俗小说《红楼梦》，也闹起什么"版本学"来，确也让人迷惑不解。近来有些文章，把《红楼梦》版本研究的事溯源归功于胡适。这当然也不是无稽之谈，但是说得还不十分精确。在他以前，早就有人将旧钞本与坊间程本作了校勘比照，而且有人曾要将他所得残钞本付之刊布，拙著中有所引及。但若只论"五四"时期以来的事，那么虽然是胡适首先向世人介绍了甲戌本和庚辰本，可是有两点必须说明：第一是他仅仅是利用旧钞本中的"新资料"来证成他的观点，他对这两个极其重要的古钞本，却并未也不想做出任何认真的研究；第二是他到底真重视旧钞本（代表雪芹原著啊！），还是假重视？只举一事就十二分清楚了：他不曾有过任何刊布旧钞本的愿望或计划，却大张旗鼓地为刊印程乙本大卖力气。

真正把识别、汇集、校勘众旧钞本，并写定一部接近雪芹原著的好本子，当作红学研究中的一大主要课题和终生事业并为之多年惨淡经营的，是胡适以外另有人在。以我自己为例，从事这一工作实始于一九四八年。开始时汇校的目标只有"三真本"（甲戌、庚辰、戚序）；此后旧钞本陆续出现于人间，我们把汇校的目标扩大到九个甚至更多的本子。在这个漫长而艰辛的过程中，才真正认识了《石头记》原著文字的百般异同变化的复杂情况和不同人手的妄加涂窜（不指伪续者程、高等人的偷改）的混乱程度。一字一句之差，真能分出文笔艺术的悬殊高下。我们愈加坚信：要谈思想分析和艺术评论，必须先把原著的面貌弄个基本清楚才行，否则便是筑室沙上。我们也愈加相信：这种工作才是真正的"作品本身"的"研究"的一个重要方式。在这种过程中，深深感到每逢多了一部新出现的钞本的时候，它对那些大量异文中的疑难问题是多么宝贵的"表决助手"——也只有体会到了这些甘苦，才能知道为什么列藏本的研究是具有重要意义的。局外的议论，不管论调听来多么高明，多么看不上"考证派"的所作所为，我也还是不敢因此而轻看"版本考证"的劳动成果的，更何况像胡文彬同志的这一工作又是填补空白点的崭新的贡献呢。

所有关心《石头记》原著本来面目何似的人，都应该感谢本书的著者。在我印象中，对列藏本的介绍研究，从一九六二年起，先是苏联方面的汉学家，然后是中国台北的红学家潘重规先生，然后有列宁格勒大学的庞英先生，而大陆上只有文彬同志一个。现在他这本书已经不是单篇论文而是专著规格了，而且也是海内外第一部专著，尽管内容仍受资料的局限，但它的里程碑性质是不可掩没的。"乐为之序"，自然是我的心情。

文彬同志在本书中所表现的学风十分纯正。朴实无华四字看来容易，其实并不是人人可及的一种品德,在"红界"中,不是为真理研求而做老实学问的,哗众以取宠的,贬人以抬己的,甚至拿人家的东西当自己的,并非罕见之例,已经给红学学术研究带来了很坏的风气。像本书这种气派纯朴,态度谦执,我看这不是"小节"。这是令人发生敬意的。

至于他的学术见解,我素来不主张以"我"量人,评长论短,那本身就违反了治学求益的基本精神。但此刻我还是想说一句,他的看法,有很多我都有赞同之感。例如他从多方面来推考这部钞本的年代及它与其他钞本的关系,就是明显可见的好例子。如定要问我序者与著者之间所见有何差异,那其实也是二三见仁见智之点而已。比方认为曹頫会参加给雪芹钞、批小说之事,我是想不太好的——不管他是雪芹的父亲还是叔叔,在清朝乾隆时代这难以想象(古今中外,怕也找不出例证)。对列藏本上的眉批、侧批如何看待,我暂持谨慎态度,它们是否尽属脂批性质,还不敢断言。第六十四、六十七两回的著作权毕竟何属?这个问题,大家正可继续深入讨究,文彬同志给我们提供了全文资料,将大大促进问题的解决,这是他的很大的贡献。

有些"细节"说来倒也不无趣味。我与家兄祜昌以及一二"红友",都注意细看各旧钞本中的种种迹相,认为有的本子上的特殊的字迹情况引人注目,从其中可以窥见雪芹的某些原笔痕迹,并且推测雪芹的妻、儿、侍女有助他钞写的可能。如今看到文彬同志此书中,恰好也有类似的"假设"。此事饶有意味,因为是一种不谋而合,其中当有道理。自然,有人听了,或许会议论我们如此提法不够谨严,出言无据。但是,一、谨严是治学的美德,然而也不能"谨严"得连一点推断都不许作出,那也过犹不及;二、所谓"有据",那也须具体情况分别而论,若都有了曹雪芹和有关人的"签名盖章"才算"查有实据",那岂但红学根本不必存在而已。我们说"探索",其中原来包涵容许着人们运用种种逻辑判断的智力活动在内,而不是"核对账目"。这事虽"小",我倒是愿意在此特为一提的。

我每为自己的书稿写序跋时,常逢寒夜深宵;而每为同行的著作写序时,则又常逢"炎夏永昼"(借用雪芹之语)。不知这是何等"规律"?此刻酷暑异常,恰值又为本书写序。挥汗而为文,杂事亦不肯相饶,在此情景下,谈什么"文思"、"文笔",实在太觉粉饰其词了。勉强塞责,倘以为尚堪"覆瓿",则幸莫大焉。

一九八四、八、六草讫

（胡文彬著,上海古籍出版社一九八七年版）

《红楼艺境探奇》序

　　姜耕玉同志研论《红楼梦》艺术的文集,行将付梓,问序于余。我对他的文章,虽然前此未曾得览全貌,但印象中早已觉得他是一位有才华、有学识、有见解的谈艺专家。为他的文集写序,自然是我所乐为之事。不过我惭愧的是并无净言可贡,又加我最不喜欢以一己之"标准"来衡量人家的意见,所以我想说的无非是一些有关的感触和随想,作为序言,未必能成"格局",聊以塞贤者之责而已。

　　《红楼梦》的知音,除了脂砚斋应当另论而外,在一般读者中最早留有笔墨痕迹的,应推戚蓼生居首。他的那篇佳序(按推当作于乾隆三四十年间)素不为人知重,绝少称引。自从拙著中曾加摘录,渐有悟者,知道那是一篇重要的红楼艺术论。(附按:戚氏序中表面只论艺术手法,其实他也暗里涉及内容本事的复杂背景,但格于官身,畏触时忌,所以只说"盲左腐迁","盛衰本是回环","或者以未窥全豹为恨","沾沾焉刻楮叶以求者",隐约见意。)可惜自他一序而下,却后继无人。说《红楼梦》是一部特大的奇书,这意见实自戚氏为首倡者。所谓奇书者何?就是说从内容到艺术,都与它以往和同时的小说不同——后来唯有鲁迅先生看出了《红楼梦》的一切都打破了传统,这意思见解与戚蓼生虽未必全然一样,但也是指出了曹雪芹这位艺术大师的与众不同,超群脱俗。若用今天的话来表达,那就是说:像《红楼梦》这样的书,是一部具有思想奇迹和艺术奇迹的著作,它有众多的特点,巨大的特色,处处令人感到新鲜别致,即"不一般化",斯之谓奇。这样的一部书,我们理所当然地首先要注意研究他的奇处,其与众不同之点。把这些特点特色,经过具有"艺术眼"的人的发现、捕捉、玩味、探索、阐释……逐步地作出一个"系列"式的消化、提炼、归纳、总结来。——然后用这种成果丰富我们已有的艺术理论库藏,包括中华民族的和全世界的宝库,这才是我们探研《红楼梦》的头等大事。在我个人的感觉上,总是这样的一个理路。

但是,在相当长的一个时期,有相当数量的研红文章却不是如此,它们似乎是在"一般化"上的兴趣更大些。那时的理论和认识是满足于用一般化的理论概念去把《红楼梦》图解一番,把它讲说成为一部一般化的作品——何谓"一般化作品"? 比如已知别的作品要讲性格,所以《红》书也就"性格突出";别的作品要讲"形象",所以《红》书也就"形象鲜明"……如此等等。《红》除了这些,还有什么? 那就不得而知了。这样的结果,必然是化奇为庸,大家彼此,依稀仿佛,都相差不多。到此地步,则对于曹雪芹的艺术既无深知,那自然也并不曾真的懂得了曹雪芹的思想感情,精神境界。到此地步,必然也是永远只能用现成的(大多数从西方的作品实际中总结出来的)文艺理论的几条,去套《红楼梦》的一切。其结果将是《红楼梦》的艺术奇迹并不存在,最多也只是"和某世界名著比起来并无逊色"而已!——因此它永远也无从丰富世界文艺理论和美学的库藏。这个损失,是大是小? 这乃是常常萦绕于我自己心间的一桩事情。

看了姜耕玉同志在《红楼梦》艺术方面的探讨的成绩,加深了我的一个信念:人才是"若中原之有菽"(陆平原《文赋》中的话)的,他们的年龄还都不算太大,对艺术的敏感很强,他们看得出《红楼梦》这部奇书所包涵的那么多美妙的特点特色,发心要对这种引人的艺术异境去寻幽探胜,而不再是用一般化的认识和方式去把《红楼梦》解说成是一部一般化的小说了。

这是一个巨大的进步。而姜耕玉同志是近年来在这方面致力最勤恳、表现最显著的少数研究者之一。我以为,若能从这个历史的角度来看待他的工作精神,就更能觉察到这本论文集的价值。

本集所收的论文篇数并不算太多,却已经显示出作者对待《红楼梦》的一个基本态度,他从一部书中看到了很多的"东西"——曹雪芹的艺术成品具有那么多的点、面、角、层……而又是那么奇妙弘丽地结构成一个"艺宫";他似乎有点"自负"之意气,要对这个奇迹作一番比较系统的研究。这种自负我是十分赞赏和佩服的,一位研红者应当"自负",这个"负",是抱负志气之义。"拆碎七宝楼台"并不可笑,因为要弄清这位鲁班大师的身手心眼,必须先拆碎,再组合;大结构要研究,小构件也要研究——当然始终不曾忘记它是一座奇丽无比的大整体。

作者除了具有"艺术眼",还有两个密切关联着的长处:一是他能够从《红楼梦》的实际出发,而不是在概念上绕圈子。一是他不搞"单打一"。这其实就是触及思想方法的一个根本问题。我想一个人学习马克思主义,不管他历年多久,资格多老,也还要看看他的思想方法到底如何;喜欢"单打一"的艺术评论者,无论他引上了多少条权威性语录,也是难以让我相信他真是及格的马克思主义者的。在本集中,作者一九八二年所写的《草蛇灰线　空谷传声——〈红楼梦〉情节的艺术特色兼论情节主体》,八三年所写的《千红一窟　万艳同杯——〈红楼梦〉蕴含多重"主题"的悲剧形态特征》,可以说是最有代表性的"反单打一"论。在每一篇文章中,作者触及了很多问题——以及这些问题之间的关系。我读了感到高兴。因为我觉得,研红的步子确实是重新迈开了,并且找到了更好的路径。

从这些论文中可以看到姜耕玉同志在艺术理论上的学识是中西兼通的,这决定了他的论文的质量和风格。讲艺术的事,不与世界相通联,将陷入孤陋固旧;借助于各国先进的艺术论、前辈们的精辟的言辞意见来论析《红楼梦》,将使它的光辉更为耀目。但我也认为,讲艺术一味引西方的希腊、罗马……而不懂得中华民族自己的文化传统、历史特色,将会对《红楼梦》的许多艺术奥秘无法解说——或者视而不见,或者置而不论。例如中国的小说历史本身的一切,都不是与西方一模一样的,"野史"这个别称,渊源久远,它反映着中国传统对小说的一种基本认识,这在西洋的 Novel 的历史来说,却并不相同。这其实也都决定着各自的小说的艺术手法和理论。至于探研《红楼梦》这样的小说,它与"历来的野史"(曹雪芹开卷特笔交代)的异同又是如何? 这在我看来,要全面而深刻地理解红楼艺术,也是不容不加考虑的要义。我希望能看到姜耕玉同志的艺术领域不断地拓展恢弘，在不久的将来写出红楼艺术论集的第二部来，从更丰富的方面来宣示《红楼梦》这部具有艺术奇迹的著作在全世界文林中的独特地位。

周汝昌

一九八四年六月酷暑中草讫

九月末秋凉中小修

（姜耕玉著，重庆出版社一九八六年版）

《红楼梦艺术管探》序

　　我和杜景华同志已经是好几年的"同事"了,可是除了各种会议上见面之外,很少机会能坐在一起,谈过心,论过学。他时常有研究《红楼梦》的文章发表,我由于眼病,难于多读泛览。以此之故,我所知于他的,实在非常有限。直到最近,他把编成的文集拿给我时,这才不无惭愧地"悟"到:原来他对《红楼梦》所做的研究工作,无论所涉及的范围面之广,还是所触及的要穴点之深,都远远超过我原有的"印象"。因之而每每慨叹:知人论世,谈何容易,不用说理解隔代前人了,即如同时同地之人,要想谈到一个"知"字,又何尝容易哉!

　　我因此不无感想。正好他有意见索一言为序,我就把一些并无条理的感想记在此处,用以塞责。

　　对着杜景华同志的这些论文,我的第一个感想,就是他的研《红》工作,是一种认真的、老实的学问探讨,所抱的心怀态度是严肃的,甚至于可以说是"痛切"的。为什么? 就是他的根本心情状态,是把这个课题看作是一件意义至为深刻、关系至为重大的事情而对待之,而从事之的。研《红》这项工作和事业,并不是轻而易举,并不是一种什么应世趋俗的"热门"之"道"。要想在这个领域里有所建树,需要刻苦地去学、去想、去做,还要站得高一点,看得广一些。对于我们中华民族的往古来今的诸多的事情都不晓得,都无所动于衷,只想"打开书"对《红楼梦》"本身"去就事论事,在我看来,这"事"是"论"不深透、"论"不恰切的。而景华同志的这部集子的特色正在于:第一,他没有把这个"本身"孤立起来看;第二,他也没有把这个"本身"看得过于简单。因为照有些人的理解和认识,这个所谓的"本身"实际上就是"宝黛爱情悲剧",只要你不谈这个"大题目",任凭你对那真正的"本身"做了多少工作,都是不算数、"离开了本题"的! 首先在这里就看出了本集作者的自具心眼,不同于流俗之见。

文章的"面貌"是艺术论和美学探讨,这原不虚。不过他的这种艺术和美学研论,已经不再是罗列出作品所显示的某些特点特色,即谓能事已尽,而是努力地求索:这些显示出来的特色特点,是如何以致之? 又是因何而致此? 他本着这样的精神,才把问题逐步引向深入,提出了很多与众不同的见解。例如,曹雪芹在他的小说中安排了"真"、"假"两大面。这个极为奇特的艺术构思和设计,这种文心和手法,是人人能够看得出、讲得到的。它不仅仅"贯穿"着全书,而且它本身就"构成"了全书。隐"真"而存"假",因为雪芹自作"声明",也是大家皆晓的,也看到他对"真"、"假"的关系,作出了辩证法的提示:"假作真时真亦假。"但是,雪芹用存假隐真的手法,完全是为了一个借假存真的目的,就不一定人人心中十分之清楚了。如果再一追寻:雪芹所说的这"真"这"假",毕竟各指何"物"何义? 那恐怕就更不一定能立刻回答——回答也不一定利落爽快了,甚至会答出种种样样的话来了。事实上,研论者已然作了不同的答案。在这样的带有根本性的问题上,看一看景华同志如何思考、如何解释,是可以给人以启迪的。在这样一个复杂微妙的要害点上,他的研究方法与见解是最能说明他的特色的一个例子。他在《论〈红楼梦〉的"隐"与"显"》这篇文章中,迥然有异于某些一般的艺术论者,不是从西方文艺理论的定义概念中寻出两条或两点,可以相为比附,作出一种看来听来都"适合"的解释。他不采取这种轻便省力的做法,却出人意料地从我们民族自己的诗歌传统,即《诗经》时代的"六义"的根源上来进行了探讨,这种"溯洄从之"的思想方法,已是大为启人意趣、引人入胜了。而更为出人意外的,是他又提出了一个崭新的命题:《红楼梦》继承了我国史传文学这另一个同样重要的中华民族的艺术传统。

　　我以为,只单从这一个例子来看,景华同志的研《红》论艺的途径方向,就是值得人们刮目相视了。其所以者何? 就因为他的看法和提法,足以令人作深虑长思,令人想起对待《红楼梦》不是"就事论事"的思想方法所能胜任的事情,在"打开书"、研究"作品本身"的时候,要有丰富的学识和深沉的思力,那牵涉着"本身"以外的大量的复杂的事物关系。我认为,仅仅这些,给人的启发力量就十分巨大而且异常重要。

　　再比如,"《红楼梦》是一部伟大的现实主义作品"这样的话,已经成了讲《红》者的口头禅。难道这不对吗? 自然不能作反面的回答。但是,如果你要在一个"现实主义"的一般泛常的名词概念面前追问一下:现实主义的来龙去脉,合派分流,发展变化,曲折异同……都是怎么一回事? 中国古代通俗文学传统中的"现实主义"又是什么样子的? 它与西方的现实主义的"关系"又是怎样? 而《红楼梦》的"现实主义"到底又与向来的传统有什么继承和发展上的特点特色? 这里的问题就很不简单了,不像有些人开口就说一声"现实主义"那样"便当"了。我一向常想,西方有"希腊式"悲剧,"莎士比亚式"悲剧,我们则有"曹雪芹式"悲剧。西方有"巴尔扎克式"、"托尔斯泰式"或"高尔基式"现实主义,我们则有"曹雪芹式"现实主义。应该这样看待历史产物和民族艺术,而不可以永远是笼而统之、"一古脑儿"了事。我有这种拙见,于是自然也注意到别人的有关见解。果然,我在景华同志的文章中也找到了他对现实主义这个创作方法问题上的自己的看法。这就再一次加深了我对他的研《红》工作的一个理解——

　　研究《红楼梦》,必须是从《红楼梦》的具体实际出发,而不可以从一些抽象概念出发。那样等于原地踏步或转圈子,对《红楼梦》的什么问题、什么特点特色都是不能解决、不能阐明的。我们的《红楼梦》,是一部中华民族的文化结晶,里面包孕千汇万状,极其丰富,我们必须从这种无价之宝的异样财富中去挖掘,去洗剔,去发现不计其数的隋珠和璧,它们具备着令世界人民目瞪口呆的东方的奇辉,中华的异彩——用这个来丰富全世界的文艺宝库(包括形式上的、方法上的、理论上的、美学观上的……诸多方面)。而绝不应该是掉转来,从已有的现成的西方文艺理论中的一些概念出发,只用那些认识和标准来图解《红楼梦》,评论《红楼梦》。

如果上述的这种领会没有看错了景华同志研究工作的基本精神和方法，那我就要说，他的这种精神和方法才真正是符合马克思主义的。假使他在整部文集中连一条语录也没有征引，一个术语名词也没有照用，那我依然认为他是真正努力学习、运用马克思主义来研究《红楼梦》的。

他有一次为了向我说明自己的意见，写给我一段话，我觉得如果借来作为这篇拙序的收束语，倒是合适的。

他说："笔者认为，探讨《红楼梦》的艺术，必须研究中国的文学理论，不用中国的文学理论，是不能很好地阐解《红楼梦》的艺术宝藏的。马克思主义文艺观给我们研究中国文艺理论提供了宝贵武器，我们不能满足于马克思主义的现成结论，而是应不断地用这武器来挖掘人类艺术的矿藏。中国文学有其独特的艺术规律，研究这些也是对马克思主义文艺理论的丰富。"我完全同意这一看法，马克思主义原是这样教导、启示人们的，它的伟大也正在于此。"具有中国特色的社会主义"这一命题，不正是显示着一种既体现了马克思主义的精神，并且也丰富了它的蕴涵的科学方法和态度吗？研《红》工作，必须以马克思主义为指导，我们都这样想，这样说，但这不是一个主观愿望或自以为是的问题，是一个实事求是地学习和实践的问题。因为给杜景华同志的文集作序，我的这一感想和感受是更加深刻了。

周汝昌
一九八四、六、廿九
甲子六月朔酷暑中草讫

（杜景华著，中州古籍出版社一九八七年版）

"在苏本"旧钞善本《石头记》论略

——中苏联合影印本代序

　　全世界除中国以外藏有名贵的《石头记》古钞本的,只有一处一部,即现藏于苏联科学院东方研究所列宁格勒分所的一部,人称"列宁格勒本",或简称"列藏本"。想为此本拟定一个较为恰当的名称,一时还颇难如愿。由于它是道光年间被一个来华的俄国人士携回他本国的,所以有人建议称之为"流俄本",意思是"流入俄国的本子"。我如今则称之为"在苏本",窃以为比"列藏本"通顺些。

　　自此本于道光十二年(一八三二)入俄迄于去岁,一百五十多年间,中国人只有潘重规、庞英二先生曾见过它,并作过报道介绍。一九八五年十二月十六日至二十五日,我受我国有关部门的委派,专程访苏,考察此本的真相,判断是否有影印流市的价值。目验此本之后,由我向苏联的东方研究所领导、出版委员会官员、汉学专家、中国驻苏大使馆前来协助工作的同志们,作了正式的发言,表述我对此本的初步学术见解。中苏双方达成协议,愿将此本付诸彩印,俾其由密庋深藏转为广行流行。这不但是海内外红学研究者和无数读者多年盼望的喜讯,而且也是中苏两国人民文化交流上的一件极为重要的大事。双方协议书规定,在影印本的卷端,中苏各由两位专家撰写序言,以志盛业。我忝膺此任,故将拙见粗记于此,以当抛引。我对此本虽然仅能在很有限的时间内抽阅了若干部分,虽然这只是窥豹尝鼎,而即此一斑一脔,也给我留下了很深的印象。撮要而言,有大端数事,首先应引起吾人之重视。今试列于后方：

〔一〕此本纸墨新旧的程度，抄写字迹的风格，都显示出视甲戌、庚辰、己卯诸本抄写时间较晚。我意应在嘉道之间。比如凡叙及宁荣二府字样时，宁字作寕，这似乎是避清道光皇帝旻宁之讳的现象，那么我曾说此本抄写时间比携往俄国的道光十二年并早不了太多，也许是不无道理的。

〔二〕此本抄写的时间较晚，不等于说它所据底本的整订写定的时间是与之同样晚出的。底本的早晚与抄本的早晚并不总是一致的。从此抄之文字看，其所据底本是一个很早的好本子，价值很高。

〔三〕说所据底本价值很高的实义是：其文字看来在迄今所发现的众多钞本中可算是属于最佳最可信赖的一种好文本的系统。它在很多地方，与其他诸本文字差异时，却独与甲戌本相合（我认为甲戌本文本最好，最接近雪芹自定本；馀如庚辰本等，即已杂出很多不甚高明的异文，显因某种缘故经另手窜入后改字句）。此指原钞之内的有无窜乱改动。还有一层，就是既钞之后，又经妄人随意加上去的墨笔增删钩乙涂改，有时弄得一塌糊涂，全非雪芹原文本旨。这情况甲戌、庚辰等重要钞本，皆遭此厄，未能幸免（识陋者却误认为那些胡涂乱改是出自作者的意旨而另笔代行的，可谓是非颠倒太甚）。而在这两层窜改混乱关系上来考校，"在苏本"所蒙受的灾厄最少，因而最接近原文真貌，亦即最可信赖。

〔四〕此本钞写甚精，其字迹无论行草楷真，都相当美好，望而可知是出于有文化的人士之手，而与那种朴拙单调的钞胥字迹判然有别（钞手共有几人？目验者说法不一，本人对此未及详究，姑存阙疑）。依此而观，这似乎不属于那种为昂其值而售诸庙市的牟利品，而是爱好者自己的钞藏本。此种精钞本钞后未经他手乱加涂窜，格外可贵。

〔五〕说此本为精钞善本，不等于说它十足完美，并无半点疵瑕。它也有几种缺点，其缺点之特异处说来也很有趣。

（甲）一般性钞写讹脱。如《好了歌解》"陋室空堂"处，诸本咸同，此本独缺"堂"作"陋室空"，因"堂"、"场"等字是韵脚，显系脱字。如"夭逝黄泉路"，写成了"大逝……"；"不胜之态"，写成了"不胜之熊"等，望而可知是讹错之字。

（乙）钞时所作臆改。如上所言，钞者文化很高，这是可贵之处，但文化高些的人却每喜聪明自作，笔端略施"斡旋"，便失真实。如叙一僧一道来至石下"席地而坐，长谈"，甲戌本外诸本咸同，而此本独作"席地坐而长谈"。孤立地看，此本文句为优，但实际"席地而坐"是原文，"长谈"二字系因残失了四百馀字一大段正文而后作的权宜处理，文句确实不佳，我早曾指出过。此本钞者正因文化水平高，不满于底本的原状，故而将"而坐"加之钩乙，使得那孤零零的"长谈"二字变得贯串通畅得多。这不能不叹佩钞者的高明巧妙。但问题是不管"处理"得多么好，也是不忠实于底本的妄改。这是不足为训，是宜加"警惕"的。

（丙）最有趣也最值得注意的是，我们可以确凿地判断出：钞者有时因未将行草字迹审辨清楚而钞成了错字。上一条例子的"不胜之熊"的所以致误，已可看出是由于"态"字下方"心"的草书易与"灬"（四点火）相混了。《葬花吟》中"未若锦囊收艳骨"句，此本竟作"归囊"。这显然也是由于"锦"字的草体被看成了"归"字而造成的失误。再如"一抔净土掩风流"句，此本作"一盂冷土……"，"抔"误作"盂"，其理亦同属行草误认之故。此类若细检全帙，可作一"专题"研讨。

这一讹错现象，引起我的特殊兴趣，觉得有一问题值得细索。

我们从已发现的众多钞本《石头记》来看，除此"在苏本"外，一概是真书正楷钞写，很难想象"庙市传钞，昂值而售"的牟利品会用草书钞写——因为没有为看小说而肯花钱买"草字帖"的理。那么，此本所据之底本竟是草书（至少有部分字迹是草书无疑），那该是一种什么样的本子呢？种种答案当中，应该包括着一个可能性，其所据底本是一个很接近（如果不即是）雪芹手稿的高等写钞本。这种本子，上面还带着雪芹笔迹的直接、间接的遗痕——这可就宝贵万分了！

我们想象，雪芹当日，庭花阶柳，夕月晨风，每当灵感大来，文思泉涌，振笔疾书，他写的草稿正该是潇洒风流的草字！这是情理之必然，是用不着"考证"和"质疑"的吧。这样的话，带有草书遗迹的传写本，自应格外受到重视和探讨。

〔六〕异文的问题，也很有趣。所谓异文，通指与诸本文字独异之处，此义并不难懂。独异之文,有时即是钞手笔误或后人妄改,其例不可胜举。这种独异,除了制造混乱,别无意义可言。在上述两情况之外的独异之文,却特别重要,需要格外注意。比如,仍拿《葬花吟》为例,前文所举,诸本作"一抔净土"者,此本独作"冷土"。此"冷"字单看未必有甚希奇,且必认为不如"净"字为佳。但是应当明白:这冷字与日后中秋联句的极要紧的"冷月葬花魂"这句谶语显有关系。回视"净土",意味就大不相同了。一字之差耐人寻味。

又如同篇中"……落絮轻沾扑绣帘"句下,诸本皆作"闺中女儿惜春暮",而此本独作"帘中女儿……"。这又使人想到:此种不一定只是个"顶针续麻格"的句法问题,而应联系《桃花行》的开头,就几次叠用"帘内"、"帘外"以及《海棠诗》"晶帘隔破月中痕"等句,帘是潇湘馆中的一个带"标志性"的事物。及至"手把花锄出绣帘(或作闺)"句,此本独作"须抱幽芳出绣闺"。这现象尤堪引人嘱目。我以为除"须"字或有行草体致讹之可能外,全句异文似更接近原本真相,这"抱幽芳"比那"抱花锄"要好得多。《葬花吟》的独特异文还有,但为避繁,此处不拟细列了。

另一种异文如荣府管家林之孝家的,人人尽知,独此本忽出"秦之孝"之异文,而且不止一处,接连几个皆同,证知不属偶然钞误。那么,这又应当作何理解?林姓和秦姓的关系到底是个什么问题?十分耐人寻味。

仅此零星之例,已足见此本的"来历",似不等闲。

〔七〕行款的特例。

此本行款上特异之处虽然不多,但也有个别奇特之处。如首回回目,两句作双行并列的形式钞写。此种现象未见于其他钞本,唯明清之际刊本小说时有此例,回目是两句并排的——如此究属时代风习的关系,还是所据底本格式有异的原故?须待研究。又如《葬花吟》的行款也出现了异象:此本此诗从开头连行钞写,至"明年花发虽可啄"句,忽然断行而止,下另行重起"却不道……"一句又连行续写。直到"一年三百六十日"句,又忽然断行止住,下句"风刀霜剑严相逼"又另行重起。此不知究为何故?我的想法是:如经细心的研者推寻,或许可以发现所据底本(即接近雪芹手稿本)行款原貌,亦未可知。

再一有趣之例是首回"当此,则自欲将已往所赖天恩祖德……"句中,"天恩"之上空格(即不提行的"抬头"书写法)。按所有其他钞本未见有此款式,十分可异。我的看法是:此句依甲戌本当作"……则自欲将赖——上赖天恩、下承祖德……",此乃原稿原式,后人嫌句法不"规范化",遂将"上赖"抹去、删掉,意欲句法简净(殊不知此乃脂砚斋代记的,原为"回前批语"的性质,故文字全是批语信手而书的风格)。换言之,我以为此本的空格本非"款式"之事,实际上是删除二字所遗"空位"的痕迹。这种地方说明了原底本与甲戌本的文字大抵相合。

〔八〕章回分合的问题。

目前已有的研究此本的文章,都特别注意其中第十七、十八、十九回这三回和第七十九、八十这两回的分合现象。举世皆知的是,如庚辰本中第十七、十八两回相连不分,回目的上下句所包的也正是两回的内容,可见这本是一个"长回"或"合回",后来强作割分、改纂回目,是违背雪芹原意的做法。此本的这两回恰与庚辰本相同,是一个"合回",保存着原稿面貌。但是在第十九回上,此本与庚辰本有同有异:同者是都已经独立为一回书文了,庚辰本中的却还没有回目,而此本却有了"花解语"、"玉生香"的回目了。到第七十九、八十回,庚辰本已分割为两回——但第八十回尚无回目。而此本则两回相连,根本不曾分断。

这样一来,论者遂谓:从前一例讲,此本应"晚"于庚辰本;而从后一例讲,此本又"早"于庚辰本。两种现象是矛盾的——那应该怎样解释才算对呢? 于此,"拼配说"遂应运而生,就是说,论者认为此本是由几个不同的零残底本配钞而集成一部的,而这些底本年代,有的较早,有的较晚,云云。

这么一来,"在苏本"本身的年代就成了一个无从定论的问题了。

拙见则稍有异同。特别要说明的是,"拼配说"若无十分确凿坚强的证据理由,是不能轻易提出的,它绝不能被拿来给一时不能理解现象的皮相者充当"解答矛盾妙方"。

分回的问题,需要仔细审辨事情的真际,而不要只看现象。如果只看见分开写了就以为这就等于是雪芹自己所说的"纂成目录,分出章回"的分回处理了,就要出毛病。

　　事实上,凡是原书写定时决定分成章回的,其规律一概是于所分两回之间,前回之末,次回之首,各有数语互为重叠式呼应,这可称之为原分回或真分回。凡是缺少重叠呼应语的——即只要将前回的"且听下回分解"套语和次回开头的"话说"二字一除掉,则原文马上可以直接连读成文的,都是后分回或假分回。

　　各举一例为证:

　　第八回回尾——

　　　　(秦业)……亲自带了秦钟,来代儒家拜见了,然后就听宝玉上学之日,好一同入塾。正是:……

　　第九回回首——

　　　　话说秦业父子专候贾家的人来送上学择日之信……

　　这就是原分回或真分回的重叠语照应衔接法(重叠语,不等于一字不差的重复)。

　　第十七回回尾——

　　　　……宝玉听说,方退了出来。下回分解。

　　第十八回回首——

　　　　却说宝玉来至院外,就有跟贾政的几个小厮上来……

　　此系戚序本的分回情形,而一检庚辰本,则本作如下形式:

　　　　宝玉听说,方退了出来。至院外,就有跟贾政的几个小厮上来……

这正是我说的后分回或假分回,其做法就是进行分割,然后硬添一句"下回分解"套语于前回回尾,再加"话说"二字(多数例只添加这二字便充作了新回的开头,少数也只于此二字外酌加二、三字使之"成句"即算数,如本例,于"说话"外,又平添上"宝玉来",便接上"至院外"了,其情形最为清楚)。

依此规律以推,便可见第七十九、八十两回的实际应是怎么一回事:

第七十九回回尾——

香菱忙笑道:嗳哟,奶奶不知道,我们姑娘的学问,连我们姨老爷时常还夸呢! 欲明后事,且见下回。

第八十回回首——

话说金桂听了,将脖项一扭,……

这就是庚辰本上所谓的"分了回"的样子。其实呢,你只需要将"欲明后事,且见下回"和"话说"共十个字一抹掉,就得出了本不分回的连文原貌来——而"在苏本"的实况恰恰就是如此。这就说明,庚辰本上的现象并不代表事情的真际——庚辰本的原底本未必已被割断,那割断往往是在钞写时"临时现作"的"处置"。

这种类似的临时在"做手脚"的情况,"在苏本"中还有十分有趣的痕迹可寻,不啻是一种旁参佐证。我还记得两例:一例是某回回末,原文已止,止处与诸本相同,可是钞写上出现了可异现象,即,原文戛然而止(雪芹原稿的很多回末并无结束套语),可是"在苏本"却比诸本多出来几句话,有了套语。细察时,多出来的字迹是另笔所书,字法与墨色皆与上文有异,而且原文的戛然而止之处,有一个大墨点"点住"了——这显然是后经有心之士核正发现,作出了记号。又一例是,某回回末,文至"……拿人取笑,等着——"戛然而止,"等着"下面缺失无文了,可是已有墨笔将"等着"圈掉——这显然又是无法加上"结束套语",便干脆将"碍事"的"绊脚石"残文"等着"二字搬掉,下面便好"顺利地"添加"欲知后事,下回分解"之类的套头了!(两例的回数,因在苏时间极紧，抽阅时失记，故暂缺。）

这样的例证最能说明：回的分合问题，还不宜只看钞写的现象便断言如何。因为钞的时候确实会发生"临时处置"的自作主张的事态。

准此而言，只凭"在苏本"与庚辰本的这类异同现象，并不能准确无误地判定哪个本子时代早于哪本。第七十九、八十的合回，庚辰本原亦实质上无异，只不过生遭割截而已（所以第八十回亦无回目可言）。第十七、十八两回虽似分开了，实质上是我所说的假分回，是后来的"处置"，不等于原底本的原貌真相。第十九回"在苏本"有了回目，而庚辰本尚无，似乎后者年代早于前者了，其实也不一定。因为，这个问题必宜参看脂批，脂砚的眉批早已指出"至《玉生香》回……"，则可知这一联回目的纂成，时间绝不会晚——所以也难以据此一点来判言"在苏本"一定晚于庚辰本。

以上是我在分回问题上与诸家见解小异的所在。

〔九〕回目的重要。

"在苏本"的回目与其他重要钞本的异同，潘重规先生作了很好的比勘列举，极便研寻。我已说过只凭一二章回的分合现象并不一定能比较出两个本子的孰早孰晚。我却认为回目在比判早晚上其重要性可能更大。即如第八回，此本回目作"薛宝钗小宴梨香院，贾宝玉逞醉绛云轩"，与甲戌本大同，只二字有小异（凡"绛芸轩"此本"芸"多作"云"，故不必在此单论），即甲戌本作"……小恙梨香院""……大醉绛芸轩"。这种迹象极堪注目，因为庚辰、戚序等本的此回回目皆与此迥异！家兄周祜昌在《石头记鉴真》（书目文献出版社）中曾指出说，此种回目纂写最早，因其句式无意中与《金瓶梅词话》第二十七回的回目句式相犯，觉察后为避免无谓的"联系"，方始重新另纂——才有了像庚辰、戚序等本的那种种不同的回目，但亦终未妥恰，无所胜于初纂。

〔十〕批语的问题。

我在列宁格勒向众多苏联汉学家、出版局官员、我驻苏大使馆的同志等正式发表学术意见时，有一句话，说是此本几乎是抄成了一个白文本。这句话的真正用意有两层：一是不承认早先的报道文章说此本有很多不见于他本的批语，也是一大特色。其实这些墨书眉批等文字，与脂批毫无关系，其内容亦无多价值可言。二是强调比喻此本连双行夹批的数量也极少,少得令人奇怪。按潘先生的统计,此本双行批实共七十四条(内四条已混入正文抄成大字)。我们曾撰文报道"梦觉本"的双行批的情况:它在脂本中是存双行夹批最少的本子,可是也还有二百三十多条呢。相形之下,"在苏本"所存批数实在是太少了! ——平均连每回一条批还不够,这成什么"脂本"的局面呢? 所以我说它几乎成了一个"白文本"。

这个现象是怎么回事? 据潘先生又说,七十四条中有五条是此本所独有,不见他本。这一切,尚待好好研究。因为这也很可能有助于判断此本底本年代的早晚。

综上而见,"在苏本"有很多特点特色,凡是在先的介绍文章所曾叙及而我表同意的,多不在本文复及。大家最关心的首要问题,仍然是此本的年代早晚这一点。对此,本文无意妄断,只想表明二三拙见。

第一,有的研者认为此本是大致属于戚序本系统的一个旧钞本。倘如此,则其底本年代当在乾隆三十至四十年间,略晚于庚辰本系统诸本,而大大早于程刊本。但稍一详察,即知并不尽然。只需举一点就能说明它不同于戚序本:如"闹学堂"一回书,那些顽童包括焙茗在内的吵骂中,原有不少秽语,戚序本俱已删掉或"改造",即"净化"的加工;可是此本却不然,照样保存着原文不动。即此可见,它比戚序要早得多。加上它的回目、异文的很多同于甲戌本的地方,这一点就更清楚了。

再如又有研者认为此本应早于戚序而略晚于庚辰。其实也不尽然。比如在宝玉黛玉初逢的书文中,写到了林姑娘的眉和眼的特点,诸钞本其词各各不同,蔚为奇观,庚辰本此处文字是"两湾半蹙鹅眉,一对多情杏眼",这简直俗不可耐的极糟的文字,而此本却作"两湾似蹙非蹙罥烟眉,一双似笑非笑含露目"。据我所见,所有众钞本,唯以此本之文为独存雪芹原笔(甲戌本因有缺字,复被妄人浓墨涂改,致不得全貌。戚序本作"两湾似蹙非蹙罥烟眉,一双俊目",显系既有讹字,又有缺文,勉强妄凑,致不成语),证以己卯本作"两湾似蹙非蹙罥烟眉,一双似泣非泣含露目",大致可定,而"笑"字实为劣甚误甚! 按"罥烟"一词,于古无先例,却见于雪芹好友敦敏的《懋斋诗钞》中咏柳之作,可知是他们自创的文学隽语。"含露"与之相为对仗,指的是黛玉目常似湿,亦即另处所谓"泪光点点"者是。不懂雪芹字法与意度的,便提笔改为"含情目",真是糟蹋艺术大师的笔墨至于不可饶恕的地步!——依此而言,说此本文字晚于庚辰本,就怕也未必得实了。这一点至关重要,故为郑重表出之。

总的说来,我的看法最主要的有三点须明:一是此本钞写虽晚,底本却早,二者不可混为一谈。二是此本底本之早,不一定次于庚辰本,有可能比之更早,保存着更多的雪芹原笔。三是甲戌本文字最佳,惜止有十六回,久为憾事,欲求一"可代"之本,迄未幸遇;如今,有了"在苏本",大约此憾略可弥补矣!

最后,也应说明一点:此本开头的情况,却与甲戌本大异,既无《凡例》,也无总批与标题七律诗,也无总目录。掀开书皮一张纸,即赫然呈现第一回第一页正文——这情况很启人疑惑。这怎么解释呢?需要研究。观此本现状,既早经重装过,其封皮一张纸,连一扉页衬纸皆无,而封皮纸已破裂损坏了。这使我想到,如果此书的最初情形恰也类此,则久经翻阅,首回开卷少数几页,已经残缺,故而另据一个类乎戚序本的钞本的开头将它钞配补缀,遂致成为目今的现状。这是我设想的一种可能性,不一定言而必中。我主要的意思是要说明:判断此本年代,还是要总揽整体众多情况,而不可止看第一册开头的样式便下结论。

要之,这是一个非常重要的旧钞本,价值很高,它的影印是红学界的一件大事,也是中苏文化交流史上的一件大事,特以此文,略志欣幸。

周汝昌

一九八五年七月

乙丑初伏酷暑中　写讫于北京东城

(原刊《云南民族学院学报》一九八五年第三期)

《红楼通析》序

　　雪芹写《石头》一"记"，早即完成了全稿，然而他竟又为之"披阅十载，增删五次"，下了这么一番"剩下"来的苦功夫——何也？何也？这问题是要提的，也要答的。数曾与一二青年"红友"讨论过此事。我们最后"达到一致"的看法是：除了润色琢磨，更主要的是为了创立和完善他自己的一个独特的大结构奇迹伟业！为此他花了十年辛苦，真乃非同小可之事。那么，他这奇特独具的大结构又是什么样子呢？这是为同志作序，不能超出这个范围讲我的"结构论"，我只能表明：他的结构法与《三国》、《水浒》、《西游》、《儒林》……统统不可相提并论，切忌把它的极大的独特性拉向"一般化"去理解，去讲说。对于这个奇特宏丽异常的结构之宫，我曾作过种种比喻，此处不拟重述。其中最易看出的最重要的一层，就是雪芹的全书如何分排段落的法则。不由这里入门，将很难窥见雪芹的艺术堂室之至富至美。但是时下一般讲《红楼》的，十之八九是"形象塑造"、"性格刻画"这一套基本上是西方传来的那种艺术理论的产物，对于我们中华民族的这部伟大作品的真正奇特独异之处，是不大懂得的。唯有本书的撰者却从另一种角度和观念来分析解释雪芹的小说，因而其结果才能形成这样一本迥异流俗的"说梦"著作。

　　丁淦同志先将全书分成几个大的段落——这不是从概念而分出的，是从芹书的客观实际而分成的。他将每一大段落的内容——极其丰富的情节内涵，和这一大段落在全部书中的地位和作用——极其超妙的艺术奇迹，作了非常细致深入的解析。他的这个体例，我很赞成。有了这样的一个"向导"，大约才可以说不致在读红的艰难旅程上问道于盲了，这真是广大读者的一个极有斤两的红楼讲座。

雪芹这位大师十年披阅、五次增删的苦心匠意，不经过这样的一番剖析赏会的功夫，其涵蕴之美将永远被一些浮光掠影的浅俗之论所掩没——那是多么巨大的一笔损失？怕是难以"数据"来显示的吧。多年以来，我时常思索这件事，自己也想试为一二，在《天津日报》发表的《红楼小讲》连载，就是一个说明或示例。当然，我与丁淦同志的做法是不会一模一样的，而且我那是为了报纸而写，篇幅甚隘，不能放笔细书，只能略述要点。《小讲》之业亦未竟，尚在半途，而忽睹这部书稿之规模体例，不禁心胸大快。这是一种认真的红学研究，又是一种通俗的《红楼》普及教科书。

自然，任何人的学识才情都有限度的，很难说我们目前的红学水平已能尽窥芹书奥秘，丁淦同志的所见所言，也不敢说就是全部探得骊珠。但是无论如何，他的这种努力和成果，是值得十分重视的精神和业绩。丁淦同志是研究文艺理论和美学的中年学人，他的思致极好，眼力很高。我们二人之间的"红学现点"也是合者比不合者更多得多。以上述层层缘由，我应他之嘱才写几句弁言，若引用一句老话"乐为之序"，那是如实之语。

本书的问世，将引起研究界和读者界的不小的"波动"，我看是可以预卜的。即以芜言，兼申祝贺。

周汝昌

乙丑端节后

（原刊《红楼梦学刊》一九八六年第一辑）

影印《蒙古王府本石头记》序言（一九八六）

　　一九六一年开春，一部旧钞本——蒙古王府本《石头记》入藏于北京图书馆善本室。这部钞本有其极为独特的价值。如今书目文献出版社决定影印行世，是对中国文化建设的一大贡献。

　　这部钞本的独特价值，仅从一般的古书版本学的角度去讨究，是看不真切的；欲明此本价值究竟何在，还要从更多的崭新的角度来考察辨析。

　　当前的红学领域中，版本学的研究仍然是一大支系，或者说是一大分科专学，这从最近的一次国际《红楼梦》研讨会议的实况中显示得至为清楚。而据我个人所见，当前的红学版本学已经跨入了一个新的阶段，即：这一领域的内容要求，早已不再是旧式的"某本作某"的那种研究方式和成果表现所能胜任的了；新阶段的趋势是：不单是已从"某本作某"的罗列现象方式进展为讨寻众多钞本的源流分合，而且由此进而探索文学大师曹雪芹的创作实际过程以至他的生平遭遇事迹了。这在整个红学发展史上是一大进境、一大创新，而我以为这部钞本的独特价值，正是要从这些新的角度和层次来进行研索，才能有所知见体认的事情——换一个方式说，讨论此本价值的工作，绝不是对一部个别钞本作出研究的事，而是要涉及全部红学史的一个重大的课题。

　　《石头记》的本来面貌，即钞本形式，自乾隆末年程伟元印本《红楼梦》

（增伪续四十回拼配为百二十回本）出现，即逐渐湮没不传；一百二十年后，直到清末民初，方才有一部戚序本（有正本）钞本《石头记》石印问世，这原是一件非常重要的事情，但除鲁迅先生外，长期无人给以应有的重视。对戚序本的认识和评价，不过是近年来的"新"事态罢了。这个戚序本的印行及其意义，它的引人注目的特色与优点，竟然是习见程本（及其无数辗转翻刻翻制本）的人们所难以理解的了。

从民国元年（一九一二）戚序本石印出齐之年算起①，到这部蒙古王府本的入藏京馆并为人所知，已是整整半个世纪。我们将蒙府本与戚序本比照而观时，惊喜地发现这是一对"姊妹本"，可说是各种特点都很一致。于是以前对戚序本投有怀疑目光的人，这才相信了这种古钞本的其来有自，而非"书贾"或"妄人"所"造"。

要问何谓"其来有自"——这个决定了"蒙戚系"钞本的价值的历史原委，却是一个说来话长的"故事"（二字的本义），它实际上关联着明清两代的许多历史变故。本篇序言拟就此课题试作探讨。

两句纲领性的话：欲识此本之真价值，须知两点：一是曹家败落，实缘佟氏大案；二是此本之最初整编钞传者，正是佟氏后人。

关于佟氏，当时有"佟半朝"的俗语，意思还只不过是说，佟氏一门贵盛，满床牙笏，冠绝群伦而已；但深悉清史的人却知道，佟氏诸人是关系清代兴衰隆替的一个重要家族。佟氏原是因明朝在辽东开原地方开市与满人贸易而兴起的人家，后移籍抚顺；佟养真（清代官书避雍正嫌讳作"养正"）为明万历间辽东总兵，叛明降清（后金），与从弟佟养性（统领汉兵）、养量，皆以武职起家②。养真之幼子盛年，入清后更名图赖，生国纲、国维等弟兄。图赖有女，入宫，是为顺治帝之孝康后，即圣祖康熙帝之生母。而康熙帝之孝懿后与悫惠妃，又皆国维所生姊妹。犹不止此，康熙帝之九公主，乃是雍正（胤禛）之同母妹，下嫁与国维第三子隆科多之子舜安颜——如自清太祖努尔哈赤已有"元妃"佟佳氏，并佟养性已是太祖时之额驸（俗称驸马）算起，则佟氏（后"抬旗"即称佟佳氏）与爱新觉罗清皇室实为五世儿女亲家③。此一家族抬入满洲旗，充满族人，改用满语姓名，贵盛至极，当世方有了"佟半朝"的俗语"口碑"。所以他们与清室关系至极密切,其家族命运亦与清室政局互为表里,息息相关。康熙之称佟国维,雍正之称隆科多,皆用"舅舅"为官称,势倾朝野,为帝王以下的"首姓"。

到了康熙朝,发生了立太子、争嫡位的重大纠纷。佟家一门都是支持皇八子胤禩的主要人物,以至遭到康熙帝的严厉遣责(如舜安颜因此以至削去额驸,加以禁锢;后来才得释放)。但在雍正夺位事件中,隆科多由于己子是胤禩的嫡亲妹丈而别有打算之故,却忽然独自站在胤禛一边,与年羹尧合作,以兵力实权帮助胤禛克制了政敌,谋得了皇位。

隆科多的"拥戴"之殊功,换来了极端的荣华富贵,以雍正二年为达到顶点。从三年起,情况逐渐有变,雍正早已安心要"收拾"年、隆二人,以免后患。种种寻衅,迤逦至五年十月,终以四十一款"大罪"将隆科多严酷惩治,禁锢斗室,不久殒命。"狡兔死,走狗烹",略如汉家故事。

简叙至此,即须指出:雍正于五年正月治年,十月治隆,于隆科多败事,只两月后,便下令将曹頫革职籍产!

这缘由何在? 只因:

一、佟氏兵势先助满人攻下抚顺,次陷铁岭,曹氏原从河北丰润迁来辽东,其时已著籍铁岭,即随佟入旗,两姓家人丁众,皆自抚、铁随势南移,以至辽、沈,而建后金。两家关系最早最密。曹世选之"令沈阳",曹振彦之任"教官",皆与佟氏同列之时④。

二、清太宗皇太极之孝庄后,生顺治帝,地位最为重要,后实掌"上三旗"兵,为曹家(正白旗)之实际"旗主"。世祖顺治帝之婚配佟佳氏孝康后,亦孝庄实主之。孝康生康熙帝。当时满洲风俗,凡生儿先择乳保,最为要事,其人选(多由新生儿之外家推荐)亦实由孝庄主之。及顺治帝病危议立嗣位人,选择其第三子玄烨而力争于顺治之他议者,又实孝庄一人之意旨(说详拙著《红楼梦新证》第七章二六四——二六六页)。康熙帝生母早亡,其自孩提教养成长,悉赖保母孙氏抚育,即是康熙帝之真正慈母,其感情终生难忘。而此孙氏,即曹雪芹曾祖曹玺之夫人。此种关系,奠定康熙六十年曹家地位——也说明了佟、曹两姓旧谊的渊源久远。

三、雪芹祖父曹寅、寅妻兄李煦,分任宁、苏织造兼两淮巡监,由于历史的以及宫廷职务的关系,皆属于胤禛之争位敌对党,又身为皇室世仆,洞悉胤禛私秘,故胤禛登位后深防忌之。而由于曹家诸门亲戚,多有崇贵膺用之人,又特蒙佟家世谊之维护,得苟延至雍正五年。其年,曹氏诸戚谊如平郡王纳尔苏、尚书傅鼐、织造李煦等,先后获罪。至十月,隆科多覆灭。于是曹頫被连,更无遁解之馀境,遂于十二月抄没逮问⑤。

佟氏一门是清代足以左右皇室及政局的强有力的戚里豪门,他们的命运,又牵连着"老亲旧友"曹家的升沉否泰——而这种升沉否泰,才正是曹雪芹黄叶著书、写作《石头记》的兴感与历程的真正的源头⑥。

必明此义,方能读懂蒙、戚两本中独有的回前绝句诗:

请君着眼护官符,把笔悲伤说世途。
作者泪痕同我泪,燕山仍旧窦公无!

——第四回回前

积德于今到子孙,都中旺族首吾门。
可怜立业英雄辈,遗脉谁知祖父恩。

——第五十四回回前

只这两首诗,便将题咏者的身份作了准确的规定:

第一,敢称自己家门为都城中旺族之首(旺族,实质是说望族,但因自言有所未便,故改用"旺族",实婉词耳),这种口气,非佟氏莫属(就连另一满门富贵的李荣保、马齐、马武、傅恒、明亮、福康安……这家富察氏,也都没有资格这般讲话呢)。

第二,明言题诗人之泪——身世之感、家门之痛,是与雪芹全然一致的!这也正是佟国纲、国维的子孙后裔的声音。

到雪芹这一代,还能有佟家的子弟与之交往过从或"遥闻声而相思"吗?我看是完全有的。雪芹与敦敏、敦诚交往,其实就是由于敦家属于"年党",与曹家同是受雍正之迫害。所以雪芹如与佟家子弟有所往来,便毫不足异,正所谓"人以群分"了。再还可能兼有其他的因缘。试举一例:隆科多之二兄法海,是有名的八旗进士翰林(一六九四),风雅博学,因与兄鄂伦岱⑦同属不直雍正之所为者,虽高官至兵部尚书,亦正在五年八月,革职流放于蒙古。至十年(一七三二)方得赦还,乾隆改元(一七三六),入咸安宫官学为教习,年已六十五⑧。咸安宫官学者,专为"教育"内务府子弟而设之学校也,雪芹时年十二三,正入学就业之时⑨。这层渊源,尤可注意。参互多种关系而看,蒙、戚系钞本的题诗制批人,如果推为法海、鄂伦岱等人之子孙后嗣,就是十分合乎情理的了。

这位敢于整订评题《石头记》的佟家子弟,却也不敢留下真名实姓,他只在第四十一回的回前诗(七绝)下,记下了他的一个别署:

> 任呼牛马从来乐,随分(去声)清高方可安。
> 自古世情难意拟,淡妆浓抹有千般。

——立松轩

因此,有研究者认为蒙、戚本即是"立松轩本"⑩。

假若"立松轩本"之名实俱符历史真相而无差误的话,那么从立松轩的各体评题(诗、词、曲、骈、散皆有)所显示的特色来看,则其人⑪应是:

一、出身大家富室。批语中时常提及"富家长上……"、"贵家奴婢……"、"富室贵家"、"大家规模"、"大家威仪"、"大家气象"、"望族序齿录"……

二、身是宦门子弟。故特此体会"富贵子弟"、"荫袭公子"、"公子局度"、"富贵公子,侯王应袭"的事情。

三、饱经盛衰荣辱。其韵语中每言"好将富贵回头看"、"梦破黄粮〔梁〕愁晚"、"万种豪华皆是幻"……

四、对"世途"、"宦途"屡寄感慨。

五、深有感于"有势者"之不自警戒,自贻伊戚,不知将来"时衰运败","及风波一起,措手不及"。常有"示警"、"宣教"之语。

六、极恨"大奸巨猾"、"大奸大盗"一类人(似不无隐指雍正之意)。

七、以为《石头记》作者"他深见'书中自有黄金屋,书中有女颜如玉'等语误尽天下苍生,而大奸大盗,皆从此出,故特作此一起结,为五阴浊世顶门一棒喝也! 眼空如箕,笔大如椽,何得以'寻行数墨'绳之哉!"极为厌恶世俗礼教而又杂有道、释思想。

八、其文笔造诣(从第四十回以下显示得愈益突出)很是高超,精谙我国民族传统行文用笔的种种特殊技法与理论,在赏析方面写下了多条极为精彩透辟的批语。

九、多次指明"痴情"、"至诚种子"、"真情种"一义,又屡用"幻情"、"幻境"等词语表意。也深能领略书中宝玉的"痴"心"呆"气。

十、极佩作者曹雪芹,对其人的文学、风度、"妙心妙口"、"锦心绣口"、"灵心慧性"……表示惊叹、倾倒、崇拜。

这些特点,对佟氏世家来说(他们是武功家世,然而又非常风雅,人人都有别署,或者留有诗集,并不同于一般八旗武勇之辈。如《啸亭杂录》卷七说"佟国舅国维,孝康章皇后之幼弟,人谨恪,虽居膺重任,不以揽权为要,惟延学士,讲文艺,以为乐",可见一斑),也是对榫入卯,略无凿枘参商。但其重要的是,此人对书中的探春、熙凤尤具备极高的干才智能,贵宠倚重的条件,尚且困难重重、掣肘种种的处境,深致叹慨,至言:"况聪明才力不及凤姐,权术贵宠不及凤姐,焦劳弥缝不及凤姐,又无贾母之爱、姑娘之尊、太太之付托,而欲左支右吾,撑前达后,不更难乎? 士方有志作一番事业,每读至此,不禁为之投书以起,三复流连而欲泣也!"如以寻常眼光看待,这岂不是与芹书意旨正相违逆而当厌其迂谬之笔? 然而若知其为佟氏后人的特殊心境,便恍然悡然了。

这位佟氏批书人留下了两处"自表"的痕迹,一处即是署名"立松轩",书写地位是第四十一回开卷的最前面。这是因为,佟氏所得原钞本,尚是只有前四十回已经作好了双行夹注和总评并且一切款式定了下来的本子(例如孙楷第先生就曾著录一种四十回本单行)。其主体仍属脂批本,佟氏不肯攘善掠美,只在第二个四十回的卷端记下痕迹,以表区别,说明以下的批语才算是继脂而撰,换言之,也许只有这四十回才是真正名符其实的"立松轩本"。十分谦谨得体。第二处是第五十四回回后总评,此评之末幅,特笔书写:

……噫！作者已逝，圣叹云亡（按“圣叹”是“脂砚”的代词，因此本已将“脂砚”字样扫数删去，只能隐语示意），愚不自谅〔量〕，辄拟数语。知我罪我，其听之矣！

这个地位，又正好与“都中旺族”一诗同回，那是《石头记》前半部的末尾（原书全部是一百零八回，前后各五十四回书⑫）。这段重要的话，说明了他之批注编整，是为了继承雪芹和脂砚的遗志而从事的。

然而奇怪的是：他是佩服芹、脂继志而作之人，如何在他的“立松轩本”中却又对雪芹一名只字不提，对脂砚又将其无数处署名痕迹都删削得丝毫不可再见了呢（由《脂砚斋重评石头记》之书名变为《石头记》即由此始）？他既不肯攘善掠美，又焉能掩人之名，羼己之笔？于此，便知其中又隐含着难言的事故与内幕。

了解这种内幕的关键，必然就论到了脂砚其人的身上。

我们早曾论证过：脂砚实是李煦家的一位女子。这一主张虽然不为若干研究者所接受，但近年来却出现了越来越多的赞同者。我们已知，雍正二年严治李煦时，雍正即命隆科多负责办理，并下令将李煦家口人众赏与年羹尧为奴。年、隆原甚密切，又有“换子”之谊（隆以年之子为义子），且隆本是暗中维护曹、李的人，因而此女即有机会设法得以辗转移让而入于隆府——也就是说，脂砚完全可能与佟家有了一层特别的关系。我以为，要想理解“立松轩”何以会继承脂砚之志而批注题咏、编整钞传《石头记》的奇异现象，应从这一内幕中去寻求缘故。（关于脂砚的推考，可参阅《红楼梦新证》第八章、《石头记鉴真·离合篇》等处。）

如所推接近史实，那么脂砚自入隆府后，又几番患难，无限辛酸，最后与雪芹重会，助其著书，并为评注，但是终不敢显示真姓名。脂砚于乾隆三十九年（甲午，一七七五）八月作“泪笔”一批，实即绝命词之性质，不久下世；她因境遇异常不幸，打击沉重，精神体力，早已难支，故仅仅理出前数十回，即无力续做，此时雪芹已逝，孤苦伶仃，无所依赖，遂向佟府旧识子弟行中觅请可以继志之人，付托重任，务使芹书不致湮废。于是方有“立松轩”出而承担——是为“蒙戚系”钞本之真正编整、批阅、传录者。

"作者已逝，圣叹云亡"的沉痛语气，隐涵着无限的阅历沧桑、身世命运的共同悲感。

以上仅仅叙明了我们推考"立松轩"继脂砚斋之后而工作的来由。但事情的复杂远不止此，还须了解这种"佟批本"出现的另一种历史因由。

原来，雪芹的《石头记》，其性质、其撰作情况、其传布经历……如用今日之"文艺常识"去笼统揣想比附，那是事事抵牾难通的。由于雪芹家世、遭遇都与政局密切牵连，其所撰作与钞写流传，皆有避忌，并非公开授受，列肆买卖之一般"闲书"可比。其时贵室富家以"数十金"的高价争求一部⑬，避人独赏，此书此事，声动朝野。不久，乾隆帝亦即知之，索观，情势急迫，仓猝"删削"，以为"进呈"。此一传闻、记述，非止一家一书之言，显有所本。壬午年重阳节脂批中，也特别记下了"索书甚迫"的重要语言。因此，作者、批者、编整钞传者，为了保全大局，遂不得不将"碍语"删改，一面应付迫索，一面顺势谋一"公开对外本"。蒙戚系钞本的共同特点是：删净了"脂砚斋"字样，改去了讳忌之嫌字（如"藩郡馀祯"改成"藩郡提携"），净化了露骨的秽语，除掉了很多朱笔批注，统一了款式规格，等等，可以为证。但这部蒙古王府本的两个特点，更令人注目，就是：第一，它是朱丝栏精楷抄写的，这种专用纸的中缝上方，有刻就了的"石头记"三个大字；第二，封面用黄绫装裱，为他本所未曾有。这种迹象，说明了此乃"官本"的规格，而断非一般肆售小说野史之商品性书物⑭。这一切，都为雪芹著书的特殊历史情状提供了重要标志与线索，也就正是此本的价值和意义不同一般的证据。

至于戚蓼生一序，也非同一般文字，其笔墨、见解，已俱不凡，但其字里行间，深意微词，见于言外。戚氏系乾隆三十四年（一七七〇）进士，授刑部主事，洊升郎中，在京都者十馀年方出外任。在他刑部服官期间，有机会与佟家子弟直接间接地结识过从（佟氏已有多人在刑部任过尚书等职，也可谓刑部世家。其门生故吏，在此部内的"遗绪"自然历久犹存）。戚蓼生的序，察其语气，可能即是为佟家后人立松轩而作。

然而这部蒙古王府本，开卷却并无戚序。但此本经过改装，卷首拆移了原抄第五回的朱丝栏专用纸，以程伟元序文移录抵充原序文，所以还不能认为此本一定原无戚序，可能即是改装时被有意拆掉。

　　此本不但序文是后加程序假冒,而且中间所缺第五十七至六十二回六回书文(早期《石头记》钞本每二回分钉一册,故所缺实是三册),悉用白纸录程本文字补替。又,前面的"全"总目,八十回后的"全"书文(即高续四十回伪书),也都是白纸劣字补抄拼配的。这一点,我于一九六一年三月即曾撰文指明。如今的影印本,为了一切忠实于原件原貌,只能让读者在打开此一珍本时,首先看到的却是一篇习见于坊刻俗本的程伟元序。不伦不类,可谓已甚。这诚然是历史造成的一种遗憾。鲁迅先生力主研究古代小说要"斥伪返本",而这种伪的痕迹,竟然不得不照样保留,在我个人来说,确实是不无别扭之感的。

　　一个问题也许会为人提出:既然戚序本于数十年前已经石印行世(七十年代又有了影印本),那么这部蒙府本还有什么独特价值可言呢? 回答此问,十分简单:

　　一、前文已述,戚序本之款式面貌,长期不为人所理解,甚或有疑,今得蒙府本而获得有力的参证,"蒙戚系"钞本乃脂批本中一大支系,真相大白。

　　二、戚序本的文字,在石印之前之后,都又经过后人的改动,虽然数量或多或少,但总之已非原来之全部真文。蒙府本与之相较,显然并未遭受戚序本中同样性质之后改,更为接近原本的真文字。

　　三、戚序本已将脂本眉批、侧批删净。此本却又有了数量可观的墨笔侧批,成为研究"脂批"与"佟批"的重要材料⑮。

　　四、此本专用刻印朱丝栏纸,黄绫装面,深可注意,已如上述。

　　综核而论,我才敢说此本在红学史上是极有关系的一种特殊本,它所保存的种种痕迹牵引着而且"诉说"着许多与作者、批者、传者的重要政治经历。

　　如果再讨究当时这种"特殊本"的读者范围的问题,则又有事例可举,而且异常重要:曹家老旗主睿亲王多尔衮无子,以弟多铎之子多尔博为嗣,又五传至耳孙淳颖。多尔衮得罪削藩去封典,乾隆四十三年始予恢复睿亲王封爵,即以淳颖袭。淳颖自幼失怙,寡母能文,教以诗学,抚之成长,文笔高秀,有刊本诗集。可注意者,淳颖诗稿中有《读〈石头记〉偶成》七律一篇,其中颈腹二联,词意多与蒙府本题评及侧批语句相关相通(此义另文专论,此不详及），而淳颖之母夫人正是佟佳氏。所以淳颖于程甲本活字摆印以前所读之《石头记》，可能即是来自他外家佟氏的这种"立松轩本"。淳颖此诗极有关系。由此可见此种"特殊本"的作用与意义，绝非一般钞本刊本可以同日而语。它在清代皇室宗亲中辗转传布的背景与情况，影响与声势，俱非后世之人所想象的那般简单轻易。

再一层意义是，此本于一九六一年出现后，事实上将当时已然陷于停滞的真正的《红楼梦》学术研究工作重新推动了起来。

我们已经指出过：蒙戚系本子，编整定型年代较甲戌、己卯、庚辰等本略晚（应在乾隆四十年稍后），但其所据之底本，却比己卯、庚辰二本犹早。有一个可能，即所据原是"丙子三阅本"。因此，其文字尽管多有后笔改动之处，却又时时保存有十分宝贵的早期正确高明的字法句法。在大规模总校勘上，我们发现蒙府本独与甲戌、杨藏等古本文字相合之处甚多，只要善于审辨抉择，其校勘价值仍然是很高的。

蒙府本与戚序本文字之异，只选二三小例，以见一斑：

第三十九回写刘姥姥向宝玉编述若玉小姐的故事，说村上人要毁了像，平了庙，宝玉急言不可，要募钱财"把这庙修盖，再装〔庄〕严了泥像……"。"庄严"一词，明是雪芹借佛家语意，用为动词，而他人不懂，就妄改为"妆潢"（己卯、庚辰两本同）和"装塑"（戚、程两本同），却是大非芹笔本来意味了。

又如现在通行的"逛"字，雪芹时代尚无用者，甲戌作"衠"，己卯、庚辰、戚本作"衠"，而此蒙府本作"旷"（杨藏本作"旷"或"曠"）。可见其底本为时甚早，其时对此俗语聆音记字，尚无已定的"规范化"办法。（"衠"字著录于《谐声品字笺》己集，收入"诳"字条下。此书为虞德升撰，康熙间刊。）

第五回隐迎春的那首《喜冤家》曲词"一味的骄奢淫荡贪还构"，此本与庚辰本合，戚序本改"贪顽觳"，王希廉本又改"贪欢媾"，盖皆不懂原语是说后文孙绍祖贪婪构陷、诬害贾家——所以为中山狼者在此，岂一淫徒而已哉。

馀若第二回叙贾雨村，诸本"却又自己担风袖月，游览天下胜迹"，而此本独作"自己担风袖月,却去游览天下胜迹",觉句法特胜。如此种种,殊难备举。可知此本是更能多存雪芹真笔之善本⑯。

回顾自从戚序本石印初出行世,至今已是七十多年之久,红学研究的缓慢曲折但是不绝如缕的潜力进展,使我们对《红楼梦》的许多问题获得了较前大为提高的认识。北京图书馆在收购、庋藏《石头记》古钞本方面,贡献实多;如今书目文献出版社又将此本影印以飨学人,深可感谢。贡此芜辞,表我敬意。

周汝昌

一九八六年七月丙寅六月初伏

序于北京东城棠絮轩

【注】

①据考,上海有正书局石印戚序本,上函四十回先出,时在清宣统三年(一九一一)。及下函四十回续印出齐时,已是民国元年。故其书名标以"国初钞本石头记",尚是清代之语气。

②佟养真之下一辈人中,有佟卜年,原是明朝辽东经略熊廷弼的臂佐,熊失事,传首九边,卜年同入狱,作《幽愤先生传》,实为明之忠义,衔冤而死。

③至道光朝,又有一佟佳氏为嫔。按佟家之真正衰落,第一关键是隆科多的失势,第二是其弟庆复的获罪。庆复于乾隆朝膺重用,遍历内外文武诸要职,却于乾隆十四年以失误军机而赐自尽。从此佟家遂无重振之望。

④曹氏始祖,其名见于各书者记载不同,已有"曹宝"、"曹世选"、"曹锡远"三称。康熙二十三年稿本《江宁府志》云:"及(玺)王父宝官沈阳,遂家焉。"至康熙六十年刊本《上元县志》则云:"大父世选,令沈阳有声。"按此当是先后改名,"世选"一名,与现存诰命相合,疑"宝"是初名,而"世选"乃服官发迹后之官名。"令"者,当时所设沈阳地方官之借称也。曰"官"曰"令",显非武职。至天聪四年(一六三〇)《大金喇嘛法师宝记碑》所载,以佟养性领衔为"钦差督理工程驸马总镇",碑阴题名列"总镇副、参、游、备"、"教官"、"千总"项目中,曹振彦列为教官。后金制度,凡命官获罪,家人没入辛者库为奴,据此推考,曹氏后隶正白旗旗鼓佐领以至入关后之内务府包衣,中间应有一段坐事得罪没为奴籍的

经过（又后金之初制，汉人命官病故，其家属亦赐与贝勒为奴，故曹氏沦为包衣旗鼓之原因尚待续考）。故佟曹两姓，虽本同为辽东旧人，佟则渐升为贵族，曹则挫折落贱籍，此其命运之大别。然两姓之旧谊，并不因此而断也。

⑤雍正二年曹𫖯请安折后朱批，警告曹𫖯"不要乱跑门路，瞎费心思买祸受"。"主意要拿定，少乱一点，坏朕声名，朕就要重重处分"，雍正批中透露，尔时已有人秉承"上意"对曹𫖯加以恐吓威胁。故𫖯情急。雍正所指之"门路"，正是隆科多（其时命隆负责惩办李煦）。至五年，隆既倾覆，曹亦随之，事至明晰。当世专文论及佟、曹两姓与清皇室之关系者，当以美国周策纵教授《玉玺·婚姻·红楼梦——曹雪芹家世政治关系溯源》（载《联合月刊》第十七期，一九八二）为首篇。按雍正之穷治曹、李，真正原因在于政治关系，所谓查"亏空"，不过借词而已。曹𫖯被抄家后，家计萧条，雍正亦为之"恻然"，且抄没之家赀亦并未抵补亏欠，可证绝非经济原因。乾隆八年名诗人屈复《曹荔轩织造》诗云："诗书家计俱冰雪，何处飘零有子孙！"又可见当世公论，不容诬也。

⑥参阅拙著《红楼梦新证》、《曹雪芹小传》有关部分。

⑦鄂伦岱，佟国纲长子，康熙间官至领侍卫内大臣，因拥护胤禩，雍正谪放之于关外，至四年，与阿尔松阿并诛，仅免籍没与妻子入官，为胤禩事件中重要人物。

⑧雍正五年、十年、乾隆改元，此三年为雍乾朝政大变化之标志年，曹家与其亲友之命运，皆与此三年息息相关，拙著屡论之。佟法海亦其一著例耳。

⑨雪芹就学之问题，参看拙著《曹雪芹小传》第十五章，并参考研论谢济世、福彭、雪芹三人关系之专文《考芹新札》（《河北师院学报》一九八四年第三期）。

⑩"立松轩本"之说，郑庆山首次撰文提出。《新证》对立松轩批语文格笔调与脂批不同之观察分析，作过初步论析。

⑪本文论证"立松轩本"实为"佟评本"，但认为如细审其批语特点，此种"佟评"似又不尽为一人手笔。大抵以第二个四十回批语接近一色笔墨，而最前之四十回批语较杂，既有原本脂批，又有佟氏门中另一人曾作韵、散批语。又如此本特有之墨笔侧批亦有五言诗句，其风格复不同，极似闺阁风调。参看《红楼梦新证》页九九九以次。

⑫参看拙作《献芹集·〈红楼梦〉原本是多少回》。

⑬乾隆末、嘉庆初，"逍遥子"自序《后红楼梦》："曹雪芹《红楼梦》一书，早已脍炙人口，每购钞本一部，须数十金。"当时的几十两白银，是中产人家一年的用度，一般人是买不起这样昂贵的小说的。

⑭据目见者云："另有一种《石头记》钞本，黄绫装面，尺寸极大，阅时须置于八仙桌上方能展开。"（陶洙、张次溪俱云）此种巨册，当与进呈事有关。

⑮"佟评本"的存在,在清代似有传闻。如孙桐生(小峰)误以张新之所批"妙复轩本"为"仝卜年批本",仝、佟音混,传闻致讹,即一旁证。又刘铨福自跋甲戌本云"惜不得与佟四哥三弦子一弹唱耳",其中亦有可资玩味之线索。蒙府本现存墨笔侧批,至少包括着脂批与佟批两部分批语,而佟批中所包括的也许又不止一人之手笔。研究者宜细加分疏。

⑯此处所举只以极简明者示例,至于诸多异文,事极繁碎,辨析之际,须大费篇幅,故俱从略。此种繁碎异文,诸本出入之缘故,论者亦未能作出解释。拙见以为,雪芹创作方式,亦不尽同于现代人,应是意兴神思所至,即为口述讲说,他人"听写"成稿,然后再加编整,出于不同人之听写、整理,以至修饰润色,遂致众本文字,各自有异。此义有另文专论。又此本定名为蒙古王府本,系据赵万里先生见告:是书收于一蒙古王府后人之手。今检第七十一回后,有"七爷王爷"等字样,不知与此有关否。附记于此。

(书目文献出版社一九八六年版)

影印《蒙古王府本石头记》序言(二〇〇八)

发现的经过与定名的由来

一九六一年之春,上海《文汇报》驻京办事处的吴闻女士来访于京城无量大人胡同小舍,告知我一个新喜讯:又一部《红楼梦》古钞本发现了! 我听了她的简述,喜不自禁:原来,她是刚从北京图书馆(今国家图书馆)善本书室主任赵万里先生处得悉,近日收得一部旧钞本《石头记》入藏,很有特色。于是她赶来见告,盛情令我十分感动。

吴闻女士是温州人,素喜诗词,尤爱《红楼》,所以有时枉顾寒斋,谈文论艺。这次,她建议我到馆去亲自看看本子,有无可贵之处。我欣然依从她的叮嘱,于次日独赴那处琅嬛秘府,过了金鳌玉蛛桥,看见殿门紧闭,门外芳草如茵并无人迹,方悟今天乃是闭馆休假之期。虽有些怅然,却也不悔此来无益,于是转身进入北海公园,正可小憩而理一理我的"红学"思绪,并筹划哪一天有空再来访此"新"书。那时,北海园中正值细雨如丝,满园不过二三游人,静无声息。后山一枝小桃,不多的红蕾,含苞欲绽——独它一株,只我一人,相对无语而立于雨中者久之。

我登上白塔,坐揽翠轩中品茶,即作七律一首:

几春琼岛见春阴,霏雨纤纤更著林。

数武琅嬛芸绿静,一襟珠玉砚红深。

小桃立久无人语,清茗烟微要我吟。

身在蓬山山绝顶,海门应念此幽寻。

这首诗,记载了我初访此本的情景,至今俨若昨日,然而已四十七年逝水年华了。

这是用的曹雪芹所遗的韵脚,饶有意味。

我将此经过函沽四兄祜昌,邀他尽快抽暇来京,一同考察此本的详情。果然,不久他就为此而晋京了! 我们两个到馆初步翻阅,大为兴奋。

蒙古王府本这个名称是怎么拟定的呢? 在我目验此书之前,我先询问过了赵万里先生,因为我们自一九四七年即已相识而学术交谊不浅了。他告诉我:此本出自一个清代蒙古王府的后人之家,并无题名,不知如何定称方妥。为此,我们函札往还与晤面商谈多次,没有找到很合宜的简便的本子名称。我说,就先暂以蒙古王府本为名吧。由此,沿用下来,今则简化只称蒙古本了。

概况与特色

这个本子共装四函,连史纸,朱丝栏,中缝有印就的"石头记"字样,可见是特制专用的纸张,工楷精钞,很考究。书的题名,不似甲戌、庚辰等本用"脂砚斋重评石头记",也不似梦觉本用"红楼梦",而是用"石头记"三字,和戚本一致。卷首有后人钞配程小泉序,八十回后又配录了续书四十回。原钞和配录的人名年月,都未留一丝痕迹。

此本的最大特色,可粗列如下:

一、封面用黄绫装订。

二、书是专用纸,中缝刻有"石头记"三字。

三、全书一百二十回,但前八十回是专用"石头记"之印制抄书纸,后四十回则是并无栏框与中缝书名的素白纸。

四、因此，其全书总目录也非原有之旧抄，同为素白纸抄配而楔入者。

五、八十回中，五十七至六十二回亦系后来楔入痕迹，而素纸配抄者全无书法可言，十分丑劣。

六、此本与有正书局石印戚序本基本一致，唯亦偶见异文独出。

七、除戚序本与脂批相同外，又有独出侧行罕见墨批。

版本源流

《石头记》的本来面貌，即钞本形式，自乾隆末年程伟元印本《红楼梦》（增伪续四十回拼配为百二十回本）出现，即逐渐湮没不传；一百二十年后，直到清末民初，方才有一部戚序本（有正本）钞本《石头记》石印问世，这原是一件非常重要的事情，但除鲁迅先生外，长期无人给以应有的重视。对戚序本的认识和评价，不过是近年来的"新"事态罢了。这个戚序本的印行及其意义，它的引人注目的特色与优点，竟然是习见程本（及其无数辗转翻刻翻制本）的人们所难以理解的了。

从民国元年（一九一二）戚序本石印出齐之年算起，到这部蒙古王府本的入藏京馆并为人所知，已是整整半个世纪。我们将蒙府本与戚序本比照而观时，惊喜地发现这是一对"姊妹本"，可说是各种特点都很一致。

（一）前八十回与戚本最为相近

蒙本前八十回，与戚本最为相近，是脂本系统。不但题名同，中缝格式同（上标"石头记"，中标卷数，计每十回为一卷，下标每回叶数）。连每叶十八行每行二十字都相同。它和戚本之间的异文，有的是在每叶固定字数之内有所变换，有的则是紧缩钞写而增字，像是在原行款中挤进去的。

（1）与戚本共有的总批和夹注批

蒙府本前八十回每回前后有总批，批语有散文、有韵文，都和戚本大体相同（仅有个别词字上的些微差异，如"叙"蒙本作"绪"，"总冒"蒙本作"总帽"等）。

此本的双行夹注批也和戚本大体相同，仅有个别词字上的些微差别。

夹批中不见"脂砚斋"字样,但我认为:夹批都是脂批。

(2)与戚本同源的正文

戚本独出的异文,大部分蒙本与之相同。如第二回:"今岁醝政"同作"今岁盐政","墙垣朽败"同作"墙垣折败","罕然"同作"骇然","老爹"作"老爷","冷子兴笑道"作"子兴冷笑道"……这些蒙、戚共有、与众独别的异文,是蒙、戚所据底本曾经改动的地方。

(3)也有独出与戚本及他本全不相同的文字

蒙府本与戚序本文字之异,只选二三小例,以见一斑:

第三十九回写刘姥姥向宝玉编述若玉小姐的故事,说村上人要毁了像,平了庙,宝玉急言不可,要募钱财"把这庙修盖,再装〔庄〕严了泥像……"。"庄严"一词,明是雪芹借佛家语意,用为动词,而他人不懂,就妄改为"妆潢"(己卯、庚辰两本同)和"装塑"(戚、程两本同),却是大非芹笔本来意味了。

又如现在通行的"逛"字,雪芹时代尚无用者,甲戌作"徎",己卯、庚辰、戚本作"徎",而此蒙府本作"旷"(杨藏本作"旷"或"矌")。可见其底本为时甚早,其时对此俗语聆音记字,尚无已定的"规范化"办法。("徎"字著录于《谐声品字笺》已集,收入"诳"字条下。此书为虞德升撰,康熙间刊。)

第五回隐迎春的那首《喜冤家》曲词"一味的骄奢淫荡贪还构",此本与庚辰本合,戚序本改"贪顽彀",王希廉本又改"贪欢媾",盖皆不懂原语是说后文孙绍祖贪婪构陷、诬害贾家——所以为中山狼者在此,岂一淫徒而已哉。

徐若第二回叙贾雨村,诸本"却又自己担风袖月,游览天下胜迹",而此本独作"自己担风袖月,却去游览天下胜迹",觉句法特胜。如此种种,殊难备举。可知此本是更能多存雪芹真笔之善本。

总起来看,蒙、戚二本虽偶有分歧之处,其为同出一源,是没有多大问题的。

(二)蒙本独有的行侧墨批

蒙本与戚本同,无甲戌、庚辰二本之眉上和行间的朱批。但和诸本又不同的是:其独有许多行侧墨批,蔚为一大特色。行侧墨批的分布在卅四回之中,粗计共存行侧墨批七百一十八条。除去与庚辰本侧批重出的七十九条

（七十九条里面，同时和甲戌本重出的有二十条），净剩六百三十九条，都是蒙府本独有，历所未闻于世的参考资料。

六百多条批，内容牵涉很广，其中有援引其他小说名著，对比对照。以见本书用笔的、有以画法或其他艺术手法以喻行文的、有以韵语形式出现的。这在双行夹注批和朱批中很少见，却与总批之末的韵语相辉映——有表出或揣度作者用心的，有指出后文伏脉的，有涉及生活体验与创作之关系的，有抒发批书人的特殊感情和隐痛的，有披露批书人对特殊事件的感慨的，有借题发挥议论的，有透露批书人"身份"的。

和戚本相同，蒙本里面也找不出一个"脂砚斋"字样。双行夹注批可以以庚辰本带有"脂砚斋"字样的批来相对照而证明是脂批。至于蒙府本的行侧墨批，到底是脂批呢，还是出于他人呢？

第十六回书中"会芳园本是从北拐角墙下引来一股活水"之旁，蒙本有墨批云：

> 园中诸景，最要紧是水，亦必写明方妙。余最鄙近之修造园亭者，徒以顽石土堆，为〔惟〕不知引泉一道。甚至丹青，惟知乱作山石树木，不知画泉之法，亦是误事。

这批与甲戌、庚辰朱批重出（诸本异文不赘列），庚辰本末尾原有"脂砚斋"三字，这三个字到甲戌本、蒙府本便不见了。

这是很重要的证据，使我们可以下初步断语：蒙本这些侧批如果不都是脂批，至少肯定当中就有脂批。

蒙、戚抄本与佟氏之关系的推测

欲识蒙古本之真价值，须知两点：一是曹家败落，实缘佟氏大案；二是此本之最初整编钞传者，正是佟氏后人。深悉清史的人都知道，佟氏诸人是关系清代兴衰隆替的一个重要家族。佟氏原是因明朝在辽东开原地方开市与满人贸易而兴起的人家，后移籍抚顺；佟养真（清代官书避雍正嫌讳作"养正")为明万历间辽东总兵,叛明降清(后金),与从弟佟养性(统领汉兵)、养量,皆以武职起家(佟养真之下一辈人中,有佟卜年,原是明朝辽东经略熊廷弼的臂佐,熊失事,传首九边,卜年同入狱,作《幽愤先生传》,实为明之忠义,衔冤而死)。养真之幼子盛年,入清后更名图赖,生国纲、国维等弟兄。图赖有女,入宫,是为顺治帝之孝康后,即圣祖康熙帝之生母。而康熙帝之孝懿后与悫惠妃,又皆国维所生姊妹。犹不止此,康熙帝之九公主,乃是雍正(胤禛)之同母妹,下嫁与国维第三子隆科多之子舜安颜——如自清太祖努尔哈赤已有"元妃"佟佳氏,并佟养性已是太祖时之额驸(俗称驸马)算起,则佟氏(后"抬旗"即称佟佳氏)与爱新觉罗清皇室实为五世儿女亲家(至道光朝,又有一佟佳氏为嫔。按佟家之真正衰落,第一关键是隆科多的失势,第二是其弟庆复的获罪。庆复于乾隆朝膺重用,遍历内外文武诸要职,却于乾隆十四年以失误军机而赐自尽。从此佟家遂无重振之望)。此一家族抬入满洲旗,充满族人,改用满语姓名,贵盛至极,当世方有了"佟半朝"的俗语"口碑"。所以他们与清室关系至极密切,其家族命运亦与清室政局互为表里,息息相关。康熙之称佟国维,雍正之称隆科多,皆用"舅舅"为官称,势倾朝野,为帝王以下的"首姓"。

到了康熙朝,发生了立太子、争嫡位的重大纠纷。佟家一门都是支持皇八子胤禩的主要人物,以至遭到康熙帝的严厉谴责(如舜安颜因此以至削去额驸,加以禁锢;后来才得释放)。但在雍正夺位事件中,隆科多由于己子是胤禛的嫡亲妹丈而别有打算之故,却忽然独自站在胤禛一边,与年羹尧合作,以兵力实权帮助胤禛克制了政敌,谋得了皇位。

隆科多的"拥戴"之殊功,换来了极端的荣华富贵,以雍正二年为达到顶点。从三年起,情况逐渐有变,雍正早已安心要"收拾"年、隆二人,以免后患。种种寻衅,迤逦至五年十月,终以四十一款"大罪"将隆科多严酷惩治,禁锢斗室,不久殒命。"狡兔死,走狗烹",略如汉家故事。

简叙至此,即须指出:雍正于五年正月治年,十月治隆,于隆科多败事,只两月后,便下令将曹頫革职籍产!

这缘由何在? 只因:

一、佟氏兵势先助满人攻下抚顺,次陷铁岭,曹氏原从河北丰润迁来辽东，其时已著籍铁岭，即随佟入旗，两姓家人丁众，皆自抚、铁随势南移，以至辽、沈，而建后金。两家关系最早最密。曹世选之"令沈阳"，曹振彦之任"侍臣"（包衣），皆与佟氏同列之时。

二、清太宗皇太极之孝庄后，生顺治帝，地位最为重要，后实掌"上三旗"兵，为曹家（正白旗）之实际"旗主"。世祖顺治帝之婚配佟佳氏孝康后，亦孝庄实主之。孝康生康熙帝。当时满洲风俗，凡生儿先择乳保，最为要事，其人选（多由新生儿之外家推荐）亦实由孝庄主之。及顺治帝病危议立嗣位人，选择其第三子玄烨而力争于顺治之他议者，又实孝庄一人之意旨。康熙帝生母早亡，其自孩提教养成长，悉赖保姆孙氏抚育，即是康熙帝之真正慈母，其感情终生难忘。而此孙氏，即曹雪芹曾祖曹玺之夫人。此种关系，奠定康熙六十年曹家地位——也说明了佟、曹两姓旧谊的渊源久远。

三、雪芹祖父曹寅、寅妻兄李煦，分任宁、苏织造兼两淮巡监，由于历史的以及宫廷职务的关系，皆属于胤禛之争位敌对党，又身为皇室世仆，洞悉胤禛私秘，故胤禛登位后深防忌之。而由于曹家诸门亲戚，多有崇贵膺用之人，又特蒙佟家世谊之维护，得苟延至雍正五年。其年，曹氏诸戚谊如平郡王纳尔苏、尚书傅鼐、织造李煦等，先后获罪。至十月，隆科多覆灭。于是曹频被连，更无遁解之馀境，遂于十二月抄没逮问。

佟氏一门是清代足以左右皇室及政局的强有力的戚里豪门，他们的命运，又牵连着"老亲旧友"曹家的升沉否泰——而这种升沉否泰，才正是曹雪芹黄叶著书、写作《石头记》的兴感与历程的真正源头。

必明此义，方能读懂蒙、戚两本中独有的回前绝句诗：

> 请君着眼护官符，把笔悲伤说世途。
> 作者泪痕同我泪，燕山仍旧窦公无！
>
> ——第四回回前

> 积德于今到子孙，都中旺族首吾门。
> 可怜立业英雄辈，遗脉谁知祖父恩。
>
> ——第五十四回回前

只这两首诗,便将题咏者的身份作了准确的规定:

第一,敢称自己家门为都城中旺族之首(旺族,实质是说望族,但因自言有所未便,故改用"旺族",实婉词耳),这种口气,非佟氏莫属(就连另一满门富贵的李荣保、马齐、马武、傅恒、明亮、福康安……这家富察氏,也都没有资格这般讲话呢)。

第二,明言题诗人之泪——身世之感、家门之痛,是与雪芹全然一致的!这也正是佟国纲、国维的子孙后裔的声音。到雪芹这一代,还能有佟家的子弟与之交往过从或"遥闻声而相思"吗?我看是完全有的。雪芹与敦敏、敦诚交往,其实就是由于敦家属于"年党",与曹家同是受雍正之迫害。所以雪芹如与佟家子弟有所往来,便毫不足异,正所谓"人以群分"了。再还可能兼有其他的因缘。试举一例:隆科多之二兄法海,是有名的八旗进士翰林(一六九四),风雅博学,因与兄鄂伦岱(鄂伦岱,佟国纲长子,康熙间官至领侍卫内大臣,因拥护胤禩,雍正谪放之于关外,至四年,与阿尔松阿并诛,仅免籍没与妻子入官,为胤禩事件中重要人物)同属不直雍正之所为者,虽高官至兵部尚书,亦正在五年八月,革职流放于蒙古。至十年(一七三二)方得赦还,乾隆改元(一七三六),入咸安宫官学为教习,年已六十五。咸安宫官学者,专为"教育"内务府子弟而设之学校也,雪芹时年十二三,正入学就业之时。这层渊源,尤可注意。参互多种关系而看,蒙、戚系钞本的题诗制批人,如果推为法海、鄂伦岱等人之子孙后嗣,就是十分合乎情理的了。

这位敢于整订评题《石头记》的佟家子弟,却也不敢留下真名实姓,他只在第四十一回的回前诗(七绝)下,记下了他的一个别署:

> 任呼牛马从来乐,随分(去声)清高方可安。
> 自古世情难意拟,淡妆浓抹有千般。
>
> ——立松轩

因此,有研究者认为蒙、戚本即是"立松轩本"。

假若"立松轩本"之名实俱符历史真相而无差误的话,那么从立松轩的各体评题(诗、词、曲、骈、散皆有)所显示的特色来看,则其人应是:

一、出身大家富室。批语中时常提及"富家长上……"、"贵家奴婢……"、"富室贵家"、"大家规模"、"大家威仪"、"大家气象"、"望族序齿录"……

二、身是宦门子弟。故特此体会"富贵子弟"、"荫袭公子"、"公子局度"、"富贵公子，侯王应袭"的事情。

三、饱经盛衰荣辱。其韵语中每言"好将富贵回头看"、"梦破黄粮〔粱〕愁晚"、"万种豪华皆是幻"……

四、对"世途"、"宦途"屡寄感慨。

五、深有感于"有势者"之不自警戒，自贻伊戚，不知将来"时衰运败"，"及风波一起，措手不及"。常有"示警"、"宣教"之语。

六、极恨"大奸巨猾"、"大奸大盗"一类人（似不无隐指雍正之意）。

七、以为《石头记》作者"他深见'书中自有黄金屋，书中有女颜如玉'等语误尽天下苍生，而大奸大盗，皆从此出，故特作此一起结，为五阴浊世顶门一棒喝也！眼空如箕，笔大如椽，何得以'寻行数墨'绳之哉！"极为厌恶世俗礼教而又杂有道、释思想。

八、其文笔造诣（从第四十回以下显示得愈益突出）很是高超，精谙我国民族传统行文用笔的种种特殊技法与理论，在赏析方面写下了多条极为精彩透辟的批语。

九、多次指明"痴情"、"至诚种子"、"真情种"一义，又屡用"幻情"、"幻境"等词语表意。也深能领略书中宝玉的"痴"心"呆"气。

十、极佩作者曹雪芹，对其人的文学、风度、"妙心妙口"、"锦心绣口"、"灵心慧性"……表示惊叹、倾倒、崇拜。

这些特点，对佟氏世家来说也是对榫入卯，略无凿枘参商。但其重要的是，此人对书中的探春、熙凤，尤具备极高的干才智能，贵宠倚重的条件，尚且困难重重、掣肘种种的处境，深致叹慨，至言："况聪明才力不及凤姐，权术贵宠不及凤姐，焦劳弥缝不及凤姐，又无贾母之爱、姑娘之尊、太太之付托，而欲左支右吾，撑前达后，不更难乎？士方有志作一番事业，每读至此，不禁为之投书以起，三复流连而欲泣也！"如以寻常眼光看待，这岂不是与芹书意旨正相违逆而当厌其迂谬之笔？然而若知其为佟氏后人的特殊心境，便怳然恝然了。

这位佟氏批书人留下了两处"自表"的痕迹，一处即是署名"立松轩"，书写地位是第四十一回开卷的最前面。这是因为，佟氏所得原钞本，尚是只有前四十回已经作好了双行夹注和总评并且一切款式定了下来的本子（例如孙楷第先生就曾著录一种四十回本单行）。其主体仍属脂批本，佟氏不肯攘善掠美，只在第二个四十回的卷端记下痕迹，以表区别，说明以下的批语才算是继脂而撰，换言之，也许只有这四十回才是真正名符其实的"立松轩本"。十分谦谨得体。第二处是第五十四回回后总评，此评之末幅，特笔书写：

　　……噫！作者已逝，圣叹云亡（按"圣叹"是"脂砚"的代词，因此本已将"脂砚"字样扫数删去，只能隐语示意），愚不自谅〔量〕，辄拟数语。知我罪我，其听之矣！

这个地位，又正好与"都中旺族"一诗同回，那是《石头记》前半部的末尾（原书全部是一百零八回，前后各五十四回书）。这段重要的话，说明了他之批注编整，是为了继承雪芹和脂砚的遗志而从事的。

然而奇怪的是：他是佩服芹、脂继志而作之人，如何在他的"立松轩本"中却又对雪芹一名只字不提，对脂砚又将其无数处署名痕迹都删削得丝毫不可再见了呢（由《脂砚斋重评石头记》之书名变为《石头记》即由此始）？他既不肯攘善掠美，又焉能掩人之名，羼己之笔？于此，便知其中又隐含着难言的事故与内幕。

了解这种内幕的关键，必然就论到了脂砚其人的身上。

我们早曾论证过：脂砚实是李煦家的一位女子。这一主张虽然不为若干研究者所接受，但近年来却出现了越来越多的赞同者。我们已知，雍正二年严治李煦时，雍正即命隆科多负责办理，并下令将李煦家口人众赏与年羹尧为奴。年、隆原甚密切，又有"换子"之谊（隆以年之子为义子），且隆本是暗中维护曹、李的人，因而此女即有机会设法得以辗转移让而入于隆府——也就是说，脂砚完全可能与佟家有了一层特别的关系。我以为，要想理解

"立松轩"何以会继承脂砚之志而批注题咏、编整钞传《石头记》的奇异现象,应从这一内幕中去寻求缘故。

如所推接近史实,那么脂砚自入隆府后,又几番患难,无限辛酸,最后与雪芹重会,助其著书,并为评注,但是终不敢显示真姓名。脂砚于乾隆三十九年(甲午,一七七五)八月作"泪笔"一批,实即绝命词之性质,不久下世;她因境遇异常不幸,打击沉重,精神体力,早已难支,故仅仅理出前数十回,即无力续做,此时雪芹已逝,孤苦伶仃,无所依赖,遂向佟府旧识子弟行中觅请可以继志之人,付托重任,务使芹书不致湮废。于是方有"立松轩"出而承担——是为"蒙戚系"钞本之真正编整、批阅、传录者。"作者已逝,圣叹云亡"的沉痛语气,隐涵着无限的阅历沧桑、身世命运的共同悲感。

以上仅仅叙明了我们推考"立松轩"继脂砚斋之后而工作的来由。但事情的复杂远不止此,还须了解这种"佟批本"出现的另一种历史因由。

原来,雪芹的《石头记》,其性质、其撰作情况、其传布经历……如用今日之"文艺常识"去笼统揣想比附,那是事事抵牾难通的。由于雪芹家世、遭遇都与政局密切牵连,其所撰作与钞写流传,皆有避忌,并非公开授受,列肆买卖之一般"闲书"可比。其时贵室富家以"数十金"的高价争求一部,避人独赏,此书此事,声动朝野。不久,乾隆帝亦即知之,索观,情势急迫,仓猝"删削",以为"进呈"。此一传闻、记述,非止一家一书之言,显有所本。壬午年重阳节脂批中,也特别记下了"索书甚迫"的重要语言。因此,作者、批者、编整钞传者,为了保全大局,遂不得不将"碍语"删改,一面应付迫索,一面顺势谋一"公开对外本"。蒙戚系钞本的共同特点是:删净了"脂砚斋"字样,改去了讳忌之嫌字(如"藩郡馀祯"改成"藩郡提携"),净化了露骨的秽语,除掉了很多朱笔批注,统一了款式规格,等等,可以为证。但这部蒙古王府本的两个特点,更令人注目,就是:第一,它是朱丝栏精楷抄写的,这种专用纸的中缝上方,有刻就了的"石头记"三个大字;第二,封面用黄绫装裱,为他本所未曾有。这种迹象,说明了此乃"官本"的规格,而断非一般肆售小说野史之商品性书物(据见者陶洙、张次溪俱云:"另有一种《石头记》钞本,黄绫装面,尺寸极大,阅时须置于八仙桌上方能展开。"此种巨册,当与进呈事有关)。这一切,都为雪芹著书的特殊历史情状提供了重要标志与线索,也就正是此本的价值和意义不同一般的证据。

至于戚蓼生一序,也非同一般文字,其笔墨、见解,已俱不凡,但其字里行间,深意微词,见于言外。戚氏系乾隆三十四年(一七七〇)进士,授刑部主事,洊升郎中,在京都者十馀年方出外任。在他刑部服官期间,有机会与佟家子弟直接间接地结识过从(佟氏已有多人在刑部任过尚书等职,也可谓刑部世家。其门生故吏,在此部内的"遗绪"自然历久犹存)。戚蓼生的序,察其语气,可能即是为佟家后人立松轩而作。

然而这部蒙古王府本,开卷却并无戚序。但此本经过改装,卷首拆移了原抄第五回的朱丝栏专用纸,以程伟元序文移录抵充原序文,所以还不能认为此本一定原无戚序,可能即是改装时被有意拆掉。

此本不但序文是后加程序假冒,而且中间所缺第五十七至六十二回六回书文(早期《石头记》钞本每二回分钉一册,故所缺实是三册),悉用白纸录程本文字补替。又,前面的"全"总目,八十回后的"全"书文(即高续四十回伪书),也都是白纸劣字补抄拼配的。这一点,我于一九六一年三月即曾撰文指明。

综核而论,我才敢说此本在红学史上是极有关系的一种特殊本,它所保存的种种痕迹牵引着而且"诉说"着许多与作者、批者、传者的重要政治经历。

如果再讨究当时这种"特殊本"的读者范围的问题,则又有事例可举,而且异常重要:曹家老旗主睿亲王多尔衮无子,以弟多铎之子多尔博为嗣,又五传至耳孙淳颖。多尔衮得罪削藩去封典,乾隆四十三年始予恢复睿亲王封爵,即以淳颖袭。淳颖自幼失恃,寡母能文,教以诗学,抚之成长,文笔高秀,有刊本诗集。可注意者,淳颖诗稿中有《读〈石头记〉偶成》七律一篇,其中颈腹二联,词意多与蒙府本题评及侧批语句相关相通,而淳颖之母夫人正是佟佳氏。所以淳颖于程甲本活字摆印以前所读之《石头记》,可能即是来自他外家佟氏的这种"立松轩本"。淳颖此诗极有关系。由此可见此种"特殊"的作用与意义,绝非一般钞本刊本可以同日而语。它在清代皇室宗亲中辗转传布的背景与情况,影响与声势,俱非后世之人所想象的那般简单轻易。

独特的价值

一个问题也许会为人提出：既然戚序本于数十年前已经石印行世（七十年代又有了影印本），那么这部蒙府本还有什么独特价值可言呢？回答此问，十分简单：

一、前文已述，戚序本之款式面貌，长期不为人所理解，甚或有疑，今得蒙府本而获得有力的参证，蒙戚系钞本乃脂批本中一大支系，真相大白。

二、戚序本的文字，在石印之前之后，都又经过后人的改动，虽然数量或多或少，但总之已非原来之全部真文。蒙府本与之相较，显然并未遭受戚序本中同样性质之后改，更为接近原本的真文字。

三、戚序本已将脂本眉批、侧批删净。此本却又有了数量可观的墨笔侧批，成为研究"脂批"与"佟批"的重要材料（"佟评本"的存在，在清代似有传闻。如孙桐生〔小峰〕误以张新之所批"妙复轩本"为"全卜年批本"，全、佟音混，传闻致讹，即一旁证。又刘铨福自跋甲戌本云"惜不得与佟四哥三弦子一弹唱耳"，其中亦有可资玩味之线索。蒙府本现存墨笔侧批，至少包括着脂批与佟批两部分批语，而佟批中所包括的也许又不止一人之手笔。研究者宜细加分疏）。

四、此本专用刻印朱丝栏纸，黄绫装面，深可注意，已如上述。

我们已经指出过：蒙戚系本子，编整定型年代较甲戌、己卯、庚辰等本略晚（应在乾隆四十年稍后），但其所据之底本，却比己卯、庚辰二本犹早。有一个可能，即所据原是"丙子三阅本"。因此，其文字尽管多有后笔改动之处，却又时时保存有十分宝贵的早期正确高明的字法句法。在大规模总校勘上，我们发现蒙府本独与甲戌、杨藏等古本文字相合之处甚多，只要善于审辨抉择，其校勘价值仍然是很高的。

回顾自从戚序本石印初出行世，至今将近一百年之久，红学研究的缓慢曲折但是不绝如缕的潜力进展，使我们对《红楼梦》的许多问题获得了较前大为提高的认识。北京图书馆在收购、庋藏《石头记》古钞本方面，贡献实多；此本于一九六一年出现后，事实上将当时已然陷于停滞的真正的《红楼梦》学术研究工作重新推动了起来。如今国家图书馆出版社又将此本影印以飨学人，深可感谢。贡此芜辞，表我敬意。

一九八六年七月丙寅六月初伏
首次影印序于北京东城棠棨轩
二〇〇八年二月戊子正月新版序言改定

【追记】

早年章太炎先生因论清代史而特撰《佟氏考》一篇，可见佟氏家族对于有清一代之政局关系为何等重要。一九四八年我从胡适先生处借得大字戚序本即注意其中有回前之绝句诗，一曰"都中旺族首吾门"；二曰"作者泪痕同我泪"；三曰"燕山仍旧窦公无"等句意，以为内涵有待深究。及蒙府本发现后，又见其中墨批有"汉之功臣不得保其首领，吾知之矣"……等语。于是初步推考，以为此等绝句与批语可能出自佟氏后人。然本书首次影印时，拙序中所列佟氏世系简表所据资料不符史实，今得《佟氏宗谱》方获全豹，正符绝句诗中所表现之特点，故简叙其世系真相于此，以资印证。佟氏始祖名达礼，有二子：首敬，次让，敬（过继）无出，过继让之子名昱；昱生八子，长名瑛；瑛生棠、棣、槟等五子（四子、五子名亦佚）；棠生四子：恩、惠、意、恕；惠生五子：选、逤、迪、邃、遴，此为佟氏第七世之兄弟五人。邃生养真、养元、养萃；养真生丰年、盛年、京年；盛年生国纪、国纲、国维三子；国纲生峩峦岱、法海、夸岱，国维生八子，第三子名隆科多；隆科多生二子：岳兴阿和六十九。盛年本名土赖，官书又作图赖。查宗谱，年字辈多至六十馀人，则当时口碑称其家族为"佟半朝"者，自非夸言，亦证绝句诗中所谓"都中旺族首吾门"，而绝句中之所谓"燕山窦公"正指其第七世之兄弟五人。然后墨批中感叹"汉之功臣不得保其首领"，又正合隆科多在雍正朝之功勋和下场。

（国家图书馆出版社二〇〇八年版）

《红学论稿》序

红学论著的出版,除去个别的幸运者之外,在我感觉上说来,一般是很不简单容易的。这个很不"简易",原因多种多样;似乎其中有一种最为引人思索的原因,就是红学这种"东西"常常处于一个奇特(时时令人感到惊讶)的境地:它既是"热门",又是"冷门"。在冷热的矛盾夹空之间,它曲折艰难地生存、生长、发展、前进。由于它的"热",引来了或招致了不少慕热而生的红学;由于它的"冷",又产生了或形成了一些爱冷的红学。这是我自己杜撰的一种"分类法"。一个出版社,如何对待这种"冷热品种",我想一定是煞费苦心,更需要卓识的。这就是我认为的红学论著出版并不"简易"的道理。如今邓遂夫同志的红学论集付梓的音讯,使我为他欣喜,也使我对于肯来印制这种书稿的出版社怀有敬意。

我平生的红学学术交谊中,老一辈人最少,多数是中青年人——至今不曾识面的人占了不小的比例。我喜欢他们不像年纪大的人那样"僵化",对事物的洞察、感受要敏锐得多,而且目光犀利,思力精强,能够独立思考问题,善于提出新的见解。所以我喜欢和他们交流切磋。遂夫同志是这一批青年学人中的一个,也是文字修养、表述能力较高的一个。但我与他相识很晚,相识后的来往也不多,仅于红学年会中晤面,并看到他提交的论文,由此留下了印象:这是一位自学成才、具有才识的青年学子,如能不断精进,前程远大，未可轻量——我不想虚致谀辞，我是说，如果遇有"伯乐"见赏，给以较好的客观条件，加上他主观的虚心磨练，他会做出相当可观的贡献。

据我的浅见，遂夫同志是一个聪明颖慧的人，他个性很强，不是十分容易接受别人影响的人，因而也不像是随波逐流、媚世趋俗的一类性情。他不太喜欢人云亦云，倒毋宁说是有点儿"倾向"于特立独出。我这个观察判断，不知对与不对？假使"言中"，无论是"幸而"还是"不幸"，都会使我从我自己杜撰的"分类法"中，把他放置在"爱冷类"里去。如果又是"不幸而言中"，那我就不免思索：他为什么不去做慕热的红学功夫？——这问得不免可笑，如要问时，倒不如先问，他为什么会对红学发生兴趣？

遂夫同志是有才气的人，天赋颖慧的人；这样的人容易表现为自信、自负——在别人的心目中不免被看成是有些"傲"气的。加上他的学术见解又颇有点儿"当其得意，不顾世人之大怪也"的意味，这就增加了他的"落落寡合"之气——这一切，都出于我的引申和推测。但我想来，一个人的虚怀谦抑是做学问十分必要的美德，有一点儿自信（只要不是"自是"）也能有助于前进，因为自信不等于狂妄自大，而是不过多地考虑和迎合一时的雌黄毁誉。须知，治学之人，从开始起步，到抵达目的境地，总是"顺途"而无"逆境"，未必是好事。虔心矢志，为学术，为真理，为民族文化事业的学人，如果有少许"寂寞"之感，倒是满可以砥砺自己的。不知遂夫同志以为然否？

在我看来，本书撰者的红学见解，往往与众不同。这也就是他的论集值得出版的原因之一。红学的处境，并不十足美妙，它极需要"双百"精神的真正贯彻实施。时至今日，仍有少数个别人总是怀有"唯我独尊"的"坛主思想"，总想罢黜百家，"归"于他自己的"一统"。这种思想已经给红学学术正常发展、提高带来了极大的损害。凡是见解不合于他的"标准"尺码和欣赏口味的，据说就是"不良"、"错误"、"有问题"、"非科学"的。我们这个拥有十亿人的文化大国，只出了一个邓遂夫，提出了一些独异的看法，也要大惊小怪——则何识度器量之不广哉。我曾有拙句云："日夜江河流万古，小儒门户限何人。"正是有感于这种以自己的砝码去衡量垄断一切的现象。应当认识到，现在这本论集的出版，就是"双百"政策逐步深入落实的一个例证。

我为本书的出版而欣喜，是因为红学园林中又增添了一株新的花木，有其自己的色香气味。至于他的具体见解的得失短长，还应付诸公论。一人之序言，原本不必作什么"鉴定性"的表示。至于我和遂夫同志二人之间，看法有同有异，让我引周策纵教授的一句话："同固欣然，异亦可喜。"我们都应该这样对待学术见解上的事情。还有一点，就是遂夫同志的个别见解，偶与我同，这原是不谋而合，是治学当中常会发生的现象，绝不是谁就受谁的"影响"。但听见过一种传闻，说谁谁是"周派"云云。我希望这样的提法不再出现，因为：第一，我没有资格做"开派"人，也不曾想"立"一个什么"派"，更没有"门墙桃李"之美境。所以某派云云，实不敢当。自然，如果真有彼此之间不谋而合的地方，在青年学人的论著中发现有不以拙见为大谬的，则我之"欣然"，固人情所宜有，也无庸因"避嫌"而讳言其欣喜。总之，学问的事，乃天下之至公，其间是容不得什么虚伪造作、播弄施为的。

我很佩服遂夫同志的敢言的精神。我偶然读到他的一篇评论他人讲《红》专著的文章，他品赏了那本书的优长之处，加之赞许，然后指出：那位作者自己表白的讲《红》有意脱离研究考证的那番意思，貌似"超脱"，实为不妥。从研究考证的成果中早已获得了教益才具备了他现在讲《红》的条件水平的，往往掉过头来轻蔑研究考证，这几乎形成了一种"风气"。真正有学有识之士，讵容有此浅见？这使我联想起，有一种人在和人家吵架时，神气十足、自豪自大地高叫"我们是大老粗"，实不无异曲同工之妙。此种异象，向无人敢触及，而遂夫同志却辞严义正，予以匡救。又如，他在探研《红楼梦》主题时，对影响巨大的越剧《红楼》电影片作了批评。这种敢冒天下之大不韪的精神，正是追求真理的青年学人身上最可宝贵的品质。我觉得指出这一点，比纠缠具体学术考辨的是非正误更为重要，这也就是拙序的微意之一。表明了这层意思，我或者可以停笔小休了吧。

周汝昌
丙寅榴月于北京之棠絮轩

（邓遂夫著，重庆出版社一九八七年版）

《红楼梦答问》序

　　问,是进步、进化的源头和关纽。问答,是人类文化生活上的极重要的"交通形式"。传道授业,登堂说法,无论是在儒门圣贤,还是释家大德,传下来的语录经文,其实质都是问答,这只要是稍曾涉猎书册的,印象应无差讹。"有问必答"——这是通常称赞那学识渊博而且乐于诲人的非常有"神气"的话头。"所答非所问"——则是一桩笑谈了,然而又足见这"答"与"问"的关系之重要。很明显,这都说的是"答"的重要。但在我的感觉上,没有"问","答"又何自而生? 没有了"问",大概人也就不再是"万物之灵"了吧。至于说到撰作著述者这一方面时,从他们的"立场"出发,自然就不叫"问答",而是变作"答问"了。古今以"答问"为书名的,为数不少,比如《书目答问》,是大家熟知的"工具书"(附带一句:我很不喜欢这个名词,它带着"实用主义"的味道,十分轻薄粗俗)。我自己也就还写过一本《书法艺术答问》呢。这应当被承认为,在诸多著述体例中,这确实是一种最适宜于普及知识的好形式。

　　可是,我们现在要说的不是一般的答问,而是《红楼梦》的答问。这就是格外的有趣味——也格外地不那么简单了。

　　历史上有过"红楼梦答问"吗? 我见闻所限,不曾听说过,只知道有个叫做涂瀛的,作过《红楼梦问答》。涂瀛是清代人,文笔倒是颇为矫健,他的《红楼梦论赞》最负盛名。但他这《问答》在过去的坊间通行本《红楼梦》卷端却也是照例刊载的,所以也流布极广。涂氏的《问答》是借了许多设问而自问自答,不过仍旧是他那种"钗黛斗争论"的左钗右黛的红学观点的变相文章而已。这种问答,并不是真的来自广大读者的头脑心灵之间的问题,只不过是涂先生的"手法"(表现艺术)罢了。它与当前我为之作序的这种《答问》,全不同种。我先把这一点交代清楚,或许也不为无谓的吧。

当前的这本《答问》,是本书撰者在大量的红学问题中选出若干个要点——这些要点,都是《红楼梦》读者应当知道而又不易尽明的重要课题,它们来自客观实际中,而不是撰者们凭空里"拟设"出来的"文章"。就这些重要题目,作出了深入浅出、通俗易晓的解答。这实在是广大读者群众普及红学基本知识的一本首创的新书。我敢预卜,读者是欢迎有这样的书,为他们解困祛惑的。

或许有人提出疑义和异议,认为"不然"。不然的理由不外两端:一是,"我读的是小说,我只需要'打开书',去读它的'本身'就完事;我不想'研究'它"。二是,"红学这'玩艺儿'很麻烦,很讨厌,我根本不想理它,也缠不清许多"。

对这样的"疑问"者,我首先想"答"他的"问"。我要说:同志,你全弄错了。你把《红楼梦》这部具有极大的特殊性的小说,当作一般性的小说看待了。《三国》、《水浒》、《西游》,你或者可以"打开书"只去知道"本身";但《红楼梦》这样办理却不行。"天下老鸦一般黑",说的是共性;"龙生九子,九子不同",说的是个性。文学艺术的事,尤其是个性、特点、特色即特殊性才是人们精神关注之所在;老是那几句讲共性的通常套头,成天当作经文来念诵,大约产生不了像《红楼梦》这样的作品。靠"打开书"就看"本身"的,未免把中华民族的伟大文学巨星曹雪芹的一切当成庸手常流看待了,把自己的知识水平、领会能力估量得太高了。至于红学的事情比较麻烦,那倒诚然不假。然而《答问》这本书的用心,正是要将红学知识从专门学者的研究室里介绍到群众中去,想方设法将"麻烦"的事情变得清爽"顺溜"的知识(但绝不是简单化的那种"本领"),辅助大家领略红学的若干重要方面——只有这样,才谈得上能指望对于《红楼梦》的丰富深刻有所体会认识,有所理解赏心。

　　听见红学就头疼的,其病不在于头,而在于心,心扉不肯敞得开开的,不肯去接受有关自己这个伟大民族的文化菁华的知识,却被某些清规戒律、条条框框的束缚弄得心血管阻塞——到哪里去寻找良药呢? 这良药也许正在发明之中。但在此良药问世之前,不妨先取此等小书一读,或者也能起一些扩张血管、畅通心液的作用吧?

　　为本书作序,表示我赞成在这一领域多为一般群众做些工作。至于书中所涉内容以及撰者们的观点论点,那是学术民主的事了,我不想对此说长道短。这也是我为同志们写序的一个基本准则。我常说,以自己的管见来"批判"人家,仿佛天下的砝码都在他一人手中,这种态度,除了狂妄二字,就想不出更切当的形容词了。

周汝昌
乙丑端午佳节间写讫于京城芹泥馆

　　(原刊《红楼梦学刊》一九八六年第一辑)

《〈红楼梦〉——根据曹雪芹原意新续》序

世界上的事情,发明创造,以"第一个"为贵。在红学领域,自然也是如此。谁第一个提出了以太阳为中心、行星绕日的说法并获得证实,谁就赢得了不朽的荣誉和千秋万代人的崇敬。谁第一个创造了七言律体,以至谁第一个写出了"春蚕到死丝方尽,蜡炬成灰泪始干"的文学语言(当然包括着感情),也是如此。此义似属常识,并不难明。但实际上往往又不尽然。其为"不尽然"之表现,或者人家明明是可贵的第一个,他视而不见以至不愿意承认;或者以为第二个也无甚了不起,甚至把首创当作"作俑"一样,加以奚落毁谤。这是一种情形。再一种则正相反,深明那"第一个"之可宝可贵,可崇可敬,于是不择手段地去夺劫人家的首创权,自己忘了顾些体面。如此等等。有心人士,是能够"须问旁观冷眼人"的。然而,真正的"第一个",任何手段都难以劫夺而去。近年来,红学界出现了不少的可贵的"第一个",例如,第一个《红楼梦》艺术论尝试,第一个红学史稿全帙,第一个探佚学专著,第一个新补后三十回书文。这都是引人注目的佳例。而《红楼梦》电视剧文学剧本的全部创作,乃是这许多第一个中的更引人注目的一项成绩。它的出现,在红学史和文艺史上,都有里程碑的意义。

运用《红楼梦》这个题材来写剧本的,那已不知有了多少了,即单就影视剧而言,也多得很,电视剧本怎么算是第一个? 这话不然。《红楼梦》电视剧本的所以成为"第一个",绝不仅仅在于它是"电视"剧的第一个。它的"第一个"属性,在于它是第一个全部全面性的红楼剧本,而不是像已有的那种"掐取"的片段的红楼剧本。这里面,包涵着两大重要之点,我以为是必须向读者讲明才行的——容我试说一二。

我说"全部全面性",第一层是指这个剧本第一次正确理解了曹雪芹的独特结构方法,突破了过去的那种单一的思想方法所导致的单一的艺术观。《红楼梦》的结构法,大家譬喻不一,我以为当以"大小波纹回互"法和"多线交织结网"法为最鲜豁好懂,道着了雪芹的文心匠意的独出特异之奇致。过去的剧本,正是由于不懂得这个艺术大关纽,才把《红楼梦》弄成了一个单一的、浮浅的、瘠羸的东西。那种剧本大抵只"抓住"一个流行的常谈式的"主题"、"主线",把什么什么都大斧砍净了,只搞那么一点儿"爱情小悲剧"(鲁迅语),这就把一部极其丰富深厚、瑰丽雄奇的《红楼梦》,生生变成了一个可怜的"佳人才子,一见钟情"式的小玩意儿——而这正是曹雪芹最反对、最要打破的俗套模式。他们看不到雪芹所表现的是一种高级得多的大悲剧,于是拿了违反《红楼梦》的那种思想和艺术当作是忠实于《红楼梦》的东西去"再现"。这部电视剧本,则第一次努力表现雪芹原著的那种特别繁富、复杂、错综、回互的大整体。这是第一项艰巨的创始性工作——然而事情并不是到此为止。

我说"全部全面性"还有第二层涵意,就是雪芹的真《红楼梦》自从乾隆末年遭到程高伪续书的偷天换日以后,原著的八十回后的重要情节已然全被篡改,伪续四十回,从根本到细节都是歪曲雪芹的思想的,向来的剧本,都是沿袭了程高伪续的那些"场景",并且认为"好戏"正在这里,正要在这个"节骨眼儿"上大做特做。那些剧本十分欣赏那个"李代桃僵"的"掉包式"爱情小悲剧,以为《红楼梦》的"顶点"和"菁华"就在这里。这样的见解一旦定型,当然不可能另有心胸手眼。而现在这个电视剧本,却第一次敢于打破二百多年来程高所设置的坚固的枷锁,努力尝试创造出一个崭新的、比较接近雪芹的原著本旨的"后半部"的情节和收束。这项工作,又要有两层硬功夫:一是对红学需要真正精研深悉的学术见解,二是在已有的守旧的舆论下,需要真正的卓识和仁勇去走自己的路。前者道理易晓,后者未必尽明,这实际是有点儿"冒天下之大不韪"的味道,非有至仁大勇,是不会来从事这个吃力而不易讨好的工作的呢!

这样草草一说,已可见此事之难,非同一般。可是现在的几位剧作者,毅然决然地将这个工作承担起来了。

然而,事情之难,又不止于此。听我再讲一番道理:雪芹所作,原是小说,小说是以"语文"为"手段",供人"看(阅读)"的。《红楼梦》的写法不同于别的小说,它最富于"咀嚼性",即极耐人寻味,把卷披阅,本是从容之事,故可反复寻绎,细咂滋味——雪芹的文字,是给"细嚼慢咽"的人看的,极富于诗的手法,诗的境界。那真够得上值得"含英咀华"的最高级的笔墨。那么,当你要把这样的一部作品改变为"电视"的时候,马上就发现:电视这种现代艺术方式,专讲"镜头"和"节奏",用俗话说,你得拿出"立体活人儿"来给人看,并且大抵"一晃而过"、"转瞬即逝"——这,矛盾可就来了,麻烦可就大了!

矛盾和麻烦,一是要想尽办法把雪芹的"纸上"之"兵"都成为"屏上"之影,二是得费尽心思把雪芹"暗中交代"的传神见意的诗的表现改换成为"明告观者"的手法。这就麻烦极了。因为你得处处替雪芹重做"发挥"、"填补"、"充实"的工作。你想,这岂不是难上之难的事?谁要是说"我有这能力",那自然令人感觉不够谦虚;但是假如有人说:"我做不好是可以预卜的,可我愿意试试,并且竭尽微力地去试!"那么我们听了,自然不但感到欣慰,而且同时产生了敬意。

他们决心下定了,几经易稿,剧本终于拿出来了。我愿意表示:你们是好样儿的,向你们祝贺!

事情是奇妙的。上面说过,这是要将"文字"变成影像的工作。可是本书读者还是"读"者,不是"观"众。电视剧本有点儿像"两栖类",是一种演变过渡"动物",它既想脱离"文字",走向影像,可又终于还是"文字",还不是(一点儿也不是)影像。这个文艺形式,有点儿怪气:它把自身的"可读性"拿来充当"可观性"。怪在这里——妙也就妙在这里。

既然要具备的仍然是可读性,那自然就又"回"到了笔墨功夫造诣的问题上来!

　　据我看，几位剧作家都是有才之人，有才能，有文采。而他们的才华文采，又必须是服从于雪芹这位大师的风度、风格、规格的。任凭他们有多大的才能，却不许"自我膨胀"。他们的任务职责，是尽一切努力去"显现"雪芹，而不是显现"我自己"。这一点，至极要紧。他们的成功或失败，绝不取决于别的，就是取决于这一要点。

　　我衷心祝贺此剧的印行出版。它首次可以成为亿万人阅读《红楼梦》的好辅导老师。它向广大群众"讲解"《红楼梦》，而又不带着任何"理论条条"味儿。它本身是一种很奇特的"红学"加"红艺"的结合创造品。

　　此书出后，估计引起的反响是不会太小的。原书八十回以后的新写出来的剧中情节，收获结果，恐怕也将成为评论和争论的焦点之一。然而，历史是不停步的，程高伪续的那一套，尽管还有市场，但在此剧之出现这个事实面前，已经不再是"如日方中"的局面了。我非常感谢这几位剧作者的伐山开路的勇毅精神。记得好像唐太宗（或是魏徵）的诗句说："翠崖千丈合，丹嶂五丁开。"现在凿通这一座"丹嶂"的，则是"三丁"。他们比得上比不上五丁的神力非我所知；但路毕竟是又"开"出了一条。这条路的"工程质量"如何，也不是我此刻要说的题目。我要说的是：全部全面、努力试行显现雪芹原著精神意旨的电视剧本，这是第一个。我为这个"第一个"鼓掌欢迎。

　　时在严寒之月（北京负六度—负十八度），为此剧走笔，而且一气呵成。虽然写得不尽如意，也就算姑且塞责了。我屋里温度很低，已到中午，玻窗上的冰花还未销尽。而且今天是星期日，我也并不休息玩耍。这点儿诚意，或可为此劣序作借口吧。

周汝昌
乙丑小寒节日
一九八六、一、五

（周雷、刘耕路、周岭改编，中国电影出版社一九八七年版）

《论石头记己卯本和庚辰本》序

　　我和王毓林同志原不相识,有一年冬天承他见访,谈次,知他是一位青年工人,业馀钻研《红楼梦》的事情,对于"版本",兴趣尤大。只听他粗谈了一点见头,便颇觉非同泛泛,是个下过功夫、细心读书,具有识解的青年学人,于是留下了很深的印象。我心想:一位青年,竟会对此等课题发生如此真挚浓厚的研索感情,实在难得,实在可贵。如今,他将历年的探讨的收获,勒为一编,要我在卷首写几句话,我推辞不得,只好勉为应命,写下了这篇算不得"序言"的文字。

　　有人听见说一位"青工"对"红学版本"这一套东西发生了兴趣并为之耗费精神,会以为这不知是从哪里"中了毒"来的。有人一听"版本"二字就头痛,犯肝气,认为凡对这种"繁琐考证"会发生兴趣的,都是有"毛病"的人,至少是"脾性"有点怪——是这样子吗?要答复这个疑问,最好的办法就是耐一耐性儿,取读一遍王毓林的这本书册。

　　我不自禁地回忆起往事。四十年代,我与胡适和陶心如(洙)因研《红》而有所交往。我十分冒昧地向胡适请借甲戌本,他竟慨然应允了,并烦孙楷第先生带给了我。我一见之下,简直惊呆了!"原来曹雪芹的原著的真面貌是这样子!"——而我们所得而见的一般坊本《红楼梦》,却是被妄人混人篡改到何等的不堪而令人气愤的地步了啊!从此,我立下了一个志愿:定要尽一切努力恢复雪芹的原来手笔的真面,绝不能再任许伪《红楼梦》来欺骗世人! 很显然,在我极深刻痛切的感觉上,将芹书的文字版本弄清楚,洗雪干净,是"红学"的一大基石;它和曹学一起,是一切研《红》工作的真源头! 不然的话,会说出连篇累牍而与曹雪芹毫无交涉的废话来,还自以为是"红学家"呢。

这难道是"有毛病"、"脾性怪"、天生喜爱"繁琐考证"的问题吗? 不! 这是求知识、为真理、辨是非、破迷妄的十分重要的大事业! 那些说长道短者,不是缺乏起码的文史知识,就是思想方法需要治理,如此而已。

陶心如先生本来也是与我素不相识的,有一次忽然来访,见到我的甲戌过录本,视为异珍,立即借去,答应将庚辰本的照相本借给我(那时原抄本尚在收藏)。后来他又告诉我,他藏有"半部己卯本",也答应借我一用。庚辰照相本给了我极大的便利,我深为感谢他。但己卯本他就不肯拿出来了。几经恳洽,最后对我说,已要卖给公家,不好再借出了,云云。这样,我始终无缘目睹此本。等到己卯本归于北京图书馆了,我那时已然顾不及亲自研阅了,便全由家兄祜昌代为校证去了,他为此苦跑图书馆……所以,认真说来,我并无资格为本书作序,因为缺少真正的亲切的研究考察和思辨。比如,对于己卯、庚辰两本异同的问题,我始终未及写出专文讨论,仅于《新证》"几本异文分合情况统计示例表"中,表示了它们的分歧"倾向"。庚辰本并不是一个最好的本子,最大的缺点是包含着许多后改之笔,改笔甚劣,而且还有妄人的墨笔任意涂抹增删,不但毫无校勘价值,而且多数文理不通,劣句百出。从这一点说,己卯本倒还少此一厄,较为清白。二本是否真是"怡府本"? 我也不无蓄疑之处。

己卯、庚辰二岁相连,所抄之本,似乎理应一致,至少极为相近才是;而事实却不如此。我和家兄谈论此事,所得的印象有几个特殊之点,其中如庚辰本开头十来回书,独特而又不足取的异文甚多;以下逐渐减少,然而也并非绝迹,仍然时出怪异独出、与众各别的文字。综观己、庚二本之间的歧异时,又可见己卯每与杨继振本相合,而庚辰则常与舒序本相合。两者分流,十分清楚,很难说成是一回事。这些都应如何理解? 亟须深入研索。

后来,我在甲戌过录本上发现了陶先生借用时留下的笔迹——加字,甚至描改。我这才开始疑心他这位老先生态度不够谨严,有点儿到处乱落笔的习惯。凡书一经了他的手的,要加一份小心,看看是否有他的"雪鸿"之迹。他在己卯和别的抄本上作了何等的"加工"(!),成为一个极需弄清的问题。自然,若论到影印己卯本时,应不应当将陶笔掩去?掩得不当,会不会损害原书的真面貌?那全然是又一种性质的问题,两者不容混为一谈。

从那时起,我为"版本"努力,只有家兄一人合作,举世无有知者助者。本来,此事胡适可做当做,可是他写了两篇"介绍"甲戌、庚辰二本的文字便完事,根本没有打算使之流布以供研阅,反而去宣扬什么程乙本(篡改雪芹书最酷烈的坏本子!)。从那以后,到我那时,已经是三十来年了,略无谁何过问如此大事。不料后来也有搞"校本"的了。拙著《新证》问世以后,影响所被,《红》书版本这一大事,方始引起注意。

为争真版本真《红楼梦》,历尽沧桑,几乎身遭政治罪累,直到今日,还有人要借此暗作文章。言之曷胜感慨!但事实总不可掩:自从《新证》问世,影印抄本、研究抄本、作"校本",才蔚为风气。必须回顾历史,方知来龙去脉,方知此事有何关系,有何意义。

王毓林同志这本书的全部内容,都是我极感关切而自己又未及彻底解决的问题,它们关系着我们对雪芹的真笔真意以及他和脂砚斋相依为命、为书稿而奋斗至死的重要历史真实。这是我们中华民族文化史上的一件头等的大事。这绝不是什么"繁琐考证"——这种标签和观念是到了改一改的历史时期了。

最近几年,本来对《红楼梦》版本、《石头记》抄本一无所知之人,不旋踵而竟以"校本功臣"自居起来了,例子也非止一个;但是看其版本学识,实在不太高明,却只一味标榜自己,贬低别人。这种不良学风,无非是"霸主"思想、名利熏心的表现。我所以提起它,是为了说明,在王毓林的这本著作中,是不曾沾染此等学风文风的。这在一个初涉学术领域的青年学子来说,深为可贵。

王毓林身为一个青年工人,在业馀的艰苦条件下,精研不息,深造有得,提出了自己的创见。这对学术是一种贡献,我们应该感谢他,学习他这种精神。"职业红学家"对之更应生愧。红学近一时期不太景气,主要是"左"的思潮影响尚未清除，"双百"方针不能贯彻之故。这本书的出版，对学术的百家争鸣，对红学的正常发展，必能起一种良好的作用。我想这实在是一件值得祝贺和欣慰的事情。同时也感到书目文献出版社肯将此书刊印，令人深怀敬意。

乙丑端午节后

一九八六年四月二十五日

改定于石家庄河北师大

（王毓林著，书目文献出版社一九八七年版）

《立松轩本石头记考辨》序

　　郑子庆山,将他历年研著积稿,勒成一编,前来问序于余。是间适逢我有海外之行,迁延时日,以迄于今。既归京甸,素砚未荒,爰汲碧泉,以偿红债,于是乃走笔而为斯文。文心未属,思绪徒繁,粗遣愚衷,以当芹献。

　　庆山致力的目标是红学中的版本学(以下简称版本学)。这版本学与其他两三门分科专学(如曹学、脂学等)乃是红学的最基本最主要的学问和功夫,也最难,最艰苦。所以肯来和敢来问津于此道的很少。这个事实应当先加明确,不然的话,就会上了某些浅薄人的当,跟随他的"时髦"风向,而轻视这种基本功,认为它"总是那一套"。新的方法、新的角度眼光,不是不要借来以为红学开拓之助,但是绝不会有不从基本功磨练出来而真能创出什么"新"的"奇迹",庆山此稿之可贵,正在于他懂得这"老一套"的价值并为之精勤不息。

　　《红楼梦》有文本上的差异,清代已经有人注意,我们引录过很多例证。但那时的注意力多集中于钞本(偶然所见之一本)与刊本(程高一百二十回伪续"全本")之间的异同,这自然是历史条件之所致。至于综合研索众多钞本,这乃是很晚近的事情,也是牵涉到整个现代红学史的一项大事体,大关目。对历史稍稍回顾,有助于理解庆山的苦功和深意。

　　我们不能不再次向读者重提旧话:第一部大大有别于百廿回"全本"的

八十回钞本得以印行问世的是戚序本。对于此本，除狄楚卿自译自赞而外，无人知赏。第一个把它引用在学术论著中而且视为标准文本的，是鲁迅。鲁迅那时已经认识到《石头记》另有一种真本，首次提出"原本"这个概念。他当时只能看到一部戚本，意中大约已是认为这可能是"原本"，只不过做学问的人不肯妄下断语，故尔出以疑似之词，其实那意思是很显明的。

这时期，也有人曾把戚本的某一小片段与坊俗程本相比照，只认为"各有千秋"；无提高到鲁迅那样的目光水平上去，看来并不容易。戚本的命运从一开始就成为识见高下之分的试金石。

再说一层，就是胡适在为《红楼梦》作考证时，因发现了甲戌本、庚辰本两部重要钞本而撰文立论，让世人得以初窥"脂砚斋重评石头记"这种旧钞的庐山真面的一些点滴。这是一项极大的功劳，必应表出。因为没有这一开头，也就引不起我们的主题——没有什么"红学版本学"可言了。

但是十分奇怪的是（当然，也许那时另有原因，而为我所不及理解，姑且妄言），当时两部珍贵罕睹见的钞本竟然没有引起他任何深细校勘、全面研究的兴趣与愿望，也未见他真正从文字异同、手笔高下的巨大差别上作出郑重的论析。他那一代人，是另有大业，"顾不上"做此"小事"，还是识见不周，见地尚浅？至今是我胸中的一段疑问。

他们那一代人就那样轻轻地将这件大事耽延罢弃了。直到二十五年以后，才又有人获得机缘目睹两部珍籍，立即与戚本联系起来，第一次提出了"三真本"的名目和概念，并且开始着手汇校的实地工作。从整个红学史上看得至为清楚：这才是现代红学版本学的真正的起步。

这个起步的影响是巨大的。

首先引起了影印工作，甲戌本和庚辰本相续在不同地方印出来了。于是，二十五年或三十年前对版本学丝毫不知措意的，忽然也搞起"校本"来。在海外的，则写起一部英文书，也大谈版本。从此以后，单篇的研究钞本《石头记》的文章出现了。再过些时候，研论一个（或实际上是两个）钞本的专著也出来了。这些，自然都是红学道路上的足迹。令人惋惜的是，由于对版本并无真正的学力，又苦于识解患卑，在这一领域中的成绩委实当不起太大的赞美。那些版本见解所导致的结论和后果，不管当初多么自矜自伐，差不多是一个个地被学术真理的镜子显露了它的禁不住考验。

以上的回顾说明了一点:庆山之所以选中这一行,定非偶然,当有所感,有所见。他是了解上述的那些情势的,因而会觉得这项基本功必须重新做起,有点儿像俗语说的"求人不如求己"。

他的功夫正是由戚本做起的——就是印行最早而最少人知重的一个脂批本系统的重要分支。他的最大的贡献是着重研究了此本(连同蒙府本共为一个系统)的原委,将它首次取名为"立松轩本"。

接着他将迄今发现的十多种钞本逐一地作了细密的研究,并且综合起来,梳理出这许多本子的源流分合的脉络。比如,他谨严的论析断明了甲戌本是年代最早的钞本,此外别无更早于它的本子存在。这实际上是驳斥了那种以甲戌本为"最晚出"的荒谬之说。此外,他力图探索其馀现存诸钞本的总源头,即"丙子三阅本"的问题。荦荦大端,卓然可鉴。又如对于庚辰本的看法,他认为,所谓己卯冬月和庚辰秋月的"定本",只是指脂砚的评定,而非雪芹的最后写定,庚辰改笔甚多,而且改得极坏,这绝非出于脂砚之手。他最近的看法是,己卯、庚辰两本都是过录本,不排除过录主持人改动的可能。特别指明的还有一点,即庚辰本除原有的后改异文(多劣笔)之外,还有墨笔旁改的一种"异文",此种则毫无版本根据。其妄改又在已经过录之后,甚至是在书已易主之后。如有据此妄改而采入正文者,自属为错谬推波助澜,务宜识辨。凡此,都深切鄙怀。

这种成绩凭的是真实功夫,而不是一知半解;凭的是科学论析,而不是片面主观,开口乱道;凭的是文化素养,语文水平,而不是是非颠倒,白黑莫辨。其间有极细、极曲、极精致、极复杂的甘苦心得! 作者的论断便建筑在这些苦功上。昭昭之功,来自矻矻之勤,所以与那种江湖卖艺式的"显弄"大异其趣。其可重在此,其可贵在此。

我与郑子庆山初不相识。记得是一九八二年夏天,我参加辽宁省第四届省红学会,在大连棒槌岛上遇到他,蒙他不弃,前来交谈。嗣后每次红学会议上,都与他相遇。见他朴讷渊静,退然不竞,在众中独有恂恂儒士之风,心异而志之。他给我的这种印象,与年俱增。我们早已不该再叹息什么"世风不古"了,但是毕竟因为具有这样的君子之古风的人未获多逢,不免暗生赞叹之心。久之，知他在边远地区，执教之馀，倾全力以事版本之学，更添敬意。心想，这样人不会赶浪潮，傻瓜式的，默默无声地研练"老一套"的难攻的基本功夫，真是"理所当然"。再看他的论述，也深信他与那少数的只以红学为"羔雁"而意在荣利之人截然不同。有人谬许我治红学有"乾嘉朴学"之风，我听了只有惭汗；庆山之稿，其方法，其文风，承当那一评赞，或庶几焉。红学是学术，是科学，总不能仿效摇串铃的江湖郎中，弄小术，卖假药，欺世害民。苦功夫，真学识，才会开真花，结真果。我于郑子，不想多加夸饰之言，只希望他以斯义共勉，层楼更上，纵目千里以至万里，而胸无纤尘点障，为真正的红学学术之拓展发扬，不断贡献出新的智慧。我和他有一个共同的理想目标，即努力探索雪芹之真，揭示篡本之妄。这实在也仿佛有一种砥柱横流的业绩和精神在于其间，郑子其自知重焉。

时在严冬，砚匣冰冻，笔致未舒；加之种种干扰，搅我心曲，草草命篇，辞不逮意，此又异乎陆士衡之所言，盖别是陋札，非关为文之事也。愧负之怀，想当鉴谅，则不胜幸甚。

时在丁卯大雪节间

周汝昌呵冻记于京城之脂雪轩

（郑庆山著，中国文联出版公司一九九二年版）

《北京大观园》(旅游丛书)序言

眼中平地起楼台,几树垂杨认旧栽。
昔日荒畦今锦绣,九州冠盖慕名来。

名园兴废问遗踪,身到红楼恍梦中。
一境是真还是幻? 蓼风荇渚似曾逢。

雪芹真笔细参详,讶异欣同各主张。
势若游龙溪百曲,雕甍隐约正中央。

人人身拟个中人,抚石临轩试假真。
假作真时真亦假,归轮犹是恋游尘。

去年深秋,陪海外红学家来游北京新建"大观园",作此绝句四首。这几
首小诗约略表达了我游此园的印象和感想。如今拿它作为这本导游小册子
的序引,倒还合题对景。容我对诗句的部分内容作些解释。

这个园子,由拟议、筹划,到施工、实现——北京宣武门外、城西南角侧
的"南菜园",由一片荒墟废址变成了一座丹碧生辉的园林,我是身经目睹,

并且颇曾为它耗去了日力和心力的。"大观园"的张其沉主任要我为此册写几句话,于是那几首诗所包含的思绪就重新在我心头泛起。

我把记忆中为筹划而贡其愚见之经过的一二点滴,写记于此,也可以为"建园史话"提供材料。

在曹雪芹的笔下,大观园本是荣国府的一座"后花园",扩充改建而成为"省亲别墅",即原是私家的府园,后来加上了皇家苑囿的一点规格与色彩。这是此园的性质,也是造园艺术"旋律"的基调。所以园子本非甚大(脂砚斋的《石头记》批语中说得很明白)。它也不是为"开放"、"旅游"而设计的。但是园子一旦造成,则海内外慕名而来的游客,数量必极可观,园子小了,会踏平挤破的! 这有一个"大"、"小"、"公"、"私"的"矛盾",要适当解决。这一点我从一开始就曾提出。等到破土动工,"怡红院"刚刚往地上铺第一层砖时,我和故宫博物院老专家朱家溍先生同往观看,朱老相了一相全局地势,对我说:"大了一些。书里的大观园并没有这么大。"我们的看法全然相合。我说:"园子一大,要再一'公园化',则其境界、意味就全不对了。"

但为了考虑游客容量,我们也表示同意让它偏大一点儿。开放之后,盛况惊人,"踏平挤破"的问题果如所料。为了让更多的游客满足他们的愿望,就无法坚持完全忠实于雪芹命意的原则了。

那时的"南菜园",一无所有,仅仅几株垂柳,孤寂地立在地上,丝毫不见其美观出色之处。我看了,建议说:"楼台易建,树木难栽。原有的树,切不可伐掉,尽量保留。将来会大有其得用之所在。"这个意思,幸蒙采纳;如今"蓼风轩"长廊一带的几树垂杨,缔造出一片丰神韵致,这是用什么"现代化"办法也代替不了的。

我那第一首诗,包括了上面的内容,不讲出来,未必读得出——所以诗是他人不易注解的文字,因此也最耐人寻味。

如果有人要我用最简要的几句话来讲说雪芹笔下大观园布局的关键,那么我将回答说:依据《红楼梦》第十八回原文,写那贾元妃入园,先是乘舆游赏,默叹奢华,忽又见太监跪请登舟,贾妃下了舆,只见"清流一带,势若游龙",两边皆是石栏,栏上点着百种灯彩。这"势若游龙"四个字,写尽了沁芳溪水的曲折蜿蜒之势态,最是要紧。此溪为全园命脉,各处亭馆的分张联络,都是因水之曲折而穿插映带,巧妙安排。然后接写的是"已而入一石港",是为蓼汀花溆。下文便是"一时舟临内岸,去舟上舆"。可知元妃游园,先分三段:开头乘舆,中间行舟,后又乘舆。到再上舆时,便已能遥遥望得见"琳宫绰约,桂殿巍峨"(绰约,在此是形容远景的样子),这才是别墅中的行宫,也即我上文说的皇家规格和色彩。

这一路线,以花溆石港为枢纽点。

再看第十七回(它与第十八回同写园景布局,而互为详略,彼此补充,要会合参,方得真意),进大门之后,过了翠嶂,"再进数步,渐向北边,平坦宽豁,两边飞楼插空,雕甍绣槛,皆隐于山坳树杪之间"。要看清这是暗示另有陆行的正路线,所以才能是"平坦宽豁",等于是"辇道",可以通往行宫正殿的甬路。所谓飞楼,分居两边,即是全园正中的大观主楼,两边分为缀锦和含芳两座楼阁。这组建筑,是全园主景,也是"制高点",所以说是"插空"。登上此楼,俯瞰全园,诸景俱收眼底。这是陆行路线上的枢纽点。史太君两宴大观园,款待刘姥姥,为何单单选在缀锦阁前? 原因在此。

我的第三首诗,是表达这个理解。这里有艺术的事情,也有学术的事情。理解容有不同,所以也是各抒己见,讨论商量。

至于曹雪芹所写的大观园,有无原型或蓝本可指? 今当何处? 那更是学术考辨中的事情,与新建一处园子,两件事毫无交涉,不要胡乱拉扯为是。

"名园自古关兴废",宋贤作《洛阳名园记》,早就指出了这一点。北京"大观园"的兴建,虽然原始动机是为了拍摄《红楼梦》电视剧,但是也从一个侧面反映出一种真理:只有时逢太平盛世,民丰物阜,生活幸福,文化兴荣,这才会有盖造园林,以供游赏的财力与心力。"大观园"在北京的出现,完全证实了这一层道理。

"大观园"中,联匾不少,凡《红楼梦》中原已叙明的,自然一字不差地镌句悬题;书中没有叙明的,主持此事的同志要我来代补齐全。这个"考题"很难,我焉能有如此才情? 但因并无别法,我只好斗胆承应下来。其为不能胜任,自在意中。

一片荒地,空无一物,由人的一点心灵智慧和双手的技能劳动,便创造出"昔日全无、今朝竟有"的美好境界,园林池馆的表现,最能说明这个事实。中华民族的美学观和艺术手法,如果高度总括地说,不妨称之为"造境主义"。"大观园"初步满足了人们想要"进入小说实境"的愿望,也发扬了我们民族文化"造境"的独特光彩。

丁卯年腊初写讫
于北京之脂雪轩

（吴东炬著,北京旅游出版社一九八八年版）

《红楼梦新探》序

赵冈教授与陈钟毅女士合著的《红楼梦新探》在北京印行大陆版,我认为是红学史上的一件值得记述的事情,这事情具有多方面的意义,并非仅是给国内读者提供了一项红学著作的新品种而已。我深感高兴。在高兴的同时,还随带而发生了多层次的感想。因借此撰序的机会,粗陈心曲,借用雪芹的一句,也可说是"试遣愚衷"四个字。

红学因何而生?为什么生长发展?赵、陈两位原来不治文史,为何却对红学下了大功夫?这是一种什么性质的文化现象?这是不是"一部小说嘛"的问题?小说多得简直是汗牛充栋,难以"更仆数",试问哪部小说产生了像红学这样体性专门、规模巨大、波澜壮阔、万喙争鸣的情状与"景观"?要想回答圆满,怕是不太容易。既然如此,那就该引人深思了。至今尚有很多人还只用小说文艺论的眼光去看待和对待《红楼梦》,因而总以为无非是部小说嘛,讲讲人物性格呀、故事情节呀、语言技巧呀等等之类,才是"正路";那些纷纭的红学研讨,真是节外生枝,真是自寻苦恼——不过是一种无谓的庸人自扰罢了。

此种识见,对乎?不对乎?

"开谈不说红楼梦,纵读诗书也枉然。"那还是清朝的旧事。然已可见彼时的红学之"时髦"的程度了。如今这么多的红学论著,是否也不过仅仅是一种"新时髦"的产物？我想这样的疑问之蓄于人们的头脑之中，是丝毫不为奇怪的。"时髦"确实有之，但要分分类，哪种人才会利用红学来赶趁时髦，哪些人并不知"时髦"为何物，而是为了学术，为了中华民族文化，为了寻求真理。时髦云乎哉。"五四"运动以前，已渐多有识之士，严肃而认真地思索和讨论《红楼梦》问题了，那已经是与"开谈派"大不相同，留下了不少真知灼见的红学文献。对此如果视而不见，见而不识，那真是数典而忘祖之过。

但不管那些文献怎么重要，那些文献内涵如何丰富深邃，其性质仍然是评议、解说、鉴赏、赞叹，即总不脱"随感录"的体性与文格，而不属于正式的学术研究。这是要弄清楚的。即如王国维，由于写了《红楼梦评论》，在欧美西方颇享盛名，以此文为主题的征引、研究、评价……多得很是可观。但王先生的《评论》终归是"评论"，他对这部特点极大的小说的一切一切，都不曾有过任何自己的深切钻研，只是"就书论书"——而且那"书"又只是程高伪篡之本，对于这样极端复杂而重要的大课题，他一无所究心留意。这就无怪乎有青年学人近来发抒感想，说王氏红论，从学术角度来看，价值远不如其名气之高。此例最可启人智府，浚我灵泉了。

把红学重新缔造，并提到学术的殿堂中央地位的，自谁为始？人人都得承认：始自胡适之。

胡先生开始研红时，是二十世纪二十年代之最初。此一创始，重要之至，但真正的继武者不多，开拓丛蚕者更少。之后，此学不绝如缕，若存若亡。三十年后，即五十年代之初期，忽然出现了红学向所未有的兴荣茂秀的热潮局面。这个事相，足可说明，一门真正有学术价值有文化义蕴的学问，显晦不在一时，而在它本身的生命力，自有无限的前景，惊人的"潜境"。

但胡先生的本意，无庸讳言，并无多大深刻度和预见性可言，他只不过是一心一意为了提倡他的"白话小说"而从事几部小说名著的研考而已。他未必意识到，这个题目却关系着中华文化的一项巨大的课题；我们今日认识的大幅度升高，是历史的进展。当然，胡先生自己意识不意识，并不关重要。重要的是这条线路引发出来的山重水复、柳暗花明的巨丽无伦的奇观胜景。

赵、陈合著的这部《新探》，正是这条线路上的一座纪程之碑，引胜之碣。

红学的路子、流派、家数……殊辙异轨，蔚为大观。我在别处说过：这种现象是一种重要的文化现象,来源于观者的文化意识与作者(雪芹)的文化蕴藏,并非人为的"聚讼"或"起哄"。再者,为了阐释到底什么样的红楼研究才够得上是真正的(即符合本义的)红学? 也曾颇费唇舌。我仍然认为,比如像《新探》这样的著述,才是真实的或者正规的红学。为什么这样认为?《新探》不属于赶趁时髦、以研红为"终南捷径"的那一类。它的著者纯为追求学术真理——红学上存在着大量的使人困惑的(但也是非常重要的)问题引动了著者的关切与忧虑,觉得这些问题必须努力解决,否则于心难释:对不起原书作者,对不起今后的读者,对不住自家的良知与责任感,更对不住产生《红楼梦》伟著的那个民族文化。这就是所以出现像《新探》这种著作的根本起因与撰述目的。他们走的"路子",不是文艺评论、小说原理、比较文学、形名学(即叙事文学小说结构主义之学)等等之路(目前在海外久居治红学的,十有九个是走那种路的),他选定的却是"胡适考证派"。

说来也许你不会立刻相信:肯走这条路的,实际人数并非像你"印象"或想象中的那么多。其原因不知何在,但似乎走此路很不轻松也是原因之一。《新探》确实选取了一条难走的路。这就值得人们尊敬和学习。

《新探》的内容表明,它是治红学的基本功、真本事,而不同于江湖卖艺的"花拳绣腿"。我是充分尊敬肯下这种功夫的学者的。走这条路的,大抵不慕荣利,也没有"压倒别人,树立自己"的动机,是真做学问的人。做这种功夫,得有一点"傻劲儿"(吴组缃先生在一次红学会议上用这一词语谬奖于我。会议记录曾刊出过,但此语已不复见)。对"傻劲儿",我略有体会,知道那不是赶"热门儿"、做帮闲的事;费大力而不讨小好,没有什么风头好出——其"劲"之"傻",端在于此。

那么,《新探》自己的精神命脉、特色专长,又是如何呢?

此书主体共分上、下两篇——其香港版就分上、下两册印行。上篇大题标为"抄本八十回之研究",下篇则是"后四十回续书"。凡在具眼,请来拭目。不必烦词絮语,只此两篇之标题,一部著作的体段,则红学之根本问题之绝大关目,已可一览而无馀,可谓骊珠已探。说真的,就此一端,我已心折。

什么叫作"抄本八十回"? 我作一下"笺注",曰:著者谓雪芹《石头记》原书也。什么叫作"后四十回续书"？著者谓自从乾隆辛亥才出世的程伟元印本《红楼梦》的拼配于八十回后的四十回"新作"是也。赵、陈两先生的上、下篇，如泾渭之分流，似胡越之迥隔，已将曹、程区别得一清二楚，将真伪显示得源真本切。

这便是《新探》的精神命脉，《新探》的特色专长。

著者于八十回书，析离独立于"百二十回全璧"之外，而且还要特为标出"抄本八十回"者，此又何耶？盖著者研究的，是抄本，而不是程印本里面的那样的前八十回。这一点特别重要。赵、陈两位的研究对象，首先是抄本，即雪芹原著（基本上是的），而不是经过伪续者偷加篡乱删改的那种前八十回。即此可见，他们的研究对象是很严格的，是有选择的——当然也就是有目的性的。

他们早已觑破：他们设下的那两大标题，是一切红学课题所以发生、一切红学争讼所以纠葛的最关键的"策源"与"发祥"之点。他们的目的性，就是要把这两项最大问题首先弄个清楚——至少是朝弄清楚的目标努力行进，以期历史事实的真相得以重为人知，而不至于永远被那些浮词谬说所迷惑。

因此我说：只要看清了《新探》的这个目的性之所在，则著作之有价值与著者的应受尊敬，就十分昭明了。我撰此序，如果琐琐絮絮，论短道长，而忘记从这条最根本的要义来向读者推介，那就"风斯下矣"。

我记得《新探》初出香港版时，是一九七〇年下半年（文艺书屋出版，巾箱小本二册），那时还没有实行开放政策，外面的书物，我个人是看不到的，后蒙友人寄赠一部，也被海关卡住，费了周折，才得准许进口。我彼时当然对赵、陈伉俪毫无所知。展卷之下，先看见有一篇极简练的自序，写于一九六九年七月（大约是我由被关进"牛棚"而将下干校之际）。其中有云："提起已有的研究成果，我们觉得有三位学者的贡献最大。第一位是胡适先生……第二位是周汝昌先生。到如今为止，考证《红楼梦》的基本材料大部分是他一手挖掘出来的。"我读了，不免兴叹——"海外存知己，天涯若比邻"（改唐贤名句之"内"为"外"）。有些读者会觉得奇怪：只为了那样一句话的夸奖，就值得发生"知己感"吗？他们是不了解，在"海内"，这样的一句话也是听不到的呢！（他们更不了解：相当多的人转引了人家提供的材料〔实际还包括着理解认识，心得体会〕，装作"老资格红学里手"，好像他"二十五年前"早都读过这些材料的，还总忘不了倒打一耙。再有就是正拼命苦搜"新史料"的，也最怕听见赵、陈两先生那样讲话。）则我的知己之感，岂为无因乎？但是，我的那"存知己"的心情，却不能明言，因为在当时，"海外关系"是一项很麻烦的事，躲还躲不及呢。

再后来，我也得到了友人赠来的《新探》的台湾版，那是一九七一年晨钟出版社印行的一册本。其卷首，多出了一篇"《红楼梦新探》跋"。我很纳闷，跋是卷尾的事，怎么印者给摆到最前面来了？此跋主要是为了补叙有人考证曹𫖯之妻子马氏是何族何人之女。此跋写于一九七〇年十月。

如今竟然见到《新探》一书出了大陆版，而且他们贤伉俪要我为之写一篇序言，这真是早年万万不能想象的喜事。我上面略叙经过，是为了让人明白，《新探》能出大陆版，意义何在，而我的衷心高兴，又是缘何而发。

我检对了一下大陆版和港台版内容的差别，见其中下篇原有的第七章"续书人究竟是谁？"已经删省不存，卷末则多出了"外篇"，是新加入的单篇文章一束，共计八篇。从这八篇来看，著者精神所注，仍然集中在两大方面，即《红楼梦》的作者（包括家世背景）与版本。这也足以证明，我在一开头就指出的他们的研究路数或流派，就属于被称为"新红学"、"胡适考证派"的范围，换言之，即我认为这才是真正的红学的那一性质。

我最佩服的是他俩的服从客观真理的治学精神态度。他们曾在序跋中自言"我们不是治文史的"，"对续书的文学艺术性如何，并不很敏感"（大意如此）。如果不把这话看作是一种谦执之辞，那么他们并不一定像我这样"在乎"、"计较"，力斥伪续之惑乱真书。可是，他们一点儿也不像有些人那样，竟宣传一种论调，说是后四十回亦即出自雪芹一手——最多也不过是高鹗在雪芹之"残稿""基础上"作了些"必要的"（也是"有益的"！）"加工"而已！相反，他们运用了先进的科技器械，以计算机对原著与续书的若干词语的比较作出了统计，结果昭示分明：前八十回与后四十回绝对不是同一手笔！而且，我有两次亲身经历，当我在美国与他在一起时，见他对别人也用计算机作此类统计而得出不同结论时（一百二十回是个整体！）所下的评语，使我至今仍有甚深印象：他对科学真理、是非短长，统计时选取词语与方法上的得失正误问题，那是一丝不苟的，侃侃而陈，直言无讳。由这一方面，我看出著者治学之谨严正直，不肯奉承什么，也不逢迎什么。一九八〇年首届国际红学大会，他提交的版本论文，正是那同一正直不阿的科学态度之表现。

《新探》的一个重要意义，是它在海外为红学的"外学"树立了"威风"，增添了"意气"，何以言此？这也得从一九八〇年的首届国际红会说起：会上，我以佛学向有内学、外学之例来比喻红学，不妨也可以如此"分类"。当时不过随缘即兴，为发言增加一点风趣而已，本无深意（其实那比喻很不妥恰，易滋误会。果然，流弊丛生起来，我应深自检讨。可参看拙著《献芹集》中《美红散记》与《红学辩义》两文）。不想由此竟然流传开来，国内外很快采用了这个"分类"和"称呼"，这也罢了；奇怪的是采用者把考证版本（即雪芹原笔与篡文都是怎样的情况，分别何在）也看成是"外学"，而宣称只有研究"作品本身"（即一百二十回真假杂糅本）才是内学；亦即"红学革命"之后，"外红学"已被"否定"或"过时"，"内红学"兴起了云云——真好像红学已经进入了另一个"世界"了！其实这真是（不过是）一种错觉与幻觉。"外学"（即包括对作者与版本的考证，即被名为"外学"，实在才是真正的"内学"）者，是不是已被"革"掉了？它的生命力如何？我在拙著《红楼梦与中华文化》一书中略有涉及（大陆、台湾一九八九年分出），请读者参阅思索。赵、陈的《新探》之所以不慕荣利，不趋时好，正在于它并不想进入"红学革命"后的"另一世界"，还在集中力量解决作者与版本两大问题。（难道"作品本身"不产生于作者的头脑和文字，而竟是"另一回事"吗？）所以，《新探》的重要意义，就在于特立独行地赞助支持了"外学"（即真的"内学"）的威风与意气。别的甚嚣尘上，《新探》却埋头于"冷淡生涯"，有所见矣。

我与他俩，在红学观点上，也不时发生一些"仁智"之见。但认真说来，总的方法论、认识论、总体精神，我们实在倒是很一致的。在彼此相识之前，由于历史的原因，还曾打过点滴的笔墨官司，但那可说是微不足道，无伤大局。相识之后——记得那是一九七八年，赵先生到北京东城无量大人胡同陋室敝斋来看我，我们一见面，即如旧相识一样，他说："你知道《新证》初出，在美国卖多大价钱？！"言下那是很惊人的！我向他表示的就是历史原因使我们曾有几句争论……他报以会心的一笑。到一九八六至八七年，我重游北美，再到 Madison，我们就商量好，共选题目，分撰论文，各抒己见，联合发表，为红学界"诤友"们开一新例，树一种学风——我们实行了，都刊登在香港的《明报》月刊(一次主题是恭王府与大观园，一次主题是探佚雪芹原书结尾问题。第三次未及做好，就分手了)。当时，合作得十分愉快，以为这才是正常的学友为讨究问题的正常的(但是却不是太多见的)关系。值得在此一记。

自然，那时我还没有想到《新探》在大陆出版的事。

如今这件事竟然实现了，洵为可喜可贺。承他们不弃，嘱为弁言——来信说："请你写一短序，以为纪念，也不枉我们相交一场。"我欣然应诺下来。因为这种朴素无华的言辞，更加感人。真的，我们的这相交，可不是一般的内容啊。

不料一写起来，我的"下笔不能自休"的旧病就会复发。写到这里，许多想说的，并未尽情而叙，可是已然觉得这实在不能算"短"了，似乎有违来鸿之原嘱。不太自愿地将笔停下来——揭开窗帘，见那似乎是一片残月之光映照着满地的瑞雪：北国的寒宵，总是我为红学写作的一种清境。序文实不见佳，谨以寸衷，表兹诚悃而已，尚祈鉴领。

周汝昌

己巳十一月廿二

一九八九、十二、十九之夜写讫

(赵冈、陈钟毅著，文化艺术出版社一九九一年版)

欧西《红楼梦》研论得失之我见

——《欧美红学》序言

小　引

　　《红楼梦》是一部独特的中国文化小说,其内涵意义,略见于拙著《红楼梦与中华文化》一书(北京、台北一九八九年分出)。这部文化小说传入欧美西洋之后,反响如何?凡治中西文化交流的学者,如不曾向这一课题留心详究,那将是一个极大的缺漏与损失。

　　为此,我久想为此撰一拙文,著抒鄙见,但因阻滞重重,久难落笔——所谓阻滞,一是必须广搜资料,遍读洋书,而不幸目坏,欲偿此愿,须借重得力助手,但此助手难求。二是我不知道国内外哪一家刊物能刊登这个主题的文章,若花费不小的力气写出来只能压置敝箧,为鼠馈粮,则不如不作,因为别的文债与"文愿"还多得不胜枚举。为此之故,一直拖延下来了。

　　如今天赐良机:中国社会科学院的姜其煌先生出其鸿编,要我制序,快览之下,"正中下怀"。我就一举两得,既应雅嘱,又偿夙愿,遂成此文,以贡芹曝之诚。我以为,目前除姜先生外,还无人能撰成这样一部著作,其嘉惠学林者,实非浅鲜。我之拙文,不过是因姜先生的辛勤劳动之成果,借花献佛而已。

　　由于文体是序言,不想写得枯燥沉闷——我素来不喜欢那种"搭大论文的架子"的派头,所以性质是讲学术,论文化,笔调却从不摆出"道貌岸然"的脸色。我喜欢娓娓而谈,不妨谈笑风生,会心一笑。所以这篇文字,一如既往,有时寓庄于谐,但我涉及的,正是中西文化"冲突"点与"交流"面的重要课题。具眼高流,当识我意。至于所论不当,识解未深之处,所在都有,亦请方家匡其不逮,何幸如之。

己巳大雪前

　　姜其煌先生的这部著作,价值意义,非止一端,我作为读者、受益者,感受和感想,自然也不是一点一面之事。承他不弃谫陋,嘱为弁言,我就将一些拙意,略陈于此,以当芹献。

　　我常戏言,"红学"是一门可怜的"夹空"之学,本身带着很大的"悲剧性"。这话怎么讲法呢? 所以叫它做"夹空"的学问者,是说世间有"大学问"的人,不屑于"治红学",而有"小学问"的人,每每争欲挤入红界,可实际上他弄不了这门奇特之学,大抵凑凑热闹而已。所以"红学"只是一个真正的"生命线":在大学问与小学问之间——"夹空"之义,即在于斯了。据我数十年的亲身经历见闻,的然不差,就是如此。请看,当今第一流大学问家,哪位是治红学的? 你大概举不出。那些"红学专家"们,学问如何? 对此,含蓄的回答是不答,无言以为答。红学本来需要的是第一流的大学者,只有他们方堪胜任;可是现实当中有的红学家连小学问也没有太多。这一事实,本身即是一种悲剧——至少在目前还是如此,没有什么可以"为贤者讳"的任何必要。

　　我说这话,用意何居? 我是在想:像姜先生,精通很多种西语,却没有不屑于红学的意思,竟然为了介绍西方的红学状况而投入了这么多的工夫,写成这部品种独特的新著,以飨国人,填补了一个多年来无人肯填能填的红学空白,这不是一件小事。不但在红学史上,即在中西文化交流史上,也是应该大书一笔的篇章节目。

　　"西方的红学",内容包括些什么? 曰翻译,曰讲解,曰评介。讲解原应包括欧美众多大学对《红楼梦》的课程讲授;苦无纪录与出版物,无从搜辑,所以只剩下译本中的注解了,然而却很重要。姜先生把西方的这方面的著作,广搜博引,巨细无遗,功力实堪钦佩——要知道,所谓西方,包括的国度很多,而且历时甚长,从一八四二年的事一直讲到他截稿为止。一八四二年是我们这儿的哪一年？是大清道光皇帝二十二年，鸦片战争告终订《南京条约》的那年头儿呢！你看可惊不可惊？

其次，我想的另一面是：红学不管在西方还是在东方，到底是个什么性质的事物？有人会答：这还用问，不就是一种小说学、文艺学吗？我要说：正是在这里发生了看法上的问题。

实际上，红学是一种最高级的多层面的文化意识和复杂的心智认知的实践活动。这自然会包括小说文艺学，但是绝不仅仅停留局限在那一层次和范围。这也就是我上面说的，为什么红学需要第一流的大学问家，而绝不是一般小说工作者所能胜任的一桩极大的课题任务。正因如此，这才发生了红学，以及发生了它的"千汇万状"的纷纭奇致大观。西方的、东方的、中国的，都如此。对一部"小说"的理解与认识，竟然出现了如此惊人的奇致，在人类文化史上大约也堪称首屈一指。

我们很想知道的，是西方如何看待"红楼"一"梦"。他们未必能看得对，懂得透——是这样，但是我们用不着轻薄和哂笑，因为需要"反顾"一下：我们中国人自己，是否已然看对懂透了呢？我不知哪个最狂妄之辈才敢这样正面答言。

在我们看来，西方人士对《红楼》的看法，不少是可笑的。原谅吧，彼此间的文化传统、精神结构、历史背景、民族特点，其差异是太巨大了！怎么能指望西方人完全了解和理解这样一部"奇书"呢？然而，说也奇怪，据姜先生介述的，在众多的"西方之老生常谈"中，忽然会爆出一朵大火花，使我十分惊异！在这方面尤其感谢姜先生，不是他来热心介绍，我是不得而知的。

中西文化各种观念上的差异，在《红楼梦》西译上也显示得十分有趣。如姜先生所举，尽管霍克思（David Hawkes）英译"好了歌"为 Won Done Song 是如彼其绝妙①，但他却把宝二爷的怡红院硬是译成"怡绿院"（姜先生又"返"译为"快绿院"——The House of Green Delight），认为非此不合西方观念。此种例子更是令人小中见大，也最"发人深省"。这两个色调，在中西方读者说来竟也有如此巨大——不，可说是"相反"的文化联想与审美感受！——遑论整部的《红楼梦》与整个的雪芹头脑心灵了！我不知道霍氏是怎样理解"怡红快绿"的，他是否读懂这四字的注脚就在于院中景物主眼的

"蕉棠两植"——而蕉是象征黛玉,棠是象征湘云。霍先生硬要将红变绿,是对全书制造了一个具有根本性关键性的大麻烦问题,他将怎样"处理"这桩公案?

其实,霍氏是很聪明的,他既然主张该把怡红院译成"怡绿院",必然引发一种连锁后果:那么,"红楼梦"的那"红",又待怎生翻译? 是否也得译成"绿楼梦"? 他大概意识到这很麻烦,所以就连"红楼梦"的书名也避而不用,干脆是"The Story of the Stone"了。

说真的,就从"红楼梦"这三个大字来说起,这首先就是不可译的中华文化的诗的语文和美学概念。Red Chamber Dream 或者 Dream"of"or"in"the Red Chamber 都使西方人困惑,只单说那"Red Chamber",已然即是一种不可思议、莫名其妙的怪名堂了。所以"Red Chamber"根本不能传达"红楼"二字对中华本民族的有文化、有学养的读者所引起的艺术效应,"相差不可以道里计"呀! 唐代诗人笔下的"红楼富家女"、"美人一笑褰珠箔,遥指红楼是妾家"、"美人情易伤,暗上红楼立"、"长安春色本无主,古来尽属红楼女"这种意境和气氛,让从来就"呼吸欧风美雨"的西方读者去领略,去"掌握",他们(和我们)又有什么"办法"可想呢?

Red Chamber 固然令人很不满意,可是话还得"说回来",毕竟未离大格儿,还是主观上力求忠于原词的。到后来,如姜先生所举,却又出来了一个 Red Mansions,这就益发令中西方读者一起茫然了。推想起来,那是否要把"红楼梦"理解为"朱门梦"、"朱邸梦"? 假使如此,我也要说,这是十分不妥的破坏原义,违反翻译原则的做法。

我同意姜先生对西方各种译本的详细介绍与评议,他的学识见解都令人佩服。他举出,霍克思连双关语也译出,实为奇迹。当然,霍氏在雪芹面前,也时时会敬谢不敏,束手无策——或竟只好出以下策! 比如,当他遇到全书中第一个仆人霍启时,就智穷力拙了——霍启,谐音祸起,火起(霍是入声,北音无入,转为"火"、"祸"相似,或上声,或去声);又须知那个时代家里下人取名,都是吉利字眼,如"旺儿","兴儿","来升","李贵"……是也。"启"者开也,原也谐"起"之音,故乾隆以至宣统时代读者,一见"霍启"之名,便知绝妙。可是霍先生的英译,竟然在此名之处,大书 Calamity 一字,以为译文。我看了真是吃惊不小！一个"封建大家族"，十七八世纪时代，给仆人取如此"吉名"，这让欧美人见了必然骇愕万分，以为中国人远在清朝，就比"西方民主"要开放得多了。

我的这些话，总括起来只有一句：可见想让西方读者看懂雪芹的书，是多么地不容易。

我老老实实供认，我原有一种不太客气的偏见：西方人根本无法真懂得《红楼梦》是什么，是怎么一回事。西方的翻译家们脾气很怪，肯为白文花大力气，却不肯为注解写一个字。我常常说，这样的翻译者，只做了他应做的工作的一半，甚至是一小半。指望西方读者只看白文就能领会其间的森罗万象，恐怕这样的指望者思想方法有大毛病。因此，姜先生特别推重俄语译本的质量和工作态度——设了三百条注。他的看法，我很同意。当然，要说设注的事，三百条是太少了，对西方，设上三千条也不为多。为什么？《红楼梦》不同于别的小说，这是一位非常高级的文学巨星写的书，用的手法极其超妙，讲的（含的）内容至关重大——中华民族文化物质和精神两方面的结晶式总宝库。如若不从这个角度高度去认识，只以为是"东方的罗密欧与朱丽叶"，什么"爱情悲剧"呀，什么"心理刻画"呀……西方人习惯上总是注目于这些，也满足于这些老生常谈，那当然连三十条注也不必赘设。

说到这里，我可以回到我上文的一处拙语：在众多的"西方老生常谈"中，忽然会爆出一朵大火花，使我十分之惊异。举一个例，比如，德国人对《红楼梦》的理解是了不起的，远在一九〇二年（光绪二十八年），格鲁勃就对芹书有肯定的评论，到一九二六年（民国十五年），又有一位名唤理查·维廉的，说《红楼梦》"像《绿衣亨利》，是一部自传体小说，提供了一幅大清帝国文化历史图画"。再到一九三二年，又有一位名叫恩金的，说《红楼梦》与《金瓶梅》不同，写的是一种有教养的生活，说雪芹不知何来神奇力量，把日常琐事写得如此生动，说读过《红楼梦》，才知道中国人有权对他们的优秀文化感到自豪——欧洲人是从未达到如此高度的！我要说，我读姜先生的评价到这一段落，不禁拍案叫绝，继之以掩书而叹。我一向把西方人低估了，以为他们不能看到这一点，也说不出这种石破天惊的话来！这是不对了，应向这几位德国"红学家"致我歉怀才是。

　　还有一篇《红楼梦的秘密》，发表于《新中国评论》(*The New China Review*)，作者 W·亚瑟·柯纳培。此文相当重要，特别从历史观的角度来看待它，更是如此。那还是一九一九年，还在胡适《考证》之前夕，索隐派新出顺治、董小宛、摄政王家等等新说正盛之时，这位颇能通晓中国"红坛"一切情况的西方作者认为这种政治意义令人震惊，遂加以引述，但并未表同意接受，此已难能可贵。他指出，《红楼梦》才是中国的一部"真正的小说"，而且十分强调这一点。他说，《红楼梦》对于有教养的中国人来说，正像《哈姆莱特》对于英国人一样。"教养"一词，是很具只眼、有体会的评赏之言，未可轻视！这也就是我所着重提出的那一"文化"性质的重大问题！这就异常之重要了，因为他比上列一例要早很多年呢！

　　附带可以提及：他还叙及了《红楼梦》作者是"某王室私人秘书"的传闻。要知道，这是"某村西宾"的西方记载，可谓其来有自（依拙考，此即雪芹曾在"明相国邸任西宾"的同一传述，明邸指富察明亮。雪芹被东家斥为"有文无行"，因"下逐客之令"，与柯氏所记正合。此点至关重要。参看拙著《曹雪芹小传》）。

　　他们是值得礼敬的，他们已然看清了一点：《红楼梦》是中华民族的一部稀有的文化小说。"有教养的生活"，说的就是"高度文化"，仅仅措辞小异罢了。须知，教养是中华文化的最宝贵的部分（雪芹的用语就是"调教"二字）。德国人看到了这一极为重要的文化表现，我们自诩为"红学专家"的，却是了不能知，或是很晚才从别人那里稗贩而得的。

　　对于此义，怎么强调也不为过分。我从姜先生处获得了这一种历史情状，觉得特别激动，觉得要深深感谢他。

　　姜先生已经指出，西方的"评红"，也是随着中国研论的变化而有所变化的。由于他们要参考或者寻找依据，接受中国的红学影响是必然之事，说得不好听些，即是也有稗贩。我以为这固不足为异，不足为病，可是也多少带来一些毛病。比如，翻译家明明贡献很大，功绩自足，可他偏也效颦中国的"考证派"，这就有点儿"危险"了。你想，他们一无新史料，二无新方法，三无切实功夫亲自研索，就也来揣断雪芹是谁的"遗腹子"。这充其量也只是一种不顾许多事实关联的简单的猜测而已。这也罢了，还要"论断"雪芹书中的几个女主角是他的"姑姑"！依我看来，这实在是成了一种名实相符的"海外奇谈"了。想当初,清代有人硬说雪芹所写是纳兰明珠与性德,评者早已指出,这种"以子代父"的影射法观念是荒唐的。"以子代父"的模特或原型"理论",自然会引起"以侄代叔"、"以妃代姑"的猜想,但这在西方也许认为是"可能"的吧。在我们中华,伦常是最不能"乱"的,自己家里人的辈数岂能"乱来"? 所以归根结底,还是个对中华基本文化的理解认识是否彻底清楚的问题。霍克思大约是受了中国某家的影响,误读了一条脂批,因而非说"元妃"是雪芹的"姑姑"(即误以为是写曹寅大女儿平郡王纳尔苏的"福晋"〔夫人〕,而不知清代制度上皇妃与王妃的一切制度规定的实际,其区分是多么巨大而无由混淆,把王妃写作皇妃,是要招来灭门之祸的)。我的拙见是:欧美的(不包括侨胞华裔等)"红迷"们,最好是从比较文学、结构主义以及各种文学评论上多为我们贡献新意;至于历史考证,还是以"藏拙"为上策。

另外一个非常之重要的问题,乃是姜先生特别举示的:英国的第十五版的《英国百科》,竟说《红楼梦》题材与技巧的丰富,"不亚于欧洲",但其"关于作诗的冗长争论,令读者厌倦"。我看到此处,真有"啼笑"之感。

一个是"不亚于欧洲"! 这是"最高评价"了啊。世界人类文学,还有超过欧洲的可能与命运吗? 一可叹息也。再一个则不仅是个"欧洲至上主义"的问题,是更加复杂重要的"中国诗"的麻烦事情——诗在中华文化上的地位、作用、意义、价值,在中华人的生活的巨大"造福"力量,英国人在未来的哪一个世纪才会略知一二? 看来还很是难以预卜。如果你认为雪芹所写的是一群大有文化教养的人,故此才有"诗格局"(参看拙著《红楼梦与中华文化》下编第二章第三节),那么你便大错了。我在孩提之时所耳闻的民间故事,皆出自不识字的农村妇女之口,极大部分都是带有诗的内容的,而吟诗、对诗、以诗竞胜斗智(甚至在翁媳之间),简直成了一大主体与特色,这绝对不是只知有"秦少游与苏小妹"的文人墨客所能尽明的中华文化的一个侧面。不理解这,不理解诗在《红楼梦》中的巨大重大作用,是怎么得出"不亚于欧洲"的"高度评价"的呢?!

我对欧洲的"评红家",并无菲薄之意,还是上面说过的:中西的文化传统、精神结构、历史背景、民族特性……差异是太大了,像雪芹这样的作者,西方若说一下子都懂了，反而成了怪事。所以责任不全在他们，也在我们——我们在这方面向西方做的工作，还是太稀薄了吧？

姜先生此书，对我们是一大启牖。我愿他在这方面不断继续工作，并且向他建议：是否可以设想，用外文（也可先用中文，后译外语）写一本介绍《红楼梦》与中华文化的深切关系的书？我的想法是，我们不做必要的工作，《红楼梦》这样的足以代表中国的伟大作品，只靠欧洲人自己去钻研摸索，总不是一个十全十美的办法。芹书通过译本与影视改造，已经"走向世界"多时了。让欧西人在较高文化层次上重新认识它（比什么"爱情故事"、"心理描写"逐步提高一些）的责任由谁负担？由谁（哪个机构单位）来认真考虑这样的问题（而不只是总想搞点儿"红热闹"），不是也该提上日程了吗？

比如，影视工作者直到今天，还在宣扬"把宝黛介绍给世界"，而丝毫不知体认《红楼梦》的真正的文化主题是何深度高度，这就可忧了。正如姜先生此书中显示的，芹书真正的主角宝玉这个人物，究竟是何等样人？怎样理解其意义？在西方竟然缺少评论，几乎是个巨大空白，这难道不正是我们自己对此要义所做的工作也太不适应于"红学盛况"了吗？

我从姜先生处，深受教益。所愧不能有所赞襄，只将一些零碎的想法拿来充当序言，这是很感歉疚的。也盼他不吝指我谬误，共收切磋之功，同为中华文化互相勉励，更加努力工作。

> 周汝昌
> 己巳重阳将至，菊有黄华，廊下写讫

【注】

①霍氏译"了"为done，应该赞许匠心独运，真算难为他了。但从学术上严格考求，并不等于说这就十足完美地"传达"了原文了。不是的，还差一大步。"了"不仅是"完了"、"了结"义，而且更是"了悟"义为重。不要说佛经术语，连诗家也常用此类"了"字（如黄山谷"痴儿不了公家事"即其例。语源来自《晋书》）。汉字并非单义字，done似亦难表此"悟"义。

（姜其煌著，大象出版社二○○五年版）

《话说红楼梦》序

　　作序，好像是为写给一本书的作者的文字。但是既然要印在书的卷头，所以实际上还是向读者讲话的成分更多些。这是我的一种感觉，不知你是否同意？

　　由于"种种原因"，你要读一读《红楼梦》；因读《红楼梦》，你又想读一读红学著述——于是你打开了这本书。可是打开了之后，你却先看见了这篇拙序。这种"连锁"关系，你也许觉得无甚稀奇，因此你不曾对此有过什么思索。"姑取一观"，序嘛，大抵是装点门面的事情，何必认真对待？

　　如果是那样子，我满可以省些力气，随便写几行应酬的套语，也就行了——这对不对？

　　书的序跋，是做学问的入门途径，会读序跋的，能够从中寻到本科本门学问的脉络源流，窥见那门学问的、连带着被序跋的这本书的、即此学此书产生和形成的时代背景与历史条件。因此，作序不是给谁装点门面，替哪本书作"宣传广告"的行为。

　　有人认为，红学书已经不少了，太多了，何必叠床架屋？徒然添加许多重复和厌烦而已。这种看法，是因为没有充分理解到《红楼梦》这部奇书的内涵义蕴的极大的丰富性和复杂性，遂以为一部小说嘛，何必如此絮絮无休，觉得这是小题大作了。再则，读者观者评者论者，心胸眼界，阅历学养，万有不同,面对这部奇书,自然是智者见智,仁者见仁,深者见深,浅者见浅,都自以为一己之所见,独得骊珠。实际上,研究《红楼梦》,必须是多方位、多角度、多层次、多往复地长期进行,方可逐步接近一个"全面"的认识。在我们中华的无比巨大的文化积累的宏观中看事情,便能体会到:红学论著不是"太多"了,而是太少了——按其实质贡献来说,更是太少了。因此,当张先生的这部新著作付梓时,我们应当抱着这种态度表示欢迎它。

这部新著,大致分为两个部分:一半是关于小说人物的文章,一半是关于红学见解的论述。这种内容现象,说明了《红楼梦》自从问世以来就引起的两大支学问,历久而不衰,至今愈盛。

这种文化现象是偶然的或"人为"的原因才发生的吗? 我看都不是。若问原因安在? 回答是:只因曹雪芹的思想光芒和艺术魅力,才使得读者不由自己地发生了这两大类探讨的愿望冲动。

前者,通称为"人物论"者是。后者,通称为"红学"者是。前者后者,发源都很早。涂瀛在道光年代作了系统的《红楼梦人物论赞》,周春在乾隆末期写的《阅红楼梦随笔》,则是红学专著中最早的一部。

总结起来说,读者研者的心理就是因为曹雪芹笔下的人物、她们的才貌风规、她们的遭遇命运,是如此地牵动着人们的心弦,而这些人物和她们的事迹原由,到底是真是假? 写的是谁家谁姓的事情? 大家纷纷谈论以至争论,便自然而然地随之而生这两门学问,都是事情的必然,历史的定局。

"人物论",是就书论书。红学,是书外有事。

明白了这两大支学问的本义与相互关系,然后再读张先生的这本新著,我看是会更有收获,更有体会的。看了《红楼梦》,首先要思索和议论其中的人物,这不稀奇;稀奇的是接着就要"追根究底",而不能满足于就书论书,就人论人,就事论事——而"书外有事"具备着更巨大的吸引力和"开发矿藏"的"储量"。所以"红学"绝不是"人为"地产生的东西。张先生的书,写了人物论部分而并不停笔,又写了另一半内容,大道理端在于此。

人物论与人物论也并不全同的:有的是严格按曹雪芹原书原意而评议那些不幸的妇女的,有的则拿了高鹗篡改、伪续过的假"全"本一百二十回作为"完璧"而抒发见解的。二者之间,有本质的差别,距离极大。张先生通晓红学,所以所见不同流俗。至于他的红学论述这一部分,我发现我们的观点十之八九能够接近或者相同——只有对史湘云的经历和结局的研讨,我们看法有所不同,我以为事情要曲折复杂得多。但是,我写序文,从来是反对以"自我的标准"、"我最正确"的狂妄态度去"衡量"人家的,所以我提这一点,只是举例,绝无驳辩之意。学术不是某一个人(凭你是什么这"长"那"官",都是徒然的)所能垄断。天下之至公,会作出历史的审议。对于张先生此书的评价,我也是抱着这种心情来贡我愚怀,表我尊重的。

自然,这并不等于说我就没有自己的意见了。比如,就人物论而言,这三四十年来,这方面的论述也形成了一种公式或模式,划分"红脸"、"白脸"、"好人"、"坏人"的眼光还是主要"标准"——于是就全然忘记了雪芹的主旨:那是"千红一窟(哭),万艳同杯(悲)"的一种极其博大的崇高的精神世界、悲悯胸怀,而不是庸俗社会学(一种假科学)所能理解和阐释的。《红楼梦》人物论,需要有一个新的高层次的审察和评议了。

我上文把"人物论"与"红学"分开来说,是为了方便;究其实际,二者也绝不是"水米无交"的那种式样的关系。比如论及妙玉这个独特而重要的人物,势必要涉及她的心境和处境,遭遇和结局,在这些点上,她便惨遭厄运——先是被伪续者高鹗之辈以极下流的"心态"将她糟踏了一番(被盗奸污掠走),继而又被"红学家"加以更大的侮辱:硬说她后来做了妓女!什么根据呢?原来是"风尘肮髒违心愿"这句曲词!那专家竟将"肮髒"解为"腌臜",而不懂得"风尘"[①]与"肮髒"的真正意义!在这种地方,张先生就远远地超越了那些"专家"的学力水平了,读者细阅自明。

提起这些,我忍不住要多说几句话:"肮髒"现在简体字写作了"肮脏",并且读作平声 āng zāng 了,年轻人当然无力审辨这种因汉字简化而制造的音义混乱;但曹雪芹是乾隆时代之人,又怎么能与今日之事搅在一起?张先生引了李白的诗句,正是雪芹用语的直接的出处,说服力最大。况且,汉字文学是从来讲究四声平仄的,韵文更是如此。假使如某些人那样于音韵无知而妄论,那么他们的读法就是"风尘肮髒违心愿"要念成"平平平平平平仄",而这在稍通诗词曲者听来,乃是天大的笑话:七字句里,六平一仄,不要说汉字韵语,就是考究的散文里,也是奇闻罕见之事——文学大师曹雪芹会如此不通吗？

所以，这绝不是一个简单的词语的问题，里面牵涉着多方面的学识的问题。学疏基浅，识陋见卑，而侈言红学，必然会害了红学。红学有时常受讥讽奚落，然而请一细究，谁之过欤？张先生用某一个方式，替我们回答了这个问号。

俗语云："拿着不是当理说。"以错误当真理，奉荒谬为神明，此风由来已久，在我们"红学领域"上也是比比皆然。因序此书，见张先生为此断断而争，不向"闻道则大笑"的人屈服，心中着实感动。我要告诉读者：这是极为可贵的为学术为真理的精神，中华文化之前途如何，也是要看这种精神之有无而作出判断的。在这一方面，本书的贡献是令人钦佩的。

红学论著丛林中，又增添了一株新的花束。当此新春走笔，为文作序，心头感到喜悦，因为欣欣向荣之气，正在弥漫于人间。

周汝昌
己巳新正

【注】

①"风尘"，是指一切不得志时的处境。如李靖、虬髯、红拂，叫作"风尘三侠"。雪芹那句写妙玉的曲词是说：妙玉本有自己的理想，但只能于不得志之境中骯髒不屈不阿——这已是她不能遂心愿的悲剧。但仇家官府连这也不容的！

（张季皋、金绿筠著，河北教育出版社一九九四年版）

《红楼全咏》序

　　丁卯之秋,我从北美归来,不久即收到宣州张燮南先生的《红楼梦绝句》诗稿一厚册,计有五百首之多,委我评阅。我已越七旬,双目只馀少半微明,承此重嘱,困难可知。这本来不是事繁任重的半眇之人所能荷担之事,但是我想,人总得有点牺牲的精神,我若严遵医嘱,早就不敢多写多读了,我应心心念念以保存己目为压倒一切的考虑——那样的话,我将成为废人弃物,何益于世? 自顾平生,为人做事的数量,超过为己的不知其多少倍! 曾不自惜日力与目力。如今若拒绝张燮南先生的嘱托,实非素心所安。于是就"横一横心",答应了下来。

　　我只能在工馀零碎时间,放弃休息,展卷循诵数篇,如此断断续续,时为冗杂的文债墨债等事阻断,甚或搁置很久。逶迤至于己巳仲秋,方得尽卷。

　　我是逐字读,绝不"放过"什么的。我的要求也是严的,因为这不是世俗之事,应酬之谈。我对张先生的诗句,觉得好则盛赞"双圈",以为不佳则也并不客气,打×又加贬语,不怕他生气。

　　我不想说假话,假如他的诗没有基本水平与吸引力,五百首,我是无法坚持看完的——早就"璧还"了。如今未曾发生璧还之事,这本身就"说明一些问题",颇不简单的了。

　　总揽而观,他这五百篇"红楼全咏"(这是我奉赠的题名),有几点优长之处:他读《红》极细,一般读者不知驻目注意的人和事,他却能收于笔下,得未曾有。他的感受非常敏锐深刻,对雪芹的笔意匠心,皆有体会,不同于随俗逐流,矮人观场,鹦鹉学语。他对吟咏的题目或对象,又能自具心眼,别生议论,往往于"空际"转出一层胜义,为常人所不能见、不能道。他还善于构思运想,善于联系,旁参周顾,首尾脉络,比照映衬,手法甚新,时时令人有意外之观,精彩之叹。他的学识也很渊博,我见他运用的典故事例,古今中外,经史俗书,无所不有,深讶这位高中未能卒业的废学者的知识面,远过于今之某些号称专家的人。

他对中华传统诗歌寝馈甚深,读他的咏红诗,佳句所在可逢,韵致不异前人,而又不落陈腐旧套,时有新意新象,尤为可贵。

咏红是很难的事情,不但诗要可诵,还要见识超卓,即真能领会到雪芹的真际,而不是浮文俗义。大体看来,特别成功、精彩的,占相当数量,是为全稿之菁英颖秀。其他大部分工稳,无懈可击。另有一小部分,用意过于求深、求刻,而句不副意,反伤全类,我建议可以再作推敲熔炼。极个别的,是失败之作,置之编中,太不谐调,我则认为不妨删省,无贪五百之数。

我特别击赏的,有不少篇,曾于稿上简评,兹不多赘。

我为张先生酷爱芹书、苦吟言志的动人的精神所感染,写下了这些草率的言语,未能表其全美。在平仄格律上,偶见一二失调的,或抄写笔误的,即以己意擅为加点,也不过是一种建议,聊备采酌之芹意。除此而外,绝不曾以任何方式变动诗家的本真原面,这一点张先生必当承认全系事实,不可偶因表谢而言过其实,幸甚幸甚。

末后,向张先生表示一点希望:我以为你的诗,好处不在那些"葬花"、"扑蝶"的俗套上,而在于别人不知也不肯去吟咏的细人细事,如那些"不紧要"的人物事件。稿中已有不少,但还不够——差得很多。如"宋妈妈"、"四姐"、"银蝶儿"、"袭人姨妹红衣女"……皆是极佳之题,何以不予一字咏叹?这是很不公平的事,故此代为"呼吁"。

周汝昌序于北京东城之茂庭

己巳八月二十六日深夜

（张燮南著,安徽文艺出版社一九九三年版）

《梦在真假之间》序

　　这是我为梁归智同志的第三种专著写序。俗语云:好事不过三。既然还没"过"三,故正不妨再为此走笔撰文。但是也另有一义:此序原可不写,因听归智言说,他今后将转移研究目标,不能致力于红学了。这当然使我不免发生"惜别"之情,于是原可不写的序,反而觉得非写不可。人就是这样子,总不能无情——就连他自言将与红学"告别"的话,我虽然不以为不可信,但我意料中他若做到"忘情"于红学,怕也是很难的事。我的意料确否,可俟来朝验证。

　　他这第三种专著,内容包括了红学以外的题目,然而到底还是红学为主的一个论述文集,因此我不想离开"本行",说些并不真切的"非红学"的话。我所要说的"本行"的话,大意如下——

　　归智在红学上原本不是"考证派",但他"改行"涉足红学的开头,是由于对探佚产生了深挚的兴趣。而探佚却实在是"考证"范围之内的事——至少表面看来是如此一段事情。他在探佚学上作出了贡献,这是大家有目共见的。可是他绝不是一个甘心作"考证派"的人。因为这名目是受过批判的吗? 那倒也不是,那实在太浅之乎视之了,太令人轩渠了。到底为了什么他既不是真正的"考证派"而又单单看上了探佚这门学问呢? 那么就请读读本书内所收的这些篇文章,你就会知道,这个问题的回答,是需要高层次的文化水平的,而不是一个简单的"逻辑推理公式"所能尽其能事。

庄子早就说过,得鱼忘筌。探佚是归智的筌,他的"鱼",都在本书的清波内游动,回顾探佚,瞠乎后矣。要知道,红学史的发展,正是这样由筌到鱼的一条长途远道。

我这样说,绝对无意效法有的人那样,只知其一,不知其二;闻鱼之可贵,便大贬筌的价值。目前,探佚这个筌,还是相对低级的"编筌技术"的产物,它还在不断发展提高之中,正有高水平的筌在逐步显现于世。

总括一句:在我看来,归智的贡献,分而言之,有筌有鱼,鱼的成绩尤其令人瞩目。看了他的这本书,才明白我所以说他原本不属于"考证派",因为他更是一位理论家。

但这理论家不是靠搬弄现成的公式概念而做文章的,他是靠脚踏实地做学问,由实际引向结论。

《红楼梦》原本不同于一般小说,用对一般小说的眼光与方法去对待,就无法看到像归智所看到的东西——这么重要的内涵,意义。

我在四十多年前建立"脂学"时,在一个特定范围内(专凭脂批,不涉其他依据),也做了探佚工作,如《红楼梦新证》所列,有数十条之多(今版之八七八——八九二页)。彼时,胡俞两家所举,不过数条而已。就是说,他两家是偶拾零星,《新证》所列是第一次展示出雪芹原书后半部真面大致何似。这种分别是一种历史的进展,当然本质上有个认识的差异的问题。这一点最要紧。我治红学,已是在胡适考证二十五年之后,那是在并无一人对探佚再作任何研索的情况下而独自为之的。如今看来,我那十四页的探佚条列,虽然当时只能"点到为止",也起到了一种开山伐林的建设工作。从那时到归智的第一本专著出现,又几乎是四十年的光景。由此可见,探佚这个"筌",本身并不是不值得一提的小事一段。筌之不修,鱼将焉得?

归智同志要与红学告别,我殊多感想。近十年来,有了他这样的"红学专家",关系颇不细小。如今将要另有"高就",确有依依之感;然而这也不必像唐宋代诗人词人所写的那样,十分"激动";士各有志,归智将在另外的学术道路上向前迈进,不是也很好吗?我要在此撰序的机缘下,再说一点陋见:近年来,每过些时,便有人在刊物上为"红学界"担忧动念,说是红学已经发生"危机"了,说是红学已经走进"死胡同"了,面临"绝路"了等等。意思是必须丢开"那一套",另外"引进"新的品种了。我想这自然也是一种看法和主张,不妨讲坛演说。但是在我这个不学之人看来,他们的话只说了一半。确实,有些对待《红楼梦》的眼光和做法,是没有什么前景了,总是重复那几句陈言套语,惹人生厌;但那并非是真正的红学,真正的红学并没有什么"危机"发生,离"绝路"也还有很长的旅程;在归智以及与他相类似的学人那里,几乎每天有研究上的新收获,新境界。这些人的感觉就不大一样:他们觉得红学的生命力正是十分旺盛的,不过这在庸医的手指下是感不到脉搏之生气蓬勃罢了。

我开头引庄子,还借重他老先生作拙序之结束:庄子虽然提出了"得鱼忘筌,得意忘言",可他自己一点儿也不是极端主义哲学家,很懂得辩证法,比如,他本人写的《庄子》那么好("文是庄子的好",《红楼梦》里的名言),可见他一点儿也没有"忘言"。"言"是本体性,依此而推,"筌"自然也有本体性,即本身独立价值。你愿意在得鱼之后"忘"了它,那是你的权利;但这于筌之存在并无多大关系。鱼是可贵的,是目的;筌这个工具手段,也很不简单,怎样发明创造的? 如何进化发展的? 还应该研制何等的更"先进"的筌,才能捞得更多更好的鱼? 这一切,难道不值得成立一个"研究所"吗? 归智的贡献,筌鱼兼得,所以我在惜别之际,不禁有感。将此拙意,充为劣序,聊塞归智之责,不知可否? 是为序。

周汝昌
己巳中秋于茂庭

（梁归智先生此书的内容后归纳至一九九二年版之《石头记探佚》书中,故此序未用,但仍保留之,以窥其貌）

《太极红楼梦》序言

　　这部书稿是王国华研究《红楼梦》的新类型的成果，它在多方面有开创的意义——即开创理解认识、探索研求的新途径的意义。因为它很"新鲜"，为世人前所未"闻"，也为研者前所未"想"，一下子提出来（现在的新词叫作"推出"了），大家都没有这种"观念准备"，接受起来是大有困难的，因此需要解说的工作，需要时日的推迁进展。关心的人要我来为他写一篇短序，我想这原是应该做的事情。但我了解尚浅，体会未周，撰序也只能粗陈大概，并略申鄙意，未必是此书序文的胜任者。

　　国华是一个"发现"者，也是一个执著的探求学问的青年人，他第一次投函于我，年仅二十四岁。那时他说，他发现雪芹的小说中，是每十八回为一段落的。因此前我也发现过每九回为一"单元"的这个结构法则，所以很感惊奇，虽然十八与九"不同"，却又恰是 $9 \times 2 = 18$ 的"算式"，这是"偶合"吗？自然引起我的思索和更大的兴趣。话要简断，从此我与他有了通讯往来，主要是鼓舞他继续研求。

　　转眼十几年过去了，国华今已将四旬了，这期间他没有中断研究。从他的"十八为一大段"的起点，逐步进入了《红搂梦》结构学的研索。他的结论是：曹雪芹的小说是一部对称结构艺术的著作，而这种对称结构的作品，是以前未有、亦是以前未知的一个艺术创造。

　　他认为——用他的新鲜的表述方式来说：《红楼梦》有"两种"：一是故事的红楼梦，一是结构的红楼梦。而在他看来，后者甚至比前者更重要（仅仅这一点，就许是一般意见所难同意的了。但我认为，我虽然不完全同意他的这一论点，可是也不必一闻某言，即立时表示"大怒"，不妨耐心多听他几句，还说了什么……）。

　　一个青年人，既把结构作了研究对象，于是认为"《红楼梦》就是对称结构的艺术"，认为对称结构比什么都更重要，对称结构就是一切，不懂这个就等于没有研究《红楼梦》……这也是可以理解的，所以我劝有些人听了不必生气，不必哗笑；看看其间是否还隐着一层心理以外的内含意义。我觉得他有几句话是饶有意味的，他写给我说——

　　　　结构的艺术创作，是文学文体创作"成熟"的标志。对称艺术结构在曹雪芹的创作实际的文学史的意义，则是章回小说成熟的标志，一如格律之于诗词一样，是以说，中国章回小说文学文体的发展以曹雪芹对称艺术创作为进界，为标志。

　　我看这段话是值得寻味的。从文体发展史看问题，此理不差，因为我们当然不能说：格律即是中国诗词的"一切"，但没有了格律，也就没有了中国诗词，这又是确实的，只有一点儿不懂格律的"诗论者"和"诗作者"才会持有不同意见。

　　因此，我同意国华的见解：《红楼梦》有其独特的对称结构，而且虽然不是"一切"，却实关重要。

　　我自己，从那个"九回为单元"的分析恰好也是走向了芹书"大对称结构法则"的研究。我用"大对称"一语，表明了我的对称认识着重在全书（雪芹原稿）一百零八回，分为两扇，前后各五十四回，前"盛"后"衰"，前"聚"后"散"，大章法处处对应、对比、对照、对立、对峙……（其详见于拙著《红楼梦与中华文化》下编）。但国华的对称观，与我又不一样。他的分析理解，有他的很多特点。关于这些，作为序言，不拟多述，应由著者自加申论。这就是说，"对称"二字看来简单，内涵却至为丰富。当然，我之所序,只在阐明对称结构研究的重要性,亦即其开创性。我不必,也无须乎去逐条逐项逐回地详议国华的见解的是非与分析的正误——那将越出序言的范围了。况且,我始终以为,看事情宜从大处着眼,认识新事物的开创之可贵,而不在于琐琐纠缠琐屑末节。见仁见智,常常是随着人的年龄、学识、阅历、修养而必然发生的现象——在一般事物上尚且如此,何况是探索一门崭新的学术课题。与我讨论对称结构的中年学友张加伦也是如此,我们在大主题上意见一致,在具体问题上又时有异同,这又是正常的现象。因此我从不自信己见必然即"是"而他人为"非"。但我时常在文字中表明我从加伦的智慧中获得了启迪的光芒,哪怕是一线之微,一瞬之暂。然而,任何人的启发教益,又绝不会代替或"掩没"了我自己的研究成绩或贡献。我愿国华能领此意。年轻些的人,往往因为"出头"难,被认识难,有些过虑。但我以为是不必要的。

　　我们研究对称结构的,毕竟有无依据? 如有,又是什么? 这种问题宜先在此处试作回答:第一,这门学问不是幻思玄想,闭门造车,是有依据来历的。第二,依据主要得自脂砚斋的批语。对称结构的观念和实例,都是如此,我自己举过的例子,已见拙著,此不赘述。至于国华,据其自言,他的理解与方法,却是来自第七十回回前的一条总批,见于戚序本,其文如下:

　　　　文与雪天联诗篇一样机轴,两样笔墨。前文以联句起,以灯谜结,以作画为中间横风吹断;此文以填词起,以风筝结,以写字为中间横风吹断:是一样机轴。前文叙联句详,此文叙填词略,是两样笔墨。前文之叙作画略,此文叙写字详,是两样笔墨。前文叙灯谜,叙猜灯谜;此文叙风筝,叙放风筝:是一样机轴。前文叙七律在联句后,此文叙古歌在填词前,是两样笔墨。前文叙黛玉替宝玉写诗,此文叙宝玉替探春续词,是一样机轴。前文赋诗后有一首诗,此文填词前有一首词,是两样笔墨。噫! 参伍其变,错综其数,此固难为粗心者道也!

我看这是合理而有力的论证依据,包括启发与示范。这就表明,他的研究是有道理可寻的。

他对雪芹在卷端自述的

> ……曹雪芹于悼红轩中披阅十载,增删五次,纂成目录,分出章回,则题曰金陵十二钗……

这几句话就是指他为小说的结构工作(工序)而作的表白——而世人不懂,就生出了什么"作者是石兄,曹雪芹只是加工整理者"一类的言论,因此,国华特别重视"十二钗"这个题名,认为那就是一种"结构的言词",而批评我把它只当作是"十二钗列传"的含义。尽管我没有忘掉"十二"的重要性(详见拙著对 $9 \times 12 = 108$ 的详细论述),然而从这一点可以看出,他意中的《红楼梦》是结构比故事内容(包括思想、意旨、人生世界观、美学观……)还要重要。在他看来,雪芹到后来就是为结构而写作的。他认为以前和已有的研究看不到这一点,是一大"偏颇"。我体会,他想说的是事情不应只知其一,不知其二。他的表述法,须善于理会。

不管如何吧,上述一切都可以看出一个从年纪很轻时就开始这门"新学"摸索的勇敢而智敏的精神。这精神本身就很可贵!我之作序,主要是为这种精神而感动,我应该表彰和支持他。

当然,我也勉励他,做学问要谦虚谨慎,方能精进不息;红学史上无数的例子是把自己的水平能力估计过高而把雪芹的"涵量"估计过低过小。"天下之美尽在于己"的思想作风、架势派头,一向给这个领域带来了极坏的影响,年轻一代看了,不自觉地会受它的影响,警惕一些是大有好处的。

近年来,西方的小说研究中盛行的有结构主义这个流派,而中国似乎还缺少类似的情况和风气。国华(也包括加伦和我)对"结构"的概念认识是否就与西方相同,这倒不是问题的中心。我的看法是:像雪芹这样特异的大天才艺术家,他对结构的"敏感度",包括其重视与讲求,那是定然超过常人十倍百倍的,所以若从结构这个新角度来研析一下他的小说,肯定会有新的发现,新的理解与领悟。对此我深信不疑。因此我盼望国华的书稿能遇知音,能逢伯乐,早日问世。如果他所做的是一种"突破",自然再好不过。即便不是完全的突破,还有缺欠或讹误,也可以引起一种新的思维,新的视野——那就满够重要的了。

周汝昌
庚午十月中严寒之夜

【追记】

今日因阅拙序的校样,方悟这已是五年前的旧文了。这五年来,国华研究的成绩定然又有进境,并听他说书名也改换了。这一切我都不及详细了解,因此这篇旧序也许有些过时之感了,原可删弃不用。但我决定不改——只删掉了两个无甚用处的小字,其馀一概仍旧。因为这是历史的真实,不应掩没。不管国华目下研究与五年前有何异同,也还是那个基础上的发展变化,所以旧序依然有它的"史料价值"。

在此顺便说几句"序外"之言:对于青年学子的支持鼓励,是我平生一贯履行的道义准则。我青年时刚一涉足"红学"的边沿,就顶头来了权威人士的冷水和责难,那印象很深,自己"约法",异日绝不学他们的为人作风与治学态度。我后来对待青年,不止国华一个,都按自己的约定而行,并无学术道德以外的任何用意与企图。如果我支持青年向学是错了,那只怪我不懂这种错的性质,或识辨能力太差。

但因我这样的一种做法,近年却招来了诬谤,甚至在"学"报上对我公然人身攻击。这可能是我连累了国华,而非国华连累了我。古人有一句话"醉翁之意不在酒"。国华自言:幼小时所受教育时间不长,更没有进入高等院校学府的可能,是个小孩子奋勇做学问。那么,对他的一切,应该实事求是,与人为善;向他当头一棒,似乎不是学术道德应有的正常现象。至于拙序,今日重读,也颇有婉言规诫的苦心诚意,提示他要谦虚谨慎,不可自是自负,有误即纠。我看那番话今后仍然有效。我希望国华正确对待别人的批评,只要是善意的,都应该虚心聆取,而不要有青年容易发生的"意气"或"恩怨"的情绪。至于若有不正当的攻击损害,那也是不会真有学术意义与舆论力量的。

　　书此数语以为补记。

周汝昌

乙亥仲春

　　（王国华著,中国国际广播出版社一九九五年版）

《红楼丛话》序言

  严中的《红楼丛话》已将付梓，我闻悉之下，满怀高兴；为之撰序，自然也就成为我衷心乐为之事。这高兴与乐为的原因何在？那实际并不是红学论著又增添了一项新品种的一层简单的意义。如今既因心有所感，故而略将鄙意附申于这册新书的卷头，以结墨缘，以求指正。

  我与严中原本是素昧平生，了无"瓜葛"。与他红学交谊之始，大约是一九八二年底，那是鱼雁往返，而一经开了头，即从未阻滞间断，而且正常发展，建立了巩固的学术友情。至于见面，那是一九八三年十一月在南京举行的纪念曹雪芹逝世二百二十周年学术讨论会期间；而我们畅叙则是一九八八年十一月他来京寻访《红楼梦》与曹雪芹有关遗迹的时候了。

  无论是书札文字，还是觌面言谈，他给我一个十分统一而纯粹的印象，即：此人朴实、诚恳、耿直、正派，重视学术真理，无意于世俗荣利争夺倾轧之事，不肯随波以逐流，见利而忘义。这样的印象，愈积愈深，以至我日益相信，这是一位难得的端人正士，也是一位难得的朴实学人——我向来的拙见是：如非端人正士，那么他的红学著述的实际与本质也就不大会是认真做学问的结晶。人品不端，派头不正，会能真正是为了红学这门中华文化之独特专学，我是打心底里怀疑的。

  正因如此，严中的红学文字，一如其人，在清代有过"朴学"一词，我以为若将此语借来称呼他的红学是这一领域中的朴学,我看是很恰当的。这个"朴"字,斤两很重,不是可以看得很轻的事。你在他的文字中,找不到花言巧语,找不到"江湖口",找不到八股滥调,找不到花拳绣腿,更要紧的,是以理服人,从实论事,而不会是转绿回黄,压良为贱,颠倒黑白,淆乱是非。

我有时纳闷,像严中这样的"朴学家",他怎么会爱上了红学?为了什么?因为这门学问一直是在嘲讽和奚落中成长发扬起来的,实际上就是一项最艰难、最不易讨好,并且时时要冒着"风险"的一种"讨厌的学问"。如果严中想的不过是找一种升官发财的"捷径"和"阶梯",那方式或渠道多的是,也不会太难太苦,又何必选取这个麻烦题目?我的问号,慢慢地自然消失了,因为这么多年的经历向我提供了答案:他是为了寻求真理,而不是把红学当作一种沽名钓誉的工具。

这样就决定了他治学的基本态度与著述作风。我以为,红学界中,这样的人愈多,学风就会愈好,成果也就会愈大。所以我是很器重他的。

他的求真理、讲真话、不为名利、不畏威逼、不附权威,有可举者否?我虽所知有限,也可以在此举示一二——

一件是南京浦镇发现了《石头记》古抄本而又"迷失"的一则离奇的公案——此本人称"靖藏本",原为靖氏家藏,据有见过的人说,上面有朱批甚多,价值很高,这些批语并有摘录传抄本公开发表过。及有个别研究者欲核实此种摘抄文本之是否完全可靠、愿睹原本之时,则抄者传者声称该本已经迷失,并且制造了很多烟幕,并且恶语伤人。当此之时,严中像一位侠人义士,路见不平,主动为这部抄本的来龙去脉做出了缜密周至的调查,证明了事实的真实经历,与所称"迷失"颇有出入。他的翔实确凿的论证,义正词严的驳斥论争,终使某些人哑口无言。

再一件事例就是南京师范大学(原名南京师范学院)黄龙教授整理旧年的研究资料,发现曾摘录过英文本《龙之帝国》一书中关于江宁织造曹頫及其幼子的记叙,十分罕见而饶有趣味。事情为海外学者得知后,做出了调查研究,结论认为此文可疑,是否曾有过这本《龙之帝国》也根本成为问题。那么此一资料便有伪造之嫌了。严中为此,也满腔热诚地自己去做自己的调查;结果证明,不止一人曾见过此书,并非荒唐无稽之语,后来北京方面也有人确言见过此书。

由此可见,严中在这些事情上,一心只为求真访实,维护真理事实,不为浮言所动,不为盛势所凌,不怕开罪于人而招致诬蔑诽谤,坚持进行认真严肃的调查工作,得出自己的结论。我要说,这种精神是非常可贵的。什么叫作"科学态度"? 我想严中的这些表现,就当之无愧了。

他研究《红楼梦》的诸多方面时,对雪芹(与其小说)和南京的关系,致力尤勤,时有新的收获,令人觉得可喜可赞。金陵是曹家三四代人住了数十年的地方,堪称"第二故乡",小说异名中,唯有"金陵十二钗(列传)"是雪芹自题(书中明文交代如此),则可见对于南京的重要地位和关系,不管多么致力去研求,也不是过分的。严中说,他一度曾拟为本书取名为"红楼梦与南京",止因虚怀,自觉尚不足以克当此名,故而改题为现在的名称。这一点,也足见他的红学精力之所聚了。

但是我这样说,只是拈举重点精神,这绝不是说作者只讲了南京的事,事实上,这本书涉及的范围十分广阔,只要打开卷头的目录,你会看到那许许多多的引人的题目,真可说是丛丛杂杂,意趣横生! 你从中可以得到大量的红学知识,你会发现,人们通常不加注意和不明所以的地方,包括历史、地理、名胜、文物、文学、艺术,应有尽有,它们与《红楼梦》怎么发生的联系? 你以前可能想也没有想过——读了他的书,你才恍然大悟,欣然称快。

这里面,也有纠俗说,正沿误,辨是非,记真相,种种实事求是的论述争鸣,婆心苦口,语重心长——这实在是本书的特色之一端,忽视了这一方面,便低估了此书的意义。

我与严中的学术观点,并不"完全一致",天下很少有那样的情形。我们之间,有同,也有异。同,不曾成为我们"互相吹捧"的"资本";异,也不曾引起我们的"变脸"与"破口"(红学界是有过"骂街红学家"的),更不曾有过一丝毫"影响"了我们的学谊。我想,只要能够这样,那么做点学问和建立学谊才算是正派的交谊,对人对己对祖国文化事业都有益的"人际关系"。我为严中撰序,就是本着这种理解认识而落笔的。

　　我毫不怀疑,这册书的印行,对红学界和文学爱好者将是一个良好的礼物,我们应该感谢作者耗费如许心力而为我们提供了丰富的有益的营养新品。

　　　　　　　　庚午闰五暑泾中灯下写讫于北京东郊红庙之兄玉轩

（严中著,南京大学出版社一九九一年版）

《红楼梦的庐山真面》序

唐时天才诗人李昌谷（贺）的名句"女娲炼石补天处，石破天惊逗秋雨"（《李凭箜篌引》），是雪芹撰写《石头记》的灵府得感的一源。老友石建国兄，有一点与雪芹似相仿佛：他也是蒙娲皇炼过的一块石头，此石也是满腹经纶，怀才未展；忽一旦发大愿心，要为"石学"（俗称红学者是也）写一本书。此愿一发，感应微波达于六合，神天印记，录下了他的仁人志士之善心，许为功德弘远，超脱尘凡。这一因缘，当如何为之序引？我今即援昌谷的四个字的诗语，曰"石破天惊"。愚意盖谓：石兄数十年储才积学，发于兹时，犹如春蚕，功候既到，故破茧而出——此之谓"石破"也。又上文所言，他这一弘愿，感动神天，为之印记，则此非天亦惊叹者而何？是以我为本书撰序，首抉斯义。世有识者，或称解人，自当会心不远。

此义既明，且再说说他为何发这弘愿的因由。

世上的各行各界，都有它的"情况"与"习气"，红学这"界"，自不例外。提起这一界，"情况"是复杂万分的，而那"习气"也颇为可观。就中之一端，是有一种不时出现、复现的意见论调，说是研究《红楼梦》，只应该研究那个"作品本身"。同时伴随而可闻的提法，又有另一措词，说是研究《红楼梦》，只应该从"文学角度去研究"，云云。这种高见卓论，每隔些时候即可由耳由目得到"温习"、"复习"的机会。这，颇使人触目惊心，因为那是敲警钟，敲的声音译意是：你们走错了路，治红学不可以离开"作品"、"文学"而弄些别的什么。

在此，还需为之补充阐释两点。一点是：所谓"作品本身"者，他们心中、意中、境界中指的乃是程高本，即程伟元、高鹗等人伪续了后四十回、偷改了前八十回（雪芹原著）、拼凑了伪假"全璧"的百二十回本。所谓"文学角度"者，我常用"十六字真言"法，以概括其内容，可以说成是"形象鲜明，性格突出，语言生动，描写深刻"。而在"文学评论"的时兴八股调中，"形象"必定是"塑造"的，"性格"必定是"深刻"的，"语言"必定是"运用"的……意义是爱情悲剧，反封建，叛逆性……如此等等，翻来覆去，小异大同，读完了，令人感到，原来"作品"、"文学"的伟大崇高，总不过如此如彼而已。

这些评论，究竟是否即能克当"红学正宗"，足以排斥其他"异端邪说"而得《红楼梦》之三昧与雪芹之寸心？有人深信不疑。而本书作者是半信而有疑的。

这个疑问，价值甚高。清代朴学奠基大师之一的阎若璩，就因一个疑字而把《古文尚书》的神圣性打得粉碎，创出了治学科学的典范，举世无二。那个疑是了不起的，惊破了多少人的迷梦。石建国兄未必有意比拟阎大师，但他能疑、能思、能辨、能悟，而又具有一片虔诚敬慎的仁人志士的心怀，看出程高流辈的蒙蔽世人的骗局，觉得非予揭破，于心难忍难安。于此心境感想之下，这才发下一大愿心，要探求雪芹的精魂，红楼的真面。

此即本书所以命名为《红楼梦的庐山真面》的本旨。

红学是什么？是一门人文科学。是科学必然发展，分工分科愈来愈细密，此乃规律，红学焉能例外？红学发展至今，已有了一支新科目，叫作"探佚学"。探佚的意思是：雪芹原著只剩下八十回（这是一种粗略的提法），以后小半部的文稿遭到了破坏。而欲真正理解雪芹此一伟著，有两大工程先得做出：一是恢复曹雪芹的（被篡改了的）文字，即《红楼梦》的真正"文本"，二是寻索雪芹原书的整体概貌——不把已佚失的后面极其重要的部分的情节内容弄得略为清楚，那么空谈什么《红楼梦》的思想艺术是如何的高超伟大，那是一个欺人而自欺的笑谈。我们天天讲实事求是，可那样实在太不实事求是了。

这两大基础工程,重要无比,也困难无比。本书就是对后一种基建努力探索的一个新的贡献。知难而进,并且做出了可观的成就,这使我十分欣慰,也深为敬佩。

我特别向读者推荐本书中所收的探佚的后半部"框架",这是崭新的成就。

有人会问:这框架之所列,就都正确了吗? 窃以为此问并不必要,也无多义理。因为我们是努力寻求探索的工作,而绝不是"发现了真原本"。探佚学还只是近年兴起建立的一支新学,它正在逐步成长。本书作者自无"定案"之意念存在过,我们读者也不应作那样的要求。但我以为,纵使不能使您完全满意与同意,也会给你增添智慧才思的营养质素,或引发你更新的、更好的思索与感悟。

石建国兄与我是乡谊加学谊——同为天津人,燕京大学老校友。他不知受了谁的影响,忽对红学发生了极大兴趣,短期间竟写成了新书一册。这使我又惊又喜。老当益壮,廉颇与黄忠,先贤来哲,精神感人。书将付梓,他来札索一弁言,我岂但不容辞,不敢辞,而且是欣然乐为之序。时值深秋,凉风入户,加以忙冗,草草命笔,序之不能佳,原在料中。也许,他见了我这拙序,大感失望,而读者诸君倒会觉得这序文尚能"引人入胜"——那可太荣幸了,荣幸的是:就请你赶快读下去,赶快"入胜"可也。

本书的出版,如印刷无所耽搁,则一九九四年适逢雪芹诞生的二百七十周年,逝世的二百三十周年,而恰巧又是《脂砚斋重评石头记》甲戌本成书的二百四十周年。建国兄的著作能在这个重要的纪念年份问世,证明他是与本题大有缘的,思之可喜可贺! 而我借了作序,也就随之而结了善缘,余何幸也!

是为序。

周汝昌
癸酉九月望日
写于燕郊之翻铜轩

(石建国等著,自印本)

《曹雪芹祖籍在丰润》序

　　河北省丰润县人民政协,在唐山市政协的支持协助下,经过了两年来的积极热情的工作,将成果编成了这一册专书,委我在卷首弁言。谨依所嘱,略述我的感怀,以供关心这一主题的学人们参考评议。

　　丰润县政协这一次的工作,现象上似乎是一件地方文史的调查研究,目的是为了桑邦文献的发掘与保护,但在我看来,他们的贡献远远超过了那一范围,而实质上是对弘扬中华文化做出了一项重要的成绩。在全国地方政协来说,也是一个极好的榜样,值得表扬,值得学习。

　　这册专辑的主题是曹雪芹祖籍的考察与论证。这确实似乎仅仅是一个很个别的文史问题。但需要指出:曹雪芹这个名字,早自一九六七年以来已经高标在宇宙之间——水星的环形山上了。这是地球人类的一个巨大的荣耀!地面上,对这个名字的一切的研讨,恐怕就不能再以"地方眼光"来对待之,评价之了。

　　有了这个认识,我想不仅河北省、丰润县,就是全世界所有的人都会重新振耸起耳目,不由得要问一声:曹雪芹的祖籍到底在何处? 这册专辑,给无数关心的询问者提供了一个翔实确切的答案。

　　"弄明了祖籍,又有什么用处?"用处是太多了,太大了。

　　人文历史与人文地理是研究文化的基本课程。人才的产生与氏族的遗传基因也是从来关系匪浅的。拿近现代的伟大与重要历史人物如鲁迅、周恩来、周扬、周立波这一组名字来作例,那么近年在谱牒上的发现是多么令人惊喜与启人思索;报刊上已经做出了何等动人的报道与宣传。这就足以说明问题了。曹氏的谱系,为什么值得考索? 这也就不再是一个多馀的问题了。

曹氏源远流长,为周叔振铎所封。自汉代叙起,曹参、曹操二祖,他们几乎世代都有超群出众的文武人才表现于史册典籍。此曹氏,始兴于沛、谯,传到宋代开国元勋曹彬,协佐匡济,方得天下统一,结束了五代十国的混乱时代。开宝八年(九七五),彬在江南池州,安徽太平的族人曹镐率孙曹瞻来拜见,叙明支系。彬于南唐平后,遣次子琮与瞻协作,重纂成宗谱十八帙,从此改以封爵称为“济阳曹”。雪芹的先世,则是曹彬之三子玮之后代。这些族众散居江南江西各地,而祖籍则因曹彬之贵盛而移到了河北灵寿。雪芹上世自江西北迁丰润,乃在明永乐二年(一四〇四)。至于雪芹本支的先世,则是后来由丰润分出,寄籍辽东铁岭,明末时其六世祖被俘为满洲奴隶,清朝入关后遂世代为内务府满洲旗籍之包衣人。本世纪二十年代的铁岭曹姓老人,皆能言之,“如数家珍”,且曾有碑石镌纪。这最末期的几个层次的曲折历程,世人知者不多,而幸亏丰润政协的深入访察,终于获得了铁证。这个史实的确定,使人憬然深省:二千年来,一个氏族的延续、迁动、兴衰、荣辱,变化不常,而他们孕育的异样人才始终辉映着中华文化史册,成为我们民族的骄傲,也成为了人类的光辉。由于政治的、社会的移民运动,使得中华大地南北东西的不断流传分合,交叉融汇。中华文化正是这样一个无比巨大崇伟的熔铸结晶。用狭隘短小的目光来争论一隅之现象,或误以不可靠的资料来以伪斥真的做法[1],自然会引出一连串错谬的认识。

因此,此次丰润政协的这一成果,既是地方文史工作的优异成绩,又是弘扬民族传统文化的一项重要的贡献——拙见如此,还望专家大雅,匡其不逮,惠予指正,则不胜幸甚。

周汝昌
癸酉腊月廿四立春之夜写记于京郊之庆丰轩

【注】

①例如有人以一部辽阳曹谱来反对丰润祖籍的史实,但该谱疑窦重重:(一)一字不提武惠王曹彬为始祖之事,谱之序文却明言"自元以前无所考"。(二)谱内之一世下,二世列出泰、义、俊三人,而三世却列出升、仁、礼、智、信五人,然则岂有父辈"义"与子辈排行为"仁、义、礼、智、信"之理乎?(三)在此"智"之系下,空白五世,突然接出"锡远、振彦、玺、寅……"诸人,而名字官职,完全未出《八旗满洲氏族通谱》范围。(四)即如寅只生颙,颀为过继,史有明文,该谱竟云寅生二子,等等。皆可证明全系后人牵合附会、增添楔入之伪迹。其详可参阅拙著《曹雪芹小传》页二三五——二三八。

【附记】

六十年代初,河南发现雪芹画像。而后来却有真伪之争(售画者自己力言其伪,事深可异)。八十年代我到曹彬故乡灵寿,调访曹氏后人面型,初步表明与画像有其共同点。今次又得丰润政协搜集曹氏后人照片,也发现有一定的共同点。此为研断画像真伪的科学方法之一,所以值得重视。希望在这方面能够继续扩展调查、研究的范围,综合审议,必能大有助于鉴定画像文物的真实价值。

甲戌上元佳节前再记

(唐山市政协文史资料委员会和丰润县政协文史资料委员会编,天津人民出版社一九九四年版)

《秦可卿之死》序

　　我没想到会与作家刘心武成为"文字交"，当然更没想到要为他的新著作序的事。如今捉笔在手，还未想好从何说起最"像篇序"，却早思绪纷如，便觉心曲衷肠，都争着要"入序"，都奔赴我这支笔下。薛宝钗评议史湘云，下了"话多"二字，令人忍俊不禁。我倒以为"话多"并非贬词，能如她那样的话多，岂非一种荣誉而何？于是决意，不管"像篇序"还是不像，应该胸无城府，学一个光风霁月、心直口快的豪爽人气概才是。

　　心武是位有名的作家，可是因我目坏之后无力阅读当代名著，所以没看过他的小说。倒是偶于《团结报》上读到他的《红楼边角》，心焉识之，而且因此乘兴信笔，也写了小文，致赏于他的"读红"的深细，注意焦点的不落俗套，说他是"善察而能悟"。这就是我与他缔结文字交的因缘。我与当代小说家虽也有一点接触，而与心武这样形式的交往却是首例。

　　雪芹的《红楼》出书以后，前代和近现代以至当代的小说作者群，几乎没有不在那座"楼"下徘徊过、不受那"楼"影的掩映的——不管是意识地非意识地，自觉地不自觉地，简直是"概莫能外"。清代的补、续、仿、偷、翻、反……例子已屈指难以尽数，连《老残游记》那部似乎与《红楼》毫无交涉的稗官野史，实质上却饱涵着《红楼》的营养汁液。近现代专意摹拟雪芹文心笔致的，思欲脱胎换骨、离形摄影的好手笔，则端推《海上花列传》一书。迫至当代，那就也不逊于当初，有的尽管"口不言红楼"，实际他不声不响，坐在台下后排，暗自向台上的雪芹师爷或师傅的手、眼、身、法、步上去揣摹——所谓"偷艺"者是也。人们都异口同声说"曹雪芹伟大"，伟大在哪里？这也许可以说明其伟大之一端吧？这种当代小说家向雪芹"偷"点什么的例子，连我这外行也是看得出的。近期也见过作家的文章，他已然自己"坦白"，是有心向雪芹"偷艺"。既已声明了，这就不再算偷了，因为暗偷与明学是不同的态度。

我因此觉得作家心武是明学的，他是有意用心致志地去探究雪芹那支笔的神力与魅力，所以才会去写《红楼边角》。

当代学"红"，又不管偷艺还是明学，当然各人只能就各人自家所理解领略的角度层次去偷学——自以为那才是雪芹之最"佳"处、最"伟大"点、最值得揣摹的。这样，名曰学习雪芹的笔，实为顺自己的路。这儿自然也就有了一个理解领会者的"水平"的问题。

我印象中，相当多的评论者在谈起《红楼梦》的"艺术性"时，大致意思总不出"十六字真言"，即"形象鲜明，性格突出，语言生动，描写深刻"。我常自疑自问，如果这就是《红楼梦》之不可及处，那世上的《红楼梦》就多得是，何至于至今仍数它独一无二？念熟了那种"真言"式的"文艺经"，就会懂得了《红楼》艺术？就会写出不朽的新小说吗？

在这自惑不解之心情下，我偶见《红楼边角》，这才引起注目。我见他能论到雪芹如何写帘幔，如何写雨雪，如何写那不为人重的小丫头……他在文章中也不只念那些"真言"和"文艺经"。我才觉得这作家对《红楼》的领会有与众不同之处。

毫无疑问，引起心武写这些"边角"文章的原由，也还是他在潜心寻究雪芹的笔法。

或问：什么是笔法？不就是运用文字语言的技巧吗？人家西方讲的叫"叙述学"！

答曰：中华的笔法是技巧，但更是境界。西方的什么学，离境界还好远呢。

没有雪芹笔下的那种诗的境界，只有"技"——还只有一心追求"巧"，那你写出来的东西能真高真美——真像中华文化所长期孕育的文学艺术那样具有浓郁的中国特色，即气质、韵味、神采、境界吗？

我有了以上那样的拙见，故此才会注意心武的《红楼边角》的文章。

但到后来，又见他由探索笔法而又引向另一种性质的课题，即秦可卿的身世生死之谜。这更使我想到我曾说过的一点意思：所谓"红学"，是由《红楼梦》本身的特点发生的，是读它的人"读出来的"，而绝非掉自天上，或"黄袍加身"式地从外边拉进来强加于它的。小说家除了念那"形象……性格……"的真言之外，许不许应不应思索一些别的问题？心武在这儿是不是"失足"落入了"红学考证派"的"泥坑"里去了？……

这件事，确实唤起了我久蓄于胸怀的很多问号，而觉得该有回答。

自然，回答并非没有，各式各样的，正面的反面的，写在纸上的存在心里的……但无论怎样，读《红楼梦》的人实际都承认确实与读别的小说感觉、感受总是不完全相似的。我们中国的文学艺术讲究"用笔"的这个传统被雪芹这位异才又开发出了新境——问题正是打这儿产生的。

心武的贡献，首先在于他第一个指出，秦可卿的出身、家世、在书中的地位与作用，并不像文字表面所示于人的那么简单和浅薄。他以为，秦可卿的真正死因，雪芹既写完了，又因故删掉了，此"故"与艺术要求上的取舍无关，乃是另有事由。心武不属于"红界"，"红界"多年来似乎并无先乎心武而提出此一见解的事例。这就是我认为他善察而能悟的又一个证明。

他对这个问题，颇下了功夫，可说是执著地钻研，锲而不舍。可他又不写什么"红学论著"，却开了另一创例——用小说的体裁形式来表述自己的学术和文艺的见解。

他自己交代得明白：既不同于"续书"，也有异于"仿制"。这也是非常明智的做法。世间至今没有出现"半拉"作家，能够学得来雪芹文笔的真精髓。这说明了心武丝毫没有舍己从人之意。

《红楼梦》是从《水浒传》学来的。水浒的绿林好汉，是写宝贵人才的屈枉和毁灭，红楼因此才写脂粉英雄（秦可卿之语也！）的人才的屈枉和毁灭。雪芹笔下的每一位女儿，都是一个屈枉的不幸者，人才的命运方是雪芹的真主题。秦可卿是十二正钗的一员，其才貌心胸，不下于熙凤、探春。但流泪写成的这回书稿,最后不得不忍痛割弃!这对雪芹是一桩极大的痛苦与遗恨。在过去,"红学家"的兴趣似乎只限于"考证"她是悬梁自尽的,限于解说她死的形式,至于内涵意义,怕是没有什么值得提起了——由此,即我从这个角度,佩服心武的识见与探索精神。

我们是根据脂批才知道雪芹本来写完了可卿而后来删去,那篇幅足有四五页之多(我与家兄祜昌合著的《石头记鉴真》,证明了那回书的页数与别回相较,确实短得很多,一点不假)。那条批①,非常重要,指明的是秦氏实系与贾家的生死存亡息息相关的主角人物(所谓"擅风情,秉月貌,便是败家的根本!"这种奇特的曲词,隐涵的正是可卿的事情,一种难以明言的政治背景的奇祸)。把她看"没了",如何使得?

由此而言,这册书的所作,是否字字句句都惬心贵当,都能邀获读者的接受?那实在是可以从长讨论的话题,而不是我这作序者要说的话;我要说的,只有一句:心武在体会雪芹的笔法与用意上,确有过人之处。

对于秦可卿,我和他通讯讨论过,承他不弃,将我的书札已附在本卷之中(我的那些拙见,就不在此复述)。这种交流切磋,意趣盎然。

此刻,暑气将消,秋月矗矗,为心武新书走笔作序,兴致是极好的——"话多"的人的话,因兴致好而更多起来。但也还未到"畅所欲言",已觉得冗长之嫌了。演艺界有言"见好就收",我写了这半日,却总写不到"见好"之处,没了法子,也就这么"收"了吧?

周汝昌

中华古历癸酉八月初一日上下午写毕

【注】

　①那条脂批,有人见其中有"老朽"、"命芹溪"等字样,遂谓此乃雪芹之长辈的口气。但清代八旗人文字,常有变例,如《红楼梦》正文中,门子对贾雨村(仆役对官)、凤对琏(妻对夫)、袭人对花自芳(妹对兄),皆用"命"字,其馀妙玉、探春等亦有此例,此实即"教"、"让"、"使"等泛词之同义语耳。"老朽"也是一种烟幕语。若真是"叔叔"、"父亲",那必不会用"芹溪"一称——"芹溪"是雪芹到西山以后最晚采用的别号,连敦敏、敦诚兄弟都没

用过这个称呼法,一概是"雪芹"、"芹圃"。那是亲近的平辈人才能用的。在乾隆年代,写小说是"下流"的,父叔长辈与子侄批点小说可说得通?

　　(刘心武著,华艺出版社一九九四年版;华艺出版社一九九九年出版之《红楼三钗之谜》同用此序文)

《红楼梦符号解读》序

用符号学来绎解《红楼梦》？没听说过①。这是红学的"宗门正脉"，还是左道旁门？再不然也许就是一种"野狐禅"？

盖初闻此说者，未尝不以此见疑也。

我想要奉告看官读者：是正法眼藏，是红学三昧；不是外道，不是邪教异端。

符号学，在我中华来说，是最古老的文化形态与哲思浓缩结晶。比如《河图》《洛书》《八卦》，莫不属于此学此理。就连我们的汉字这项宝物，也正是一种独特的高级思想符号②。

那么，以中华语文为"载体"的文学，如其间会涵蕴有符号学的意义，就不应是闻而称异之事了。

当然，我们的祖先，并不那么称呼，不说什么"符号学"之类的洋话而另有自己的措词就是了。

符号，符号。这东西听起来也许让人生简单枯燥之感，没有审美享受。但我要说：我们中华的符号，并不如此，它们丰厚微妙，总还又带着中华特有的诗情画意，咀含之际，其味无穷，其韵不匮。这一点很重要，切莫珞珞碌碌，玉石不分。

正因此故，曹雪芹才把这门最古老的学问和艺术，运化到他的《石头记》

里面来了。

在他的小说里，处处是诗和画和史笔哲思的符号，其美其妙，良不可言。这个，表面像是个"文艺技巧"范围的问题，实质上却是中华文化史上的一大关纽的重要显相。

不过，这种认识与阐释，却是刚刚由林方直教授首次正式揭举给我们的。我认为这确实是一大贡献，值得文化学术界刮目相待。因为，文学的符号学固然并非他之始创，但以此学来研析《红楼梦》，则他是第一人。

符号之所以为"符"者，归根结柢（不是"底"）还是个文化深层涵义的反映。为给本书作序，须容我对此略陈愚见，方能切题。

比方说，相当于汉语"符号"的英文字是 Sign，Symbol，Mark，它们的定义不过是一种"记号"，有的可相当于"象征"，有的也含有"征兆"、"迹象"之义；但我觉得它们离"符"都还太远，不是一回事。不同的语文观念概念永远带着文化差异的成分。

例如：我们这儿的"符号"并不枯燥简单，"符"字领起的词语如符咒、符谶、符箓等，就令人一见即感到"神秘"或"奇妙"了。这也并非全属迷信，原由是它们的背面或内核都埋藏着尚待发现的大量信息。信息总在"放射"其潜在功能力量，而当人们未能侦破解说清白时，这就叫作"神秘"了，其实并不玄虚。

曹雪芹的符号学，蕴藏着丰厚无匹的文、史、哲综合信息，他的文笔的魅力，端在于此——魅力者，也正是一种尚未能说清的吸引感染之力量与光彩，所以魅力也显得有了神秘性。

这些"玄"理妙境，一般人是认不清、说不出的，我们一直在等待，等待一位高明之士为我们启蒙解惑。现在方才有了林教授的这部新书，姗姗而来迟。

这部书，讲的都是《红楼梦》的"老"课题，而讲来时却在在处处充满了新意新解，新角度新层次。

这可不是一件容易事或小事。讲"红学"的人不算少了，讲的岁月不算短了，怎么没有比本书更早的同类著述问世过呢？说"开辟鸿蒙"，语涉张皇；说"新开发"，总还不致言过其实吧。

是以我为本书作序,并无酬酢之意、敷衍之词,而是衷心的欣然命笔——欣然的是它终于打破了多年来此一领域(所谓"红学界")的单调和沉闷,停滞和滥竽。沉闷的"大堤"有了一个新缺口,就透过来一丝可贵的新鲜气息。你完全可以不同意此书全部内容的见解,但你应该欢迎事情总得有些新局面,新气象。这样方能谈得到前进与发展。

曹雪芹并不能预定二三百年后会有"红楼符号学"或"石头密码破译"这样的名目和事迹出现,但他的特异天才又嫡真不虚地建立了此学此秘的实体范例。

正因如此,这又一次暴露了程、高伪续的虚假欺诳。世上批高与捧高的尚在煞费唇舌笔墨地"斗智",而批高者的一切"空论"虽然驳难有方,却终不能使捧高者闭口;如今这部书一出,事情的形势就要改观了——因为本书已然昭示天下,雪芹笔下的符号与密码,程、高之流是一窍不通的,大部分是视而不见、置而弗论,小部分则作出歪解。所以他们的伪续是一个符号也没按照雪芹本旨推衍的,他们完全违逆与消灭了那些奇妙无匹的红楼符号与石头密码的建构与存在。这一来遂使任何再想吹捧他们的"理由"都显得全成了沙上之筑室,空中之楼阁。

这也是本书的最重大的功绩之一端。

雪芹的原著已无复全貌可窥了,这个巨大损失与憾恨还能补偿弥缝吗?不能了——不忍心这么实话实说是自欺欺人,于事无益;可是,本书标出的符号学与密码破译,却真的又使人们能够逐步地大致复其旧观了。红学中后起的一支分科探佚学,正是建立在这些符号密码的信息库上的!这真是一个奇迹!(有些人对研求雪芹原著佚文大致情节轮廓的学术工作,颇事嘲笑,说那是"猜谜"、"算命"……)正因为他们对雪芹的符号文化是视而不见或见而不晓的。雪芹又好像早有预感,感到书稿会遭不幸破坏,他为了保存必要的预示和征兆,就"全方位"地运用了这个他所独创的"奇书之秘法"(脂砚批语)。

全书共设十章,十章中胜义间出,精彩互呈。可惜作序的不应也不能逐一列举。例如:只拿第四章《符号与前文本》来说,就可以显示分明:(一)中华的符号这种"文化聚焦"是隐显着多么丰富深广的历史传承内涵;(二)要解这样的符号,得先具备多么雄厚的文化学养和灵慧才力;(三)以符号来讲解《红楼梦》,不但不简单枯燥,反而正是如入山阴道上,应接不暇,开心益智,获得莫大的美学享受;(四)于是当然也就十分佩服本书著者的才高学富,为我们提供了如此难逢的"红学文化营养新高剂量"。

这个第四章,选例只选收了四人:钗、湘、袭、探。这儿没有黛和别人的地位。此一现象惹我动思。其次,在史大姑娘的符号中,林教授竟然列出了八层"前文本"(或"文化原型")!这真使我惊喜异常。

举此一隅,也就可以"反三"了,故不絮絮。至于第十章第三节专讲"四大处"(潇湘、蘅芜、怡红、稻香)的符号意义,则也是另一番境界,也表现了中华符号所携带的"前文本"信息的特殊丰厚性,可供互参,此处也就不加详说了。

当然,慧眼识得("抓"住了)雪芹设下的符号,是一个层次;而慧心能正解所识符号的深意与复义,又是一个层次:两者并不"等同"、"一致"。换言之,识了未必即能解了——解得不够确不够深,是"正常"的。因此,我钦佩著者的慧眼,但对他的识解也偶有异同、可以切磋之点。

比方本书讲到宝玉的"从属符号"人物——五个小厮时,一方面给了我极大的启牖,一方面也让我想起最近"问世传奇"的拙著《红楼艺术》,其卷尾一章讲到祭雯撰诔,文内特列的四样"微物"奠品,都带"符号性"(拙著并未能采用这样的词义,这儿是受本书之教以后的"紧跟学步");我对这些小厮的雅名却另有"破译"——略述于序末的"附记"。但无论如何,雪芹对宝玉这个"自况性"核心人物的几位从属衬映小伴侣,其命名的符号意义是太关重要了,如果不经林教授的点醒,哪个不是囫囵吞枣,或睁眼不见呢?

再若拈举雪芹的符号运用法,那么首先就是"红楼"二字了。这个符号清代人已引了白香山的"红楼富家女",其实唐诗里比这好的例子多的是。可是,现代人却不懂它的文化信息了,竟把它译成了"Red Mansions"(现时国内外此译大行其道)。但雪芹能会把"红楼"与"朱邸"两个很不同的符号混用吗?类似这样的问题,读本书者,也应联带想及[③]。

"红楼符号学"其实即是一种中华文化学的新型态。我回忆起,我与著者一同出席一九八六年六月的哈尔滨国际红学会议,在那会上我向《光明日报》的采访记者答问时,即提出了一个红学趋势将是向文化学发展的意见。次年在海外写成《红楼梦与中华文化》一书。今年出版的《红楼艺术》,书名虽题为艺术,实则我也还是意在文化。在不同论文中也曾提出"《红楼》是一部文化小说"的命题。但如何论证以期让人信服此一命题? 却非易事,自己深感才力学识俱所未逮,抱此歉怀。如今好了——我要向本书"借光":它正是从一个特定的角度给我那命题作出了极有力量的"证明"④。

　　本书从符号学这一视角,几乎论析了《红楼》一"梦"与《石头》一"记"的所有方面,其内容之丰富,表明了著者学力的深厚;他对此学真正地下了功夫。现时社会文化中若干现状都应了雪芹的话,"假作真时真亦假",所谓的"红学"和某些之"家",其间假的不少于真的,不务实学,奔竞名位,社会舆论早有微词,情况并不全部令人鼓舞——而在此时此境中,忽见本书汗青,内心感触实多,因此序来絮词赘语不禁于笔端,交会于纸上,阅者谅之,兼亦鉴之。

　　回忆方直教授初访我于东城无量大人胡同,时为一九七六年。以后也曾为他的书稿作过些事情。一九八〇年国际红学研讨会,周策纵先生特意嘱我多在大陆学者中推荐人才与论著,我即介绍了林教授以文会友,提供了论文(这也曾引起人的不满)。所以这番制序,也就不同于"萍水"与"倾盖"——其感触之不止一端,盖非无由矣。是为序。

周汝昌

乙亥菊月下浣于燕京东皋之庙红轩

寒衣节后订补

【注】

　　①普林斯顿大学浦安迪 Andrew H. Plaks 著有 Archetype and Allegory in the Dream of the Red Chamber(一九七六年该大学出版),已有类似符号学性质的论述,但非正式立名创例。国内有无先例,限于见闻,尚所未详。

　　②汉字虽然也是一种符号,但它的文化信息性特强,即如我若见一"水"字,即会"看"到它"身"上的许多信息,"高山流水"、"水流花谢"、"水木清华"、"似水流年"、"秀水明

山"……乃至"子在川上",甚至还有甲骨金文中它什么样,汉简帛书中又什么样子,以至
欧虞褚薛、苏黄米蔡皆是如何写它?……它的信息极富极有意味境界。

③我提此译,并无针对任何个人的用意,倒是十分善意地切磋之诚悃。此译太不妥,
应该有勇气作出自我检省并明示改正。"红楼"之"楼"本不能译,故 Chamber(闺房)却似
非而实是(不违原旨)。

④我赞同此书的大手眼总意度;个别解绎容有异同商略。此应宏通论事,而勿涉缠
夹浅见。

【附记】

那本拙著中,有一章题为《巨大的象征》——即巨大的"符号"义,论证了
"沁芳"一名的本旨涵义,即"花落水流红"的"浓缩"与"再铸",此乃全书之最
大主题,故祭雯特奠此泉,枫露之茗(其名实隐"血泪"一义),群芳"之蕊(即
第五回之"千红一哭"、"万艳同悲"与"群芳碎(髓)",其鲛绡之帕,又是盛装
"血泪"(古曰红泪)的专用物。一名不曾虚下。

循此而推,可悟:

(一)引泉——隐"沁芳"也;

(二)扫花——隐"花落水流红"、"飞花逐水流"也;

(三)焙茗——隐"枫露"也;

(四)锄药——隐"芍药茵"(湘云标志)也;

(五)伴鹤——隐湘云("寒塘渡鹤"、"鹤势螂形"、"看鹤舞"、"松影一庭
唯见鹤",皆指湘云)也。

故我以为,雪芹的符号,并非"单文孤证",而都还有一个首尾呼应,彼此
衬映之妙。

但由于我是注重研究湘云的,而林教授则主张湘云只是"间色法",与拙
见不同,故而破解雪芹之符号学,亦不能尽趋一致。其他例子即不繁陈。所
以附记者,为的是说明:这门学问实在是大有深入发展的广阔前景的,亟宜
着重呼唤学界的注意。

(林方直著,内蒙古大学出版社一九九六年版)

《曹雪芹祖籍考论》序

古历乙亥小寒节后，正当"玉梅花下交三九"，河北省社会科学院的王畅先生不远数百里，驱车来叩柴门，寒不及暄，坐定即出示一部书稿，视之其厚几乎"盈尺"。惊喜之下，询以何书，如此巨著？他指着首页说：就是《曹雪芹祖籍考论》。

问话的，答话的，听话的，都很高兴，而这时寒斋之中顿时充满了暄意——这暄意氤氲着一团喜气。

他将书稿留下，谦虚地要我看后提提意见，并以序言见委。我不假思索，欣然答应下来。

我为本书作序，捉笔之先，即感思绪百端；临到落墨之际，更觉千言万语涌向笔底——这并非我的"文思泉涌"，而是所感者与欲言者都不是一桩简单浮浅之事。正因思绪大繁，语文反觉不济。于是我决定：此序不一定像篇"序"，写成杂感随想，也未尝不可，以下便粗述我因本书的完成与付梓而发生的一些痴想，学一学雪芹的"试遣愚衷"。

第一，这本书的题名与内容，有很多人能感兴趣而拿在手中一读吗？我看是有的。这不但是因为大家对《红楼梦》亲切而连带对雪芹的身世十分关心欲求了解，还更由于全国读书界的水准和眼力识力日益提高了，更加趋向学术探研，尊重真理归着。他们已不满足于那些花拳绣腿、徒炫耳目的"热闹儿",要求给他们拿出"真格的"来了。

　　如果你对"红学"与"曹学"本来就有兴趣,那你该看此书是无待多言的;即使你对它们并不曾"迷着",而只把这册书当作一种学术入门的"抽样示范"来认真阅读一过,我十分相信你会欣慰地承认:这番读书工夫没有徒费,这番读书经验是很珍贵的——因为你从中获得了大量的教益与启牖,并且明白此诚学术真理讨论审辨之大事,而决不是只限于"红学"、"曹学"的个别问题。

　　第二,我更愿乘此指出:与读者为什么会来读这本书之问,正好连着一个著者为什么要来写这本书的问号。这事就更饶有意味,着实有趣得很!

　　原来,王畅先生是一位文学理论家,他已有好几部专著出版,都没有离开他的研究事业中心课题。他从未想到要涉足"红学"或"曹学",更未对文史考证这个"行当"发生过兴趣与关怀。忽一日,他因浏览报刊而见到若干对雪芹祖籍讨论以致争论的文字,其内容、资料、论证方法、学风文风,在在都引起了他的注目——同样也就唤起了他的求知寻真的天赋良知,从内心深处萌生了一段强烈的激动:我要"走进去"细看看这到底都是怎么回事,谁是谁非,何长何短?

　　说到这,读者必当与我同所感叹:对著者王畅来说,"红学"、"曹学"可以不干他事,但学术真妄、是非淆乱,以致歪曲历史,贻误后人,这却是最干他事的更大主题。只因此故,他推开原先致力的业务暂存一旁,而一心一计地投向了这个"干卿甚事"的工作。

　　这就是我所尊敬的一位真正学者的不负天职与无愧人事的崇高表现。

　　第三,他给自己招来的这份"任务",并不是一件"好玩"(古曰"好耍子")的事,那是很麻烦很讨厌的一团乱麻,一般人纵然不是"敬鬼神而远之",也都"视为畏途"。"知命者不立乎岩墙之下",谁没事肯来惹这个"马蜂窝"。

　　他没有这么些"明哲"的考虑,他毅然不知反顾地坐下动起笔来了。

　　大约从他正式经营缔造到现时,不过寒暑两三易,就拿出来这么一部四十馀万字的论著。我们不禁要问一句:是一种什么力量,促使推动了他,使他如此勤奋而虔诚地为此主题而耗费精魂心血的呢?

　　这个问句的答案,就在本书的深层意蕴之间。

　　第四，这团"乱麻"，他不是用刀一斩了事，他彻底理好了，任你千头万绪，他都能还你一个一清二楚。

　　他把全部书分为六章，从此一主题的根本意义与考论缘由说起，一直精神贯注到最后的结穴，神完气足，理备义充。每章分为若干节，每节下，又分为若干"副节"，多的达到十馀"副"。这种粲若列眉的组构章法，就反映出他的思维的精度，审析的深度，方法的科学性。这并非形式的事情。这需要目如燃犀之明，心似纫丝之细，把大量的正误杂糅、黑白颠倒的现象与实质，一一予以理顺了，摆清了，使之昭然赫然显示于我们的眼底与心头。

　　就是由于上述种种，我才说纵然不与"红学"、"曹学"相干的学人士子，肯分些时力来读读此书，敢说是定必获益受教多多的。因为，这能够作为一个"治学示例"吗？它仅仅是一位清代小说作者的家世的一部分的祖籍问题，这太小了，能具有多大的意义？这个疑问自在情理之中。但是当你看到这么一个"小"问题里面竟然会"包藏"着如此复杂而混乱的"内容"（即各种不同方法、见解、态度、品格……）时，你就会十分之惊讶而震动：原来在这个学术领域内的"实际"竟然是这么样子的！

　　孟子早就提出了"知人论世"这一条要义了。佛家也早提出一粒芥子可纳须弥，展示三千大千世界。原子也就是一个小宇宙。这比"解剖麻雀"的意义大得多，是不得以"小"目之的呢！

　　看看这里的内容"情节"，真合了荣府赵嬷嬷的话："比一部书还热闹！"那"书"是指"说书唱戏"的书。因此我倒想，假如著者把本书不当学术论述之体来操作，而改为"报告文学"甚至"小说"体来写，自然就会更有吸引力。这里面包含了种种的色相，种种的风气，种种的手段，种种的内幕。从学术视角看，他所剖析揭示的，除了本题所涉诸家（所谓红学家）之中有些心眼明暗之分，思维清混之别以外，还有一项特别值得学人注意的，就是有的人并非由于心眼不明、思维伤乱，而是有意地有目的地以"手法"充代学术论证。

　　通过王畅先生的揭橥，我们才恍然于这个"手法现象"已是到了如何严重的地步。学术论证与论辩论争，目的只在寻求真理与实际，而有的人每逢无法用正当的科学的方法与人辩争时，自知理不足而说难圆了，便"穷则思变"，变出一个运用"手法"来掩饰与惑乱他人耳目的"策略"来。

　　这种"手法"问题在本学科目下已经渐成"气候"。解释史料，以"利己（观点）"为"正解"；征引书文，明目张胆地任意删割"省略"，以达断章取"义"之"效应"。强词夺理，歪话骂人，近日竟成了某些人的撒手锏——一种异常不道德不光彩的"武器"。

　　以"手法"来代替严肃的科学研究，以无法成立的"结论"来蒙蔽学术界、文化界与广大读者，这一情形在某个别人的文字或书册中不止一次地出现，已属异常现象；而如本书第三章所揭示的，此一畸形现象竟也出现在"辞典"里（请参看本书第三章第二节）。辞典中有关条目，竟是将《八旗满洲氏族通谱》与康熙间《江宁府志》、《上元县志》中两篇曹玺传等史料施以"手法"，歪曲事实而成——正如本书著者的用语，是"恣意改制"的！

　　我们对此，不得不为之指出：作为个人的写作撰著，其中出现这种异象，还是他个人的责任；如今竟然"延伸"到了辞典的内部去了，就更难容忍。须知，辞典已不再是个人的事情，它的性质是迥然不同而要向全世界每一个查阅、运用、征引者负德与法的责任的。

　　以上种种令人骇愕的"手法"，毕竟还有原始文献铁案难移，细心的学人肯花些功夫，尚能覆核而得其真相。更有的则是"不劳改制"，只需"掩过不提"就"若无其事"了。若说那是"视而不见"或"见而不悟"，实在情有可原云云——那又完全不是那么回事，因为这些"不提"是专门用以瞒过学人读者的。与此同类的则还有"一语带过"之术，即貌似"论"及了而实是玩弄魔术"手彩"。

　　例如，本书所举诸例中，单是我在"序"中只能用最简单的话来说一下的，就有两个典型的佳例：一是雪芹之令祖父曹寅诗文集里留下的丰富的咏题与记叙，用十分亲密痛切的文词表达了他与丰润曹家的骨肉关系，为了两位亡兄而写出"平生感涕泪，蒿里几凄怆"的句子，而且谆嘱仅存的一兄（曹镕）要"门户慎屏障"……在《东皋草堂记》里直接表示曹镕完全有权代他管理曹（寅）家的圈地、教训"庄头"……这一切，都被解释为"官场习气"中的"同姓联宗"（即本无血缘同祖关系），凭那四个字"了"了那么多的文献史实。又有人说，丰润曹姓不过有如贾雨村，为了投靠荣府权势之门而自称"宗侄"那样攀附而已，云云。对此二"解"，王畅先生在书中都有精辟的评议。

事实上,丰润曹是用不着攀附的,他家出了好几位与曹寅同辈而出任江南地方官的,如曹鼎望任徽州知府,出善政,兴文教,宣城派大诗家施闰章(愚山先生)对鼎望及其二子(钊、钤)极为钦重,誉为"三曹",为之作诗序、撰上世行状、作怀慕诗……而鼎望的知交等后来也就都是曹寅的知交,曹寅日后以几千两银为施闰章刊刻了全集,以致施之文孙施璨就跟随了曹寅,感念至于切骨之深……

试问:到底是谁"攀附"了谁呢?难道曹鼎望受施闰章那般钦重是因为攀附了内务府包衣曹姓的"关系"吗?既云治学,就不能信口胡柴,把自己尚未弄清的史实乱加歪曲。

王畅先生不仅仅功在破妄,而更在立真。他对这个主题所涉的资料做了全面的掌握,并且又做了自己的"开放性"的研究工作,这一方面的贡献更是值得大书一笔。

我素来的主张是作序应该是"务虚"之事,即以数陈"大义"为主:一"实"了就要与书的正文相"犯"而喧宾夺主。故原不拟多涉实例。但这次也想协助读者以窥豹一斑为快。我举书内的"两个曹俊"这一问题为例。

原来,雪芹祖籍有两派主张:一曰河北丰润说,一曰辽东辽阳说。前者实谓明初此一曹氏支派由丰润迁往辽东之铁岭,而后递迁辽、沈地区;而后者则谓祖籍只在辽阳,与丰润断然无涉。不过,它除了以此为由而否认"丰润说"之外,却又承认还是有个"入辽"的始祖——此已自相矛盾。它寻"着"的这个始祖就叫曹俊。依据是辽东五庆堂曹氏宗谱载有第二代祖中有一曹俊,而旧年辽阳出土过一块"圹记",中有"曹俊"之名,其女嫁于孙门。于是,"辽阳说"者的主要代表人物著书立说,便执此以为"确据",宣称那个辽阳曹俊即是雪芹上世"入辽"之祖——而且还以为此曹俊曾任沈阳指挥使,此乃考证雪芹家世的"一大重要发现",云云。

可是一看本书时,王畅先生却把事情梳理得宛如泾渭秦楚一般分明——

(一)"五庆"曹俊是沈阳人,"圹记"曹俊是辽阳人,沈地者无一字及辽,辽地者无一字及沈。

(二)"五庆"曹俊任过指挥使,职位非低;"圹记"曹俊并无职衔(一个指挥使是当时必当书明的文例)。

(三)两个曹俊的年代辈分,前后相去了两三世(即谱牒中所谓的"世"代)之多,依一般常情来说,相差两三辈就是相距大约六七十年以上的光景了。

王畅先生在考列了以上三点之后,方才下结语说:这样两个同名者(中国历史上同姓名之例那是太多了)被"考"成是一个人,误认了一个"入辽始祖",而自以为巨大成果,并以此来否定别人的考证。那么,仅仅就此一点来论,"辽阳说"的立足基点,又究竟何在呢?

即此一例,尝脔知味足矣,不必再问全鼎了——全鼎中类似这样的架空的、混乱的、完全不能成立的"考"、"论",在在皆是——构成了本书纠驳的主要篇幅。

这样看来,在本书这座"秦镜"的鉴照之下,那种自号"百世不可移也"与人号"石证如山"的祖籍"辽阳说",十数年来煊赫流行的,原来就是这样子一个讹谬多层、破绽百出的考证,是经不起像王畅先生这样的学者出来一加核订的。

本书是亦破亦立,即破即立。破立之际,广征博引,言必有据,其设注之精密,全依国际学术著作的通例,一丝不苟,供人覆按,以昭信实。这本身即是学术的道德与品格,说明著者的学力之深厚与忠诚。而且无论是破是立,看他运用文献史料,真如李光弼来将(动词,"统帅指挥")郭子仪军,一经号令,精彩十倍,令人折服。

然而我也念及司马温公曾叹《资治通鉴》成后,能耐心通读一过者,竟无一人。若拿本书比《通鉴》,自然不必(但同属史类),不过我也要说,恐怕真能耐心肯予卒读,也是件不易之事。正因此故,我方不避絮烦,在此多说了一些杂感,其中用意之一端也正有唤起读者兴趣与耐心,望他竟卷而卒读的心情。

粗结一下我对本书的观感,认为至少有以下几大优点:

一、翔实的确,并无空谈虚论。"一步一个脚印",斑斑留与读者学人覆按、细审、严比、深细——此即示人以治学之正道的极好范本。

二、条条项项,一概凭的是摆事实,讲道理。花招巧辩,诡辞夺理,决不许其存在惑人欺世。这于端正学风,大有裨益。

三、破就破得搜根兜底,淋漓尽致,是非真妄之辨,决不含浑首鼠,使人眼目光明,胸怀洞彻。

四、立就立得细致周详,光明磊落。著者确立"丰润说"时,不但列举直接力证,而且还做出新的线索之发掘,例如考察康熙保母、曹寅萱堂孙氏夫人究为谁家之女,首次提出了正白旗包衣人孙得功的家世与曹氏的种种密切关系问题①。又如丰润曹与内务府曹同时参与山西平叛而得升迁的史迹,并且考明了力荐丰润曹的是当时顺天府巡抚(例驻遵化州,即丰润之北邻,亦辖丰润)宋权——其子宋荦即与曹寅为诗文友而又同在江宁做官(也就是说,如果我们继续深入研寻,还会发现两曹之间各种公私关系与血缘联系)。

五、立说与考辨,必引史料依据原文,交代出处,决不厌繁。除了一点耐心也无有的人不愿尽览者外,凡属学人都会感到这种征引是一种自己辛苦、与人方便的学术功德,令读者有一编在手、无假他求之乐。

六、文风的醇正。著者在论辩之际,不管对象的论点与文字是多么超出学术范围、多么可笑可讶,他也不会"光火"、"动意气"、"以牙还牙",而总是一味讲理立证,此外绝不见一字一句的杂言秽语,讥嘲讽刺。这是表明一位真正学者的可贵品德的标志,老实忠厚的仁人君子的本色(足使有些人对之反省生愧的吧)。

末了,画蛇不妨添足,我还真盼望这部书能引起学者思索:"红学"的生命是"学",而不是别的,这一学科的诸多课题内涵丰富,若都能在本书的"总结性"带头之下,提醒大家都仿此体例而各占一个题目,做一次到目前为止的总梳理,总展示,那将是造福"红学"、嘉惠士林的一大功德胜业。或者,若一时无人响应,就由王畅先生再接再厉,计划一套这样的丛书,那就更好了。

不知此意当否? 企予望之矣。

"是为序。"序者,引也。"引而不发,跃如也。"其能"发"者,端属王畅先生的椽笔,请君瞩目。

周汝昌
草讫于乙亥十一月二十日灯下

【注】

①康熙时平定噶尔丹叛乱之战役，延及康、乾时期，为清史上一件大事，而曹家本身与其重要亲戚，莫不与此役有密切关系，即在《红楼梦》中亦有曲折反映（可参看《燕京学报》一九九五年第一期拙文《曹雪芹〈红楼梦〉之文化位置》）。

（王畅著，河北教育出版社一九九六年版）

《红楼梦》世界语版序言

亲爱的世界语读者：

你也许还不知道，你现在拿在手中的这部书两个半世纪以来都被人称作"奇书"。

人们又早已公认共识，这是中国所有无数小说中的最伟大的一部。

你也许会疑问：在欧洲文学观念中，小说本有"新奇"一义，如英语的Novel，正是如此。那么何独这书特称"奇"字？至于"伟大"这评语，也会有时被用得太滥，不无夸大张皇之例。所以，这部《红楼梦》，到底是否真奇，真伟大？还待深细探究。

好了，我就来解答你的疑问。

说它奇，奇在多端，但首先应举一点：

这部小说，人人爱读，可是几乎每个读它的人都各有各的认识理解，以致大家对它不同的解释（interpretation），可以列成一个长串——

（一）有人说它写的是清代第一朝顺治皇帝的故事；

（二）有人说它写的是那时第二朝康熙皇帝的大臣明珠家的事情；

（三）有人说它写的是那一朝到第三朝的政局变化的内幕；

（四）有人说它是暗写反对清代满洲人的皇位统治，而怀念被满人推翻的前一代——明代的旧世；

（五）有的又说它是讽刺清初期的某某贵家豪门的家庭丑事的，而这某家的说法又有很多种；

（六）有的则认为它是演说《易经》的妙理的；

（七）有的则认为它是演说道家修炼丹药的秘诀的；

（八）有人又说它是讲宋代儒学家修身养性的理论书；

（九）有的则又说它是一部"谶纬书"——即预言将来国事巨大变革的秘书；

……

请看，这个不一定完全的表列，已经是让人眼花缭乱，叹为大观了！

你便会承认，一部书而能为人作出如此不同的理论解释，这是从来没有的事，确实当得起"奇书"之美称了。

但你自然也会诧异：这又怎么可能呢？——这里显然出了大毛病，不知怎么造成的这种不可思议的奇怪现象。

你想的有理，我们正是应当从这个奇怪现象而探寻它的来由和真谛。

原来，在中国这古老的文化大国来说，她有一个几千年的传统观念：小说著作是史书的一个分支；国家官方撰刊的史书，叫作"正史"，而小说就叫作"野史"，"野"是非官方的、一般民众百姓的意思，所以认为小说即是民间私下记述某一史事的著作。而从来的史书撰者、小说作者，理所当然地都是由他来记述别人的事迹，唯一分别是：史书是明白指称某人某事的，而小说却隐讳了真实时代、地点、姓名，只能靠凭读者去揣测或学者去考证，方知真相。

因此，小说在中国，是一种以文学为形式、以历史为内涵的特殊作品，而不同于西方的 Fiction，即纯属虚构的人物与情节。

因此，在古老的中华，每一部小说（实际包括剧本）问世，读者最首先的反应总是纷纷议论：这书是写谁家何人的事情？——这个谁家何人的故事的观念，中国有一个专名，叫作"本事"。

明白了此一特殊原由，便恍然大悟：为什么人们对《红楼梦》会发生种种不同的"本事"的传说、猜测、推考、辩论……

但是，仅仅这一原由，还不能解说这部小说的全部问题，因为：同为中国小说,也各有"本事",却大致诸家意见基本相合,而没有发生过"十几个"的不同解释的怪事情。那么,为何又是单单《红楼梦》与众独异呢? 这必然还有另外的缘故。

显而易见,了解这些原由缘故,正是读懂这部"奇书"的钥匙。

从"本事"上寻求正确理解,终于寻得了这部小说的独异性:它的作者不是写别人(评议、讽刺、贬抑、诬谤……都是常见的),而是写自己。

这种独异性与自叙性,在其他地方也许是并不足奇的;但在中国古代则是一个极为罕有的特例。

在古老中国,道德传统,伦理观念,社会舆论,文人的自尊虚荣心理……都不允许作者去写他自己,因为那必然会牵涉到很多的家庭、亲友、政治身份、社会关系……那将是异常复杂而困难的事情。更重要者,"解剖"、"暴露"自己,这更需要极大的勇敢与智慧(因为要站在客观地位去看自己的一切,而不是指为自己装扮、夸奖、宣扬)。如有敢于那么做的,定会冒犯众怒,引惹群起而攻之,致难被容于世。

然而,《红楼梦》的原作者曹雪芹,却毅然决然地走了这条"绝路"。

《红楼梦》的奇与它的伟大,首先在于这一点。

必须了解:此书是自叙性的这一事实,莫说在古代,就连近现代之得到承认共识,也是一个十分曲折艰难的历程。

简而言之,在此书被传抄(小范围流布,并无刊印本)时,作者的亲友是知悉此情的,但一般得读抄本的人却不相信会是写己而非写人。稍后也只有很少数人凭着敏锐的文学感觉而悟知是作者"自叙生平"或"自况"(况,是兼形容与比喻二义)。大家信的仍然是写别人的传统观念。直到二十世纪二十年代之初,才由学者考明此书确为自传性小说。中国伟大作家兼学者鲁迅是首创中国小说史的国内学人专家,他在《中国小说史略》(一九二三自序)中设一个专章(第二十四篇)讲述《红楼梦》的各种情况和问题,结论是完全同意"自叙"说的论点,而且另在第二十七章中与较晚仿效《红楼梦》的小说《儿女英雄传》作比照时,又特别强调表明:

　　文康(《儿女英雄传》作者,"家本贵盛",后竟贫困)晚年块处一室,笔墨仅存,因著此书以自遣。升降盛衰,俱所亲历,"故于世运之变迁,人情之反复,三致意焉。"荣华已落,怆然有怀,命笔留辞,其情况盖与曹雪芹颇类。惟彼为写实,为自叙,此为理想,为叙他。加以经历复殊,而成就遂迥异矣。

这段重要的论述,就是了解与理解《红楼梦》的关键之点。

正好,要想说明《红楼梦》何以独称伟大著作,也还是利用比照的方法最为简捷方便。方才讲的鲁迅以二书相比而评其成就,那是一个后出之书受《红楼梦》影响而产生的例子,而《红楼梦》本身也是承受了在它之前的一部书的影响而产生的——那书即世界有名的《金瓶梅》,也早译成欧洲语文了。如今以三书递相承受而观其异同,那就可以看清:三部书都是以一个家庭的日常生活、一个男主角与多个女主角的生活关系为内容——这样的内容在它们以前是没有的,所以是一大创造。此为共同点。

但是,《金瓶梅》所写的乃是一个市井俗人、恶劣品行的故事,他与许多妻妾侍女女人的淫乱关系,女角色也都是低级趣味的精神世界,因而它以"淫书"(大量描写性行为)而闻名。《儿女英雄传》则只是一个少年公子如何读书上进、做了高官,又娶得二妻一妾的富贵享"艳福"的经历——这实质只是一种非常庸俗的"兴家"、"荣显"与"享受"的梦想,此外并无思想内容可言。

然而《红楼梦》,虽然它上承《金瓶梅》,下启《儿女英雄传》,却与两书的品格境界迥然不同。

其不同在于:

与前书相较,这一部小说所叙写的众多人物是有高级文化教养的世家男女,而不是市井俗恶角色。

与后书相较,这部小说所叙写的不是荣华幸福,美满得意,而是家亡人散,一大悲剧结局,而此悲剧结局的思想内涵是深切悲悯妇女人才的不幸的遭遇与惨痛的命运。

这部小说的伟大,由此已略显端倪。我们不妨换个方式表述:这部书男主人公的对女性的关系是悲悯、同情、怜惜、愤慨、惭愧(自己不如她们,而又毫无能力救解她们的不幸与苦难),而大异于那两部书的只是将她们视为男人的附属品和享乐工具。

这种思想认识,在古老的中国来说是一种崭新的崇高的妇女观!

《红楼梦》的伟大,正在这一点上表现得最为突出鲜明。

但是,这种崇高圣洁、博大精诚的精神境界,却非一般常人所能达到,因此不但觉得难于理解,而且更易发生误解错觉——很多人把书中男主人公贾宝玉看成了只是一个"花花公子",甚至是个下流的只愿和女人厮混的"色鬼淫魔"。

这也就是这部小说本身所具有的多层次悲剧性的一个深层。

这一层异常要紧,因为假如不能理解它,那就必然对"自叙"、"自传"也作出误解——以为自叙就是单为了写一个微蔑的自私自利的"小我",而不知《红楼梦》的自叙性的伟大意义正在于它是通过自叙,以自己的身世生平、经历遭遇为一条线索,而写出了"亲见亲闻"的一百多个出色的妇女人才。

《红楼梦》有深刻的哲思识见的寄托,又有丰富的文化实际的写照。对前一点,本世纪之最初已有人见到,提出说这部书不应看作是小说,而应归入"子部",即中国先代诸大思想家著作的行列(因中国典籍分为经、史、子、集四大类)。对后一点,则近年来人们常以"百科全书"来比喻它,因这书里几乎写到了所有方面的知识和造诣:衣、食、住、行、书、画、工艺、音乐、花木、节令、喜庆以及园林、疾病、医药、灾祸、丧葬……举凡人生世间的一切生活行为,物质的、精神的、文学的、智慧的、善恶冲突的、人际关系的……无所不有其精彩动人的写照,所以真有包罗百科万象的规模与气派,人们可以从那里看到一切"世间相"百态千姿。

在此,应当指出,所谓"百科全书",只是一种比喻,而不应误会小说作者是在炫耀知识,卖弄学问,有意"陈列"、"展览"。不是的,一点儿也不是这样的事情。

这实际表明的是一个核心问题,即:此书所反映出来的森罗万象,正是中华文化高级造诣的一个最真实最生动、最引人入胜的文学显影。那些"百科"不是支离破碎的各不相干的"词典条目",而是在一个大整体建构中的精致巧妙的"构件",各自起着错综回互的奇妙作用。

　　《红楼梦》是中国的唯一的一部文化小说。凡是想要了解中国传统文化的人，若肯来读读它，一定会感到惊奇与喜悦。

　　这小说而具有如此巨丽精深的文化内涵与表象，这个事实却早为欧洲的读者看清了。一九二六年，一位德国人名叫理查·威廉，他说——

　　　　(红楼梦)像《绿衣亨利》，是一部自传体小说，提供了大清帝国的文化史图画。

　　一九三二年，另一德国人名叫恩金，他说——

　　　　《红楼梦》与《金瓶梅》不同，写的是一种有教养的生活。
　　　　作者曹雪芹不知何来神力？把日常琐事写得如此生动！
　　　　读过《红楼梦》，才知道中国人有权利对他们的优秀文化感到自豪——欧洲人是从未达到过如此高度的。

　　我想，这些话如出自中国人之口，会被讥为自大无知；如今实系欧洲读者的心声，这就很有不同，其说服力不能说不大吧。

　　《红楼梦》一部书写了几百个男女老少的人物，而主要的女性就有一百多个。我曾打比方：伟大的莎士比亚以写出众多人物而腾誉寰宇，他的人物分散在三十六七个剧本中；曹雪芹不但写的人物数量超过了莎士比亚十倍，而且这么多人是在一部大整体结构中出现和活动的！可见曹雪芹的神力更是惊人。

　　说到大整体，我不能不深抱憾恨地向读者表明：曹氏原著的大整体已不复存，今只传有八十回（还包括小的残缺，由后人补缀过）。其后四十回，是雪芹卒后很多年别的人续作的，伪托说是"发现"了"全本"，蒙蔽了当时与后世的无数读者。

　　后续作者的头脑心灵与曹雪芹距离甚远，不是一类人。他把原著的总精神歪曲狭隘化了——变成了一男二女"三角恋爱"的"争婚"故事，把原来悲悯所有妇女不幸命运的大悲剧性质品位彻底改变了，也破坏了原著的精密奇特的总体章法结构。

这确实是中国文化、文学史上的一个最大的不幸与损失！

这不幸损失，促使了有些学者努力研求原著整体的大概轮廓与内容，成为了一门专学——"红学"（Redology）中的一个分科"探佚学"。已做了一些成绩，可以初步打破伪续的长期留下的影响，而逐渐理会曹雪芹的真实境界与伪续是如何地悬殊迥异。

曹雪芹（一七二四———一七六四），是清代的"旗人"，他家自明末成为满洲人的奴隶，清代建立后仍为"内务府包衣人"，即皇室奴仆身份；他祖先本是河北省丰润县人，明代末年，他的四世祖被满洲兵俘虏，做了奴隶。他的曾祖母是康熙大帝幼年的教养者（保母），因此世代三辈四个人相继在南京做织造官，不但是皇帝亲信，生活优裕，而且一家都酷爱文学艺术，他祖父曹寅更是个杰出的诗人、剧作家、藏书家，《全唐诗》就是由他主持编刊的——共收唐诗人二千馀家，诗近五万馀首！

由于皇室内部争夺权位的政治原因，他家受到牵连，受到屈枉，很快陷入不幸与贫困的境地。雪芹本人一生遭遇更惨，在衣食缺短、住宿无家的处境中，坚持了至少十年辛苦，写成一部一百〇八回的《石头记》——即《红楼梦》。可惜由于后半部分（三十回左右）内容触及了政局的变革，犯了皇家的忌讳，遂将全书割弃了原来的后部分，而改由别人另续出了四十回，拼在一起，是为现在流行的一百二十回本《红楼梦》。

作者曹雪芹与书中男主人公贾宝玉相似，是东方特有的积世教养的文化诗人型的人物，这种人感情特别丰富敏锐，灵智至为高深超俗，品德又只为利人，不知利己——因此其对宇宙万物的看法、态度，以及对世间事物的价值观念与世俗常人遂极为不同，因此便被视为"疯子"、"傻子"；他们的文化冲突与灵智冲突都很深巨，有时甚至十分激烈——于是最后乃不容于当时的社会，受尽歧视与误解，成为大悲剧！

我介绍这些中国文化历史的若干有关实际情况，就是为了说明这部小说何以为"奇书"，何以为伟大的根本因由。今日的读者，尤其是不同历史文化背景的不同国度、地域的读者，读这种"奇书"，也会发生各式各样的"文化冲突"——不能理解，不能接受，疑问重重，以至茫然莫知所谓……这都是定会发生的情形。

但是,这不应该成为阻碍你理解、欣赏、赞叹这部小说的理由。我相信你会坚持地反复地把它读懂——因而终于领会它为何确实伟大。

周汝昌
一九九五年六月四日写讫于北京

(中国世界语出版社一九九五年版)

《曹雪芹梦断西山》序言

　　在我国文学史上，为《红楼梦》题咏的女作家为数不少，但为曹雪芹而作诗填词的就罕见。近世影视艺术兴起了，女作家们似乎对曹雪芹也未见表现出多大的热情，我常引为憾事——我说雪芹一生辛苦著书，就是为了"千红一哭（窟）""万艳同悲（杯）"，他把生命与奇才都付与了女子，而现代女性似乎没有做出一件对得起他的文学事业。这是令我每一念及，便生憾怅的大事。

　　然而，终于出现了一位梅子女士。她是第一个用影视形式来写雪芹的女作家。回顾历史，环视而今，深觉稀逢，弥足珍贵。

　　她写的就是《曹雪芹梦断西山》。

　　我于一九八七年曾为此题诗，向她表示佩服与致敬。那篇诗写道："暗香疏影散芳华，重见中原有作家。梦断西山为芹痛，满村黄叶焕烟霞。"我这番心意当然是写给梅子的，但我觉其意义实又不限于她一人。我所怀的是一个广大的感叹心情。

　　中华文化史和文化现象上有一个异象：《红楼梦》出了大名，不止海内，而且早已名扬海外，举世咸闻；可是这部奇书杰构的作者却受到了难以置信的冷落，甚至著作权也被剥夺——再不然就是说别人伪续偷篡的本子才是《红楼梦》的真本原本。就是号称重视研究雪芹的，到如今也未见他做出了一件什么事是对雪芹真正有一点意义的。最近听说有一个机构又声称曹雪芹不必多研究,应该研究《红楼梦》的思想艺术,云云。

这种论调,实际上早已出现,不过先前的说法是"对曹雪芹的研究太多了"!

奇怪,好像研究作者会对作品"不利"。全世界哪个地方哪部经典有过这样的"高见"呢?看来其中另有奥秘,非我们所能知了。

除此之外,相当多数群众对曹雪芹这样的历史文学巨人原本无从了解和理解。更无从想象了解理解这个人,又有何必要有何意义。这当然就增加了举国上下都对曹雪芹十分冷漠的局面。

这种不正常的局面,当前名作家刘心武曾撰文痛心地表示说:在我国,不知道莎士比亚的大学生会是一桩怪事奇谈,而在西方的大学生对我们的曹雪芹,却茫然一无所知(我引的是大意,并非原文,但意思绝没引错)。

我读了他的文章,真是与他一同为之感到酸鼻泫目。这种局面,也为某少数人提供了好机会,胡编乱造曹雪芹"传说"、"史料"的,借了曹雪芹的名气而升官得位的,等等不一。但他们的真目的并不在于什么曹雪芹,因此也并不肯真为曹雪芹做一件实事。

我提这些,是因为只有在对比之下,才会看清了梅子女士以影视形式来写雪芹的巨大意义与其难能可贵之所在。

梅子女士是我所知道的最早"下海"的普通知识分子与人民教师,现已成为有可观规模的企业家;但她写影视剧本时,并无人重视,也遇到挫折。她那时满怀不平之气,前来向我诉说衷曲。这一切情景,给我的印象是深刻的——因为事情一涉雪芹,其遭遇不会"吉利",这好像是"命运之神"早已注定的一般!

那是一九八七年的事,过了这些年,梅子说她的剧本要印行了,嘱为一序。我听了欣慨交并,当下答应我一定写几句,表示祝贺,也顺便叙叙我个人的感想,想她必不以为是"题外"之言吧?

她知我目坏,剧本已难读,送来了一九八七年拍成的电视片子供我重温。我看过之后,不禁重为慨然!我认为,事情绝不可忘记历史,从她执笔时的一切条件来衡量,剧本很有水平,对雪芹之为人与生平遭际有她深切的理解与同情,而且导演、演员与表演水平都不愧是一时之选。这是曹学史上一块里程碑,应当给以公允的评价。

梅子对雪芹,除了写剧,还为他盖了一座庙,我要说,这又是一个重要创举!我很感动。从此,我们崇敬钦佩雪芹的老百姓们,可以有一处寄托我们的深情,瞻仰他的庙貌了。这难道不是我们中华文化史上值得大书一笔的事情吗?

雪芹地下有知,会感慨,会欣慰,会感谢梅子的心意与识见。

周汝昌

乙亥三月初四日七十七初度

写记于燕京庙红轩

(梅子、树林著,中国国际广播出版社一九九五年版)

《红楼梦佚貂本事》序言

奇书应有奇序,而我序这部奇书却笔不能奇,自问愧甚。

何以说本书是为奇书? 因为曹雪芹的《石头记》是大家公认的奇书,可惜残毁了后半部,那么竟能续成全貌的书,自然更是奇书无疑了。

于此,必有人问:芹书不全,世上仅传八十回,只以近年而言,为之作出新补、新续的就不止一家,怎么单单称道石先生此著为奇书呢? 莫非有意抑扬? 或是另有"私交"而故为标榜?

这问得真好。我谨拜答曰:"私交"不无——我与他是燕京大学老校友,但数十年没有来往,自一九八八年忽然重会,这才引发了他的研《红》兴趣。我说实话,我根本未曾估料,他会对此钟情而且具有完卷的本领,也没有"强迫"他如此如彼,纯粹出其本愿。是则我们这"交"属"私"与否,应听公断。

至于我称他这书是"奇",倒应加解说几句:这"奇"不是离奇古怪的奇,它奇在自从乾隆辛亥(一七九一)出现了程甲本伪"全璧"《红楼梦》以来,到今已是二百零五年,能够深细研求芹书全貌本真而又能写成本书这种体裁的,此为首见。如此,称它一个奇字,又有何不允? 它奇是奇在作出了别人未能作得的奇事一桩。这就不发生夸张吹嘘的用意与用语。

写这种书难得很呢! 难在如何领会雪芹本旨,难在如何遍观研究成果而能正确汲取运化,难在文化学养、气质、气味须与原著多多少少有一点儿灵性相通之处……而更难是要按结构章回将考得的情节内容合情合理地组织安排成一个大的整体！

例如我自己也写了一本《红楼梦的真故事》，性质与本书并不相远，但区别很大——大在何处？在于我自知无有才力真作续书，所以那只是片段的、没有精密构组的若干情景的初步勾勒，只属于我自己最关切的几个人物的事迹命运，而不是全部全貌。这个区别可就很大了。

再一点就是拙著虽名为"真故事"，其实我本意并不是着重"故事"；我十分用心的是书的文化风格与精神境界。这就决定了我写不出像石先生这样体例的著作。当然要说我二人并无共同之领会与表现，那又错会了拙意。

建国老兄痛惜芹书之致残，更痛憾于程、高伪续后四十回的篡改雪芹本真的流毒之酷，以致自号"悦佚"——意谓自己老年唯一悦意切怀之事业就是"探佚"之学（红学之一个重要分支，专门研索芹书全貌）。所以他将此书命名为"佚貂"；貂者，亦暗指程、高狗尾续貂之恨事也。

《红楼梦》被残毁破坏而另拼上假尾以欺世惑人，唯胡风先生之言最为一针见血："……是中国文学史上的最大骗局！"（见其《石头记交响曲序》）今有石兄此作问世，足可告慰于胡风先生等位有识有目有胆之高士贤人了。

至于我与本书的若干"关系"，料想石兄会在前言、后记提及，故不多赘。在此只想补说一句：我为此书之成就而欣喜，并不意味着我是贬低此前的诸位新续的努力与成果，因为一切事情，确乎皆若"积薪"——后来居上，此为自然之理，而本书如有不尽如意之处，正可留为来哲更上层楼的阶梯吧。

是为序。

学弟周汝昌　小恙中草草
丙子二月初六

（石建国著，自印本，一九九六年）

《〈红楼梦〉的精神分析与比较》序

徐扬尚先生将他的新著(排印稿)寄示,并以弁言见委。我们二人素昧平生,连"萍水"之缘且无,遑论"倾盖"之契。但他信札表示:环顾左右,别无可任者(大意)。我这人好动感情,闻他此言此意,不禁一阵阵悲绪涌上心头。当然我亦明知此乃他之谬爱偏知,因为我们十二亿的中华文化大国,并非找不到能为与肯为本书作序之人,自古有云"楚之多才",岂真"秦无人乎"? 所以真是感愧相兼,百端交集。也所以不忍说一句"不行"的话,就答应下来。

答应不是"闹着玩的",要缴卷。临到此际执笔讲"真格的"(北语口中实音,报刊已渐使用此词。实则原本还是"真个的",意为"动真的"),这才自悟:自己没办法来讲"真格的",因为自己缺少学识才力,即如本书内涵所涉的比较研究、弗洛伊德精神分析等学问与方法,皆非我所谙悉——我竟答应了作序,这如何能兑现呢?

老老实实说话,学术的事是半点儿也假冒伪装不成的。我无以为序是实情,但我可以记下一些稍微相关的杂感,姑以塞责,这倒也是一个无法之法,不序之序。天下的事,该当随宜循势,穷变思通,未尝不可吧。

以下就是我的信笔代序的一束杂感。

一九九五年似乎颇有几桩应当提起的"红研"新动态。就我个人接触的，就有北京的崔耀华同志以系统论方法来研《红》的新著寄赠于我；有以比较研究方法来分析的本书，还有内蒙古大学林方直教授以符号学来治红学的新书正在付梓；还加上美国加州大学的 Martin W. Huang 先生的《文人和自我的再呈现：十八世纪中国长篇小说中的自传倾向》*Literati and Self-Re/Presentation：Autobiographical Sensibility in the Eighteenth-Century Chinese Novel*①。我觉得颇出望外（与意外）地打破了近一时期"红学界"的单调与沉闷感，十分可喜。而偏偏这四部新著都与我发生了因缘。

崔先生来过惠札，又送了书来，希望听听我的意见。但我对系统论一无所知，若斗胆说出些外行话，自家惹人笑话倒不值什么，挂累了崔先生却太不妥不安，因而一直未曾发言——此一苦衷还不知他能体谅与否。林先生也把排好的"书样"寄来了，要我制序。这回我有以报命，实因我对"红楼符号"有些体会的话可以一谈。不想，徐先生的这部新书也来索序了。所以我是又高兴又惭愧，高兴的是，积时的单调与沉闷可望打破一些了；惭愧的是，我原无这么多知识学力，而都来写一篇浮文满纸的"假序"，岂不成了笑话？也让人家说太不自量了。

可是我到底还是坐下来又为徐先生的这部新著写这篇"序"文。

本书体性是比较研究，内容约分为女性话语、贾宝玉、林黛玉三大部分，末尾附以袭人。今按此次序各说几句盲者扪叩之言。

现时世界各大学府都设有比较文学系，足见此一文学研究法是诸法中的重要一法。近年我们的名大学也开辟这一专系了。据说，此法肇始于法国，其后盛于美国，故有"法国派"、"美国派"之分云。若如此，即可得一启示：由欧流入美时，旋即形成一源而分流的不尽相同的派系。那么，此法传入中国之后，便也应该形成一种"中国派"。易言之，应该是具有中国特色的比较文学研究了，而不是照搬西方的一切。我想这是重要的。

复次，比者何也？拿咱们汉字而作例，则至少有三层涵义：一是均等之比（如两美、双艳，李杜齐名，曹刘抗礼……是也）；二是攀附之比（如比拟也属此义，俗话"比得上"，实攀高之谓也）；三是较量之比（如比赛、比武、"大比"〔考试，大竞赛〕……俗话"让人比下去了"……皆是也）。所以比是个"关系问题"，构成可比的双方，必须先具相类、相似、相近、相通的条件；"货怕货比"，正因此二"货"属于一类或"品种"。全同的，如几何学中的同心等半径的"两个"圆，实即雷同而是"一个"（coincidence），又何"比"之可言？

这么想来，那西方的"法国派"也好，"美国派"或别国派也好，"比"起来时毕竟不难，因为他们的文化源头是一个，大同小异而已。若论到我们，要运用西方作比的本来意识与方法来与咱们的文化产物作比，那情况可就复杂百倍，而难度甚高了。

复次，作比较研究的学者，其目的与精神到底是为了求同还是寻异？我这外行觉得这也很麻烦。若谓求同，则人类文学既是"人学"，人皆有共性，喜怒哀乐，七情六欲，"其致一也"，又何待"比"了才相信其"同"？证明了皆同，有何意义与意味？我这笨者就体会不深了。似乎为了寻异吗？上面已说了，若全异的话，根本就构不成"可比性"的，岂不失去了作比的"立足境"？

思来想去，则好像这种研究的意义与趣味正在于"又同又异"之间，即寻绎、玩味、阐释其同中有异、异中有同、同异渗透、异同互变的奥妙关系。

这，恐怕就是寻绎人在不同时空、不同文化、不同条件环境、不同遭遇阅历……的智慧性情的"不离其宗"的"万变"，而又打算弄出一条"一以贯之"的"夫子之道"。

是这样子吗？徐先生微笑而不肯"置一词"。

上句话提到了智慧性情，这又使我思之思之，大有可说之话。

比如，徐先生所设的一个章节叫作《弗洛伊德眼里的贾宝玉》，这就妙极了！

弗氏何人？名不见姜太公的"封神榜"内，但在西方是位神道，心理精神分析的大师泰斗。可惜他无缘无福，没见过贾宝玉。如若见过，定有妙论——如今正好徐先生为我们拟补了这个世界文化文学的遗憾。

心理，精神，似乎只有人才具备这种物质发展到最高级的智能境界。但曹雪芹对此另有卓见弘议。这有四层可说——

第一，雪芹那时候还没有什么"心理"这种名词，他用的是"灵性"。

第二，灵性的来源何自？是娲皇给的——她是人类（至少是中华民族）的伟大母亲。

第三，灵性不是人所独有，石头也能"通"的。雪芹与达尔文不同，他自

有自己的"进化论",其公式如下:

石头→宝玉→情种(之人)

雪芹的这种灵性,似与一般生理学论点不同,也与佛家的"六根六尘"不同,他说的是有一种人内质构成是"正邪两赋",因而其"聪明灵秀在万万人之上"。

在这儿,灵性的内涵分了等次:聪明,今之所谓智也;灵秀,就不是智所能包纳的了,智力高的可以是一个没有灵秀之气的"大俗人"。

我因此悟到,我们实际上是"精神三级论",智 intelligence 上有慧 wisdom,慧上是灵。灵在西文中哪个字相应相通? 我不敢妄揣(soul 似乎不对,愚者恶者也有他的 soul,不是"灵性")。

弗氏如何认识与分析怡红公子的那种灵智灵慧灵秀的诸般层面? 这是否能限于一个"心理学"psychology 的范围之内即解说圆遍饱满? 据我妄揣,西方学者未必即能为我们解惑启蒙,而徐先生却是堪以当此重任的学者。

要作比较研究,先须谙通对比的双方,否则比不出什么精义来,此为常识道理。拿雪芹小说的题名来说,《金陵十二钗》(不止十二,十二仅仅是"正钗"代表而已)一名就已充分说明徐先生标出的"一部典型的女性话语"了;但《红楼梦》又是何意? 现今有英译竟成了 *The Dream of Red Mansions*——"朱邸之梦",而不知"红楼"是专指古代高层妇女的精美居处,即妆楼绣阁之谓,与"朱邸"、"朱门"是两回事,两种气味与境界(旧日西方译成 Red Chamber,似"不忠实"而实切当,因为 Chamber 表出了 wealthy ladies 的美好的闺房绣户,那是煞费苦心选定的字眼)。我喜引韦庄诗句:"长安春色本无主,古来尽属红楼女。""美人情易伤,暗上红楼立。"这就也充分表明了雪芹之书是典型的女性话语。不谙通被拿来作比的主体命意寓怀,又从何而"比"起呢? 比"朱邸"? 不就毫厘千里了吗?

雪芹小说又名《石头记》、《情僧录》,这换了一个"视角",就是说明小说的核心人物男主角贾宝玉了。徐先生一面标出大题"女性话语",一面即又指全书主要篇幅给了贾宝玉。此诚不愧为具眼与巨眼。

那么,宝玉与女性又有什么联系? 一步步"逼"到焦点上来了。

回答这种联系,恐怕得写好几部专著。上文引及 Martin W. Huang 先生的新著中,其《红楼梦》部分就是讨论小说是用何手法来表现宝玉的女性性格的。我自己,在一九九五年世界妇女大会于北京举行期间,请《文艺报》发了一文,题曰《曹雪芹独特的妇女观》。拙见以为,所谓"妇女观"者,实质是"大男子主义"站在男性脚跟上去看女性而已,而雪芹绝非如此,他是从根本上否定男性! 所以他认为所有男人都"浊臭逼人",而"女儿"二字比如来、天尊(释道宗师教祖)还要尊贵百倍。

谁要以为这是"妇女崇拜狂"、"心理变态",当然也有论据,但那就不懂雪芹首先题在卷头的"灵性"这真谛了(也有评者谓宝玉毫无"大男子气概",又就是不明白雪芹早已根本否定了男人的缘故,所以"话不投机了")。

"红楼"发生了误解误译,那么"梦"呢?

"浮生若梦",人们通常认为这是个"人生观"的问题。但在弗氏看来,就也是心理活动的结果。"多少蓬莱旧事,空回首,烟霭纷纷"。是心理感觉,不是什么人生感叹。叶嘉莹教授题一本红学书,就说"旧游真似梦,历历复迢迢"。历历者,真真切切,实实在在,嫡真不假;迢迢者,如烟如霭,遥不可及——而又非"真空",因为可以追寻那个真际实境,这际这境,是仍然"存在"的。

明乎此,就不会认为雪芹之著书是为了宣扬"色空观念"。比如《西湖梦寻》,虽名之为"梦",而此梦能"寻",并不与"本来无一物"同科。

是以雪芹开卷留言:因历过一番"梦幻",故将真事隐去,而借通灵之说而撰此"石头记"也。此即寻梦记梦,梦即真事,不便明写,故需"借玉"传人。这话本来至明至白,可惜很多人看了它茫然不晓,甚至作了错讲(比如有的说:"真事"既已"隐去"了,那小说里哪里还会有自叙呢? 等等)。

说到这里,我正好指出:徐先生是不反对"自传说"的学者,承认雪芹即是宝玉原型("自传小说"者,即指其"自传性",不是指"自传体",二者也常为人混同而纠缠)。

徐先生在本书中提出了一个"自恋"的课题,也给我以很多启示。我过去说宝玉没有传统文人的"独醒"、"孤芳自赏"、"高蹈"等等一类的气味,如今经他一提,倒觉得值得再议。因为宝玉的"怪癖"、"乖张"与世人皆谤的现象是与"自恋"有相通之处的;至于妙玉的"太高人愈妒,过洁世同嫌",她谁也不理,岂不正是一种"自恋"的表现? 她独为宝玉生辰"遥叩",大家总拿男女之情来理解她的这类行为,其实也是太浅俗了。她、他之间的暗契,须另寻深义。

说到这儿,我又不禁萌生"异想":本书设题,女角人物上只标出一个黛玉,一个袭人,而不及妙玉,也不及湘云,不及凤姐。我倒盼望徐先生再出续编。比如史大姑娘,自幼喜扮男装,把葵官扮成小童而名之为"韦大英"——即"唯大英雄为本色"之意。她"英豪阔大宽宏量",无俗常女子扭捏脂粉气。至于凤姐,幼名"凤哥儿",也是当男孩养大的,其性"杀伐果断",能做敢为,"不怕阴司地狱",而且雪芹特笔托可卿之口尊之为"脂粉队里的英雄"! 凡此,又须反复思考,深入寻绎,雪芹既否定男子的"浊臭",而又能从女性心理上窥见她们心灵深处如何看男性的真正优长之所在。

……

序已太冗长了,我不应再这么絮絮无休了。

末后想说的就是四点:

一是很奇怪——我读这部严肃的科研著作,却感受上像是读诗。为什么如此? 解答是,科研而写来有境界。

二是为何他能笔下有境界? 答案是他是一位解人。自古怅叹"索解人难"呢,这一点看轻了,就太粗心浮躁了。

三是不为名人"罩"住,自出手眼②。

四是他有勇气。这话怎讲?

他信札婉辞透露:已听人云,现时我是在某种"非学术本质异化者"们的攻击对象或靶子。而他还敢找我为之制序,不是勇者而何哉? 我私怀祷祝,我写了这篇不堪称之为序的文字,不致于挂累了他。

《红楼梦》,都说她是部奇书。这话不差,只要不把"奇"作出歪解就没毛病。她之奇是多端的,不止一层一面。因此需要从多种不同角度"切入",不同方法"治理"。徐先生的这部著作,又给我们提供了一个发人深省的范例:想治红学,应当力学,应当充实自己,提高自己的灵智级次,并且学习外国的新知识新方法,加以消化运用(不是生搬硬套),只有这样,才会作出新成绩,给人以教益,开拓视野与"脑野",促进红学的真正前进发展(而不是陈陈相因,大同小异,停滞乃至倒退)。

我说的不免会有外行、不当、可笑之处,请徐先生与读者教之正之。

是为序。

周汝昌
乙亥秋冬之际初草,不拟用,一九九六年元月初吉重新写讫

【注】

①此书内容研论《儒林外史》、《红楼梦》、《野叟曝言》三大小说。著者一九九四年将《红楼》编之书稿寄示,征询拙见,我略曾贡以零星看法与建议。一九九五年由斯坦福大学出版。

②徐先生此书内容所涉十分繁富,征引评论亦极精警。例如,余英时之"两个世界"说,自出世后,纷纷奉为圭臬,以为的论,而徐先生既加征引又加评驳。我在《齐鲁学刊》也发过《红楼梦研究中的一大问题》,也是与余氏切磋的一种拙议。我以实例论证大观园并非"理想世界"、"干净世界"的乌托邦,相反,它十分严峻现实,充满了复杂的"人事"、"人际"的矛盾、营谋、倾轧、陷害……余氏之论全属错觉与幻想。至于一条脂批所谓"大观园乃玉兄与十二钗之太虚幻境"云云,属于评点文字中戏语谐趣一类,不过是信笔设喻,点缀生色而已。执是以为"学术论据",便太呆太拘迂了。

(徐扬尚著,山西高校联合出版社一九九六年版)

《曹雪芹祖籍铁岭考》序

　　李奉佐先生的这册新书，字数不算太多（从所涉问题的点、面、层之繁富而言，更是如此），却已把曹雪芹的上世归旗及关外祖籍诸多方面考证详明，从此可以论定。

　　祖籍为何重要？这是中华文化历史上的一项值得深思的课题。我们的典籍经、史、子、集，史部群书中很早就创立了"纪传体"，为人立传成为史册的主体，而作传的通例却以"某某，字某某，某地人也"为定而不移的记叙笔法。实际上即姓名之下，第一要紧的就是籍贯的确定。此为何故？盖传主的家世生平，历史背景，事业功勋，离开籍贯是理解不清的（旧时科考，不许越籍；仕宦也必避本籍。其他交游师教等等，更无待言了）。比如《三国演义》作者，古本上写明"东原罗贯中"，学术界一向对他的本籍究为何地就有四种说法，久为人文科学界互相商讨的一项论题。在我们中土，籍贯总是赋予人以很多鲜明的特点特色，这与欧美人就大不一样，因为文化背景各异。（你看西方著述之卷前署名，可有像中华传统体例于书册必先书明"某地某人著"的？）

　　循此理以推，我们伟大的特异天才文曲巨星曹雪芹，名腾宇宙（水星上环形山命名就有他一席了）——却还不知他应在署名上先写清什么地方，那怎么说得过去呢？

李奉佐先生为我们解决了这一重要问题。

学术天下之至公,绝非某一二人能以私意断言其得失是非;而我上文开口即云"论定",岂不太觉轻率? 对此,我可以回答:并非出于轻率;敢下此断语者,实因我是将李先生的论证与别家的专著详细对照比较之后这才判明的。我以为,在李先生这样的析论之面前,想要提出驳难的新议,目前还没有具此学力识力之人。

李先生这册著作,是一份可贵的学术研究的成绩,可以说是具有范例的性质。

做学问,下多大功夫,有多大成就,既不辜负人,也不欺骗人。看看李先生掌握的史籍资料,他的细密的钩稽思辨,他的多层面的综核论列,就一切晓然。

功夫不负有心人,是真理;但只下死功夫也并不能成为真学者——史料虽富,读不太懂,辨不甚清,只见一点表面,不论其他,便自谓"已探骊珠",真理已属自己,不许任何商量切磋,就犯了自是自陋的错误。所以治学总要起码三条:学力,识力,明智力。什么叫"明智力"? 这不指一般的所谓"智力",是指老子名言所说的"知人者智,自知者明"。学者首先要态度端正,一心为了真理的探求,绝不沾染其他非学术因素——如此,也就必能虚怀若谷,积学似海,日进不息。反之,即是假学者,不足论了。

我与李奉佐先生素昧平生;今春他晋京之便,方由友人介绍,见访晤谈。见他恂恂儒者,朴讷无华,从不涉足于"红学"界;因崇仰雪芹,故而立意要为他考研家世;他一再表明:所论全系自抒己见,非与任何人有异同之成心执意,其间偶涉他家意见,不过因论证所需,加以澄清,以免纠缠而已。其宅心高洁,为学端严,亦其品格之必然显映,既无意气之可言,更非"派别"之所使。这一纯正的学术研析成果,足以昭示吾辈,为人治学,一本真实,全出精诚。舍此而外,焉有正路。

我为李先生此书制序,内心是深抱愧怍的:早年只对雪芹祖籍的研求开了一个简陋的端绪,是后再无条件继续寻考(离开了学府,离开了高级的图书馆……),拙著中只列了一节《辽阳俘虏》[①]——其实本意是要说"辽东俘虏"。一字之差,后果严重——有人因受此影响而发展下去,遂致得出背离史实的说法。而稀奇的是，我却被人列为与"辽阳说"对立的代表（并加以攻击）。如今忽见李奉佐先生的论著，心中感到的，自然不单是欣喜的一层浅薄的意念了。

我读此书，受益实多。只举本书正题以外偶加涉及的"辽阳说"为例（即有人认为雪芹祖籍只能是辽阳一地，而绝非辽东的任何地方之论点）。对于"辽阳说"的三点依据，李先生揭示其俱无科学证据价值可言，如"辽阳三碑"，其前二碑上列名之人倒是铁岭人居多，辽阳人很少，那么这种镌名倒正足以证明：曹振彦既与如此众多的铁岭人同列，那他岂不亦即同为铁岭人氏？如何能指为"辽阳人"之确证[②]？再如，康熙地方志说曹氏"著籍襄平"，于是又被引为力证，称言襄平只能指辽阳一地。而李先生一针见血，举出了诗人、史学家、高士铁岭李锴（铁君甫，眉山。清史家将他与曹寅收于相联附的传记中），所著七十馀卷大史书《尚史》，正式署名却正是"襄平李锴铁君甫纂"！如此，又正好可以证明曹氏的"襄平"也指铁岭，尚有何疑？此外，李先生对《五庆堂辽东曹氏宗谱》也有自己的新见解，也确认此谱乃是沈阳谱，与辽阳无直接关系[③]。

至此，"辽阳说"的三大"石证"，一一破灭，无复立足之境。

李先生的贡献，还包括他找出了铁岭曹氏与同籍李氏（威名震赫的辽东总镇李成梁之第四子，即娶曹氏，其后历世姻亲）、金氏（杭州织造，曹寅称"金氏甥"者，亦即此家）等同籍氏族互为姻戚的丰富而确实的文献[④]。叹为向所未知之珍贵史迹。

他的另一巨大贡献，说来更为神奇：他根据丰润曹佐华老人（后居唐山）在九十三岁时（一九九四）回忆记录，竟然找到了他数十年前故交的后代，证实了老人的记忆基本正确（老人于一九四二年于抚顺工作时结识老药店坐堂大夫曹先生，是铁岭人，叙起来是本源一族之人，并到铁岭曹大夫家去拜年……记其家住铁岭县西街路南一个胡同，祖辈相传来自关内丰润……有录音录像资料）。现在，奇迹般地找到了这家后代，所言西街住处、坐堂职业等，竟然吻合。证明了九十三岁之人的记忆不错（仅名字、辈分略有模糊处了）。不但如此，连带又证实了铁岭曹的老茔实为城南偏西的范家屯，地势临河，也与老人所述一致。而且又由此得知其家传述，雪芹祖上居址为腰堡(此为本名。后来成为车站,改称"乱石山",乃晚出之俗名)。这一切,真是"上天不负苦心人",终于寻到迷失已久、铁鞋无觅的史地遗痕。此事详见本书第七章的记载。

我因益发感叹,这些无比珍贵的史迹,包括各式文献与线索,如不经有心有识之士紧握时机、努力工作,恐怕不用太久就会荡然化尽,无复可寻了吧!

读了本书,心中感慨多端,一时难以尽表。回溯数十年前,李玄伯先生是探索曹氏祖籍之第一人,但也只据丰润曹谱而论证。其后杨向奎先生向胡适之先生提供尤侗的文集资料,胡先生竟读不懂(他说尤文只能证明曹铉是丰润人,不能证明曹寅也是同籍。他不知尤侗在河北永平做小官时打了正白旗下不法之人,以致丢官,他对满洲正白旗人怀有反感与"馀悸",怎敢问曹寅祖上归旗以前的事? 及晤寅之四兄曹铉,"知为丰润人",这正包指寅、铉弟兄二人而言,更侧重在寅。否则那个"既交"、"知为"的语式反而不通了! 胡氏连这也读不懂,今世还有附和胡氏此一见解之人,岂不令人嗟叹)。从那以后,大约以我为开始,广泛涉猎清人诗文集,以求真实,首次引了李因笃的《受祺堂文集》等书,证明丰润曹、江西曹确为宋武惠曹彬、武穆曹玮之后,而袁琅题《楝亭图》,正有"惠、穆流徽"之句,又证明铁岭曹与丰润同属曹玮的嫡裔。从此,关内丰润、关外铁岭,方是曹氏明代的真祖籍。然异说未息。今得李先生出而鸿篇解惑,云散日明,何其豁朗! 然而回顾一下,历时如许之久(一九三一——一九九七),此一问题方获彻底解决,可见为学之不易,存真辨妄,复杂百端,而且还有非学术的恶风乘势播乱诬良;此刻面对李先生此书,我不禁有所感触,就不是无缘无故之事了。(附说:李因笃,"关中三李"大儒之一,曹寅谓曹铉"选友得关中",即指李因笃。"惠、穆"一义,详见拙文《曹雪芹家世考实》,载《北京大学学报》一九九六年第六期。)

李先生此一著作,翔实而精彩,其学术价值,亦非我一人区区所能尽识,应俟海内外学界给以更为公允中肯的评价。这篇小序,不过聊为抛引而已。这是因为,学术研究是不断进展的,"为学如积薪,后来居上",一点儿不虚的,绝不是哪一家哪一人能以个人私见而左右颠倒的,关键总在一个求真上。求得了真,哪怕还是此真之一部分,还有论析不足之微疵细病,也就是一种功绩和胜利。凡是本旨原为求真之人，不管原来自己所见是否与真相合相反，都应该被李先生的研究成果所说服，为他的求真精神所感化。

周汝昌

丁丑清和之月序于北京麟玉轩

【注】

①早年我对东北的历史地理知识十分缺乏，也就会措词下语欠确。"辽阳"虽系根据丰润曹谱所记"辽阳一籍，阙焉未修"而来，但对"辽阳"、"辽东"的地理概念很不清楚。如今看来，康熙间曹氏所言"辽阳一籍"很可能即是"辽东一籍"的同义语。因为历史上元代的"辽阳行省"实即相当于明代的"辽东都司"，原可互称。江西武阳曹谱于"入辽一支"下注明"辽左"，实亦同义。

"辽阳"，在元代为行省，所包甚广；至明、清时，已只指一地，而"辽东"则为明代都司地理行政名称（与概念），此二者当时绝不相混。但入清代之后，关内、中原、南方人士对此却渐趋模糊，往往致误（如李先生所举《清史稿》将辽东铁岭人高其佩误书为"辽阳人"，即其类似之例）。至于后世及今人，如笔者本人亦然，"辽阳俘虏"的标题最为显然，尚是数十年前之事。即如前二年出版的《曹雪芹研究》（河北教育出版社，一九九五）中，有拙文竟亦将"辽东"五庆堂曹氏宗谱误书为"辽阳"云云，此更为错误。今于此纠谬，以志歉仄之怀。

②碑上镌名众多人员的本籍，并非与辽阳有任何必然关系。对此，王畅《曹雪芹祖籍考论》（河北教育出版社，一九九六）初步揭示，我撰《曹雪芹家世考佚》（《明清小说研究》一九九七年第一期）亦曾涉及。但均不如本书所考之详细周全。四十年代，我首次据山西地志叙及曹振彦，所报本籍是"辽阳贡士"。贩引者甚多，且以此为"辽阳说"力证。殊不知此系曹振彦由旗下武员首任山西地方官，而地方官原应由科名文士出任。故此不得不报其一度曾为辽阳地方举为贡士的"身份"。此与祖籍更无干涉。《李氏谱系》屡见"辽学生员"之履历术语，盖即同类也。

③对"五庆"曹谱，我之早年著述，与王畅《考论》等处，多举其疑点，以为不可尽信。李先生则信之不疑，几乎全部肯定。我受李先生教益，始信该谱原始形式之谱系图列"寅玺鼎"（无空白，亦缺世次），这反而表明这是修谱时不得其详而仅记所闻的痕迹，例非虚造（唯"鼎"之名尚不可考）；及谱中正式详列"六世"十一人（实只五世）等等，却实是后人转录《八旗满洲氏族通谱》（或清《皇朝通考》等书）而加入的，多有错误，实出"以意为之"

的推测联缀。这诚所谓弄巧成拙，其启人之疑，责任不在疑者了。此点我与李先生信札切磋，互有异同。在此说明，以见我们为了学术，各抒己见，为真理而商榷，并不敢效颦于当世常见的"一言堂"、"一致认为……"的庸俗的、非学术的作风。如"五庆"谱竟列"天佑"为"颙子"，实为大谬，后果十二分严重（多人据此认为"天佑"即雪芹，而不知此乃曹顺的表字，做州同时改用了此名，典出《周易·系辞》十二）。我早年见事不明，《新证》中反误信"五庆"谱。今已自纠其谬。详见拙文《曹雪芹生卒考实与阐微》（《学习与探索》一九九六年第三期）。

④如李成梁之曾孙辈李显祖，所娶乃"内大臣加一级曹公尔吉之女"。此为一大发现。按内大臣如索额图、明珠等，位极人臣，并不再有什么"加一级"的纪录可言，此唯曹玺有之。见康熙六年覃恩诰命"尔曹世选，乃江宁织造郎中加一级曹玺之父"，可谓正合。盖曹玺原名尔玉，玉字行草书两横后写竖时，上端微冒出，而下端又连笔带笔，一横一点，形与草书吉混，清缮时遂误书为"尔吉"。玺后赠尚书一品，故为大臣。此外，康熙时亦未见另有曹姓之内大臣。

【附说】

由于李先生提示李锴在《尚史》中自署"襄平后学李锴铁君甫纂"，我又悟到："襄平"的字法是针对满族人自署"长白"的一种巧妙区分之计——以前混称"长白"，表示"旗人"，太不合理，而又别无良法（如《永宪录》称曹寅为"奉天旗人"，亦不得已之方也）。稍后，非满洲族的旗人而籍在辽东的，乃创例署"襄平"，盖以汉郡古称，暗隐"汉"义，以与"满"别。此史家亦未及揭示者。益知此与本籍"辽阳"毫不相涉。

（李奉佐著，春风文艺出版社一九九七年版）

《丰润曹氏家族》序

一

中华文化大领域中,有一项分目,可以称之为"氏族文化"。晋代的王谢风流,北朝的崔卢声望,诗文称道,人所共闻。如果对这一类文化缺乏研究评述,那必然造成全面认识中华大文化的一种空白或阙漏。对于曹氏这一宗族,综览史迹,文武相兼,业绩丰盛,书不胜书,应有大手笔予以记叙介绍。我曾撰有《从"三曹"到雪芹》一文(载于《燕京学报》第二期),副题即标为"中国氏族文化初议"。或可视为一种尝试。不过那只限于文学史的主脉而难以备及其他。

有趣的是,雪芹著书,自己在开卷之后即特意标出"昌明隆盛之邦,诗礼簪缨之族"这一大"标目"。乍看似是泛笔,实则正指曹氏宗族,内容包括了文武两面——诗礼簪缨均有大量具体史实可稽。而曹彬主持修十八帙宗谱,江南池州知军事(官)樊若水为之作序赞,正就特笔书明"诗礼传家"、"簪缨继美"这个氏族特点——其详可看拙文《释"诗礼簪缨之族"》(载《社会科学战线》一九九六年第五期)。

从曹氏全史而观,其历代迁徙路线分明。魏晋唐宋,流转多方,从元代以后,一支卜居河北丰润,居处生息,繁衍发皇,为时最为长久,诞才也最为众多,成为这一氏族在文化方面表现最为出色的一个时期与地区。因此,丰润曹氏——包括后来又分支出关定居辽东铁岭的雪芹上世①,具有明清两代历时数百年之久的突出代表性。

对此,过去的文史界与丰润本地的人士,恐怕都认识不足,重视不够,很少过问。自从一九九二年,丰润人民政协文史委员会开始了这个主题的探讨工作,而且做出了可观的成绩,令人欣喜。他们出版了专辑《曹雪芹祖籍在丰润》,很受好评。更可喜者,他们不自满足,再接再厉,如今撰成了这部新书,观其内容,较前更为丰富,论证益见肯洽,堪称佳构。

这部书以六大部分合为一个整体,翔实细致地综述了丰润曹家的远源与近况,堪称脉络分明,阶段清晰。各部分之撰写都是认真下了功夫,不是草率落笔的,因此质量甚高。其间还涉及若干疑难(如空白、纷歧……)问题的考辨内容,水平尤其令人瞩目,具有学术研究的重要价值,我读了十分高兴,从中得到启发或印证②。即单就征引书籍文献而言,我看本书是着实令人放心。

至于书末,董宝莹先生的一篇《冯其庸先生:迟复为歉》(代后记),也写得精彩,大大值得一读。

此书之问世,将为中华氏族文化工作提供一个初步但是有益的起步与启发,不但是对于一乡一地的巨大贡献,从政协文史工作而言,从全国学术界而言,也是一项值得重视的贡献。

承嘱制序,喜书数言,未能尽其全美,聊资引玉可也。

周汝昌

丁丑七夕后

二

本书的出版,值得地方志、文史文化各界给以重视,我已撰一小序,略申拙见。今因学术研究的迅速发展,感到有必要从另一角度再为本书的意义增加一补充说明,遂作此续篇,以备学者参阅与评正。

　　如今的河北与辽宁二省,通称关内关外,似为山海榆关所分断,实则古时原是一地——辽东地区本为燕国的一部分,及秦灭燕,增筑长城,也还是由西向东,直抵襄平,即今之辽北地区(见《史记·匈奴传》)。是后两汉在辽东置郡。元代始置辽阳行省,大略相当于明代的辽东都司地域。而直到明代,蓟(燕)、辽二地却仍然是一个地理行政整体概念,实由蓟辽总兵总督统辖,并不曾分离。

　　必须明了这一史地渊源,方能了解关内丰润曹氏与关外铁岭曹氏的分迁与往来的亲切关系。然而后世之人,包括某些"曹学"研者,早已茫然莫晓了。

　　根据李奉佐先生提供的最新研究成果,得知史册明确记载以下各点:

　　(一)距曹氏出关最早居地腰堡、范家屯稍北(不过八里之间)的汎河(范河),亦有曹家分住同族,其老人还能口述"汉拜相,宋封王"的家史,而这正是丰润历代祖传的春联词句。

　　(二)据《明实录》,古汎河为千户所城,始建于明正统四年(一四三九)。如此可知腰堡成为百户所(亦筑城守卫),当相继在次(此点李先生已同意)。由此可推,曹端广入辽卜居铁岭城南腰堡,当在正统四年稍后。

　　(三)汎河筑城之事,适为(丰润的)曹义由京东(三代世居遵化州丰润境)出任辽东副总兵之时,汎河一带加强军卫,是他的新莅任新措置,我曾推断曹端广出关是随曹义而往,为其部下,方卜居于铁岭腰堡,恰相吻合。

　　(四)李先生又查明其时正有一左参将名曹广,本籍"京卫人"。而京卫实指燕山左卫,即丰润地方。故我提出,此曹广亦即曹端广,实为同一人,不过单名双名之不同使用而已(其原因,或至关外时报姓名简略一个"端"字,或本来即名曹广,"端"字乃后裔修家谱所加"排行世次"的"整齐规范"字样,并非皆属实用之命名)。

　　拙见以为,丰润曹族祖辈相传,其铁岭一支先祖所以出关,两说并存:一谓商贾,一谓戍守。按此二说并不构成矛盾。如李国瀚之父李学,即初商后军(见《清史稿》),此类史例甚多。历史经过总是十分复杂曲折而非如后人所想是单一的历程。曹端广初时入辽,从事商贾,商贾就不同于"坐地",而总是关内外两地往来,那时还不是"卜居"、"占籍"。直到正统四年略后,他才改投军务，随新任辽东总兵曹义到辽北铁岭担任百户所的武职。这一点可由汎河城（千户所）筑于四年判知，不会有误。

此点至关重要，因为这一最新考定，表明曹端广自永乐二年（一四〇四）到正统四年（一四三九），至少在丰润已定居了三十五年之久。是故辽北曹族老人仍以丰润为原籍，至此一清二楚了③。

学术研究不断发展，我与李先生在丁丑一年中通信互相讨论、切磋、启发、印证，已不计其多少次，我们二人"对了把子"，不断引出新情况、新理解、新史迹……以上所述，主要归功于他的鼎力覃研。我觉得既承本书引及了李先生和我的若干见解，故应也将我们的最新收获补叙在此。这于文史学术，或许不无意义。

周汝昌

丁丑腊月二十日追记

【注】

①最近李奉佐先生新著《曹雪芹祖籍铁岭考》（春风文艺出版社），从史地众多方面做出了详明确凿的考订，证明了雪芹上世系丰润曹氏一支分出关外的；而且根据《曹雪芹祖籍在丰润》书内所载九十三岁老人曹佐华的回忆记录，考明了铁岭分支的卜居地点是腰堡（铁岭以南四十华里，略偏西），其老坟在范家屯。范家屯为乡，腰堡今为村，属"小西山"麓，即屯之境内。老人记忆的铁岭城内西街曹氏后人住处等细节，亦完全吻合。李先生新著学术价值甚高，从他的多方论证看，"辽阳说"根本不能成立。

②引用文献忠实与否，也是治学一大问题，亦须提防受骗。今举一例："辽阳说"者引录的《大金喇嘛法师宝记》碑文，出现了"教官"之目，而曹振彦名列其下——害得不少人去考证"教官"是何官职，其说不一。谁知李先生揭示，此亦大有疑点。盖我让儿子建临一核此碑拓本，果然并无"教官"可言，原来曹振彦名列"皇上侍臣"项下，此项下之第四行第九名次。此行开头的人名是"偏姑，敖官……"。

"敖官"是人名，与稍前的"才官"同例。然而"辽阳说"著作中摆给人们的却一点也不忠实：连"皇上侍臣"这等顶格镌刻的字样也"消灭"了，"偏姑"等许多人不见了。后面列名的"木青"（青字模糊，暂定）"千□"却被写成为"千总"两个字。

如此荒唐的文献辑录，实所罕见——也就可以对比本书的品格了，故借此机会一为表出之。此岂细故小事一段乎？

现在事实已然清楚：此碑乃努尔哈赤定都辽阳之初时命建，而实际是皇太极即位四年（已迁都沈阳）时追建之碑记，是时曹振彦是皇太极的"侍臣"（可能是侍卫或包衣），身在沈阳"伴驾"——这与"祖籍辽阳"可谓风马牛，"辽阳说"的这一"主证"全是虚言假相。他们把"敖官"说成"教官"，是什么"红衣大炮"部队的教官，改变了曹振彦的身份，并用以反对和否定丰润的曹氏关内本籍的史实。其手段实可令人骇愕。

③《浭阳曹氏族谱》言端明、端广二人一卜居丰润，一卜居铁岭，于是有人遂执此以谓端广只是"经过"丰润，并未居住，不是本籍……云云。他们不知浭谱是数百年后的追述"排句"法，便误认为两个"卜居"是同一时间的事情。如此考史论事，可谓简单化之极致了，就很难再从治学的观念来包括它了。

按曹义生于明洪武二十三年（一三九〇）。永乐四年（一四〇六）已袭父职为燕山左卫指挥金事。时年十七岁。至正统元年（一四三六）充辽东副总兵；越一载，正统三年即任正总兵，时年四十九岁。其最晚之亲与寇战，在景泰二年（一四五一），年已六十二岁。

曹端广正是曹义同世人，年龄相仿，当略小于曹义，其随曹义出关任职，应在四十几岁，正是成熟任事的年龄。

（丰润县政协文史资料委员会编，天津人民出版社一九九八年版）

《曹雪芹祖籍论辑》序

　　一部好书，不靠宣传，自有读者，这是规律。本书问世，会吸引大量读者，这也将为规律证明不虚。本来就对曹雪芹深感关注的人士不待多说了，即使他原先对此主题的兴趣不是太大的，若取此卷在手，也会承认这本书当读、必读、值得一读与细读。这，也在规律之内，并非异象奇闻。

　　对曹雪芹深抱崇敬景慕之情的人，他必然愿知雪芹的根源从何而起，好比黄河必讨其源，太行能寻其脉——无源无脉，就还是未窥河岳的全美。

　　我在一篇拙文中（答客问治学之方）曾说：我对一个研究课题，总要努力于两点"预备课"：一是"来龙去脉"，二是"三亲六故"，都要下功夫了解。有的意见认为这属于"繁琐考证"。拙见则以为未必那么"坏"，我们治学需要的不是孤立分割的鳞爪碎片，而是"一切媒介"。

　　以上是就治学方法而言——实质上也还就是个思想方法的问题。若论到社会现实上去，那也有话可说。比如一九七八——一九八〇年间，就出现了雪芹祖籍新的考证专著，颇受重视，其撰者也因此成名得位，由是步步高升。此例难道不足以表明这个主题研究的意义，不是也十分耐人寻味吗？

　　我还可以举出一点，同样表明这个受人注意的研究课题的重要性：上述新考证出现之后，引起了持论者与异议者的切磋商量；假若争鸣的双方仍然不出什么"红学"、"曹学"界，那实在太不足为奇，更不值得一提。可异的是：

出而参加讨论争鸣的却是：美学理论家、博物馆界专家、地质工作者、新闻工作者、图书馆专家、高校教师……各行各界的"界外"、"非权威"的关注者。如果还有人不承认这个重要性，那么又将如何解释上列种种事态呢？

就以本书的主编王、冯两位先生来说，他们都不是什么"红学专家"，更非"权威"，而他们非常重视这一讨论的强烈程度，才促使他们要为此辑，提供百家争鸣的良好范例，帮助学人认识我们当前文化学术界的研究业绩与存在的问题。学人如能就此一题而能推类衍悟一切治学之正道与歧途的分界，那才不辜负王、冯两位主编一番苦心至意——这儿没有非学术的异化的东西，一切为史实为真理而投入心血精力。

我也想就此制序的机缘来说明几点拙见。参加商榷切磋的撰者，如上所述，看来多非"专职专业"的"专"家，我虽然绝不低估人家的学力识力，但也不敢代为"保证"其所论述之字字句句都是完美无有一毫疏失之处的。不观大体，不识主流，寻章摘句，挑小疵细故，恐怕总可以找得出的。因为，这一研究的主题内容是十分复杂的；年代久远，文献零星，加之史料本身也是正误真伪杂陈并见，作此一事，困难极大。谁敢保证自己的考索与行文表述中无一疏误？有之，不必以为"丢面子"，人纠，自纠，纠正了就仍然是一种"胜利"。如"力保"自己的误考误说，是错上加错（如再以为自己的持论失败了会不利于"名位"那就更离学术悬远了）。所以我以为王、冯二位先生编印此书，也是向学界求教求正的一番虔心诚意。

近年，两部新专著的出版，标志着学术的良好发展：王畅的《曹雪芹祖籍考论》（河北教育出版社一九九六年版），李奉佐的《曹雪芹祖籍铁岭考》（春风文艺出版社一九九七年版）。此二书学术质量极高，意义重大。王、李两位先生也是我的诤友畏友，惠我以很多教益。

例如，拙著《红楼梦新证》（一九五三）曾列《辽阳俘虏》一节，李先生书中指出：后金攻克辽阳后，并无俘虏民人之事，而是安抚民心，以为建都之计。王先生书中也指出拙著的可商之处。再如，我在《丰润曹氏家族》（天津人民出版社一九九八年版）拙序（二）中，推测曹端广与曹广为同一人，此假设先为李先生认同，以为有此可能，但他随即根据《明实录》的记载而来函指正，说曹广是宣德年代另一人，辈分不同。凡此，都令我深为感动。自己的"论点"让人家证明是错了，不必发火骂人，因为人家是益友良师，不是害自己，也没有动摇我这个"红学家"的"名位"，人家是帮我治学更求谨严，出语益宜审慎，一片诚心善意。

此编也收有拙文，同理，那也必有可纠之处，很难句句"不可移易"。为免絮絮，即不多赘。

在研讨中，开始一切正常，其后杂入某些不正常因素与非学术现象，经过澄清浣涤，最后归于正常。这应该是一条规律，我们相信这是不会错的。

周汝昌

古历戊寅二月中浣

【附记】

拙文旧说，江西南昌武阳渡曹端明、端广兄弟于永乐二年北上卜居河北丰润的原由是：大移民政策、江西大水灾；端广居丰润三十馀年后又出关占籍铁岭，原由是先商（"马市"的兴旺）后军，随丰润伯曹义出任辽东副总兵，升总兵时（明英宗正统之初）出关为腰铺（堡）百户所之戌守者。最近李奉佐先生又有新的考索与见解，他会有专文论述，今不及代叙。唯应说明：《人民政协报》一九九七年十二月二十九日《学术园地》所发拙文《史地研究正误示例》则实出李先生所嘱代撰，论据皆应归于李先生首发，我不应冒为己有。此文论证雪芹关外祖籍问题，甚关重要，故附记在此，以存真实。

（王畅、冯保成主编，对外经济贸易大学出版社一九九八年版）

《曹雪芹家世新证》序

　　这部新书，非常重要，我对李、金二先生的学术研究成果表示钦佩与敬意。此书学力深厚，从诸多方面、层次、时空变革……考明曹雪芹关外祖籍是铁岭，而非辽阳。拙见以为，著者的贡献是突出的，必将受到文化与学术界以及地方政府领导的充分重视。

　　因为我曾为李先生的《曹雪芹祖籍铁岭考》撰过拙序，又曾为他的另一论著和铁岭市曹雪芹研究会成立大会题过诗句，那些文字表示了我对李、金二先生论著的意见，我请他们酌量附印在此，即不再复述。

　　以下，只想就此机缘讲说一些有关的感想，可能散碎无章，落笔简率，恐多疏误失当之处，请著者读者均予鉴谅。

　　曹雪芹是中华民族的骄傲。他也是我们文化史上悲剧性最深的异样人物。对他，近八十年以前几乎一无所知——时髦语言也许是个"盲点"。八十年以来，对他渐有所知了。然而说也奇怪：人们之所知多了一些了，可是却越发感到所知太少，甚不满足，以为一大憾事。我说，他这个人的魅力，从哪儿看得最清？就是从这一点上，其意味深长，也许你还不曾细想吧？

　　有一个事实，你更未必思索过：谁是八十年来第一个真知真识雪芹者？不是胡适之，而是鲁迅先生。胡先生是始考雪芹之学者，但为雪芹创撰"小传"的则是鲁迅。请看《中国小说史略》第二十四篇。

鲁迅对雪芹有特殊的文化感情:他在学术著作中竟称"雪芹"而不呼其名,是为他平生文字中唯一特例,分量奇重(今人对于我们中华人如何称呼尊者、爱者、慕者,一概不懂不讲了也,也不晓除史传一类之外直呼其名是最无礼貌的表现)。再者,鲁迅还特称雪芹为佳公子——他从来也不会如此加誉于一个历史人物的,这简直是一个奇迹。

那么,鲁迅所撰之"小传"中哪句话最吃紧重要呢?——

……然不知何因,是后曹氏似遭巨变,家顿落……

要知道,这几句今日看来"无奇"的话,却是超常的卓识——因为当年胡先生的看法是曹家只因"坐吃山空"、"自然趋势",而不知实缘巨变。鲁迅巨眼,怎不令人钦服!

但是,谁也没去寻索那个巨变的"何因"。

如今我们要申明一句:要想寻此因由,必须先晓其远因,详考祖籍。

这个"逻辑"听来似涉离奇,实则切中肯綮。这也就是欲知雪芹之一切来龙去脉,必须先知他的祖籍之所在以及此地有何史地意义,有何曲折变化。

围绕曹雪芹的待决难题是"成堆"的,其中一个是祖籍。就我的知识而言,此一难题从六十年前开始试解,直到今日方见分晓——这就是本书的主题所在,也是它的重大贡献。

曹雪芹本是宋代元勋武惠王曹彬之后,本支明初永乐年间,由江西南昌北迁,落户京东丰润。但丰润曹如何会变成后金满洲正白旗"包衣"奴隶的?这就需要十分艰难的史地考证的高深学识与勤奋功夫。过去没有真正解决,因而异说滋生,伪学侵混,造成了以假代真的局面。《石头记》脂砚斋批语有云:"一日卖出三千假,三日卖不出一个真。"这正是雪芹早已预卜的"假作真时真亦假"。我说雪芹是个悲剧性最深的历史人物,在此也就获得一项证明。

如果你问本书属真学还是假学? 我将回答:"假去真来真不假,朱明紫暗紫非朱。"

　　书中内容十分丰富。嗜学而有耐性的读者会逐篇看下去而得到学术享受与学识满足。耐性差些而实有兴趣的,则不妨先抽读第二章第三节的"三韩"考和第八章曹雪芹的祖先与辽东始居地。这都是异常精彩而不可多见的文章。倘若看得对味,那就想细读全书了。

　　以"三韩"为例,自拙著《红楼梦新证》引韩菼《有怀堂文集》,人知有"三韩曹使君(寅)"一称,而无一人为此作一点儿考论解说。我自己曾妄揣此乃"泛称满洲"之词(因三韩在满洲奴儿干都司境),也只知道清初刘廷玑《在园杂志》与顾炎武《京东考古录》都曾批评时人习以"三韩"称辽东之不妥。然而大师如顾亭林先生,除批评之外,也竟未详其来由究在哪里。如今李、金两先生此著,字字分明,考知辽、金时代在今铁岭稍北之昌图一带曾置三韩县,是一个实实在在的史地位置,而非泛语滥词。这真使我大开胸臆,称快不已——当然也衷心佩服他们的考证之功,八十年来未见一人能解此疑。

　　又如第三章第三节所考,无论自燕至前汉的襄平,还是后汉侨置于辽南的新襄平,皆与今之辽阳无涉,有人引以为据的所谓"汉襄平在明代之定辽中卫"(即今辽阳)者,纯属误读史籍,而不明定辽五卫中之中卫本不与襄平相关也,此为一大纠谬。

　　再如天命三年"三韩竟沉"一大事故,我只查出费扬古、额亦都二人与此最相涉;而李先生现已揭明此役主将是和硕额驸康果礼与英俄尔岱,而康与英又适为正白旗,再加上其他参证,李先生遂指明曹世选之被俘自始即隶正白旗,而非如我据房兆楹先生之说以为其始隶之旗可能是镶白旗乃至其他旗(有考史者谓早时黄白二旗曾有互换之曲折历程。兹各存其说,以待后定)。我觉李先生之新论点是有说服力的。因此,如无更新的考证,我准备放弃旧说,改从李先生之新见解。

　　总之,李先生的贡献实多。我们之间常有切磋之处,都是为了寻求历史真实,而不是为了"维护己见"。倘若是只为一个尚难确定的"己见"而强求伪证,甚至曲为之说,坚持谬误——那就不再是学术研究了,我们二人总是以此精神而共勉。

　　至于铁岭西南阿吉乡乌巴海村曹泰东先生的那一段祖传口碑,更是万分之难得。此种珍贵史料,今后即渐归湮灭,若非及时调查,一切茫然——

那又何怪乎伪说妄议之滋生惑乱呢?

李先生已有《曹雪芹祖籍铁岭考》一书问世,我在彼书序文中也曾略表愚衷,其间一些拙意,在此即不复赘言①。承嘱命笔,重为新书再序,不仅是个人的学术翰墨之缘,也是八十年来真学伪学示例的一大情由的实录。

谨序。并系以诗云:

冉冉红坛秋复春,几家名富几家贫。

知君铸鼎悬秦镜,只要金针度后人。

周汝昌

己卯年七月中元节后写讫

【注】

①假学的特点之一是篡改史料,公开蒙世。其例已有学者尽为揭出,今只举其一,如"辽阳三碑"上本来无有什么"教官"、"千总"之类的"抬头分栏",而我上当引用过,李先生也在他那书中转录附印了。可见这种欺蔽作用如何巨大。今于此自纠,兼以警示后来。

【序尾续言】

以上短序写时匆忙,草草而就。今承著者又以第九、十两章(以及后记)寄示,并嘱读后如有意见,可以追加于序内。他的虚怀,令我感动,因追记数行,以应雅命,或亦可备关心的学者、读者参阅之用。

我与李先生相识于一九九七年,他来访晤时带来了研究雪芹祖籍的部分成果,征询拙见。我们由此通讯讨论,步步深入,他的创获也日新月异。此次新稿,又包含了我尚未知的新成绩新见解。此种扎实勤奋、精进不息的探讨精神,时下罕见。

新稿内容丰富,此处姑举一二小例:如有人主张雪芹上祖本籍今之辽阳一地,并无二处,也不知由何地入辽——是曰"辽阳说"。本书则举出:辽阳的世居曹姓,最早是清康熙三十年迁入的,有碑石为证(今存博物馆)。只此一条,"辽阳说"即已彻底败溃,无待烦词了。

其他新内容,时有类似的创获与详实的论证,令人耳目一新,实开眼界与"脑界"。

新稿有破有立。在"立"的一面,著者大书一个新命题:入辽之前的雪芹上祖、祖孙三代人皆是著籍京东丰润,而绝不是有些人有意曲解文词,将丰润一地的著籍关系"驾空",所巧辩的只是由江西"路经"丰润的。

这真是石破天惊的突破性论点,以往无人提过。但我以为此乃有胆有识、有理有据的学术语言,迥异于有意"标新立异"。著者是构建了自己的理论体系而后出此"大言"的。应该基本上能以成立的。

他也首次试排了雪芹上世自入辽以迄于康熙朝曹寅的世系表,足供参考。这都是雪芹家世研究史上的一大进境。

再如有些"小例"、"细节"其实意义也不细不小。如铁岭乌巴海曹姓一支,本来是内务府遣派出关服役的,后欲投奔铁岭本族之人,却只因旗籍人与汉民有严格界限,不许认祖归宗,无法与本家同住一处,这才另在乌巴海落户。这有力地说明了曹寅称丰润有"大兄"、"二兄"、"四兄"为"骨肉"是怎么一种血缘关系(丰润曹已有人入旗,故敢相认)。然而,有人居然硬说那不过是"官场联宗"云云。想以如此轻松的"论证"来反对"丰润(祖籍)说"的"学"风,与本书对比,构成了十分有趣而发人深省的异样奇观。

我与著者的学术友谊并不是建立在一个"看法一致认为"的(流于庸俗的)基础上的,我们无数次鱼雁往还,切磋是一主要部分内容。迄今为止,我们的"歧见"有两三点不妨顺便一提。

"五庆堂"辽东曹谱收录雪芹家世支系于其"四房"曹智名下,是否可信?以为仍待细究。

该谱经几位学者(包括李先生)揭露出它的大量的错误与破绽,已表明它是一部杂收、拼凑、臆说、编造的文献,内容复杂,时有混乱,而又含有某些真实的记载与有用的线索——这些李先生已充分加以运用了。我自始亦无意否定人家的家谱,但我至今还找不到坚实的理据足够承认它是"曹雪芹家谱"。我只曾在李先生首部著作《曹雪芹祖籍铁岭考》之序言小注中说过一句相信其"谱系图"所列"曹振彦、玺、寅、鼎"几个字倒是真实的原始状态,而谱内皆系过录官书,无本体可据性。只此而已。"相信""原始状态",不等于相信填在"四房"空处就绝对可靠。因有学友误读,作了引申,说我"改变"了原先质疑的意见……此非我之本意,附申于此。

对于"入辽始祖",李先生考出宣德、正统时期的燕山右卫曹俊,是一大发现,其子曹广亦为辽北名将。李先生主张此即五庆堂谱所载之曹俊。是否果为一人? 愚意还待良证方可定论。辽东同名的曹姓甚多,如李先生本人也已列出不少。

以上是主要的,次要者原不必尽列。如李先生赞同丰润曹端广(或其子)是商贾离乡,"马市"经营;但他主张江西北迁的曹氏兄弟是因军事情由,不同意我的水灾逃荒之推测。这则又牵涉了北迁是否实系永乐二年之事? 彼时的端广年龄几何(李先生以为已五十多岁)? 这也是关键点,可以续研。我之依据永乐二年论事,后来已在拙著中表示另有可能了(北迁可能晚于永乐二年,谱序只言"永乐间",不言永乐初),兹不多赘。水灾范围不仅包括了湖广,江西也有,我引过《饶州府志》,其灾情十分严重。曹氏兄弟即使并非直接由于逃荒,其间接影响亦难排除。

我根据曹安的《坟碑记》、曹钊的《满江红》等文献而观察,其间似未有与军事相关的蛛丝马迹。但我仍尊重李先生的新解,应当各存一说,互为讨究。

以上这些,属于从江西入河北的情由,在本书中原不是研考重点;我们见解小异,毫不动摇已经作出的"丰润—铁岭"的论证结果。

曹寅有《与从兄子章饮燕市》一诗,句云"寂寞一杯酒,消磨万古才"。此从兄是谁? 值得注意——因为若是北京本家弟兄,何以还要特注"燕市"? 我疑心此非丰润族兄(对丰润诸兄绝不加"从"字),有可能是关外铁岭的族兄。

至于铁岭曹家又传"山东—(河北)衡水"之说,此"衡水"也许原指京东的"恒河"。曹寅曾有诗咏之。"恒河在滦河之北",此与"(京东)乐亭—铁岭"之传,是否有关? 希望李先生对这两个问题加以探索。

豫王府包衣曹,极可能是曹时选一辈人(因记忆家谱始祖名"世×"),也未见"五庆"曹谱中有其痕迹。这也使我怀疑"五庆"谱单收雪芹一家的可据性是否牢固（豫王府包衣曹氏，请参看拙著《文采风流第一人——曹雪芹传》）。

周汝昌

己卯十一月初二之夜写讫

（李奉佐、金鑫著，春风文艺出版社二○○一年版）

《甄家红楼》序言

　　阎肃林先生，身在古都西安，职业是地质工作者——这两句话就是我所知于阎先生的"一切"了。多年以前，他惠函商榷研《红》的一些同的与不同的见解，通过少数几次信；以后他到京时曾见访于小斋，至今也只见过这一面；近年则更少联系。如今他忽然来信告知，将以治《红》文集付梓，嘱为撰一简短序言。我不禁颇觉惊讶又兼感叹：原来他不声不响，埋头伏案，把精神心思都集中在"红学"上了，而且已做出了成绩，这真令我感到"意外"，以为他是有点儿"一鸣惊人"的本领与气概。于是不假思索（即俗谓之"考虑"），当下欣然应允，写几句话，以充序言之数。

　　常人亦能知晓，学术乃天下之至公，此语此义，万古不磨。何谓至公？若讲内涵，恐怕不止一层。比如，"红学"已有了一个"界"，据说"红学界"内专家累累，屈指难数；但他们"界"外的人，就不许"染指"、"涉足"了吗？谁也知道无人敢说不行，必须容许。此即至公之一端也。在学术上，没有"合法的独占""专利"，倘若有人想做霸主，把持一切，只能是空想与一厢情愿，必归失败——因为那违反了至公，而至公是不可违反的。

　　学术至公的另一要义，更不难晓，就是真理在谁手中，大家公议公断。如有人以霸权霸势为有利条件而自是自封他的论点看法都是最正确而不容平等讨论切磋的，就会为学术界所反对——因为那种态度与做法之本身已然失去了学术的性质，正处于至公的对立面。

阎先生的这册文集，首先的意义，就在于维护至公，体现至公。

当然世上的事，万象纷纭：人家别的许多"界"，本来就大公无私，用不着再来多加维护与体现；也有个别的"界"，从来缺少公字，私字当头，你要想在此"界"谈什么维护与体现至公，那可真是梦话一般。据闻阎先生多年来所写文章，找不到发表园地，投到某"刊"，一律遭"退"。这儿，阎先生可能有些不识时务，本来不该表示不同意见，可是他没有"觉悟"，就这么一直默默耕耘，自言自语地为一个学术至公而单枪匹马式奋斗不息。

如此，年积日累，他胸中也许就有了"某种程度"的不平之气。

不平之气这"东西"不一定是好事，有时惹祸招灾；但在阎先生来说，却成了十分不寻常的动力——推动他的研论的能力，提高他的辨析的水平。就我偶然得见的一些痕迹，包括书信，无论见解与文词，较之一开始都有了长足的进展与升格。这却是"诗者穷而后工"的一个证明。

阎先生自怀"不平之气"，因不平而思作"不平之鸣"，也还罢了，而他又为别人而更抱不平。这就非古之义侠之士办不到了。

阎先生岂但不是"红学界"中人，连"文史界"他也不是"个中人"，他从事的是与此全不相涉的工作，他为何对"红学"之至公如此关注？对此蓄有了"不平之气"而且必欲仗义执言，争一个是非长短？难道是为他自己一人的衣食"饭碗"？为个人的功名利禄，想作什么"主"、"长"不成？都沾不上边儿。看来他是一心为了我们的民族文化，为了学术至公，而不计其他。这个精神就非同一般了。我乐为之序，因在此。

至于他的论述内容，红学见解，我皆不预知预见，此刻略窥痕迹，也不想就此多议。因为平生不喜以自己的"小尺码"去衡量人家，合者即"是"，异者即"非"——那叫什么"学"呢？岂不可笑可悲？故此拙序只言公与不公，平与不平；不公乃生不平，不平方有义侠之言行，君子之德音。是为序。

岁在戊寅二月上浣
津沽周汝昌记于美棠轩

（阎肃林著，陕西人民出版社二〇〇四年版）

《真伪鉴红楼》序言

己卯七夕后二日,收到本书著者唐孝方先生的信函,寄示他的卷首小引及全书目录,希望我能为此书稿作一序言。照"常规"来说,未见全稿了解不深,焉能轻率落笔?友好朋俦,不乏进言,劝我今后少写序跋(已写的就太多了),免得让人家借此加以"微词",甚至反对、攻击……我并非不知此理,也绝不是"不纳忠言",无奈"天性"难移,一见有人下功夫为曹雪芹申冤濯秽,就忍不住有几句心里的话要诉说——向著者,也向读者。这回,依然是又蹈故习,还是应命捉笔,贡我愚衷拙意。

我从来函及"卷首"、目录中,已可判明:著者是一位诚实无伪、朴讷不华的学人。一颗真心,一份良知,一种能领略文学艺术高下优劣的秉赋能力。至少是这三端,使他对雪芹原著《红楼梦》八十回与程、高伪"全本"一百二十回的巨大差别严加区分。

他深切地痛感真与假之要害是:一、程、高不但伪续后尾,而且篡改原著前文;二、为了必须比较申论,而"咀嚼"伪续,实在是件"苦差事"——与欣赏原著前文之乐正成反比。三、程、高之所篡所续,是对雪芹原书的"大唱反调"。

我要说:只举这三端,看似平常,实则十分之难得而罕逢,因为至今世人之大多数还不能如是领会认识,如是深切痛感,如是敢说这么几句老实话。

　　倘若是一般读者,水平之限,对原著与伪续的巨大差别——思想的、文笔的、气质气味的、文化素养的、精神境界的——不大能区辨,是可以谅解而无可指责的;问题出在高层知识分子的头脑上。有人公开宣称"伟大的是高鹗"而不是曹雪芹。不仅如此,还将一些为雪芹雪冤者视为仇敌,不择手段加以攻击诽谤——看来早已有了"攻真",这就无怪乎唐先生如今站出来正式"打假"了。

　　这不止是一个文艺问题或学术问题。这是一个严峻的文化问题。真理人人知重知贵,但立说者都自称是真理,而谁是维护真理、坚持真理的人,又绝不取决于他的自称。伟大的到底是高是曹? 要看事实,要凭论证,而本书之所以撰者,目的正在以实证真。

　　本书之实,实在何处? 就在于著者分章立节,将原著与伪续的人物、内容、思想、艺术……逐一地揭举实例,展示其间的巨大差别区分,这并非几句空话和什么"理论"的虚文浮墨。

　　对于这样的令人震惊的巨大差异,既经本书详列而细说,应该引起震动,若有震动,即会进而反思反省:何以从前竟不晓悟,而为程、高之流所欺所蔽至如许之久,如许之深? 症结何在? 寻出一个答案,憬然恍然,认识到伟大的是曹雪芹,不是什么高鹗——高鹗处处在大唱反调,在"对着干"。他之所以如此与雪芹原著作对,居心何在?

　　这是清代中国文化一桩大案。

　　我相信,本书的正式提出"打假"①的命题,提得切中要害,将会发生良好的影响与作用,这是一件功德事业。

　　我与唐先生素昧平生,目坏之人,又难读全稿,出言冒昧之处必多,错也难免,敬请专家教授教正。

周汝昌

己卯七月

【注】

①周先生写此序言时,书稿名称尚为《红楼打假》,故序言中有"打假"云云。

【追记】

拙序写后,著者又将全稿打印见示,病目抽读部分,印象甚深。如一般读者大都对黛玉最为关切,那就可以看看唐先生的论述,堪称十分精彩,而见解高明,语意痛切,我想这就应该使很多俗论得到警醒。如果真能因此受到感动与震动,那么曹雪芹的真伟大,中华文化的真伟大,也就可以逐步为广大群众以及世界读者所接受,所叹服了。然则此书的意义大矣。

己卯十月

初吉再云

（唐孝方著,作家出版社二〇〇〇年版）

《红楼鞭影》导读

承荷重委,来主编这部《中国当代文化书系》中的《红学卷》,深觉荣幸,同时也就感到责任之大,使命之重。尤其令我感动的是编委命我为此卷主编,是反复抉择、民主研讨而决断的,其郑重而审慎非出于一人一时之设想。责任感与使命感给了我巨大的精神推动力量,我虽学识原不足当此重任,也必须竭尽微力,以副诸方的期许与鼓励。

红学之立卷

凡是关切中国文化的人士,必然首先就要思忖:红学不过是一部小说的事,它如何取得了在我们中国文化大系中的这样一个崇高地位? 它的意义又毕竟何在?

理解、讨论红学的诸多课题,不从这里寻绎答案,将会引起各式各样的怀疑和困惑。

红学的名词称号,起端于清代后期,其时虽稍后于乾、嘉"朴学"极盛之世,而经学仍是当时中国学术文化的主体。红学一词,本是与经学并列而提出的新命题新理念。它亦庄亦谐地"自封自赞"的文化高位,却不料竟然随着历史进展而获得了正式严肃的涵义与分量。

　　经学是中华群经、典籍之学,向有汉、宋两大流派之分。大致说来,汉重训诂字句,宋偏义理宗旨。再粗略来说,明承宋派,而清踵汉风(此特指乾嘉,朴学本质是汉学一脉),精通经学的清代文士,如果要来研究红学,就不会是与后世今时之人一样的观念与方法。

　　以现今人的语言来表述,清人的红学还是中国文化学,而不是后来的小说文艺理论学。

　　以我们所能见到的清人红学专著为例,撰于乾隆之末的《阅红楼梦随笔》(周春著),其内容可分三部分:一、诗文字句的笺注;二、故事情节的"本事"的探究;三、对同时流传的手抄八十回本(原著)与活字一百二十回本(伪续"全本")的记叙。

　　这就很分明,清代"红学",其意度、方法与对待经学是一致的,是中国史学、文化学,而甚异于后来西学传入的小说文艺之学①。

　　从那以后,经过了种种曲折,直到近年,无论国内海外,都逐步地把红学由"一部小说"的浅层观念"回归"到中国文化的本质深层意义上来了。国内出版了《红楼梦与中华文化》的专著,海外则传出了世界汉学的"三大显学"之一就是红学——与甲骨学、敦煌学分足鼎立的新说法。

　　如此看来,红学在《中国当代文化书系》中立卷,荣列专题专项,绝非偶然之事,更不是张皇夸大的过高位置。

当代红学之祖——新红学

　　新红学的建立,大家公认是以一九二一年胡适发表《红楼梦考证》为标志,而其词义则始见俞平伯《红楼梦辨》之顾颉刚序文(一九二三)。

　　新红学不仅是针对清人的旧红学而泛言之,更主要的是针对索隐派而专言的。这是因为,胡、俞、顾都是索隐派之反对者。当时"索"派代表学者是蔡元培,其名著是《石头记索隐》;但此派学说是承接清人而加以发挥光大的,故径以"旧"名之。

　　索隐派不但遭到了胡、俞、顾的反对,连鲁迅、毛泽东也不以为然。胡适先生讥之为"猜笨谜",蔡先生予以答辩。此可谓新旧红学之争,但还够不上是文化冲突。

如何说还不是文化冲突？

因为，两派虽貌似冰炭不容，本质却是同一文化的产物，即寻究小说的"本事"——上文提周春时已涉此义。"本事"略相当于今之所谓"素材"、"原型"，但文化源头不是西方文艺理论，而是中国文化：汉代小说列为史部的一支（《汉书·艺文志》），故为"稗史"、"野史"、"外史"、"外传"……之异称，其观念甚异于西方小说之为 fiction（虚构品）。

是以蔡先生以为："石头记者，清康熙朝政治小说也。作者持民族主义甚挚，书中本事，在吊明之亡，而揭清之失……"胡著则考证书乃曹雪芹所作，实其"自叙传"，与"反满"（当时革命思想的不适当的提法）无关。

胡适《考证》出后，虽影响巨大，而后继无人；索隐红学专著却接连不断问世。不过，到底还是《考证》的说服力远远胜过了对手。新中国成立之后，"索隐"红学已无多立足之地（虽然海外、台、港等地区此派著作不时出现，但对大陆影响甚微）。最近一二年，又有研红学者的文章，指出索隐派的见解不应全部抹煞。

本人是不赞成索隐派的支离破碎、断章取义、穿凿比附的"猜谜"方法的，但也想指出一点：所谓"康熙朝政治"之说，真源还是出自清代多人深知《石头记》"本事出曹使君家"[②]，而曹使君（寅、頫、颙）之抄家获罪，确实是由于"康熙朝政治"；只是此一正确的"本事"说被传者逐步变讹变性，加上臆说与增饰（讹变为多样，如宝黛为顺治与董小宛，通灵玉是"传国玺"，等等不一），"笨谜"取代了历史真内涵。

拙见以为，"索隐"的"隐"，仍在"曹使君家"，原来无误。对其价值评估贵能公允，而首先要洞彻其原委与流变之失。

在这儿，又须补明一点：索隐派之务欲抉示"微言大义"、"尊王攘夷"，也还是中国文化里的史学、《春秋》学，这与异文化倒是不相交涉的。

至于胡适的《考证》，批判者称言是受杜威"实证主义"影响的资产阶级反动之论，其实若就那篇考证而论，乃是很平实的、中国方式的乾嘉考据朴学的流风馀韵，何尝含有什么"杜威"或其他外国人的成分在内？

胡、俞之后，包括俞平伯自一九二三至一九五二年这段三十年的长时期,考证派红学也落于十分寂寞的历史阶段。到一九五四年,新红学更成为激烈批判的目标。这虽带有政治色彩,但性质则仍是文化问题。这一点务宜识认。

红学——新国学

《北京大学学报》一九九九年第二期,刊出龙协涛主编对我的专访记录,标题是:《红学应定位于新国学》。这是我们在对话中首次揭出的一个崭新的文化命题。

我们如何敢于如此立论命题? 有何理论依据? 申说如下——

新中国之肇建是一九四九年之十月。自此为始的短期之内,学术界自然不会把目光注射到"一部小说"上。一九五三年九月,上海忽有一部新书出版,即拙著《红楼梦新证》,是开国后的第一部接近四十万言的学术大型论著。此书在三个月内连印三版。这在那年代是向来未有之新鲜事,一时海内外"洛阳纸贵",供不应求,盗版充斥。此事对于开国伊始的学术界来说,自然所占地位不是十分微小(其前一年俞平伯《红楼梦研究》出版,但系二十年代旧著改名重印,故影响反不如一九五三年的《新证》)。

继此不久,就到了一九五四年的十月,却由于俞先生的旧著改版问世而引发了建国后的第一场学术批判运动,即举世震惊的批俞批胡的巨大规模思想批判运动。

这场史无前例的运动,过后的评论是很多的,大致是不赞成将学术问题当作和变成政治问题来举动,来判决,给此后的学术界留下了深刻的不利后遗影响。但我此刻,并不是要对它的得失利病表示什么看法,而是想要提醒大家思考一点:这个文明大国的重大革命阶段中,出现了震动世界的批判运动时,其主题却是对《红楼梦》的研究! 这个分量有多重? 这种影响有多大? 恐怕不必"数据"也都能体会的! 然则,这就开始了一个"《红楼梦》不止是一部小说"的时代——她本身赋有极巨大而丰富的思想意识、历史文化的底蕴与涵量,大大超越了以前人们所能意及的广度与高深度!

自此以后,红学地位日尊日上,虽也又有不少曲折的不正常的经历,毕竟无法否认上述事实。回顾一下，胡适自一九二一年为《红楼梦》考证之后，近乎三十年之久的时间之内，可曾有过像这五十年来的红学气象与成就？而这最近五十年，无论是哲、史、文等等人文科学领域，又有哪一门能比红学的规模巨大、波澜壮阔？到今日今时，放眼一观，我们书架上的红学书，比任何别的书都多得多，简直数都数不清！

既然如此，则所拟的"红学是新中国的新国学"的命题，难道是信口开河、张皇矫饰之词吗？

谅非如此。

批判运动的方式方法是可议的（它甚至遥遥地牵动着"文化大革命"的作风、文风……）；可是它却无形有迹地提高了《红楼梦》的身份地位，更让人有些醒悟，原来那不只是"一部小说"，而是与中华文化有千丝万缕难分难解的一座巨丽深邃的丰碑、殿堂，既伟大，又优美——代表着中国人的智慧心灵的崇高境界、文化精华。

研究她的学问，我们称之为新中国的新国学，应该是恰当的吧。

历程与现实

所以要回顾当代红学史迹，当然也是为了让读者了解本卷选文的理由与入选者的价值何在。

一九五四年开始的批判运动，是一场新型的政治文化革命形式，在当时的历史环境下起了积极面的与消极面的双重复杂作用。其时，运动是以无产阶级文艺思想批判资产阶级文艺思想的重大之意义而开展进行的。但在当时，文艺思想是尊奉从前苏联传来的"车、别、杜"的论点为主；批判要点集中在两大方面：一是把小说解说成"色空观念"、"情场忏悔"等等的观点，即"思想性"问题；二是"自传说"，即"创作方法"问题。当时思潮，自然是文学是社会的反映，以"经济基础——上层建筑"的理论为根本，就必然要去寻求小说产生的社会性质，因而引出"资本主义萌芽论"及"市民（思想）说"，用以解释《红楼梦》的"反封建"及贾玉玉"叛逆性"的理论。这是批判者一方面的建设性研究的观点。

　　这样,很自然地把对小说作者的家世生平的基本研究排贬于很次要的地位。更加上以"集中概括"、"典型化"的创作方法理论为唯一准则,用以强烈批判"自传说",于是"考证"被视为可厌可弃的"错误"方法,而大加反对。

　　还有一点必须提到,即批判者十分不满于赞曹评高,以为四十回伪续很好,有功,完成了"爱情悲剧",抨击婚姻不自由,有"反封建"的巨大意义价值。

　　"市民说"出后,"农民说"亦出,双方对立——不承认"资本主义萌芽"论点,争议甚烈。

　　当时历史学界纷纷致力于搜索明末清初经济中的"萌芽"迹象,这自然会找到一些被认为是证据的零碎字句。但结论却难以遽定,因为异议者也可以找出"反证"。

　　大约当时这场红学巨澜,可能有一种治学的弊端,即:先有一个思想理论的框子前提,随而去搜找论据,而并非从研究对象本身内部去抽绎它的真正意蕴与价值。倘若如此,便不易获有心得体会,灼见真知。

＊　　＊　　＊　　＊　　＊

　　在上述社会学研究的风尚下,无论索隐还是考证学已无立足之地,红学也没有实质性进境可以寻见。七八年之后,忽然一个不同的局面出现了——

　　一入六十年代,红学发生了"重新起步"现象。

　　那是因为当时国际关系中有一项纪念世界文化伟人的巨型隆重活动,我国这时要将曹雪芹推出作为纪念的巨人。所以从一九六一年,并非大张旗鼓而暗里潜在准备的活动已露端倪。而推选曹雪芹是适逢他逝世二百周年纪念——而其逝世之年,却有二说(一七六三与一七六四),这就必须确定在哪年举行纪念,一九六三,还是一九六四?

　　这一下子,考证派"名正言顺",又有了"用武之地"。这是谁也料想不到的微妙变化。

　　又是一场争论开始了。

　　"癸未说"主张六四年为是,"壬午说"以为六三年最宜,各有理由,各不相下。

虽然由于国际主办关系上有了变化,纪念改为国内范围,但中央的特别重视,对曹雪芹的研究终于开了禁。故居、坟葬、文物、画像、亲友诗文……以至小说中写到的所有实物,都作了大规模的征求收集,蔚为巨观。就连大观园遗址的考寻,也暂停讥嘲,并且得到了周总理的支持(当时中央领导人很多位都到恭王府去看过)。

还由于蒙古王府本《石头记》的发现,版本学也得到了新的起点,迅速"复苏"起来。

＊　＊　＊　＊　＊

吴恩裕的《有关曹雪芹八种》(后增为"十种")、吴世昌的《红楼梦探源》,皆此一时期红学风气的产物。至于拙著《曹雪芹》(《小传》的前身)则是一九六四年才得问世,虽甚简陋,而标志着雪芹传记的首例尝试。

研《红》书册资料、版本,纷纷影印出版(大抵以拙著《新证》所列者为线索)。美国赵冈夫妇的《红楼梦新探》也是这时由香港传入了内地。

不言而喻,这个时期的红学内容之主体是对曹雪芹的研究,即曹学之大兴。如从五十年代的批判者立足点而观之,那真是一片"新红学回潮"的"不良现象",或谓之"沉渣泛起"。就中吴恩裕是纯曹学(他不研《红楼》小说),吴世昌是版本为主,曹学次之。赵冈则亦复如是,是"胡适考证派"的一脉"正宗"。这似乎表明了"考证"的"市场"(一欧一美两位研者的出版物),表明"新红学"势力之雄厚,也可以说成是态度之"顽固"吧?

以上的一切,已然显示清楚:这早已不是"一部小说"的事情,这是中国文化在新的历史时期条件下的一次特殊的表现。其性质是文化的学术的,与文艺欣赏、谈论、题咏、评点,以至从小说角度著书研论的形态格局并不同科了。

中断与反正

纪念雪芹逝世二百周年是在一九六三年举行的,却并非是学术论证得出了什么结论,而是调停办法(社科院文学所坚持"壬午说",所长何其芳对我说:还是六三年先举行吧,这不等于结论,纪念之后再从容商讨。事实如此)。

从一九六一到一九六五,这五年为红学复苏、兴旺小阶段。一九六六年的"一张大字报",又开启了"无产阶级文化大革命"的政治运动。

正因是"文化"革命运动,其中是跑不了《红楼梦》的。然而它并未被"革"掉,是因为毛泽东把它评价得极高,说是中国样样落后,骄傲不起来——而唯一可以骄傲的则是我们有一部《红楼梦》(《论十大关系》)。虽然如此,正常的学术研究是无从谈起了,"四人帮"也忘不了它,利用它来反对周总理,导演出各样的"影射红学"。对此,不必细讲,但要知道,红学总非"文艺问题"之事,它的命运与时运国运总是联在一起,同行同步。此理越显越明。

终于到了一九七八年,拨乱反正,红学随着十一届三中全会的大胜利,立即迅速走上正轨,大路康庄,轮磨毂击,兴荣盛旺,超过了以往的二十年历史时间。

这时学术风气大变了,不再一味征引教条,充"左"派,逐渐撇开那种先有定框、到处捃扯一些断章取义的零言碎语作为"论据"的做法,改由研究对象本身去抽绎它内在实际真谛;也敢于"犯众怒""冒天下之大不韪"而提出不同见解,例如质疑:贾宝玉是"反封建"的"叛逆者"吗?薛宝钗就一定是"封建卫道士"吗?以至对贾政、凤姐、袭人……等一向沦为"反面人物"的评价,也敢自标异议了。这就说明了一个很重要的根本问题:红学是学术,学术要有切实的研究,不是空洞的臆说、妄论、随想、杂感……学术讲民主,讲"双百",讲独立思考、发言自由。真是气象一新,生机蓬勃。

自一九七八至一九八八年这十年,红学成绩大胜前期,堪以入选推荐的论文之数量也最大。此为丰收大有之年。

* * * * *

最早是一味强调政治、思想性,不谈艺术,一谈艺术就"意味"着"不突出政治"。到一九八一年济南红学会,才因有人倡导研究《红》书艺术而改换了主题。

敢谈艺术了,是"《红》研"上的一大突破。很快出版了专著(如段启明、姜耕玉等),也出现了一种正面评议,提出要从中国传统文学艺术美学理论来研究,不要一律是外国的那一套准则。这都表明,在此"界"中的人士,学术思想活跃清新了,不甘于陈陈相因,千篇一律。

讲到艺术,势必牵涉到两大方面:一是所谓"创作方法",一是"风骨"、"气韵"、"境界"。前者是外来的观念概念,后者是本土的灵性精神。不管哪一方面,只要一研论,文化差异冲突就酿造出很大的麻烦。

比如,讲《红楼梦》,一般读者的兴趣大都集中在人物角色上,而学者也爱写"人物论"。但一讲人物,立刻新老问题一齐出现。前文已述,西方理论认识是:小说基本定义是"虚构品(fiction)",人物是"集中概括"、"典型化"的"形象塑造";而中土的小说基本源流则是"史之一支",是"本事"的"演义",皆以"真人真事"为本——即今之所谓原型与素材。所以,与曹雪芹同朝代的人看他的小说,皆言"备记风月繁华之盛,盖其先人为江宁织府","本事出曹使君家"——这就是后来所说的"自况"、"自拟"、"自叙"、"自传"说本义(它指"本事"是"自家",而异于写别姓他人);一点也没有与"演义"(即艺术的穿插拆借、渲染点缀……)发生"对立"、"排斥"关系。然而只知外来理论而不晓中华传统的,却"掉转"来批判"本事"说是"错误"的。其逻辑实质是:人家外国没有或没说过的理论实践,在中国(历史上)也必然是(应当是)没有和不该有、不许有。这种逻辑的非科学性,不可谓还不够明显,只是很少予以指出的文例。

另一麻烦就是一讲人物艺术,往往又夹入了"社会分析"式的品评,把艺术论和"阶级论"混在一处。也就是说,"思想性第一,艺术性第二"的观念影响很深,不敢离开"思想"去认识中国艺术的美学本质问题。

至于讲艺术,只会说些"性格"、"心理"、"形象"的"刻画"、"描写",而丝毫感受不到中华所重的"气韵"(六朝谢赫论绘画)、"风骨"(六朝刘勰论文学)、"境界"(近现代人借佛经词语论诗词),以这些中华自古讲求的"形而上谓之道"的超越"形而下谓之器"的高层次精神造诣和表现精华,则若是一概无所领略,又如何能评论红楼艺术? 只以一点为比方:为什么你在外文词典里查不到与中国"风骨"、"气韵"、"神采"、"境界"……的相应词语(corresponding term)? 其根本原因何在? 就应该"思过半矣"!

——正由于上述缘故,红学要想真正有一个突破性的进展,必然要转换方向——向着中华自己的高层优越文化传统快步"回归"。

只有这样,才不至于总是跟在人家后面"学语",人家出来一个什么流派、主义、模式,我们这儿也马上在《红楼梦》里找见了它——拉扯比附一番,以为这才"令人耳目一新"。

事实上,大约由八十年代为始,红学的大主题逐步转移到文化内涵意义上来了。

讲艺术,原非红学的主体任务,不过是为了让以前的社会学式研究的局面打开新窗口,以为更高层次的过渡之津逮。在稍后,艺术论范围也日渐广阔了,比如伏线作用、结构特点、一笔多用与多笔一用、遗貌取神、诗化的手法,乃至脂批中提示的"特犯不犯"、"明修暗度"、"一击两鸣"……等等众多中国传统文笔特色方法,皆逐步得到了识者的讨论。此为一大进境。就是"叙事学",也不必是只搬西方的模式了。

文化回归

在我们本题中,"回归"自有双重涵义:第一,《红楼梦》本质原是一部中国文化小说,长期被解说成"政治"小说,"革命"小说,"吊膀子书","淫书","邪说诐行"之书,演《易》理之书,"符谶"之书,爱情悲剧之书……而今才"回归"到中华文化本体上来。第二,从套搬西方文艺理论"回归"到中土自己的文化精义真谛上来。

"回归"并非"复旧",更非"倒退"。

回归是经历了烈火烹烧的洗礼,取得了惨重的教训经验之后的一种崭新的"醒悟"。它比原先眼明心亮多了,审辨是非正误、优劣高下的智能十倍百倍地提高了。打比方,禅家的悟前、悟后之分的"透网金鳞"最为简切精彩:一条大鲤鱼,原先是一个样子,落网之后,生死攸关,接近入釜沦亡了,忽奋力一跃腾空脱透,从灾难中转得大本领,大自在,大欢喜,大智慧——是"回归"自由,却又非糊糊涂涂不参不悟——鱼是一条,神却两样。

红学的回归,是透网,是金鳞——跳过龙门,已异凡品。

因为是必须回归到自己的文化天国里才找到了周行正路,则她实在是新中国的新国学的这一命题,乃得益显其堂堂正正,真实无虚。

红学释义

将"红学是新中国的新国学"的命题粗加解说后,就应思索这门新国学究竟包括哪些内容。

对红学定义与内涵,也早有不同意见:一种认为,只要一沾《红楼梦》话题的文章,都算红学;一种则主张,既称为"学",须是学术研究的成果表述,而不能是指对这小说的读后随想、杂感、角色爱憎议论、文艺方面的常识常谈一类文字。主前者的抱怨批判后者界划太狭隘太"偏","还是宽阔好";而后者主要理由是,不管怎么"宽广",反正不可以把无学术质素成分的信口信笔、逞心逞臆的"说梦"闲谈一概混为"学"的庄严称号之内。我本人是后一派主张者。

我们该把学术与一般欣赏品评的本质特点分清,而这种分别并非人为的抑扬取舍所决定。比如王国维的《红楼梦评论》出现甚早,声望很大,可是它实质是一篇字数较多的、分章节形式的"大型读后感",其中并无他的研究成分,只是拉来一个西方叔本华,以其(王先生自己诠释的)哲学思想"套"在曹雪芹身上,目的实是借题发挥,述说自己的人生悲观之论点——因为,他对曹雪芹是何如人一无所言(知而未言? 根本不知? 略无交待),对八十回原著与后四十回伪续之巨大差别问题,又毫无所见;甚至连多少引用一些小说原文以"证实"他的论点的形式做法(似学而实不够"学"的常见之文体)也没有显示分明。这是感想,不过以"论文"的面貌出现,常人即以为,"论文"就等于"学术"了。其实哪有如此简单易为、"自说自话"的学术?

既如此,故以稍稍分别、明其主次,比"眉毛胡子"在一起,终觉好一点,对学术之道有益。

这当然就引向了又一个问题:红学究竟应该包括哪些内容,才不致落于随感与闲谈一流呢?

结合理解与实践所显示的轨迹而观,"红学"是这个"戏言"升格为学术的开始,就含有两大内容:一是对作者的考证研究,二是对版本的审视辨析。

盖此二者不仅仅是理解小说原著的"前提",而且就是"作品本身"及其"头等大事"——特别吃紧重要的是：小说性质是"自况"（或云"自叙传"、"自传性"、"变相自传体"……），所以考察作者的一切当然等于理解"作品本身"的基本工作。

这本来是常识,"天经地义",又何必多讲？然而问题却发生在"这儿"。一些人反对、讥嘲,认为这都是"外"务,不断呼叫"红学应该回到作品本身"（或意同而措词小异的提法）！

这又是一种"文化短视"和至极奇怪的思想逻辑。

难道考察曹雪芹的身世生平,梳理"文本"的真伪正误都不是为了"作品本身"？不为这个,又为了什么？反对这两项工作,反对这些研究,是否主张什么都不必费心耗力,只要拿起一本坊间滥印的不负责任的劣本《红楼梦》,就能够"回到作品本身"呢？

除去以"红外"为理由反对甚至要"消灭"考证研究之外,还有两派反对者：一是拿"典型化"的创作方法之说来否认中国有过写实手法,如鲁迅就正言抉义"正因写实,转成新鲜"的事实。另一派则搬来西方小说"虚构"观念来否定写实之实例,他们竭力搜觅书中一些零碎的"荒唐言",以此"反证",让人觉得并非写实——但他们完全忘记了（或知而不肯言）：若非人家以坚实的考证实例早已证明那么多的写实文例,他们又是怎样（以何标准）区辨那些"虚构"之非实呢？主体精神意旨在实,还是在"虚"？他们的反证有多大斤两？这些疑问,自然就成了学人们反复讨论的话题。

虽说是遭讥受讽,八面楚歌,毕竟"曹学"却建立而发展起来,而且相当数目的人也拥挤到曹学的圈里来了（"拥挤的红学",刘梦溪语）。

曹学成就辉煌,尽管枝节上争议繁多,到底把曹家的远源近况、去脉来龙、氏族文化、荣辱兴衰,一一考明了,这对理解"作品本身"起了决定性的巨大作用。

红学发展的新分支

相伴而来的,又有脂学和探佚学。与曹学、版本学合在一起,构成红学的基本"组织",四大分科——好比"红学"这个生命体是由"单细胞"发展进化而形成了复杂的"高级生物"。

虽说是四大分科,当然红学还是一个整体学术,四者是错综交互,谁也离不开谁的。

脂学是研究脂砚斋批注的学问,原来雪芹设计的定本,都带有"脂批",为数极夥,虽系依附正文而存在,却是不容分割的"有机组成部分"。而早年不为研者重视,加上抄、印偷工减料,渐归湮没。但脂砚斋批注对作者、对书的旨义、对文笔的鉴赏、对难懂之点的揭露、对小说内容思想感情的共鸣与叹慨……无所不包,莫不十分重要。所以研究脂批,渐渐也成为专学。此学也并不像有人认为的是"外",而恰恰是"作品本身"至关亲密切要的"文献"、"文本"。

由脂学又引出一个探佚学。此学同样十分之重要。

探佚学的独特意义

"佚"指什么?为何需要"探"它?

说来话长。第一是雪芹原著传世止于八十回书,结局后部不全,于是伪续者钻了(或人为地制造了)这个空子,炮制出后四十回,冒称"全璧"。这个内幕是由版本学考证揭露的。第二是脂批指示与我们,雪芹的伏笔特多特妙,前文文章看似"单面",实则隐伏遥射后半部的巨变(往往是强烈对比);这种"伏线"手法,鲁迅最能注意注重,并表明续书之优劣应以是否符合原著"伏线"为之准则。

还有一类,是虽非讲解伏线,却另外透露了批者所见的后面的故事情节、个别词句、回目。还告知我们原书末尾有一张"情榜",罗列出全书的群芳众女的总"名次"与"品次"。

以此明证,一验程伟元、高鹗等人的伪续,方知不但不是对伏线合否的问题,并且全是公然悍然地与雪芹原意"对着干"的!

胡风已具卓识,他公开声言,高鹗续雪芹之书是个文化阴谋,"中国五四以前文学史上的最大的骗局"!

这一内幕暴露于人间之后[3]，人们立刻会追问求索的，当然即是雪芹原著的佚稿部分，大致内容应该是怎么样的——可以根据上述伏线、脂批等指点而作出研究。此一研究，是谓"探佚学"。此事更难了。从实况看，自然未必能探得全对，但也可能逐步接近原来梗概。

这门学问极为重要。

重要何在？自从乾隆末年伪"全本"出笼之后，人们的研究评赏都是在它的欺蔽之下所得的印象、感受，全非雪芹的真际，全是被歪曲、破坏、篡改、偷换……的假相。

那么，欲求窥见原著的真、善、美的庐山面目，只有依靠这门极其独特的探佚学了！

正因其极为独特，无例可循，于是一些人便不"接受"，怀疑这种考论的意义价值——甚至有名家讥评为"猜谜"、"算命"。

这大约也是个识见高低、文化深浅的大问题，与什么"仁智之分"是不同科的事情。而"红学"研究工作中不时发生的激烈论争，根源正在于此。

红学的目的何在？

一切研究，如上分为四大支也好，不赞成这种分科法另出新目也好，总之都是为了一个目的：尽可能地证明考清雪芹原著的真相本旨，也就是从根本上帮助读者（包括研者自己）读懂《红楼梦》，看到她在中华文化史上的意义轻重，价值高低。

是以，凡真诚抱此愿望、为此目的而努力工作的研究成果，必然就会是真"学"，堪当"红学"之实名实际。反是异是者之"学"，必不诚不真，有其名而无其实。

由打这儿，对红学的含义界说，又可以增加一层深切的领悟认知。

我们强调一点：红学是为了雪芹之真、善、美，如鲁迅所言，要"扫荡烟埃"，"斥伪返本"。这似乎本应得到所有一切人的赞同支持，可实际又不如此——有些人认为高鹗伪续四十回"有功"、"很好"，十分欣赏，或者力主四十回不伪，就是"原著"（至少也基本上是原著残稿而稍加"补缀"，云云）。更奇者,有高校教授撰文公开宣扬一种观点:伟大的不是曹雪芹,而是伪续者高鹗——并且对坚持斥伪返本的人加以百般的攻击诽谤(包括散发印好的"宣传文件")。

由此可以看清:对于红学,确实存在观点论点即文化思想十分差异的问题——"斗争"二字,轻用是不宜的,可也真有这一种现象和"意味",并非夸大其词。

因此有学人发过沉痛之言,说"红界"的争议与各种不正常不良现状,其总根是由八十回原著与四十回伪续混在一起而引发的可悲之事例。

确实的,红学半个世纪,一方面成就辉煌,一方面混乱纠缠,真伪错位,黑白颠倒,把"学"引向歧途,将文德拉向邪道。

这种"斗争"从《石头记》一问世就开始了,请重温拙著《试研奚墨为删刊》(《红楼梦新证》中《本子与读者》章),当会惊心触目!——当时就冒出了那种反对曹雪芹思想、高唱要将《红楼梦》删改重作的调子!

不妨一提:此篇拙文绝少有人提及,只有一位读者(徐书城)来访见告:读罢一部《新证》,最心赏的是《试研奚墨为删刊》这篇!他表示这种抉示极关紧要,是"红学"的关键、核心的大问题。

原因何在? 乾隆朝代的正统士大夫,对雪芹的文笔不能领会,也还罢了,最吃紧的是对雪芹的思想则断乎"不能接受"——这书太不满人意了,必须将它改写!

高鹗做的,正是这件"事业"。

高氏伪续中的一切人物、情节、思想、感情、文风、美学、心灵、智慧,在在处处都是与雪芹针锋相对,一概"掉反"过来。

例证分明:

雪芹写到《老学士闲征姽婳词》一回书,大笔特表贾政本性也是诗酒放纵之人,到此时已看清家门运数走不上科名一路,已不再妄求宝玉攻读八股,赏爱他的诗才赋笔了……高鹗说:"这不行!"伪八十一回硬写贾政重逼"两番入家塾",潜心"举业"(偷将原著贾政已不再让宝玉走功名道路的那一段文字删去),而且还让林黛玉也"支持"八股道路,说是那种文章(宝玉平生最憎恶的)"也清贵些"。好一个铁板硬翻案。

　　雪芹写到八十回,诸芳开始渐次凋零了,死的死,病的病,逐的逐,走的走……"悲凉之雾,遍被华林"(鲁迅语);按其原书,一入八十一回,应即笔墨遽变,大故迭兴,一片悲欢聚散的景象,难名的悲感伤痛之音,响彻"沁芳"之境……高鹗说:"这不行!"他在伪续第一篇(八十一回)又即大写其"四美钓游鱼"——让她们重享"良辰美景,赏心乐事"之"快乐"、"幸福"。

　　雪芹写鸳鸯以死抗拒贾赦的"约宠",贾赦也表示必定教她死于毒手,其后果然惨死于贾赦的魔手。高鹗说:"这更不行!"他觉得那太"犯上作乱",乃将她写成"忠贞殉主",成为贾氏门中的"义婢",应立"旌表牌坊"才是——果然"感"得贾政向她的亡灵行礼——最重要的是,贾宝玉也"喜的"不得了,跟随其父之后一齐"拜""谢"那位惨死的大丫头。

　　……

　　够了。

　　如果你认为这都"无所谓","也还不错",即不必多言。如果你已感到这里事情可大不简单,非同小可,那你定会自忖而不安起来:这样就是"伟大的红楼梦"吗?! 高鹗的"掉包计"、"沐皇恩"、"家道复兴"、"兰桂齐芳"……这一整套"思想体系",并不模糊,清晰之至。你对之有所感触吗? 想不想设法探寻一下,在雪芹原著中又都是怎么样的?

　　可以说,凡是有头脑有良知的,都会激起这种求知的强烈愿望。

　　这就是发生探佚学的根本原因与学术道理。

"找回曹雪芹"

　　探佚,不是为了想听"新鲜"的"故事",虽然这故事确与伪"全本"大不相同。

　　探佚,是为了"找回"曹雪芹"字字看来皆是血,十年辛苦不寻常"、"滴泪为墨,研血成字"而写出的最为崇高伟丽的大悲剧——这个大悲剧被高鹗之流扭曲、缩小、庸俗化为一个廉价的"小悲剧",拿它以欺蒙举世读者达二三百年之久,流毒尚在,势力依然。

　　何谓大悲剧? "千红一哭(窟)"、"万艳同悲(杯)"、"三春去后诸芳尽",

"薄命司"中梦随云散,花逐水流——"花落水流红"——"沁芳溪"上桃花"落红成阵"、"花谢花飞花满天",这一总象征所标志的大悲剧是也!

何谓"小悲剧"? 两个小姐争当"宝二奶奶",由"最坏"的女人出了一个浅薄无聊的"掉包计",骗了两小姐中的一个,伤情气愤而死——所谓一男二女"争婚",所谓"婚姻不自由",爱情悲剧的世俗不幸结局者是也。

鲁迅先生早就批判了如此这般的"小悲剧"。他也表示了另有雪芹原书真本,惜不可复见,也十分关切"伏线"的问题(即所包涵的后半部情节变化的重要"信息")。

实际上,这就昭示了应有一门"探佚"之学的建立与开展。

没有此学,我们将永远"圈禁"在高鹗设下的那个"居心叵测"(胡风之语)的牢笼之内而不知其可悲可痛。中华文化史上一个特别伟大的头脑与心灵,竟然遭此浩劫,沉冤似海。

高鹗等人欺骗我们的不是什么"故事",是思想、心灵、智慧、精神世界。

在伪续四十回中,每个人物的"性格"都变了。贾宝玉是原著男主角,变成了一个浑浑噩噩、无思想、无灵魂的大傻瓜,由人随手玩弄摆布。凤姐是原著女主角,关系着全书总局——她与坏人(赵姨娘母子、赦、邢夫妇等联合势力)生死斗争,维护宝玉与黛玉的利益与命运,却在"全本"中成了破坏"爱情自由"的头号罪魁,"最坏的女人",万人咒骂。

贾芸,他与小红成婚,后来是贾府事败获罪时,解救宝玉、凤姐的仁德侠义之人,但高鹗一定要让他成为负恩忘义、贪银钱忘骨肉、骗卖巧姐的"奸兄"!

　　……

变了,一切都变了——最可悲的是曹雪芹的人格、良心、气质、精魂统统变了,而他的《红楼梦》就这么样被一个续貂的狗尾整个儿地毁掉了。

中华文化大悲剧,莫大于此。

有人不理解、不接受探佚学,原因至为复杂,而最主要的是不明白"大悲剧"的意义,误以为"小悲剧"就够"大"了。

因此,红学中新生的这一分支探佚学,比起来反而显得更重要,更痛切,更激荡人心。

＊　＊　＊　＊　＊

伪续的"大戏法（今曰魔术）"手段，已将人物前后大变"两截"，使得作"人物论"的红研家们的文章都陷于支离的困境，去雪芹本怀原义千里万里。不但如此，就连讲"艺术"，也成了"半身不遂"——顾前不顾后。试举小例——

上文方才提到的，鸳鸯到底未能逃脱贾赦的毒手，"大老爷"恨极了她，说她"自古嫦娥爱少年"，是嫌他老，看上了宝玉（还有琏儿……）！这件大案，其实也是后来贾赦罪发、荣府破败的案由之一，雪芹早设"伏线"于前了，而世人不知。伏线何在？就在第十七回"看西厢""葬花"之时——刚一写到"花落水流红"，点明了"沁芳"之总旨以后，文章就被一笔截住：快回去，老太太有话吩咐……宝玉赶回怡红院，不是别个，而见鸳鸯在屋；这是她的"出场"的特笔。而她来何事？却是因"东院大老爷"不适，众人皆当去问安，老太太让宝玉过去尽礼……

就在袭人进里屋取"出门"的衣服时，宝玉要吃鸳鸯姐姐嘴上的新胭脂（今日曰"口红"了；吃口红岂不就是洋话的 kiss）！

这就是说：花落水流的第一大案由就是鸳鸯，而鸳鸯之水流花谢是"东院大老爷"那边的"信息"！

可是，高鹗的"功德"既然让此女"殉"了"主"，尽了忠，受了宝玉的"喜"与"拜"，那么雪芹的伏笔，《红楼》的艺术，又往哪儿去寻？又将如何去"研究"呢?！

群芳命运的事，此例可为代表。

再看看全书主人公宝玉的后果景况，书中也早有伏笔。

雪芹在宝玉出场时，特以《西江月》二词作出"简介"，其中有云："富贵不知乐业，贫穷难耐凄凉。"他的贫后苦境何似？实是乞丐、更夫之流。所以黛玉嘲笑打趣宝玉、湘云烤鹿肉吃时，说："哪里找这一群花子去！"脂批又引原著佚文，说是与今日娇贵对比，日后的宝玉是"寒冬噎酸齑，雪夜围破毡"。

此外还有伏笔吗？

有的，就是搬进大观园之后，宝玉作的《四时即事诗》。

这四首诗有"三怪"，粗心人"见怪不怪"。第一怪在"即事"不写日间之

"事"，偏偏只写夜里芳馨。第二怪在首首写豪华精美的衾被铺设。第三怪在大写"饮料"（这词儿雪芹还不及知也）。还有，他写深夜不眠，他写枕上细听更柝之清响遥音。

请看——

霞绡云幄任铺陈，

拥衾不耐笑言频，

金笼鹦鹉唤茶汤，

琥珀杯倾荷露滑，

抱衾婢至舒金凤，

静夜不眠因酒渴，沉烟重拨索烹茶。

锦罽鹴衾睡未成，

公子金貂酒力轻，

却喜侍儿知试茗，扫将新雪及时烹。

看得清，衾褥之温，茶饮之润，乃是诗中两大眼目，而有两句又特点更梆之事：

隔巷蟆更听未真，

梅魂竹梦已三更。

请问,这都是何意义? 四诗特设于此,为了何事? 是否闲文漫句,可有可无?

十分惊奇! ——这是"逆伏笔"!

这是遥遥地注射着后面宝玉沦为乞丐、更夫的"境况"的一种最强烈、最震撼人心的对照对比!

这是雪芹首创、独擅的中华艺术笔法,古今中外所罕有,所仅见!(书中无数诗、词、曲、谜、酒令、戏言,皆是如此绝妙的"顺伏"或"逆伏"之奇致。)

这一切,都让高鹗的"大功"续书给消灭了——成了只在前面浮游飘荡于"空际"的十分无谓也乏味的浮文涨墨,闲言碎语。

是谁破坏了雪芹的文心匠意与灵心慧性? 要不要追寻一下?

如此大事,没有"探佚",行吗? 大约是会被高续骗到底的吧。

红学的"方法"

讲解探佚的必要,也还是为了说明我们选录精品论文的一个方面的标准,而不必理解为"探佚万能",它句句得实。探佚本来就是一种无可奈何中逼出来的"无法之法",是一种大胆试验。即使如此,目今探佚的成绩也竟然非常可喜了,许多疑问基本解开了。我们除了运用探佚学,已然再无第二条途径可窥雪芹思想感情的整体与深层了。是以此学的意义价值务宜细察而善领。

探佚学的本体性质,与红学其他分支一样,都是考证。什么是考证? 这"东西"是好是坏? 可喜还是可怕,可敬还是可厌? 相当长的时期以来,一提"考证",就带着"批判"语味,人们(尤其刊物编辑部)害了怕,"敬鬼神而远之","谈考变色"!

其实呢,各个部门工作,天天都离不开考证,只不过各有术语行话,不这么叫就是了。问题来了,要解答;现象与实际混乱,要辨清;事情内容真伪正误杂糅,要分别;文献、证件有真假,要审验;一向成见、偏见严重失实,要纠正;空白、模糊不清、显示不足之点,要填补、展现、揭发……这种种工作,都需"考证"来建功奏效,重要无比。这种工作繁难、复杂、曲折、艰巨,从事者十分辛苦,还得具备高明的学术条件。红学,本体性质绝大部分就是一种特殊的专题考证,它和闲坐书斋、清茶名酒、看小说"消遣"、看了发生某些感想、发出一些议论……完全不是一回事。

要想理解红学的使命与任务,首先须理解考证的性能与功用。这也就是为了审别红学论文的"精"与"非精"的一大标准。

考证简单吗?如果只需三言五语,就能解决、澄清问题,那也就用不着什么"考"而且"证"。考证大抵十分困难费力,不但做起来需要很大恒心魄力,就是读它,也得赐以耐心与细心。这就是学术与闲谈漫话之不同所在。

因此,不必为一个"繁琐考证"的恶名所吓倒。

当然,高等上乘的考证,也并非是"越繁琐越好",这全看事情本身的情况与考证者的学力与表述能力。但是不要一见人家的细密周详,层次丰富,就以为是"繁琐"。繁琐只应该指那种放着重大课题不知理会,专门热衷于一些无关大局要义的小玩艺儿大做文章,那才真是既繁又琐。

此外也要说清:为《红楼梦》作注释的学者们,也不能叫人家是"繁琐考证"。因本书不拟包括注释学,故简言在此,不再多及。

考证是澄清混乱、解决疑难的有利有力手段,也就是治学所离不开的方法,自然科学也离不开它——实验、数据、分析、假说、初步结论、再实验、再印证——引向正式成立的结论,这就是考证,不过习惯上只把"考证"之名给了人文社会科学就是了。因此,红学的基本工作是文、史、哲三大方面的考证,是学术,而不是"感想"、"意见"、"看法"、"谈论"。

所以红学不同于文艺欣赏,它是手段,帮助读者理解曹雪芹与《红楼梦》,它本身并非"目的"。

当一门学术建立之后,在未完全达到研考的目的之时,它本身就有了一种相对的学术独立性。红学的发生、存在的意义,即在于此,并无奥秘可言。

总起来再明确一下:红学的这种分科与协作,其唯一目的就是想尽办法把《红楼梦》的"文本"弄个清楚,以便在这个良好可信的基础上去进行对"文本体认"、对"作品本身"的各种研究——而绝不是自己排斥自设的目的。然而颇有误会,总以为强调红学应将基础研究与一般性感想评论分开,就是"不要文本"而只做"线外"研究,批评红学范围太狭隘了云云。这种逻辑颠倒其实是太不必要了,因为完全可以反问:不重视甚至排斥红学基础研究,一味强调"文本"、"作品"的"本体"、"本身",是否就是红学了呢?红学史实回答:并非如此。

因此,上述误会与埋怨,应该解除,无须一再重复,因为那不是有利于真学的发展的学术意见。

文化小说

至于我们已然有了《红楼梦》是一部文化小说、红学是中华文化之学的新命题之后,若干误会与挑剔也就于势不免。于是也需要再加解释。

一、《红楼梦》的"性质",向来已有了"政治小说"、"历史小说"、"社会小说"、"爱情小说"、"易理小说"、"谶纬小说"、"民族主义革命小说"、"自叙传小说"、"人情小说"、"唯人主义小说"……等众多观点说法。这种现象反映的是一种什么道理?是它的内涵本身包容着的,不是一隅一角,一层一面;正是反映了中华文化的一个大整体。所以"文化小说"的认识与命名,可以说成是"针对"那诸多命名而取的,也可以看作是赅括众义而取的。

二、"文化"一词在今日报刊文字中被用得十分紊乱而混杂,比如"酒文化"、"茶文化"、"高雅文化"、"俗文化"、"商品文化"、"广告文化"……无所不被以"文化"之名;"文化新闻"版面则以影视、节目、明星、歌手……为大宗,为主体。我们才有必要特用"中华大文化"的词义来略示区域。

中华大文化也分形而下的"形态"与形而上的哲理灵思。我们在《红楼梦》中对此二者都可以感受到极为丰富而绚丽的"态"与"理","形"与"思"。作为学术,作为理解的首要之大事,却偏重在形而上的一面,否则不会有很大的收获与发现。

证明是充分的。娲皇补天的宇宙观,石、玉、人共有灵性的生命观,"正邪两赋"气禀生人的质性观,三才合一的天人关系观,阴阳交互的气运与性别观,惜女鄙男的社会观,情缘分定的反理学观,将孔门伦礼化了的"仁学"转变为感情化了的"仁学"观(博爱、平等、体贴……),助重人轻己的义侠观,用世与避世异途的人生观,鄙薄利禄的狂狷观,般般样样,皆是中华大文化的传统的与自旧生新的重要涵蕴与表现。这是中华大文化之包藏在雪芹思想与其小说背景的核心课题,不研究这些,又如何谈得上研究与理解《红楼梦》?

有人误以为中华大文化是指百项杂陈式的"百科全书",又有人说文化不能是空泛的,是表现在具体的人物故事的"形态"中的,所以不能离开作品本身而谈文化。这很奇怪,从来无人主张这样的研究"方向"。我们只是说,研究人物情节,不能总是"性格"、"心理"、"形象"等等西方理念的一种模式,所以就是具体的"形态分析",也不要发生以什么文化标准哲学观念来做出发点的根本问题。

因此,一切都不存在有"文化"就无"文学"的"红学问题",对文化基础清楚了,才可能对具体形态理解述说得更为贴切,更符事实。

当然,这也正是本编所以能够成为当代中国文化大系的一个专卷的坚强理由与合理资格。

导读的献愚

我受委主编此卷时,总编委嘱我,写"绪言"应具有"导读"的性质功用。这是该当的,因为编集的目的并非是为了专家、学者,而是面向一般读者及广大文化工作者。在我考虑中,"导读"不可理解为对入选论文的"介绍"、"提要"或"评价"、"定位";那样一不可能,二不相宜。导读者首先是要说明红学的历史、背景、意义——而在本卷来说,尤应首先讲述这五十年新国学的建立、发展、曲折、反正的环境条件,让读者粗明这些论文所由产生的可能与原委——它们何以"是这个样子"的?这方是"导"的真正意旨,它是理解的一个大前提,前提懂了,各个个别内容自然容易领略了。

"导读"还可以指出,五十年的红学努力,已然取得的成绩是些什么,还缺欠些什么,大家应当朝着哪些较高的目标继续"景行行止"。

上文叙过的,一九五四年批俞批胡运动之后的红学,是以社会学分析来解释作者作品的思想内容。当时因此发生了"市民说"与"农民说"之争。双方的主导人之一的何其芳(社科院文学研究所所长)在一九五七年为中国作家协会的讲习班作讲演时,开头就表示:从着手研究起已历十五个月,看了些清初思想家(如王夫之等)的著述与历史书,结果都没大用处。所以出现了《社会分析不能替代艺术分析》的文章。八十年代情况,方才已略述大势。进入九十年代,却出现了惊动学界的两大争论:一是作者曹雪芹的祖籍老问题,一是作品版本真伪先后的新问题——这有点儿讽刺意味地"退回"到了红学的开头去了!

这个最"新"现状现象,清楚地表明:离开作者与文本两大根本,空泛讨论是很难切中红学之要害的。

所以,两条纲领必须反复讲清——也才能真算是导读的主脉。

一、首先注意曹学的重要。二、此学的"灵魂"归结到"自传说"上。三、曹雪芹的原著真书到底是八十回,还是一百二十回? 亦即有人提出的程、高伪续的"全本"倒是曹著原本,而八十回脂批抄本乃是清末人之伪造品。

红学五十年,西方文化所谓的"半个世纪"之久,竟然没有真地离开这两个"命根子"问题! 你看可惊不可惊? 可异不可异?

曹学始终是红学的"热点"或"聚集",事非偶然,尤其当人们悟知了"自传说"之重要时,更加如此。大家印象中多以为"自传说"创自胡适,实则远自雪芹同世人如脂砚、明义、吴云皆如是观如是说(前文已略及)。再看拙著《红楼梦与中华文化》上编所举众多例证,就可无疑了。最近的书,则又有美国加州大学出版的 *Literati and Self-Re/Presentation*:*Autobiographical Sensibility in the Eighteenth-Century Chinese Novel* 的英文专著,以十八世纪中国的《儒林外史》、《红楼梦》、《野叟曝言》为三大自传小说,认为是作者的 Self-Re/Presentation,更可说明这在国际学术界已成为公认的事实。除非坚持"虚构""典型化"者,还要有其异议——不过那在鲁迅驳正王国维时早已破疑了,更不需老话重提。那么,必须弄清曹雪芹的家世生平、感情思想……永远会是红学的中心工作,是内核,不是"外线"。

既如此,五十年来对雪芹研究的成果是哪些呢? ——

(一)雪芹是曹寅过继子曹頫之次子。

这一考证是由多层依据判明的,已有专家专文辨析。如今只举两个参证,也饶有意味:一是《集刊》发表的《齐白石谈曹雪芹和〈红楼梦〉》,齐于光绪二十九年在西安与樊樊山文酒雅会中,听同座旗籍人(佚名)所述:雪芹之父生有三子,芹为行二。这就排除了"曹颙遗腹子"的揣测之说——曹頫奏报颙妻马氏怀孕七月,此后并无续报"生子"之文献证据,"遗腹"更不可能"行二"。

二是雪芹于书中特写林四娘故事,实因她是救父的义女,其父为江宁府库吏,因亏帑入狱——这恰恰是隐寓曹頫因雍正追逼"亏空"而借词陷狱之事,这岂能又是可以诿之于"巧合"的"现象"所能解释?书中的"贾政"何以会盛赞林四娘?并非真夸奖她的武功殉主之事迹。可参看拙文《曹雪芹红楼梦之文化位置》。

(二)雪芹生卒年之推定。

这一问题,从六十年代最初为争议之开始,一种意见坚信脂批"壬午除夕,书未成,芹为泪尽而逝"的明文,以为当卒于壬午即乾隆二十七年。另一种论点则根据敦敏诗集癸未春尚有"代简"诗招雪芹聚会、而敦诚挽诗"晓风昨日拂铭旌"之句作于甲申之开年,即正月元旦的语气,合证雪芹实逝于癸未除夕,即乾隆二十八年,脂砚系误记干支(此种误例诗文中多见不鲜)。

雪芹并非"颙遗腹子",即不可能出生于康熙末年,而敦诚挽诗"四十年华"之语可证雪芹寿命基数。书中写宝玉十三岁时诸事迹,可由历法证明皆属乾隆元年之情况,而乾元为十三岁之人,正好至癸未为四十岁。由是确证"四十年华"乃是纪实——不同于诗文泛词"举成数(整数)而言",亦非"故意减寿(以示命短)"之词。

(三)考明曹家旗籍为满洲正白旗包衣,内务府人,即皇室家奴。

(四)考明雪芹曾祖母孙氏是康熙帝幼时的保母(教引嬷嬷,抚养教导的妈妈)。满俗甚重乳、保"八母"的恩情,由此决定了曹家在康熙一朝的兴荣富贵——孙氏封为一品(尚书级)夫人,政治地位甚高。

(五)考明曹家几门亲戚皆是满洲名门贵族,包括了镶红旗的平郡王府。

(六)考明雪芹从曾祖、祖父以来的家世文化的极高造诣。

曹玺始任江宁织造,破格连任二十年之久,他本人是"读书通经史、工文章"、兼有技能,其座上客,也是头流的文家艺匠。至于曹寅,我阅书近千部,实引者亦达六七百种,充分证明其人的天资学识,诗文书画、舞经歌律,无所不工。所交皆天下名士高流,藏书刻书,扶危济困,士民戴德至于流涕。

(七)考知曹寅小于康熙四岁,为小皇帝的"嬷嬷兄弟",形影不离(同居紫禁城西侧"小府"),既是从师(熊赐履)的伴读(顾景星诗可证),又是"哈哈珠塞"(满语童子侍卫),故其晚年奏折中犹见自言"臣自黄口,充犬马"("黄口"乃以巢中雏鸟为喻之词,指年甚幼小)。是故人谓其地位之特殊,"呼吸通帝座"。然而他的实际处境却万分困难:他身不由己地被"卷入"两大派系的"党争"中,形势至极复杂,他忧心忡忡,真如临渊履薄,欲跳出罗网而不可得,虽祸幸免于及身,也会累及子孙。果然,康熙帝一死,立见"树倒猢狲散"的局势到来!他的思想内衷十二分复杂而悲凉。

(八)考知曹、李二家至亲"一体",始终祸福与共。他们都是与胤禛的政敌一派人较为相近的奴仆,公私之间,来往自然密切;胤禛一成为"雍正",穷治敌党,立即惩治李煦。而曹頫则延至雍正五年冬,隆科多的大狱一兴,随之而抄家逮问了!

(九)考知雍正的暴政,至十年为止,始有缓和,曹家略得小苏。雍正死于非命,乾隆嗣位,一改其父之所为,遍赦"罪"家;又因平郡王福彭(雪芹大表兄,曹寅之外孙)与乾隆为自幼宗亲契友,得以重用。于是曹家又如"百足之虫,死而不僵",很快恢复"小康"的职位与家计——即《红楼梦》中第十八至五十四回所取材的乾隆改元那一年的情景。

(十)考知由乾隆四年起至五年正式发作的政治"大逆"案,由庄亲王胤禄为首、废太子胤礽为主角,并有怡亲王等系诸子侄辈另立"内务府"——私谋推翻乾隆(根源仍在雍正的政变夺位)。在此大案中,福彭等人因故获谴,受惩办,因而曹家复被株连再遭家破人亡之祸。雪芹由此沦落至于贫困,衣食无告。

以上方知雪芹身世生平的主要关目与大致轮廓,这也才是他写作《石头记》的真正背景与取材。

曹学的功用,初显于此。

* * * * *

以上所叙的大势是由大量史册诗文钩稽推究而得知的,自然也有一些不同看法的争议,但都不足以改变总的结论,故亦即没有出现一种完全各异、另成"体系"的考证成果。当然考证家们也有怪脾气:当他们不承认某论点的时候,撒手锏是说别人"查无实据"。(仿佛一切历史经过都有"书面证明","签字盖章"才算数。若那样,又何需考证?)反之,人家根据明白字句、记载而立论无误的,他却定要"不承认"明文晓义,定要另生"别解",造出种种"理由"以为反对之"实据"。这些,内容琐碎纠缠,本文即不一一详及。

等到乾隆八年,诗人屈复作诗怀念曹寅时,已经写出了这样的句子:"……诗书家计皆冰雪,何处飘零有子孙?"

嗟叹之音,凄惜之意,以及弦外不平之鸣,令人为之心惊而语断!——然而这也正好说明了曹家的遭难是一场最大的冤案,这和雪芹的流落与著书,有千丝万缕的联系可寻。

既如此,已足可表明:五十年来为了理解《红楼梦》而付出巨大学力的曹学,可毫不夸张地说是硕果累累。回顾二十年代胡适的"坐吃山空"、"自然趋势"的看法,这门专学的功绩是最有意义的贡献了。

但是,这位不知飘零何处的"子孙",他的思想感情又是什么样子? 这才是研究红学、曹学到底走入了它的灵魂境界,而成为理解《红楼梦》的最重要的一大课题。

看不上曹学的人,在呼喊"回到文学上来"、"回到文本上来",而实际上则是接受了人家曹学研究的成果、不费丝毫力气地运用为"常识"(好像他早都知道)而作为"自己"的"参考依据"而立说。他们不知征引注明,只作转贩,还加上一些吹求指责之"微词"(学风多年是如此浇薄的),也不肯自己去下切实的功夫深入考史求知。这种自相矛盾的现象不利于真正理解曹雪芹的为人与内心,没有"知人论世"之功之识而欲从"作品"字面上去求解,其结果自然也会陷于"简、显、浅"(梁漱溟评胡适之三字定品)。

《红楼梦》的魅力究竟何在? 是艺术,还是哲思? 艺术令人击节叹赏,言者尚多;哲思令人沁脾动腑,入性移情,则解者最罕。

为研究《红楼梦》哲理开辟途径的,似乎仍以拙著《曹雪芹》(后拓充为《曹雪芹小传》)中首次探研"正邪两赋而来"的宇宙观与人性论的崭新问题。我在六十年代斗胆指出:雪芹的这种"气禀说"是朴素唯物论,却与宋儒朱熹、明儒吕坤等旧观点有了极大的根本的不同,可谓惊世骇俗之论——当时斥为"异端邪说"者,正在于是,意义最为重大。

此路开辟虽早,所惜肯来踵武深求者甚少;研思想内容的却大致分为以下几种:

一是由争论"主题主线"而涉及的"政治"、"爱情"的不同看法,颇有争议。

二是"补天"问题的商讨,一种意见以为雪芹著书是为了"补天",而另一意见相反,认为他"无材补天""不堪入选",是反对"旧天"的愤世之言。

三是阐释原书标出"大旨谈情"的情,到底涵义何似? 是男女"爱情",还是为"千红"、"万艳"悲感痛惜之博大之情?

四是综合型论点,主张"三维立体结构"说,或三个层次的浅深义蕴之说。

五是探讨小说中的佛、道二家的思想影响;也有专著认为曹雪芹的书是以"三教合一"为宗旨。

"三维"(Three-dimensions)指的是朝政家史—自传—爱情(或大同小异的三系合一说)。三层次指的是文本表面情节故事—作者自叙自寓—中华文化的"反面春秋"之表现。

在这些纷纭各异的见解中,此刻还不急于硬断孰是孰非,或各有短长得失,他们想要把握和抉示《红楼梦》的精髓与真谛了,这是一大进步的景象。

＊　＊　＊　＊　＊

研究红学到了这一地步,就大大超过了早期的社会分析、人物爱憎、婚姻悲剧……等思潮阶段的水平,而不能不是升级到我们中华民族的整个大文化(传统与现实)的大关目和总意义了。这也就证明了我说的红学并非一般文艺理论(尤其西方的模式)所能代替的根本原因。

红学的趋向与前程肯定是《红》书在中华文化整体上的位置与意义的研索与领悟。五十年来的红学历程,应当以此为一大"转站",形势是分明的。

形势逐步趋于明朗化,似乎以一九八六年为之标志。此年夏,哈尔滨国际红学会议上,《光明日报》记者采访我而提问今后红学应以何为其发展之方向时,我答的大意就是要研究雪芹此书的文化涵义。此采访记之刊出,应属公开命题的首例。一九八六至一九八七一年中,我在海外撰写了《红楼梦与中华文化》的书稿。这也许是此一主题的第一个尝试的实例。

　　书稿经在美的"红迷"介绍,给了台湾的出版家。赵冈教授在台读了此稿(或因出版者请他评估质量价值),他表示,此书当出,题目似乎太大了些,可否改拟一下? 我请他助我代拟,他不肯;我因想不出"好"的,终于用了原题——这是因为:其上编是从中华传统"小说"观念和"界定"来讨论"自传说"的意义与史源;而中编则是综论从庄子到魏晋王谢名士风流的核心问题"情"与"痴"的来龙去脉,加以寻绎与阐释。此二者方是《红楼梦》的两大命脉,而此二者不从中华大文化上去研求理解,那是无法得出什么结果的。这样,我对拙著的题名虽觉宽泛了些,毕竟还是未离要害的,扣得不为不紧。

　　我借这一个人之事例,说明红学为什么经历了多年的艰难曲折的途程,在曹学、版本学、脂学、探佚学的分工合作之下,终于走上了这一条"咽喉要路"。

　　比如以"大旨谈情"这句原文为一"主题主线"作研讨的人,他首先须把"中国人的情"弄个基本"界定",假若他不从中华文化上来寻求理解,而只从他自己的意念知识之圈内打转,加上受西方"爱情小说"的影响,那么他就能够真懂了雪芹所说的"情"了吗? 只怕未必。

　　要想懂得《红楼梦》,必须先懂雪芹的几个"关键词",如"通灵",如"作者痴",如"情种",如"情不情",皆是头等要义。而欲解此种词义,则不研中华文化思想精神,只是浮光掠影,乃至拉扯西方以为比附牵合,断乎无能济事,徒增混乱纠葛而已。

　　关键之关键在于一个"通灵",而人皆"顺口溜"读之,习而不思其深厚的文化底蕴。

　　盖在雪芹意中,物类相感,"感而遂通",通则为灵。何以相感? 以其有情,情能感物,感之至诚则能通。此一作用,即谓之通灵。他以女娲为喻,娲皇造人,不仅赋之以形,而即兼赋之情,此方谓之"人"——而娲皇炼石时,也就如造人一样,同时赋予了性情,石有了"灵性",不只知觉感受,最要紧的是它具有了感情。是故,无情之物,始谓之"冥顽不灵"。凡有情者,即称"含灵"、"诸有情"——此在佛经较晚译本乃改用"众生"一词了。"觉(jiào,动词)有情"者,即"普度众生"之同义语也。

　　以此,在雪芹看来,人的第一要义是情,其他皆属第二义。

是以雪芹特标："一干情鬼"、"开辟鸿蒙，谁为情种？"、"厚地高天，堪叹古今情不尽"、"有恩的，死里逃生；无情的，分明报应！"、"中山狼，无情兽！"……在书尾还总列一幅巨大的"情榜"！

此"情"何义？不注自明矣。

至于今世之所谓"爱情"，雪芹则特以"儿女私情"以示大别。（咏湘云："好一似霁月光风耀玉堂，从未将儿女私情略萦心上。"）

这是中华文化上对人对情的正解。我指出过：一向被引用得滥俗的"情之所钟，正在我辈"，这话本是六朝人士伤悼亡儿的典故，何尝是什么"佳人才子"的"美谈"？！

我以此例，讲明"红学即是中华文化之学"，可使缺乏深思的讲《红》者有所醒悟（此一命题见于拙文《还"红学"以学》，载《北京大学学报》一九九六年第四期）。

五十年红学的历程，昭示吾人已然展开一个新的阶段，不为不分明了。

*　　*　　*　　*　　*

但是理解雪芹著书的"情"，不只是为了区辨"私情"（男女）与"公情"（博大的"千红一哭"、"万艳同悲"之情），还牵连着两个不小的问题：一是"妇女观"；二是"色空观"。前者为学人称为"女性世界"，后者即"出世思想"、"消极悲观主义"。

然而，出奇与意外的是，这两个问题竟然也是相互关联，难分难解的。

雪芹作书，原是为了"闺友闺情"，为了"几个异样女子"，此乃明文交待。所以"红楼"本即女子所居之专称，太虚幻境的"幽微灵秀地，无可奈何天"——指的就是"女儿之心，女儿之境"（脂批）。这本不待繁词多讲。但要讲的是雪芹之妇女观，与大男子主义传统立足点与眼光、标准根本不同：他是完全否定男性，已经不再是"为重男轻女翻案"的浅层意义了。此义可参看拙文《曹雪芹独特的妇女观》。

他极力赞扬凤姐、探春的超群出众的精明才干。所谓"都知爱慕此生才"、"才自精明志自高"，赞不绝口，绝无二词贬语。这还是细心读者都已了然于心的事实；比较"冷僻"不大为人称引的，实际还多，比如第十三回的结尾联，大书特书云"金紫万千谁治国？裙钗一二可齐家"，"何事文武立朝纲，不及闺中林四娘"。这都是雪芹的特笔,明告世人,他对妇女人才的评价是不同凡常的,是男人所万不能比肩的——"须眉浊物""浊臭逼人",他们是一种不可向迩、可憎可鄙的"臭男人"!

就由这么一举例,就已然看出:雪芹并不"出世",也不"色空",因为他十分关切人才的得时得地、受任膺运,得展抱负,关切治国、齐家,关切"朝纲"。这何尝是什么"出世思想"? 又怎么说是"色空观念"?

一种解释是,他原亦有入世之心,立功之志,后来方悟"枉入红尘若许年","一技无成,半生潦倒",所以才归结到一个"空"字来,是经历了"禅悟"、"道悟"、"情悟"三关之后的结果(因《山门》戏中《寄生草》一曲而悟,是为禅悟。读《庄》续《庄》,是为道悟。梨香院见龄官与贾蔷之一段形景,是为情悟)。但是真悟了的人,何以还要"字字看来皆是血,十年辛苦不寻常",那样"滴泪为墨,研血成字"地作书? 何以再三再四题咏之句依然是"谩言红袖啼痕重,更有情痴抱恨长","茜纱公子情无限,脂砚先生恨几多!"这岂是"悟"了的"境界"?

又有人以为雪芹原书后来宝玉出家,"悬崖撒手",就是彻悟归空之证。然而脂砚又已批明,那是宝玉的"情极之毒"——正如书中所写,情到极处,无可排遣,竟欲化灰化烟,是同一"之毒"而已,何曾是"悟"?

由此看来,像这类的问题,确是红学的高层次研究目标,而多年来并未得到为大多数人认同的"定论",还待专家续加探寻;而研究雪芹的哲理玄思,也就必须从中华文化的根本大命脉上去"诊断",离了这个根本,只依靠外来移植的观念来图解《红楼梦》,恐怕只能是"事倍"而"功不半"——走样,变味,曹雪芹西服革履,林黛玉隆乳高跟,如此"处理"一番,才算是"跻入世界文学"而"随时代前进"了吗? 这是要"红学家"们思忖商量、前瞻返顾的。

＊　　＊　　＊　　＊　　＊

红学的主体和主要任务,应该是中华文化之学,这个命题,已然渐为学人所共识所赞襄合作。选"红学精品",理应以此为最基本的尺码标准。但历史也不能颠倒、"改扮",选从前的论文,自然需要兼顾历史条件,适量宽容。

尽管如此,开国以后,前期的论著中若有虽未明揭命题而暗契深源的,就倍形珍贵了。这是一个大方向、大攀登的历程。

或许会有疑问的：中华文化毕竟是什么？曹雪芹不是大笔特书"破陈腐旧套"吗？鲁迅不是早就说过《红楼梦》的写法完全打破了以往的"传统"吗？如今强调红学是中华文化之学，岂非倒退？又有何意义可言？

这种疑点，可以回答——

文学的写作，从手法到观念，有陈陈相因，即"旧套"；也有创意"变法"，是即"打破传统"。创新是进展，是可贵的，但创新并不与伟大二字划等号。而我们的"红学"是除了研讨雪芹的文笔的创新之外，还要探索他的精神的伟大——这才更是重要的目标。

这样的创新，并不是"打破"了中华文化的"传统"，却正是运用了一个更好的方法来体现了中华文化的精华神髓。为此，他才伟大。

新，不一定大。真正的新，也只能是从中华文化大母体中诞生的英才俊杰，既非掉自云间天上，也非来自异姓他乡。欲求雪芹的伟大（这是久已公认的），就是要看他如何深切领悟与体现了中华文化的伟大——而不是什么别的"伟大"，或"另有伟大"。

雪芹是曾究心于佛理的，这没有疑问；佛家要"觉有情"，即度人以去情，情乃一切烦恼苦痛之源，故必去之而后可修行大法。但雪芹却以情为性命，与情相始终的——这从敦诚挽诗"邺下才人应有恨"之句可证，绝无二义，"新愁旧恨知多少？"亦即"情何限"，何尝皈依佛训，去情而修道？在传说中，也有雪芹曾在香山之南的法海寺出过家（见老舍诗注），但纵使不虚，也不过是他衣食无门、投身寺庙赖以生存的形式，而非"看破红尘"的归宿。他的好友赠诗中绝无"出家"痕迹可寻，只言"寻诗人去留僧舍"、"破刹今游寄兴深"。这是实迹。至于清代皇族贵胄的读《石头记》诗，或言"满纸喁喁语未休，英雄血泪几难收！"（新睿亲王淳颖），或言"遗才谁识补天人？"（荣郡王奕绘），则分明道出他们的直感：雪芹乃一用世英雄人物，怀才抱屈而终，为之嗟悼，为之痛惜——哪儿又有一丝毫赞他是超凡入道的觉悟者？

为此，我们不能把"宣扬色空观"的条款加之雪芹身上。

如果这一认识不误，以之作为大前提，方可望理解《红楼梦》的内涵的博大精深，是与民族文化的博大精深同位同步的。

＊　＊　＊　＊　＊

淳颖是了不起的,他具心具眼,有大智慧,识透了这是一位罕有的英雄之作,血泪之痕。这不免出语惊人,用词骇世。细想起来,重要无比。

既是英雄,必然大仁大勇,轻己重人。他洒血泪著书,就不是为己——比如一种简单的身世之悲,屈枉之感,俗常之辈,也会有之,古今例多,何足为大? 其所以为大,正是以"情"为公,以欲为私。他写的主人公宝玉,有很多缺点,乖僻偏颇,刁钻古怪,但他一心为了别人,而不顾自己。

这是能为千红一哭,肯与万艳同悲的伟大人格的核心。

他忘不了众人,因而也就忘不了那个至关性命的"情"字。

他至诚无伪,轻物重意,一杯水,一炷香,只要"达诚申信"。他要真,不要假。

他珍惜的是美。美的毁坏、消逝是使他最为悲痛的原因。

胡风说雪芹是"唯人主义"者,其语精绝。

潘德舆说雪芹有"奇苦至郁",所见亦深亦大。

他自言半生无所建树,是"愧则有馀,悔又无益"。无益即不悔,坚持他的信念"唯人"。但既未能拯救千红万艳的不幸命运,斯为大愧,无尽之愧!

这就是一个真正伟大的文学巨匠,哲理大师。

他的伟大产生于伟大的中华文化,也回归、反馈于伟大的中华文化。

因此我以为红学(与其分支专科)的使命就在于完成"说明曹雪芹何以伟大"这个论证任务。

我们选编"精品",虽然途径容有直接、间接之小别,其终极标准是看它是否能够逐步接近这个伟大的观照与阐发。

本编曾拟选录发表于一九八二年程鹏的《红学·人学·美学》一文。据撰者自言,此前"红学"未见此种研究良例,然则此一命题就是十分重要的了,也许可以说是红学在"思想解放"后的一个崭新的"阶段标志"吧? 无论怎样说,由此可以看出红学是从八十年代逐步升级升格了,红学不能总是社会学分析下的人物论和"爱情悲剧"的"反封建叛逆论"了。

我在此提及此文,仍然不是要对它作什么"我的看法"的"评论",而是想借它来说明红学应为中华文化之学的理由。

按这个题目中的三"学",其关系应是"三位一体",而不是一派三支。"红学"既是中华的,民族的(外国没有"土生土长"的红学),则此题中的"人学"、"美学",也应是中华的,民族文化的,而不是从外国移来的名词概念。

比如,一提"人学",就会想起高尔基的名言"文学即是人学"——仿佛这是外来语义。实则中华自古即讲"人学"——就是孔子的"仁"学("仁",本字就是"两个人",即"人与人的关系",这在文字训诂学上早就明白了)。

孔子在两千五百年前讲"仁",雪芹在二百五十年前讲"情",其致一也。所以"红学的人学"是中华的,民族文化的"人学"(孔、曹之同之异,那正是必须深入研究的大课题,但此处不能乱了步子)。

同理,红学的美学,也绝不是与西方的 Aesthetics 一模一样,好比葫芦之与瓢。曹雪芹心目中的女儿,她们的模样与打扮、神情与气味,都有丰厚的文化内涵、民族传统;对自然景色,时运节令,园林环境,生活境界,也是如此,都是中华的女性美之美学观,不会与"西方之美人"的标准相同。

所以,这个重要的论文命题,既是艺术的,也是哲学的——更是文化的。

红学必然要逐步升格到这条大道上来。

红学文化新态势

大约进入九十年代不久,红学界出现了两种异象:一是"倒退",一是"翻新"。倒退的是在版本学上有人提出"程本在先、脂本在后"之说,认为一百二十回程刊本是"原本",而八十回脂本是"伪造";其艺术评价也是程高脂劣,云云。翻新的举出王国维的《红楼梦评论》作为源头,加上美国的夏志清、余英时,中国的刘小枫等诸位,将他们对于《红楼梦》的理解议论标称为"本体价值论"和"论释学"新流派。

倒退的,似乎所遇到的赞同者远远不逮反对的人数之多,能否为学术界的认可,尚未可知。翻新的是一种好现象,因为它能推动研讨,进而打开更好的局面。

"本体价值"的诠释学,若以拙见看来,也还是一种"思想内容"意义的解说。它与早先五六十年代的特重"思想性"之不同在于:后者是社会学的、政治性的、阶级论的,而前者是哲学文化的。

从我个人的主张来说,这种流派倒是符合我认为的"《红楼梦》是一部文化小说"的理念。所以我说它是最近期开始"明朗化"的新"走向"(实质早在,不过并无正名目标号)。

这一流派对《红楼梦》的诠释:王国维是欲与痛苦的解脱;夏志清是"爱与怜"(Love and Compassion);余英时是"两个世界"(现实与理想);刘小枫是"拯救与逍遥"……

这儿已可看出一点:措词不同,用意则一也:都是力图以自己的理解感受来"图解"曹雪芹的心境与文境。

他们的意思是说,贾宝玉是仿徨、徘徊于"色"与"空"、"执著"与"放弃"、"痴"与"悟"、"补天"与"出家"、"为人"与"为己"、用世与出世之间,他在痛苦中寻求一种"解脱"或"出路"或"归宿"。

从历程看,其中又出现了一个特点,王国维是拉来一个西方哲学叔本华,夏志清是以基督教的"圣爱"精神来看宝玉,余英时是重拾"乌托邦思想"来解释大观园,只有刘小枫的"逍遥"是从庄子来的,是中国文化的。

我自己对西方哲学是门外之门外,不敢妄议。但我也可以蓄疑发问:难道假如欧西不出一个叔本华,我们中国人就永世也没有诠释《红楼梦》的资格与方式? 岂不怪哉。

不但叔本华,就是列举一大排欧西哲学大师,康德、黑格尔……以逮海德格尔(一九八〇年国际红学研讨会议上就有美国研者以他来解说曹雪芹),我也不禁要问:他们这些诸家,能读懂中国文化小说《红楼梦》的"文本"(包括脂批在内)? 他们的哲学思想理论中涵融了多大分量的中国文化素质与中华民族的精神智慧特点在内? 拉一位来即为辅助之说,是开拓视野、启沃智田的外来营养,但决不能对自己的文化结晶只凭不同文化思想的模式来作"主体"的诠释吧? 曹雪芹未曾在欧美生长、生活、就学、就业,他只见过一些西洋玩物用物,觉得新奇;他的作品产生于中华大文化背景环境,是民族的文化大师、文学巨匠。人类当然有"共性",但我们这儿是研究发扬中国文化的精华命脉,还是先把民族个性之优美伟大之点多加阐发展显,方为当务之急,事业之本。

　　这是我将"红学"专卷列于当代中国文化大系中的观照的一点拙见,谨供方家、读者参酌。

剩义剩语

　　文化是人类各民族都有的精神物质"形而上"的创造,这是人类的"共性";但各民族的文化的表现并不雷同,各有特色,此则是各民族的"个性"。文学艺术讲共性,但重个性。文化正复如是。比如中国画家喜绘山、石,西方画家喜绘的并非山、石,何也?美女可以成为中西画家的共同写照的对象,但西方画美女特多横陈、玉立的裸女,而中国画的却是雾鬓云鬟,长裾绣带。对宝石,人类共同珍爱,而中国极重美玉,西方则只重钻石,对玉是不怎么能赏识的。这都表明,中西文化目光、心态、气质、境界,很不一样。倘不知己知彼,必致生搬硬套,结果是要以西代中,忘了自己都是怎么一回事。

　　曹雪芹对于"人"和"人生",天上(宇宙)与人间(社会),都有他自己的感受与想法,但又都是中国的,中华民族的。比如,娲皇既抟土造人,又炼石补天,人是灵物,石亦同样有了灵性(人性)。而石—玉—人,三级"进化",贾宝玉的真正伟大慈母不是"王夫人",而是娲皇圣母。这就是中华民族文化的思想意识。到了"人"的高级"进化"阶段,他的灵性之可贵处与表现是什么?是情,是才,是德("达诚申信")。全书"大旨谈情",书末《情榜》;"无才"可与补天和"才自精明志自高""都知爱慕此生才"……才是要害。"情痴""情种",即诚即信,生死不渝。这也都是中华的民族的理念与境界。须知,中华的"情"与西方的"爱"Love是不同的,"才"与"天才"talent也不一样。所以需要从中国文化的母体中去领会雪芹小说中的名色与内涵,一切拿西方的观念概念来比附,往往差之毫厘,失之千里。

　　在"诠释学"评论中,也涉及了"石头"的问题,大意说,如若雪芹原著结局是宝玉"复原",变石归山(大约是依据明义题《红》诗:"石归山下无灵气,纵使能言亦枉然。"),仍为一块无识无知之冥顽物,对人间外物一切漠然"无

动于衷"了——这种归宿或"出路"也还是"归空",又有何意义？拙见以为,
这恐怕也是对雪芹的一种误会错解。雪芹本旨,"身前身后"两次经历皆失
败无成,只得回到"情根"之处(青埂),还忘不了将一生经历编写为"一记",
让人照抄去"问世传奇",这正是绝难"忘情",何为"无动于衷"？那种结束并
不真"空",三生石上(此石已历三生了),还会记下"四生"乃至"多生"的"奇
传",以飨看官。

盖中华民族文化的真精神,从来不是空无消极,那个貌似归空的意
象,实际是回归母体——回到娲皇慈怀中去。中华文化思想的一大特点
就是"恋母""归元",而不是"违离"出走"投靠"别人。雪芹的"补天",正
即此义。所以,"石归山下"是一种文化回归的象征。石头的"灵气"已由
娲皇(民族伟大慈母)赋予,永不会"无"的——若此灵消失,民族文化亦
归亡灭。

因此拙见以为,诠释学也好,将会出现的另外新学派也好,大前提永远
是先把自己的文化加以尊重珍惜,明白她的"个性"之大美至伟,用以研
《红》,更能有效有益于国人,启示于世界。

"三生石上旧精魂……此身虽异性长存。"

精魂即长存之性——民族文化精神。雪芹是信奉这一条似玄而实确的
理念的。

几点说明

本卷是《中国当代文化书系》的一部分,"当代"不与"现代"同义,故选录
论文的史期上限断自一九四九年,亦即选录对象乃是新中国成立以后的诸
家撰作。

本卷以红学为题,故选文标准重在学术质量。无"学"的空言不录。

选文原则,重心在学术性研究所得的积极性建树,如创见、破解疑难、抉
示新理,等等。一般议论,批驳他人而又无自己正面贡献者,不录。有新意
而欠学力者,控选。一般人物论、艺术论,不选。撰者有"多产"而文富的,限
于字数篇幅,仍以一篇为主,这实欠公平,但无奈何,在此致歉仄之忧。选文

时,认文不认人,名家大作难以成立的论著,也不"照顾"。无名新秀,甚愿能无忽略。本编是选萃,而不是提供论争商讨的园地,选录时以其学术造诣为重,本人也有初步思辨是非正误的权责,故不是"两造"的并陈。

所录者,可有兼善全美,亦可有一得之长;入录者不等于字字句句皆为可师可风,更不等于选录人对其论点完全同意。

对曹家档案,零星续现的报道性(无多少学术研究内涵)的文字,不录。因为本卷不是资料收集。文风学德俱劣的,不收。

至于红学专著成册的,其数量惊人,若再从其中选录章节,则再有百万字亦难调协比例,本卷篇幅已不容再予扩宽,只好割爱,须另为一编了。港、台的因历史关系、文化情况较为复杂,搜辑又难周全,恐涉片面而陷于失衡,只得暂付阙如,以俟异日。再如客观上版本论文最多,而直接雪芹传记生平的新作最少(不指思想方面的探解),这编选起来会显得畸轻畸重,但这与有意取舍无关。均做简说于此。

已定原则不录评人驳难一类文字,但五十年间,红学界一大怪现象是伪造文物文献,情况严重。这种伪物给科研制造了大量的混乱,迷惑了是非,为某一方论点服务帮闲,效果影响至极恶劣。本卷特择其关系最要之一项伪案附载揭露伪迹之论文,因为其中也包含了辛苦的学术内涵,不同一般评议,故宜考鉴示警。此类文原拟选录陈毓罴等所撰的《曹雪芹佚著辨伪》一文,惜因字数太多,已难容纳,附此致歉,当蒙鉴谅。

史地考证精品,推李奉佐新稿《曹玺"著籍襄平"考》,十分难得,可为后来者示范,以实学证实事,是中国"朴学"的良例。

记得鲁迅先生在一九二四年为《中国小说史略》校印下册的后记中曾说到自以为憾的缺略而"观览未周"、"任其不备",是因为"时会交迫,辄付排印"。其情实令人驰思感动;今欲斗胆借来以结此篇导论拙文。但我学识差,见闻陋,给我的时限又十分紧迫。选编之际,失误必多,敬求匡正。

二三学友曾对编选之事提供了建议、希望乃至若干选目,受益良多,于此深谢。我只是一个选者,其他大量有关技术劳动,皆助手伦玲之力。

己卯春分节

即一九九九年之三月草讫于燕京东皋

【注】

①周春(一七二九——一八一五),浙江海宁人,乾隆十九年(一七五四)《石头记》已有甲戌本时,他已中进士,与雪芹正为同世人。其《阅红楼梦随笔》撰于乾隆五十九年(一七九四),是为最早的一部"红学"专著,有很大时代代表性。

附带说明,中国经学朴学,实际包括着"四部"中的经、史、子三大部分的研考,不仅是十三经的范围。

②谓《红楼梦》"本事出曹使君家",语见乾隆时石韫玉(花韵庵主人)《红楼梦传奇》(剧曲)之吴云序文。吴云为乾、嘉时人,亦与周春同世(或误与清末之号"平斋"的吴云混为同一人)。考见拙著《红楼梦"全璧"的背后》。

③程、高伪续后四十回,幕后支使者是和珅,详见拙著《红楼梦"全璧"的背后》,作于一九八〇年。数年后,出现了俄国学者早先纪录的证言,说程高本是"宫廷印刷的"。这就完全印证了史实,因俄国教团团长、汉学家卡缅斯基留居中国时亲闻此一内幕的。

(周汝昌、周伦玲主编,北京师范大学出版社二〇〇三年版)

《红楼梦是反面春秋》小序

"红学"是学,由名称而规定了体性。

尽管《翠竹居零墨》所记的"红学"一词原本带有亦庄亦谐的语气,而这门学问却迅速向着真学迈进。在此行程中,也会夹杂上一些"戏学"、"非学"(茶馀酒后闲聊式的"开谈"),甚至"伪学"、"闹学"(胡言乱语的闹剧性"文章")等等怪现状,但这也属于世情俗态之"常",无须见怪——红学的真本体从清末民初以迄于今,总轨迹是分明的:它已成为我国的一门"新国学"。

把红学看成是不值一笑的大学者,是不乏其人的;而十分认真而严肃地看待红学的学问家,却同样大有人在。如自号"太平闲人"的张新之,他的话还是值得引来作例:"是书大意阐发《学》、《庸》,以《周易》演消长,以《国风》正贞淫,以《春秋》示予夺,《礼经》、《乐记》融会其中。""是书叙事,取法《战国策》、《史记》、三苏文居多。"

请你看一看,能说出这种话的人,起码他须懂得中华的六经、四书、左、国、史,以至大文家的集子,不然他如何能作出这一比较参会的认识理论?

我举此例,用意有二:一是说明前人早已把红学视为集中华国学大成之学了,这是何等的崇高的评价!二是我序乔福锦小友之书时,立刻就想起了张新之先生所说过的那番见解议论。

在我目中所见,当代中青年人士之群贤内,福锦的苦学力学,实为罕见。

他是把红学尊为经学的第一个倡议者。但奇怪的是,福锦解雪芹之书为"反面春秋"一义,虽说词语本于脂砚斋,而实际确与张新之的主张大有关联。因为张氏十分重视《石头记》的春秋之笔,又十分强调须识此书的正、反两面。

当然,福锦又不是与张一模一样,他认为,《红楼》一书具有三重涵义:第一重就是一般人取读时所看到的"书面情节故事";第二重是作者自寓"无才补天,幻形入世"的生平经历;第三重则是"反面春秋",即字面另有深层隐义,如《春秋经》之具有"微言大义"、"尊王攘夷"的内涵,而非通常的小说野史。

他的见解,又与张新之的仅仅是笔法上的"示予夺"又不相同——示予夺者,即对人物事情有褒有贬,别家的"评红"也早有"如《春秋》之有曲笔",他们所见一致;而福锦却是以为:鲁史历年十二公,与十二钗对应;其间史迹,按《左氏》、《公羊》等传考之,各各要点亦对照对应,是以《红楼梦》一书即是《春秋》的巧妙传写。

因此,他深信红学即经学之说,真实不虚——他比前人大大进了一级:前人不过是比喻,他是体性相同论,二者相等。

这种观点,以往并无前例,是他的创见。这一观点,能否为学术界接受认同?因为是全新之说,需待本书问世之后一个相当时期内,方能出现不同的反响反应。这一点并非作序者个人所能预测。我所应当特别表明的则是以下两点——

第一,学术研究贵有胆量提出新见解,必如此,方能推动学术的发展——即使不能成立,也会发生一种积极的作用。

第二,学术研究需要"多元化"——"一言堂"必然停滞、萎缩、倒退;"多元"方有竞争,有比较,有比赛,谁能服人,谁获胜利,这不由某一人一家垄断。这不是说不要批评切磋,不同的意见永远应以有理有据的学术对话为之,这是常识,无待多言。

福锦初次寻我于北京东城把台大人(俗讹为"八大人")胡同,有一段有趣的经过,他有文章记叙过。初会之下,我的印象中留下的是:他知我多年致力于汇校《石头记会真》浩大工程,他说这是如同古贤删定"经文"相似——已然把芹书比作经书,即视《石头记》为"十四经"了!

谈次,因触及红学实即中华文化之学这一要义,他表示了热情的赞同,那时还无人向这一研究方向试步。这就使我觉得这位青年很是不俗,不同凡响。

但我并不了解他的红学观点究竟何似。直到近二三年,他才向我诉说梗概。他已经建立了一个完整的"体系",而且自信甚坚;既无征询看法的机会,也无讨论的可能——因为我也是自幼进的"洋学堂",经书早废,何况《春秋》这一经,更无接触的福缘。所以不曾有过如此的思路。

既如此,我之应他之嘱竟来制序,又如何解释呢? 这其实不成为一个问题,撰序不是"吹嘘",更非"一致认为"那一套庸俗做法;序者是提端引绪,启发读者,让我们共同思索中华文化、中华学术的各种课题,看看其间有无意义,如何对待第一次提出的新论点。本书的论证观点容待学界公议,我不喜欢以己见判人家的是非短长。我只想强调一点:将雪芹之书视为中华经书的青年,他是我所知的唯一一个。而他诞生与经历的时期,并不能使他如此认识问题,则他竟然具有了这样的识见与探研,这是一个奇迹——这才是耐人深长思的。他这一代人,英才隐约,岂可轻视低估,他们的勤奋力学的精神,也让人十分惊讶佩服,我自己承认,我对经书从未能像他那样苦攻深究。我们需要力学、苦学,也需要在小说研究领域中逐步摆脱硬套洋教条的束缚而回归到我们中华自己的文化大道上来。

若干年来,中青年学友多有著述问世,前来索序的不少,我都欣然命笔。近来友人净言:序少写吧,免得人家借此批评攻击。确实的,早先的,为韩进廉,近年的,为王国华,作了拙序,都引起了"麻烦",好像我是犯了"错误"。索序者再来,我先"警告"说,我作了序会"害"了你——我自己挨批是不足为奇的了。今对福锦,也是如此。

福锦热爱中华文化的精神必然会感染更多的青年学人。

周汝昌

一九九九、十二、三十一起笔,二〇〇〇、一、一夜写成

(乔福锦著,未出版)

《脂砚斋重评石头记甲戌校本》序

一

　　与遂夫因红学而相识，转眼二十年矣。犹记贵阳一会，他的《曹雪芹》歌剧演出，颇极一时之盛。雪芹之影，见于舞台之上，此为创举，史家应记一笔。他也有专著问世，曾为制序。如今他又出示新书稿，为甲戌本《脂砚斋重评石头记》作出一个校勘整理的印本，嘱我略书所见，仍为之序。此事辞而不获，复又命笔——执笔在手，所感百端。感触既繁，思绪加紊，故尔未必足当序引之品格，先请著者读者鉴谅。

　　辞而不获者，是实情而非套语。所以辞者，目坏已至不能见字，书稿且不能阅，何以成序？此必辞之由也。其不获者，遂夫坚请，上门入座，言论滔滔，情词奋涌，使我不忍负其所望；加之一闻甲戌本之名，即生感情，倘若"峻拒"，则非拒遂夫也，是拒甲戌本也——亦即拒雪芹脂砚之书也，是乌乎可？有此一念，乃不揣孤陋，聊复贡愚。言念及此，亦惭亦幸，载勉载兴。

　　甲戌本《石头记》是国宝。但自胡适先生觅获入藏并撰文考论之后，八十年来竟无一人为之下切实功夫作出专题研究勒为一书，向文化学术界以及普天下读者介绍推荐（所谓"普及"）。它虽有了影印本，流传亦限于专家学者而已。今遂夫出此校本，以填补八十年间之巨大空白，其功如何，无待烦词矣。

甲戌本是"红学"的源头，正如《四松堂集》与《懋斋诗钞东皋集》是"曹学"的源头一样——我自己久想汇集二集的不同钞、印本（四松有三本，懋斋有二本），加以校整笺释，命之为《寿芹编》；然至今未能动手。举此，以为可供对比，遂夫有功，我则无成也。

甲戌本，有原本与"过录"之争，有甲戌与"甲午"之争，有十六回与不止十六回之争，复有真本与"伪造"之争。也许不久还会有"新争更新争"出来，亦未可知。遂夫似乎不曾因此而有所"动摇"，保持了自己的见解，并为之下真功夫，使成"实体"，而非空言。

有人硬说"甲戌本"之称是错误的，只因上面有了甲午年的朱批而大放厥词。他竟不晓：某年"定型"之本，可以在此年之后不断添加覆阅重审的痕迹。说"甲戌"，是指它足能代表甲戌年"抄阅再评"的定本真形原貌。这有什么"错误"可言？至于也有一种主张，说此本定型时只写出了十六回，甚至认为中间所缺的回数，也非残失——雪芹当时即"跳过四回"而续写的……

我觉得这类看法很难提供合乎情理的论证。

"真伪"之争的先声是大喊大叫：《凡例》不见于其他钞本，乃是"书贾（gǔ）伪造"云云。后来发展，就出现了认为甲戌本正文、批语、题跋……一切都是彻底的假古董，本"无"此物；而且脂本诸钞，皆出程高活字摆印本之后，程本方是"真文"。

对于这些"仁智"之见，遂夫在本书中自有他自己的评议。

甲戌本是"红学"的源头，自它出现，方将芹书二百年间所蒙受垢辱，一洗而空，恢复了著作权和名誉权。

于此，已可见"红学"研究是如何的重要与必要。

于此，也可见"红学"研究是一件多么复杂、曲折、艰苦、孤立、"危险"的工作。

甲戌本之得以保存无恙，也有很大的传奇性与幸运性。我是局"内"人、亲历者，知之较详，它处略有所记，兹不重述。

一九四八年之夏，我从胡适先生处借得甲戌本后，亡兄祜昌一手经营了一部甲戌录副本，以供不断翻阅研读——为了珍保原书的黄脆了的纸页。

当时经验一无所有,等于盲目寻途,抄毕只能用"一读一听"的办法核对了一下,对许多的异体书写法,不能尽量忠诚照写,此为疏失,因此乃原本一大特色,十分重要,甚至可以透露若干雪芹原稿书法的痕迹(请参看拙著《石头记鉴真》,华艺出版社再版时改为《红楼梦真貌》)。

这个录副本早年颇有请借者(如朱南铣等),我怕惹出麻烦,不敢轻出示人,因为"关系"十二分复杂,弄不好还会牵连上"政治问题"。其后青年工人王毓林向我借用,他细校影印本,指出若干副录"不忠实"处,写入他的著作中,态度严肃可风。陶心如先生却在录副本上用蓝笔描改了几处字迹,这与我与亡兄祐昌的责任则并无交涉。这一段甲戌本的流传史,乘此机缘补记梗概。

甲戌本当然也是"脂学"的源头,因为有正书局石印戚序本虽然早已出版,却不为人识,尤其戚序本已将"脂砚斋"名字的一切痕迹删净,"脂学"的建立只能等到甲戌、庚辰二本并出之时了。但我还是要着重表明:甲戌本的重要价值,远胜于庚辰、己卯之本。

我写了这些的用意,归结到一点:遂夫首先选定甲戌本而决意为之工作,为之推广普及,是一件有识有功的好事,必能嘉惠于学林,有利于红学。无识,则不会看中"甲戌";无志,也不会将此工作列为平生治"红"的一项重要课程。

二百多年了,曹雪芹的真文采真手笔一直为妄人胡涂乱抹,其事最为可悲。程、高之伪篡偷改偷删,不必再说了,只看这甲戌本上另一个妄人的浓墨改字的劣迹,就足令人恶心了,他自作聪明,不懂雪芹原笔之妙义,奋笔大抹;然而也有人见赏,以为改笔是"真"是"好"。

说世上万事万态,只是个现象而已;根本问题,乃是中华文化的大问题——教养、修养、素养、功夫、水平、涵泳之功,积学之富,灵性之通,性分之契……许多因素,是研治"红学"的不可缺少的因素。这已经是文化层次高下深浅的事,而绝非什么"仁智"之见一类俗义可为之强解诡辩的了。

我有一个不一定对的想法久存心里:胡适先生收得宝物甲戌本,虽多次题记,却未作出正式的集中的深入研究成果,不知何故? 如谓他胜业甚繁,不像人们所想的以红学为至要,故搁置而难兼顾,那么他可以指导友辈门人等协助为之,但也未见他如此安排,反而晚年还是津津乐道他的程乙本。这确实让我疑心他是否真的识透了甲戌本的价值?

甲戌与程乙,文字有霄壤之别,他却似乎并不敏感,反以程乙为佳——我不愿对前贤多作苛论,唯独这一点我真觉太不可解。甲戌本之未得早日出现整校本,或许与此不无关系。

现在这个校本的问世,也可以表明:红学的出路虽然也需要"革新"与"突破",而没有基本功的"新"与"破"则是假新假破;不务实学,醉心于高调空词,以为已有的红学研究之路都是陈旧可弃和多馀可厌的"歧途"和"误区",此种浅见颇盛于年轻一代学人的论说中。

遂夫并不"老大",但他却历过了一二十年的深研拿出了这部书。这个现象不应视为偶然,该是耐人寻味的吧。

红学红学,往何处去? 思之思之再思之。

一些杂感,举以代序,善不足称,空劳嘱托,尚望宽谅,进而教之。

仍系以诗曰:

　　曾叹时乖玉不光,十年辛苦事非常。

　　脂红粉淡啼痕在,相映情痴字字香。

周汝昌

庚辰清和之月　记于红稗轩

二

遂夫学人嘱我为他校订的一部重要的新书作序。多年不得晤语,全不晓他所事何事——甚至认为他已不再涉足红学了;今因索序,方知他不但对红学仍然执著地关切,而且不辞辛苦,立志校勘一套《红楼梦脂评校本丛书》。他说,甲戌本《石头记》的发现至关重要,而八十年来却无人为之谋求一个普及于大众的办法,故出此本,广其流传,为雪芹的本怀真笔涮洗积垢,恢复光芒。

这真是一种"菩萨之心",为"情圣"雪芹说法宣教。我听了十分感动。加上我对甲戌本有一些特殊的经历和关系,为此新书制序,当然是义不容辞,欣然命笔。

但序稿交付之后,方又读到他寄来的导论文章《走出象牙之塔》。没有想到他在导论中论述了这么多这么重大的问题——这又使我觉得初序未免空泛了,应该把读后引发的感想略加补记,以为序之"续"与"絮"。

我与亡兄为甲戌本录副的往事,已不止一次叙过了。录副是"先斩后奏",胡适之先生虽然慷慨表示,副本可由我自存,以便研究,不必给他,但毕竟我不能由此而取得发表权。中间向我借阅的,计有:陶心如、陈梦家(燕京大学教授)、徐邦达(故宫鉴定专家)、王毓林(青年工人)。朱南铣也索借过,当时不在手边,未能借出。王毓林研究版本,出了专书,他对我们的录副本颇加评议,态度谨严——认为有些字抄写得不忠实(指旧时文人十分喜欢考究的异体字)。这一点其实我们自己也发觉了,当时匆匆赶抄,以为异体字无关文义,遂未尽依原本写出。这也正是后来不愿再借与人的一个原由。

我于一九四九年将原书送还了胡先生。那时是学生,什么也不曾想过,只是一点通常的道义之心,我不能秘为己有。(交还是正当的,不然也可能引起日后的极大麻烦乃至灾难。)

六十年代,方从出版社领导同志处得见台湾的影印本。后来大陆方有翻印本(个别地方作了技术改动,不忠实)。

今日遂夫为之校订出版,这方是"通于大众"的第一次重要创举。我说是"菩萨之心",如嫌此词有释家气,那么就改云"仁人志士"——不知又有什么"语病"否?总之,在红学上讲句话,是提心吊胆的惯了,经验太丰富了,不知哪句话就让诸公不高兴,群起而攻之了。惊弓之鸟,遂夫可以体谅吗?

令我异常惊讶的,是遂夫在导论中多次提到了我,而且说了不少话。我既惭又感。若在高人,定会避嫌,不必提到这一点——甚至连序也要"避"的。我非高人,所以初序之后,还又追加了这个续序。

做学问,起码的条件似乎要有读通古人文字句义的水平,要有学术良知,要有学术道德,要有求索真理的本怀诚意。此外,"有识之士"四个大字,在遂夫导论收束处特笔点醒,这个"识"字是学术的灵魂。

比如遂夫所标出的"自叙说"与"新自叙说",就是有识的最好的表现与证明。

当然，涉及此义，"识"外又须有一个"胆"字。

雪芹的"自叙"，是中华文化、文学史的最伟大的独创，是东方的，民族的，天才的——也是历史造英雄的。在这一点上，引西方的理论与有无"自传"小说，已落"第二义"，它说明不了多大问题。我自己也引过，今日想来也是幼稚无知的做法，大可不必。遂夫于此，绝不带水拖泥。

我希望今年真是个转折之年。九十年代，红学低谷①，剥极必复，大道难违。古历龙年，西元二千，忽有遂夫此论"横空出世"，谓为非一大奇，可乎？

确实的，从西方时间观念的"世纪论"而言之，该有红学的希望之光——哪怕是一点熹微的曙色——示现于东方天际了。

遂夫的导论，开篇两节纵论脂本的意义所在，最为精警，真是大手笔！我不知所谓"红学界"中"大人物"谁能写出这样的好文章，岂不令旁观者也为之愧煞叹煞？当然，他写此论，只是表述己见（深切的感受与震动），并无与人争胜或立异的任何用意。高就高在这里，可佩也在这里。他说了别人不肯说、不便说、不敢说的真话。可钦又在于此。

当我看到他论畸笏的诸段文字时，又不禁松散了暗存的顾虑（我们二人在脂本价值上如此契合，有人必又出谤语，说是什么"周派"的自相唱和而已……），因为遂夫对畸笏与脂砚二名的真关系与我截然大异，这就让那些谤者再无诬谤的"理据"了。所以我虽不同意他的论点，却又十分欣赏他自标所见的学术精神。因是作序，文各有体，不宜申辩异同，故不多赘②。

这本书用意是普及雪芹原本真貌，而导论中对程高本篡改之酷烈却未及深说，所论皆是因脂砚之批注引发的诸多问题。这也足见脂批的重要性了。此为本书一大特点。至于他的这方面的论点，也是经过覃思细究，下了真实的苦功夫而得来的，不同于那些开口胡云之流的谬说。其严肃认真的治学精神，可为此界人士一个示范之良例。当然这不等于说他说一万句，一万句皆是看准了说对了的，就是遂夫自己也不会这么想。

治红学，需要学力、识力，要"证"，但也要"悟"。这不仅仅是字句文法水平的事，是灵性的层次之事了。

这本新书的问世是一件大事，我为它喝彩，为之浮一大白！

我还相信，凡属学人，义在追寻真理的有识之士，也会因此书而深思，而有悟。

言不尽意，以诗足之，句曰：

甄士稀逢贾化繁，九重昏瘴一开轩。

回环剥复曾无滞，代谢新陈自有源。

瓦缶鸣时旗眩乱，脂毫苦处字翩翩。

横空忽睹珍编出，甲戌庚辰总纪元③。

题于古历龙年申月吉日良辰

【注】

①不但九十年代，二十年来，已有专业性机构与其机关刊物，到今为止，其工作表现除了几种编纂性出版物而外，毕竟将学术实质向前推动了几何？提出了什么重大问题？解决了几个？出色的人才培养出了几位？恕我愚拙，是看不太清楚的。至于学术民主，双百方针的体现如何？读者、研者也有看法。因属序文外，只在此附及一二，这与本书的撰者与论述并无关系，特此声明。

②遂夫之论畸笋，劈头即下一个"（雪芹）长辈亲属"的大前提，从而引发了那么多的新说（如立松轩改造等等），甚异于他一贯详密交待各种歧见与论证的做法，不知何故？窃以为这个前提是可以商榷的。"因命芹溪删去"一语中之"命"字，绝不代表什么"长辈"。雪芹书中，门子对知府大人，凤姐对贾琏夫主，皆用"令"与"不令"的字样，难道都是"长辈"？此前提不能成立，引申诸说遂需要重新研析了。又"甲午"无论如何"草体"，也讹不成"甲申"——有人造伪证以迎合俞先生，已为石昕生、李同生二先生以力证揭露了。愿遂夫勿为所贻。敦诚甲申开年第一诗即挽雪芹，而云"晓风昨日拂铭旌"，此正癸未除夕逝世之证。"壬午除夕"，错记干支，碑版史册，常见此例。

③又有小句云："苦心二字在宽容，不觉悚然此语中。八七之秋脱斯界，到今何幸尚题红。"我于一九八七年秋自海外归来，李希凡先生来看我，即向他表明：我不再于"红研所"挂名，可在艺术研究院任何一个地方供职。故至今属于"院办"部门。人或有未明者，附志于此。

（邓遂夫校订，作家出版社二〇〇〇年版）

《红楼梦批语偏全》序言

　　普林斯顿(Princeton)大学的浦安迪教授(Dr. Andrew H. Plaks)的新著《红楼梦批语偏全》一书将由北京大学出版社印制大陆版(有过一九九七年的台北版),今岁秋深之日,他来相访,嘱为序引。学缘友谊,两有夙因,义契相关,欣然命笔。

　　而今世界上的汉学家有多少位,各有何等贡献? 只因耳目之限,我已无多了解;唯在"汉学红学家"这一范围中我却得知获交于浦先生。在我心目中,他是一位罕逢的博通中华文化的学者,尤其他能以汉语文撰写高层次的学术论著,窃以为这是一个奇迹。说句不怕有人见怪的话,浦先生的中文水平风格是有些中国教授学者所"甘拜下风"的。对他,我怀有钦重的心意。

　　这是单就语文能力和造诣而言。至于说到《红楼梦》,那就使我更加惊奇不已了。

　　浦先生谦虚地自称为"外邦人"。只这三个字的组词,就看出他对汉字华文的精通——因为,这"外邦人"比"外国人"一词的立足点、口吻意趣,都不相同了,带上了耐人寻味的文化因子,融化于词字之间。我非常欣赏他的选字铸词的脱俗而入雅。

　　这位外邦人,以无比勤奋忘倦的精神,却对《红楼梦》特加青睐,选中了它,并且几乎是以"平生"的心力来投注到对它的研究中,锲而不舍,与时俱进。

记得一九八七年他来华,有记者采访他说:《红楼梦》是他学习、研究、讲授中华文化的一个"窗口",一条"主脉"。

这话让我十分感动而深思难忘(《北京大学学报》主编龙协涛先生于一九九八年之冬对我作专访纪谈时,我就引来浦先生此言作为结语。文见《学报》之一九九九年第二期)。

这一切,原由何在? ——一位"外邦人"为何独于这部"小说"特见其不"小",深会其"大"? 这是一个值得"中邦人"作深长思的重要课题。

例如,浦先生的第一部红学专著 *Archetype and Allegory in the Dream of the Red Chamber*(《〈红楼梦〉中的原型与寓意》)是第一个运用"五行"来阐释芹书的若干表现手法(如颜色方位的配置)的人,这就已然是进入文化性质的研究先声了。这种观照在"海内"尚少关注者。

他的另一部学术力作《明清小说四大名著》,则把重点放在"义理"(哲学、思想)的探究上,成为风格独具的好书。这更不是浅学之人所能"望尘"的成就。

了解了这些,方能领悟他为何要编著这部《批语偏全》的用意和苦心。

何谓"偏全"? 这本身就也是一种"伟词自铸"。

"偏全"之义,他的自释不必复述;在我看来,此中还有一个含义,即以"偏"概"全"。

"全"者,意指客观的"掌握"批语的全貌;偏者,盖谓主观的遴选与赏契。"全",是治学者的功夫本领,但只是个"条件",意味上无多,不大。"偏",好比艺术家的"个性"、"特点"、"绝活"——人们欣赏的不是千篇一律的模式化而正是要看他的"绝特"处。

所以,本编的精义存在于两处:前言,偏按。

"偏按"一词,风趣盎然,意蕴可掬——这好极了。

当然,既然曰"偏",就是"一家"之言,个人之见,不是寻求"一致"赞扬叫好。所以我制拙序,并不是评论他的"偏"对,还是"正"好,那不是序者的职责,序者绝不能以"断谳"的"法官"自居,那就太狂妄了。我只着重说明:浦先生的治学研《红》的精神意度,功力的深厚辛劳,在在堪为某些"红学家"们的学习对象。

偏而又全者,全又在他对诸家批语分为"通"、"奇"、"深"三品,而并非只限一种见地。这才反映出批者们的时代、地域、性情、学识的很大差异。也只有这么办,才摆脱开只用空话来解释《红》书之奇是在于它的"横看成岭侧成峰","仁者见仁,智者见智"等等老生之常谈。

"批语"是什么? 它发生于中国古书读者的感受札记——古书所以留的"天头"(每页正文框上的空白部分:书眉)特宽,可写读书札记①。这札记可长可短,包括着感受、意见、笺释、纠正、补充、鉴赏、发挥……是哲思与审美的库藏,文化信息的积累。从中可以"得宝"——浦先生的原话"沙里淘金,瑕中拾玉"(这种"散文骈语",是今日很多"中邦人"也不会写的了)。

在此提到中国的传统笺注,并非"题外",正是题内——在经、史、子、集四部名著中,各有专门的注疏传世,有很大的经典权威性。如《春秋》的三传,《史记》的正义、索隐,直到《资治通鉴》的胡氏注;《老子》的河上公章句,《淮南子》的高诱注……乃至《世说》、《文心雕龙》,亦各有名家专注本。此外,杜、苏、黄、二陈诗集也各有名注本。世所钦奉,与各本书正文并存不朽。此乃中华文化一大特殊优秀传统,重要之至(我曾倡议应当建立"笺注学"专科人文科学,然无人响应。盖一不知其价值意义,二又无这一领域的高才,而非拙议之不然也)。

是故,在"四部"而为传统笺注者,在"说部"上就是"批语学"了,二者一也。笺注当立专学,批语何莫不然? 这个意义是巨大的,绝非"小事一段"。

若明斯义,则知浦先生的这部著述,正是"笺注——批语学"的一个创意和创例,学术界应加瞩目。

拙序意在表明这一要点。此点能晓,其他琐琐絮絮,皆无庸具陈了。

我佩服浦先生的学识,他是一位非常 brilliant 的学者,有 penetrating 的 insight,又有人所未及的 originality。三者凑泊,构成了他的研究特点。

我们"中土人",应当借鉴这位"外邦人"的勤奋、努力、不倦、高智、积学、富有开拓精神和原创性贡献。

我想说的,并不止此,然序不宜过于冗长;在结笔之前,只重申一点:本书看似只为研究《红楼梦》的读者反响的"方面",实则是给"笺注——批语学"开山伐路,意义超越了"红学"范围。笺注学,如上文致慨,一向少人垂顾;"评点派"也曾大受"批判"与讥嘲蔑视,其命运与"考证派"相类。那些批判者不知:笺注学(自古至清代官方的经书注本如"正义"、"折中"以及朱熹的"集传"也在内)就是中华文化思想学术史,比那些空泛的"论文"大作重要得多。他们也不知:"考证"者,就是中华学术研究的一个独特的"操作"方式——即如本书,先是二十年广集资料,然后在浩如烟海的"批点"中逐条细读领略,然后遴选、分类、比较……得出看法,加以"偏按",这一切,也正是地地道道的"考证"!但一旦名之曰"考证",就有人摇头;然若予以另外的"嘉名",他却立即"另眼看待"了。

　　慨叹。学术界的若干"名目",一经提出而采用,立即人为地"扣死""呆定",并附伴着形形色色的成见偏见(亦曰"边见")……这样看事论学之人,绝不向融会贯通上迈进一步,这种的"思维僵化",是阻碍学术发展的"大敌"——然而悟者、言者,似乎尚属无多。

　　借此为浦先生作序的机缘,表我个人的拙见与感想。不当之处,敬希匡正。

　　谨序。并系以小诗曰:

　　　　红楼批梦意新翻,雅趣芳情绪最繁。
　　　　文化中华知主脉,"外邦人"语志高轩。

　　("芳情只自遣,雅趣向谁言"。妙玉联句中警策也。)

　　　　　　　　　　　　　　　　　　　　周汝昌
　　　　　　　　　　　　　　　　　　　辛巳九月十五日写讫

【注】

　　①书眉上写不下的,或后来补说的,则写在正文之右旁,是为眉批与侧批。双行夹批则是为了刊刻行世而将眉、侧诸批皆纳入"整齐化"的款式,是"写定本",时间居最后了。

【附记】

也许是由于浦先生注重"细读学"（close reading）与"叙事学"等等原因，他似乎倾向于把一百二十回"程高本"视为一个整体来对待，而不强调曹公子原著与高进士的"续貂"。因为，原著八十回（实只七十八回）以后的书稿已佚，而"探佚学"之研究进行与发展中，又还有异议与不同推考，这可能使他不愿抛开一百二十回本而只讲"八十回"。是这样的吗？此不过我之揣度。但这是一个讨论"批语学"的极大的关键性问题（因为清代批者大抵尚无法晓知后四十回乃是另一心灵与手笔的产物，故混论而不能辨识，其批语见解遂为假象所蔽，造成误解的遗憾）。我不相信精通汉文学的他，会对前后文笔、思想、气质、境界的巨大差异而无所感受（例如有的外国学友对我说他对曹、高的区别"不是太敏感"——not very sensitive）。

（浦安迪〔Dr. Andrew H. Plaks〕编释，北京大学出版社二〇〇三年版）

《圆明园与〈红楼梦〉大观园》序

研讨大观园遗址问题,需要大家有一个共识前提,即同意曹雪芹写书是"正因写实,转成新鲜"(鲁迅先生评价《红楼梦》的至理名言),书既写实,府园亦非虚构——有基本蓝图原型存在。一切讨论与"分识",都须从这一共识开始,否则就成了无聊无谓的闲扯甚至吵嚷。

也只有从这个共识上回顾与前瞻,始能醒悟:大观园遗址的寻究与探讨,其所关涉的实是一种可以提高到中华传统文化文艺理论之高度的一个意蕴深长的大课题,而绝不是"饱食终日,无所用心"的猜谜破闷之琐故。

这就是说:中华小说是史之一支,以纪事传人为要义,而不同于西方的小说观念的"虚构"与高尔基所想象的"集中概括"之原理与准则——若干讥诮寻找大观园的专家名士们,正是只懂得外国的某些说法(主张)而完全忘掉了(或根本昧于)我们自己的文化传统、美学理念与实践的后果,取消了民族文艺的个性而将它拉向一个最庸常的"一般化"。

其实,中国"说书唱戏",自古以来的"后花园"故事,何止成百上千,而都不曾发生"遗址"问题,而大观园却独特而且几乎也成为"大观园学"的规模势派,则又何也? 凡事必非无缘无故,纯属众人"起哄"。比如乾隆时明义,已言雪芹所写是"随园"了;迨到鲁迅先生写杂文,也还特笔触及这个问题,批评了因找不到大观园遗址而发生"幻灭"之感的人。这充分表明,二百数十年间,人们从未停止对此课题的用心致力,问迹寻源。

是以,倘若明了以上几层道理,就大大有利于"分识"的研究切磋了,因为分识者(你说是这儿,他说是那里……)就可以愉快地坐在一起共同努力向历史真实迈进——否则就会陷入互争相刺的庸俗的局面。

大观园遗址的不同之众说,恐怕至少也有十种,诸如:什刹海,自怡园(揆叙郊园,近玉泉山一带),傅恒府园(东单),恭王府(前身)园,内务府塔氏园,圆明园(以上北京);江宁织府西园,袁氏随园(以上南京);丰润曹氏宅园(两宅中夹一窄长园);扬州两宅紧连之附园。还有《七宝楼诗集》所载的一处(也在京城)。

以上可分为两大类:一是府第的附园,即俗谓"后花园"者是也。一为郊园,如自怡园、随园等是也。而圆明园亦属郊园,但系皇家苑囿,性质独异,规模也最宏伟巨丽,与所有诸园可说是"不成比例",因为是聚四十园为一总园的最高规格,乃古今中外之创例。

在此,有一点不妨顺带一提,即一向颇为流行的论调,说曹雪芹那是见过了不知多少南北名园而后"概括"而成的大观园,云云。其实,若论雪芹,家世内务府包衣人,当差服役,出入于王公甲第(尤其内务府总管大臣诸王府邸),其所见府园当然甚多;但这是另一回事,如果从那种西方小说观念而出发,也就不会在中国发生什么"大观园遗址"的研究了。此理本不复杂,但时时为人缠夹纠葛在一起。

诸说互异,各执一词,常常犯一个"自是"而"批人"的毛病。比如要讲论据,就只举自家的一二证据以为"力证"、"铁证",讲不通的则避而不谈——或采取"那是艺术手法"的一大借口。于是一切亨通,人人可以自圆其说,而且自封为"一等"的"定论"了。

这样便十分不利于学术的正常健康的发展,也与"双百"政策精神大相违反。由是而言,大观园问题的研究,看似"闲事一段",无关宏旨,实则所关并非琐细。学风文德,也充分体现展示其间,足以发人深省自策自励。

如今本书所编成,可喜可贺,这定会促进学术的发展,也有助于京华文化的深层发掘与海淀区的文物开发。承严宽老弟的偏爱,嘱为撰一弁言,我对此题虽然是个"恭王府派"主张者,大家也早洞悉,而仍蒙不弃而索序者,可见这正是一种学术民主的高风亮节，大大不同于某些"权威"的作风，使我十分感动，爰贡芜词，兼申敝意，并祈方家是正。

戊寅闰五月中浣挥汗草讫于东皋照棠轩

（方金炉等编著，文津出版社一九九九年版）

《北京大观园》(北京览胜丛书)引言

当今海内外各地人士,凡是来到北京的,除了游览参观古迹名胜之外,还要到原外城西南隅的"大观园"去踏赏一番。北京的文化历史上,已然给我们遗留下很多园林胜景,其中包括了辽、金、元、明、清等几代的艺术积累,成为全世界独一无二的人类智慧创造的宝贵遗产,巨丽峥嵘,神奇锦绣——在此独特的环境背景之下,竟然又会出现一个"大观园",而且吸引着不远千里而来的游客。仅仅这一点事实,就足以说明它的出现与存在的价值意义了。

大观园的根源是曹雪芹之不朽奇文《红楼梦》,妇孺尽晓;它是真有的,还是虚构的,也早就成了人们谈论、研究的一个重要课题。不管你是主张真有(即当日写作此园时有"原型",中华古语叫"蓝本"),还是认为虚构的(即出于小说家的想象"编造",或文学理论家所谓的"集中概括",说作者是见过南北各地名园而采取众长、糅合而成的"假"园子……),你心目中都"存在"了这个园林胜地。而且大约自清代嘉庆年间为始,一直有人在创绘"大观园图",试制"微缩大观园",即模型。

从这个事实来说,大观园已经不只是一个"文字"、"书面"的事情了,它已然"实有""存在"于艺术时空之中,并不"虚无缥缈"。它真真切切,历历如在眼前。而且,我们都想身临其境,羡慕刘姥姥,也得入园一享风光境界才好。

这都是怎么一回事?

我答:这是一种文化现象。可以称之为"红楼文化的现实化"。

这也是中华文化的独有的特具的一个奇异而美丽的精华部分。

大家都认为:大观园不应是一个"空"名,而应显示"实"体——在这个文化心理的坚实而广大的基础上,这才诞生了"北京大观园"。

海外有人说大观园是个虚构的"理想世界"(说是与荣国府"现实世界"成为对比,一个清洁,一个污秽,云云),接受与崇拜此说者颇多。其实如何?它并非是今日人们容易迷惑认为的那是一处孤立的"理想"的"公园"——那是府第里的"后花园",规矩、管理……一般无二,门禁、查看、上夜、盘诘、防范……严得很,宝玉过生日,也得等大管家查夜以后才敢"开夜宴"(吃酒,唱曲)——也还得请来大嫂子李纨"坐镇"(挡风险);胡庸医等"外男"入园,皆是先期"知会";丫鬟一个不许乱走,内衣一概不准"混晾"……

这"世界"可"理想"吗?

我们不必拿洋模式("乌托邦"等等新名词)来硬套中华的历史现实生活真相。所谓"理想",是源于他心目中的"家里后花园"看成了"世外桃园"或者"现代化公园"了。

我提这个,正是为了提醒来赏"大观园"的游客先生女士们,它的今日,已无法"再现"为一处府园"家景",只能是一个"公园"模样了。这属无可奈何之事,但我们应当心中明白,理解,原谅。中华古代并没有什么"公园"(Park)这种观念和实际,这是时代与文化上的差异问题。

"大观园就是这样子吗?"

这是游客心中口中常会发出的问句。

就我本人有限的见闻中,大观园平面图纸与立体模型就为数很多了,它们不仅没有"大致相仿"的,而且差异巨大得很。这就表明:尽管雪芹笔下历历分明,读者和研究者却各有"体会"。如我所见上海徐恭时先生诸位的设计图,台湾的专著(关华山《红楼梦中的建筑研究》一九八四)和泰国的设计图纸,那差别就太大了!到底孰是孰非?这又各有其说,并无"公断"。从我个人来说,也自蓄若干见解①。但我不想以己见来评量他人的设计——只因那是一个"个体创作",别人的意见不能强加于他。但有一点是可以提到的,即:大观园全部的主脉与"灵魂"是一条蜿若游龙的"沁芳溪"。亭、桥、泉、闸,皆以此二字为名,可为明证。一切景观,依溪为境。

然则此"沁芳"二字何义?

这是一个绝大的总象征:即《西厢记》里的"落红成阵"、"花落水流红"!

这象征的是什么?

就是书中的群芳诸艳,众儿女的不幸命运归宿,正如百花凋谢,随水而逝。所谓"花谢花飞花满天,红消香断有谁怜?"所谓"千红一哭(窟)"、"万艳同悲(杯)"——此即一部《红楼梦》的大主题、总点睛是也。试看第十七回《试才题对额》,所试所题,其实在于"沁芳"两个大字上!

大观园的一切池、台、轩、馆、泉、石、林、塘,皆以沁芳溪为大脉络而盘旋布置。只要"抓"住这一点,其他都是"次要"与"细节"了(当然并非说细节不要考究)。

北京大观园,是世间第一个试创"实现"《红楼梦》环境的带头者,它的价值与意义,正在于此。它现在跻身于首都的诸大名园之列,表明了这一要点。

游园者入此新境界,定会引发无限的文化艺术的感受与思索,因为这是中华文化的一处独具特色的显相与展示。

今以小诗,结此短序。诗曰:

名园化影凤城西②,萝涵莲舟翠槛堤。
花冢不离香隔岸,落红流水沁芳溪。

农历辛巳年闰四月二十六日

【注】

①这些拙见与心目中的(未落纸的)"构图",与诸家皆不相同,是自己读《红楼梦》的体会理解,与评议他人全无关系,故不在此处枝蔓赘言。记得只有"大观园企业(泰国)有限公司"来聘我为顾问时,曾对他们讲过若干要点,对其规划设计平面图提出几点意见。

唯不知有否录音记录。附记于此。

　　②"凤城西",不是指北京的西郊,是说京师的西城。薛宝钗题大观园诗所云"芳园筑向帝城西",亦即此义。可看纳兰成德的诗"我家凤城北",是指家住北城(什刹海西北岸),并非"北郊"之义。最为良证。

　　（林宽、周颖著,北京美术摄影出版社二〇〇二年版）

《"界外"杂识》序言

张一民先生和我一样，是"红学界"的"界外分子"，出于对曹雪芹《红楼梦》的热爱，自己作些"个体"式的研究。我们由于没有条件广联声气，所以本是素昧平生。大约自一九九二年为始，我才注意到张先生对红学的贡献。然而，这仍然是神交的关系。后来，因考证张见阳小像上的曹冲谷题诗，这才通过一次信函。又直到今年（二〇〇一）新秋，方在铁岭红学研讨大会上晤面——说来或许令人难信，也只能匆匆数语，无法深谈，更说不到论学的正题上去。尽管如此，我们总算有了觌面执手之缘了。

记得那是在开幕式之后出至楼下拍大合影时，碰在了一起；当我听见他告知我姓名时，我对他说的冲口而出的话就是："非常赞佩您的红学考证文章！"

回忆当时情景，还在目前。不想，我此刻又为他的文集撰写序言，而此拙序的开头，就引用了我那"第一句"。

其实，我以为只写这一句话，也就够了——因为"萍水""倾盖"之际的冲口第一句，那语意最真诚，也最有代表性。所以，序不贵冗长罗嗦，只须"点睛"足矣。

我佩服张先生的原由，简而言之，约有两端——

第一是品，第二是学。此两端就包涵了一个"第三是识"，故不必另列。

品者,不慕荣利,不求闻达,一心为了学术,追寻真善美。他无意为某些无聊的东西帮凑"热闹"。

这是难得而可贵的学人之品。

第二是学。学是什么?似乎人人皆懂,无须"破译"吧。其实也不尽然。很多人不知"学"为何事何义,何志何趋。他们"不学有术",所以大体是以"术"代学的手法与作风。张先生异于彼辈,是一位真读书人,真治学者。我对这样的人,才由衷敬佩。

自一九九二年顷,红学界发生了一项颇为"激烈"的论争,在此情境中,我所得见的张先生之论文是站在人少势卑,即弱者这一面的。他为什么不去迎合人势俱优的那一方?"聪明人"是要考虑冒犯势优是一种"冒险",是要承担后果的。可是张先生落落大方,直抒己见,有学有识,为学术真理投入心力。这种精神,很多人缺欠,应该发扬。

说到"学",姑举一二小例,以窥豹斑:

如雪芹大笔写到大观园中题咏联匾时选用了"凸"、"凹"字样这一段情事,黛玉讥湘云为"不读书",叫她看了张僧繇的画论再来"说话"(今所谓"发言权"是也)。这儿的这个"僻典",似乎谁也没说清白——甚至有人总认为雪芹的"小说嘛",都是"编造",云云。这种见识就是受了"虚构说"的理论影响,而觉得都无实际可言。哪知,张先生却信手拈来——寻得了张僧繇的原典出处,毫无虚诳。

雪芹之妙笔,人们承认了;然而他的学富(尤其在画艺方面),则无从证实——而张先生就为这种性质的问题作出了答案。

这似乎是"小考证"。应悟此"小"不小。

又如他考明珠的自怡园的构建,出自名家叶洮之手笔,而曹、李两家为康熙(和太子胤礽)经营管理的畅春园,也出自叶手。这么一来,又解说了一个"红谜":或谓大观园即圆明园,其实乃因自怡园后为圆明园之一部分(长春园),而旧说以为芹书乃叙"明珠家事"者也……

不但如此,由这儿还可以悟知:大观园之出自"山子野"者,实即隐叶洮——叶、野北音类同,所以李贵说宝玉读《诗经》,念的是"荷叶浮萍"(原是"食野之萍"),可证"叶"变为"野"的真正奥秘[①]。

无须多列。我序张一民先生此书,意在说明两点:一是"考证"多年来受到了"批判"和讥诮,而批者讥者并不知考证乃是中华文化上的一种极为独特的研究方式,它的作用是解决疑难问题,辨析真伪是非之混乱与惑世欺人,抉发幽隐,填补空白……功能至广至大。没有了考证,也就没有了科学(科学的研究、实验,正是地地道道的考证,只不过那儿不叫"考证"一名,愚者就不敢对它乱加"批"语了)。

第二点,既然考证是一种文化探求与操作,又具有辨析的科学质性,所以也就同时表明:为何单单是考证"占据"了红学的要位(甚至是主位)? 正因"红学"本身原是解决疑难的艰巨工作,与"赏心"、"清谈"迥异其致。

以此拙意,作为序引,还望指正。

周汝昌

辛巳九月中浣

【注】

①大约曹家的花园也正是叶洮所构,故雪芹写入书中。山子野即山子叶。

(张一民著,银河出版社二〇〇三年版)

《脂本汇校石头记》序言

　　记得那是参加辽宁省第四届红楼梦研讨会的时候，地点是大连海滨的棒槌岛。会议馀暇，岛上闲步，有一位同会者走来向我谈话——这就是本书的校订者郑庆山先生。我们相识，自此为始。

　　以后的岁月，几乎每次"红会"上都能见到他，相遇无杂言，毫无例外的话题就是《红楼梦》版本的重大问题。在一九八六年哈尔滨的国际红学讨论会上，他要在夜晚找我谈话。我嘱他说，一日的工作和众多学友的来访会谈，已十分疲劳，夜里你来，务望话语从简。可是当他一开谈时，便滔滔而不见休止了……这种情景，也非止一次。

　　我提这些，是为了说明：在我印象中，他是红学界中对版本的校勘整理最为关切、认真、执著的人。数十年来，"不问其他"，锲而不舍。这才是他完成本书的一个唯一的"来历"和"动力"。

　　郑先生最近又出版了一部《红楼梦的版本及其校勘》，是学术论著；而本书是在那种功夫和见解的基础上写定的小说本文，是成果，是普及于研者与读者的"总结性"显示，是数十年辛勤耕耨的收获。因此，我为此书作序，应就其意义价值而粗为介绍——即不同于为学术研究讨论专著作序，重心不一样了。这一点我应当多向一般读者即广大文学爱好者多说几句，而无意絮絮于一己之见。这儿首先就是："为什么《红楼梦》还要校勘写定？""写定了又有什么好处？"两个问题，如能说清，则本书的意义价值，不待再赘繁文而自明了。

为什么还要校勘？我用实例来回答更生动有力。

有一位旧同仁戴先生，与我同室办公。一日，他忽然对我说了一席话，其中关键的几句是："我过去总以为，《红楼梦》不就是这个样子嘛（他指的是坊间历来流行的一百二十回程高本）！还要费什么版本校勘等等事情（意谓那都是"红学家"们的"习气"……）；今日才打开耳闻已久的庚辰本（脂批本之一种）——只看了半回书，我不禁大为震惊！原来古钞本与世俗的流行本是如此之不同！真是霄壤之别！我以往的看法太简单了……"

他简直惊讶慨叹得不得了。那情景令人一直如在目前。

此为例一。再看例二：

此例是国际盛名的女作家翻译家张爱玲。她有一部考论《红楼》的专著《红楼梦魇》。她说自己从十二三岁时读《红楼》，读到第八十一回，什么"四美钓游鱼"等等，忽觉"天日无光，百样无味"而感到那是"另一个世界"！她有极精彩的话，试听她怎么说——

（看了脂本《红楼》，才知道）近人的考据都是站着看——来不及坐下。至于自己做，我唯一的资格是实在是熟读《红楼梦》，不同的本子不用留神看，稍微眼生点的字会蹦出来。

她又说：

我大概是中了古文的毒，培肯的散文最记得这一句"简短是隽语的灵魂"，不过认为不限隽语。所以一个字看得笆斗大，能省一个也是好的。

……《红楼梦》未完还不要紧，坏在狗尾续貂成了附骨之疽——请原谅我这混杂的比喻。

这两个实例，说明了什么？说明了《红楼梦》版本的复杂性与读者的文化水平、文艺鉴赏力的重要性。此二者，就是评价本书的根本问题，当然也就是郑先生为何要做这项工作的根本原因。

自从清代乾隆辛亥（五十六年）由宫廷武英殿修书处设置的木活字排印了一部假"全璧"一百二十回本（通称程甲本，因有程氏序文，首次印的；以后又有重印的本子，称程乙、程丙等等不同版次），原先少数人所能看到的八十回原抄本渐归湮没，世上一般读小说的就只能看到"全璧"本，此本垄断了坊间书肆中一切辗转翻刻本。旧时称之为"殿版"者也，由清道光年间俄国汉学家在他所购的程本上题明"宫廷印刷的"这句话作出了铁证。这是原本与伪续本（兼篡改本）的一大差异问题。而张爱玲所说"不同的字（异文）大如'笆斗'"，往她眼里跳，则是当今已发现的不同抄本之间的文句互异的现象——而且差异之多之大，常使读者与研者"目迷五色"。

只因如此，这才决定了必应对之校勘整理写定的巨大工程。

以上是"常识性"简介，可是这"常识"也就是"红学"的学问的大事了，我把它说得轻松些，实际上那是复杂、麻烦万分的。

复杂、麻烦——还只是红学的范围；还有更复杂、麻烦的事情，可谓之"非红学"的问题：要做这项大工程，不仅仅是"工作量"的惊人，而且所谓"校勘写定"者，实际是个"比较、抉择"的鉴赏决断的重大任务。这需要的不再是"细致"、"认真"的才能，而是中华文化素养、汉字文学造诣、文艺审美识力等先天、后天的高下浅深的大问题。

这种"复杂、麻烦"性，就更一言难尽了。

比如，世人知有一百二十回式的"全本"之外原有作者曹雪芹的真本（或接近真本）的抄本存在，是从一九二七年胡适先生于上海获得《脂砚斋重评石头记》（通称甲戌本）开始清楚明了的（以前虽有戚序本石印过，但连学者专家也不认识——只有鲁迅先生识力超群，在《中国小说史略》中肯定了它）。然而，胡先生直到晚年还是本心赏爱他那部程乙本——此本由他作序并主持"标点、分段"，盛行了七十余年！再看另一权威俞平伯先生，他认为脂评本、戚序本与程印本的文字差异是互有好坏，即"各有千秋"之意。尤有"过"者，直到一九二七年以来七十多年后的今天，仍有教授宣扬高鹗方是"真正伟大"的中华文圣。

以上所举,也就足以显示一层"校勘整理写定"的"标准"——即如何、凭什么去进行这项工程的又一更带根本性的大前提了。

总而言之,要想了解、评估郑先生数十年的研究成果能以本书的形态来公诸学界文林,绝不是由哪一个人写一篇序文或书评的事情。我虽接受了作序的任务,却丝毫不敢怀有什么为人家这样一部鸿编而轻言短长是非的含意。我只想强调表示:如郑先生者,他为了什么将大半生精力投注在这个极端吃力而不易讨好的事业上来? 为名乎? 为利乎? 如有此二愿,尽可通过其他"亨途"而达其目的,不致甘守寒窗,矻矻穷年,以致白发早日满头乎。盖其一心精诚,为《红》百艰不舍,愿作痴人,为《红》寻"梦",只这一份精神,就足以说明他的校整的质量非同一般了。

末后,还有一层,遗而不列,是不相宜的,即校整芹书又是与校整其他书册不同的——因为人奇、文奇、性奇、书事奇,故尔聚合而为书奇。对这样的奇书之校理,自然又有极大的特点。换言之,芹书是部"艺术个性"最为强烈突出的特例,如不识其意奇文奇,就会循照俗常一般文字去作校勘取舍,而那就极易陷于昧于雪芹文意的个性特色而以习见通行的"文从字顺"的眼光去对待,于是大量的独特字法句法,都会被"校"失"整"灭,结果写"定"的文本变成了与俗文无别、"千篇一律"的庸品——倘若如此,那也就说明了又一根本性问题:校整写定的质量水平如何,关键是懂不懂雪芹文心匠意的事情,而绝不是一个"文件编整"的"技术性"工作。

我愿读者能从上列许多层次上去了解和理解郑先生的校著辛劳,水准高下,无待序者一一为之详言了。

时下各地各社所印《红楼梦》版本甚多甚杂,这部郑校一出,当能于五色迷离中显耀其超群的光色。

周汝昌

壬午夏至节日写讫

(郑庆山校订,作家出版社二○○三年版)

《曹雪芹南宋始祖发祥地武阳渡》代序
——武阳古渡　金碧芹坊

　　江西南昌县武阳古渡头，新建长桥，而今年又于桥口树起一座金碧辉煌的古雅壮丽的大牌楼——这是为谁而建？就为万人倾佩的中华文学巨星曹雪芹。

　　原来，这武阳渡本是雪芹南宋时代的祖居之地。今建此牌坊，人人仰瞻而俯思，不禁喜幸自豪之志油然而生，衷怀鼓舞。

　　我应嘱为这座牌坊题了匾额，并撰写了楹联，其文云：

　　　　画栋飞云，长天秋水隆兴府。
　　　　红楼贮玉，文采风流惠穆孙。

　　也许有些观者对此联文不能全解，故以小文粗加诠释——
　　上联是切地，下联是切人。

　　何言切地？试看"画栋飞云"起句就是借用《滕王阁序》的典故。唐初四杰之首的王勃，在序尾有诗句："画栋朝飞南浦云，珠帘暮卷西山雨。"如今武阳是水乡，又在郡南，暗合"南浦"之义，这是双关巧用。下接"长天秋水"，也是运用序中"落霞与孤鹜齐飞，秋水共长天一色"的名句。

　　再下点明"隆兴府"三字地名不可更易。

　　若问：为何不叫南昌故郡，也不用洪都新府，而单单只称隆兴之府？答曰:雪芹南宋始祖曹孝庆,因任隆兴府知府,后即落户于此——而隆兴即南昌在当时的新地名。这是不能错乱时代名称的。

何谓下联切人?起句"红楼贮玉",是比喻雪芹著书,以宝玉为自身的象征或投影——这已是如今学者的共议了。所以联中之"玉",既是指物,又是称人,也是双关妙义。"文采风流"四字出于诗圣杜子美(甫)赠画家曹霸的名篇《丹青引》,此乃其中的名句,这是诗圣专赠曹氏的高级评价,也是旁人所不能窃用的①。

"惠穆孙",是说雪芹的宋代始祖曹彬谥武惠,其三子曹玮谥武穆(岳飞是第二位武穆了,可知曹玮卫国的功绩身价)——曹孝庆正是曹玮的后代。

这副对联,字字有来历,句句有切合;对仗也工致。还算"及格"吧②。

有人竟然还在发问:曹雪芹是乾隆时北京人,现今还考什么祖籍,这又有何意义?岂非多事而强为?我敬答曰:氏族文化是现代心理学科学的命题,曹姓自汉至清,代代诞生文武全才——曹参、曹全、曹操……曹景宗……曹彬……曹玺……个个如此,所以雪芹在书中特笔点明"诗礼簪缨之族"——须知:在安徽池州曹氏古谱的序文中,北宋第一序与南宋第一序,都写明了这四个字是曹氏文武全才的特用语:诗礼指文,簪缨指武。

不懂祖籍,不懂氏族文化,亦即不懂中华民族的传统大文化,能读懂《红楼梦》吗?

结语是:雪芹的唐五代至北宋的祖籍是河北灵寿;到南宋就迁至江西南昌了。以后,曹玮这一支的后代才又迁到河北丰润。而丰润又分一支到辽东铁岭:这是明、清两代的史迹。

以上种种,有文献确凿可考,并非某一个人的管见或妄断,可以昭信于国人与后世③。

周汝昌

二〇〇二、一、三写讫

【注】

①拙著曹雪芹传,题名为《文采风流第一人》,红学名家梁归智(辽宁师大教授)遂称

《红楼梦》为"文采风流第一书"。此是红学史上一段佳话。

②此只讲对联的文心寓旨。匾额的八个字,是武阳拟定,嘱我照写的。我提出改动一二字,未蒙接受。

③对雪芹明、清时代的祖籍研究,有不同论点。最近铁岭学者李奉佐、金鑫二人所著《曹雪芹家世新证》一书,学术质量超越诸家,值得参考印证。

（内部资料,政协江西南昌县委员会编,二〇〇二年九月）

《红学史中的千古奇冤——
〈曹雪芹画像〉之谜》序言

　　谁也没想到曹雪芹会有画像留在人间。上海文化局局长方行先生将照片寄给我，真是石破天惊，欣喜若狂。后来得知是他在河南省博物馆内部所藏的一部"册页"中发现的，馆方收购于商丘地摊上，出价五元，售者是原藏主郝心佛。郝先生曾是冯玉祥的旧部下军官，喜收文物。

　　雪芹画像出在河南商丘，是省、市的莫大光荣——也是中国文学文化史上的一件大事。

　　可是，不久即异说纷纭，以种种"理由"判为"伪物"了。其"种种理由"和说法，可参看拙著《文采风流第一人——曹雪芹传》卷末所附有关文字，兹不复述，因为作序者文各有体，不能成为考辩性的论著文章。

　　数十年来，发现者方行先生而外，始终认为此像实为雪芹的人，只有宋谋玚、谢稚柳、黄裳、徐无闻、我和本书著者王长生，五六人而已。最奇的是，原藏者与现藏者都公开表示了此件为"伪"的意见。而且，现藏者对主张不伪的学者竭力反对，甚至加以攻击，出语甚为难听——我本人就曾被难听的话指责过。这在古今中外的文物收藏单位机构中，大约也可称"特例"吧？

　　如今事情忽有新局面：还是由河南商丘本地出来一位王长生先生，他本来与此事毫无干系，无论与郝与张三李四或周吴郑王、蒋沈韩杨，都不相识；可他为了追求真理，不怕引惹"麻烦"，仗义执言，为调查史实真相，多方奔走,不辞辛苦,务欲揭示此一疑案的奥秘,以告慰于天下关切曹雪芹的热心者,其执著坚韧的精神,令人感动。今著成此书,定能引起文化学术界的极大兴趣,从而可望彻底弄清画像真伪的混乱的可悲现象。

我对文物鉴定是外行,不宜多多臆断;而对于现藏者自判为伪、原售者自"揭"其"谜"的异事奇闻,也是如坠五里雾中,莫测内中可能藏有的隐情,一直深感迷惘。今闻王先生将有专著付梓,并嘱为之序引,不禁欣然命笔,略表愚衷,而引领企盼:这件重要文物的性质、身价的大问题,由王先生此书问世而可望获得揭橥庐山真面的更加深入的研索验证,必有全部水落石出之日。若能如此,何幸如之。

谨序。

周汝昌

壬午五月廿九夜书

(原刊《黄淮评论》二〇〇八年第一期)

《脂砚斋重评石头记甲戌校本》二版跋语

　　我原惦记遂夫继甲戌本校订出版之后，下一部庚辰本之校订如何了，希望他不宜分散精力，早日完成付印。他却告知我，甲戌校本出版后，受到各地各界读者人士的欢迎，已作出修订，即将再版。闻此佳讯，喜而有感；因曾为此书制序，故拟再作短跋，此亦因缘之所至，非偶然也。

　　记得那是二〇〇〇年十二月二十六日在本书出版发行会上，我曾作如是断言：这部书的出版问世，必适逢新世纪之肇始，是个好兆头，必将为长期以来沉闷无光的"红学"局面打开一个崭新的纪元。由今视之，斯言不为甚谬，因为从那以后，果然出现了一些少见的新气象。大家所以欢迎并关切遂夫的这一事业，获得好评，乃因曹雪芹真本之庐山面目，初次让最多数的一般群众得以认识理解，这方是真正的普及工作。再如，新一代的大学生、高中生中，涌现出一批水平很高的红学爱好者，这些有识者已经完全否定了程高本的后四十回伪续书而嘲笑那些把一百二十回本称为"原著"的荒谬主张。还有颇有资历的研究者，如今著书表示：过去把前八十回与后四十回混为"一体"是大错了，自作改正之现身说法者。诸如此类，皆是我说的新纪元的良好例证，令人欣慰鼓舞。再如在本书的带头影响下，不同于以往"一百二十回全本"的假《红楼梦》的新校本也相继出现了，将原本八十回与伪续四十回截然分清，不再惑人耳目头脑。同时在脂砚斋大量批语中所透露出的真本"后三十回"的若干字句、回目、情节也得到了明晰的展示,而这方是大大有助于理解曹雪芹的真文笔、真思想、真义旨、真性情的重要做法。

君不见,目下正有新学派研究者对于脂砚斋其人的究竟有无、谁何、年代早晚等等提出了疑问,那么,遂夫的重视脂批本的校订事业,不就更显得有其新一个层次的意义了么?

遂夫是有度量的,慨然收入了我不同意脂砚、畸笏为二人的若干文字附印于卷尾("脂砚"、"畸笏"本一音之转,有人即读为同音字。"笏"乃砚的别称代词,如宋·吴文英《江南春》词中即有力证,兹不多述)。这种作为学人的有容乃大的心地胸襟,足以使得有些一贯自是、自大、自封为王为霸的不良之风相形而黯然失色。我的拙跋特别强调这一要点,强调需要"双百"的真正落实,而直到今日,"一言堂"的霸权现象,不是还在"大行其道"吗?

至于再版之重加修订,不自掩饰曾有之疏失,那就不在话下,属于次要了。当然也是学人自加鞭策、精进不息的美德,与那些文过饰非、怕人指正而且衔恨于心的人作一对照,就更值得大书一笔了。是为跋。

周汝昌

二○○三年九月十九日

(邓遂夫校订,作家出版社二○○三年版)

《红楼梦本义约编》三种合刊序言

　　《红楼梦本义约编》一书，蒙杜春耕先生见示，方得一览梗概。不想如今杜先生又提供了三部不同的版本(包括名称)，让我十分惊奇；一是惊讶此书在清末年代的影响之大，二是惊叹杜先生的收藏之富。如今又得国家图书馆出版社为之出版合刊，于是促成了这件出版史上的新事例，值得特书一笔。

　　关于本书三种版本的详情，杜先生有专文介绍，请读者尽先取阅，以明究竟；拙序只就个人的一些感想略叙衷肠，聊备参考。

　　本书著者无疑是个"红迷"，他读《红》用心之细，讲《红》用力之勤，俱称非同一般，其"痴"也就不言而喻了。比如，他把林黛玉每哭一次，就记一笔，真像"账目"那样，详计这是"还泪"的第多少"次"！若非痴人，焉能若是？如以为可笑，笑之可也——如以为可怜，怜之也自应当。

　　我相信，今日读者观此种旧著，也会受他的感染，而为之叹佩。

　　可惜的是：他与彼世，尚难辨识坊间流行本扫数是一百二十回程高续本，而不知后之四十回乃是假托若"全本"的续书。而续书是离开了八十回原著的本义原旨而专"演"钗黛争婚——即今之所谓"钗黛爱情悲剧"者是也。正因此故，他就竭尽一切心力，将书中的重要女角划为两党，明争暗斗，岂但"势不两立"，简直就是"不共戴天"！将钗、袭等一党说得一言一动满是杀机,阴刻险恶,令人毛骨悚然。

　　这样,就把曹雪芹的"大旨谈情"、"千红一窟(哭),万艳同杯(悲)"的旧社会广大妇女一般命运(同隶"薄命司")的博大思想和伟大主题整个儿歪曲缩小为一个庸俗的"三角恋爱"小说旧套了。

　　请读者明鉴:我这儿不是在"批评"本书著者的用意,而是说明那时代能窥破曹、高真假的,那好比凤毛麟角,又怎能独怪他一个呢?

　　然而,事有奇致——杜先生见示本书时,并非是让我赞赏著者的观点,却是特别要我注意:讲到第三十一回"因麒麟伏白首双星"等情节时,他突然记下了重要的"异闻",即:这是"原"本《红楼梦》中的故事!

　　这可就要紧极了。就是说,时至清末光绪年代,还有相当多的人知道流行一百二十回本之外之"先",原有另一种本子,与此不同,内中后来有宝玉与湘云"因麒麟"而伏后来结为夫妻的故事——这一点是我最感兴趣的最觉珍贵的记载。

　　这显示了清末读者界的历史真实情况,且有了文献的价值。

　　如今国家图书馆出版社将此书影印刊行,其用意与评价此书观点正误得失的问题毫不相干——出版社要集、印一大批"红学"研究史料的各种珍稀书籍,兼收并蓄,为研究者提供前所未有的方便。

　　这真是一大创举,一大功德!

　　承杜先生与出版社都要我写几句话作为引言,愧无真知灼见,爰以芜词,勉应雅命。并企教正。

　　　　　　　　　　　　　　　　　　　周汝昌癸未冬十一月下浣

　　【追记】

　　还有一说,也应在此一提:本书盛行之时,大约也就是清末士人"开谈不说红楼梦,纵读诗书也枉然"的那个年代——从"经学"一词变化出"红学"的名目,这些有趣的文化现象都聚合在一起,并非偶然之事。再者,本书的影响虽然可观,可是当时读者却仍有因论《红》而"几挥老拳"的笑柄。即:拥林贬薛的观点之外,依然存在着扬钗抑黛的意见。这就十分耐人寻味,我意欲研"红学史",欲研中国小说文学高级文笔,如雪芹之《红楼梦》原本与程高续书本之以同者,由此也可获得一些民族文化与审美原则等多方面的观点与思想的契机,而恍惚于"《红楼梦》是一部文化小说"的命题之合理性。这一点尤为重要。

（杜春耕编,未出版）

《红学求是集》序言

　　曹雪芹以他的生命为代价，给我们留下了一部《红楼梦》。二百四十年后，是我们这一代人生活的岁月，癸未之冬，铁岭学者编成了本书，用以纪念这位中华文曲巨星逝世四个甲子的祭辰——这确是一个最好的祭祀献礼，比空言泛语盛强百倍。更有意义的是铁岭实为雪芹关外祖籍之地；那里的学者以此形式表示对雪芹的深刻亲切的缅怀追忆，就不同于寻常的纪念活动了。

　　我十分赞赏本书的题名：《红学求是集》。实事求是是一切学术的命脉灵魂：凡是不肯求是的，就必然是假相学术，泡沫学术，是暂得风行一时，邀取俗宠而不久就会如"明日之黄花"，徒供"殷鉴"之用了。即如考明南昌武阳、丰润合谱所载铁岭为丰润支的一个分支的再迁地，与大量史证、文证、人证、物证一一合符，就是严守求是以治学的原则收获，从而显示了"辽阳说"的所谓"正确"的并无确处，悉属不实之说。求是，否定了不肯求是，何等昭彰，何等令人深思而警惕。

　　求是的例子多得很。比如大汎河村在明代正统四年设立为铁岭卫的千户所，史有明文，非出任何人之臆说：而千户所下的腰堡百户所之随之而即设，又是明代军制的规定，那都是丝毫不能违差错乱的。然而，竟也有人硬说腰堡之地，在明代是"不曾存在"的。我很奇怪，这儿有两层问题：一是腰堡到底"何时"出现的？那位立说者理据何在，能以成立吗？二是纵使腰堡之地名晚出，那是否就等于雪芹上祖自丰润东迁铁岭的史实，就因"腰堡"一名也"化为乌有"了吗？

又有人说，天命三年之役，腰堡不在攻克的十馀堡之中，云云。那么，凡河古碑明载戊午年的"陆沉"，又当如何"另解"？为了一己之私见，而要"改写"历史，岂是治学的严肃态度？第此者，恕不多及。

红学求是，以此精诚，答报二百四十年前的雪芹的十年辛苦，一腔心血，是我们后生的唯一心愿。这本书体现了我们的心愿，感到无比欣慰。

诗曰：

何以念雪芹，编书为求是。
铁岭有祖居，世代犹能志。
学术在精诚，理据本实事。
伪说徒纷然，颠倒惑当世。
真者岂畏乱，假者暂得志。
真遭昧者迷，假为明者斥。
以此献芹前，英灵笑相视。
吁嗟是当求，兹编永为式。

周汝昌
癸未十一月上浣寒夜

（金鑫等主编，九州出版社二〇〇三年版）

《说不尽的红楼梦》序言

德平学兄之著述即将付梓问世，嘱为序书，欣然走笔。

我与德平兄缔交，已历多年，深知他的为人和治学，都有其可贵之处，今借此嘉缘，略记所怀，世人或不尽知，表而出之，未始不是一件可资学人参悟的事迹与品德之良例。

第一是他的有识与有志。

治学而无识，必然是与庸流俗辈为伍，与之浮沉于伪学谬说之间，无所自立，终至沦为某家某姓之门下附庸，而为他人作嫁——其末也遂与草木同腐，鲍肆同臭。然则如何方为有识？即在辨真伪，分高下，严是非，摒邪恶。

德平兄于此，三致意焉。观其选题择文，立身处事，可以见其目光如炬，心地分明，无所惑，无所屈，无所淆乱也。

有识而后有志。有志，则锲而不舍，以抵于有所成就，有所贡献。

第二是独立思考，自辟蹊径。

德平兄选定了曹雪芹《红楼梦》这个大主题之后，观察一向的众多考论，不愿随俗混同，自己开辟了一条路径。例如，他考论雪芹自到郊西之后的立足之地究在何处，提出了自己的见解，举出了有关的理据。于是，遂为一家之立言，争鸣之劲旅。

尤其值得大书一笔的是他首次倡立了"三教合一"的曹雪芹著书宗旨之

新说,最是学人应该细察深思的一大课题。

这是因为《红楼梦》不同于一般的野史小说,消闲解闷,而是一部中华民族特有的文化小说,而文化小说的第一要素,即是其间体现的哲学思想、精神境界。

在这个重要方面,我看唯有他是将注意力聚焦于"三教合一"一义的创言者。

不须多举,仅据上文所列,就已可见他的人品与学品是位置在高层次的,所谓能见其大,能举其要,而其馀琐末,俱不难迎刃而随解矣。

"三教"在《红楼梦》中都有所反映,这不须再说,读者有目可见;佛、道两家,雪芹借宝玉之作偈语、续《庄子》,亦是常举之例。如今我只想说几句雪芹对"儒家"是何等一个态度的问题。流行已久的一种说法是:《红楼》思想意义之伟大即在"反封建"、"叛逆性"这一要点上。这一看法几乎成了共识定案,无可置疑。但我要"实话实说"。我读雪芹书,感受不到他对"孔孟之道"有什么真正的、实质的"反"与"叛"之可言。试看——

他书中开卷即标出"格物致知之功,悟道参玄之力"二句,一句即儒申"正诚格致、修齐治平"的起步功夫以后,大大写一个"礼"——饮宴座次都要大书特书,丝毫不能差错疏漏——更不用说祭宗祠等那种场面了。他对"礼"有"欣赏"一面的文化享受,十分之显著。他认为万物皆有"情理",举孔子庙前柏。他写祭雯读诔,重笔标出一个"达诚申信"。此乃雪芹特为世人标示:这四字是做人的原则性,必须恪守不渝的基点;不诚不信,在他看来,即不足为"人"了!

请问:哪一处"反"了"叛"了儒训? 妇孺尚知"仁义礼智信",信是道德之一要项;宋代理学家、诗人杨万里,终身服膺一个"诚"字,以为"诚"乃一切最基本的德性,故即以"诚斋"为别号……总之,诚也信也,孔门之教也,怎么会是"反"且"叛"之?

大约那样看问题的评论家是只见他有反伪崇真的一面,便误会是反与逆了。其实,宝玉厌恶高冠华服的贺、吊俗礼,是说俗世只讲外表、形式,却把真情置于不论;所以,他让芳官转达藕官:下次悼念逝者,不可烧纸——那非圣人之教;只要心诚情至,只供一杯水,一支香,那亡者也会来享的……

（大意如此）。

请注意：我举此例，即有二义可言。一是"反"的乃是非儒之教，儒家不言鬼神，但重祭祀。而"祭如在"，实义是要情真如面对亡者受祭者，而不在空仪式。

这才是真懂了理解了孔子的心。

第二，俗人必以为，宝玉是个公子哥儿，与"李衙内"差不太多，可以以"少爷"身份随意"调戏"一个女戏子（奴也贱籍也）。殊不知，宝玉连不熟识的藕官也不便直接"对话"，只能叫已入怡红院的芳官代达——此为何义？问君想过否？

此即是"礼"，此即皆儒训之内。何轻言"反""叛"之容易哉。

再如偷祭金钏一回书文，写得最是分明：那日是凤姐生日，老太太正为此大设酒戏，给她作寿，宝玉却头一日叮嘱茗烟清晨备好马匹，他浑身素服，一语不发，出了后角门，上了马，飞奔北门外。这看起来像"反"礼了吧？其实正是极重一个真礼的行动——他一进庙，见了洛神塑像，触动了金钏落水而死的悲痛，便滴下泪来。然后特地择地于井边，设了香炉，只含泪施了半礼。

这一番奔波"冒险"，只为了这个"半礼"。

"半礼"何义？却只因他是主家，金钏是侍女。主、奴有尊卑之别，故不能待以"全礼"——下跪叩拜。

这儿，素服，流泪，择地，半礼，默悼……字字句句写的是真情与真礼，然而既是"礼"，他还是不能尽"反"尽"叛"，依然是"情"与"理"兼——半礼既毕，又飞奔回家以全凤姐寿辰之礼，并向尊长告罪。

读《红楼》，得真解，勿蔽于俗说错会，方能谈到洞见其伟大之真际另有所在，不是反孔叛孟这一路数。

那么，我方能从上述拙见归到为德平兄作序的本题。思考、研论"三教"在雪芹笔下，以"小说"为载体的这部伟著中，是怎样对待的——我觉得应以本书为伐山开路的研究著作，其文化意义即在于此，盖此非小节，实言"思想"者所必须基本清楚者也。

说到这里，也连带可以悟知：雪芹思想之真谛根源，是中华本土本民族的，还是从西方搬来的？说他的某些"平等"、"博爱"的言行乃是受西方哲理的影响，是资本主义的某种启蒙，这究竟是否历史文化真理？它与德平兄所关切的"三教"说是何关系？这些重大课题，由本书之出版问世，必可得到一个重新讨究的良好的新开始。

回顾"红学"研究这一领域中的历程，一九八一年在济南开会，我斗胆提出：除了继续探讨《红楼》的思想性，也要研究它的艺术特色。那时还不能强调思想性以外的任何方面。到一九八六年之夏，在哈尔滨召开国际红学会，我方向《光明日报》采访者正式提出：今后的研究方向，应是中华文化。在此以前没有人正式提出这一研究路向及其重要意义。然而，德平兄却早在此前就已进入"三教合一"的文化探讨的范围。我要表出他是最早注意这部小说的文化内涵的先驱者。

我对"三教"素无研究，一知半解而已，今为作序，只是信笔略及数语，也未必即合乎本书的意旨观点，我们之间的学谊是纯洁高尚的，绝不仿效那种"一言堂"的霸气作风，一切是"顺我者昌，逆我者亡"，所有论点，都是那几个人的所谓"一致认为"，以欺惑世人。我们反对将学术庸俗化，只供少数人图谋名利的工具。

敬请德平兄与天下读者指正。

说起来德平兄也是一位痴情人——痴在为了雪芹而辛苦工作，他就是中国曹雪芹学会的创建人和会长，我们学会出版了第一部《曹雪芹论丛》——这是在很多人反对"曹学"的"楚歌"之下而为曹学呐喊的重要史迹。而我忝为名誉会长，我们的学谊之本源是值得在此说与读者知道的。

　　　　　　　　　　　　　　癸未古俗祭灶日　岁尾书于枕玉轩

（此原为胡德平著《说不尽的红楼梦》所撰序言，未采用）

《清·孙温绘〈全本红楼梦〉》
题画诗后记

　　为本画册题诗二百三十八首既竟，顺便说说我对这部罕见的红楼全图巨制的几点看法：

　　一、红楼图，除传世已久的改琦（七芗）的人物绣像之外，以光绪年间上海书坊石印《红楼梦》、《金玉缘》等流行本所附绣像及回前的"面目画"为大宗。其画皆为单色钩线法，有古版画的风格。本画册则是着色彩绘绢本大幅，这已十分少见。再看其工细数倍于一般常见的上品《红楼》画，令人赏玩不置，堪称珍品。

　　二、画家孙温，字润斋，号沁香吟室、白云山馆，浭阳人，即丰润县人（丰润清代属遵化州，今为唐山市之一区）。丰润的南关，百肆列陈，驰名遐迩，歌舞游乐之外，又有画坊，京师富贵官宦之家亦来选购，兴盛一时。资料所载，有绘素斋、裕德斋、华美斋、文化斋、翠文斋等数家，画师有丁、曹、郑、叶最为著名。孙温之不见于著录，也许著录的都是画坊业主，而孙温只是画师，故难考其详。

　　三、从画坊题名看，以"绘素"为水准最高（用《论语》"绘事后素"一典），而其创业者为曹铨。丰润曹氏为四大家之一，雪芹上世即从丰润祖籍迁往关外铁岭者。今按孙温号沁香者，显即沁芳之变词。又白云山馆者，应在丰润白云岭，即曹氏上世酿酒作坊所在。蛛丝马迹，表明孙温与曹氏有密切关系，或为至亲，或属世谊。值得深入考查。

四、孙温绘画，基本只到八十回雪芹原著为止，不肯续画伪续四十回（中间虽试画了数幅，亦不肯完卷）。考孙温应为嘉、道间生人，他能辨"百廿回"假全本中前后大有区别，此点所关，尤为重要。

五、绘素斋创业人曹铨即系曹家后人，曹寅之弟曹宣（改名荃）曾为康熙南巡图的监画官，他家人精通工笔画，薪火相传，一定给绘素斋的坊间画带来了宫廷画的色彩风规，也表现在孙温的绘画之中，可谓明证。

六、孙温对原著每回内容，何者入绘，何者从略，也是自有取舍的。又，他对某一回可以画为二幅乃至多幅，而对某两回又可以合并为一幅的内容，且有时合并得颇为奇特。还有就是一幅画内又可以有多个相关相接的"景点"让观者有"进展"、"过程"之感。这也是生面别开，不同俗例。

七、后续四十回中遗有一册空白，即所谓第一百零三回至一百零八回，计六回的内容不加绘制；而此六回涉及了抄家、复职的情节，引人瞩目。其中是否另有原由，似乎也值得研考。

八、其他特点，如画中宁府两见丛绿堂，不见此名于《红楼梦》，画家是否另有所本，望另作探究。

我的题句，仍以《竹枝词》体七言绝句为主，而于后续四十回，则用五言绝句，以示区分。七言绝句守律较严，四声平仄不能随意破坏中华汉字音律传统格调，尤其入声字一概仍作仄声谐律。至于韵脚，大致依传统诗韵，但又不拘科举时代的"官韵"；偶尔依照古诗词的"邻韵"可以通押，这都是常例。对今日年轻读者特作说明的则是：有些字古音与今不尽相同，如"支"部却有"眉"、"儿"、"衰"、"奇"、"思"等字押韵，须学会"变读"，勿以为"错"了。再如"看"、"探"、"忘"、"观"、"胜"等字有平仄两声，可随全诗格律而变读，也应知其道理。"阶"、"来"、"回"、"怀"、"雷"等也是同韵，皆为古今音读小异，不絮絮多列了。

我题诗，以原画册中每回所贴签条之说明为依据。今经出版社审编，结合画面实际，作了个别次序调整，应当在此注明原委。虽经双方协作，恐仍有未臻妥善之处，请阅者谅解。

诗曰：

　　名斋绘素溯曹门，工细堪惊气度尊。
　　定有荃公监画脉，试寻家法证孙温。

周汝昌
甲申盛暑中写记于北京红庙

（刘广堂主编，作家出版社二〇〇四年版）

《评书红楼梦》序

庞立仁贤弟的力作《评书红楼梦》即将梓行问世,喜而为之制一短序,聊志文缘,并抒所感。

《红楼》伟著,为何迟至今日方有立仁首创之评书出现?拙见以为,雪芹之书纯以诗情画意作表现手段,与历史、武侠、神怪等小说大异其趣。因此,除影视一类艺术形式较易搬演,就连京剧也不甚好演,如梅兰芳先生早年即曾创演《黛玉葬花》、《俊袭人》等新戏,然而却甚难获得较大成功。此中缘故,可以深思。如今评书以讲说为文体艺种,则可知其难度又当如何了?——正因此故,方见立仁的敢于创意的勇毅精神,并终于演播后得到各方面重视。这就愈觉其难能可贵了。

立仁自幼好学,早在上世纪六十年代即喜与我交往,后来作为人民教师,很有教绩。但我未料他对普及《红楼》、拓展"红艺"也早有壮志,如今新著出版,可为"红学史"上增添崭新的一段篇章。故不辞愚拙,书此数行,尚望不嫌简陋。

周汝昌

甲申中秋前夕写讫

(庞立仁等改编,北京图书馆出版社二〇〇五年版)

《江宁织造与曹家》序

　　少小时,一见"六朝金粉"、"江南佳丽"、"晋宋风流"、"乌衣门巷"……这些诗情画意的文句,便引起我童幼心灵的无限神驰意远的情怀。稍长,略涉中华文史艺术等众多方面的事迹,方知南朝建业金陵,乃是我们炎黄文化发展史上的一个非常重要而个性奇特的史地亮点。从此,对南京之地结下了一段"文缘"。及至年至"而立"的光景,又致力于考索《红楼》家世,这才尽晓曹雪芹的种种经历遭逢,都离不开金陵胜地。当然更无待繁词,今人已然详悉他家三世四人,都在此乡荣任织造钦简之职,而他也就诞生于这里,这诚如唐初四杰之首的诗赋家王勃所云"物华天宝,人杰地灵",何其字字贴合哉!

　　于是,我立下志愿:迟早要为雪芹写一本专书,要为他在南京建立一所纪念之殿堂,让天下有情有识之士都来瞻拜缅怀,寄托对中华民族文化空间上一颗特大奇星的无限崇敬追思。

　　但我身不在南京,夙愿难酬,必须在南京朋辈中请来一位得力同心之友帮我,方可有望于成。回顾一下:自一九八三年我在南京开会时首倡此议之后,一直是在与好友严中的协作下不懈努力,从而使大业不难功成志遂矣。如今,执笔为本书作一小序,正是我们两个不揣冒昧的初心一点志诚。想期间,我们曾恳请时任中共中央总书记的江泽民同志登高一呼,立即得到众方响应，多方仁人君子大力惠助，因此，著书建馆，俱已指日可期了。何其幸也！

在此，不妨讲一下被人误会、轻蔑乃至反对的所谓"考证"的治《红》研芹的问题——

拙著《红楼梦新证》于一九五三年秋问世后，受人注目的一个小小"考证"乃是考出曹寅有弟，实名曹宣（而非曹宣）。宣北音犯帝讳"玄"，有同声之嫌，方又改名"荃"。这"宣"的考证先受讥嘲，而后获证实，群以为"佳话"。然而，评者只对"幸而言中"称奇，却罕言这不止是一个名字的辨判之问题，而更是考明雪芹并非寅之嫡孙，实乃寅弟宣之四子过继于寅而后生的"假子真孙"——而且，由此方能谈得到曹雪芹实际生卒年月的确定。这是何等不容不思不议的大课题？空赞"宣"之发现，又贬之为这种"方法"不可多用，云云，岂为真知治学之苦心与有益于学人乎？

无独有偶："萱瑞堂"的考证也有异曲同工之妙趣——

回忆这个考证的线路历程，最先引起极大兴趣的，是由鲁迅先生《小说旧闻钞》得见清人笔记中叙及康熙帝南巡驻跸织造署而称曹寅母夫人孙氏为"吾家老人也"。此断非一般常语，于是力求此段史事的根源，终于查知本出冯景《解春集文钞·御书萱瑞堂记》。但何以尊为"吾家老人"？仍不能深解。最后，又得邓文如（之诚）先生的指点，方于《永宪录》中获得孙氏夫人实为康熙幼时保母（抚育教养嬷嬷），是康熙幼失生母、视孙夫人为实际慈母的特殊感恩思想，表现于一个三字大匾之中！而这一发现，方是全部"曹雪芹家世史"的唯一重要大关纽——不知此故，则"红学"、"曹学"的一切都流于浮光掠影，似是而非。

且说康熙帝为何这次巡幸江宁特与孙夫人题写萱瑞之匾额，原来契机全在一个"孝"字上——他是同时为明孝陵题以"治隆唐宋"大碑的，这个"孝"就触动了他的思绪：他见织造署内当年"嬷嬷爹"曹玺手植楝树，故尔曹寅亲筑楝亭以申其念父之孝思，于是他也就想到拜见老嬷嬷孙夫人，是"吾家老人"，恩同慈母，这才又展大笔御书，乃是以"萱"对"楝"，内有亲情，外可借"萱""以孝治国"的美德佳话！——我们"考证派"，考的什么？证的何事？于雪芹《红楼》何干？自然可以意会、领略；中华古旧的历史实情真况，都是怎么样的？也自然会有人读了这些，毫不感兴趣，索然漠然——那就另当别论，不必勉强人家来为此等陈言旧迹浪费心神了。

对于江宁织造署与府的曲折关系，严中的考证是最为出色的，有了这种硬证，原先的错觉误说都可以成为陈迹而不必再有纠纷了，由这一例也足以说明：事实真理，在湮没或错乱之间不为人知，都有赖于考证的功能，解纷排难。

所以，严中老友的织造署、府之详考，正是又一绝好的示例。

可惜，平生没有作过一点点"考证"、全不识其中甘苦的人，却肆口轻薄"考证派"。人间万象，云无"定论"者多，真是那样子吗？

其实，"考证"包涵了学、识、悟多个层次方面的研究进程，三者互相渗透，缺一不可。听说有个史料工作者公然向学界宣称：史学靠证据，不靠悟性，云云。这种话让真正的史学家听了，只好窃为解颐。比方说，一份档案，字面上说曹𬸚（家人）"骚扰驿站"，于是即以此为"证"，而绝不再去参互钩稽其他相关史料，遂竟判案为"曹家犯'罪'是经济原因"，这样就是得到了历史的真情实际了吗？因此，我们考论雪芹的家世以及其诞生地，都有一个复杂曲折的历程，这是文化工作，并不同于小学生学算术，一个"算式"式的单向、直线、形式推理逻辑所能胜任。具体的好例就可举示：曹雪芹的好友们说他是"秦淮风月忆繁华"、"秦淮旧梦人犹在"，那么"忆"的"繁华"是真锦绣还是"虚热闹"（赵嬷嬷语），你只凭"字面"，能说得清吗？而这种"繁华"、"旧梦"的"犹在"之人，这是谁？他？她？对曹雪芹生活、创作有何关系？你就只知那是个"人"，其他一概不闻不问——这就叫作"史学"？这种"史"和"学"，又有什么意义可言呢？

我们在"考证"曹雪芹的有关事迹上做了这么一点工作，虽经努力，深知治学之事岂同容易，岂敢以"专家"自居！然而就是这有限的所能，幸而解决了一些基本性问题。至于"悟"之一义，也在《御书萱瑞堂记》上有了新的领会：康熙帝为报母恩，赐以"萱瑞"之名，是运用古诗典故，象征不忘母恩，而《记》中所云，"会庭中萱花开"，却是"假话"，因萱草抽茎开花始于五月，而康熙帝第一次驾临江宁，时在四月初十，节气还差了将近一个月的距离，那时岂有"萱花开"之理？乃知这无非是文人臣下对皇帝的设言，渲染点缀，故

"神"其说罢了。《萱瑞堂记》的核心，只在颂扬皇帝的孝恩，所谓萱者借题设景，有实有虚——孟子说过的"尽信书不如无书"，不是教人尽废书不观，而是提醒人，书上明文，也需要加"考"求"证"，方是治学的必循之正路。

　　我们这册小书，旨在抛砖引玉，唤起南京以及全国广大群众的民族自豪感，同时也就可为海内外前来观光朝拜者作参考佐助。

　　我们心有馀而力不足，学、识、悟诸多方面俱有很大欠缺，书中疵缪之处定然不少，所望方家大雅惠予匡正，不胜企幸。

周汝昌

写讫于二〇〇五年十二月底

（周汝昌、严中著，中华书局二〇〇六年版）

《天津和平区兴安路街道
红学会论文集》绪言

　　文学艺术领域，百事重在一个"个性"。个性是独特，是卓然有异于凡庸，是"千篇一律"的对台戏。我们天津的和平区兴安路街道红学会，就占尽了这一"个性"，因为普天之下绝难寻到第二例。

　　这个红学会虽"小"，却不容轻看慢待，本书的表现就是明证。这个红学会，全是自发、自力、自创、自主，不受"外"边的干扰，所以才会有此"先天"的个性禀赋。

　　此学会之诞生与成长，功劳成绩，要表彰会长石建国先生与全体会员同好，尤其要感谢市区街道各级党政领导的热情关怀与大力支助。

　　天津是"红学"的一处重要的"发祥"之地，此义知者识者尚不甚多，粗略说来，胡适先生以前并不曾真有过实质性的真"红学"——都只是些零篇读书感的随笔体性之文字，够不上学术规格，相差远甚。胡先生三篇论文，开辟了学术性的"红学"，是个大分际。但他之后，二十多年，无人承接这个重要文化事业，而在我们天津的郊区，方有一二村童矢志于此，并创建了"四大分科"——体系完善的真正"红学"学术。

　　这一点是历史脉络，是学术轨迹。可是却有人不肯、不愿、不敢承认。因为他们心里是要"摘桃子"、"抢码头"，想压倒乃至抹杀人家的一切，自己居"天下之美"。

天津市兴安路红学会,始终是发扬自由、民主的精神,走自己的路。这个"自己",却又正是天津人、天津广大群众、天津红学爱好研究者们要走的正路,而绝非"孤芳自赏"的荒原歧径。

光阴荏苒,十七年于兹;本书结集问世,令我十分欣感交加,不揣冒昧,写几句"狂言"为绪引,大雅方家,幸多匡正。

铭记石建国会长的丰功卓识。

祝愿本会不停地发展迈进,为天津文化特色增添光彩。

周汝昌
乙酉腊八日草草抒怀

(未出版)

《禅在红楼第几层》序

　　禅，是什么？是佛门中的一支独特宗派，具有最浓郁的中国特色，无与伦比。自开坛立宗后，其方法与精神沁透于中华文化的各个方面，而人不能尽觉尽识。中土诗词，离开禅就会成为"不可理解"的文字。正因如此，《红楼梦》是一部用诗写成的小说，所以禅也就沁透于其中，这也可说成是一种"规律"吧？此义未明，《红楼》难懂，而为读者讲讲这方面的书，似乎不多，而归智此著，就质量水平而观之，当推龙首。

　　禅，是一种"传授"方式，一种领会"捷径"。它——是把传者与受者双方的距离（或途径）缩到最短的地步，它要你扫除一切翳障直达目标。

　　禅，是灵性，所以《红楼》开卷即写通灵一义。灵，在智与慧之上，是中华民族精神活动的最高境界。

　　没有灵性的人，无法进入《红楼梦》中。

　　禅与灵，是感悟之本能。感悟不靠形式推理逻辑，不是算式与图表。

　　禅，是向上一路的，故云："丈夫自有冲天志，不向如来行处行。"

　　禅，是不盲从权威偶像的，故常"呵佛骂祖"。常人不解，以邪说异端视之。

　　禅，不是"填鸭"、"灌输"，是启示触发，是契合，是通彻。

　　禅，有真假。"机锋语"、"俏皮话"往往为俗人误作禅义。什么"弱水三千,只取一瓢"……说时还闭目合掌,笑煞笑煞!

禅,不"玄虚",不"神秘"。读了梁归智教授这本书,自能相信斯言。

我是归智先生此书的序者,无论序者还是作者,都是脱不出文人论禅这个大范围的。我们的论禅若拿与真正的禅门大师去看,他们也许会大发一笑,认为我们还是未能抓住禅的灵魂命脉,说了些外道和误导的错话。但就是从《红楼梦》作者曹雪芹来说,他也不过是一位文人禅者。因此,拙序还望真正的禅宗大师来指引和棒喝。

诗曰:

禅在红楼第九层,灵居慧上更超腾。

红楼一望诗中境,却借谈情号曰僧。

丙戌闰七月初一夜

周汝昌写于媚红室

(梁归智著,中国人民大学出版社二○○七年版)

善察能悟刘心武

——《刘心武揭秘〈红楼梦〉》(第四部)代序

　　刘心武先生,大家对他很熟悉,蜚声国际的名作家,无待我来做什么"介绍",何况,我对他所知十分有限,根本没有妄言"介绍"的资格。但我对他"很感兴趣",想了解他,一也;心知他著作十分丰盈,然而并不自足自满,仍在孜孜不息,勤奋实干,对之怀有佩服之敬意,二也。如今他又有新书稿即将梓行,要我写几句话,结一墨缘,这自是无可婉谢、欣然命笔的事情。所憾者,因目坏无法快睹其书稿之全璧,唯恐行文不能"扣题",却是心有未安。

　　刘先生近年忽以"秦学"名世,驰誉海内外。这首先让我想起"红学"、"曹学"、"脂学"……如今又增添了一个崭新的分支"秦学"。我又同时想到"莎学"这一外国专学名目,真是无独有偶,中西辉映。

　　因在上世纪四十年代"负笈"燕园时,读的是西语系,所以也很迷"莎学",下过功夫,知道莎学内容也是考作者、辨版本,二者是此一专学的根本与命脉。没听说世界学者有什么不然或异议。可是事情一到中国的"红学",麻烦就大了。比如说,胡适创始了"新红学",新红学只知"考证",不知文学创作。批评者以此为"新红学"的最大缺陷。

　　如今幸而来了一位名作家刘先生,心甘情愿弥补这一缺陷,对于红学界来说,增添了实力,注入了新的思想智慧,我们应该表示热烈欢迎。我们的先贤孟子还讲过读其书,诵其诗,必须知其人,论其事。人家外国倒没有洋孟子,怎么也正是要读其书,诵其诗,知其人,论其事呢。据说有一对夫妻学者为了"寻找莎氏",查遍了英国国家档案馆的上千万件资料去"大海捞莎针",每日工作多达十八个小时,结果如何暂且不论,我只感叹难道"红学"是"中"学,就不能与"西"学同日而语吗?

因此又想,考作者,辨版本是世界诸大文学巨人不朽名作研究过程中绝无例外的,也是没有异议的。唯独到了中国的"红学"上,一涉及到考作者、辨版本这种世界性的普遍研究工作就被视为是什么"不研究作品本身"、"不研究文学创作"、"光是考证祖宗八代"的过失,甚或是一种错误,这就令人费解了。

《红楼梦》是一部多维结构、多层面意蕴的巨书奇书——奇就奇在一个"多"字,既丰富又灵动,味之愈厚,索之益深,谙之不尽……除了反映历史、社会,感悟人世人生,赞颂真善美,悲悼真善美被践踏、被毁灭而外,作者雪芹也十分明确地表示:全部书的大悲剧,是女儿的不幸命运,而其根本原因是"家亡人散各奔腾",是"事败休云贵,家亡莫论亲",是"树倒猢狲散",是"食尽鸟投林"这条极关重要的命脉。而这一命脉却被作者雪芹有意(也是无奈地)不敢明言正写,只好把它"隐去",又只好将隐去的"真事"变称为"梦幻"。既然如此,研究者就必须从那隐去的真事中去考明这个"家亡人散"、"事败休云贵"的历史本事。

由此看来,作家刘心武的"秦学",正是要为解决这个问题而努力工作。他在这一方面有其前人所未道及的贡献。此贡献并不算小,也为"红学"长期闭塞的局面打开了一条新蹊径,值得重视与深入研讨。一个新的说法,初期难保十足完美,可以从容商量切磋,重要的不是立刻得出结论,而是给予启发。

考论《红楼梦》,揭示《石头记》中所"隐去"的"真事",都不可能指望写"明"载"入"史料档案之中,若都那么"天真",孟森先生这位真正的老辈史学专家也就不必费尽心力地去撰作什么清代"三大疑案"了。史学界也早就揭明:雍正为了不可告人的"内幕",让张廷玉将康熙实录——六十年最丰富的史册——都删得只剩了有清一代皇帝实录中的最单薄的一部假"实"史。你要证据吗? 没有的(删净了)就都不能入"史学",这理论通吗? 如果不甘愿受雍正、张廷玉、乾隆、和珅之辈的骗,而探索雪芹所不敢直书明言的史实,就必须有"档案证据"才算学术,我们如果以那样的学术"逻辑"来评议红学中的研究问题,就有利于文化学术大事业的发展繁荣吗?

　　从本书我见到了王渔洋《居易录》中只有康熙原版才得幸存的康熙南巡随处写匾、太子随侍写联的真实记录，这条珍贵的资料正可佐证荣禧堂匾联的来历问题。至于联文是否自撰，抑或借用唐诗，与我们的主旨并无多么重大的关系。康熙所说"此吾家老人也"——其实也就是专对太子说的原话纪实。

　　我曾把"善察能悟"当作一条考证经验赠与刘心武先生，承他不弃，以为这是有道理的。

　　行文至此，回顾一下，散漫草率，实不成篇，而且还有很多想说的话尚未说完，时间有限，已不容我再絮絮不休了。

　　诗曰：

　　　　作序原非漫赞扬，为芹解梦又何妨。
　　　　天经地义须前进，力破陈言意味长。

　　　　"秦人旧舍"字堪惊，"过露"谁能解得明。
　　　　坏事义忠老千岁，语音亲切内含情。

　　　　南巡宸翰墨生澜，太子扬才侍砚欢。
　　　　金匾银联严典制，借唐写意总相干。

　　　　荧屏万户话刘郎，海内传流海外光。
　　　　"秦学"一门新事业，百家鸣处百花香。

　　　　　　　　　　　　　　　　　　　　　周汝昌
　　　　　　　　　　　　　　　　　时为丁亥八月廿八深夜

　　（刘心武著，东方出版社二〇〇七年版）

《胡适批红集》序言

日前,忽然接到宋广波先生寄给我的一份快递邮件,内有信函说明他曾赴台访学停留两月之久,获得了胡适之先生在拙著《红楼梦新证》上面批注的手迹,十分珍惜可贵。返京后,特意惠示于我,这真是我近年来罕有的一件望外之喜事。我对宋先生这样的高情盛谊,不知以何言词方能略表我的深深感谢之情。我读了这些批注手迹之后,思绪联翩,一时之间交集于胸怀,想说的话也都纷纷涌向笔舌之间。因念及今年何年? 正值岁在戊子。六十年前的那一个戊子,我在老北京东城的东厂胡同拜访了胡先生,并承他亲手借给我甲戌《石头记》的真本。在当年的暑假,四兄祜昌和我尽了两月之力录成了一部副本。同年秋天,胡先生又把有正书局的石印的戚序大字本和手写本《四松堂集》借给了我(他托孙楷第先生转交)。于是我开始细校甲戌、庚辰、戚序三真本,并写出了《真本石头记之脂砚斋评》(次年《燕京学报》刊出)。所以那个戊子年乃是胡先生作《红楼梦考证》之后将近三十年的时光过去了,这是多年以来在红学研究缓步前进上的第一篇重要论文——更巧的是六十年以后的这个戊子,先是《红楼梦新证》又得影印行世,如今又获见宋先生传来的胡先生手批本,那么这个戊子纪年的干支对于红学史的发展的阶段来说确实是一个纪里碑,而戊子年对我本人的感情记录上来说,那就更是难以忘怀的重要一页。

　　《红楼梦新证》于一九五三年之秋出版以后,海内的反响,由友好人士的传达,我得以略知一二,至于海外情况如何,我是无从得知。就连有人写信给胡先生想挑拨先生的情绪,胡先生不但不介意反而说出了一篇赞我的奖饰之词,这也是二〇〇五年以后才辗转听到的,我哪里能够想象胡先生在那么早就作出那些批语。而到如今,若无宋先生,我仍是孤陋寡闻,人家也难以相信吧!这么说来,我之感谢宋先生,岂是通常一般的心意可比。

　　胡先生降世于一八九一年,长于我者二十七岁之多。新文化运动时他是重要人物之一,而我则是次年才投胎入世的,到胡先生一九二一年发表《红楼梦考证》时,我年方三岁。我是出身于村镇家庭的孩童,家无藏书,少年失学,遭逢乱世……不拘从哪一方面来说,并没有和胡先生对话论学的资格,后来在通信往还中也曾因为"白话文"的问题,我用不够客气的语言唐突冒犯了他,他也并不介意,依然不曾以为我是一个不可教的孺子;直到他看了我那本《红楼梦新证》,里面又有几处不够恭敬的词句(我的手稿中不是这样的),再到批俞批胡运动时,他又读到了我的署名"批胡"的文字(尽管此文也曾经过别人的"加工"),他都能高瞻远瞩,不肯脱离学术讨论和历史因素而计较芥蒂于怀。从这些方面来看,他是一位名副其实的仁人君子,治学大师。如今宋先生给我的这些材料,一方面引起我感念的心情,一方面又重新获得了新的教益和启示。例如,他对每一个细节微点都不肯放过,其认真严谨的态度,使人凛然发生自律而敬服之心;又如,他肯于改正自己过去的见解,明白指出:"我错了。巡盐御史不是盐运使。适之。"(三八一页)还有一例:胡先生在《红楼梦新证》第四三八页上,我引裕瑞《枣窗闲笔》中批评高鹗续书的一些论点加以圈点,共有七处之多,还有几句总括的话说:"裕瑞原文似尚有一节指出'我们'、'喒们'的区别,高鹗本多误。若我记忆不误,此真是了不得的见地。适之。"至此,不论胡先生此处所指有何曲折层次,但有一点是十分清楚明确的,就是他已承认裕瑞对高鹗续书的指责,认为其见解是了不起的。若我对胡先生的这段批语理解不误的话,那么此时他对一百二十回假全本的看法已和一九四八年我和他对程乙本的评价有所争执之时,他的看法已然有所改变了。这个问题若细论起来,就不止是一本小说和原书、续书的这样简单的问题，实际上那是牵涉到中华传统文化、文学理论等根本问题的事情了。这篇短序并非讨论这种重大问题的场合，只能点到为止，若有机缘再当详论。然而，仍有一点还想说明，就是胡先生对原书、续书的巨大区别已然明确承认，我和他早年的争执似乎双方还没有相互理解，今日看来，或许那时我对适之先生这样的学术大师理解得太浮浅了吧。

行文至此，我不禁想到，九十年中我有幸结识的大学者不止一人，而像胡先生这样的仁人君子、宽厚和平的高尚人格，还是并不多见的。至于他的学术成就，文化地位，更非一般可比，其影响所在，更非常人所能估量。前面已经说过，我和他本无学术对话的任何资格，仅仅在一部《红楼梦》上有了那些粗浅的讨论，其实我和胡先生的关系本来分为师友交谊和学术论点的两重关系，不容相混；然而不时还是有人将这两点故意混淆，利用它来作些挑拨文章，这原是十分无聊的勾当，可以不必提到它；不过这样的居心挑拨，就不仅仅是胡、周二人关系之事情了。

再次感谢宋先生的惠示，没有他我至今也不知道，我那拙著（有专家评为"不过是'大二'学生水平写作"）竟然得到胡先生的细读细批，更让我充分体会到胡先生对我这个后学小生始终是那样关注和期望，实感荣幸之至。遗憾的是，《新证》之后，我又有一些考芹研红的拙著已然来不及再请胡先生为我细读细批了，言念及此，曷胜感旧之情。

顺便提及：据宋先生相告，他获见的胡适手批红学资料书共有十九种之多，皆是研究胡适红学的重要资料。寄示于我者为《红楼梦新证》、《四松堂集》、《懋斋诗钞》、《春柳堂诗稿》四种。胡先生在《四松堂集》卷尾"负生"题记处写明以为是我的别署，此种细处也足见胡先生还能随时念及于我的感情（"负生"实为吴恩裕之别署）。

诗曰：

> 花甲无端戊又周，名园驻影证重游。
> 韶年而立惭三立①，情梦红楼忆四楼。
> 曾见大师容末学，不期小著动高流。

中华文典千寻厦，屋角鸡虫计未休。

　　　　　　　　　戊子大雪节后九旬周汝昌拜书

【注】

　　①三立，仍用《左传》立德、立功、立言之义。四楼，未名湖畔第四座古典画楼，适之先生曾用浓朱大书"燕京大学四楼周汝昌先生"之事。

　　（宋广波编，北京大学出版社二〇〇九年版）

Between Noble and Humble 序

　　普林斯顿大学的浦安迪教授(Prof. Androw H. Plaks)曾对中国报刊记者说:《红楼梦》是他了解中国文化的窗口,也是他研究中国文学和讲授的主题。中国一位著名作家刘心武撰文时则说:在中国在校学生提起莎士比亚,无人不晓,而在欧美,就是大学生,若向他们问及曹雪芹这个名字,他们的回应是茫然不知所云。这让他每一念及,辄感酸鼻。

　　这样的对比,这种不平常的文化现象,原因何在? 时常引起我的很多思绪,值得中西两方文化界人士予以深思,并谋求补救的方策。

　　曹雪芹是什么人? 他是《红楼梦》的作者,号称中国近代第一奇才,所著的这部长篇小说是中国读者最为推重喜爱的伟大创作奇迹。研究《红楼梦》的学术工作,竟然形成了一门专学名曰"红学"(Redology)。西方学者向欧美评价《红楼》早在十九世纪初就开始,但那时对其著者曹雪芹的研究介绍,却还属于空白之列。

　　这是因为,历史遗留下来的有关资料记载太少,而人们对他生活时代的一切,也所知无多,以致连一个简单的生平事迹述要之类的短文也难写成。迟至一九六四年之夏,我撰成的《曹雪芹》才能出版问世。在此之后,我又几次重写,迄今为止,还未见有人写出第二部曹雪芹传记(小说性却非学术性的,不在此列)。如今的英译本,是我第三次专为西方读者而改写的《曹雪芹新传》，承蒙葛锐、朴京淑和马克、包良梅四位热心于中西文化交流的学者译成了英文本，令我十分欣慰感激。

《红楼梦》又名《石头记》，*A tale of the stone*。石头，在中国文化哲学思想上是个奇物，它有时会具有"灵性"，即：石头原为无机物质，然而它也能思维，具感情，会交流，能表达……与人略同。中国古史曾有过石头"能言"的故事，又有一段极妙的佛门佳话：有一高僧名曰竺道生，精通佛义，却被见解不同、有权有势的另一流派僧人反对、排挤得连一个讲座地方也无处可寻，只好独自到山上聚起一群石头当作听众，向它们演讲佛法，讲毕，问石头说："如我所说，契佛意否?"众石见问，一齐"点头"，表示首肯、赞称。

这个悲剧性故事，"说来虽近荒唐，细谙却深有趣味"——这正是曹雪芹作书时所写下的开端的两句话。他在小说里将自己比喻为一块石头，被"炼石补天"的女娲（中国神话中的女圣，实际是烧土作陶的伟大发明者）弃在荒山中，备受孤独凄凉之苦，后来变化为人，下凡历世。它原以为人世是个享受快乐的地方，不料入世之后方晓实际并非想象那样美好，他眼见身经，世间的一百零八位美好的少女，各遭屈枉不幸，命运悲惨，在痛惜深悲之下，从而为这些不幸者立碑作传，表白这些人物的真善美，而对那些破坏扭曲、毁灭真、善、美者痛予揭破，愤慨鞭笞。《红楼梦》就是这样一部大悲剧故事小说。

中国人把曹氏比作英国的莎翁，相提并论并无异议。他一生经历十分艰难，他的创作环境条件也极为艰险、困苦，非一般人所能想象。本书的揭示，只不过还是一种粗略简陋的若干叙述罢了。但已令人为之震惊，为之敬佩，为之倾倒了。

周汝昌

二〇〇八年六月八日定稿

（Edited by Ronald R. Gray and Mark S. Ferrara，此书为《曹雪芹新传》的英文意译本，2009，Peter Lang Publishing，Inc，New York）

考李证红随想录

——《红楼梦里史侯家》代序

有一首七言绝句是乾隆初年一位名叫屈复的诗人写下的,记录在《悔翁诗续钞》,诗云:

> 直赠千金赵秋谷,相寻几度杜茶村。
>
> 诗书家计皆冰雪,何处飘零有子孙。

每读此诗,便有令人酸鼻之感。这是诗人追怀曹楝亭(寅)先生的沉痛之语、难言之喻,是说楝亭先生为人高风亮节、扶贫济困,专门为文化作出了不朽的事业;其身居江南金窟之中,却一尘不染、如冰雪之清……这样一位令人钦佩感激的好人,其子孙却竟然落到生死存亡、难知所在的处境,怎么不令人感慨万分! 这位楝亭先生就是曹雪芹的祖父。其实,这些不待我在此重述,而我此刻引来的真正目的是要讲一讲这位赵秋谷。赵秋谷名叫执信,秋谷是他的别号,山东人,康熙年间的一位著名诗家(他和另一位名诗人王渔洋不相和睦,专门顶对)。他和楝亭也是诗友,但他和楝亭的内兄李煦的关系却更为深厚亲密。李煦何人? 不但和楝亭身世十分相似,而且曹楝亭任江宁织造时,李煦就是苏州织造,二人至亲又分掌东南要职,李煦一生所做的好事不次于曹楝亭,所以人称"李佛"。别的不说,单说他家收容的孤儿、苦女就有数十名,供济一切衣食教养,还有很多的困苦之家也仰仗他的力量

得以生存。那位赵秋谷后来就到了李煦的幕下,李煦后来由于雍正的迫害结局极惨,赵秋谷因而有一首诗怀念李煦,其句云:

> 啼鸟唤泪落江云,断梦分明太息闻。
> 三十年中万宾客,那无一个解思君!

这句话的隐痛也不逊于屈复的那句"何处飘零有子孙",读起来也是令人酸鼻的。

如今,研究《红楼梦》的人已有相当多数同意此书是雪芹"自况"之说;但我却想再跨进一步,提出《红楼梦》不仅仅是以曹家为素材的艺术作品,更是合曹、李两家为艺术素材的不朽名作,这话有道理、有根据吗? 就我个人来说是既有道理又有根据的,而且十分清楚明确,不同于捕风捉影、穿凿附会之谈。

人人都说《红楼梦》是部奇书,奇在哪里? 依拙见看来奇处不止一端,但此刻是为本书写卷头语,所以只捡与本书主题有关的,略举一二:

第一奇,奇在曹雪芹只用了两三首前人的小绝句就给《红楼梦》全书立下了坚固而巧妙的框架大局、结构章法。第一首就是高蟾的:

> 天上碧桃和露种,日边红杏倚云栽。
> 芙蓉生在秋江上,不向东风怨未开。

仅仅四句诗里,就隐藏了十二钗中的三、四个最大主角,如元春、探春、湘云、黛玉等四人的影子和命运都能在这里寻绎得到;但更奇的是,他却把原诗分散在相离甚远的地方,告诉你,暗示你,等待你自己的智慧连在一起,然后,你才恍然大悟。

第二首绝句就是苏东坡的海棠诗:

> 东风袅袅泛崇光,香雾空蒙月转廊。
> 只恐夜深花睡去,故烧高烛照红妆。

曹雪芹也是用他独创的巧妙手法把它分散在四处,即先出一个"崇光泛彩",然后出一个"红妆夜未眠",又然后出一个"只恐夜深花睡去",如此等等,就活化出一支美丽的海棠花,乃是史湘云的象征和化身。

第三首就是宋末谢枋得的一首绝句:

寻得桃花好避秦,桃红又是一年春。

花飞莫遣随流水,怕有渔郎来问津。

雪芹运用此诗又是一种"藏头露尾"的新鲜手法,让它与花袭人的命运结局巧妙地联系起来了。

这第一大奇处,我只粗略地指出供读者思索,如再为之详加说解,那就太费篇幅了。

第二奇,更是出于一般寻常小说的俗套之外,令人难以捉摸——这一艺术手法是雪芹的一大创新,可以说是前无古人,后无来者。我说的是什么呢?是说雪芹用笔不但有正笔、侧笔、直笔、曲笔……而且还有明笔与暗笔之分。怎么叫明笔?当然就是他用文词已然摆在字面上了,你一看便能明白。怎么又叫暗笔呢?这一奇处不要说看起来难以很快理会,就是此刻我想讲它一讲也很不容易,因为它太新奇了:这一例就是曹雪芹如何用史湘云的几次突然出场,而暗写了荣国府贾家以外的同等重要的一家之真实背景的素材,在那儿起着极为重要的作用,而你在明面上却找不到它的明确、分明的存在——不要说是整体的,就连零碎的暗示也少得可怜,令你难以相信。例如,史湘云这个后半部书里的女主角,她们史家的真实历史背景素材他一字不肯写出,却先在秦可卿的丧事写前来吊唁的,除了宫里的戴权太监来取贾蓉的履历及银子,就是忠靖侯史鼎的夫人先来了(然后才有锦乡侯、川宁侯、寿山伯三家来祭奠),这一笔几个字过去之后,你再也寻找不到线索了,让你自己去发闷吧。然后,大观园建成,芒种节饯花盛会,全无史湘云的踪影可寻,但盛会一过,丫环忽报:"史大姑娘来了!"怎么一回事?作者又是一字不肯告诉你。第二次,五月初一到初三在清虚观打平安醮。这次盛会东西两府全家出动,包括薛家亲戚姑娘,然而又无湘云踪迹,更奇的是平安醮之后,立刻又有丫环报道:"史大姑娘来了!"你看奇与不奇? 这种手法你在哪里见过? 能举得出吗? 你曾想过这样叙事讲故事能说得通吗? 但这是铁的事实,白纸黑字就摆在了《红楼梦》全书之中,谁也没有篡改歪曲。

在此,让我加叙一句:切勿忘记,湘云不能参加的两次盛会都与宫中娘娘元春直接密切关联,你能想得出这都是怎么一回事吗?

然后,如果我记忆没有发生错乱的话,那么"忠靖侯"一直没有下文,在袭人打发给史大姑娘去送东西的时候,突然冒出一个"小史侯家"来,这是谁? 史侯还分大小呢? ⋯⋯我们读者费了好大力气才弄明白,小史侯不是忠靖侯,而是保龄侯了,他叫史鼐,和史鼎是一门兄弟。这样看来,史大姑娘自小父母双亡,没有人教养疼爱,是跟着她叔叔长大成人的,这叔叔又是史鼐而不是史鼎⋯⋯所有这么多的复杂而曲折的背景素材关系,身为作者的曹雪芹好像用不着负责,一切都推给读者——你们自己去研究考证吧⋯⋯请想,世界上作小说的例子还有与此相似的第二部书吗?

第三奇,书的真正开端是第二回,此回的标题诗是:

> 一局输赢料不真,香销茶尽尚逡巡。
> 欲知目下兴衰兆,须问傍观冷眼人。

它的第一句意思我曾明确解说过,内中隐含着历史背景中有两派政治势力在那里斗争,尚难立见胜负输赢。第二句"香销茶尽尚逡巡"我注意不够,未加重视。一日,儿子建临向我说道:"您曾几次说过,宝玉给潇湘馆撰的对联除了'有凤来仪'是匾额,那对联十四个字'宝鼎茶闲烟尚绿,幽窗棋罢指犹凉'说烹茶、说下棋,哪儿有与贵妃典制有什么丝毫的联系可言呀? 思之总不可解。如今,我有一个看法不知可参考否? 其实这副对联正与'一局输赢料不真,香销茶尽尚逡巡'相互呼应,'宝鼎茶闲'正是'香销茶尽',而'幽窗棋罢'正是'输赢'的棋局。然后再看宝玉题潇湘馆的五言诗'进砌防阶水,穿帘碍鼎香',这一句就把鼎与香的关系又巧妙地联系起来,合在一起再细读,不是'香销茶尽'又是什么呢?"由此可知,仅仅是大观园四大处的第一处的对联,就把全书兴衰之兆写得那么尽情尽理而又含蓄不尽,留有不尽的后文（丘壑）去展开，你看这样的手法如果还不算奇，哪儿再去找这用笔之妙呢？

好了，我不再絮絮而无休，我举这三奇有一个总的目的，就是给本书的主旨作一个勾勒，说明《红楼梦》这部奇书取于历史真实素材，不是曹府一家，而是还有一个同样重要的李府存在那里。读者诸君，你只要抓住了这一点，就会愿意把本书读上一读，看看我们所做的工作有没有价值意义，同时还有什么遗漏和缺点，那就不胜荣幸了。

己丑六十周年国庆大典前夕　周汝昌口述

（周汝昌、严中著，广陵书社二○○九年版）

《恭王府丛书》小引

中国有世界闻名的四大小说名著《三国》、《水浒》、《西游》、《红楼》,虽然它们被划为文学艺术的范围,实际上却是中华文化思想史上的四部重要著作。《水浒》写了一百零八位绿林好汉,而《红楼梦》却与之形成一个非常美妙的对比,即另写了一百零八位脂粉英雄,这是伟大作家曹雪芹的一个最美妙最奇特的艺术构思;绿林好汉的活动基地叫作梁山泊,而脂粉英雄的活动场所、生活环境是一座大观园;梁山泊有历史地理的真实性,那么,大观园是否也能有一处可以与山东梁山泊相比的真实地点呢?这里就引起了几百年来读者的极大兴趣,也引发了各式各样的意见和研究,如今只举三位红学老前辈的不同看法:

第一位胡适之先生,虽然是"自叙传"的主张者,他却力主大观园为虚构说,他认为元春省亲本无其事,省亲别墅的大观园也根本并无其地——都是文学艺术的虚构。

第二位俞平伯先生,《红楼梦辨》本不是他讨论这类问题的著作,然而他却引用过一句话说:听有人提到过大观园的原址是内务府塔式园云云。

第三位就是鲁迅先生,在我的记忆中,先生不止一次涉及大观园的问题,但并未正面讨论过大观园的问题。一次是在《中国小说史略》里讲《红楼梦》的作品与作者梗概时,有一句话:"悲凉之雾,遍被华林,然呼吸而领会之者,独宝玉而已。"另一例,则是在《三闲集·怎么写》中说到:"……倘有读者只执滞于体裁,只求没有破绽,那就以看新闻记事为宜,对于文艺,活该幻灭。而其幻灭也不足惜,因为这不是真的幻灭,正如查不出大观园的遗迹,而不满于《红楼梦》者相同。倘作者如此牺牲了抒写的自由,即使极小部分,也无异于削足适履的。"这几句简单话的内容十分丰富,应该说先生已经提出了三个问题:一、大观园遗址要不要寻找? 二、有没有寻到的可能性? 三、如果你自己没有能力寻到,就下结论说并无其地并无其园,那么这能够成为学术见解吗? 其次,先生在论断曹雪芹的作品与实际生活的关系时也曾明白指出,曹雪芹的种种恰好与石头的经历是一致的。

上面只举了三位,就有了如此不同的见解,已然足以表明:《红楼梦》大观园的问题,不能只以一部小说话题的性质来对待,它本身就是中华文化上的一个独特的重要课题,讨论研究一下是大有益处的。希望读者重视它的重要性,其不同于茶馀酒后、猜谜索隐的那种消闲解闷的话题。拙见以为,《红楼梦》大观园的原址确实还可以探寻得到。要理解《红楼梦》大观园的文化起源,可以追溯到北宋徽宗时所建的"艮岳"(在宋都汴京的东北方向),而金章宗时所建的万宁宫也正是在金都燕京城的东北方向。而且,万宁宫中所用的若干奇石和建筑工艺也是从"艮岳"那儿移植过来的。宋、金时代的两处离宫别苑的关系,是双方既在政局上对峙,而在文化上又交流的特例。没想到,在曹雪芹的《红楼梦》时代,满汉两大民族在万宁宫遗址上又有新的建筑,在曹雪芹笔下起名为大观园。

我们以往没有弄清楚曹雪芹选取的大观园与宁国府的这些名词的内在用意。自从明末清初直到康熙大帝六十一年,曹雪芹家的几门重要亲戚都是满汉结合的家庭,如:曹寅的大姐嫁与满族贵族高官傅鼐;又如,曹寅的长女、雪芹的大姑嫁与了大将军平郡王纳尔苏,而小平郡王福彭就是曹雪芹的大表哥。他们的家世、身份、文化、教养一切活动等都是满汉两大兄弟民族的文化结合,忘了这一点,就脱离了曹雪芹著书的本怀:将真事隐去,运用假语村言的苦衷与妙笔。

请您读一首清代人的小诗:"汉海方塘十亩宽,枯荷瘦柳蘸波寒。落花无主燕归去,犹说荒园古大观。"从这寥寥二十八字中你就能领会到一种千言万语诉说不尽的历史文化内涵。这种文化涵盖在《红楼梦》这部名为小说实为文化结晶的整个躯体之中。大观园的存在既是《红楼梦》的精神基地,又是文化家园。

文化部恭王府管理处孙旭光主任编成的这部丛书,目的是为了研讨府园遗址与《红楼梦》的文化历史关联,嘱我在书前作一小引,简述我们还能考明的若干痕迹。我所知有限,但曾留心此事,有所发现,今依嘱试为小文。这也是我愿意讨论一下大观园遗址的一点区区诚意。由于学识不足,表达能力衰退,就这样粗粗贡献给读者作为一点参考吧。

诗曰:

一

艮园一脉万宁宫,冀北燕郊悼断红。
墨笔六朝胭脂井,休提赵宋山泊雄。

二

流水沁芳名字好,雁来宾至梦还通。
游人重见埋香冢,岂有无端空穴风。

三

三百年来说大观,难分天上与人间。
皇波还隶凤城苑,甲第重开翠锦园。

四

小院天香慎王笔,高轩多福镇湖山。
马龙车水长安道,也叹游人行路难。

中华古历岁在庚寅孟冬之季乘兴提笔

九十三龄盲人周汝昌口述

(未出版)

《纪念曹雪芹逝世二百五十周年论文集》序

一

这册文集是学友杨先让兄与我共同策划筹集而成的,我们满怀热情而编辑的目的,是为了纪念我们中华文化、文学史上的特异天才曹雪芹逝世二百五十周年的大典,论文的作者包括了海内外众多学者的精诚协助、合作的一份值得宝存的文献。

提起先让兄和我的友谊关系,说来很有趣,这就是——他是我的芳邻,我们的住处是北京朝阳区红庙北里小区的一处文化部宿舍,先让兄是中国美术学院的名师,我则是中国艺术研究院的一位成员,我们住得虽然很近,可是彼此并未交谈过,后来他移居美国去了,从此更无结识交谈的机会了。谁想有一天忽然接到他从美国寄来的一封信札,内中叙说:我们本来是左右相连的邻居,没有找到交谈的机会,不想我现在海外因为读到你的文章而想起要给你写封信的愿望……由此,我们很快就成为了远隔万里的良朋好友了。他是一位艺术家,他的版画造诣让我喜爱佩服得不得了,而他对我所经营的《红楼梦》研究也发生了兴趣,给与关切,这样才会有本书这册文集的问世传奇,它的本身就有一种中华人特有的、非常重视民族文化的共同虔诚,而曹雪芹《红楼梦》这个伟大的名目,正是这种民族文化联系的钮带,虽然身隔万里,而心却是近在咫尺。

在这儿,让我把一段往事前尘的回忆在此粗记梗概,因为这与本书的产生有其密切的关联。一九六三年举行的纪念曹雪芹逝世二百周年的特大盛典,这次盛典有很多的特点和未及预料的情况,那是由周恩来总理亲自领导和具体安排的,由三个单位具体分工合作:文化部、社科院文学研究所、北京市政府筹办,领导人依次是文化部部长茅盾、文学研究所所长何其芳、北京市副市长王昆仑。这次纪念会的活动内容丰富多彩,三处合作部门都表现出最大的热忱和努力。文研所主要是讨论大会应在哪年举行;市政府则负责对有关曹雪芹的一切历史遗迹进行全面的调查,诸如曹氏可能存在的后代,曹氏的坟墓,曹雪芹本人经历过的城内外居住和创作《红楼梦》的地方,涉及了曹雪芹的重要亲友的有关情况,并且安排筹集《红楼梦》中所写的百般事物,如王府园林的地图,生活衣食住的各种实物,全面陈设展览,就连书中晴雯在病中为宝玉所修补的雀金呢,也由历史博物馆提供了实物;凡与《红楼梦》有关联的工艺品也无所不备,令参观者信服感受到《红楼梦》这部名著的历史现实性质,皆非虚构而有真实凭据。还有一项工作,就是请画家把曹雪芹的形象和生活著书的景况表现出来,成为纪念会的重要方面,在这一部分我参加机会较多,三位画家有贺友直、刘旦宅、林锴,而主其事者是黄苗子,画家工作地是在故宫东华门外的碧云山庄;同开会的有吴恩裕、沈从文、启功等名流专家,还有为想象中大观园制作立体模型的工作,都值得载入史册。至于曹雪芹的原籍是东北的铁岭卫,大约是本族兄弟三人分住三处:曹雪芹父祖辈住在北京东城泡子河附近,另二支,一在德胜门外,一在通州富豪村地方,都有切实的调查纪录⋯⋯

以上略记梗概,是为了说明转眼五十个年华过去了,国内外的《红楼梦》研究、包括各种东西方不同语文的译本都很丰富,所以我和先让兄几次交流意见,以为前事不可忘,后继更有人。我与先让兄虽然都是出于学友个人的一点区区的热诚愿望,也应该在能力所及的范围内,为即将到来的曹雪芹逝世二百五十周年的纪念贡献一点微小的心愿和努力。

二〇一〇年十二月九日口述稿之一

二

早些年，有一位老归侨住在广州一带，读了拙著多次赋诗寄赠，其中使我最为难忘的一句就是"摇落深知浊玉悲"。这是就着杜少陵的旧句"摇落深知宋玉悲"的名句，只改动了一个"浊"字，便把我对曹雪芹的怀念、敬慕的心情都写出来了，让我十分感动，因为这才真是知己、解人。这件事我在拙文中多次提到，我对曹雪芹确实可以说是怀着一种"怅望千秋一洒泪"的感情，而雪芹也正像宋玉一样"风流儒雅亦吾师"。但让我更加思绪连翩的是杜少陵原诗有两句写道"江山故宅空文藻，云雨荒台岂梦思"，这充分表明少陵对于宋玉的满怀敬慕倾倒之情，内容十分复杂：一方面是他在作诗时宋玉的故居还在，但人已不存，空馀有文章形式，而宋玉所写的巫山神女的故事"朝为行云，暮为行雨"，那阳台的古迹仍在，难道这都是宋玉想象中的梦寐之景况吗？说我宁可相信宋玉文学家经历过类似的情景，并非全出托辞梦想——也让我加强了对曹雪芹也怀有类似的感情和想法：以为他所写下的故事情节都有所根据，虽然经过了艺术的增饰和润色，但确与全属空穴来风不尽相同。再者，少陵对宋玉说来是怅望于千秋之上了，而我对雪芹不过是二三百年之间而矣。因此，我就开始思索今日撰文纪念雪芹，他到底是我的古人，还是与我同世不远？我自答：如以相隔二百五十年来计算，他与我的关系恐怕正在古人与同代之间；换言之，他之与我有时是古今相隔，渺不可及；有时又是如此亲近，如在身边共语。我这样说，也许会使人家笑我，说我的心理精神都不够正常，至少也是有些文理欠通。确实的，读雪芹之书，不管你怎样喜爱、赞美，还是把人家和自己放得离历史时空远一点为好，不要把自己总和人家曹公子拉扯在一起，因为你拿什么跟人家来比较呢？在这一点上，杜少陵却与我们平常大俗人不可一概而论，少陵有理由说："怅望千秋一洒泪，萧条异代不同时。"这两句十四个字要想译成纯粹的大白话，那可是不容易的事情，这一点总要自己有个盘算，不然的话就会招人误会，那可真是贻笑大方了。

二百五十年了，也就是一个千年的四分之一的时光过去了，曹雪芹给我们留下了这部奇书《红楼梦》，所以我们要纪念他，感谢他。但是我们又到底拿出些什么回应和回报来作为区区之忱呢？我们一起歌颂欢呼吗？当然可以，但又感到这不尽合宜，那会让人有简单、浅薄而流于形式之嫌，满足不了我们所以要纪念的内心感情。因此，我与先让兄商量计划约会若干位师友同道，大家各自撰文汇编为一集，向往与雪芹的精神沟通，彼此相互之间寻求嘤鸣之声。

二〇一〇年十二月十日口述稿之二

　　曹雪芹其人、其书、其时、其世都与寻常一般有所不同，我曾说过，他一身兼备好几种的交叉融会：满汉、南北、贵贱、荣辱、悲欢、离合……这么多方面和层次的交结和互化；但如今我又想到，还有一层更为重要，这就是古与今的又分又合，又同又异。我在此指的古与今，不是一个空泛的名词概念，而是具体的历史年代的划分，我的意思是说，有清一代康熙大帝六十一年的政局，大体可以分为两个阶段，从康熙大帝八岁登位过了十七年，这才举行了一次非常重要的"博学鸿儒科"，即从元年到十七年这段时期主要是军功武事，平定全国各地的各式各样的反抗势力，所谓兵荒马乱、遍地疮痍、混乱不堪，这样将近二十来年的光景，才略见平静，因此立即开始科举、招贤、重文、选才的另一种政治局面。这时，相当于西方纪元的一六七八年，康熙帝年方二十五岁，他的嬷嬷兄弟曹寅刚刚弱冠之年，即二十一岁，又过了十二年（一六九〇）曹寅被派往苏州名城去做苏州织造监督了。我的新计算法是从曹寅出任苏州织造一直到他的文孙雪芹降生，即一七二四年这四十六年间乃是我所谓"古"与"今"分期的一个分水岭。从这四十六年以后的所有政治、文化、社会、道德等等很多方面的变化和发展就构成我所谓的"今"。换言之，从清代历史上诞生了曹寅和雪芹祖孙二人联系成一体的文化核心点，就开始与以前的"古"一步一步地逐渐发展，一直到我们今时今世的现实历史时代了。再换一个方式来说，曹寅、曹雪芹二人一方面传承中华的古文化，同时另一方面又开辟了中华文化"今"的新文化局面。

　　如若我这一种新看法能被接受的话，就可以得出一个初步的小结：就是曹雪芹的真《红楼梦》属于"今"的新品种、新内容，它与以前的"古"若断若连地发生滋长出了很多很多的不同特色，而这才是我们所以要纪念曹雪芹并且为之定性定位，认为他是一个真正伟大的奇才。在他逝世二百五十周年之际，我用这样一个撰文结集来表示真诚的赞美和感激，自豪和自信。

二〇一〇年十二月十七日口述稿之三

三

　　现在我想就雪芹的生卒年来补说几句，倒还不失为一点有其参考价值的文字。拙见主张雪芹生于雍正二年甲辰，那年正好是闰四月，生于闰四月二十六日，因此第二年就用四月二十六日（芒种节）来代表他的生日，所以你看《红楼梦》，特别写明大观园内有一次盛大而别致的饯花会，其实是暗写大家给宝玉过生日；然后，第六十二、六十三回这才又写宝玉生日，这才点明四月二十六日又举行了一次变相的饯花会，即大家行花名签的酒令。这些都已多次讲解过了，如今再补一点即宝玉是属龙的，这一条象征大有意趣，因为在专制时代里"龙"是代表皇帝的特征形象，是不能随便拿它来取笑或作什么不敬之词的。但到了雪芹笔下，他怎样来表现自己属龙呢？这就要看宝玉为偷偷地赶出城外，要寻找一处可以祭奠金钏的地点，就和茗烟上马急驰到北门外一处水仙庵（洛神），庵里的老姑子没想到忽然竟是宝二爷来到这里，简直"就像天上掉下个活龙来的一般"。这句话趣味横生，妙意多层，说宝玉身份之尊贵那是表面，其实是作者自己调侃说自己也是一条假龙，而假龙是针对着真龙而言的，那这个假龙又是谁呀？你别忘了，宝玉（也就是雪芹的幻身）的的确确地经历了一个朝代，那朝代的皇帝竟是一条假龙！这种暗笔和妙谛到了今日，读者可就未必能够心领神会而发一大笑了。

　　说到这儿，我不禁在妙语之外又想起一奇事来，因为这和给宝玉过生日是紧紧相连的，这就是书到第六十三回，怡红院众女儿特意集资给宝玉专程过寿，共得银子三两二钱。夜宴要给宝玉做平常不吃的果碟，交柳嫂子给准备了四十碟果子。我每读到此，总是立刻背出敦诚挽吊雪芹的诗句，先说"四十萧然太瘦生"，又说"四十年华付杳冥"，这个四十年华经反复研究，已经有很多学者承认雪芹当时确实活了四十春秋。因此，这个奇怪的现象可就把我吸引住了，并且想作一番解释，然而至今也没有一个让自己满意的结论，难道说人真有一种神秘的、直至现在还不为人知的预见本能吗？否则的话为什么不是二十个果碟？也不是三十个果碟？曹雪芹的四十年华开头是锦衣玉貌，后来却瘦骨嶙峋；雪芹公子先是人人崇奉，后来却是人人诽谤；雪芹公子先是饫甘厌肥，后来是举家食粥；雪芹先是文采风流，后来却是有文无行……所以，他在书的开端就写出"悲欢离合，炎凉世态"八个字的内容纲领，这与大旨谈情的主旨本意都是他一生血泪的结晶。

二〇一〇年十二月十八日口述稿之四

《红楼梦》第四回的四句《护官符》，头一句就是"贾不假，白玉为堂金作马"，一望可知这是指荣国府贾氏，但"白玉为堂金作马"又与贾家有什么历史关联呢？原来，这是借用汉代建章宫的典故，建章宫是继秦代阿房宫之后的又一座规模巨大、华丽无比的皇家宫殿，其中，有以白玉做的堂屋（所谓白玉就是汉白玉，并非和田白玉）、用良铜塑造的骏马（古代单称的金是指铜，至于金银的金，需要加黄字，称为黄金）；所谓"金作马"者是指建章宫大门处有匹良铜马，而直对正门的后门有一个铜做的老鼠塑像，这条建筑直线叫作"子午线"。据说建章宫之巨丽，有千门万户之称，进入者往往迷路而不得出……照此而言，我不妨把书中第一个进入这座"建章宫殿"的外姓人提上一提——此人就是刘姥姥，这当然是个夸张的比喻，但如果刘姥姥找不到周瑞家的，也确实会如同进迷宫一样而不得出来。这不是夸张之词，刘姥姥进入"建章宫"前后至少有三次之多，第一次就是第六回，全书故事的正式开头就是由刘姥姥开始的，可见此人此事的重要无比。书文写到第三十九回，忽然刘姥姥又来到了贾府，这回等到人们发现她时，她已经由周瑞家的接待并引领至凤姐院内。两次入府的来由情景全然不犯重复，其笔法之灵妙，已然可见一般。这还不算，雪芹之笔曲曲折折、委委婉婉、自自然然地把刘姥姥引到老太太的面前，两位老人身份地位如此不同，但是真可谓一见如故，没有三五句对话，那种亲切、投契已经跃然纸上……这些，我无须再重说一遍。

提起这些话的目的却是集中在刘姥姥得以住在府里，并且受到老太太的热情招待，老太太热情极高，次日一整天带着姥姥游遍大观园，由刘姥姥赞美园景直接引发了让四姑娘惜春画一幅大观园图景的重要情节。大观园是整部《红楼梦》的人物活动中心，可以说若没有大观园也就没有了小说的主体了——我为本书作序，为何忽然又把话头集中在这一方面？原来，这座大观园的真实素材可以远远追溯到北宋徽宗的艮岳和金章宗的万宁宫离宫（关于此事，另有专文）。万宁宫本是金破北宋都城后，运用艮岳园林的若干残馀珍宝，由东京运输到金代燕都，安排能工巧匠仿作"艮岳第二"。《红楼梦》中的大观园是在万宁宫的遗址上，又一次收拾加工而建成"天上人间诸景备"的王府园林，今之所谓恭王府者，又是遗址建筑后的若干改建园林。这段鲜为人知的历史经过乃是《老残游记》作者刘铁云的四公子刘大绅，他听一位道光皇帝的六代孙名叫金尧臣者亲口向他讲说的，这十分重要。更加有趣者谁也没有想到，刘姥姥对此园特加欣赏，并且透露出当时过年的年画当中已有园景的作品了，姥姥把年画的园景和大观园的园景作了比较，并且说了一套艺术欣赏的"理论言词"，这在全书是一段非常奇特的笔墨，千万别当作无味的闲话看过。

　　从上文说来，这次纪念雪芹逝世二百五十周年，已然是近五十年的光阴过去了，五十年中有什么值得大书一笔的研究收获呢？海内外众多读者学者多有贡献，而我本人却想把这一段园林的来龙去脉趁此机会向读者作一点初步的报告，希望能引起关注和指教。我想说：一座荣国府大观园，实际上是以艺术手段包容了宋、金一段两大文化交流的往事，和曹雪芹著书时代的又一次满汉两大民族文化交流的重现和再演。这在作者曹雪芹来说，他的家族和他本人的境遇都和这些历史有着千丝万缕的文化艺术、精神生活的丰富内涵，如果没有这一方面，那么为何曹雪芹要假借一块弃而未用的大石下凡为人，经历种种悲欢离合，感受了难以言传的以情为人际伦常、社会道德、文化艺术的最终极、最根本的一个哲学、美学的概念和称谓，内中有说不尽的赞美、领悟、感叹、伤怀、孤独、寂寞……而始终不改他的原则主张？他非常喜欢欧阳公（修）的诗词文章，其中有两句云"人生自是有情痴，此恨不关风与月"，这是重点之一；其次，还要引乾隆末期重新恢复封号的新睿亲王,名叫淳颖者,他读《红楼梦》后就说:"满纸喁喁语不休,英雄血泪几难收。痴情尽处灰同冷,幻境传来石也愁。只怕春归人易老,岂知花落水仍流。红颜黄土梦凄切,麦饭啼鹃上故邱。"就是说不必等到今世今时,就在当年他们的皇族王爷旗主,已经对他的人格著作有了极为深厚的理解与同情,换言之,新睿亲王淳颖才是他的第一个高层次的知音人物,他把曹雪芹定位为一位英雄人物,这位英雄人物的作品是以血泪写成的!

　　我的这篇拙序虽然是笔不能达意,但是临到结尾我把这一要点揭示明白,让读者了解《红楼梦》的魅力精神,理解曹雪芹的伟大光辉!

　　　　庚寅十一月十四日　二〇一〇年十二月十九日周汝昌口述毕

　　(本篇序言原是为杨先让编《纪念曹雪芹逝世二百五十周年论文集》〔即二〇一三年出版之《五洲红楼》者〕所撰序。后应周汝昌之嘱未使用)

Wandering Between Two Worlds : the Formative Years of Cao Xueqin in 1715 – 1745 序

中国有四部古典通俗小说，号称"四大奇书"，即《三国演义》、《水浒传》、《西游记》以及《红楼梦》（原名《石头记》）。这四部书妇孺皆知，百读不厌，文艺界运用各种不同的艺术形式来表现它们的内容和特色，这些早已是世界文化教育人士的常识了。其中有一点特有趣味，这就是《三国演义》所写的魏、蜀、吴三个军政集团互相争权夺势，结局是魏朝的魏武帝曹操获得胜利，而曹操的一位后代子孙就是《红楼梦》的著作者曹雪芹。对于这一历史现象，很多读者还不知道。

就我所知，葛锐先生撰写此书，是向世界各地的人们来介绍曹雪芹这位旷世的奇才！这位奇才应该定位于一种"集成圣人"，他擅长文学、诗词、歌赋、书法、绘画、园林、建筑、美学、哲学、史学、民族学……这百般学识，他都在《红楼梦》中有所表现，有所评论，有所创造。《红楼梦》虽然有各种语言文字的译本，但介绍曹雪芹这位伟大作者的书籍却如凤毛麟角。

乘此机会，让我表示一点久在心怀的感想。即这么多年来，我的外国研究《红楼梦》的学友也不止一二位，但他们的兴趣和功夫都集中在《红楼梦》这部作品上，而对曹雪芹则相应地显得关注比较单薄，这种现象就和我国古代贤人孟子的看法不同了。孟子曾说：读一个人所著的书以及他所作的诗篇,而你对于那个作者却毫不了解,这可以吗? ——所以读其书,诵其诗,就必须要了解作者的历史时代、社会特征。这种教示,我们把它浓缩为四个字的词语叫作"知人论世"。现在我给葛锐先生作序,所以特别强调这一点,他是我所知道的外国学友中最为关切曹雪芹的一位学者。正因此故,他不但要知雪芹其人,还要论雪芹之世,他尤其注意在《红楼梦》诞生前的三十年左右时间里,清代社会都有哪些特点,这是非常重要的见解。我的拙见以为康熙大帝在位六十一年(一六六二——一七二二),粗略分期可为三段:初期是用军事武力平定天下,为重要工作;中期则集中精力,大力整理发展汉文化的传统,同时也用各种方式促进满汉通婚的这一重要措施;末后一阶段,由于众多皇子纷争帝位,百般的矛盾、麻烦,把康熙大帝气得甚至倒地痛哭……终于康熙在位六十一年之际,被雍正用阴谋诡计篡夺了帝位。因此,《红楼梦》中人们所说的"恨不得早生二三十年",是说他们没有赶及的那三十年是太平盛世,而他们如今却是生活在一种"末世"年代了。这句话,充分说明《红楼梦》诞生之前的三十年左右是最为关键的年代。这三十年中,从康熙大帝南巡开始,到雍正篡位、雍正皇帝严厉而恶毒地惩治年羹尧、隆科多、曹頫、李煦四大政治案件,于是曹家的地位和命运发生了翻天覆地的巨大变化。这对曹雪芹的思想、感情、人生观、社会观、政治观、道德观、文化观等也都相应的发生巨大的改变。曹雪芹在书中写了这么一副对联"假作真时真亦假,无为有处有还无",这一副对联概括了他的伤怀和愤慨的精神痛苦,而他又知道必须继承康熙大帝的心愿,把满汉文化的交流融汇作为他著书的目标之一。

我在此要指出,葛锐先生所以把拙著《曹雪芹新传》译为英文本之后,又专心致志地给曹雪芹写一本专著,这是中西文化交流史上的一件特大的喜事。

我因年纪已大,双目失明,写作极为困难,只好用这样简短的拙文来向葛锐先生致以最热烈的祝贺!末后,让我提醒一点,曹雪芹生于甲辰龙年(清雍正二年〔一七二四〕闰四月二十六日)。今年又正值壬辰龙年,我们就借此来纪念曹雪芹的诞辰吧!

　　我写这篇短序有些力不从心，又值诸事异常繁乱，只好如此结束吧，希望葛锐先生和他的读者给予原谅。

二〇一二年二月十七日周汝昌口述稿

三月三日再补充稿

（葛锐〔Ronald R. Gray〕著，未出版）

《五洲红楼》绪言

　　天与之长，地共其久。松立南山，浆酌北斗。千家祝嘏，万人奉酒。简牍有残，日月不朽。如或龙吟，也似狮吼。胸中丘壑，笔端锦绣。

　　云垂海立，雷鸣电走。聚脂粉英雄，对绿林豪薮。大旨谈情，微言讥丑。草蛇灰线，金组玉构。造化之精华，乾坤之灵秀。民族之骄傲，文苑之领袖。风流文采，谁其魁首。忧伤未已，高谈转轻。千红万艳，百家争鸣。各出所见，纷贡其明。汇为大观，漱其芳馨。结为兹编，互补亏盈。学术平等，无所重轻。以介芹寿，若拈花名。高烛红妆，美冠春明。

周汝昌

二〇一二年四月六日

（周汝昌、杨先让编，东方出版社二〇一三年版）

编后记

　　为父亲编一册序跋集，这念头久蓄于心。

　　一九八〇年我从外地调回北京，给父亲"打下手"。刚开始"工作"时还真是摸不着边际。我从搜集整理入手，卡片做了一大摞。那时没有复印条件，搜集到的文章只能手抄一遍，然后分类保存，如此渐渐积累，也颇为可观。

　　说来话长，这样的工作却得不到认可，职称更与我无缘。那单位某领导竟然说："你不就是在家照顾你父亲的生活吗!"这种领导水平着实令人"发毛"。若此，请个小保姆不就行了吗，何劳胡耀邦亲自批示调我回京呢!

　　闲话少叙。我做过的卡片装满了一大抽屉，其时间跨度自四十年代始，一直延续到今天。我发现中间有很多序跋文章，就有了成集的想法。那时母亲还健在，在我接班之前，她就是父亲最好的助手，为我提供了很多源头。父亲当然更十分赞成与支持，让我放开去做，并开示了应入集的名单。可惜种种原因耽搁至今，未能赶在父亲生前问世，心中愧疚无限。

　　本集是一部文化历史的展示，一百七十馀篇序跋不仅记录了父亲的辛勤劳作，也记录着父亲的执著追求与他的处世为人。最早的一篇是一九四二年为《花间集注翼》写下的绪言，距今已经七十多年了。一九四三年的

《〈珂罗版印集右军书圣教序〉校记前言》、一九四四年的《〈苏辛词说〉钞校后记》、一九四七年的《欧书皇甫碑新跋》以及一九四八年的《跋胡适藏〈脂砚斋重评石头记〉》……直至父亲去世前一个月口述的为《纪念曹雪芹逝世二百五十周年论文集》(即后来定名为《五洲红楼》)一书所作的绪言,篇篇皆是父亲对"中华文化"的阐释与认知,同时也记录了他的学术研究方向、发展历程。

我想特别提一下父亲一九四七年撰写的《欧书皇甫碑新跋》这篇文章(后改名为《皇甫碑为欧阳最老书》)。父亲曾说过他对"书学"下的功夫比对"红学"多得多。追溯起来,应该是自太平洋战争爆发后,燕京大学被封闭解散,父亲回到故乡以书法为一种寄托之道。他与四哥周祜昌在家研习碑帖,共同关心研究的主题之一即是皇甫碑。

一九四七年秋,父亲再考入燕京大学,不久即发现《懋斋诗钞》,撰写了《曹雪芹生卒年之新推定》一文。其时,父亲的老师顾随先生于一封信札中提到:"能复抽暇为小文向各报投稿否? 既可以资练习,又可以与人多结文字缘。如有,可代为介绍发表。"父亲便将这篇考辨皇甫碑并非欧阳询"少作"而正是其晚期杰作与奇迹的文章以及《曹雪芹生卒年之新推定》寄给顾随先生。顾先生交付与赵万里先生,结果《曹雪芹生卒年之新推定》一篇发表,成就了胡适先生与父亲的一段交谊,也开启了父亲的"研红"之路。而此篇《欧书皇甫碑新跋》,赵万里先生应允随后刊登,结果却未能实现。我想,假若当初首先发表的是这篇考辨皇甫碑之文,也许我父亲会走上另一条道路,也未可知。

父亲的人缘不错,有人可能会问:何以见得呢? 我说这五六十万言厚厚的一大册不就是最好的证明嘛! 求序者来来往往,父亲则是有求必应,无论自己的工作多么紧张,都会挤出时间努力"交卷"。这与他得到过胡适先生的帮助、受其影响不无关系——"胡先生是一位忠厚长者,君子仁人。仁者待人,必以宽厚,不忮刻,不猜忌,无自大之态势,有热情之心肠。信任别人,尊重别人……"。父亲年轻时受过权威的冷水和责难,印象很深,他自己"约法",异日绝不学他们的为人作风与治学态度。尤其对青年学子的支持鼓励,是父亲一生一贯履行的道义准则。

本书分为五部分,虽名曰"序跋",贯穿其中的,无论是"红学"、"词学"、

"古典小说"、"艺术鉴赏"······皆是父亲自己独特的学术观点。你可以不赞同，但你不得不佩服。其中有少数几篇未正式发表，但作为一个整体而观，还是决定收入其间。

细心的读者也许会发现，本集收入的序跋内某几篇文字与出版物上的略有不同，这是我此次根据父亲的原稿重新整理而成，特在此说明。

为求序者写几句话本来是件高兴的事，可是也会遭遇"不测"。我印象很清楚，为韩进廉先生《红学史稿》作的序里因有一句"第一部红学史"，而遭到"责难"，给著者、序者招致了不少麻烦。这种例子无须多举。

本集涉及红学方面的序跋最多，竟达七十馀篇，编好后连我自己也感到吃惊。有一时期友好朋俦不乏进言父亲少写序跋，免得让人家借此加以"微词"，甚至反对、攻击······每每见前来求序者我都"挺身"而出，挡驾、劝阻，我常说的一句话就是："小心你来找周汝昌写序是会倒霉的！"父亲也并非不知此理，无奈"天性"难移，一见有人下功夫为曹雪芹伸冤濯秽，就忍不住有几句心里的话要向著者、读者诉说。

有个有趣的例子：父亲一九四八年始获读张伯驹先生的《丛碧词》，一九五一年张伯驹欲重刊，他找到父亲，"子其重为我定之"，父亲推辞不掉，"遂效岳珂之狂言"，"又宫徵字句，间采私意斟酌出入者二十馀事······"。父亲给《丛碧词》作跋，从学术、文艺上从公论断，并无丝毫阿谀献颂之心，这使张伯驹非常感动，他在《无名词》（一九七五年）自序中就写道：

> ······自三十岁学为词，至庚寅后二十几年，有集《丛碧词》。周玉言君跋云，词以李后主始，而以余为殿，此语一出，词老皆惊。余也汗颜，而心未尝不感玉言也。······

一九五二年四月，父亲由燕大入蜀，刚刚安顿即接张伯老的信："兄作《丛碧词》跋，枝巢翁意似为逾分，难免受者有惭色而观者有间言······"但张伯驹还是决定再选印时仍用父亲的跋，他希望父亲能稍加修改润色。父亲后来也把这段故事写进了《风入松》：

名园谁记订乌丝。得失许铢锱。少年一跋惊诸老,敛狂言、犹着人疑。花气微风乱落,草晴小雨丛滋。　　而今却见鹧鸪啼。节序写新词。郎俊妙笔寻前赏,触清馨、绛蜡梅枝。廿四番风花信,三千大地春期。

本书收入的两篇《丛碧词》跋文及《丛碧词话》、《张伯驹词集》两篇序文,不仅是论学、赏词,还留下了一段历史。父亲说:"立论如斯,揄扬骇俗,迹嫌阿好,意在至公,千年而下论定者,当有知言,余岂虑人之疑非疑是耶!"五六十年过去了,聪明的读者或许能从中悟出一些论学与做人之道理吧!

早期几篇序跋,父亲落款署以别名与笔名,如雁翮、敏庵、玉言、寿康、师言;还有三四篇是以人民文学出版社的名义,这是当时分配给他的工作任务而不能径署自己大名之故。

父亲习惯采用中华古历纪时,对节气时令很重视,如榴月、清和之月、芳春佳日、夏至大节、冬至大节、端午佳节、立秋佳节、新春中和节;有的则是上浣、中浣、望日、菊月下浣、寒衣节、吉日良辰、古俗祭灶日;更有料峭春寒、盛暑挥汗、清和初吉、腊中呵冻、酷暑挥汗等等,让我们懂得中华古国数千年光辉历史中的文化习俗,感受到中华文化的精湛独绝、中华文字的丰富多彩以及汉字音韵声律的极大之美。

父亲的斋名颇多,每撰成一篇新文,在其结尾处,新斋名往往随即诞生。本集能够看到的有:眷玉轩、红稗轩、脂雪轩、石梦轩、寿玉轩、庙红轩、铸梦楼、梦砚轩、得玉轩、棠絮轩、芹泥馆、美棠轩、兄玉轩、翻铜轩、庆丰轩、麟玉轩、照棠轩、枕玉轩、媚红室,等等。还有真实不虚的藤阴斋西舍、古隋豆子航、茂庭、燕台北畔、京郊红庙……每每读到这些,如同见到父亲,一种乐趣、一种雅兴,一种情思美、声韵永,让我通肝沁脾,生香满颊,永难忘怀。

二〇一三年,恭王府决定筹建"周汝昌纪念馆",在捐献父亲书稿文献过程中,得以重拾"旧业"。由于数量过大,我与在美国的月苓姐合作,常常把建临弟拍下的文章照片传给她,她录好后再转发给我,这样的往返工作竟然用去了几个月的时间。

本书难免有错误、遗漏之处,恳盼读者不吝指出,在此先致谢意!

感谢梁归智先生特为本书撰写序言。

感谢为本书作出贡献的朋友。

感谢中华书局,在父亲逝世三周年之际推出此书,以示纪念。

周伦玲

乙未年试灯日

小暑节再定稿